ro
ro
ro

«Ein opulenter und amüsant zu lesender Schmöker.»
(Der Spiegel)

Asta Scheib, geboren am 27. Juli 1939 in Bergneustadt, ist Journalistin und Schriftstellerin und lebt in München. Sie arbeitete als Redakteurin bei verschiedenen Frauenzeitschriften und schrieb Drehbücher für das Fernsehen. Ihre literarische Tätigkeit begann sie mit Kurzgeschichten. 1974 verfilmte Rainer Werner Fassbinder ihre Erzählung «Angst vor der Angst». Großen Erfolg hatte Asta Scheib außerdem mit ihrem Roman «Kinder des Ungehorsams», in dem sie die Geschichte der Katharina von Bora, der Ehefrau Martin Luthers, darstellte. 2003 erhielt sie vom Freistaat Bayern die Pro-meritis-Auszeichnung für besondere Verdienste in Wissenschaft und Kunst.

Als Rowohlt Taschenbuch liegt ebenfalls der Roman «Sei froh, dass du lebst» (rororo 23239) vor.

Asta Scheib

Eine Zierde in ihrem Hause

Die Geschichte der Ottilie von Faber-Castell

Roman

Rowohlt Taschenbuch Verlag

Abdruck der Bilder im Anhang
mit freundlicher Genehmigung der
Sammlung A. W. Faber-Castell

Einmalige Sonderausgabe
März 2008

Veröffentlicht im Rowohlt Taschenbuch
Verlag, Reinbek bei Hamburg, Mai 2000

Umschlaggestaltung any.way, Barbara Hanke / Cordula Schmidt
(Foto: Matilda Harrison / Getty Images)
Gesamtherstellung Clausen & Bosse, Leck
Printed in Germany
ISBN 978 3 499 24658 6

Wie die Sonne, wenn sie aufgegangen ist, an dem hohen Himmel des Herrn eine Zierde ist, also ist ein tugendsames Weib eine Zierde in ihrem Hause.
Jesus Sirach 26,21

TEIL 1

KAPITEL 1

DAS LETZTE, was Anna Vasbender für eine längere Zeit von ihrem Zuhause sah, war eine fette Ratte, die ihr Hinterteil unter den verwitterten Holzbrettern des Abtritts hindurchquetschte. Anna mußte auf den Abort. Sie hatte sich diesen Gang bis zuletzt aufgespart, wie immer, damit der Druck auf ihre Blase schließlich den Ekel überbieten und jeden Aufschub unmöglich machen sollte.

Es war einer der letzten Tage im Juni. Ein langer heißer Sommer stand bevor, und Anna, schon am frühen Morgen verschwitzt, sehnte sich nach dem frischen Wind, den sie am Strand der Nordsee vermutete, an dem sie selber noch nie gewesen war. Wohl aber ihre Lehrerin, die dort unauslöschliche Eindrücke gesammelt haben mußte. In der Erinnerung Annas jedenfalls redete die Lehrerin unablässig vom Seewind und vom sechsten Gebot, und das hörte sich dann ungefähr so an: «Auch damals, in der frischen Brise am Nordseestrand, habe ich nie vergessen, wie scharf es Gott mit der Sünde der Unkeuschheit nimmt. In seinem sechsten Gebot, an das wir uns treu und ernsthaft halten müssen, befiehlt Gott, daß wir keusch und züchtig leben in Worten und Werken. Denn es steht geschrieben, daß Gott alles sieht, was man tut.»

Wenn Gott allem zuschaute, konnte er jetzt sehen, wie Anna mit schnellen, steifen Schritten, die Schenkel eng aneinandergepreßt, die Obere Schmiedgasse hinaufeilte, zum Anwesen ihrer

Patin, von deren Abtritt sich Anna Erlösung versprach. Die Wohnung der Patin befand sich im ersten Stock eines großen, düsteren Hauses, das früher einmal stattlich gewesen war, jetzt aber verrottetes Fachwerk und bröckelnden Putz sehen ließ. Im Parterre hatte sich eine Weinhandlung etabliert, und Anna wußte ungefähr, was es mit diesem Geschäft auf sich hatte. Die Männer, die dort Wein kauften oder tranken, hatten noch mehr im Sinn. Und das hing mit den Näherinnen zusammen, von denen nach dem geflüsterten Bericht der Patin derzeit sieben im Haus wohnten. Diese Näherinnen waren Mädchen und Frauen wie das schöne Hannchen oder die priemende Lotte, die vor den Männern ihre Röcke aufhoben. «Unzucht über Unzucht», eiferte die Patin, und an ihrem dünnen Hals blühten rote Flekken auf. Oftmals, so sagte die Patin, sei sie halbtot vor Angst, daß ein Besucher des Hauses sie mit einer dieser Schamlosen verwechseln könne. Darauf hatten alle anwesenden Frauen die Patin beruhigen, ihr klarmachen wollen, daß, wenn sie das Dunkel der Nacht meide, ihr gewiß niemand zu nahe treten werde. Auch Anna hatte in den Chor eingestimmt, bis ihr durch das ungewöhnliche Schweigen der Patin klar wurde, daß es ihr doch nicht paßte, derart nachdrücklich aus dem Gefahrenbereich der Männerwelt gerückt zu werden.

Da die Patin zu den zahlreichen Rätseln gehörte, die das Leben Anna aufgab, verfolgte sie den Gedanken an die seltsame Reaktion der Tante nicht weiter. Schließlich war Annas Blase kurz vor dem Zerplatzen, und in Momenten der Bedrängnis muß man das Wichtigste zuerst tun.

Anna nahm den klobigen Deckel vom Abtritt und versuchte, dabei nicht in die Grube hineinzuschauen. Das war nicht so einfach, denn die Löcher aller Aborte, die Anna kannte, waren groß wie Krater, und mindestens ebenso gefährlich. Feindselig und tückisch schienen formlose Wesen in der Gülle zu paddeln, und Anna wußte, daß die Frauen aus der Weinhandlung, die ihre Röcke vor den Männern hochhoben, manchmal Früchte ihres bösen Tuns in der Gülle begruben. Das hatte die Patin der Mutter zugeflüstert, doch Anna hatte es gehört, und sie machte sich ihre Gedanken.

Seit Anna in der Oberen Schmiedgasse lebte, lernte sie die Abendstunden lieben, wenn langsam das Tageslicht aus den Gassen zurückfloß in die Nacht. Dann wurden die rissigen, grauen Häuser von dürftigen Lampen erhellt, deren zitterndes Licht die schmutzige Obere Schmiedgasse in eine magische Landschaft verwandelte. Fast unter jedem First hingen die Dachstuben wie Vogelbauer hervor, duckten sich eng zusammen, um dem Wind nicht im Wege zu sein. Wenn auch die streitenden, keifenden Stimmen aus den Häusern nicht verstummten, wehmütiger Mundharmonikaklang oder ein kreischendes Grammophon die Ohren marterte, liebte Anna diese Abendstunden, sie schienen ihr heimlicher und traulicher als der Tag. Vor allem der Morgen. Was hatte der für ein kaltes, unbarmherziges Gesicht.

Wenn Anna bei Tagesbeginn um Brot ging, meist gegen fünf Uhr früh, dann begegnete sie auf dem schlüpfrigen feuchten Straßenpflaster den ersten Frauen, die zur Fabrik mußten. Die meisten kamen aus dem Loch. Diese Wohnungen hießen so, weil sie klein waren, feucht und ohne Licht, denn um sie zu erreichen, mußte man von der Straße aus eine Treppe hinuntersteigen. Die «Löcher» mit Gemeinschaftsküche waren trotzdem teuer, daher gingen alle Frauen aus dem Loch zur Fabrik. So wie Maria Brehm, die Anna schon gekannt hatte, als sie noch ein hübsches junges Mädchen war. Heute war sie Anfang Zwanzig, hohlwangig und blaß. Das Haar, früher zu blonden Locken frisiert, hing ihr strähnig und fahl vom Kopf. Im Arm trug Maria den blassen Säugling, an der Hand das Fritzle, das kaum gescheit laufen konnte und vor Müdigkeit die Augen nicht aufbrachte. Am liebsten wäre das Fritzle auf der Stelle wieder eingeschlafen. Doch Maria riß es unbarmherzig mit sich, das tägliche Elend hatte schon ihre mütterliche Weichheit und jede Freude an den Kindern erstickt.

Was für ein Leben. Stellungen als Dienstmädchen. Danach drei Jahre Fabrik und Tanzboden, Jahre scheinbarer Freiheit, Locken und Zwirnshandschuhe am Sonntag. Dann wurde Maria schwanger, der Vater des Kindes war nur ein Jahr älter als die Neunzehnjährige. Sechs Wochen blieben Maria für ihr erstes Kind, für die Ausstattung des Kämmerchens im Dachgeschoß. Marias dicker Bauch ließ den Hauswirt zetern, denn eine Heiratsurkunde war nicht vorhanden. Die klimpernden Geldstücke schließlich beruhigten das Gewissen des Hauswirts, und Marias zweite Freiheit begann. Sie wollte ihr Kind nicht zur Pflegefrau geben, schließlich war sie selber dort jeden Tag abgeliefert und den Wanzen überantwortet worden, und vorher ihre Mutter ebenso. Aber der Kindsvater ging gerne ins Wirtshaus, denn genau wie Maria sehnte er sich nach etwas, das sie beide nicht benennen konnten, das aber keinesfalls ein ständig greinender Säugling und ein stinkender brodelnder Kochtopf voller Windeln in einer Dachkammer im Loch war.

Marias junger Mann begann bald, seine Frau zu hassen, sie duckte sich unter seinen verächtlichen Blicken, die ihrem aufgedunsenen Körper, ihren fettigen Haaren galten. Er sah nicht, wie sie schuftete, wie sie litt, sondern machte sie für seine elende Situation verantwortlich. Auf dem Tanzboden war Marie von vielen Männern begehrt worden. Vor allem ihre üppigen blonden Locken und ihre Keckheit hatten sie zu einem Besitz gemacht, um den er beneidet wurde. Und heute? Fett war sie, bleich und stumpfsinnig. Heulte ständig. Hatte er das verdient?

Maria spürte seine Verachtung, wußte, daß sie vor allem ihrem trostlosen Aussehen galt. Wann hätte sie sich auch Locken brennen können? Sie kam ja nicht einmal zu ein paar Stunden ungestörten Schlafes. Das Essen bestand vor allem aus Zichorienkaffee, Marias Figur blieb aufgedunsen und bleich. Keines ihrer alten Kleider paßte seit der Schwangerschaft, der bald die nächste folgte. Woher hätte sie Geld für neue Garderobe nehmen sollen? Eine gelbe Seidenrose für ihren alten Hut wünschte sie sich, doch sie spürte, daß selbst dieser kleine Traum lächerlich war, wenn man in einer Dachkammer im Loch wohnte und jeden Tag zur Fabrik mußte.

Sah Anna Frauen wie Maria Brehm, und es gab deren im Loch und in der Oberen Schmiedgasse nicht wenige, dann spürte sie mit glühender Dankbarkeit die Kraft ihrer Mutter, die sich dem tiefsten Elend bislang erfolgreich entgegenstemmte, die es nicht zulassen würde, daß Anna, ihre Schwestern und ihr Bruder im Loch enden würden. Keines der Vasbender-Kinder war je zu einer Pflegemutter gegeben worden. Lieber hatte die Mutter sich mit der noch schlechter bezahlten Heimarbeit geplagt.

«Du und deine Kinder», sagte die Patin manchmal vorwurfsvoll zur Mutter, «ihr seht aus wie Leute über eurem Stand.» Die Mutter wagte nicht, der Patin zu widersprechen. Zum einen hatte sie immerhin für die Wohnung gebürgt, zum anderen hoffte Juliane Vasbender im stillen immer noch, daß ihre Kinder, vor allem Anna als Patenkind, das Erbe ihrer Schwägerin antreten würden. Außerdem wußte sie im Grunde, daß die Patin recht hatte. Jeden Tag suchte Juliane in ständig neuem zähen Bemühen, den Geruch der Armut aus ihrer Wohnung zu putzen, Schwamm und Moder mittels scharfer Essiglaugen zu bannen. Bis weit in die Nacht saß sie, um für ihre Kinder aus dem Putz der Tante schlichte Kleider zu nähen, damit sie nicht schon auf den ersten Blick als armer Leute Bälger verachtet wurden.

Zwar war die Obere Schmiedgasse nach Vaters Tod ein Abstieg gewesen, doch sollte es jetzt, da die Kinder mit dem Verdienen an die Reihe kamen, für die Vasbenders wieder aufwärts gehen. Dafür wollte Anna alles riskieren. Und die schrecklichen Abtritte, die in den Armenvierteln gang und gäbe waren, wollte Anna auch für immer hinter sich bringen. Da sie heute in die Fabersche Villa als Küchenmädchen in Dienst gehen würde, begann für sie ein neues Leben. Dazu gehörte zumindest ein Wasserclosett statt des grauenhaften Abtritts in der Oberen Schmiedgasse, und die Familie von Faber, Annas künftige Dienstherren, hatte solche Closetts sogar für die Dienstboten angeschafft. Da mußten auch dünne Dienstmädchen wie Anna keine Sorgen haben, hinterrücks in die Gülle zu fallen.

Anna war immer lang und dürr gewesen, wie alle Vasbenders. Die Zierlichste der Familie war die Patin. Jedenfalls war sie die kleinste und dünnste Person, die Anna jemals, außer einmal auf dem Jahrmarkt, gesehen hatte. Sie war auch die reichste, was allerdings bei der mißlichen wirtschaftlichen Situation in Annas Familie nicht viel bedeutete. Der Vater der Patin war selbständiger Dachdecker gewesen und hatte seinem einzigen Kind das Haus unter der Burg hinterlassen. Die Patin kassierte die Miete von der Weinhandlung, den Näherinnen und den restlichen fünf Familien, die das Haus überfüllten und die Räume immer weiter herunterwohnten. Dabei klagte die Patin über die teuren Zeiten, über die Regierung. Am heftigsten beschimpfte sie die Industriellen, die soliden Handwerkerfamilien den Niedergang bereiteten. Dessenungeachtet hüllte sie ihre Gliederchen in changierende Seide und trug Samthüte mit reichem Putz, wie man sie sonst nicht sah in der Nürnberger Altstadt, wo das Elend die Mode diktierte.

Für Anna jedoch würde ab heute alles anders werden. Sie würde künftig schöne Damen erleben, in Kleidern und Hüten, die vielleicht sogar feiner waren als die der Patin. Schon in der nächsten Stunde würde Anna nach Stein aufbrechen, dahin, wo die Familie von Faber lebte.

Das alles verdankte sie Doktor Martin, der zwar kein Armenarzt war und auch für den Bezirk der Oberen Schmiedgasse nicht zuständig, sich aber um die Vasbenders kümmerte. Er stammte aus einer wohlhabenden Ansbacher Familie. Gemeinsam mit einem Kollegen hatte er sich in Nürnberg als Arzt niedergelassen, und durch einen Unfall Annas, die am Maxtor auf Glatteis ausgerutscht war und sich den Unterarm gebrochen hatte, war es zu seiner Bekanntschaft mit der Familie Vasbender gekommen. Aus Gründen, die nur der Doktor selbst kannte, hatte er so etwas wie eine stille Patenschaft für die Familie übernommen.

Doktor Martin bemühte sich, für Juliane und ihre Töchter eine erträglichere Form der Existenz zu finden, wollte aber dabei Juliane nicht bevormunden oder in Abhängigkeit bringen. Da er ein Jagdfreund Wilhelm von Fabers war, hatte er Anna, die wieder einmal Arbeit suchte, in der Villa untergebracht. Man nahm eigentlich nur Mädchen aus dem Ort, aus den Familien der Faberer, wie sich die Arbeiter der Bleistiftfabrik nannten. Anna hatte auf ihrem Sonntagsspaziergang die Schlote und Fabrikgebäude durch die Bäume des Parks sehen können, ein Gelände, das ihr mindestens so groß schien wie die Spaethsche Fabrik am Dutzendteich oder die weitläufigen Areale in Gostenhof oder Wöhrd, wo die Schlote der Maschinenfabrik Cramer-Klett rauchten. Mehr als tausend Arbeiter waren in der Bleistiftfabrik Faber beschäftigt, dazu noch über dreihundert Heimarbeiter. Das wußte Anna von Doktor Martin.

Er hatte ihr eigens zu ihrem Dienstantritt Aabels Kochbuch

geschenkt. Doch die Lektüre half Anna nicht, im Gegenteil. Sie kannte von daheim Mehl-, Brot- oder Gerstensuppen, im Sommer Gemüse von Erbsen, Möhren oder Schneidbohnen. Im Winter gab es eingemachtes Kraut. Ganz selten hatte die Mutter Geld für ein Suppenfleisch. Die häufigste Mahlzeit der Vasbenders war Brot, eingebrockt in Zichorienkaffee. Was Anna vom Zubereiten extravaganter Speisen las, von Seezunge, Austernpastete, gedämpftem Huhn, von Gefrorenem, von Kuchen und Pasteten, Fasanen, Tauben oder Karpfen, von Tranchieren, Anrichten, Servieren, machte ihr angst. Noch nie hatte sie etwas von Sherry gehört, von Champagner oder Whiskey.

Für einen Moment hätte sie fast den Mut verloren. Annas Schwester Lina, die wegen starker Zahnschmerzen das Bett hüten mußte, hatte das Buch genommen, darin herumgeblättert und es Anna schließlich wieder in den Schoß geworfen. Dabei sagte sie sachlich: «Wos willst'n domit? Bist doch Küchenmädla. Da derfst doch eh bloß Töpf und Pfannen schrubbn.»

Das erleichterte Anna, aber es gefiel ihr nicht. Schließlich hatte sie mit der Mutter und den Geschwistern eigens einen Sonntagsausflug nach Stein gemacht, damit alle sehen konnten, wo Anna diesmal in Stellung ging. Nicht mehr beim Fischhändler Reingrüber und nicht mehr in der Kohlenhandlung Benner, diese Zeiten waren vorbei. Von heute an würde Anna in einer Villa wohnen, noch dazu neben einem Schloß, und da mochte Anna nicht an das Schrubben von Töpfen und Pfannen denken.

Sie richtete ihre Gedanken lieber auf die Familie des Freiherrn Wilhelm von Faber. Anna hatte den Doktor bei seinen Besuchen in der Familie Vasbender immer wieder ausgehorcht, ihn gebeten, ihr die drei Töchter der Familie zu beschreiben. Ottilie, die Älteste, war fast auf den Tag genauso alt wie Anna. Sie lebte in München, im Max-Joseph-Stift, einem vornehmen

Lyzeum für Töchter hoher Staatsbeamter und Offiziere. «Und», drängte Anna, «wie sieht das Fräulein aus?»

«Sie ist ganz schwarz», sagte der Doktor und freute sich an dem ungläubigen Gesicht Annas.

«Wieso schwarz?» fragte Anna denn auch gleich, und der Doktor erklärte ihr, daß Ottilie von Faber die schwärzesten Haare und die dunkelsten Augen besitze, die er je bei einem Menschen gesehen habe. «Ihre Augen sind nicht dunkelbraun, wo vielleicht hin und wieder ein grüngoldenes Fünkchen für einige Helligkeit sorgt; nein, Ottilie hat Augen wie schwarze Kirschen. Und hineinschauen kann niemand, glaube ich.»

Das beschäftigte Anna. Augen, in die man nicht hineinschauen konnte. Wie war das mit Annas Augen? Hatte in die jemand hineingeschaut? So richtig? Höchstens Johann, aber der war ein Geheimnis, an ihn sollte Anna eigentlich gar nicht denken. So konzentrierte sie sich wieder auf Ottilie von Faber. Als der Doktor von den jüngeren Schwestern Ottilies erzählte, hörte sie kaum hin, so sehr war sie damit beschäftigt, sich die Kirschenaugen des jungen Mädchens vorzustellen, das in einer Villa daheim war und in dem vornehmen Münchner Stift sicher auch bei Tag und Nacht bedient wurde. Ottilie von Fabers schwarze Augen hatten wohl noch nie etwas Ekelhaftes gesehen. Wenn feine Damen so etwas sehen mußten, machten sie *puh*. Anna hatte das einmal sonntags beim Spaziergang mit der Patin im Luitpoldhain erlebt, wo eine vornehme junge Dame mit ihrem Leutnant promenierte und dabei einen Kothaufen übersah.

«Siehst du, Anna», hatte die Patin zufrieden gesagt, «Poussieren macht blind.»

Anna dachte an Johann und daß die Patin von ihm nichts wissen durfte.

Johann hatte Anna auch gesagt, daß sie schön sei. Er sagte es anders als Doktor Martin – oder? So viele Rätsel für Anna. Sah sie sich im Spiegel, schaute sie rasch wieder zur Seite, denn sie wußte ja, daß es Eitelkeit war, länger als nötig in den Spiegel zu schauen. Hoffart. Sünde. Außerdem gefiel Anna sich nicht sonderlich. Frauen, die sie schön fand, waren die Mutter und Lina, auch Amalie, wenn sie genug Zeit darauf verwendete. Doch sie selber? Alles, was Anna gern in ihrem Gesicht gesehen hätte, war an Wilhelm gegangen, an den es als Junge wahrhaftig verschwendet war. War Wilhelm auch klein von Statur, so wölbte sich sein Mund groß und energisch. Ja, wenn Anna einen Mund wie Wilhelm gehabt hätte! Großzügig geschwungen und voll. Ein Kunstwerk des Schöpfers. Aber so wie die Dinge nun mal standen, bemühte Anna sich, ihren Mund immer rasch zu verziehen, wenn sie sich beobachtet fühlte, damit ihn niemand in seiner reizlosen Ruhestellung besichtigen konnte.

Am meisten jedoch beneidete Anna ihren Bruder um seine blauen Augen, die manchmal ins Violette gingen, während ihre eigenen Augen braun und nichts als braun waren. Dazu kringelte sich Wilhelms Haar ähnlich dem Amaliens blond und dicht in seine Stirn, Annas Haar hingegen fiel schwer und glatt vom Scheitel. Außer einem Zopf im Nacken war dieser dunklen Haarbürde nichts abzuringen, dabei war die Haartracht die schönste Zier des Weibes, und von der Anordnung des Haares hing die Schönheit des Gesichts ab. Anna hatte das im *Blüthenstaub* gelesen, einem Heft, das die Patin abonniert hatte. Ein Bild ohne Rahmen könne doch niemandem gefallen, hieß es dort, und Anna stimmte dem vorbehaltlos zu. Ihr Gesicht, ohnehin schon bescheiden in der Ausstattung, sollte wenigstens einen imposanten Rahmen haben. Aber wie? Mit derart dickem störrischem Haar war nicht einer der Ratschläge zu befolgen, die *Blüthenstaub* bereithielt.

Wäre Annas Stirn sehr hoch und schmal gewesen, dann hätte sie nur aus dem Haaransatz ein paar Löckchen zu lösen brauchen, und schon wäre der Fehler korrigiert. Doch Anna hielt ihre Stirn eher für zu breit. Dieser Irrtum der Natur sei leicht zu beheben, hieß es, wenn man an den Schläfen einige leichte Scheitel zöge und so zur optischen Verschmälerung des Gesichts gelangte. Anna seufzte. Leichte Scheitel! Ihr Haar war schwer wie ein Roßschwanz, und sie wollte den sehen, der darin leichte Scheitel anbrächte. Nicht einmal für Sekunden würden die ihre Stellung halten. Es war zum Verzweifeln.

Einen Trost hatte Anna am Schluß des Artikels dann doch gefunden. Starke, lange Zöpfe, so hieß es, seien eine viel zu prächtige Zier, als daß ein junges Mädchen sie sich vorzeitig nehmen lassen sollte. Das leuchtete Anna ein, obgleich sie wegen der langen, ermüdenden Prozedur des Trocknens schon oft in Versuchung gewesen war, sich der Zierde vorzeitig zu entledigen. Schleifen, passend zum Kleid, sollten junge Mädchen in die Zöpfe binden. Der erste Rat, den Anna beherzigen konnte, denn sie besaß von den Kleidern der Patin Stoffreste, aus denen sich Bänder und Schleifen herstellen ließen.

Heute, auf dem Weg nach Stein, trug Anna also in ihrem Zopf eine üppige Schleife aus demselben Moiré, aus dem ihr Rock gestückelt war. Um die künftige Herrschaft in Stein nicht durch den ererbten Glanz zu brüskieren, hatte Annas Mutter ein Stück ungebleichtes Leinen zu einer Schürze verarbeitet, die Anna über dem Moiré trug. Hoffentlich sah sie damit bescheiden genug aus.

Anna schloß die hölzerne Tür des Abtritts aufatmend hinter sich und nahm ihren Koffer wieder in die Hand. Schon spürte sie die ganze Hitze des Tages und fragte sich besorgt, wie verstaubt sie wohl in Stein ankommen werde, jetzt, wo sie keinen Pfennig in der Tasche hatte und die ganze Strecke zu Fuß zurücklegen mußte. Sollte sie die Patin um das Geld für die Straßenbahn bitten?

Unschlüssig blieb sie stehen, setzte sich für einen Moment auf den lächerlich großen Kabinenkoffer, den ihr Vater einmal aus einem Nachlaß gekauft hatte. Ihr fiel der Sonntagsausflug ein, den sie mit der Mutter und den Geschwistern nach Stein gemacht hatte. Ein Spaziergänger hatte die Vasbenders in respektvoller Entfernung vom Schloß stehen sehen und sie in der jovialen Art vieler Einheimischer angesprochen. Bald wußten sie, daß der Firmenchef, der Reichsrat Lothar von Faber, das ganze Gebiet um die Rednitz gekauft habe. Daß er ein guter Herr sei, der für seine Arbeiter sogar Wohnungen baue. Zuerst habe er dem Ort die schöne Kirche geschenkt. Daher sei er jetzt der Patron. Ein eigenes Schulhaus habe er den Steinern bauen lassen, einen Kindergarten. In den sei auch der einzige Sohn Wilhelm geschickt worden. Das solle man sich vorstellen, das einzige Kind des Fabrikherrn unter den Arbeiterkindern. Wilhelm von Faber sei der Firmenerbe und wohne in der Villa mit den Säulen davor. Und im Schloß daneben lebe der alte Herr. «Die schauen auf uns, sie sind immer in der Nähe», sagte der Mann. «Ich bin auch ein Faberer, ich arbeite in der Graphitmühle. Meine Söhne ebenso.»

Anna dachte, daß der Mann stolz war, ein Faberer zu sein. Das begriff sie nicht. Ihr selber hatte noch nie ein Arbeitgeber gefallen. Im Gegenteil. Gefährlich waren die gewesen, unberechenbar. Hatten sie herumkommandiert. Besonders, wenn sie getrunken hatten, glaubten sie, Dienstmädchen müßten gehorchen wie Hunde. Nachts wollten sie dann schöntun, wollten in die Schlafkammer. Doch Anna war durch ihre Schwestern gewarnt. Sie wehrte sich, drohte, alles der Frau zu sagen. War die Frau in der Nähe, schrie sie wütend und trieb den Herrn damit in die Flucht. Das hatte meist die Kündigung zur Folge, aber was machte das schon. Dienstmädchen kamen und gingen, sie waren austauschbar. Anna wußte, daß sie kein Recht hatte, stolz zu sein, da sie selber nichts war. Und sie hatte keine Ahnung, ob sie in dieser Villa, deren Sandsteinmauern rötlich durch die Bäume schimmerten, ob sie dort so etwas wie eine Faberer sein würde.

Der Mann hatte sich verabschiedet und Anna gebeten, Nürnberg zu grüßen: «Die Industrie wird immer mächtiger, in den großen Fabriken gibt es Arbeit genug für alle Frauen und Männer. Jeder, der Gottes Gebote befolgt und fleißig arbeitet, kann es heutzutage zu etwas bringen.»

Anna hätte das gern geglaubt, aber ihre Erfahrungen stimmten nicht mit dem Bild überein, das dieser Mann mit dem roten, gutmütigen Gesicht vom Leben malte. Annas Eltern hatten Gottes Gebot befolgt, und sie hatten auf sich gehalten, der Vater fast noch mehr als die Mutter. Schön und vornehm war er gewesen, Anna besaß von ihm ein Foto – und wie er so dasaß, den winzigen Wilhelm im Arm, sah er ebenso gut aus wie der Kaiser und fast noch vornehmer. Früh, wenn die Kinder von der Mutter geweckt wurden, war der Vater schon in der Werkstatt. Inzwischen schien es Anna, als habe der Vater mehr geleistet als die Arbeiter, die er beschäftigt hatte. Doch dann kam die Krankheit. Der Vater lag hustend und keuchend im Bett, anstatt in der Werkstatt neue Entwürfe für Spielzeug auszuarbeiten. Die Fabrikation kostete ständig Geld, Blech mußte bezahlt, die Arbeiter mußten entlohnt werden, die Bank wollte dem kranken Vater nichts mehr leihen, sooft die Mutter auch hinging und bat.

Mit Vaters Tod fiel der letzte Schutzwall gegen den Erdrutsch, der die Familie ins Abseits riß. Die unbegreifliche, übermächtige Welt des Geldes tat sich vor Anna auf. Zum erstenmal hörte sie von Krediten, Bürgschaften, Obligationen, wenn die

Mutter verstört und ratlos aus dem Bankhaus zurückkehrte und den Kindern berichtete, daß von Vaters Fabrikation, von der vielen Arbeit, seinen schönen Entwürfen und Ideen nichts für die Familie zurückbleiben würde. Anna begriff das nicht, aber das unbestimmte Gefühl der Demütigung ihres geliebten Vaters legte sich auf ihre Seele. Abscheu und Wut erfüllten sie. Das Geld hatte den Vater todkrank gemacht, weil es trotz aller Kunst und Anstrengung lieber zu Vaters Konkurrenten wanderte. Das Geld war auch im Bunde mit dem Käufer der Vasbenderschen Spielwarenfabrik. Nicht einmal die letzten Gulden blieben bei den Vasbenders, sondern rollten in die Börse des Totengräbers. Von nun an hieß es Tag für Tag in der Oberen Schmiedgasse: Dafür haben wir kein Geld. Kein Geld. Kein Geld. Das Geld war ein Feind, der, weil abwesend, alle Freude, alle Hoffnungen erstickte.

Oft schob sich in Annas Erinnerung das frühere Leben, das sie mit dem Vater geführt hatten. Vielleicht war in ihrer Vorstellung auch alles ein bißchen verschönt, aber dann ging das allen Vasbenders so, denn immer wieder sprachen sie von dem Haus in der Ebnersgasse. Annas Vater, Metalldrücker von Beruf, hatte für seine Familie einige Jahre lang einen gewissen Wohlstand bereitstellen können. Ein kleines Haus mit guter Stube und Schlafzimmer hatten sie gehabt, die Kinder konnten in der Werkstatt, in der wochentags auch gegessen wurde, schlafen. Den größten Raum hatte die Fabrikation eingenommen. Undeutlich, aber um so angestrengter erinnerte sich Anna an die Bänke mit den gußeisernen Stanzen, mittels derer die Metallteile gedrückt wurden. An den Wänden lehnten Blechplatten, aus denen zwei Arbeiter die Rohformen schnitten. Die Geräte zum Schneiden und Schleifen durften die Kinder nicht berühren. Fabrikant nannte sich Annas Vater, und über der Haustür hing ein von ihm selber entworfenes Schild mit der Aufschrift

Spielwarenfabrik Vasbender. Die Mutter war zwar sparsam, aber sonntags gab es dennoch Braten und Kuchen, und Weihnachten war stets ein Fest. Daran erinnerte sich Anna mit trotziger Wehmut. Den Kindern wurde erklärt, daß der größte Teil des verdienten Geldes wieder für die Blechplatten und die Stanzmaschinen ausgegeben werden müsse. Der Vater schimpfte über die Konkurrenz größerer Fabriken, die das Spielzeug billiger hergaben, als er selber es kalkulieren konnte. Anna litt, wenn sie ihren Vater verzweifelt beim Zeichnen und Rechnen sitzen sah. Doch dann kam wieder ein Auftrag, aus der Werkstatt lärmten die Stanzen vom Morgen bis in die Nacht. Vater warf Geld auf den Tisch, und die Mutter konnte Fleisch kaufen. Meist gab es nur Suppe und gekochte Kartoffeln, die aus der Hand dazu gegessen wurden, doch die Mutter legte immer ein Tischtuch auf, und die Kinder wurden angehalten, gerade zu sitzen und ohne Schmatzen zu essen. Sonntags zog die Mutter den drei Töchtern weiße Kleider an, die sie selber genäht hatte. Wilhelm, so klein er auch war, besaß einen Anzug wie der Vater. Begleitet von dem Hund Rex, der vor der Kirche wartete, ging die Familie zum Gottesdienst in die Sebalduskirche. Daheim, beim Sonntagsessen, sprachen die Eltern darüber, daß der Bäckermeister Reiber gegrüßt habe und der Schreiner Übelhack. Sogar der Apotheker Semmelmann habe den Hut gezogen. Anna sah, daß es den Eltern viel bedeutete, gegrüßt zu werden, und so verkniff sie es sich, in der Kirche mit ihren Schwestern zu schwatzen und den Wilhelm zu knuffen, wie sie das sonst aus reiner Langeweile immer getan hatte.

Neun Jahre alt war Anna gewesen, als ihr Vater an Schwindsucht starb. Fast ein Jahr vorher hatte er seine Arbeiter entlassen müssen. Der Vater, der Kassierer im Gesellschaftsverein war und so gerne mit anderen Geschäftsleuten politisierte, verließ das Haus nicht mehr. Anna glaubte, daß sie sich noch an seinen rasselnden Atem erinnern könne, der ihre Nächte endlos und angsterfüllt machte. Nach Vaters Begräbnis, noch am selben Tag, erschien der Käufer, der Vaters Fabrik mit allen Verbindlichkeiten übernommen hatte. Verlangte außer dem Haus auch sämtliches Inventar, so daß Annas Mutter mit den Kindern fast ohne jede Aussteuer in das alte Burgviertel zog, in die Obere Schmiedgasse.

Nie würde Anna diesen Tag vergessen. Gemeinsam mit der Mutter hatten die Kinder die paar Töpfe und Teller, einige alte Decken, Kleider und die Leibwäsche, die Vaters Nachfolger ihnen ließ, auf einen Handwagen geladen. Die Frau des Fabrikanten, in feinem Tuch, prüfte jedes Teil, das die Vasbenders aufladen wollten. Rümpfte sie die Nase, und das tat sie nur bei den dürftigsten Teilen, konnten sie mitgenommen werden. Wütend fragte sich Anna, warum es niemanden gab, der ihnen beistand. Denn daß die Käufer nicht das Recht hatten, sämtliches an Wert zu behalten, was die Familie besaß, daran hatte Anna keinen Zweifel. Sie äußerte ihren Verdacht der Mutter gegenüber, doch die winkte müde ab. Auf der Bank hatte sie erfahren, daß die Firma höher verschuldet war, als sie geglaubt hatte. Daß sie froh sein mußten, ohne Schulden wegzukommen aus der Ebnersgasse. Es konnte der Mutter nicht schnell genug gehen mit dem Abtransport. Anna merkte, wie die Mutter jedesmal zusammenzuckte, wenn Nachbarn oder Bekannte kamen. Sie blieben meist nur kurz stehen, schienen zu zögern, gingen dann jedoch weiter, und Anna sah, daß die Wangen ihrer Mutter rote Flecken hatten. Daher beeilte sich Anna, aus dem Haus zu schleppen, was nur ging, die Schwestern mühten sich genauso, und Mutter blieb abseits stehen, Wilhelm an der Hand, der das Unternehmen lustig fand und vergnügt in die blaue Luft hinauf schaute.

Seit dieser Zeit, seit die Vasbenders in der Oberen Schmiedgasse wohnten, mußte Anna oft daran denken, was einmal der

Pastor in der Sebalduskirche gesagt hatte. Er predigte davon, daß der Mensch in seinem Leben wie Gras sei, daß er blühe wie des Feldes Blumen, doch dann käme der Wind und würde den Menschen verwehen von seiner Stätte.

So, genau so fühlte sich Anna, als sie beim Auszug aus dem Haus in der Ebnersgasse den Handwagen beluden und sich auf den Weg in die Obere Schmiedgasse machten.

Im Haus der Patin war keine Wohnung frei gewesen. «Tut mir leid, Juliane, für dich und die Kinder. Aber ich bin auf solvente Mieter angewiesen.» Immerhin hatte die Patin gebürgt, so daß Annas Mutter die Zweizimmerwohnung bei den Schaafs mieten konnte. Eins ihrer dünnen Ärmchen in die Hüfte gestemmt, das andere beschwörend gegen die Mutter erhoben, hatte die Patin gemahnt, daß Juliane von nun an die Fabrikantenwitwe vergessen und Arbeit suchen solle. Als hätte die Mutter das nicht selber gewußt.

Anna atmete tief. Am liebsten hätte sie alle ihre Gedanken, die ständig ungefragt daherkamen und ihr den Kopf vollstopften, ausgeleert in einen Sack, den sie fest zubinden und auf den obersten Dachboden abstellen würde.

Von der Turmuhr schlug es zehn, höchste Zeit für Anna. Sie wollte sich nur noch von der Patin verabschieden und Geld für die Straßenbahn erbitten. Anna rechnete damit, daß es ein Metzgersgang werden würde, aber heute war ihr alles weniger wichtig, was sie früher manchmal aufgebracht hatte. Wie der Geiz der Patin, die zäh um jeden Pfennig rang, in ständig lebendiger Angst vor dem Armenhaus. Nun, wenn schon. Dann würde Anna eben zu Fuß nach Stein gehen. Allerdings war der einzige Koffer, den die Vasbenders besaßen, viel zu groß für die wenigen Habseligkeiten Annas, und sie schämte sich fast seiner Klobigkeit, hätte lieber das Wenige in ein Tuch eingebunden. Aber die Mutter war für den Koffer, der noch aus Vaters Zeiten stammte und wohl das Elend der Oberen Schmiedgasse verdekken sollte. Daher gehorchte Anna.

Sie klingelte bei der Patin. «Allmächd, Anna, bist du noch immer nicht auf dem Weg? Du mußt dich schicken!»

Das winzige Gesicht unter der gefältelten Haube war von Eifer gerötet, der Mund der Patin spitzte sich zu, als wolle sie «Hühnchen» sagen. Anna faßte sich ein Herz und fragte die Tante, ob sie fünfzig Pfennig bekommen könne für die Pferdebahn.

Die Patin beteuerte, daß sie bald mit den Ärmsten im Armenhaus sitzen werde. «Du wirst es mir nicht glauben, wie säumig meine Mieter sind. Fast alle stehen sie bei mir in der Kreide. Dazu ist die Dachrinne zerbrochen, der Spengler verlangt ein Vermögen für die neue. Ach, Anna, ich hab Sorgen über Sorgen. Und jetzt gehst du in Stellung. Nimm dich fei vor den Männern in acht. Junge Dienstmädla sind Freiwild für die Herren heutzutage. Anna, halt auf dich, des bist deiner Patin und dem Namen Vasbender schuldig. Und die Schaaf hat gesagt, daß du ihr nimmer ins Haus neikommst, wenn sie auch nur das Geringste über dich hört.»

Saumoogn, Geizkroogn, dachte Anna und meinte beide damit, die Schaaf und die Patin. Doch sie sagte kein Wort, nahm die Ermahnungen statt des Reisegeldes und ging aus dem dumpfen Flur der Patin hinaus auf den Platz, der von einer Steinmauer begrenzt war. Für einen Moment lehnte sie sich an die warmen Steine, blinzelte in die Sonne und sah auf die Stadt hinunter, in der sich Ziegeldach an Ziegeldach zu schmiegen schien, bis weit hinaus zu den bläulich im Dunst schimmernden Wiesen und Wäldern. Annas Blick fiel zuerst auf die Kirche St. Sebaldus, wo sie mit den Eltern oft zum Gottesdienst gewesen war. Darunter lagen die Dächer des Rathauses mit dem Lochgefängnis im Keller, vor dessen Verliesen die Mutter sich fürchtete und die in Annas Angstträumen vorkamen. Sie sah das Dach von St. Lorenz und den Tugendbrunnen im Sonnenglanz liegen. Warum aus den Brüsten der Tugenden Wasser sprühte, mochte niemand Anna erklären. Nach allem, was sie gelernt hatte, waren nackte Brüste höchst unanständig, noch dazu in der Öffentlichkeit, doch weil sie überall auf peinliches Schweigen stieß, gab sie sich schließlich selbst die Antwort, daß es deshalb keine Sünde sei, weil die Tugenden aus Bronze waren und nicht aus Fleisch wie lebendige Frauen.

Die Stadt, auf die Anna herabsah, war auf eine rechenschaftslose Weise ihr einziger Besitz und lebenslanger Traum – Angsttraum, Hoffnungstraum, Glückstraum. In diesen Mauern mußte doch das Leben auf sie warten. Bislang hatte Anna zugesehen, wieviel unerreichbare Spezereien in der Stadt fabriziert wurden. Die Metzger machten Würste, wie man sie nur in dieser Stadt bekam, die Lebkuchen waren berühmt im Land, auch das Bier und die Karpfen aus der Pegnitz, die in allen Wirtshäusern gesotten wurden. Aber nicht für Anna. Großartiges Spielzeug; Burgen, Bleisoldaten, Puppenhäuser, Schaukelpferde aus Fell, Eisenbahnen, Stofftiere, was ein Kind sich nur wünschen konnte, wurde in dieser Stadt hergestellt. Doch sie erhielt nichts davon. Nicht einmal ihr Vater, der lustiges Blechspielzeug hergestellt hatte, konnte seine Kinder damit beschenken.

Trotz allem war die Stadt Annas Riesenspielzeug. Mit den runden Wachtürmen, den Mauern und Gräben, mit der Burg und den engen Gassen, den Kirchen, in denen sie Madonnen bestaunte wie die im Strahlenkranz des Veit Stoß in der Lorenzkirche, oder dem prunkvollen Sebaldusgrab, an dem sie sich nicht sattsehen konnte.

Doch heute nahm Anna Abschied. Die Pegnitz schien ihr freundlich heraufzuschimmern, dahinter das Heilig-Geist-Spital. Das Haus Albrecht Dürers war so nah, daß sie die Balken des

Fachwerks hätte zählen können. Albrecht Dürer. Er sei ein Genie gewesen, hatte Annas Lehrerin gesagt. Einer, der alles kann, was er beginnt. Menschen habe Dürer gemalt, seine Familie, seinen Lehrer und den Kaiser. Die heiligen Apostel und die Heiden. Er sei in ferne Länder gereist und habe mit dem Kaiser zu Mittag gegessen. Jetzt lag Dürer schon lange auf dem Johannisfriedhof, auch Veit Stoß, der Bildhauer, war dort begraben, der Gelehrte Pirckheimer und Henlein, der die Uhr erfunden hatte.

Wie diese Leute gelebt hatten, wie sie zu ihrem Ruhm gekommen waren, konnte sich Anna nicht vorstellen. Noch am ehesten den jungen Uhrmacher Peter Henlein, der aus wenig Eisen, mit vielen Rädern versehen, eine Uhr gefertigt hatte, die ohne jedes Gewicht vierzig Stunden zeigen und schlagen konnte, selbst wenn man sie am Busen oder in der Geldbörse trug. Annas Vater hatte auch an so vielen kleinen Teilen getüftelt und gerechnet, und sie hatte zugesehen, hatte den Vater bewundert wie einen Zauberer.

Und Anna selbst? Sie war bereits sechzehn Jahre und konnte nichts. Seufzend sah sie auf die Stadt, in der sie wohl tausendmal die Gassen auf- und abgehetzt war. In die Schule, für die nie genug Zeit blieb, weil sie der Mutter helfen mußte beim Bemalen der Zinnsoldaten. Daher hatte Anna oft das Gefühl, außer Lesen habe sie in der Schule nichts gelernt. Rechnen konnte sie nur mittels der Finger. So wie Anna die Buchstaben liebte, so verabscheute sie die Zahlen, schon daher konnte nichts Gescheites aus ihr werden. Anna konnte auch nur Blödsinn träumen. Bei Tag von kommenden herrlichen Tagen und in der Nacht vom Sterbenmüssen. Klapp, machte der Sargdeckel über Anna, oder ein unterirdisches Tier biß sie in den großen Zeh, und sie konnte es nicht abschütteln. Da freute sie sich beim Wachwerden schon fast darauf, beim Kohlenhändler Benner die Öfen zu schüren.

Jetzt, wo Anna Abschied nahm von der Stadt, war es ihr, als habe sie sechzehn Jahre lang funktioniert wie eines von Papas mechanischen Spielzeugen. Woran hatte sie gedacht in all der Zeit, was hatte sie gefühlt? Hunger vor allem und Angst, daß die Mutter die Miete nicht zahlen konnte. Anna hatte gesehen, was mit Familien geschah, die ihre Miete schuldig blieben, wie ihre Nachbarn. Man setzte sie auf die Straße, punktum. Die Eltern und die Kinder standen vor dem Haus um den Tisch oder setzten sich auf die Stühle, und die Kinder begannen zu heulen. Sie begriffen, daß nirgends Trost war, denn die Mutter hielt voll Scham ihre Schürze vor das Gesicht. Der Vater, der an Stöcken ging, blickte um sich, das Gesicht wie aus Stein. Seine Beine und Arme waren nicht dicker als die Stöcke, auf die er sich mühsam stützte. Annas Mutter war zur Patin gelaufen, damit sie bei der Schaaf ein gutes Wort einlegte, doch die Patin jammerte laut wie immer, daß die Leut selber schuld seien, der Mann täte ja nichts als krankfeiern. Mutter saß mit starrem Blick am Tisch und sagte, daß es kein Leben sei, wenn man nicht einmal ein paar Groschen habe, um anderen zu helfen. Anna sah, wie ein Polizist die Nachbarn wegführte. Niemand wollte erklären, warum die aufgekündigte Wohnung der Schaaf monatelang leer blieb.

Anna schwor sich, noch mehr zu arbeiten als bisher, der Mutter noch mehr bei der Heimarbeit zu helfen. Sie mußten es schaffen, die Wohnung zu halten. Die Schaaf sollte nicht über die Vasbenders triumphieren. Denn das wußte Anna – lieber heute als morgen würde die Schaaf ihnen kündigen, vom ersten Tag an hatte sie die Vasbenders mit gehässigen Bemerkungen und übler Nachrede verfolgt; aber solange die Vasbenders die Miete zahlten, siegte die Habgier über ihren Haß. Einige ihrer muffigen Absteigen standen bereits leer, weil sie säumige Mieter erbarmungslos hinauswarf, neue aber nicht so rasch fand. Niemand, der es irgend vermeiden konnte, mochte in die feuchten Löcher einziehen. Juliane und ihre Kinder hatten es mit viel Mühe geschafft, ihrer Behausung eine gewisse Freundlichkeit abzunötigen, und verteidigten die Kammern zäh. Die Mutter sparte, wo es irgend ging, kaufte nur Kartoffeln um drei Pfennige, um zehn Pfennige Reis oder Graupen, Erbsen und Rübstiel, Zwiebeln, Linsen. Alles was sie aßen, kostete zwischen sechs und zehn Pfennige, aber sie waren zu fünft, brauchten Kleider und Schuhe und Seife für die Wäsche – es reichte nie. Einmal, an Annas Geburtstag, hatte sie sich gewünscht, sie könnte immer, wenn sie Hunger hätte, zur Mutter gehen um ein Stück Brot. Einfach so.

Anna war es gewöhnt, daß daheim jeder Pfennig zweimal umgedreht wurde, aber sie hatte das nie in Frage gestellt. Heute jedoch, beim Anblick der Stadt, wo ihr die reichen und berühmten Nürnberger Bürger in den Sinn kamen, begriff sie, daß es keinerlei Verbindung gab zwischen ihrem Leben und dem der Menschen, von denen man sprach, deren prächtige Häuser die Leute bewunderten, vor deren Kunstwerken Menschen zusammenströmten.

Erst heute fiel es Anna auf, daß sie dastand mit leeren Händen. Obwohl sie gearbeitet hatte, seit sie denken konnte. Ihre Hände waren rissig vom Scheuern und Putzen, die Augen rot vom Bemalen feiner Zinnfigürchen. Doch weil ihre Hände nicht bluteten und die Augen sich im Schlaf immer wieder erholten, hatte sie nicht gespürt, daß sie bestohlen wurde. Tag um Tag, Jahr um Jahr, unmerklich, wie auf leisen Sohlen. Erst jetzt, wo Anna fortging aus ihrer Stadt, dachte sie, daß dort von ihr nichts bleiben würde. Obwohl sie alles gegeben hatte, bis zur Erschöpfung.

KAPITEL 2

BONJOUR, princesse de crayon, bonjouuuuur!» Clarissa von der Straaten versuchte, Ottilie mit einer Feder an der Nase zu kitzeln, um sie vorzeitig zum Aufwachen zu bewegen. Ottilie drehte sich empört zur Wand, wühlte sich noch tiefer in die Kissen und murmelte: «Be quiet, Miss Plumpudding, you get on my nerves.»

So früh am Morgen mochte Ottilie noch nicht Französisch sprechen, sie mochte überhaupt noch nicht sprechen, aber die grausame Clarissa zwang sie dazu, und sie würde keine Ruhe geben, bis Ottilie durch ihre Antwort zeigte, daß sie wach war und auch die Beleidigung verstanden hatte. Obwohl es schon Ritual war, blieb es trotzdem ein feiner Stich, ein Hieb, den Clarissa in ihrem eleganten Französisch austeilte und den Ottilie parierte. Aber auf englisch, das paßte zu Plumpudding und war verboten. Wie überhaupt jedes Sprechen im Schlafsaal bei Strafe untersagt war, was jeder kleinen geflüsterten Botschaft eine Brisanz und Kostbarkeit gab, die sie sonst nicht gehabt hätte.

Ottilie fühlte sich gestraft mit einer Bettnachbarin, die ewig nicht sattzukriegen war und andere vor der Zeit weckte, weil sie selber schon am frühen Morgen hungrig und daher wach wurde. Dann ertrug sie es nicht, daß Ottilie noch fest schlief oder doch wenigstens so tat. Denn Ottilie wollte morgens nicht wach werden, nicht richtig wach. Die liebste Zeit des Tages war für sie die Spanne zwischen ihren Träumen und dem Aufwachen, wo sie, noch beschützt vor dem täglichen Drill, die Umrisse der Fenster undeutlich wahrnahm, die langen hellen Gardinen, die hochgebauschten Kissen und Plumeaus der dreißig Holzbetten in Reih und Glied, wie im Märchen von Schneewittchen. Hinter dem Rahmen der weißlackierten, stets offenen Tür wußte Ottilie noch einmal dreißig Betten, und dahinter noch einmal. Und mitten im Schlafsaal, durch drei Vorhänge abgetrennt, stand das Bett der Dame, der Madame Schoenhueb, die sich gottlob eines tiefen geräuschvollen Schlafes erfreute, so daß die Vorhänge zuverlässig bis zum Läuten geschlossen blieben.

Das alles sah Ottilie, und sie sah es auch nicht, denn sie lebte noch in ihrem Traum, in dem ein Eisberg vorgekommen war. Hoch und weiß im Blau des Himmels und des Wassers war er geschwommen, einsam und königlich. Ottilie stand auf dem Deck eines großen Dampfers, den sie noch nie gesehen hatte. Ohne Angst sprang sie in das Wasser, das in der Sonne golden und silbern leuchtete, und sie schwamm mit den Delphinen, hob sich mühelos hoch aus den Wellen und tauchte ebenso tief ein, und die Delphine sahen sie als eine der ihren.

Für eine schlechte Schwimmerin wie Ottilie war dieser Traum ein Triumph, ein Genuß von Gelassenheit und Glück ohnegleichen. Sie versuchte, von neuem einzutauchen in die Traumphase, aber der Plumpudding, dieser Nagel an Ottilies Sarg, hörte nicht auf, sie mit der blöden Feder zu verfolgen. Jetzt legte sich Clarissa auch noch mit ihrem ganzen Gewicht über Ottilie, die den Kopf immer tiefer in die Kissen gedrückt hatte. Herrgott, der Plumpudding würde sie noch ersticken.

Mit aller Kraft schob Ottilie Clarissa von sich weg, flüsterte eindringlich: «Wenn du mich nicht schlafen läßt, sage ich Madame Pleitner, daß du von der Brot-Rosi immer Extraportionen kriegst.»

Wie auf ein Stichwort holte Clarissa unter ihrer Matratze ein Päckchen hervor. Aus dickem Pergament wickelte sie vorsichtig Weißbrot und Schinken, begann sofort davon abzubeißen und mit Behagen zu kauen.

«Du verpetzt mich nicht», flüsterte Clarissa mit vollem Mund. «Sonst sage ich es deinem Großvater.»

Verblüfft starrte Ottilie sie an. «Wie kommst du denn darauf? Du kennst doch meinen Großvater überhaupt nicht.»

«Dem kann ich ja gar nicht entgehen. Du redest doch ständig von ihm.»

Vielleicht hatte Clarissa recht. Es war schon möglich, daß Ottilie versuchte, Clarissa etwas Respekt vor dem Großvater nahezubringen. Clarissa ließ nämlich Ottilie nur zu gern spüren, daß ihre Familie, die von der Straatens, eine alte Offiziersfamilie von ebenso altem Adel sei. Während die Fabers ja erst Adels-Säuglinge waren, wie Clarissa das nannte.

«Du mußt doch zugeben, daß ihr als Adlige noch in den Windeln liegt. 1862 erst wurde dein Großvater geadelt, ihr seid Industriiiiieadel!» Clarissa sagte das, als gäbe es nichts Ekelhafteres, doch Ottilie blieb ungerührt.

«Deine Straatens haben irgendwann im elften oder zwölften Jahrhundert vielen Leuten den Hals abgeschnitten und sind dafür geadelt worden. Mein Großvater dagegen hat es mit Intelligenz und Fleiß geschafft. Ich weiß nicht, was da adliger ist. Außerdem ist es mir von Herzen egal. Ich möchte schlafen.»

Und nur mal fünf Minuten alleine sein. Das sagte Ottilie nicht, dachte es aber um so heftiger.

Die Glocke im Stiegenhaus läutete, es war sechs Uhr. Kissen und Federbetten kamen in Bewegung.

Taumelnd, in Hemd und Unterrock, in den Augenwinkeln noch die Tränen des letzten Traums, in der Hand die Seife, gingen die Mädchen zu den Waschbecken. Sich waschen im Rahmen der Schicklichkeit. Das hieß, den Unterrock und das Hemd anzubehalten, sommers wie winters mit eiskaltem Wasser zu hantieren, ohne übertrieben naß zu werden. Wenn es im Winter gar zu kalt war, bibberte Ottilie auch schon mal beflissen über ihrem Waschbecken, obwohl kein Tropfen Wasser ihre Haut erreichte. In diesem Vortäuschen des Waschrituals hatte sie immerhin eine gewisse Erfahrung.

Doch heute, an diesem Junimorgen, war es im Waschraum schon warm, und Ottilie mußte lediglich achtgeben, daß ihr Hemd nicht feucht wurde. Sonst klebte es unter dem engen Uniformkleid noch stundenlang auf der Haut, was sie haßte. Es gab einige Dinge im Stift, an die sich Ottilie bis heute nicht gewöhnt hatte, obwohl sie seit fast fünf Jahren versuchte, der galanten Salonbildung teilhaftig zu werden, die ihrem Stande gemäß war.

Seufzend suchte sie ihre Zahnbürste, im Nacken die gebetsmühlenartige Stimme von Madame Schoenhueb, die aufzählte, wer wieder seine Nachthaube nicht aufgesetzt hatte: Marie, Ysabel, Clarissa, und natürlich Ottilie. Sie alle würden einen Strich im Ordnungsbuch bekommen. Ottilie hatte viele Striche. Fürs Deutschsprechen. Fürs unerlaubte Verlassen eines Raumes. Fürs Laufen, Springen und Pfeifen auf den Gängen. Fürs Aus-dem-Fenster-Sehen. Fürs Briefeschreiben an die Großmutter. Fürs Pakete-Bekommen. Fürs Reden mit ihrer Schwester Sophie, einer Violetten. Fürs Reden mit einem Kadetten auf der Promenade. Dafür mußte Ottilie unverzüglich von einem Spaziergang zurück ins Stift gebracht werden, und am Abend nahm sie das Essen am Straftisch ein. Es hatte ihr nichts genützt, daß Clarissa, Helene und Amelie bezeugten, der Kadett sei unverschämt gewesen. Er hatte nämlich gerufen, daß die Glaube-Hoffnung-und-Liebe-Töchter aussähen wie eine schwarze Schlange, die sich die Ludwigstraße raufkringelt. Und er sei das Karnickel, hatte Ottilie ihm mitgeteilt, und auch die anderen hätten ihm viel zu sagen gehabt, doch Madame Rast, die neue Französischlehrerin, faßte Ottilie schon hart am Arm, um sie zurückzubringen ins Stift. Da rief Madame Kammerer, die den Zug der Elevinnen anführte, «La cour vient!», und sofort lockerte sich der Griff Madame Rasts. «Der Hof kommt! Die Reverenz!»

Ottilie sah den Leibkutscher mit dem weißblauen Federhut, der voll zufriedenen Stolzes die vier schön aufgezäumten Pferde dirigierte. Alle Elevinnen sanken schon in die Verbeugung. Es war Prinzregent Luitpold, der nun in der Kutsche an ihnen vorbeifuhr, ein schlichter Monarch mit gutmütigem Gesicht, der oft mit seiner Tochter ins Stift kam. Mit leisem Nikken grüßte Seine Königliche Hoheit die Institutsfräulein, grüßte auch die Passanten auf der Straße, die ehrerbietig ihre Hüte zogen oder sich verneigten, je nachdem.

Auch Ottilie blieb im *plié*, bis von den beiden Lakaien hinten auf dem Bock der geschlossenen Kutsche nichts mehr zu sehen war. Ottilie sah Madame Rast an, die selbstvergessen der Kutsche nachstarrte. Ihr Gesicht schien aufgeblüht. Sanft nahm sie Ottilies Arm, führte sie zurück Richtung Siegestor und sagte ergriffen und gegen alle Vorschrift auf deutsch: «Gott mit dir, du Land der Bayern.» Und zu Ottilie, fast verzweifelt: «Du wirst hoffentlich noch lernen, daß es sich lohnt, in einem königlichen Institut erzogen zu werden.»

Ottilie war dessen nicht sicher. Sie gehörte zu den Blauen, also zu den Ältesten im Stift, und noch immer hatte sie es nicht geschafft, auch nur das Ordnungskreuz zu bekommen. Oder wenigstens eine Zufriedenheitskarte. Ottilie hatte sich so selten in Fleiß und Folgsamkeit ausgezeichnet, daß ihre Striche im Ordnungsbuch immer zahlreicher waren als die Pluspunkte, daher durfte Ottilie auch nie zum allmonatlichen Vesperbrot am runden Tisch, «la table ronde», der Vorsteherin, Madame Pleitner. Da saßen immer die anderen. Die dankbaren Exemplare. Die, die selten oder überhaupt nie einen Strich im Ordnungsbuch bekamen. Dabei war Madame Pleitner oft in Nürnberg bei Ottilies Eltern zu Gast, gehörte zum Freundeskreis. Das allerdings ließ sich Madame niemals anmerken. Vielleicht behandelte sie Ottilie deshalb noch strenger als die anderen Mädchen.

Ottilie putzte sich am Waschbecken die Zähne. Clarissa gurgelte hörbar mit Odol und zischelte zwischendurch Ottilie zu, selbstverständlich bewundere sie Ottilies Großvater samt seinem Adel. Ottilie hatte Clarissas Anspielung auf ihren niederen Stand schon wieder vergessen. Zumal im Stift streng darauf gesehen wurde, daß die Töchter alter, reicher Adelsfamilien den Bürger- oder Offizierstöchtern nicht vorgezogen wurden. Clarissa wollte jedoch ihre Überlegungen loswerden, sie hatte anscheinend noch nicht genug Striche im Ordnungsbuch. Ottilie spürte Clarissas Odol-Atem, als diese ihr zuflüsterte: «Deine gesamte Familie liegt ihm doch zu Füßen, dem Vater aller deutschen Bleistifte. Was heißt hier Vater – er ist der König, nein, Kaiser, nein, Gott aller Bleistifte, und das erste Gebot lautet: Du sollst keine anderen Bleistifte haben neben mir ...»

Clarissa sah sich um. Madame Schoenhueb war gerade mit Elisabeth von Rosen beschäftigt, die es versäumt hatte, zum Waschen ihren Unterrock anzulegen. Daher konnte Clarissa es riskieren, vor Ottilie ins *plié* zu gehen und dabei zu nuscheln: «Euer Hochwohlgeboren Erblicher Reichsrat der Krone Bayerns, Freiherr Lothar von Faber, ich erbitte mir die Gnade, mit dero tugendhafter wenngleich unausgeschlafener Enkeltochter zur protestantischen Morgenandacht gehen zu dürfen. Wie Sie wissen, sind tiefe Religiosität und strenges Pflichtgefühl in diesem Hause oberstes Gebot. Leider. Amen.»

Ottilie hatte ihre Morgentoilette beendet. Während sie ein schwarzes Kleid aus feinem Leinen überstreifte, den weißen Kragen richtete, ein Tuch aus blauem Stoff am Hals zur Schleife band, schaute sie Clarissa bei ihrer Vorstellung wohlwollend zu. Im Hintergrund die Stimme Madame Schoenhuebs: «Von Rosen, von Faber, von der Straaten – ein Strich ins Ordnungsbuch.» Es hörte nicht auf. Manchmal dachte Ottilie, daß sie ohne Clarissa vielleicht den einen oder anderen Strich nicht bekommen hätte.

Und doch. Wenn Clarissa auch ein Quälgeist war, freute sich Ottilie jeden Tag, mit ihr befreundet zu sein. Clarissa war für Ottilie der Spiegel, in dem sie sah, daß man auch ohne ständigen Gehorsam blühen und gedeihen konnte. Clarissa fühlte sich durchaus ehren- und tugendhaft, wenn die Mesdames ihr auch noch so viele Striche verpaßten. Da sie im Stift die ungleich schwächste Erfolgskurve in Ordnung, Gehorsam und Fleiß aufzuweisen hatte, war es rasch nach ihrem Eintritt klargeworden, daß sie und Ottilie einander Stütze und Stab sein mußten. Einmal mußte Clarissa den Tag im Nähzimmer über Handarbeiten verbringen, weil sie einen Roman von Nataly von Eschstruth in ihrem Case versteckt hatte, «Die Bären von Hohen Esp». Die Autorin hatte ihr Werk seiner Majestät dem deutschen Kaiser und König von Preußen in tiefster Ehrfurcht zugeeignet, doch auch das half Clarissa nichts. Die Elevinnen durften nur Bücher aus der Institutsbibliothek lesen, die streng zensiert waren. Als Madame Pleitner Clarissa androhte, sie werde ihren blauen Gürtel verlieren, wenn sie nicht bald Reue zeige, da zischte Clarissa abends im Bett nahe an Ottilies Kopf, sie habe weder vor der Pleitner noch vor der Rast, noch vor der Kammerer oder der Schoenhueb Angst. Und vor den Klassendamen auch nicht. «Entre nous, Tilly, im Grunde sind sie doch nur Domestiken.»

Ganz so mochte es Ottilie nun wieder nicht sehen. Sie hatte von ihrem Großvater gelernt, daß man alle Menschen, ob hoch oder niedrig, achten müsse. Doch fristeten die Mesdames nicht wirklich eine schmähliche Existenz? Sie hatten nichts anderes im Sinn, als von morgens bis in die Nacht die Töchter anderer Leute zu schikanieren. Wenn sie es so ansah, fand sie Clarissas Standpunkt doch entlastend, denn besonders im ersten Jahr, als Ottilie eine Rosa war, ein Bébé, da hatte sie oft im Bett geheult, weil sie den Mesdames nichts recht machen konnte. Sie hatte Angst vor Madame Pleitner, vor ihr am meisten, weil sie die Macht hatte, Ottilie aus dem Stift zu entfernen oder sie nicht vorrücken zu lassen von den Rosas zu den Grünen. Auch die anderen Damen schienen keine größere Befriedigung zu kennen, als Ottilie zu gängeln. Nicht einmal aus dem Fenster sehen durfte sie. Nicht ohne Erlaubnis von einem Raum in den anderen gehen, nicht laufen, nicht singen, nicht mit einem Mädchen aus einer anderen Klasse reden. Das traf die elfjährige Ottilie so unvorbereitet, daß sie von Furcht erfüllt wurde, wie sie bislang noch keine gespürt hatte. Sie schrumpfte mehr und mehr in sich zusammen, hatte das Gefühl, nur mehr ein Klumpen eisiger Angst zu sein, der nichts von sich gab und nichts in sich aufnehmen konnte.

Hätte Ottilie nicht ihre «Mutter» gehabt, Nora von Goernig, die schon eine Alte war, eine Rote aus der dritten Klasse, dann wäre sie wahrscheinlich durchgebrannt. Nach Hause, nach Stein, zurück in das frühere Leben, das ihr heute unkompliziert und himmlisch schien. In Stein wurde Ottilie von Dienstboten verwöhnt, kannte keinerlei Unterordnung. Als Elevin des Stifts dagegen lebte sie in einem ständigen Spannungszustand. Lagen ihre Kämme und Bürsten auch wirklich sauber im Schlafsaal, pardon, im Dortoir, waren ihre Schreibsachen komplett in der Salle d'études, waren die Schubladen, äh, Casen in der Récréation tadellos aufgeräumt? Alles war unter immerwährender Kontrolle. Und die Alten, die Grünen, Roten, Violetten und Blauen, die waren gewitzt. Wenn ihnen Utensilien fehlten, bedienten sie sich eben bei den Rosas.

Doch Ottilie hatte Nora, sie war nicht völlig allein.

Gleich am zweiten Tag nach Ottilies Eintritt war Nora von Goernig bei den Rosas erschienen. «Die Nummer sieben», rief sie, «ich suche die Nummer sieben.» Diese Nummer hatte Madame Pleitner gestern im Parloir aufgerufen, zusammen mit Ottilies Namen. Beklommen hob Ottilie den Finger. Doch die Alte, ein hübsches Mädchen mit doppeltem blondem Zopfkranz, hatte sie liebevoll angesehen. «Wie rufen sie dich daheim?»

«Tilly.»

«Also, Tilly, ich bin deine Mutter, *ta mère*.»

Die *mère* kam fortan jeden Morgen nach dem Waschen, kämmte behutsam Ottilies üppige Mähne, die viel Zeit und Mühe beanspruchte. Ottilies Großmutter, die zugleich ihre Patentante war und ebenfalls Ottilie hieß, sagte einmal, als sie der Enkelin die Haare bürsten wollte: «Nun halt doch endlich mal still, Tilly, du bestehst ja nur aus Haaren und Energie.» Daheim wurde Ottilie meist ein Zopf im Nacken geflochten, fertig. Hier jedoch hatte die *mère* die mühevolle Aufgabe, die schweren Haare aufzustecken. Ottilie lernte, Haarnadeln zu hassen. Nicht aber die *mère*, die über sie wachte und sie auch begleitete, als Ottilie ausstaffiert wurde. Diese Prozedur führte nämlich Madame Pleitner höchstpersönlich durch, und alle Elevinnen fürcheten sich davor.

Madame stand im Magazin. Das war ein großer Saal mit drei Fenstern, über dem Zeichensaal in der Höhe der Schlafsäle gelegen. Die Tür war immer verschlossen, lediglich zweimal im Jahr wurden die Elevinnen hinaufgerufen. Ottilie starrte beklommen auf die schwarzen geraden Filzhüte mit den Samträndern. Mit so einem Deckel sollte sie herumlaufen? Jawohl. Alle neunzig Kinder bekamen so einen Hut. Und einen weißen Strohhut für den Sommer.

Madame Pleitner ließ sich von einer Dame jeweils fünf Hüte vom Stapel reichen und drückte sie den Elevinnen auf den Kopf, die in ihrer Nähe standen. Die Mesdames schoben immer neue nach vorne. Natürlich hätte Ottilie melden dürfen, daß ihr Hut doch gewaltig auf dem Kopf wackle, doch ihre Mutter, die im Hintergrund stand, zwinkerte ihr verneinend zu. Und Ottilie sah, alle waren bereit, ihre Hüte passend zu finden. Dann klebte nämlich eine Bonne die Nummer ein, und man konnte sich nach hinten verdrücken.

Im Raum roch es ein wenig wie in der Steiner Villa, wenn Ottilie mit ihren Schwestern die Vorratsräume inspizierte. Nach Essiggurken roch es, nach Eingemachtem und altem Krempel. Ottilie sah geschnitzte große Schränke, Regale, in denen Hutschachteln, Koffer und Stoffballen verwahrt wurden. Sogar ein großes Puppentheater konnte sie erkennen. Nora hatte ihr erzählt, daß am Anfang des Jahrhunderts, als das Stift gegründet wurde, die Elevinnen oft jahrelang darin verblieben, ohne je nach Hause zu dürfen. Manche Elevinnen sahen ihre Eltern beim Eintritt zum letztenmal, und sie kamen erst als erwachsene Mädchen nach Hause zurück. Die Statuten des Hauses sahen nur einen Urlaub in den Sommerferien vor, und damals wäre die Reise für Mädchen, die von weit her kamen, viel zu mühsam gewesen.

Für diese Kinder, so Nora, war eine Menge Spielzeug im Magazin, damit sie in den Ferien und in der Weihnachtszeit ihre Freude hatten. Ottilie grauste es bei der Vorstellung, jahrelang ununterbrochen in diesem Stift angekettet zu sein, doch sie schielte nach den Puppenstuben, deren Umrisse sie erkennen konnte, und sah viele Puppen, deren Pracht sich durch die Cellophanhüllen ahnen ließ. Auf einer Menge Schachteln las Ottilie das Schild *Instruments de musique*. Ottilie wollte unwillkürlich näher hingehen, anschauen, anfassen, doch Nora schüttelte den Kopf, flüsterte: «Ce n'est pas pour vous.»

Ohne Nora von Goernig wäre es Ottilie noch viel schwerer gefallen, sich an das Leben im Münchner Max-Joseph-Stift zu gewöhnen. Es lag an der breiten, ruhigen Ludwigstraße Ecke Veterinärstraße, erbaut von dem berühmten Architekten Friedrich von Gärtner, wie man nicht müde wurde zu betonen. Ottilie aber war das völlig gleichgültig gewesen, sie wäre gern wieder umgekehrt, zurück in die Villa der Eltern. Nie würde Ottilie den Tag vergessen, als sie vom Großvater im Stift abgegeben wurde.

Das Institut, an einem großen Platz gelegen, dessen einziger Schmuck ein Springbrunnen war, hatte eine große schwere Eingangstür, die von einem Diener geöffnet wurde. Ottilie trat mit dem Großvater ein in ein hohes, dunkles Vestibül, in dem es seltsam roch, nach Kirche und vergangenen Zeiten. Am liebsten hätte sich Ottilie am Friedenstor unter die Spaziergänger gemischt, die dort promenierten. Sie lernte später, daß der Platz vor dem Stift Glaube-Hoffnung-und-Liebe-Platz genannt wurde, weil er vom Georgianum, dem Priesterseminar der Universität mit seinen hoffnungsvollen Studenten und dem Stift umgeben war, das wohl wegen der jungen Mädchen für die Liebe herhalten mußte. Doch auf den ersten Blick erschien der Platz einfach nur öd, und Ottilie bekam auf der Stelle Heimweh nach dem heimatlichen Park, in dem es vertraut nach Pilzen und Laub duftete. Vor allem hatte sie Sehnsucht nach den Eltern und den beiden Schwestern, die in Stein geblieben waren. Doch der Großvater, dessen Idee es war, seine älteste Enkelin in dieser königlichen *finishing school* erziehen zu lassen, hatte sich durchgesetzt.

Schon vor der Fahrt von Stein nach München war Ottilie bange gewesen. Noch nie war sie allein mit dem Großvater gewesen, den sie immer ein wenig gefürchtet hatte, so straff und streng war er ihr erschienen. Er brachte Geschenke mit. Ottilies hübscheste Puppe, sogar ein Pelzmantel stammte von ihm. Aber es hagelte auch ebenso viele Ermahnungen. Früher hatten die Kinder das immer vereint über sich ergehen lassen. Mit einigen höflichen Knicksen und dem Hinhalten der Wange für einen Hauch von Kuß war es überstanden gewesen.

Doch dann starb Ottilies kleiner Bruder, Alfred Wilhelm. Daher mußte der Großvater sie ins Stift begleiten, die Eltern waren durch den plötzlichen Tod ihres zweiten Sohnes nicht in der Lage gewesen, Ottilie nach München zu bringen. Der Großvater, obwohl auch tief getroffen vom Tod des letzten Stammhalters, wollte diese wichtige Fahrt trotzdem keinem anderen Verwandten überlassen.

Am liebsten wäre Ottilie allein nach München gereist, aber das schickte sich natürlich nicht für ein junges Mädchen. Der Großvater saß mit ihr in einem Coupé erster Klasse, und Ottilie fürchtete, er würde sie Dinge fragen, auf die sie keine Antwort wußte. Daher saß sie angespannt in den Polstern des Zuges, schaute auf den Bahnsteig, wo die Beamten säumige Reisende zum Einsteigen aufriefen, und sah, wie Leute sich umarmten, weinten, lachten, sich küßten, um dann rasch in die Wagen einzusteigen. Am liebsten hätte Ottilie jetzt auch geweint, um die toten Brüder, denn vor Alfred Wilhelm war schon der dreijährige Eberhard Lothar an Scharlach gestorben. Auch deshalb war sie den Tränen nah: Sie ließ ihr bisheriges Leben zurück und hatte keine Vorstellung davon, was in diesem Max-Joseph-Stift auf sie wartete. Doch Ottilie wußte, sie durfte nicht weinen, der Großvater würde das nicht richtig finden.

Schüchtern sah sie zu ihm hinüber, doch er schien sie gar nicht wahrzunehmen. Er hielt seinen Kopf mit dem dichten weißen Haar über der hohen Stirn sehr aufrecht, die starken Brauen verschatteten die hellen Augen, die eher eng neben der starken, geraden Nase standen. Der Mund, schmallippig, aber feingeschnitten, war fest zusammengepreßt und verzog sich von Zeit zu Zeit bitter. Es waren keine guten Gedanken, die dem Großvater durch den Kopf gingen, kein Wunder bei dem Leid, das sie nicht zurücklassen konnten im Trauerhaus. Der Großvater schien weit weg zu sein von dem behaglichen Coupé erster Klasse, in dem sie saßen, und von Ottilie, die sich dem Pfeifen der Lokomotive überließ, dem kraftvollen Zischen der Dampflok und der Geschwindigkeit, mit der sie durch die Landschaft fuhren. Ottilie reiste gern mit dem Zug, der soviel schneller war als die Kutschen, mit denen sie sonst gefahren wurde, aber heute konnte sie die Fahrt nicht wirklich genießen.

Als sie in München das Abteil verließen, wäre Ottilie gern stehengeblieben, unter dem hohen, reichverzierten Gewölbe, das sie an eine riesige Kathedrale erinnerte, an eine Basilika, in der dampfende Lokomotiven stillstanden wie schnaubende Rösser, kaum zu bändigen. Ottilie sah Menschen fremder Tracht und Nationalität, die in ihrer Sprache oder in holprigem Deutsch nach dem Träger riefen. Reisen, dachte sie, einsteigen in einen der Expreßzüge, aus denen die unterschiedlichsten Menschen herausquollen, Bauern mit Trachtenhüten und Tragkörben, Arbeiter im Drillich oder reich gekleidete Paare, je nachdem. Ottilie wünschte sich, in dieser bunten lauten Menge verlorenzugehen, ein Teil dieses Bildes zu werden, das sich ihr bot, irgend jemand zu sein, den sie nicht kannte.

Der Großvater, offenbar aufgewacht aus seiner Erstarrung, zeigte ihr einen Hofzug, der auf dem letzten Perron stand und gewartet wurde. Der Salonwagen Seiner verstorbenen Majestät König Ludwigs II. war reich mit vergoldetem Stuck und roter Seide ausgestattet. Sogar zentrale Gasbeleuchtung habe der Waggon, erklärte der Großvater, doch ehe sie alles gebührend betrachten konnte, rief er nach einem Wagen, der sie zum Institut bringen würde.

Immer noch war der Großvater schweigsam, doch als sie vor dem Stift anhielten, sah Lothar von Faber seine Enkelin erwartungsvoll an: «Nun, was sagst du?»

«Nimm mich wieder mit nach Hause», hätte Ottilie am liebsten geantwortet, doch sie schwieg.

Lothar von Faber spürte, daß Ottilie nicht glücklich war, und er beeilte sich, ihr nochmals zu erklären, warum er das Max-Joseph-Stift so hervorragend fand. Ottilie waren diese Gründe bekannt, aber solange der Großvater sprach, war er noch bei ihr, mußte sie noch nicht aussteigen aus dem Wagen und in dieses Haus hineingehen, das der Großvater stilvoll und höchst erstrebenswert fand. Ottilie erschien es eher wie ein Sanatorium. Oder wie ein Gefängnis, so nüchtern und unnahbar.

«König Maximilian I. Joseph von Bayern», erläuterte der Großvater anerkennend, «hat dieses Institut schon im Jahr 1813 für die Töchter höherer Stände errichtet. Sie sollten darin Geistes-, aber auch Herzensbildung lernen. Darin bin ich mit Seiner Majestät völlig einig. Bildung des Geistes, aber das Herz obenan. Und jetzt will ich dir sagen, warum mir so sehr an einer guten Erziehung liegt, obwohl du ein Mädchen bist und ich immer noch glaube, daß es für Frauen besser ist, im Haus für die Familie zu wirken. Aber auch dazu braucht es Bildung, je vielfältiger, je besser.»

Der Großvater sah jetzt Ottilie nicht mehr an, er blickte geradeaus, sprach fast wie zu sich selber: «Ich weiß, daß ihr in der Familie große Distanz zu mir habt, und ich fühle mich auch oft fern von euch. Ich weiß vor allem, daß unendlich viel Wasser durch die Brücke in Stein laufen wird, bis hier wieder einer geboren wird, der ebensoviel arbeitet und schafft wie ich. Wer wird meine Arbeit fortführen?»

Bitter wirkte der Großvater, als er dies sagte, und sehr einsam. Ottilie legte spontan den Arm um ihn und bereute es in der gleichen Sekunde. Sie wagte nicht mehr, sich zu bewegen, und blieb sitzen, war bald verkrampft. Der Großvater schien nichts von ihrer Verwirrung zu bemerken, und sie nahm vorsichtig ihren Arm wieder herunter. Sie dachte daran, was sie seit ihrer frühesten Kindheit wußte, worüber es auch keinerlei Dissens in der Familie gab – der Großvater lebte und arbeitete nur für das Haus Anton Wilhelm Faber. Er gönnte sich niemals Ruhe. Reisen unternahm er nur, um in den Filialen nach dem Rechten zu sehen. Niemand tat es ihm gleich an Kenntnissen und Fähigkeiten. Das hieß aber nicht, daß jeder in der Familie sich den außerordentlichen Fleiß des Patriarchen zum Vorbild nehmen wollte. In Ottilies Familie waren die Spannungen deutlich zu spüren. Schon die Verwandtschaftsverhältnisse waren so eng und kompliziert, daß Ottilie erst jetzt lernte, sich zurechtzufinden in allen, die Faber hießen.

Ottilies Mutter Bertha war die Tochter Eberhard Fabers, der ein Bruder des Großvaters war. Daher hatte Ottilie gleich zwei Fabers als Großväter, die Brüder Lothar und Eberhard. Zwischen den beiden hatte es häufig Unstimmigkeiten gegeben, die vor den Kindern nicht ganz verborgen gehalten werden konnten. Sehr unterschiedlich waren die Brüder Jean, Eberhard und Lothar, und Ottilie fragte sich manchmal beklommen, ob sie mehr Eberhard oder mehr Lothar glich. Warum mußte Großvater Lothar auch seine sechzehnjährige Nichte heiraten,

Friederike Ottilie Albertine Sophie Richter, die Tochter seiner Schwester Line, und Ottilies Vater seine Cousine väterlicherseits, Bertha Faber? Dafür hatten die Eltern eine Genehmigung von der Gemeinde Stein gebraucht, und Ottilie fand, daß man sie selber auch hätte fragen müssen, ob sie soviel Faberblut in sich fließen haben wollte.

Großvater Lothar argwöhnte vielleicht, daß Ottilie so leichtsinnig sein könnte, wie sein Bruder Eberhard es in seinen Augen gewesen war. Ottilie hatte ihren zweiten Großvater nicht gekannt, er lebte in Amerika, in New York, wo er als Agent für seinen Bruder Lothar gearbeitet hatte, selten zu dessen Zufriedenheit. Seit 1879 war er auf dem Friedhof Greenwood begraben, und nur Ottilies Mutter, seine Tochter Bertha, sprach manchmal von ihm. Daß er es nicht leicht gehabt habe, sich in dem großen fremden Land durchzusetzen, daß er Akademiker gewesen sei und nicht Geschäftsmann durch und durch wie Lothar.

Ottilie imponierte es durchaus, daß ihr Großvater Lothar aus einem kleinen Handwerksbetrieb, der am Rande des Bankrotts existierte, die erfolgreiche Firma A. W. Faber aufgebaut hatte. Den großen Betrieb in Stein ebenso wie die Filialen in New York, London, Paris, Wien und Petersburg. Sogar ein Graphitbergwerk in Irkutsk, das in Sibirien lag, hatte der Großvater gekauft. Er war der erste, der mit dem Entdecker Alibert handelseinig wurde, und jetzt besaß er das alleinige Recht am weltbesten Graphit und machte den Engländern kräftig Konkurrenz. Wenn Ottilie sich vorstellte, daß der Großvater das schwarze Gold auf dem Rücken von Rentieren über riesige Entfernungen, durch unwegsames Gelände ohne jegliche Straßen, hatte transportieren lassen, wenn sie sich seine Weitsicht, seine Phantasie und seinen zähen Willen angesichts aller Risiken vorstellte, dann bewunderte sie ihn noch mehr.

Es gab für Ottilie keinen Zweifel darüber, daß sie selber, ihre Eltern und Geschwister, auch Großvater Eberhard, es allein Großvater Lothar zu verdanken hatten, daß sie zu den Reichen und Vornehmen gehörten. Warum liebten sie ihn nicht dafür?

Ottilie hatte schon mehrfach gesehen, daß Arbeiterinnen und Arbeiter vor ihrem Großvater, wenn er durchs Werksgelände ging, einen tiefen Knicks oder eine tiefe Verbeugung machten. Viele schienen ihn förmlich anzubeten. Ob der Großvater das auch von seiner Familie erwartete? Woher kam die Distanz, die Fremdheit? Wenn der Großvater zu Besuch kam, lag jedesmal eine gewisse Spannung in der Luft, das hatte Ottilie gespürt.

Ohne seine Haltung zu verändern, ohne die Stimme zu heben, sagte der Großvater, daß es ihm von Anfang an darum zu tun gewesen sei, sich auf den ersten Platz emporzuschwingen. «Ich wollte das Beste machen, was in der Welt an Bleistiften gemacht wird. Das habe ich auch geschafft. Und nun möchte ich, daß ein anderer an meiner Stelle es ebenso macht.»

«Vater wird die Firma gut führen, du mußt ihm nur die Vollmacht geben», entfuhr es Ottilie, und der Großvater mußte wider Willen lachen. Ottilie hatte wiedergegeben, was in den Familien besprochen wurde. Der Patriarch konnte nicht loslassen.

Lothar von Faber gab seiner Enkelin, die ihn offen und unbefangen ansah, einen sanften Kuß auf die Wange. Heute zeigte sich wieder, daß diese Enkelin, die seiner Mutter so sehr glich, ihm näher war als alle anderen Kinder der Familie. Lothar war fast sicher, daß Ottilie die Merkmale seiner Linie hatte.

Auch Ottilie spürte die Zuneigung ihres Großvaters. Ihm zuliebe, dachte sie, gehe ich in dieses kahle Institut, und das sagte sie auch zu seiner schwarzsamtenen Schulter. Jetzt wandte sich der Großvater ihr zu, schaute ihr aufmerksam in die Augen. «Du hast mehr von mir als dein Vater», sagte er, und es klang bedauernd. «Ich weiß nicht, was es ist, aber zumindest das Dunkle ist von meiner Mutter, die Augen, das Haar, vielleicht ist es das, was dich mir vertrauter macht als die anderen. Meine Mutter, weißt du, deine Urgroßmutter, hat fünfzehn Kinder geboren, und ich denke, das will was heißen. Sie besaß einen unvergleichlichen zähen Fleiß, ich nehme an, von ihr ist dieses Pflichtbewußtsein auf mich gekommen. Nur ihrer Zähigkeit ist es zu verdanken, daß unsere kleine Fabrik nicht ganz zugrunde gegangen ist. Mein Vater war lieber auf der Jagd oder beim Tarock, und sie saß bis tief in die Nacht am Bindstock. Und am nächsten Tag ging sie mit dem Tragekorb zu Fuß nach Nürnberg, um die Bleistifte auf dem Markt feilzubieten.»

Der Großvater hielt Ottilie seine weißen gepflegten Hände mit den weichen Fingerkuppen hin. «Hier, sieh, meine Mutter hat sich noch die Fingerspitzen abgearbeitet, das Fleisch an den Spitzen war wie abgestorben. Nie hat sie gejammert. Deine Urgroßmutter war eine der besten Frauen, die ich gesehen habe, sie war so, wie Perikles sagte, als er von den Frauen sprach: ‹Die, von deren Trefflichkeit oder Mängeln die Männer am wenigsten sprechen, ist die beste Frau.›»

Lothar von Faber umfaßte seine Enkelin an den Schultern, sah sie fast bittend an und sagte, daß seine Mutter nie eine gute Ausbildung und Erziehung habe genießen können. Und er selber habe auch nur die Lateinschule und ein Jahr die Mittelklasse der Realschule besucht. «Wir hatten den vorzüglichen Dr. Mönch, einen begabten Lehrer. Leider hat Vater mich mit vierzehn Jahren in die Lehre gegeben. Nur ein Jahr noch lernen bei Dr. Mönch, was wäre das für ein Gewinn für mich gewesen! Niemals habe ich Musik- oder Zeichenunterricht genossen. Aber das sage ich dir, Ottilie, ohne die Kunst ist alles im Leben Lumperei!»

«Verstehst du», fuhr der Großvater fort, nachdem er sich

vergewissert hatte, daß Ottilie auch zuhörte, «verstehst du, deshalb will ich dieses Stift für dich, hier befindest du dich in der Obhut Seiner Majestät des Prinzregenten Luitpold von Bayern. Bedenk das, Ottilie. Denke, daß deine Urgroßmutter noch auf dem Markt in Nürnberg Bleistifte verkauft hat. Daß sie ins Gefängnis kam, weil man sie am Stadttor für eine Betrügerin hielt. Du dagegen fängst ganz oben an. Lernst alles sittlich Gute und Schöne, unserem Stand angemessen. Religion, Deutsch, Französisch, Englisch, Italienisch, Geschichte, Geographie, Naturgeschichte, Rechnen, Zeichnen, Musik, Handarbeit und Tanzen.»

Begeistert sah Lothar von Faber seine Enkelin an, und es war Ottilie, als beneide er sie: «Musik, Zeichnen, Handarbeit und Tanzen! Was für ein Leben, Ottilie! Und die Sprachen! Du wirst reisen, mit den Menschen in ihrer Sprache sprechen, ihre Literatur lesen können. Es hat mir viel bedeutet, als Seine Königliche Hoheit deiner Aufnahme in das Stift zugestimmt hat.»

Ottilie seufzte unhörbar. Weil der Großvater das bayerische Königshaus verehrte, mußte die Enkelin höfisch erzogen werden. Widerstrebend, nur dem Großvater zuliebe, machte Ottilie alle Anstrengungen, sich in die starren Regeln des Internats einzufügen. Oftmals fragte sie sich, ob der Großvater die Statuten kannte. Jedoch wagte sie nie, ihn oder die Eltern danach zu fragen. Sie wurde daheim zwar verwöhnt und geliebt, doch als man entschlossen war, sie zur Erziehung nach München zu geben, ließ man sie alleine. In der ersten Zeit hatte Ottilie zu ihrem Glück Nora, aber dann starb ihre *mère* innerhalb von wenigen Tagen.

Es war im Mai gewesen, als Nora über Halsschmerzen klagte. Doch sie mochte nicht in der Krankenstube liegen, glaubte, sie habe den Hals überanstrengt, weil sie am Vortag die Hauptrolle in dem Festspiel gehabt hatte, die Rolle des Schutzgeistes des Hauses Wittelsbach, der viel und laut deklamieren mußte. Schon gegen Abend hatte Nora hohes Fieber, der Hausarzt Dr. Jochner wurde gerufen, der strengste Bettruhe verordnete.

Ottilie fragte wieder und wieder, wie es Nora gehe, sie fragte so lange, bis man ihr verbot zu fragen. Noras Mutter hatte sich vor einer knappen Woche in Holland eingeschifft, sie wollte nach New York, wo ihr Mann eine Handelsfiliale leitete. An dem Tag, als Nora starb, traf ein Brief ihrer Mutter ein, in dem sie Madame Pleitner bat, nur ja Nora zu behüten und zu beschützen. Nach dem Essen, in der Récréation, las Madame Pleitner den Brief Frau von Goernigs vor. Viele Elevinnen weinten, auch Madame Gönner und Madame Kammerer schluchzten um Nora. Ein so hoffnungsvolles, liebes Kind.

Ottilie, mutterlos, weinte nicht. Es verwunderte sie, daß sie bislang so unbekümmert weitergelebt hatte, wenn im Institut ein Kind gestorben war. Das passierte nicht selten. Scharlach, Diphtherie, Typhus, Influenza – das waren die Krankheiten, die von Madame Pleitner mit einer seltsam kühlen strengen Trauer in der Stimme als Gründe für den Tod einer Elevin bekanntgegeben wurden.

Ottilie bemühte sich, nicht allzuviel Mitleid mit sich selber zu haben. Sie trat aus sich heraus, als beträte sie eine Galerie, ein Podest, von dem aus sie den Tagesablauf im Institut betrachtete. Die Rituale, die kleinen nichtigen Dramen und Freuden. Lange Zeit war sie fast isoliert, fand sie unter den Elevinnen, die endlos für Schauspieler, Sänger oder Leutnants schwärmten, keine wirkliche Freundin. Namen prägten sich ein, entfielen ihr wieder. Rosa zu Rhein, ein zartes kränkliches Mädchen, das immer abwesend zu sein schien, Georgine Schultze, die dagegen groß und kühn wirkte, gerne die Rosas einschüchterte, Fanny von Hegnenberg, Marie von Massenbach, Margarethe Riemerschmid, die im gleichen Schlafsaal lagen wie Ottilie. Resa Klug, die kräftige Marie von Weidenbach, Else Reber, Marie Hacker, Ida von Ammon – Ottilie wollte sich alle Namen merken, die Mädchen interessierten sie durchaus, doch manchmal schien es ihr, als sei sie durch eine Glaswand von allen getrennt, wie in Träumen, in denen einem alles entgleitet, ehe man begreift. Die meisten der Mädchen im Institut waren Töchter von Offizieren. Vielleicht war es ihnen daher nicht so fremd, im Drill zu parieren.

Bis Clarissa von der Straaten kam, auch sie eine Offizierstochter, doch eine respektlose, die vom ersten Tag an die Erzieherinnen fast mechanisch zum Ordnungsbuch greifen ließ. Ein Mädchen wie Clarissa hatten sie bisher noch nicht in ihrer Obhut gehabt. Clarissa fragte ständig, warum. «Warum dürfen wir auf der Straße mit keinem Menschen reden, nicht mal mit Angehörigen? Warum müssen wir jeden Tag in die Andacht? Warum dürfen wir von daheim keine Pakete bekommen?» Warum, warum, warum.

Vielen Elevinnen, vor allem den Violetten und den Blauen, erschienen die meisten Verbote sinnlos. Sie freuten sich, wie Ottilie und Clarissa, auf den Tag, an dem sie das Stift verlassen konnten. Doch sie hätten es niemals zugegeben. Das lag vor allem an Madame Pleitner, die davon durchdrungen war, daß es von höchster Ehre für jede Elevin sei, in einem Haus erzogen zu werden, wo Mitglieder des Königshauses ein und aus gingen. Lehnte sich eine Elevin auf gegen die Regeln, die der König 1813 selber eingesetzt hatte, machte sie eine *histoire*, dann war das nur schwer wieder abzubüßen.

Clarissa machte eine *histoire*. In allen Schlafsälen waren Zettel gefunden worden, auf denen zu lesen war: «Wann kommt endlich der Tag, an dem ich diesen Tempel verlassen kann?»

Aus dem Büro Madame Pleitners quoll Empörung, Androhung von Ausgehsperre für alle achtundachtzig Elevinnen, für Rosas, Grüne, Rote, Violette und Blaue. Daraufhin bekannte sich Clarissa zu den Zetteln, und naturgemäß wurde sie sofort zu Madame Pleitner zitiert. Siebenundachtzig Elevinnen lauerten darauf, was nun passieren würde. Am ersten Tag hörten sie nur einen Schrei Madame Pleitners: «Allez-vous-en – hinaus!»

Das ging eine Woche lang so, dann bekam Clarissa eine Standpauke und danach einen Kuß.

Seitdem fragte Clarissa nicht mehr ständig, warum.

Nach und nach rückte Clarissa vor Ottilie mit der Erklärung heraus. Madame Pleitner hatte ihr gesagt, sie könne nicht im Institut bleiben, wenn sie sich nicht einfügen wolle. Man müsse leider auch Ottilie von Faber den blauen Gürtel abnehmen, womöglich beide des Instituts verweisen, denn sie und Clarissa hätten die Sache mit den Zetteln natürlich gemeinsam ausgeheckt. Sie, Madame Pleitner, wisse genau, was sie dem Prinzregenten und den Eltern schuldig sei, sie wisse besser als Clarissa, was für Mädchen ihres Standes unumgänglich sei, und gerade Clarissa und Ottilie hätten genau die Erziehung nötig, die das Max-Joseph-Stift biete.

Vor dem Münchner Stift war Clarissa in einem Internat in Düsseldorf gewesen. Da, so Clarissa, hätten sie ekelhafte Lehrer gehabt, und eine bigotte Engländerin habe das Institut geleitet, nicht zum Aushalten. Ständig hätten sie niederknien und beten müssen, und die Leiterin habe mit dem Turnlehrer, von dem es hieß, er sei ihr Liebhaber gewesen, heimlich gezecht. Dagegen, so Clarissa, sei das Münchner Max-Joseph-Stift ein Paradies.

Und so versuchte Clarissa jeden Tag wieder brav, sich in das schwarze Schulkleid zu zwängen.

«Wetten, daß dieses Kleid bei der Wäsche eingegangen ist?»

«Wetten, daß du wieder ein Kilo zugenommen hast?»

«Wovon denn? Ich möchte wissen, für was die Papas Schulgeld ausgeben. Für unser Essen bestimmt nicht. Da ißt unser Personal daheim besser als wir.»

Clarissa war jetzt glücklicherweise drin in dem Kleid, das jede Schülerin des Instituts zu tragen hatte. Als sie den blauseidenen Gürtel umband, fand Ottilie still für sich, daß Clarissa aussah wie eine Schlummerrolle mit Geschenkband. Doch obwohl Clarissa selber keine Gelegenheit ausließ, sich über Ottilie oder ein anderes Mädchen lustig zu machen, verbot Ottilie es sich, Clarissa mit ihrem Vollmondgesicht und dem üppigen Körper aufzuziehen. Das war zu einfach, und einfache Sachen langweilten Ottilie. Einmal, im Bad, hatte sie Clarissas nackte rosige Schenkel gesehen und mußte seitdem immer denken, daß Clarissas Schenkel jeder für sich das Ausmaß eines kleinen Ferkels hatten.

Es war an einem Abend, an dem Ottilie und Clarissa an der Reihe waren mit dem Baden. Jeden Abend zwischen sieben und acht Uhr wurden die großen Öfen geheizt. Aber naturgemäß konnten nicht alle achtundachtzig Schülerinnen auf einmal baden. Daher gab es allabendlich zehn Bäder, es ging der Reihe nach. Im langen weiten Hemd, hinter wehenden Vorhängen verborgen, stiegen Clarissa und Ottilie, jede von der anderen abgeschirmt, in eine der großen Kupferwannen, in denen das Wasser dampfte. Clarissa tat so, als habe sie sich in dem langen Badehemd verfangen, und purzelte zwischen den Vorhängen herum, wobei sie den anderen Mädchen zu deren Vergnügen Grimassen schnitt. Doch nur Ottilie platzte laut heraus, und schon hörte man Madame Rast, die mit Strickzeug und Ordnungsbuch hinter dem Vorhang saß, «von der Straaten, von Faber!» rufen. Clarissa hob ihr Hemd, ging in Richtung von Madame Rast ins *plié*, und dabei konnte Ottilie Clarissas grandiose Kehrseite bewundern. Hätte jemand dies beobachtet, wäre Clarissa noch in derselben Stunde aus dem Stift verwiesen worden. Aber auch in einem Stift hatten nicht alle Vorhänge Augen und Ohren, und so saßen Ottilie und Clarissa unbehelligt in den nassen Büßerhemden in der Wanne und träumten hinauf zu den Wolken, die zwischen den Vorhängen am Sommerabendhimmel vorbeizogen. In der ersten Zeit hatte Ottilie sich oft vorgestellt, wie es wäre, in den großen Kupferwannen zu ertrinken. Doch dann kam wieder ein neuer Morgen, so unmerklich und selbstverständlich, wie der Fluß zum Meer hinfließt, und Ottilie wollte nicht mehr ertrinken, aber ihre inneren Zweifel ließen sie dennoch nicht los.

«Dir fehlt es an Hämoglobin, dem roten Blutfarbstoff, Träger des Sauerstoffs. Daher bist du oft matt, traurig oder gar depressiv. Das ist normal in deinem Alter. Laß sehen, wie ist dein Korsett geschnürt? Leber und Milz sollten nicht eingeengt sein, sie sind für den Eisenstoffwechsel jetzt besonders wichtig.» Diese neue Intimität mit Madame Pleitner hatte Ottilies erste Menstruation mit sich gebracht, die Ottilie neben ständig rutschenden Dreieckstüchern Tees aus Enzian und Angelikawurzel bescherte und Grünes. «Grünes Gemüse mußt du jetzt haben und Eidotter, viel Eidotter, dafür sorge ich. Plaudsche Pillen mit Arsen bekommst du täglich. Und in den Ferien solltest du vielleicht nach Franzensbad, Elster oder Rippoldsau. Ich werde mit deinen Eltern sprechen.»

Trotz aller Fürsorge, trotz der Freundschaft zu ihrem Elternhaus, Madame Pleitner blieb Ottilie so fremd wie das gesamte Internat. Ihre Schuluniform erschien ihr nie wie ein Kleid, das Stift nie wie ihr Zuhause. Sie sah die Zeit, die sie noch hier verbleiben sollte, wie einen Berg vor sich.

Stöhnend zwängte Clarissa sich gerade in die schwarzen Lederschuhe, dann griff sie grob zu dem Samtbeutel, auf den der Name des Königs Max I. Joseph nebst der Krone aufgestickt war. Clarissa warf ihn sich über die Schulter wie einen Hafersack und würde dafür gleich einen Tadel bekommen. Deshalb tat sie es schließlich.

Ottilie war schon aus der Tür, reihte sich ein in die Zweierformation der Rosas, Roten, Grünen, Blauen und Violetten, denn es ging im Gänsemarsch zum Frühstück. Da ihnen gerade Madame Pleitner entgegenkam, machten alle die Reverenz, grüßten die verehrte Institutsleiterin mit einem höflichen «Bonjour». Clarissa grüßte ebenfalls, doch sie murmelte zu Ottilie, mit ihren ewigen Häubchen sähe Madame aus wie Witwe Bolte, vielleicht habe sie Wilhelm Busch Modell gestanden.

«Schon wieder Milch und Weißbrot!» zischte Clarissa angewidert, als sie den Frühstückssaal betraten, wo fast alle Mädchen in ihren schwarzen Leinenkleidern saßen.

«Iiiiiih, Fräulein von Beck, auf meiner Milch ist eine dicke Haut!» Anklagend faßte Clarissa mit spitzen Fingern in ihre Tasse und zog die Haut mit allen Zeichen des Widerwillens von der Milch, um das tropfende Ärgernis demonstrativ in die Höhe zu halten.

«Iiiiih, Fräulein, auf meiner auch», riefen jetzt einige Grüne und Rosas, und Fräulein von Beck klopfte sofort energisch mit dem Löffel gegen ein Glas.

«Taisez-vous, Mesdemoiselles, taisez-vous! Und Sie, Mademoiselle von der Straaten, gehen sofort ins Nähzimmer!»

Clarissa tat, wie ihr geheißen, raffte aber im Weggehen einige Scheiben an Weißbrot und sogar ein Stück Käse an sich.

Die Mädchen, auch Ottilie, blickten gespannt auf die Erzieherin, die für einen Moment verblüfft hinter Clarissa herschaute. Doch dann wurde ihr Gesicht wieder kühl, ruhig. Als wäre nichts geschehen, begrüßte sie die Mädchen: «Bonjour, Mesdemoiselles, bon appétit.»

Zwei Rosas mutmaßten leise, daß Clarissa demnächst mit einem lauten Knall platzen würde. Ottilie hatte es gehört, fuhr auf die beiden los, zischte, Clarissa sei zwar dick, dafür aber hundertmal gescheiter als die beiden Rosas zusammen.

«Fräulein von Faber», sagte die Erzieherin höflich bedauernd, «Sie sind jetzt schon so lange bei uns und haben immer noch nicht die Sanftmutsmedaille. Und ich fürchte, Sie werden sie niemals bekommen, weil Sie einfach nicht lernen, sich zu beherrschen.»

Das war eine schlimme Drohung. Alle Elevinnen schauten auf Ottilie, die verlegen, aber auch wütend auf sich selbst ihr Weißbrot zerkrümelte. Die Sanftmutsmedaille war die allerallerhöchste, ein silbern besticktes blaues Samtband, von der Königin Karoline gestiftet. Die Medaille wurde vom Hof nur an Zöglinge verliehen, die ebenso gute Noten im Betragen wie in den Schulfächern errangen. Ottilie hatte eine Eins im Englischen, denn Madame Harrington mochte sie und fand sie fürs Englische sehr begabt. Im Französischen bei Monsieur Mouth, der von einer Erziehungsdame neutralisiert werden mußte, die ihn anhimmelte, langte es leider nur zur Drei, weil Ottilie das erotische Spannungsfeld viel aufmerksamer beobachtete als den Unterricht. Dafür hatte Ottilie in Deutsch eine Eins und in Italienisch eine Zwei. In den Naturwissenschaften bei Professor Fuchs plus Erziehungsdame war sie mäßig, in Geographie und Rechnen zwischen Drei bis Vier, Zeichnen und Musik waren ihre Lieblingsfächer, in denen sie zwischen Note Eins und Zwei stand. Der Klavierunterricht bei Josefine Schikaneder, *love is heaven, and heaven is love*, war das Allerschönste, und Ottilie erhielt aus dem großen, gütigen Herzen der Schikaneder mühelos die Eins.

Ihr Notendurchschnitt hätte also gereicht für die Medaille, aber bei der Sanftmut fehlte es in den Augen der Erzieherinnen weit.

In den letzten Weihnachtsferien hatte der Vater Ottilie nach der Medaille gefragt. Wilhelm von Faber lächelte leicht, als er seine Tochter an sich zog und wissen wollte, wann er denn die Sanftmutsmedaille zu sehen bekäme. «Jetzt hast du ja schon fast drei Jahre abgesessen, Tilly, wie sieht es denn aus?»

Wenn Ottilie es genau betrachtete, hatte sie keine Chance, die Medaille jemals zu erringen, es wäre ihr auch viel zu anstrengend gewesen. Es hieß in Wahrheit, ständig die Erzieherinnen und Madame Pleitner zu hofieren, ihnen nach dem Mund zu reden und Gehorsam zu heucheln. Bei den Spaziergängen durch die Seufzerallee im Garten, so genannt wegen der Zypressen, mußten sie auch in Zweierreihen hintereinanderwatscheln wie eine Herde Gänse. Gingen sie in der Begleitung der Erzieherinnen in das kleine Wäldchen auf der Theresienhöhe, auch im Hochsommer verhüllt bis an die Fingerspitzen, durften sie nicht nach links oder rechts sehen. Vor allem dann nicht, wenn junge Leutnants in der Nähe waren und grüßten. Und dann die Ausflüge nach Schloß Fürstenried! Die gab es ohnehin nur für die Mädchen, die gute Noten hatten. Der Hof stellte dem Institut einen Wagen zur Verfügung, und dann ging die Ausfahrt los. Man mußte enthusiastisch die Natur loben, jeden Baum einzeln benennen, die Gnade des Prinzregenten würdigen, der diese großartige Fahrt ermöglichte. Die Entzükkensrufe um sie herum irritierten Ottilie, und Clarissa sagte, daß sie demnächst noch vor Dankbarkeit in Ekstase geraten müßten, weil sie die Luft des Stiftes atmen dürften.

So sah es Clarissa, und es war die reine Wahrheit. Clarissa von der Straaten würde, selbst wenn sie hundert Jahre im Stift bliebe, niemals die Sanftmutsmedaille bekommen, und Ottilie vermutlich auch nicht. Das sagte Ottilie ihrem Vater, der Clarissa nicht persönlich kannte, wohl aber ihre vornehme Familie.

«Für mich», sagte Wilhelm von Faber lächelnd, «für mich bist du auch ohne die Sanftmutsmedaille vollkommen. Aber für deinen Großvater würde es sicher viel bedeuten, wenn du sie doch noch bekämest.»

Im ersten Jahr, als Ottilie sich abends völlig allein fühlte und nicht einschlafen konnte, weil ihre Füße eisig waren bis zum Knie, als sie morgens aus Angstträumen nur schwer hochkam und in den Unterrichtsstunden einnickte, da fühlte sie sich zu müde, um sich zu wehren. Außerdem ging ihr das ständige Französisch-Parlieren auf die Nerven, besonders im Anstandsunterricht, und wäre nicht der Großvater gewesen, Ottilie hätte die Eltern gebeten, sie aus dem Max-Joseph-Stift abzumelden. Doch wollte sie auch nicht heim, dahin, wo alle weinten. Auch Ottilie weinte, immer noch und immer wieder um ihre Brüder. Prinzenkinder.

Sie lagen in ihren weißen Särgen, Blumen in den Kinderhänden, Blumen und Spielzeug. Und allmählich hatte sich in Ottilies Trauer ein Schuldbewußtsein gemischt, das sie quälte, mit dem sie nicht fertig wurde. Die Erben waren gestorben, die natürlichen Erben, wie es hieß, die so wichtig waren für den Fortbestand des Namens und des Hauses A. W. Faber. Und die drei Töchter durften leben, aber sie waren keine natürlichen Erben. Diese Anklage las Ottilie aus allen Trauergesichtern. Die Eltern schlossen sich in ihre Räume ein, dort aßen sie auch, bis zur Beisetzung sah man sie nicht. Selbst als der Großvater kam, ließen die Eltern sich entschuldigen. Sie mußten Kraft sammeln für den Augenblick, wenn der weiße Sarg ihres Sohnes zu dem seines Bruders in die Grube hinabgelassen würde.

Da war es fast eine Erleichterung für Ottilie gewesen, daß

sie in dem Münchner Internat angemeldet war. Wenigstens brauchte sie nicht länger die Verzweiflung der Eltern mit anzusehen, die Mutter, die alle Spielzeuge und Kleider ihrer Söhne in deren Zimmer ausgebreitet hatte und jedes einzelne Teil an sich drückte. Ottilie hatte sich vor der Fahrt ins Internat verabschieden wollen, doch die Eltern ruhten, wie es hieß. Trotzdem war sie zum Zimmer der Mutter gegangen, wenigstens einen Blick wollte sie auf Mama werfen. Die Tür war nicht verschlossen, und Ottilie öffnete sie behutsam. Das Zimmer war leer. Im Zimmer der Brüder fand Ottilie die Mutter. Sie kniete mit dem Rücken zur Tür auf dem Fußboden, drückte Kleidungsstücke fest an ihr Gesicht, als wolle sie den Duft ihres kleinen Sohnes einatmen, festhalten, ehe er für immer verflog.

Im Zeichenunterricht versuchte Ottilie seitdem, die Köpfe ihrer beiden toten Brüder zu malen. Ihr Zeichenlehrer, Professor Zimmermann, ein gutmütiger Mann mit Lockenkopf und gepunkteten seidenen Schleifen unterm Kragen, empfahl ihr den Rötelstift und ermunterte sie, wenn sie mutlos über ihrem Zeichenblock hockte und jammerte: «Ich kann es nicht, Herr Professor, was ich da zeichne, das sind nicht Wilhelm und Eberhard, das sind Puppen.»

Professor Zimmermann erklärte Ottilie, Zeichnen sei eine künstlerische Tätigkeit. «Das bedeutet nicht die sklavische Nachahmung dessen, was man sieht oder im Gedächtnis hat. Natürlich bedeutet es auch nicht willkürliche Erfindung. Sie sollten versuchen, die Köpfe Ihrer Brüder frei zu gestalten.»

Inzwischen besaß Ottilie eine ganze Mappe von Zeichnungen, die sich fast ausschließlich mit ihrer Familie beschäftigten. Der Professor ließ sie gewähren.

Auch in der heutigen Zeichenstunde malte sie an einem Bild, das ihren Vater zeigte, wie er seinen kleinen Söhnen, die um seine Knie spielten, mit glücklichem Lächeln zusah.

Professor Zimmermann nahm Ottilies Block mit dem Bild und hielt es hoch, um es auch den anderen zu zeigen. «Hier können Sie ein gutes Beispiel einer künstlerischen Entwicklung sehen. Noch vor zwei Jahren war die Sehnsucht nach Nähe der Künstlerin im Weg. Sie konnte sich nicht von Zwecken und Bindungen befreien, wollte die Köpfe ihrer Brüder eins zu eins wiedergeben.»

Zimmermann wandte sich jetzt zu Ottilie. «Nun haben Sie sich gelöst, Mademoiselle, haben begriffen, daß die Malerei kein Ergebnis zeitigt, sondern selbst das Ergebnis ist.»

Zimmermanns Lob, das erste Lob, das er Ottilie aussprach in den fast fünf Jahren seines Unterrichts, machte Ottilie verlegen und stolz zugleich. Es war ihr, als sei der große Zeichensaal plötzlich voller Licht, und die Gipsbüsten der bayerischen Majestäten an seiner Stirnseite schienen sie huldvoll anzulächeln.

Ottilie hatte einige Bleistiftzeichnungen ihres Vaters mitgenommen ins Stift. Fast verlegen hatte Wilhelm von Faber der Tochter das erlaubt. «Meine konfusen Versuche – was willst du damit?»

«Deine Zeichnungen sind wunderschön, Papa, ich will sie Professor Zimmermann zeigen, bitte, Papa!»

Doch da war der Vater unnachgiebig gewesen. Sie dürfe die Zeichnungen mitnehmen, aber niemandem zeigen. Ottilie fügte sich, bewunderte für sich allein die präzisen, anschaulichen Zeichnungen der Stadt Nürnberg, des Ortes Stein, war auf jeden Strich des Vaters stolz. Sie selber versuchte auch, nachzubilden, nachzuschaffen, und wußte daher, wieviel von der Vorstellung, von dem inneren Bild verlorenging auf dem Weg vom Kopf zur Hand.

Ottilie hatte immer einen guten Vorrat an Bleistiften, verteilte die bunten Blechschachteln auch reichlich an die anderen Elevinnen, so daß im Stift fast ausnahmslos mit A.-W.-Faber-

Bleistiften gearbeitet wurde. Die Mädchen konnten wählen zwischen sechseckigen Stiften aus gebeiztem Zedernholz, die schwarzpoliert waren, rot, natur oder braun. Im Unterricht kaute man auf Stiften herum, die *Silesia* hießen, *Barbarossa* oder *Comenius*. Runde Bleistifte, die von vielen Elevinnen bevorzugt wurden, trugen Namen wie *Rubens* oder *Germania*.

Viele Mädchen zeichneten in ihren kargen Freistunden – auch Ottilie. Am liebsten versuchte sie, Blumen und Gräser so aufs Papier zu bringen, wie sie im Steiner Park zu sehen waren. Die Zeichenstifte in den verschiedenen Härtegraden waren ideal, um den Blättern und Blüten Kontur und Tiefe zu geben. Diese Härtegrade hatte der Großvater als erster genau nach Farbtiefe und Schärfe in 16 Abstufungen eingeteilt, hatte ihnen Namen gegben: B1 bis 8 für extra weiche und sehr tief schwarze Stifte. Wenn man fest aufdrückte, wirkten die Zeichnungen fast wie getuscht. H1 bis 8 dagegen stand für harte, sehr harte und extra harte Stifte. Dadurch konnten die Künstler ihre Stifte leicht auswählen, mit den H-Stiften Linien ziehen, die feiner schienen als ein Haar. Mit den B-Stiften, schwarz und pastos, zeichneten sich die Schattierungen wunderbar tief. Das hatten sogar viele bekannte Maler in ihren Briefen an das Haus A. W. Faber geschrieben.

Ottilie liebte die schönen glänzenden Bleistifte, die der Großvater in höchst elegante, künstlerisch gestaltete Etuis verpacken ließ. Vor allem in der ersten, harten Zeit im Internat, als Ottilie die Wärme ihres Lebens in Stein vermißte, waren die bunten Schachteln von daheim so etwas wie ein Trost.

Überhaupt fühlte sich Ottilie mehr und mehr unabhängig vom Drill des Max-Joseph-Stifts, sie konnte sogar Stimmungen in sich wahrnehmen, wenn sie nicht mehr nur mühsam mittat im Lauf des Tages, sondern dem ständig wiederkehrenden Rhythmus ein gewisses Wohlgefallen abgewann. Das hatte wohl, wenn auch für Ottilie zunächst unmerklich, mit dem Tag begonnen, als ihre jüngere Schwester ins Stift gebracht wurde. Ottilies bis dahin eher schmerzvolle Suche nach dem Sinn dieses Internatslebens war glücklich unterbrochen in der Sorge um Sophie, der sie nach Möglichkeit die eigenen Ängste ersparen wollte.

Als sie Sophie sah, die jetzt eine Rosa war und schweigen lernen mußte, fühlte Ottilie sich mit einemmal erwachsen im Mitleid mit den Jüngeren, die sie, vermischt mit einem Quentchen Ironie, innig bedauerte. Die Rosas, verheult, verrotzt und verquollen in ihrem Heimweh, bescherten Ottilie eine Distanz, die ihr guttat. Sie konnte in den bislang verhaßten Statuten des Stifts lesen wie in einem fesselnden Buch, sie begann sogar, sich zu amüsieren. König Max Joseph hatte diese Statuten 1813 entwerfen lassen und dem Institut zur Auflage gemacht. Bis heute wurde das Haus geführt, als wären die Leute, die damals diese Statuten schrieben, nicht längst vermodert. Max Joseph und seine Nachfolger waren tot, das Leben war über sie hinweggegangen. Aus einer gewissen Distanz schaute Ottilie allem zu, was sich Tag für Tag abspielte. Sie hatte nicht mehr das Gefühl, gedrillt und schikaniert zu werden, sondern mitzuspielen wie in einem altmodischen Theater. Sie lernte, vieles einfach nur komisch zu finden.

Das Leben im Institut war nicht völlig ungefährlich. Zwar taten die Leiterin und die Erzieherinnen alles, ihre Zöglinge zu behüten, doch passierten dem königlichen Haus bedrohliche Mißgeschicke technischer Natur. Ottilie erinnerte sich im Speisesaal oft daran, wie in ihrem ersten Jahr, im Januar, der große Gasleuchter von der Decke gefallen war. Minuten nur vor dem Abendessen, die Elevinnen hatten schon alle in Reih und Glied vor der Tür gestanden, bereit zum Einmarsch. Lediglich das Dienstmädchen Kathi, das noch die Brotkörbe auf den Tisch stellen wollte, wurde von dem Riesenleuchter gestreift. Außer einem kreidebleichen Gesicht zeigte sie aber keine Reaktion, als es im Saal rumpelte und klirrte, als sei ein Riese dabei, alles kurz und klein zu schlagen. «Gottes Hand lag behütend über dem Haus und der Kinderschar», betete nachher Madame Pleitner, und das Abendessen wurde improvisiert im Parloir eingenommen, was zumindest Ottilie und Clarissa gemütlich gefunden hatten.

Durch eine Unvorsichtigkeit mit dem Gas kam es zu einer Explosion in der Küche, und zum Entzücken aller wurden die Institutszöglinge bis zur Instandsetzung des zerstörten Raumes zum Essen ausgeführt. Besonders die Gänge in die nahe Konditorei mit den herrlichen Hefehörnchen, den Fruchttörtchen und Schokoladenkuchen wurden allseits genossen, zumal sich rasch Brüder und Cousins nebst Freunden einfanden, die den Zug der jungen Damen begleiteten, freilich immer außer Reichweite der Erzieherinnen.

Wieder durch ein Wunder wurde auch niemand verletzt, als an Ottilies drittem Karfreitag im Institut der große Speiseaufzug aus der Rolle glitt und donnernd mitsamt dem Mittagessen in die Tiefe stürzte. Und als wenige Wochen später die Decke des Turnsaals herabfiel, waren die Erzieherinnen mit den Kindern beim Gottesdienst, so daß Madame Pleitner wieder beim gemeinsamen Gebet dafür danken konnte, daß durch Gottes gnädigen Schutz niemand verletzt wurde.

Als Ottilie zwei Jahre im Institut war, ordnete das Ministerium an, daß die Zöglinge auch in den Weihnachtsferien heimreisen durften. Madame Pleitner hatte sich gegen diese Neuerung gewehrt. Sie war schon nicht glücklich damit, daß die Kinder in den Sommerferien nach Hause fuhren. Die Institutsleitung brauchte jedesmal eine gute Woche, bis die Zöglinge wieder folgten, sich dem Institutsleben von neuem anpaßten. Und nun auch noch Weihnachten. Minister Müller, der dem

Stift sein besonderes Wohlwollen geschenkt hatte, sagte Madame Pleitner zu, daß die Verfügung rückgängig gemacht werde, wenn sie sich nicht bewährte. Doch obwohl nach den Weihnachtsferien achtzehn Masernfälle ins Institut eingeschleppt wurden, gab Madame Pleitner nach und beließ es bei den Weihnachtsferien. Wahrscheinlich hatte es ihr selber gefallen, ein paar Tage Ruhe zu haben, denn seit einiger Zeit wurde sie immer wieder von heftigen Gesichtsschmerzen gepeinigt.

Als gegen Ende ihrer Internatszeit auch noch ihre jüngste Schwester, Hedwig, ins Stift eintrat, als Sophie schon längst eine Alte war und ebenso wie Ottilie «Mutter» einer Rosa, da fanden Ottilie und sogar Clarissa, daß sie im Stift doch ausgesprochen gute Tage hätten. Manchmal konnten sie sich selber auslachen, dann nahmen sie sich wieder sehr ernst. Im Grunde gefiel es ihnen ja, sich unverstanden zu fühlen, das fanden sie vornehm und romantisch, sogar die Stunden, die sie zur Strafe im Nähzimmer verbringen mußten. Jedenfalls ging es Ottilie so, daß sie sich manchmal ganz nah fühlte an dem, was sie unter dem Lebenssinn verstand, doch wenn sie es Clarissa erklären wollte, fehlten ihr die Worte. Sie hätte eine neue Sprache erfinden müssen.

Den Tanz- und Anstandsunterricht wollte Ottilie nicht missen. Auch Clarissa sorgte dafür, daß sie zu dieser Zeit nicht gerade im Arrestzimmer saß. «Die meinen, daß ich Anstand und Tanz besonders nötig habe», sagte sie sachlich, als sie wieder einmal zum Anstandsunterricht aus dem Nähzimmer befreit worden war. Der bisherige Tagesverlauf war aus Clarissas Sicht höchst zufriedenstellend verlaufen. Die Brot-Rosi hatte ihr Mittagessen ins Arrestzimmer gebracht, dazu noch ein gebratenes Kalbskotelett und eine Frikadelle für das arme Mamsellchen, das von den hochmütigen Damen so schlecht behandelt wurde.

So gestärkt, trat Clarissa jetzt willig zur Dressur an, wie sie das nannte. Bei Madame Richter, die Französin war und mit einem deutschen Rechtsanwalt verheiratet, lernten sie tanzen. Walzer vor allem. Aber auch Menuett, Quadrille und Polka. Zum anfänglichen Erstaunen aller tanzte Clarissa hervorragend, sie war überhaupt musikalisch, spielte leidlich Klavier und machte im Musikunterricht nur dadurch Schwierigkeiten, daß sie, im Gegensatz zu Ottilie, die Opern Richard Wagners nicht ausstehen konnte, zu deren Aufführungen die Mädchen regelmäßig ins Münchner Opernhaus geführt wurden.

Doch gegen das Tanzen hatte Clarissa ausnahmsweise nichts. Ihr pfirsichfarbenes Vollmondgesicht sah einmal nicht empört aus. Ihre Arme, die flossenähnlich von ihrem stämmigen Körper abstanden, umfingen mit großer Zartheit Ottilies dünne Taille, und dann schwebten die beiden nach den Klängen des Strauß-Walzers durch den Salon, bis die großen weißen Flügeltüren, der kristallene Lüster und die Bilder der Institutsleiterinnen sich im Kreise mitzudrehen begannen, schneller, immer schneller, und Madame Richter schließlich «Attention, Mesdemoiselles, Attention!» rief.

Besonders für die Tage des Karnevals wurde geübt, für den Münchner Fasching, wenn im Institut die weißen Bälle veranstaltet wurden. Dann kam der Hof mit den Prinzessinnen Adelgunde, Maria, Mathilde und Hildegard sowie dem Prinzen Heinrich zu Besuch, und die Elevinnen wurden in duftige weiße Mullkleider gehüllt. «Schneegans-Toiletten» wurden die Roben von Clarissa getauft, die darin eher wie eine Schneelawine wirkte. Doch sie hätte deshalb nicht auf eine einzige Frikadelle oder ein Kalbskotelett in ihrem Leben verzichtet. Dafür nahm sie unerbittlich die jungen Leutnants und die Prinzen aufs Korn, die vor allem Clarissas einziger Freundin, Ottilie von Faber, den Hof machten. Das paßte Clarissa aus verschiedenen Gründen nicht, und sie erging sich in spitzen Bemerkungen.

«Schau sie dir doch mal an, diese Milchgesichter, wetten, daß die sich nicht einmal anständig duellieren würden? Aber du mußt natürlich mit den Augen rollen. Du kannst ja nie genug kriegen. Egal, ob einer öd ist oder blöd, du wirst ihn vor deinen Triumphwagen spannen.»

«Und wem mußte ich die Haare mit Zuckerwasser und Bier zu Locken drehen? Wo du dir doch aus jungen Herren überhaupt nichts machst?»

«Ich möchte nur vor dem Hof einen guten Eindruck hinterlassen. Das bin ich meiner Familie schuldig.»

Das waren fremde Töne bei Clarissa, die sich sonst wahrlich niemandem verpflichtet fühlte. Ottilie mochte ihr auch nicht recht glauben.

Clarissa war zudem höchst wählerisch, was ihre Garderobe anging. Für die wenigen Gelegenheiten, zu denen sie heimreisen durfte, war sie ausstaffiert wie eine Prinzessin. Und sie hatte Modejournale abonniert, aus denen sie sich mit Ratschlägen versorgen ließ. Beim Eindrehen ihrer Haare hatte sie Ottilie vorgelesen, wie man die frischgewaschene Pracht schmücken sollte:

«Das dunkle Haar braucht nicht sehr wählerisch zu sein, ihm steht die weiße Perle ebenso wie das Rot der Koralle und das Gold des Bernsteins. Dasselbe gilt für dunkelbraunes Haar; letzteres wird den Schmuck in Gelb und Gold mit besonderer Vorliebe tragen. Hellblondes Haar wird Rot und Gelb meiden. Mattes Silber und bunte Steine, in schöngeformter Nadel gefaßt, sind ihm kleidsam. Blumen, besonders einzelne Blüten mit grünem Zweig und Blatt, dürfen in jedem Haarkleid einen Platz finden.»

Folgsam legte Ottilie ihre Perlenohrringe an und befestigte

über dem kurzen Pony von Clarissa ein Blatt aus Silber, auf dem Tautropfen von bunten Edelsteinen perlten.

Wenn die Phantasie aus der «Regimentstochter» von Donizetti erklang, betrachtete der Hofstaat aufmerksam den Einzug der jungen Elevinnen, und natürlich begutachteten die Prinzen und Leutnants höchst interessiert die Pensionärinnen, die noch süße Backfische waren, doch durchaus schon in Betracht kamen. Neben der schönen Gräfin Eltz fiel den Leutnants vor allem die Freiin von Faber auf, eine filigrane Person mit einem feinen Gesicht unter üppigem Haar. Ihre Taille in dem weißen Mull konnte man leicht mit den Händen umfassen, und sie bewegte sich geradezu feenhaft graziös. Da mußte man sich bald einmal erkundigen, wie es um Cousins oder sonstige Verwandte stand, die einen einführen konnten. Die Pensionärinnen des Max-Joseph-Stifts waren ausschließlich von Familie, da konnte man völlig sicher sein. Und wohlerzogen waren sie auch.

Maria Seinsheim, das allseits geliebte Seinsheimerl, deren Mutter schon im Stift erzogen worden war, mußte immer wieder erzählen, wie ihre Mutter als Elevin von dem jungen Kronprinzen Ludwig, dem späteren Märchenkönig Ludwig II., zum Tanzen aufgefordert worden war. Dieser Prinz war so schön gewesen mit seinen tiefen veilchenfarbenen Augen und dem dichten schwarzen Lockenhaar, daß die Mutter vom Seinsheimerl ihr Herz um ein Haar nicht mehr hätte festhalten können, es hatte davonfliegen wollen – und die Füße waren wieder Kinderfüße geworden, dumm und taumelig, sie verirrten sich unter die Füße des Kronprinzen, doch der Prinz hatte sich entschuldigt für seine Ungeschicklichkeit, viele Male. Die Mutter vom Seinsheimerl hatte gesagt, Königliche Hoheit brauchen sich nichts denken, den Schuh, den heb ich mir auf mein Leben lang. Und der Prinz, der überaus Schöne, hatte sich bei Madame la

Directrice bedankt, daß er mit derart taktvollen jungen Damen tanzen könne.

Und heute, wenn die Hausglocke zu einer ungewohnten Zeit läutete, wußten alle, daß wieder hoher Besuch vom Hofe angefahren war, Marie, die Mutter des Märchenkönigs. Sie kam regelmäßig zu Visiten, die sie vorher nicht ankündigte. Dann ging sie von Klasse zu Klasse, fragte die Rosas, Roten, Grünen, Violetten und Blauen nach ihren Freuden, aber auch nach ihren Leiden, die ihr jedoch nicht genannt wurden. Natürlich nicht, denn keine der Elevinnen wollte die Königliche Hoheit betrüben. Königinmutter Marie setzte sich dann unbefangen mit in den Speisesaal, und Ottilie wunderte sich manchmal, daß die Majestät so fröhlich schien. Immerhin hatte sie zwei Söhne auf grausame Weise verloren. Vor allem ihr Ältester, der König, mußte ja so geistvoll, so seelenvoll und herrlich gewesen sein, daß sogar Ottilie, die ihn nicht gekannt hatte, immer begierig war, von ihm zu hören oder zu lesen. Es hieß, er habe ohne Freunde allein in einer Welt der Schönheit gelebt. Er hatte durchaus Versuche gemacht, Freunde zu gewinnen, wie Richard Wagner, die Bildhauerin Elisabeth Ney oder den Schauspieler Josef Kainz, doch zuletzt war er einsamer zurückgeblieben als je zuvor.

Doch inzwischen waren neue Zeiten angebrochen, monarchische Ideen wurden abgelöst von demokratischen Zielen. Das hörte Ottilie aus Diskussionen, die bei Abendgesellschaften daheim geführt wurden. Weniger vom Kaiser war die Rede, sondern von Bismarck. Ottilies Großvater verehrte ihn, er fand, daß in Bismarck alles versammelt sei, was den Deutschen zur Ehre gereiche. Ohne die Zusammenhänge wirklich zu verstehen, hörte Ottilie aber höchst interessiert von einer kleinen Insel, Sardinien, deren politischer Führer Camillo Cavour es fertiggebracht hatte, am Konferenztisch der Großmächte in Paris bei Napoleon III. Klage zu führen gegen die Österreicher, die er schließlich zwang, Italien den Krieg zu erklären. Ottilie hörte von General MacMahon, von den furchtbaren Schlachten bei Magenta und Solferino. Sie lernte, daß zwei Abenteurer wie Napoleon III. und Camillo Cavour es in den fünfziger Jahren gewagt hatten, sich gegen die Großmacht Österreich aufzulehnen. Zwar mußten die Italiener den Franzosen Savoyen und Nizza überlassen – doch Cavour hatte das Königreich Italien geschaffen. «Durch Magenta und Solferino», hatte der Großvater gesagt, «ist der Nationalismus zum endgültigen Durchbruch gekommen. Das Kaiserreich Österreich mußte König Viktor Emanuel und seinem Minister Cavour die Lombardei abtreten, die erste nationale Absplitterung vom Habsburger-Reich – das war für ganz Europa eine riesige Überraschung. Italien wurde aufgenommen in den Kreis der freien Völker Europas. Wie ist Garibaldi begrüßt worden, als er in den sechziger Jahren England besuchte!»

Ottilie erinnerte sich genau, wie Großvater wieder auf seinen Lieblingspolitiker zurückkam: «Bismarck hat die sardische Methode verfolgt, so daß Deutschland sich den Nationalstaat erkämpfen konnte. Genau wie Italien. Zwei lebendige Nationen!» Ottilie hörte von den Feldherren der Einheitskriege, Moltke, Prinz Friedrich Karl und Wrangel, sie hörte von Männern wie Manteuffel, Alvensleben, Arnim und von der Goltz, alle kamen von ostelbischen Rittergütern, waren Herren über ein Heer von Untertanen. Auch Bismarck war ein ostelbischer Junker, er wurde von vielen der tolle Junker genannt, weil er die Habsburger aus Deutschland vertreiben wollte. Immerhin war Österreich im Kern ein deutscher Staat.

War Ottilie in Stein, interessierte sie sich für die politischen Gespräche der Erwachsenen, bei denen der Großvater das Wort führte. Doch hier im Münchner Stift schien die Zeit stillzustehen. «Der Hof», das waren die beiden wichtigsten Worte im

Stift, vor denen alles zu schweigen hatte, egal ob rosa, rot, grün violett oder blau.

Wahrscheinlich verdoppelte die Leitung des Stifts sogar ihr Bemühen, höfisch wie der Hof zu sein, täglich neu. Jede Unterrichtsstunde konnte verschoben werden oder auch einmal ausfallen, der Anstandsunterricht nicht. Jeden Nachmittag wurde höfische Haltung und Grazie geübt. Heute mußten die Mädchen, ein Buch auf dem Kopf, die Treppe in den Garten hinuntergehen. Sie durften dabei nicht auf die Füße sehen. Sie durften auch nicht das Buch vom Kopf verlieren. Das ging eine Weile gut, bis die ersten Bücher fielen. Dann gab es kein Halten mehr, alles kugelte durcheinander, Mädchen und Bücher. Madame Richter wurde wieder strenger.

«Taisez-vous, Mesdemoiselles», rief sie, und die Elevinnen mußte vor ihr den Hofknicks üben. Dann hieß es, sich mit nebeneinandergestellten Füßen auf einen Stuhl zu setzen. Das sollte alles leicht und graziös aussehen, tat es aber in den wenigsten Fällen. Sogar den Händedruck lernten die Mädchen. Madame Richter rief bald gequält: «Mon dieu, nicht so fest drükken. Und, bitte, schon gar nicht die Hände schütteln!»

Nach soviel Drill spielte Madame Richter zum Schluß der Stunde eine Polka, und die Blauen durften für einige Minuten durch den Salon toben.

An diesem heißen Sommertag, es war der 27. Juni 1893, standen die großen Fenster des Saales weit offen. Clarissa, Ottilie und die anderen Tänzerinnen lehnten sich lachend, schwitzend und erschöpft in die breiten Fensternischen. Eine Bonne brachte große Gläser mit kaltem Zitronentee, auf dem Minzblätter schwammen.

Ottilie trankt durstig, kaute die würzigen Blätter und sagte zu Clarissa, der Beruf einer Tänzerin müsse doch etwas Schönes sein.

«Du liebe Zeit, aber doch nicht für uns», stöhnte Clarissa. «Wir dürfen Gattinnen werden, Mütter, Lehrerinnen, Hofdamen, Pflegerinnen im Sanatorium oder gleich Nonnen – aber Tänzerinnen? Willst du enden wie Lola Montez?»

In diesem Moment kam Madame Näf in den Raum. Sie flüsterte ein paar Worte mit Madame Richter. Beide sahen zu Ottilie und Clarissa hin, die augenblicklich ein schlechtes Gewissen bekamen. Wo hatten sie sich schon wieder Ordnungsstriche eingehandelt? Dann stand Madame Richter auf, trat auf die Mädchen zu und sagte Ottilie, sie solle bitte zu Madame Pleitner kommen.

Madame Richter begleitete sie in das Büro Madame Pleitners, wo Ottilie vor dem Schreibtisch Madames stehenblieb. Sie überlegte noch, was sie wohl verbrochen hatte, als Madame Pleitner zu ihrer Überraschung aufstand, um den Schreibtisch herumkam und Ottilie in die Arme nahm.

«Sie müssen jetzt tapfer sein, ma chère, ich habe eine schlimme Nachricht für Sie. Ihr Vater ist heute gestorben, Sie und Ihre Schwestern sollen nach Hause kommen, sofort.»

KAPITEL 3

JE WEITER Anna hineinkam nach Stein, desto mehr Menschen begegneten ihr. Es mußten Arbeiter sein, Männer und Frauen, die aus den großen Fabrikgebäuden mit den hohen Schloten herauskamen. Waren sie müde von der Arbeit, oder schienen sie Anna nur sehr ruhig und bedrückt? Kaum jemand sprach, alle hasteten sie den sauberen Häusern zu. Niemand beachtete Anna. Und immer wieder überholten sie Kutschen, eine nach der anderen.

Als Anna endlich in dem großen, lichten Park der Familie Faber ihren Koffer abstellte, sah sie die Bäume in der vollen Schönheit ihres frühsommerlichen Laubes. Doch die Kutschen, die wie aufgereiht in der geschwungenen Auffahrt standen, gaben ihr zu denken. Veranstalteten die Herrschaften eine Gesellschaft? Warum war dann aber alles so dunkel und ruhig im Haus? Anna sah Dienstboten zum Schloß hinüberlaufen, und von dort rannten welche eilends zur Villa.

Wo sollte sie sich überhaupt melden? Sie hatte gedacht, es werde sich schon eine Tür finden lassen, an die man klopfen könnte. Doch so wie die Dinge lagen, traute sie sich gar nicht in die Nähe des Hauses. Es ging etwas so Abweisendes, Einschüchterndes von der großen Sandsteinvilla aus, daß sie sich gar nicht mehr vorstellen konnte, dort zu arbeiten und zu wohnen. Ratlos setzte sie sich auf ihren Koffer, sah auf ihre Füße in

Linas Schuhen, auf ihre Leinenschürze, für die Mutter sich das Geld geliehen, an der sie stundenlang genäht hatte, und dachte, daß wieder einmal alle Anstrengungen ihrer Mutter vergebens gewesen seien.

Anna fühlte sich wie das Blatt, das sie eben auf dem Wasser der Regnitz hatte treiben sehen. Losgelöst von allem, was bislang ihr Leben ausgemacht hatte. Nürnberg war weit weg, die Mutter, die Schwestern, ihr Bruder und die Patin richteten sich ohne sie ein. Und hier, wo sie geglaubt hatte, erwartet zu werden, hier hatte man sie offenbar vergessen.

Sie holte tief Luft und schaute auf in den Park, in dem Wiesengründe und dichter Baumbestand sich abwechselten, und der ihr endlos und unbehaust schien. Doch plötzlich sah sie auf dem Hintergrund der sanft glühenden Laubbäume eine schmale Gestalt herankommen, leicht, jung, in einem langen schwarzen Kleid. Es war ein zierliches Mädchen, das nur langsam, fast zögernd näherkam. Es trug einen runden weißen Sommerhut mit schwarzem Band, der Hut warf einen perlmuttfarbenen Schatten auf die Stirn des Mädchens. Das Haar war schwarz, nicht dunkel, sondern schwarz wie flüssiger Lack, auch so glänzend. Straff zurückgekämmt, hinten zusammengenommen, nur über der Stirn lagen einige Strähnen. Die Augenbrauen standen ebenso dunkel in dem blassen Gesicht, die Augen waren von einem so weichen samtenen Schwarz, wie Anna es noch nie gesehen hatte. Wunderschön schienen Anna diese schwarzen Augen, tief in der Farbe und in einem sanften Oval geschnitten.

Anna wußte, wer da näherkam, dann stehenblieb und zum Haus hinaufsah, wobei es um den feinen, vollen Mund zuckte. Sie sah im Profil die schmale Nase, die ihr vollkommen schien. Jetzt, wo sie ohne jeden Zweifel Ottilie von Faber erkannt hatte, war ihr bewußt, daß sie schon lange in ihrer Phantasie mit dem Fräulein gelebt hatte, das im gleichen Alter war wie sie selbst. Doch sie lebte in einer anderen Welt, ja, es gab zwei Welten, eine für reiche Leute und eine für arme, alles teilte sich wie die Spreu vom Weizen.

Hatte Ottilie von Faber gespürt, daß Anna sie anstarrte? Sie wandte sich ihr zu, fragte ruhig, wohin sie wolle. Anna sagte es ihr. Ottilie von Faber bedeutete Anna mit einer leichten Kopfbewegung, mit ins Haus zu kommen. «Den Koffer laß stehen. Man wird ihn dir bringen.»

Es schien Anna, als öffne sich ihr der Park, als öffne sich erst jetzt alles, was sie bisher wahrgenommen hatte. Sie ging neben Ottilie, die hierher gehörte und für die sie arbeiten sollte. Es war ihr, als sähe sie sich selber zu, wie sie häßlich und plump neben Ottilie von Faber herstolperte. Sie fand sich wie von sich selbst getrennt, fremd, eine andere, und sehnte sich nach der Oberen Schmiedgasse.

Im prächtigen Vestibül der Faberschen Villa, dessen Farben und Licht Anna sofort verwirrten, auf der Treppe, die von ungeheuren blauen Vasen eingerahmt war, kam eine schöne, füllige Dame Ottilie entgegen. Sie war blaß, ihr Gesicht von Schmerz verzogen. Immer wieder preßte sie ein großes weißes Spitzentuch an die Lippen. «Wo bleibst du denn, Tilly, komm hinauf zu Papa.»

Ottilie von Faber legte für einen kurzen Moment den Kopf an die Schulter der Frau, die wohl ihre Mutter war, dann besann sie sich auf das neue Dienstmädchen, deutete ernst und freundlich auf eine Tür, die rechter Hand vom Eingang lag. Anna öffnete diese Tür, stieg die Treppe hinab ins Souterrain. Hier war ihre neue Existenz, aber Anna fühlte sich schon jetzt vernichtet.

Die Küche war nur ein Teil der unterirdischen Welt, in die Anna jetzt hinabstieg. Es war jedoch keineswegs dunkel da unten, etwa so wie in den Kellern der Oberen Schmiedgasse oder gar im Loch. Hier, im Souterrain der Villa Faber, war jeder Winkel erleuchtet, hell gekachelt oder gestrichen und vollkommen sauber. Linker Hand von der Treppe, im ersten großen Raum, zu dem die Türe offen stand, lag die Küche. Anna sah zuerst große weiße Gaslampen, die hoch oben an jeder der Wände befestigt waren und am geschwungenen Arm in den Raum hineinreichten. Die Lampen brannten nicht, denn durch die breiten, niedrigen Fenster drang noch genügend Licht, so daß Anna die weißen Kacheln schimmern sah, die an den Wänden bis in fast zwei Meter Höhe verlegt worden waren. Kuchen-, Fisch- und Puddingformen aus Kupfer hingen griffbereit, sie waren Anna bekannt von den Beschreibungen aus Aabels Kochbuch.

«Lieber Doktor Martin, steht mir bei», betete sie, denn die Frauen, die ihr den Rücken zuwandten und an Tischen und einem riesenhaften Herd hantierten, schüchterten sie ein. Nach einem System, das Anna nicht durchschaute, das aber zu funktionieren schien, rannten sie in der Küche herum, griffen in Bottiche, Körbe, gossen aus Flaschen, walkten Teigfladen, holten duftende Braten und Gebackenes aus dampfenden Rohren. Schwaden stand um die Lampen, gab dem Lärm und der Geschäftigkeit etwas Unwirkliches, wenigstens für Anna. Sie stand unter der Tür, wurde immer wieder weggedrängt von Mädchen in blau und rot gestreiften Kleidern. Sie trugen Häubchen und Trauer auf den frischen Gesichtern und wurden angeraunzt von Dienern in blauer Livree, die auf großen Tabletts Karaffen und Gläser schleppten und ebenfalls Trauermienen zeigten, vermischt mit einem Ausdruck von Bedeutsamkeit. Sah einer Anna, machte er eine wegwischende Handbewegung, und sie wünschte sich dann auch weit weg, sogar ins Loch wäre sie jetzt freiwillig gegangen.

Eine der Frauen, offenbar die Köchin – Anna hörte, daß immer sie den anderen Anweisungen gab, nie umgekehrt –, entdeckte sie schließlich. Sie schnaufte. Ihr Gesicht war hochrot unter dem straff zurückgekämmten Haar. Obwohl sie überlastet wirkte, schien sie gleichzeitig auch zufrieden über ihre wichtige Stellung in dem Trubel. «Allmächd, des neue Mädla, und des in dem Gewerch –», sagte sie über die Schulter. Dann winkte sie Anna mit dem Kinn: «Wos hältst denn Maulaffen feil, maanst, du sollst uns hier zuschaun?»

Anna beeilte sich, daß sie an die Seite der Frau kam, sah sie erwartungsvoll an. Die Köchin schob ihr eine große Menge Zwiebeln hin: «Hier, ganz fein hackn tust mir die, die brauch i für mein Kardoffelsolod.»

Auch das noch. Wenn Anna eine Arbeit haßte, dann war es das Zwiebelschälen. Ausgerechnet das durfte sie nun als erstes an ihrer neuen Arbeitsstelle tun, und gleich in dieser rauhen Menge. Das war ja wie beim Fischhändler, wenn sie mit der Hausfrau die Heringe einlegen mußte. Annas frohe Erwartung zerrann beim Anblick des Zwiebelbergs, sie dachte noch einmal flüchtig an Doktor Martin und daran, ob er wirklich gewußt hatte, wie es in der Faberschen Küche zuging. Die Köchin, die Essig, Öl und gehackte Gewürze mit dem Schneebesen zu einer Sauce verschlug, schob ihr ein derbes Messer zu, dazu eine Schüssel aus Porzellan. «Und daß d'mir fei ja nix zerdeppern dust, gall?»

Plötzlich fiel Anna ihr Koffer ein. Der stand ja immer noch im Park. Sie wandte sich wieder an die Köchin, da die anderen Frauen Fleisch brieten, Gemüse zerkleinerten oder mit Mehl hantierten, ohne sich um Anna zu kümmern. «Mein Koffer steht noch im Park», sagte sie schüchtern, doch die Köchin fuhr sie an: «Oben liegt unser toter Herr, wir müssen's Essen richt'n, und du red'st von Koffern. Schick di, Mädla, halt deine Waffl!»

Anna suchte sich eine Ecke des langen Tisches, wo sie Platz hatte für ihre Arbeit, denn die Köchin nahm den größten Teil der Arbeitsplatte in Anspruch, und machte sich daran, die sattbraunen Zwiebeln zu pellen. Sie suchte in ihrer Rocktasche nach einem Tuch, gleich würden die Tränen rinnen. Schon beim Abziehen der dritten Zwiebel begann sie zu schniefen, der Zwiebelsaft brannte höllisch in ihren Augen. Nur noch undeutlich sah sie das weiße Innere, das stank und brannte, doch sie schnitt und hackte und sah zuerst gar nicht, daß dicht neben ihr eine alte Frau saß. Die Alte strickte und redete dabei in fast unverständlichem Fränkisch vor sich hin, was Anna in ihrem Zwiebeldunst hörte, als wäre es ein immer wiederkehrendes Murmeln, ähnlich dem schmerzreichen Rosenkranz:

«Der junge Herr. Allmächd, also suwos, allmächd, also suwos, gibds doch ned, allmächd, also suwos, des moumä gsäing hoom, allmächd, also suwos, naa, allmächd, der junge Herr, allmächd ...»

Anna schniefte und heulte und rotzte, trotzdem hackte sie verdrossen weiter und hörte dem Murmeln zu, dessen Quelle sie nur in Umrissen ausmachte. Es war die alte Schuster-Theres, die da saß und murmelte, Anna würde sie von heute an täglich da sitzen sehen, würde ab und zu hören, wie sie von ihrem Vater, dem Schuster aus Röthenbach erzählte, oder, öfter noch, von dem jungen Herrn, dessen Kinderfrau sie gewesen war und der sie niemals im Stich lassen würde, weil sie ihm das Leben gerettet hatte. Anna hätte sich die alte Frau gern näher angeschaut, hätte ihr zugehört, aber dazu kam sie nicht. Sie sah nur noch Zwiebeln und auch die undeutlich hinter dem Tränenvorhang, sie roch den scharfen Dunst und wußte, daß sie selbst bald riechen würde wie dieser Haufen weißen Zwiebelfleisches, in dem sie herumhackte, wütend und blind. Gern hätte sie der Köchin die Zwiebeln an den Kopf geworfen, denn die nahm wortlos und mürrisch eine nach der anderen und rührte sie in ihrer riesigen Schüssel in die Sauce.

Endlich war Anna fertig. Sie sah in der Nähe einen Bottich mit Wasser und tauchte spontan den Kopf hinein, zur Erlösung von den Zwiebeln. Nach dem Auftauchen versuchte sie blind, ihr nasses Gesicht an der Schürze abzutrocknen.

«Hier, nimm», sagte eine freundliche junge Stimme hinter ihr, und eine rote kräftige Hand reichte ihr ein sauberes Leinentuch. Sie trocknete sich ab und fand neben sich ein junges Mädchen, das sie freundlich angrinste und sagte: «Edz wärds wieder Dooch.»

Ja, endlich sah Anna wieder ihre Umgebung, sah die Frauen an. Die Junge fragte: «Gall, du bist vo Närnberg!»

«Die Närnberger ham eigene Köpf, die glaam, sie wärn wos Beßres», rief eine andere warnend, es war die Zweitköchin, die eben dabei war, einen großen gebratenen Schinken in Scheiben zu schneiden.

«Warum moußdn sou redn», rief die Junge, Anna beim Arm nehmend, der Schinkenschneiderin zu. «Is ja suwisu worschd, wos sachsd!»

«Des wer'n mir dann scho noch sehn!» Die Zweitköchin drohte der Jungen mit ihrem Messer, «des wer'n mir dann scho noch sehn!»

Ob Anna noch nie in Stellung gewesen sei, wollte jetzt die Junge wissen. Doch, sagte Anna, schon zweimal, worauf die Köchin provozierend rief: «Bei uns is aa ned andersch wäi wouandersch!»

Anna erschrak, was die anderen erwartet hatten. Sie lachten und beruhigten Anna, bis die Köchin rief, daß sie sich ja sputen sollten und nicht herumwaffeln, als sei der junge Herr nicht tot und sie hätten keine Gesellschaft zu verköstigen: «Jetzt halts euer Waffl und machts weiter. – Hier, Anna, du kannst die Tauben herrichten, die brauch ich für morgen, weil's eine Nacht ruhn müssen, aber schick dich trotzdem, du mußt nachher helfen beim Abschbüln.»

Ratlos starrte Anna auf den Korb, in dem etwa zwanzig Tauben lagen, im vollen Federkleid, die Köpfchen eigenartig verrenkt.

«Gall, des host in Närnberch net g'lernt», rief die Zweitköchin schadenfroh, «schick dich fei, du mußt die Viecher rupfn, solang sie noch warm sind.»

«Lisbeth, wie kannst du einem neuen Mädchen gleich diese Arbeit geben, sie verdirbt uns am Ende die frischen Tauben!»

Eine Frau, Anna wußte nicht gleich, ob es eine Dame war, jedenfalls stand eine Frau in der Küche, im langen dunklen Kleid, dessen Saum sie leicht angehoben hatte, um es nicht zu beschmutzen. Die Frau war groß, dürr und hatte die rötlichen Haare hochgenestelt über einem langen Hals, der in einem Spitzenkragen steckte, was ihr etwas Vornehmes, in Annas Augen etwas Vogelartiges gab. Das lag an ihren kleinen grauen Augen und daran, daß die Dame den Kopf leicht seitlich gesenkt hielt. Sah sie nicht aus wie eine der Tauben, die vor Anna im Korb lagen?

Als hätte sie Annas Gedanken erraten, sprach die Frau, die tatsächlich eine Dame war, nämlich die Hausdame, Anna barsch an: «Warum hast du dich nicht bei mir gemeldet? Das Haus von Faber ist doch kein loser Haufe, bei dem man einfach kommt und geht, wie es einem paßt.»

Hilflos sah Anna sich um. Es war plötzlich still in der Küche, sogar das Psalmodieren der Alten schien verstummt zu sein. Die Köchin, die Zweitköchin, die Junge und alle übrigen hatten sich ihrer Arbeit zugewandt, waren nicht mehr zugänglich für Anna, die mit ihrem Korb in der Hand Dienern und Serviermädchen auszuweichen suchte und sich das Hirn zermarterte, wie sie der Frau sagen könnte, daß sie niemanden gesehen hatte, nur das schöne Fräulein Ottilie von Faber. Sie kam Anna in den Sinn wie ein rettender Engel. Im gleichen Moment stotterte sie auch schon: «Das Fräulein von Faber hat mir gesagt, ich solle –»

Sofort wurde das kalte Taubengesicht der Frau devot, eilig versicherte sie Anna, daß dann ja alles in Ordnung sei. Sie wies die Zweitköchin an, Anna genau zu erklären, wie sie die Tauben zu behandeln habe. «Und hilf ihr, du weißt, daß der alte Herr Tauben in Malvasier über die Maßen schätzt.»

Die Frau verschwand mit ihren gerafften Röcken und ihrem Malvasier, von dem Anna nicht einmal ahnte, was das war. Die Zweitköchin erklärte es ihr herablassend und auch, daß Anna gerade mit der Hausdame, Frau Traub, gesprochen habe. Die Erwähnung Ottilie von Fabers hatte auch die Zweitköchin beeindruckt. Sie machte sich, etwas freundlicher als bisher, daran, Anna das Zubereiten von Tauben beizubringen. Sie drehte dem Vogel den Kopf herum und riß ihn ab, gab das Tier weiter an Anna, um ihr zu zeigen, wie sie es zu rupfen hätte. Nach dem Rupfen zündete sie auf dem Herd rasch einige Knäuel Papier an, hielt die Tierchen über die Flamme und sengte ihnen die letzten Federn ab. Anna mußte das nachmachen, verbrannte sich natürlich die Hände und ließ sich von der mitleidigen Jungen mit kaltem Wasser und Mehl behandeln. Dann mußte Anna die Täubchen durch einen Querschnitt am Bauch von den Innereien befreien, die Beine am Gelenk abschneiden. Nun legten sie die armseligen Leichen in eine große Schüssel mit Wasser und trockneten sie nach einer Viertelstunde gut ab.

Anna fühlte sich zum Speien schlecht. Sie mußte immer an

den toten jungen Herrn denken, seit sie die Tauben schlachtete.

Als Anna mit der hilfreichen Franzi beim Abspülen war, kam ein kräftiger, untersetzter Mann herein. Er trug eine blaue Uniform, sein Gesichtsausdruck war von der gleichen selbstzufriedenen Herablassung, die Anna bei vielen männlichen und weiblichen Bediensteten des Hauses Faber ausmachte, die aber sofort einem dankbaren Gehorsam wich, wenn sich ein Mitglied der Herrschaft auch nur von weitem zeigte.

«Wem ghört denn des Trumm Koffer drauß'n im Park, kann mir des amal jemand sogn, ha?» brüllte der Untersetzte in die Küche.

Sein Ton hätte Anna eben noch eingeschüchtert, doch jetzt, wo sie offenbar einen Schlüssel zu jedem Bedienstetenherz gefunden hatte, erwiderte sie trotzig: «Des is meiner, und Fräulein Ottilie hat gesagt, Sie sollen ihn in mein Zimmer bringen.» Das war zwar übertrieben, aber Anna kam es jetzt auf etwas mehr oder weniger Frechheit auch nicht mehr an. Doch der Kutscher Leo, denn um ihn handelte es sich, war nicht so leicht zu beeindrucken. Nicht von einem jungen Dienstmädchen.

Er trat vor Anna hin, ganz dicht, dann ging er um sie herum, wie Anna es bei den Viehhändlern auf dem Plärrer gesehen hatte, wenn sie eine Kuh kaufen wollten. Wieder fühlte sich Anna von Doktor Martin betrogen. Da hätte sie gleich beim Kohlenhändler Benner bleiben können, der hatte sie am ersten Tag genauso taxiert, und schon am Abend, nach seinem dritten Seidl Bier, hatte er nach Annas Brüsten und unter ihre Röcke gegriffen. Die Augen des Kohlenhändlers, daran erinnerte sich Anna mit Ekel, glitzerten genauso wie die des Kutschers.

Der verübelte es Anna, daß sie die Herrschaft zitierte, um ihm Arbeit anzuschaffen. Er zwirbelte seinen Schnurrbart.

«Also suwos, des Mädla hat Familienanschluß, allmächd, da müssn wir ja an Reschbeckd ham, oder?»

Beifallheischend schaute Leo sich um, doch Anna sah, daß Lisbeth böse Augen machte und scheppernd einen Topf auf den Tisch knallen ließ. Sie trat zu Leo, fuhr ihn an, wie lange er denn noch mit der Neuen herummachen wolle. «Hast überhaupts schon gesehn, daß iich aa herinnen bin? Weißt was, du kannst mich kreizweis!» Damit ließ Lisbeth Leo stehen, der als ihr Verlobter galt, inoffiziell, aber eine fatale Vorliebe für alles zeigte, was Röcke trug und unter zwanzig war. Lisbeth war schon sieben Jahre drüber, und Leo ließ sich bitten und bitten. Alles hatte er sich von Lisbeth erschlichen, und nun erlebte sie sich immer öfter als Zaungast seiner plumpen Werbung um Jüngere.

Einzig Annas Zimmer hielt, was Doktor Martin und andere Kenner der Faberschen Verhältnisse ihr versprochen hatten. Sie bewohnte einen luftigen, zweifenstrigen Raum unter dem Dach der Villa. Die Wände waren in einem zarten Grau gestrichen, eine lustige Blumenranke schloß oben ab, sie wiederholte sich auf dem Kleiderschrank und am Kopfende des Bettes, sogar die Vorhänge waren mit dieser Ranke bedruckt, was dem Zimmer in Annas Augen etwas Exklusives, Vornehmes gab. Noch nie hatte Anna solch ein schönes Schlafzimmer gesehen, und nun sollte sie darin wohnen! Sie räumte ihren Koffer aus, der gar nicht so schlecht in diese Einrichtung paßte, und legte ihre Kleider und die Wäsche so sorgsam in den Schrank, als wären es Schätze.

Mit einem würgenden Knoten im Hals dachte sie an die Mutter, die gerackert und gespart hatte, um Anna wenigstens diese bescheidene Aussteuer mitgeben zu können. Wenn Mutter dieses Zimmer sehen könnte! Anna würde ihr davon erzählen. Vielleicht, in einer fernen Zukunft, durfte sie ihrer Familie einmal alles zeigen?

Erschöpft sank Anna schließlich in ihr Bett, das nach frischgewaschenem Leinen roch. Noch nie hatte sie ein eigenes Zimmer gehabt, nie so fürstlich geschlafen, ihr fielen die Augen zu. Im Einschlafen dachte sie, daß sie, trotz des himmlischen Zimmers, immer Anna Vasbender sein wollte.

KAPITEL 4

AM MORGEN des Beerdigungstages fand Ottilie nicht heraus aus der tiefen Trauer um den Vater. Um wegzukommen von dem Schmerz, wollte sie dem Vater nahe sein. Leise, als könnte jemand sie hören, folgte sie einem Weg, der zum Weiher führte, zum Bootshaus, wo sie oft mit ihrem Vater gewesen war. Dieselbe warme Juniluft, die sie jetzt tief in sich hineinsog, hatte auch ihr Vater geatmet, seine Füße waren über denselben Boden gegangen. Der Vater hatte Ottilie einmal auf die vielfältigen Abstufungen von Sonnenlicht und Schatten hingewiesen, die den Boden unter den Füßen so lebendig machten. Ottilie hatte es gesehen, ja, und sie war erstaunt gewesen, daß sie selber dies phantastische Licht- und Schattenspiel noch nie wahrgenommen hatte. Aber daß ihr Vater mit ihr in den Park ging, mit ihr alleine, Hand in Hand, das war selten und wichtiger als alle Sonnenzeichen. Doch heute, wo wieder die Sonnenflecke unter ihren Füßen zitterten, war es für Ottilie ein Bild, ein Erbe, für immer und untrennbar mit dem Vater verbunden.

Ottilie war kein Kind mehr, die Hand ihres Vaters nahm sie nicht mehr bei der Hand. Für einen Moment schnitt der Schmerz so scharf in ihre Seele, durchdrang ihren Kopf mit rücksichtsloser Klarheit, daß sie meinte, die Äste der Bäume um sie her stöhnen zu hören. Die Luft schien ihr mit einemmal wie Verderben und Fäulnis, so daß es ihr eiskalt wurde, und sie lief, rasch und immer schneller, in den östlichen Teil des Parks, wo am Ende ein aus kleinen Tannenbäumen angelegtes, spiralenförmiges Labyrinth sich öffnete, in dessen Mitte eine große Buche mit Rundsitzbank stand.

Ottilie setzte sich auf das warme Holz, sah auf die großen Büschel aus Farn und Gräsern, die sich an den Boden ihres Lieblingsplatzes anschmiegten. Kalt und kahl erschien ihr alles, wie ein leerer Raum, jetzt, wo der Vater für immer unerreichbar war. Sie versuchte, den Zauber seiner Stimme zu beschwören. Wie oft hatten sie sich hier gemeinsam auf Dürrenhembach gefreut, den Landsitz, den Wilhelm von Faber als Forstgut ausgebaut hatte. Während der Sommermonate war die Familie auf dem Land, und Ottilie war oft dabei, wenn ihr Vater gemeinsam mit dem Förster und den Jägern gelöst und selbstbewußt seine Anordnungen traf. Schön sah er aus in seinem grünen Rock mit dem Samtkragen, den kleinen grünen Filzhut tief in die Stirn gedrückt. Hier im Jagdhaus, das hatte Ottilie immer gespürt, war ihr Vater ein anderer als in Stein, wo er oftmals bedrückt schien.

Doch in Dürrenhembach lebte er auf. Genauso in Schwarzenbruck. Da hatte sich der Großvater vor fast zehn Jahren ein Schloß gebaut, das Ottilie ebenfalls sehr liebte. Auch die Landgüter Oberasbach und Unterweihersbuch. Sie bedeuteten meist Sommer und Ferien für die Faber-Kinder. Planen und Einpakken des Lieblingsspielzeugs, der bevorzugten Bücher und praktischer, bequemer Kleider. Bei schönem Wetter Kutschfahrten im offenen Landauer von Stein nach Dürrenhembach, Schwarzenbruck oder eben zu den anderen Gütern, die der Großvater für die Familie gekauft hatte.

Würde Ottilie jemals wieder mitgehen auf die Jagd? Ihr Vater hatte sie einmal sogar bei einem Fest öffentlich gelobt, daß sie der schweigsamste Jagdgast und somit äußerst beliebt bei allen

Jägern sei. Ottilie war das ziemlich peinlich gewesen damals. Und nun vermißte sie schon jetzt alles, was sie irgendwann gemeinsam mit dem Vater unternommen hatte. Der Park, die Rundbank, die Bäume, Gräser und Farne waren schon nicht mehr die gleichen wie gestern. Warum konnte Ottilie die Zeit nicht zurückdrehen? Warum hatte sie bis gestern, bis zu dieser vernichtenden Nachricht, nicht gewußt, wie glücklich sie gewesen war?

Der Tod hatte ihren Vater fortgehen lassen. Es war unnütz, ihn hier oder irgendwo anders zu suchen. Ottilie machte sich auf den Weg ins Haus.

Warum hatten sie dem Vater kein Kissen unter den Kopf gelegt? Wilhelm von Faber lag völlig flach in seinem Sarg. Das gab dem Toten etwas Gebieterisches, Unbeugsames, das er in seinem Leben nicht gehabt hatte, und Ottilie starrte für eine Weile erschrocken auf sein Gesicht, das sie niemals so scharfkantig, mit leichten Höhlen an Schläfen und Wangenknochen, gesehen hatte.

Papa. Er lag da, sie hätte ihn anfassen können, doch sie wußte, daß er von ihr getrennt war, endgültig. Daß sie ihn noch so laut rufen konnte, er würde es nicht hören. Dem Impuls, ihrem Vater einen letzten Kuß zu geben, widerstand Ottilie, weil sie nicht allein mit ihm war.

Sie kannte alle, die im Raum waren, in Grüppchen beieinander standen, sich gegenseitig beobachtend und taxierend. Es waren alle Verwandten gekommen, die gesamte Familie, die äußerst selten, eben nur bei großen Anlässen, vollständig erschien. Fast war es, als spürten alle Fabers durch Wilhelms Tod eine Gefahr, die sie auf geheimnisvolle Art dazu veranlaßte, zusammenzurücken. Denn jeder der Fabers hing mehr oder weniger vom Wohlergehen und Fortbestand des Hauses ab.

Wie alle im Raum sah Ottilie auf ihren Großvater, Lothar von Faber, der am Kopfende des Sarges stand, die Hände fest ineinander geschlungen, als müsse er sich auf diese Weise seiner selbst vergewissern. Ottilie hatte keine Vorstellung davon, was er dachte. Der Blick des Großvaters, starr auf das friedliche, strenge Gesicht des Sohnes gerichtet, war für niemanden zu deuten.

Neben Lothar stand seine Frau Ottilie. Sie weinte nicht um ihren einzigen Sohn, den sie als zwanzigjährige, nach vierjähriger Ehe, geboren hatte. In ihr war vor Entsetzen immer noch alles stumm und kalt. Sie konnte den Tod des Sohnes nicht begreifen.

Stunden, Tage hatte es bei seiner Geburt gedauert, bis Wilhelm endlich auf die Welt gekommen war. Ein überaus hübsches Kind, voll ausgetragen, mit dichtem schwarzem Haupthaar. Es würde ihr Einziger bleiben, hatte der Arzt gesagt, als er Lothar und Ottilie zum Erben beglückwünschte. Völlig betäubt von dem tagelangen Warten und Bangen, von einer Situation, in der er ohne Einfluß blieb, hatte Lothar seine Frau heftig an sich gezogen und gemurmelt, daß er es zufrieden sein wolle, wenn nur sie ihm bleibe. Später war noch Zeit genug, schweigend darüber zu hadern, daß ihm eine große Kinderschar versagt war.

Wilhelm war der einzige, der Erbe der ständig weiter wachsenden Faberschen Bleistiftfabrik. Trotz großer Bedenken seiner Frau schickte Lothar den Dreijährigen in die Kinderbewahranstalt, die er für seine Arbeiter in Stein hatte errichten lassen. Es war Lothars Wunsch, daß Wilhelm die Handelsschule in Nürnberg besuchte, und danach das Schweizer Handelsinstitut Vevey.

Obwohl er leicht lernte, alle Examina bestand, obwohl er in

allem dem Vater gefügig war, in den Berliner und Pariser Häusern hospitierte, sich mit der Arbeit der Agenturen in Wien, London und St. Petersburg vertraut machte und dann für ein Jahr in den A. W. F.'s Rubber Works Newark mitarbeitete, war das seinem Vater nicht genug. Genauer gesagt, Lothar sah durchaus, daß Wilhelm ihm alles recht machen wollte, doch er hatte sich seinen Nachfolger anders vorgestellt. Ob bewußt oder unbewußt, er wünschte sich eine neue Ausgabe seiner selbst. Er gab Wilhelm nach dessen Hochzeit mit Bertha Faber zwar demonstrativ Prokura, trotzdem blieb das Gefühl der Enttäuschung, blieb Wilhelm ihm fremd. Lothar konnte sich nicht vorstellen, daß sein Sohn der immensen Last der Führung des Hauses A. W. Faber irgendwann einmal gewachsen wäre.

Wilhelm hatte das immer gespürt. Wohin er auch kam, sein Vater war schon dagewesen. Es war für ihn, als baue sein Vater alles vor ihm auf, um es rasch wieder wegzuräumen. Vertrauen in seinen Sohn, das war wie eine komplizierte chemische Formel, die Lothar niemals gelernt hatte. Er hatte sich bemüht, doch, doch. Sogar zur Jagd war Lothar mit seinem Sohn gegangen, oder vielmehr hatte er ihn mehrfach im Jagdhaus Dürrenhembach besucht. Es mochte Lothar gar nicht bewußt sein, doch er schaute eher skeptisch auf den liebenswürdigen, aber in seinen Augen zu wenig tatkräftigen Sohn, der schließlich zum passionierten Jäger geworden war. Warum? Warum hatte Lothar seinen Einzigen nicht wirklich für die Firmenleitung motivieren können?

Lothars Augen standen voll Tränen. Alle im Raum sahen, wie sehr Lothar um seinen Sohn trauerte, doch waren sich einige auch sicher, daß er vor allem sich selbst leid tat.

Seine Frau versuchte angestrengt, sich auf die Wirklichkeit zu konzentrieren. Ottilie von Faber wurde ihrem Mann äußerlich immer ähnlicher, was kein Wunder war nach einer langen

Ehe, außerdem war ihr Mann schließlich auch ihr Onkel. Bei Ottilie und Lothar sprang das gleiche Kinn schön geschwungen aus der Vertiefung der Unterlippe empor, auch Ottilie hatte den resignierten Zug um den ansonsten weichen Mund, nur war die Resignation bei ihr sanfter ausgeprägt als bei Lothar. Beide hatten den gleichen mandelförmigen Schnitt der Augen, die eng beieinander standen, nur hatte Ottilie dunkle, Lothar aber helle, wache Augen, die herrlich glitzern konnten, wenn er eine Meinung verfocht. Ottilie dagegen verstummte bei Widerspruch. Über ihre sonst glänzenden Augen legten sich Schleier, und nicht einmal Lothar brachte es dann fertig, einen Disput mit ihr fortzuführen.

Auch jetzt war Ottilie in sich zurückgezogen, sie war bei Wilhelm: Bertha darf nichts in Wilhelms Zimmer verändern, dachte Ottilie, ich will immer frische Rosen hineinstellen. Ich fühle noch seinen leichten Kuß auf meiner Wange, fast hätte er meinen Mund berührt, weil ich ihn hatte anschauen wollen in dem Moment, als er mich zum Abschied küßte. Er wollte nach Dürrenhembach fahren, zur Saujagd. «Mutter, die Wildschweine zerstören unseren Bauern die Kartoffelernte, wir müssen eingreifen», hatte Wilhelm gesagt, das war vor vier Tagen, und was war heute? Es schien Ottilie, als sei sie nun auf der anderen Seite des Lebens. Da, wo der Himmel schwer und grau herabhängt, wo man alles verliert, was einem gehört. «Er ist ja nicht tot», hatte Pfarrer Eisen gestern zu ihr gesagt, «er ist nur dahin gegangen, wo wir alle hingehen müssen.»

Ottilie spürte, daß ihr die Tränen über die Wangen rannen. Sie wollte nicht weinen, nicht hier, nicht vor Lothar und den anderen. Sie schaute auf ihre älteste Enkelin, die zwei ihrer Vornamen trug und deren Patin sie war. Sophie Ottilie, von der Lothar immer sagte, sie sei seiner Mutter ähnlich und damit auch ihm selbst. Ottilie sah in der Enkelin jedoch vor allem Wilhelm, nur er hatte die sanfte Melancholie gehabt, die auch das Gesicht seiner Tochter geheimnisvoll und anziehend machte. Ottilie gab es gerne zu, ihre Enkelin, ihr Patenkind war von außerordentlicher Schönheit. Sie war sehr zart, die Arm- und Fußgelenke schmal, die Hände edel und schön geformt. Tilly war von einem fast fremdländischen Gesichtstypus. Die Wangenknochen standen sanft hervor, das Auffallendste, die tiefschwarzen Augen, waren schön geschnitten und schimmerten weich und tief. Der Teint, eher blaß, wies einen sanftbeigen Ton auf, wie man ihn selten sah. Beide, Wilhelm und Tilly, waren dem Herzen Ottilies am nächsten, wenn auch beide zu den Menschen gehörten, die ihre Gedanken verbargen. Die Verstecken spielten, ihre wahren Gefühle verschwiegen.

Lothar von Faber hatte seiner Frau am Abend von Wilhelms Todestag gesagt, er werde seine Enkelin Ottilie als Nachfolgerin bestimmen. Er tue dies mit großer Trauer, da er bei drei männlichen Nachkommen den Generationenvertrag gesichert geglaubt habe, aber nun habe das Schicksal ihn darum betrogen. In der Person seiner Enkelin Sophie Ottilie sehe er die einzige Möglichkeit, den Namen Faber für das Haus zu erhalten. Er werde festlegen, daß Tilly bei ihrer mit Sicherheit zu erwartenden Heirat den Familiennamen für ihre Nachkommen beibehalten solle. Ottilie, so sagte Lothar, sei eine Faber wie seine Mutter und wie er selber, dessen sei er sicher. Leise setzte er hinzu, daß seine Enkelin mehr von den Fabers geerbt habe als Wilhelm.

«Du siehst nur, was du sehen willst», hatte Ottilie bitter erwidert. Sie dachte an ihren Sohn, der ihr auch im Tod schöner und bedeutender erschien als alle anderen Menschen, die sie kannte. Wie liebenswürdig war er gewesen, bemüht, sich in andere Menschen hineinzuversetzen. Vor allem in seinen Vater. «Hättest du Wilhelm nicht auf deinen Weg gezwungen, vielleicht wäre ein bedeutender Wissenschaftler aus ihm geworden, ein Politiker oder ein Künstler. Er hatte große Anlagen. Aber du hast ihn nach Vevey geschickt, auf die Handelsakademie. Er hatte keine Wahl, er konnte gar nicht herausfinden, was er selber wollte. Hast du wirklich geglaubt, du könntest einen Sohn bekommen, der dir in allem gleicht?»

Hatte Lothar von Faber seiner Frau zugehört? Es war eine Eigenart von ihm, Gesprächen plötzlich eine völlig andere Wendung zu geben, wenn ihm das Thema nicht mehr genehm war. «Bertha wird dir eine Stütze sein», sagte er. Wilhelms Frau wurde allgemein «die Amerikanerin» genannt, weil sie in New York geboren und aufgewachsen war. «Du mußt doch zugeben», fuhr Lothar fort, «daß ich Bertha nie habe entgelten lassen, was ihr Vater mir angetan hat. Mein Bruder war ein Spekulant, er hat mich eine knappe Million gekostet, trotzdem habe ich Wilhelm nicht hineingeredet, als er Bertha heiraten wollte.»

«Eberhard ist tot, Wilhelm ist tot», entgegnete Ottilie müde. «Beide waren nicht so, wie du sie gerne gehabt hättest. Vielleicht ist es dein Schicksal, von Menschen umgeben zu sein, die dir nicht gemäß sind.»

Was waren das für Töne? Lothar von Faber sah seine Frau verblüfft an. Sie hielt seinem Blick stand, starrte zurück. Ottilie war ja richtig aufsässig. Mein Gott – wie alt sie geworden war. Wie lange war ihr Haar schon so weiß, ihr fügsames Gesicht so faltig und bitter? Lothar von Faber spürte, wie sich etwas zusammenzog in ihm. Was war aus dem sanften, süßen Mädchen geworden, das ihm im Haus seiner Schwester mit einem kleinen Knicks den Kaffee gereicht hatte?

Lothar von Faber nahm sich vor, mit Pfarrer Eisen über seine Frau zu sprechen. Er sollte in seiner Trauerrede Ottilie gebührend berücksichtigen, ihr Trost zusprechen. Lothar spürte, daß er selber das nicht zuwege bringen würde.

Heute, an Wilhelms Sarg, stand Pfarrer Caspar Eisen nah bei Bertha und ihren Töchtern, ein großer, kräftiger Mann, dessen dichtes dunkles Haar zu einer kurzen Bürste geschnitten war, was ihm etwas Energisches, Sportliches und gar nicht Pastorales gab. Die Familie Faber hatte der Kirche 44 000 Goldmark gespendet. Eisen, ewiger Vikar, konnte dadurch endlich die Erhebung des Vikariats zur Pfarrei beantragen, und Lothar von Faber bat gleichzeitig um das Präsentationsrecht auf die neue Pfarrei für sich und seine männlichen Nachkommen. König Ludwig II. genehmigte beide Anträge, und so konnte Lothar von Faber für sich verbuchen, daß er das letzte im neunzehnten Jahrhundert in Bayern noch errichtete Kirchenpatronat erhielt.

Mit Pfarrer Eisen hatte Lothar auf das richtige Pferd gesetzt. Der glänzende Theologe kümmerte sich nicht nur intensiv um das Kirchenwesen in Stein, er war auch ein Mann der Praxis, der sich nachdrücklich für das Gemeinwohl einsetzte. Er gehörte dem Eisenbahnbaukomitee an, wurde vor zwei Jahren Vorstand des Distrikts-Waisenhausvereins und war Mitglied im Gemeindeausschuß. Bei kirchlichen oder weltlichen Feiern erwies er sich als brillanter Redner. Seine theologische Wissenschaft erschloß er sich in nie endendem Studium, daher war er in allen Glaubens- und Moralfragen ein gesuchter Gesprächspartner.

«Schau Pfarrer Eisen an», sagte Lothar von Faber leise zu seiner Frau. «Er mußte ebensoviel Leid hinnehmen wie wir. Sein geliebtes Hannchen ist am Fieber gestorben. Der Sohn, den er sich so heiß gewünscht hatte, lebte nur wenige Monate. Du siehst, niemand wird von Leid verschont.»

«Als ob ich das nicht wüßte.» Ottilie stand auf. «Frau Eisen verläßt auch kaum mehr das Haus. Nicht einmal im Garten sieht man sie mehr. Ihr Mann dagegen weicht ja Bertha und den Mädchen nicht von der Seite. Er steht bei ihnen, als könnte er sie beschützen.»

Ottilie ging an Pfarrer Eisen vorbei, der mit seinen breiten Schultern Bertha und ihre Töchter abzuschirmen schien gegen die übrige Verwandtschaft. Die Reichsrätin wollte sich um ihre Mutter kümmern, Line, die gleichzeitig ihre Schwägerin war. Sie saß unter der mächtigen Palme, ihrem Lieblingsplatz im Haus des Bruders. «Mama sieht aus wie Lothar im Rock», dachte Ottilie und war erstaunt, daß ihr dies noch niemals aufgefallen war. Als die Reichsrätin sich zu ihrer Mutter setzte, begann die auch gleich mit ihren Klagen: «Jetzt liegt er da, dein Wilhelm. Kalt und still. Mein lieber, lieber Enkel. Er konnte nie recht gedeihen bei unserem Lothar. Denk auch an Eberhard. Mit siebenundfünfzig mußte er in New York sterben.»

«Lothar ist daran aber nicht schuld», sagte Ottilie streng in das faltige Gesicht der Mutter, das Lothar so sehr glich mit seinen heruntergezogenen Mundwinkeln und der Bitterkeit im Blick.

«Sieh ihn dir doch an, unseren Lothar», beharrte Line trotzig, «was für ein schöner Mann könnte er sein, wenn er nicht so unfroh wäre. Und du – was warst du für ein hübsches, fröhliches Mädchen. Wenn ich geahnt hätte, daß Lothar mal durch den Adel so hoffärtig wird, dann hätte ich dich ihm nicht überlassen. Dein Vater, der Assessor, der bewunderte Lothar, der hat dich ihm gegeben. Sag doch ehrlich, daß du nicht glücklich geworden bist, ich muß dich doch nur ansehen.»

Ottilie schüttelte den Kopf. «Sei still, Mutter, die Johanns schauen schon auf uns, die müssen deine Klagen über Lothar nicht auch noch hören.»

Johann Faber, Lothars Bruder, der auch Jean genannt wurde, war mit seiner Frau Käthe und den Söhnen Carl und Ernst sowie den beiden Jüngsten, Otto und Else, erschienen. Seit Johann sich vor fünfzehn Jahren mit einer eigenen Bleistiftfabrikation selbständig gemacht hatte, war das schon immer gespannte Verhältnis zwischen Lothar und Johann noch schwieriger geworden. Wenn Lothar von Faber ehrlich zu sich selber war, und zu diesen Momenten kam es mit zunehmendem Alter öfter, dann gestand er sich ein, wie sehr er darauf gewartet hatte, daß Johann mit seiner Fabrikation Konkurs machte, unfähig, wie er technisch und kaufmännisch war. Was konnte man auch von einem Kellner, der in einem Prager Hotel gelernt hatte, erwarten? Lothar schalt sich selber, daß er als Ältester sich für die Brüder stets verantwortlich gefühlt hatte. Beide nahm er in die Firma hinein, um ihre Zukunft, die Lothar in den dunkelsten Farben sah, abzusichern. Und was hatte er davon gehabt? Undank über Undank, Arbeit, Ärger, Geldverluste vor allem durch Eberhard, der durch Spekulationen große Summen verloren hatte, bevor er Mitte der Sechziger in New York ein eigenes Geschäft gründete und allmählich auch finanziell wieder Fuß faßte.

Lothar von Faber mußte sich losreißen von diesen Gedanken, die ihm immer kamen, wenn er seinen Bruder Johann sah. Und Käthe, seine dicke Frau. Geschnürt bis an die Ohnmachtsgrenze, musterte Käthe die Toiletten der übrigen Faberfrauen abschätzend. Käthe war eine Meißner aus München, sie fühlte sich den Fabers aus der Provinz weit überlegen. Käthe, so dachte Lothar, hatte schon als junge Frau diese stechenden kleinen Augen und ein mächtiges Doppelkinn gehabt, das in ihren Hals überging und ihr das Aussehen einer Kröte gab. Sie war eine bequeme Hausfrau, aber äußerst fix im Geldausgeben. Lothar bezahlte Jean ein Gehalt, das dieser in seinen Augen niemals verdiente, und Käthe gab es in Baden-Baden, Lugano und Montreux aus, wohin sie mit oder ohne Jean zur Behandlung ihrer angeblich chronischen Katarrhe reisen mußte. Für die Söhne Carl und Ernst kamen nur die ersten Internate der Schweiz in Frage, für die beiden Jüngsten ebenfalls, und nach deren Abschluß zahlte Jean ihnen Aufenthalte in Paris, in London und in den Vereinigten Staaten von Amerika. Lothar wäre ja mit Freuden dabei gewesen, wenn die Söhne in den Niederlassungen der Firma A. W. Faber hospitiert hätten – aber nein. Nach Käthes Willen sollten sie frei sein, sich Land und Leute ansehen und noch nicht in die Fron der Firma gestellt werden.

Gott behüte. Einen Teil der gastrischen Zustände, die Lothar gelegentlich heimsuchten, hatte er seiner Schwägerin Käthe zu verdanken. Deren Ansprüche konnte eigentlich nur ein Millionär befriedigen. Jean war möglicherweise Millionär, Lothar auch, dennoch haßte er bequeme, verschwenderische Frauen wie Käthe, die ihr Leben auf der Chaiselongue, in Gesellschaften und teuren Geschäften verbrachten. Dabei hatte sie lediglich eine Wäscheaussteuer und etwas Silber in die Ehe eingebracht.

In einer zärtlichen Aufwallung sah Lothar zu seiner Frau hinüber. Was für ein Glück hatte er mit Ottilie gehabt. Wenn sie ihm auch nur einen Sohn geboren hatte, war sie doch bestrebt gewesen, alles für ihre Familie und die Firma zu tun, was in ihren Kräften stand. Und schön war sie, auch jetzt noch, mit zweiundsechzig, eine schlanke, strahlende Erscheinung im Vergleich zu der fetten Käthe, die denn auch keine Gelegenheit vorbeigehen ließ, die Schwägerin durch ihre Sticheleien zu verunsichern oder zu kränken.

Über den Kreis der Verwandten hinaus war Ritter Hermann von Haag erschienen, praktisch als Vertreter der Eberhardschen Linie aus Amerika, denn Haag war der Bruder von Eberhards Frau Johanna, genannt Jenny, der schon lange zur Familie Lothars gehörte, zum engsten Kreis sozusagen. Wie auch Justizrat Daniel Hilpert, Lothar von Fabers Anwalt, der für seinen Klienten vor allem Prozesse gegen Produktfälscher führte. Hilpert saß seit zwanzig Jahren im Aufsichtsrat der Vereinsbank, die Lothar mitbegründet hatte und deren Aufsichtsratspräsident er war. Als Vertreter der Familie war Hilpert auch in der Auswahlkommission der Lothar-von-Faber-Stiftung. Wer, wie beispielsweise Pfarrer Caspar Eisen, Eugen Richter, Ritter von Haag oder Justizrat Hilpert, Lothar von Faber zu nehmen wußte, hatte in ihm einen lebenslangen Freund und Förderer.

Zu den unverbrüchlichen Stützen Lothars zählte auch Direktor Winkler. Er kannte Lothar gut und wußte, daß selbst im größten Leid der Firmenchef seine Faberer nicht ausschließen wollte. Im Gegenteil, sie sollten teilhaben am Leben der Herrschaft, natürlich mit der nötigen Distanz. Daher öffnete sich, nachdem die Familie versammelt war, die große Doppeltür, und eine Abordnung der Faberer, angeführt von Direktor Winkler, trat ein, um sich von ihrem verstorbenen Juniorchef zu verabschieden. Zuerst kamen die Männer. Sie trugen saubere lange Schürzen über der Arbeitskleidung und schoben sich, gehemmt durch die Anwesenheit der Herrschaft, möglichst rasch am offenen Sarg vorbei. Für sie würde sich nicht viel ändern durch Wilhelms Tod, der alte Herr war ja noch da, und der hatte gottlob das ewige Leben.

Dann kamen die Frauen, sie hatten ebenfalls frische Schürzen vorgebunden, trugen weiße Halstücher. Manche, vor allem die ganz jungen, blieben in der Tür stehen, beäugten erst einmal vorsichtig die Eleganz des Salons, aus dem die Möbel entfernt waren, um dem prächtigen, mit weißer Seide ausgeschlagenen Sarg Platz zu machen. Dann näherten sie sich der Bahre, sahen das schöne, strenge Gesicht, das in den Sälen der Arbeiterinnen eher ein liebenswürdiges Lächeln gezeigt hatte. Hier und da entrang sich ein Schluchzen der angespannten Kehle, das steckte an, und so trippelten die Frauen schließlich schniefend und schluchzend am Sarg vorbei. Eine, ein junges Mädchen mit klarem, feinem Gesicht, machte Anstalten, die weiße Seidendecke zu küssen, wo die Füße des Toten vermutet werden konnten. Da griff sofort Direktor Winkler ein. Mit einem fast unhörbaren «Mach ka Deoodä!» nahm er das Mädchen am Arm und führte sie aus dem Salon. Daraufhin trauten sich die anderen Frauen nicht mehr, Wilhelm weinend zu betrauern. Stumm pilgerten sie am Sarg vorbei, scheu den einen oder anderen Blick auf die Trauerversammlung werfend.

Nach der Beisetzung saß Lothar von Faber im Salon der Villa, der im ersten Stock lag und auf einen großen Balkon hinausging, durch dessen geöffnete Flügeltüren die warme Sommerluft hereinstrich und sanft mit den Flammen der Kerzen spielte, die man überall in vielarmigen Leuchtern aufgestellt hatte. Lothar hatte sich in einen Erker zurückgezogen, er betrachtete die Tapeten der Wände, die er oft gesehen, aber nie angeschaut hatte. Heute sah er die Landschaftsbilder mit den bäuerlichen Szenen, den Schäferinnen, die mit ihren schneeigen Lämmern spielten, alles schien im Licht der Kerzen eine Magie zu bekommen, Lebendigkeit und Frohsinn, die Lothar vorher niemals wahrgenommen hatte.

Er dachte daran, wie er dies Haus, das man getrost prächtig nennen konnte, für seinen Sohn erbauen ließ. Den besten Architekten hatte er gewählt und ihm Unsummen gezahlt. Natürlich hätte er die Villa selber entwerfen können, mit der ganzen Erfahrung, die er durch den Bau seines Schlosses gewonnen hatte, aber er konnte leider nicht alles selber tun, obwohl es immense Kosten erspart hätte und dem Haus in vielem förderlich gewesen wäre. Lothar seufzte. Hätte er damals geahnt, daß nur noch Bertha und die Töchter übrig bleiben würden ... Fünf Kinder hatte seine Schwiegertochter geboren, darunter zwei Stammhalter, doch nur die Töchter lebten noch, und sein Sohn schlief neben den Enkeln seinen ewigen Schlaf.

Lothar von Faber suchte seine drei Enkelinnen mit den Augen. Es war nicht leicht, sie in dem Schwarm der Fabers und ihrer nächsten Freunde und Mitarbeiter auszumachen, die zu Wilhelms Beisetzung erschienen waren. Diese Demonstration von Familiensinn erstaunte Lothar jedesmal aufs neue, denn er wußte am besten, daß nur die wenigsten Fabers einander wirklich mochten und daß die Welle von Sympathie, die manchmal hereinschwappte, wenn ein Trauergast den anderen in plötzlichem Bewußtsein von Wilhelms Tod wortlos umarmte, garantiert nicht aus der Verwandtschaft kam.

Lothar lächelte melancholisch, wenn er daran dachte, wie unsinnig sich seine Altvorderen geplagt hatten, trotzdem hatten sie gesehen, daß bei aller Mühe und allem Umstand an einem Bleistift etwas zu verdienen war. Dafür war Lothar seinen Voreltern und besonders seiner Mutter dankbar, denn sein Vater, dem es offenbar an Zähigkeit gemangelt hatte, war schon drauf und dran gewesen, das Bleistiftmachen aufzugeben und die Familie durch die Landwirtschaft zu ernähren. Gottlob, die Mutter hatte alles zusammengehalten, und schon mit Anfang Zwanzig, als der Vater starb, konnte Lothar selbständig schalten und walten. Gott allein wußte, daß er alle seine Kräfte angestrengt und bis zum Äußersten eingesetzt hatte, um aus dem desolaten Handwerksbetrieb ein Industrieunternehmen herauszuzwingen, wie es in Deutschland und auch in Übersee seinesgleichen suchte.

Heute war er unter den Ersten im Lande, den Adligen, den Industriellen. Erst in der Mitte des Jahrhunderts hatte er begonnen, und nun, an dessen Ende, gehörte er als Reichsrat zur Krone Bayerns, und sein Wort galt in der Kammer.

Seine Familie, die Verwandten, die höheren Angestellten, die sich unter eine Menge anderer Tauergäste mischten, alle warfen sie im Flanieren durch die festlich erleuchteten Räume einen verstohlenen Blick in den Erker, in dem der Patriarch des Hauses saß, zurückgezogen, sein weißes Haar leuchtete aus dem Dämmer, niemand wagte, auf Lothar von Faber zuzugehen, ihn anzusprechen. Am Grab Wilhelms hatte man sein Beileid ausgedrückt, mehr war nicht zu sagen. Wieder war ein Erbe der Fabers gestorben, das lief den Prinzipien des Hauses, das auf Expansion, auf Fortschritt, auf Erfolg ausgerichtet war, entgegen. Alle Anwesenden zählten sich zu den lebenstüchtigen Menschen, sie trafen Vorkehrungen gegen den Tod, konsultierten die besten Ärzte, fuhren mehrmals im Jahr zur Kur nach Bad Kissingen, nach Pyrmont, nach Marienbad oder Ragatz.

Seit dem Tod Wilhelms, so schien es, waren sie alle auf der Hut vor einer unbestimmten Gefahr, gegen die sie sich zur Wehr setzen wollten, die sie aber nicht zu benennen wußten. Es hing mit dem Sterben zusammen, soviel war gewiß, die Familie mußte zusammenhalten, auch wenn sie zuweilen gegeneinander prozessierten, das erforderten die Geschäfte. Aber als Familie, gleichgültig ob engerer oder weiterer Zirkel, mußte man zusammenstehen, so wie es die Herden tun, wenn der Wolf sie umkreist, und daher entwickelte sich am Abend der Beisetzung Wilhelms ein neuer Ton, eine neue Herzlichkeit, die für fränkische Verhältnisse etwas geradezu Überschwengliches hatte. Schon die Toiletten waren glänzender und teurer, als es bei Beerdigungen üblich war, Schmuck schimmerte auf schwarzer Seide, in den üppigen, auftoupierten Hochfrisuren der Frauen. Selbst einige der Herren trugen kostbare Ringe und diamantenbesetzte Uhrketten.

Lothar hatte für Schmuck nichts übrig. Er mochte seinen Reichtum nicht zeigen. Seine Arbeit hatte ihm Millionen Goldmark eingebracht, Häuser und Schlösser – aber auch, daß er mit seinem eigenen Bruder prozessierte, weil er und heute seine Nachkommen die Stifte aus Stein einfach kopierten und auch noch den guten Firmennamen schamlos ausbeuteten. Und Jean hatte auch nicht mehr in Stein mitarbeiten wollen. Er hatte in Nürnberg seine eigene Firma gegründet.

Eigentlich, das wußte Lothar, war er allein, er hatte seine Familie dem Unternehmen geopfert, und nun war er selbst zum Opfer seines Ehrgeizes geworden.

Dieser Gedanke war so neu nicht für Lothar. Er war ihm schon gekommen, als er seine älteste Enkelin, Ottilie, in das Max-Joseph-Stift nach München gebracht hatte. Damals war ihm bewußt geworden, daß Ottilie nicht gern ins Stift ging, daß sie es allein für ihn, den Großvater, getan hatte. Lothar war des öfteren in München gewesen, in verschiedenen Geschäften vor allem bei der reichsrätlichen Kammer, doch jedesmal hatte er sich Zeit genommen, in der Ludwigstraße bei Madame Pleitner vorzusprechen, sich nach seiner Enkelin zu erkundigen. Was er hörte, war keineswegs zufriedenstellend im Sinne des Stifts, aber ihm hatte es gefallen. Eine Sanftmutsmedaille sollte seine Enkelin erringen! Konnte es etwas Alberneres geben? Der Hof sollte die Satzungen von 1813 einmal renovieren, über sie war die neue Zeit längst mit der Eisenbahn und im Auto hinweggefahren.

Ottilie, seine wundersam schöne Enkelin. Lothar von Faber sah das Mädchen hier und da durch den Salon gehen, mit ruhigen, eleganten Bewegungen. Sie hielt sich gerade, da merkte man wohl doch die *finishing school*, ihr schweres Haar war oben auf dem Kopf zusammengenommen, und einzelne Strähnen fielen in das zarte Gesicht, in dem die großen, sehr dunklen Augen den Betrachter fesselten. Als Ohrgehänge und als Haarschmuck trug sie weiße Perlen.

Lothar sah Ottilie, und ihm war, als könne er noch einmal seinen gesunden Menschenverstand, seine Kraft und seine Talente sammeln, die ihn und andere seiner Generation zu dem gemacht hatten, was sie heute waren.

Lothar von Fabers starke Natur mit der lange Zeit schlummernden Gutherzigkeit begann in ihm eine tiefgreifende Veränderung zu bewirken. Eine Zärtlichkeit, von deren Stärke er nichts gewußt hatte, erfaßte ihn plötzlich für Ottilie, und mit ihr für alle Frauen, die je seinen Weg gekreuzt hatten. Wie ein starkes Licht brannte die Verehrung für seine Mutter immer noch in ihm, und mit einemmal stieg ein Gefühl der Verachtung für die Gesellschaft in ihm auf, die Gesellschaft, der er angehörte und die ihn hatte groß werden lassen. Eine Gesellschaft von Frauenverächtern oder doch zumindest Männern, die Frauen eine wichtige Rolle verweigerten, sie zurückverwiesen an den häuslichen Herd, gleichgültig, wie intelligent und tatkräftig sie sein mochten. Lothar wurde sich bewußt, daß auch er den Regeln dieser Männerclique gefolgt war, daß er sie nachgeahmt hatte. Doch nun, am Ende seines Lebens, für seine Enkelin Ottilie, wollte er diesen Fehler korrigieren!

Als hätten Lothars Gedanken ihn gerufen, kam jetzt ein Freund Lothars aus seiner reichsrätlichen Zeit auf ihn zu, Theodor von Papst. Er war Anatomieprofessor in München und erklärter Feind aller Frauen, die zum Studium an eine Universität gingen. Lothar war sich bewußt, daß von Papst deshalb so einflußreich war, weil seine Theorien allen Männern den Rücken stärkten, die Frauen nur dazu geeignet fanden, dem Mann ein gemütliches, konfliktfreies Heim zu schaffen, wo Kinder lediglich frischgewaschen vor dem Zubettgehen vorgestellt wurden.

Als Papst jetzt herankam, kleiner wirkend, als er war, weil sein Kopf mit dem weißen zerzausten Bart ohne Hals zwischen den Schultern zu sitzen schien, fand Lothar einmal mehr, daß er mit seinem wirren Haupthaar und dem starken weißen Schnurrbart unter der langen Nase etwas lohend Tragisches, Dramatisches, aber auch Unerbittliches hatte.

Hinter Papst erschien Pfarrer Eisen, dann noch Direktor Winkler, und Lothar wußte, daß sie ihn herausholen wollten aus seinen Gedanken. Das war ihm nicht recht; er hätte sich lieber seinem revolutionären neuen Lebensmodell, das er soeben erst für sich zu entwickeln begonnen hatte, noch längere Zeit hingegeben. Theodor von Papst war eigentlich der letzte, den er sich im Moment zur Gesellschaft wünschte. Doch was sollte er tun, Gastfreundschaft ist ein heiliges Gut!

Winkler rückte für Papst, Eisen und sich selber die Sessel zurecht, Papst beugte sich vertraulich zu Lothar. Er wußte, er durfte es sich leisten, direkt zu werden, denn er kannte Lothar als politischen Streiter, der kein heikles Thema fürchtete. Und jeder Eingeweihte wußte, was Lothar von Faber jetzt bewegte: die Nachfolge. Wer um alles in der Welt sollte darauf vorbereitet werden, nach dem Ableben des Firmeninhabers das Unternehmen zu führen? Seit Wilhelms Tod sprach man von nichts anderem. Die Direktoren, auch die der Häuser in Geroldsgrün, in Berlin, in Paris, in Noisy und in New York, schickten Depeschen, waren gespannt darauf zu erfahren, auf wen man sich einstellen müsse. Auch aus Wien und St. Petersburg kamen besorgte Anfragen, und Lothar von Faber schwieg nun schon drei Tage lang.

«Lothar», begann Papst mit leiser, sanfter Stimme, «Lothar, du mußt es uns sagen. Winkler wird von allen Seiten gefragt. Sag es uns, Lothar, du kannst diese Last nicht länger alleine tragen!»

Lothar sah Papst an. Er wußte, daß sein Freund den Frauen jede geistige Fähigkeit und damit das Recht zu einem akademischen Studium absprach. Als Anatomiewissenschaftler behauptete er, das durchschnittliche weibliche Gehirn wiege einige Gramm weniger als das Durchschnittsgehirn des Mannes. Daher verbot Papst weiblichen Zuhörerinnen den Zutritt zu seinen

Vorlesungen. Lothar wußte genau, daß er Papst in die größte Verlegenheit brachte, wenn er ihm seine Pläne offenbarte. Aber nun, er hatte es ja nicht anders gewollt. Und daher sagte Lothar ohne jede besondere Betonung, daß er seine Enkelin Ottilie von Faber auf die Nachfolge vorbereiten werde.

Wie er es erwartet hatte, starrten Papst und auch Winkler ihn eine Weile sprachlos an. Winkler wurde blaß, nahm sein weißseidenes Schnupftuch aus der Hosentasche und wischte sich nervös die Stirn. Hilfesuchend schaute er zu Papst, der auch sofort auf Lothar losfuhr: «Ottilie – bedenke doch – sie ist ein Kind, ich gebe zu, ein sehr schönes Mädchen, aber doch noch ein Kind –»

«Das ändert sich doch mit jedem Tag», sagte Lothar lächelnd, «meine eigene Frau war bei unserer Heirat auch sechzehn, genauso alt wie Ottilie heute ist.»

Es freute ihn insgeheim, zu sehen, wie Theodor von Papst sich räusperte, seine akademische Autorität rasch von der freundschaftlichen Anteilnahme befreite: «Lothar, du kennst doch meine Forschungen. Oft und oft habe ich dir davon berichtet. Ich bin für die Seriosität meiner Thesen weit über Deutschland hinaus bekannt. Eine Frau kann nie und nimmer dein Werk fortsetzen! Frauen sind viel zu nachgiebig, Ottilie wird in kurzer Zeit ein Opfer der Konkurrenz geworden sein. Sie ist für das Geschäftsleben zu sanft, zu gutmütig, sie wird sich alles, was du erarbeitet hast, von gewissenlosen Spekulanten verschleudern lassen. Glaub mir, Frauen sind zu geschwätzig, sie wird alles ausplaudern, was lange Zeit sorgfältig und hinter verschlossenen Türen geplant sein muß –»

Winkler, sich den Schweiß abwischend, konnte seine Zustimmung nicht mehr zurückhalten: «Genau so, wie der Professor sagt, sind die Frauen. Wir haben ja genug davon in unserer Fabrik, Herr von Faber, glauben Sie mir.»

«Nun, und?» fragte Lothar, der langsam ärgerlich wurde. «Wollen Sie meine Arbeiterinnen verunglimpfen? Sie sind viel seltener krank als die Männer, arbeiten sorgfältiger und reinlicher –»

«Und sie halten neben der Arbeit in der Fabrik noch ihr Hauswesen in Ordnung», unterstützte Pfarrer Eisen jetzt seinen Patronatsherrn. Er hatte sich schon oft über den arroganten Professor Papst geärgert, der die Totenruhe nicht respektierte, in Leichnamen unbehauster Menschen herumschnitt, für deren Verbleib sich keiner mehr zuständig fühlte. Da Theodor von Papst nun einmal Professor war, kritisierte ihn niemand mehr ernsthaft, er konnte ungestört seine haarsträubenden Thesen aufstellen. Als Atheist versäumte er keine Gelegenheit, Caspar Eisen als unbedeutenden Dorfpopen zu deklassieren. Jetzt war die Gelegenheit zur Revanche gekommen: «Wie viele Frauen kennen Sie denn aus Ihrem Alltag?» fragte er Papst. «Ich glaube, Sie lassen es dabei bewenden, tote Weiber für Ihre Wissenschaft zu benutzen, aber von den lebenden wissen Sie nichts. Ich aber sehe diese Frauen jeden Tag. Spreche mit ihnen, versuche ihnen Mut zu machen, wenn sie am Ende sind mit ihrer Kraft. Sie müssen waschen und kochen, die Kleider der Kinder versorgen, sie haben doppelt soviel Arbeit wie ihre Männer und tragen das Geld nicht ins Wirtshaus, sondern kommen mit den Kindern zum Gottesdienst. Und Sie, Winkler, wenn Sie schon die Arbeiter als Beispiel heranziehen – da sind für mich die Frauen oftmals den Männern überlegen, sie sind meistens die Hüter des Hauses, sie bewahren eine gewisse Moral.»

«Da haben Sie aber, mit Verlaub, eine sehr kleine Sicht, Herr Pfarrer!» Von Papst sprach im Brustton des Wissenschaftlers einer renommierten Universität, der sich in der Provinz mit kleinen Geistern auseinanderzusetzen hat. Denn auch Lothar von Faber, sosehr er ihn schätzte, war wissenschaftlich gesehen doch ein absoluter Laie. Das galt viel mehr noch für diesen Theologen, der nie aus Stein herauskam und nun einen Mann von seiner Reputation belehren wollte.

Der Professor nahm einem Diener, der ihm Portwein reichte, das Glas ab, trank es genießerisch aus und wandte sich dann Lothar zu, den er mit dem ganzen Gewicht seiner wissenschaftlichen Thesen überzeugen wollte. «Lothar, du mußt meiner Erfahrung, meinen Forschungen Glauben schenken. Du brauchst einen Mann als Nachfolger, unbedingt! Nur Männer sind so mutig und kühn, wie du es warst und immer noch bist. Niemals hätte eine Frau so viel gewagt und erreicht wie du. Lothar, du hast die Sterne vom Himmel der Bleistifte heruntergeholt, wenn ich das mal so unwissenschaftlich formulieren darf! Nur ein Mann trotzt dem Schicksal, wie du es tun mußtest, nur ein Mann ist heftig genug, um rasch auf Störungen zu reagieren. Nur er kann notfalls rauh die Ellenbogen einsetzen, und jetzt kommt eigentlich das Wichtigste, Lothar: Nur ein Mann ist verschlossen genug, um seine Pläne in aller Stille ausreifen zu lassen, nur er hat genügend Festigkeit. Frauen sind wandelbar, sie sind inkonsequent, denken heute so und morgen anders ...»

Papst hatte sich in Rage geredet, er sprach laut, als sei er in einer seiner Vorlesungen. Direktor Winkler hielt es nicht auf seinem Hosenboden, er hing an den Lippen des Professors, als wolle er ihn ermuntern, nur ja weiter zu reden, nur ja den Faden nicht zu verlieren. Zwischendurch schaute er immer wieder flehend zu Lothar, als wolle er sich vergewissern, daß sein Dienstherr auch ja die Thesen des Freundes richtig in sich aufnehme.

Doch Lothar von Faber lehnte sich aufatmend zurück. Er sah, daß andere Gäste aufmerksam geworden waren, so laut hatte Papst gesprochen. Seine Frau Ottilie und Bertha, die von einer Gruppe zur anderen gingen, warfen schon besorgte

Blicke in den Erker, und Lothar fand es an der Zeit, seinem Freund Theodor ein wenig einzuheizen. Der vergriff sich denn doch im Ton, schließlich entsprachen die Frauen um Lothar nur in wenigen Zügen dem Bild, das Theodor wieder einmal an die Wand malte. «Theodor, du bist ein berühmter, einflußreicher Mann, du arbeitest hart, dafür schätze ich dich. Aber deine Thesen sind so alt wie dein Bart. Nimm doch Prinzessin Therese von Bayern. Sie ist Naturforscherin, reist in der ganzen Welt herum, ihre Arbeit wird allerorts auch von Wissenschaftlern anerkannt. Du weißt, sie wird demnächst in die Bayerische Akademie aufgenommen, ich hörte, daß die Münchner Universität ihr den Doktortitel ehrenhalber verleihen will ...»

«Sie ist eine Ausnahme, die Prinzessin ist eine absolute Ausnahme, glaub mir das bitte, Lothar», protestierte Theodor von Papst mit hochrotem Kopf. «Schau sie dir doch an, sie hat einen Gelehrtenkopf wie ein Mann, sie ist ernsthaft, sie ist –»

«Wollen Sie damit sagen, daß sie keine Frau ist, keine echte Frau?» Pfarrer Eisen war immer noch erbost, daß dieser aufgeblasene Papst ihn wieder mal als kleinen Provinzpfarrer vorgeführt hatte.

Lothar von Faber fragte Papst mit einem feinen, schadenfrohen Lächeln, wie weit er sich denn in den neueren Entwicklungen um die Frauenbewegung überhaupt auskenne. «Was sagst du dazu, daß in England Politiker wie John Stuart Mill die Frauen unterstützen, die in England für die politische Gleichstellung der Frau kämpfen? Dafür, daß sie im zivilrechtlichen und sozialen Leben mehr Recht bekommen? Dieser Mill will auch, daß die Frauen in die Universitäten einziehen, daß sie wählen dürfen.»

«Dieser Mill, ich weiß schon, ich wundere mich, daß gerade du diesen Bürgerlich-Radikalen ins Feld führst –»

«Schauen Sie doch nach Amerika», rief jetzt Caspar Eisen,

ermutigt durch Lothar, dem er diese Haltung gegenüber der Frauenfrage niemals zugetraut hätte. «In Amerika haben die Frauen schon ihre eigene Presse, wenn es auch vielen Männern und der öffentlichen Meinung noch nicht paßt. Die Frauen fordern gleiche Rechte in der Familie, in der Religion und im Staat. Und ich wette, sie werden sie bekommen!»

Triumphierend sah Pfarrer Eisen von Papst zu Winkler, der wie ein Karpfen auf dem Trocknen immer wieder den Mund öffnete und schließlich herausquetschte: «Aber das ist doch alles unnatürlich! Eine nationale Gefahr, Herr von Faber ... Das ist, das ist ja schon fast wieder eine Revolution!»

Lothar seufzte, als ihm bewußt wurde, daß er seine Enkelin einem Heer von Winklers und Papsts überantworten würde, doch noch lebte er und wollte alles dazu tun, Ottilies Position so sicherzustellen, daß Leute wie Winkler froh sein würden, gemeinsam mit ihr arbeiten zu dürfen. Und schon heute wollte er mit dem Unterricht beginnen, wenigstens soweit es Winkler betraf.

«Ich weiß nicht, Winkler, auch du, Theodor, ich weiß nicht, in welcher Welt ihr lebt. Zumindest Sie, Winkler, sollten soviel von unserem Unternehmen wissen, daß es eine Frau war, Maria Bußo, die das Bleistiftmachen in unsere Familie gebracht hat. Ohne sie wäre mein Urgroßvater Caspar Faber Schreiner geblieben. Maria Bußo, meine Großmutter und meine Mutter haben im Grunde die schwerste Arbeit getan. Sie haben die Bleistifte auf dem Markt verkaufen müssen. Und wenn meine Frau mich nicht jeden Tag unterstützen würde, auf vieles verzichtete, wäre ich nicht da, wo ich heute bin. Wir dürfen uns nicht länger dagegen verschließen, daß Frauen viel leisten, daß sie eine wichtige Rolle haben in unserem Leben. Und viele werden behandelt wie Menschen zweiter Klasse. Weil es zu viele Männer gibt wie dich, Theodor, und Sie, Winkler. Seht und hört ihr denn nicht, daß auch bei uns täglich Frauen eigene Vereine gründen? Daß sie sich einmischen in die Politik?»

«Na, da haben wir den widerlichen Mannweibern aber einen Riegel vorgeschoben», sagte Theodor von Papst zufrieden. «Zumindest in Preußen und auch hier bei uns in Bayern dürfen die Weiber nicht mehr in politischen Vereinen arbeiten. Sie dürfen auch keine Zeitschriften mehr herausgeben oder redigieren. Von wegen eigene Presse für Frauen! Wenn ich das schon höre! Amerikanischer Unsinn!»

«Aber den ADF, den Allgemeinen Deutschen Frauenverein, den gibt es, und es wird ihn weiter geben. Er fordert das Recht auf Arbeit und Bildung für alle Frauen. Sagt dir der Name Helene Lange etwas?» Lothar sah Theodor von Papst an, der sofort rot vor Zorn wurde.

«Sie gehört zum Freundeskreis der Prinzessin Viktoria, ich weiß, diese englischen Weiber, sie machen in Preußen die ganze Politik kaputt –»

Lothar lächelte spöttisch. «Jedenfalls bereitet Helene Lange schon einige Mädchen darauf vor, das Abitur zu machen. Wenn ich meine Enkelin nicht unbedingt hier bräuchte, würde ich sie sofort nach Berlin schicken.»

«Ich habe in der Zeitung von einer Hedwig Kettler gelesen», sagte Pfarrer Eisen und schaute Theodor von Papst herausfordernd an. «Hedwig Kettler fordert Mädchengymnasien, sie will, daß Mädchen ebenso wie Jungen Abitur machen und die Universität besuchen können.»

Theodor von Papst stand auf. Er legte seinem Freund die Hand auf die Schulter, sah gütig und streng auf den etwa Gleichaltrigen herab: «Lothar, wir müssen ein andermal ernsthaft miteinander disputieren. Die Sache ist zu wichtig. Deine Enkelin Ottilie ist hübsch, sehr hübsch sogar, sie ist intelligent und sicher eine interessante Persönlichkeit – ich würde sie vielleicht sogar in einer unverfänglichen Disziplin zum Studium zulassen –, aber wenn es darauf ankommt, Lothar, und bei dir kommt es jetzt darauf an, dann kann keine Frau deine Nachfolgerin werden. Frauen haben kein echtes Urteil, sie sind immer befangen, urteilen nach dem Schein, weil Frauen oberflächlich sind, von schwachem Willen, ihr Handeln bleibt immer unbestimmt. Denk an mich, Lothar, du wirst meine Worte bestätigt finden!»

Theodor von Papst neigte den Kopf mit gemessenem Gruß gegen Winkler und Eisen, drückte nochmals Lothars Hand und schritt durch den Salon davon, die Hausfrau Bertha von Faber und ihre Schwiegermutter huldvoll grüßend.

Lothar sah seinem Freund nach, er dachte daran, daß man in reichsrätlichen Kreisen hinter vorgehaltener Hand davon sprach, daß Papst nicht allein lebe, sondern mit einem noch sehr jungen Diener, dem er mehr zugetan sei, als es einem derartigen Verhältnis zukäme. Das hatte die Wirtschafterin des Professors, die sich vor einiger Zeit verheiratet hatte, nach ihrer Entlassung angedeutet. Kämpfte Theodor deshalb so erbittert gegen die Frauen, weil er selber Männer liebte?

Lothar von Faber kannte sich auf diesem Gebiet nicht aus. Es machte ihm Unbehagen, und er wollte sich mit dem Intimleben Theodor von Papsts nicht beschäftigen. Nur soweit, als der reichsrätliche Freund ihm weniger kompetent erschien, was Lothar von Fabers Pläne hinsichtlich seiner Nachfolge betraf.

KAPITEL 5

ANNA KNIETE auf dem Berg von Kartoffeln, sie fühlte nur die von Erde verkrusteten Knollen unter ihren Fingern, denn im Kartoffelkeller war es dunkel und kühl. Sie wußte, Kartoffeln brauchen es dunkel und kühl, sonst treiben sie aus. «Ein Korb klenne für mein Solod, ein Korb grosse für die Knidla!» hatte die Köchin Lisbeth ihr hinterhergerufen, und Anna war widerwillig gegangen. Mußte es in diesem Haus ständig Kartoffelsalat und Knödel geben? Es war nicht die Herrschaft, die danach verlangte. Die Kutscher, Gärtner und die Dienerschaft des Hauses wurden von den jungen Herrschaften verköstigt, während drüben, im Schloß, die Direktoren und Commis aus dem Bureau ihr Mittagessen einnahmen. Bei denen gab es sicher nicht täglich Knödel oder Kartoffelsalat.

Anna haßte das Dunkel. Vor allem am frühen Morgen, wenn sie durch das Klopfen der alten Schuster-Theres aus dem tiefen Grab ihrer Träume herausgeholt wurde. Dann hätte Anna eine Zeitlang gebraucht, um einfach blöd irgendwohin zu schauen, doch sie hörte die anderen über den Gang nach unten poltern und mußte sich beeilen. Immerhin gab es Kaffee in der Küche, echten grünen Javakaffee, der von der Lisbeth selbst mit großer Sorgfalt geröstet und gemahlen wurde, dazu Butterbrot, soviel Anna wollte, und sie wollte viel. Am ersten Morgen schon war es Franzi aufgefallen. «Allmächd, Anna, hast du an Abbedid. Und dabei bist so dürr!»

Zu Annas Erstaunen kümmerte sich niemand in der Küche darum, daß sie mehr aß als die meisten Männer. Jeder hing über seiner Mahlzeit, tunkte Brot, schlürfte die Suppe oder kaute schmatzend am Fleisch. Anna konnte es nicht fassen – bei den Fabers gab es jeden Tag Fleisch, auch für die Dienerschaft und das Küchenpersonal. In den ersten beiden Tagen war Anna nach dem Essen ein wenig übel geworden, aber nur ein wenig. Der Triumph und das Behagen des Sattseins, des endlich einmal rundum Sattseins, hatte bei weitem überwogen. Lange hielt der volle Bauch ohnehin nicht vor, denn Anna mußte hart arbeiten. Sie hatte als jüngstes und zuletzt in den Dienst eingetretenes Küchenmädchen alle Arbeiten zu verrichten, vor denen sich die anderen gern drückten. Sie mußte Kohlen und Holz holen, den riesigen Küchenofen heizen und jeweils nur so stark am Brennen halten, wie es die zubereiteten Speisen erforderten. «Du mußt des Feuer richtig reguliern, Anna, mir brauchn kein' Schmelzofen, sonst tust der Herrschaft ihr Geld verschwendn und die Speisen verderbn.» Das sagte Lisbeth immer wieder, und wenn irgendwo ein Wölkchen Dampf dem Kochtopf entwich, kreischte sie, wegen Anna führen jetzt alle nahrhaften Bestandteile des Essens in die Lüfte. Und das Wasser, das in der Faberschen Küche immerhin aus den Wänden floß, war Lisbeth zum Kochen mancher Speisen nicht gut genug. «Wenn des Wasser gut schmeckt, ist es nix Gescheits zum Kochen, weil es zu hart ist.» Daher mußte Anna immer wieder Regenwasser aus der riesigen Tonne holen, die Lisbeths besonderer Stolz war, und auf die sie ein wachsames Auge hatte.

Franzi schalt Lisbeth eine eitle neunmalkluge Gans, die sich nur überall wichtig tue, weil sie dem Leo imponieren wolle. Und der Herrschaft. Aber mehr noch dem Leo. Doch Anna konnte Franzi diesmal nicht recht geben, obwohl sie auch fand, daß Lisbeth und auch Ida sie mehr als nötig herumscheuchten.

Was das Wasser anging, hatte Annas Mutter ebenso große Sorgfalt walten lassen. Da das Wasser in der Oberen Schmiedgasse auch hart war, tat die Mutter manchmal Soda oder doppeltkohlensaures Natron hinein. Ab und an floß aus dem ungepflegten Schaafschen Brunnen derart trübes, manchmal sogar faulig riechendes Wasser, daß die Mutter es vor jeder Verwendung erst abkochte. Oder sie filterte es, indem sie in ein Sieb kleingestoßene Holzasche füllte und das Wasser hindurchsickern ließ.

Anna mußte oft an Mutter denken, und an Lina, die ihr vorausgesagt hatte, daß sie bei den Fabers ohnehin nur Töpfe schrubben müsse. Diese Arbeit haßte sie am meisten. Täglich mußten die schweren Eisenkessel und hohen Suppentöpfe gesäubert werden, ihre Hände waren aufgerissen von dem vielen Sand und Soda, das sie dazu brauchte.

Während Anna im süßlichen Modergeruch des Kellers aus der Kartoffelhorde kleine und große Kartoffeln heraussortierte und in die Körbe füllte, sehnte sie sich nach der Oberen Schmiedgasse, wo es keinen Kutscher Leo gab, der ihr auf den Hintern schlug, wenn Lisbeth gerade außer Sicht war. Franzi hatte sie gewarnt, doch auch so spürte Anna instinktiv, daß diese Wildsau von einem Kutscher ihr nachstellte. Er wußte es einzurichten, daß er ihr beim Wasserholen begegnete oder im Kohlenkeller, und jedesmal näherte er sich ihr mit seinem üblen Leuchten in den Augen.

Als Anna sich jetzt aufrichtete, die zwei schweren Körbe in den Händen, umfaßte er sie von hinten. Sie wollte schreien, doch er hielt ihr derart brutal den Mund zu, daß sie nicht einmal in seine Finger beißen konnte. Wie oft hatte sie mit den Schwestern durchgespielt, was sie machen würde, wenn einer ihr so käme wie jetzt dieser Hammel. Lina hatte gesagt, sie habe ihrem Dienstherrn in den Schritt getreten, Amalie hatte berichtet, sie habe wie verrückt geschrien, so daß die Kinder herbeiliefen. Sekundenschnell, während Anna nach Leo trat und mit den vollen Körben um sich schlug, schossen diese Gedanken ihr durch den Kopf, und schließlich gelang es ihr doch, den Kutscher, der ihr die Röcke herunterriß, mit verzweifelter Kraft in die Hand zu beißen. Er schrie auf, schlug sie brutal ins Gesicht und warf sich mit seinem schweren Körper auf Anna. Sie stürzte in die Kartoffeln und dachte noch, daß Gott sie jetzt nur ja nicht ohnmächtig werden lassen solle, da schrie hinter ihr Lisbeth so laut, wie Anna es nicht gekonnt hatte.

Die alte Schuster-Theres hatte Leo im Keller verschwinden sehen, nachdem Lisbeth Anna zum Kartoffelholen geschickt hatte. Ahnungsvoll war Lisbeth in den Keller gelaufen, und jetzt zerrte sie Leo von Anna weg, riß ihn an den Haaren, schlug und trat ihn, der auf den rollenden Kartoffeln seine Hände und Füße nicht recht sortieren konnte. Lisbeth raste und kreischte sich schier die gekränkte Seele aus dem Leib.

Anna rappelte sich unter dem erbitterten Fluchen und Keuchen des Kutschers wieder auf, und als Leo sich nun über Lisbeth hermachte und auf sie einschlug, spürte Anna, daß hier ein maßloser, erbitterter Kampf ausgetragen wurde, zu dem sie selber nur der Anlaß gewesen war. Leos dumpfe Wut verzerrte sein Gesicht, die Anmaßung einer Frau, ihn zu schlagen, trieb ihn zur Raserei. Anna sah, daß Lisbeth aus dem Mund blutete, und mit einem Wutschrei sprang sie den tollwütigen Kutscher an, erwischte seinen Kehlkopf und drückte so fest zu, daß Leo dumpf aufbrüllte und zurückfiel auf die Kartoffeln.

Anna half Lisbeth auf, die beiden rannten die Kellertreppe hoch, Lisbeth knallte die Türe hinter sich zu und schloß ab. Dann lehnte sie sich taumelnd gegen die Tür, Anna stand daneben und rang nach Luft, bis schließlich Lisbeth sie ansah und mit ihrem blutenden Mund lachte, als ob sie nicht mehr aufhören wollte. Dabei schaute Lisbeth ihr in die Augen, und Anna hätte ganz gern gewußt, ob ihr Blick Ablehnung oder Zustimmung bedeutete.

Am Abend wußte es schon die Reichsrätin und damit auch der alte Herr. Leo, der schlaue Leo, war so dumm gewesen, immer wieder die Schuster-Theres zu schikanieren. Anna wußte, daß Theres durch ihre Bewegungsunfähigkeit starke Verdauungsprobleme hatte. Darüber klagte sie ständig: «Wenn iiich nur ämall affn Abbort könnert! Wenn iich net mein Sennesblättertee trink, ko i manchmal acht Tooch ned affn Abbort!»

Leo, der ihr Jammern mitbekommen hatte, fuhr sofort auf die Theres los: «Obber wenns dann draffg'hockt bist, kann ma as Kloo acht Tooch ned mehr betretn.» Das kränkte die Theres, sie schämte sich, und Leo fragte wieder einmal, warum sie überhaupt noch nicht tot sei, «iich seh ja allerweil scho die Würmer aus dir nauskriechn.»

Die Geschichten der Schuster-Theres interessierten Leo nicht, doch Anna hatte sich von der alten Frau erzählen lassen, wie sie als Küchenhilfe dem jungen Herrn Wilhelm das Leben gerettet hatte. Ein reiner Zufall, hieß es damals, aber Theres mochte die wunderbare Tat, die ihr Leben so grundlegend verändert hatte, nicht länger als Zufall ansehen. Der Herr Wilhelm, Gott sei seiner Seele gnädig, war gerade drei Jahre alt gewesen und hatte sich rotgelbe Herzkirschen aus der Obstschale geangelt. Eine davon, samt Stein, war dem kleinen Buben im Hals steckengeblieben. Sie ging nicht weiter und kam nicht zurück, der Kleine hatte gehustet und gewürgt, gottlob war die Mutter nicht weit gewesen, doch auch sie konnte ihrem einzigen Buben nicht helfen, der nur noch ein zuckendes Bündel war, mit hervorquellenden Augen. Der Vater wurde aus dem Werk gerufen, der Arzt, doch der war bei einem Wundbrand, und aus dem Mund des kleinen Wilhelm Faber trat schon der Schaum, roch süß nach Tod, sogar der Herr schrie, das ganze Gesinde schrie hysterisch durchs Haus, und da war die Schuster-Theres aus ihrer Küche ins Wohnzimmer gelaufen, wie aufgezogen, sie hatte es bei ihrem Bruder gesehen, wie die Mutter den schlug, und so hatte sie dem Herrn das Kind abgenommen, der es ihr in seiner Verzweiflung überließ, es auf den Kopf gestellt, richtig auf den Boden hin, und dann tüchtig zugeschlagen, akkurat wie damals die Mutter, immer fleißig auf den Rücken des Kindes gehauen, von oben nach unten, und plötzlich kam die Kirsche gerollt. Der kleine Wilhelm stieg herunter vom Totenschiff, die Umstehenden sahen sich an mit nassen Gesichtern, und durch die geöffneten Fenster schien die Sonne herein.

Alles hatten sie der Schuster-Theres tun wollen, die Fabers, alles. Doch Theres wollte nur einen sicheren Platz ihr Lebtag, weiter wollte sie nichts. Trotzdem hatte sie seit diesem Tag immer feine Kleider und Schuhzeug gehabt, weit über ihrem Stand, und man erlaubte ihr, zu jeder Zeit mit ihren Anliegen zur Herrschaft zu kommen. Theres, von wirklicher Bescheidenheit des Herzens und von Kind auf ein hartes Leben gewohnt, hätte gar nicht gewußt, worüber sie sich beklagen sollte.

Aber heute, das war zuviel. Theres hatte nämlich die junge Anna, die von ihrer Sonderstellung nichts wußte und ihr trotzdem respektvoll und aufmerksam entgegenkam, ins Herz geschlossen. Trotz ihres Alters waren die Augen noch gut und der Verstand klar, und was der großmäulige, nichtsnutzige Leo von Anna wollte, das hatte Theres sofort begriffen, und es hatte sie erbost. Dieses unverdorbene Mädchen war dem Kutscher, der den Herrschaften schöntat, sich gegen Schwächere aber alles herausnahm, auf die Dauer nicht gewachsen. Das Treiben Leos mißfiel Theres schon lange, aber sie hatte sich herausgehalten aus dem Klatsch um ihn, sie war keine Denunziantin. Doch was heute mit Anna und Lisbeth passiert war, das mußte die Herrschaft erfahren, sonst hatte die junge Anna keine ruhige Minute mehr.

Am Abend wurde Anna zu den Fabers gerufen. Nicht nur Bertha, in deren Haus Anna im Dienst war, wollte sie sprechen, sondern auch die alte Reichsrätin.

Anna schrubbte rasch die Hände mit Schmierseife, flocht im Gehen den Zopf neu und rannte dann hinüber ins Schloß, von dem sie nicht geglaubt hätte, daß sie es so bald von innen sehen würde. Das Herz klopfte Anna bis in die Ohren, sie nahm gar nichts wahr um sich herum, so stark war ihre Angst vor dem, was die Damen ihr sagen würden. Sicher mußte sie auf der Stelle zurück nach Hause. Wer sich mit einem Kutscher auf den Kartoffeln wälzt, gleichgültig aus welchen Gründen, hat bei vornehmen Leuten nichts zu suchen. Anna hatte gelernt, daß immer die Mädchen die Schuld bekamen, Amalie und Lina war es jedesmal nach einem Übergriff ihres Brotgebers so ergangen. Auch wenn die Hausfrau es besser wußte, und sie wußte es besser, hatte sie gescholten, daß die Mädchen ihrem Mann schöne Augen gemacht hätten, daß sie sich auf diese Weise vor der Arbeit drücken wollten und daß junge Dienstmädchen überhaupt nichts anderes im Kopf hätten als Selbstsucht und Unbescheidenheit. Damit meinten die Hausfrauen den Schein ihrer makellosen Familie wahren und möglichst noch den restlichen Wochenlohn sparen zu können, indem sie die Mädchen auf der Stelle davonjagten.

So würde es ihr heute auch ergehen, dessen war Anna sich sicher. Und dann bat sie auch schon ein Stubenmädchen herein in einen düsteren Salon, wo dichte Vorhänge alles Licht abhielten und wo jeder Fleck, so schien es Anna, mit samtenen Tüchern bedeckt war.

Die Reichsrätin trug ein langes schwarzes Taftkleid mit weißen Tupfen, und Anna sah heute zum erstenmal, daß diese alte

Frau, sie war ja schon zweiundsechzig, in ihrer Magerkeit sehr kindlich und edel aussah. Als wäre sie überall verletzbar, ohne schützende Haut. Große Augen hatte sie, die traurig blieben, auch wenn die Reichsrätin Anna freundlich ansah. Ihre Schwiegertochter, Bertha von Faber, füllig und schön in einem langen plissierten Tageskleid aus grauem Taft, schien die Reichsrätin zu trösten und zu bemuttern, als wäre sie längst ihr Kind geworden.

Bertha von Faber bedeutete ihr durch eine Handbewegung, sich zu setzen. Anna erwischte die äußerste Kante eines hohen Stuhles, sie legte ihre Hände in den Schoß und hätte fluchen mögen, weil sie keine Handschuhe besaß, schöne weiße Handschuhe, die ihre roten, aufgerissenen Hände verborgen hätten. Sonst saßen auf diesem Stuhl nur feine Damen in Seidenkleidern, das war Anna klar, und deshalb fühlte sie sich unbehaglich, sicher rochen ihre Kleider nach Küche, verdammt, sie wäre diesen vornehmen Frauen gern in einem Seidenkleid entgegengetreten. Mit Hut, Sonnenschirm, und vor allem hätte sie Handschuhe aus Spitze anhaben mögen.

Doch dann erwies sich das mit den fehlenden Handschuhen plötzlich als Segen, denn die Reichsrätin schaute tatsächlich dezent, aber doch erkennbar auf Annas Hände, so daß Anna sie am liebsten auf dem Rücken versteckt hätte, aber ihre Mutter sagte immer, die Hände gehören gefaltet in den Schoß, wenn man tatenlos jemandem gegenübersitzt. Und jetzt saß sie hier, hatte nichts zu tun, als diese Frau Reichsrat anzustarren. Sie wollte plötzlich wissen, ob Anna denn Gefallen an Leo gefunden und ihm erlaubt hätte, sich ihr zu nähern. Dieser verdammte Lügner, dachte Anna und fühlte, wie ihr das Blut in die Schläfen schoß. Um nicht derbe Schimpfworte über Leo herauszuschreien, schaute sie konzentriert auf die Tischdecke, sah die aufgestickten Blumen, Blüten und Ranken, Vögel gab es auch und schöne

Früchte, alles war ineinander verschlungen, und man mußte genau hinschauen, was die einzelnen Dinge bedeuteten. Anna dachte, ganz genau so ist es mit dem Leben in vornehmen Häusern. Auf den ersten Blick siehst du viel Schönes, freust dich und hoffst, und dann kommt ein Kutscher, und alles verwirrt sich, und du weißt nicht mehr, wo du bist und warum.

Anna fühlte sich müde und gleichgültig, sie wollte nur aufstehen von der Stuhlkante, auf die sie nicht gehörte, und dann wollte sie zurück in die Obere Schmiedgasse, wo die Mutter war und nach Annas Kenntnis kein einziger Kutscher. Nur die Schaafs, aber die waren einfach nur unansehnlich und tückisch, davor konnte sie sich hüten. Ehe sie noch einmal irgendwo Dienstmädchen wurde, wollte sie ihr weiteres Leben ätzende Farbe auf Zinnfiguren kleistern und die Bürden der Oberen Schmiedgasse auf sich nehmen.

Daher sagte Anna ruhig, daß der Kutscher Leo ein widerlicher Hammel sei, den sie nicht einmal riechen könne. Und angesehen habe sie ihn überhaupt noch nie, jedenfalls nicht richtig.

Bertha von Faber lächelte Anna verständnisvoll an. Sie erklärte ihrer Schwiegermutter in ihrem amerikanisch gefärbten Deutsch, daß der Kutscher schon mehrfach von Wilhelm, ihrem Mann, gewarnt worden sei. «Er hat Lisbeth viel Kummer bereitet, in der ganzen Gegend hat er einen schlechten Ruf, dieser Leo. Und seit Wilhelm tot ist, nimmt er sich noch viel mehr heraus. Er denkt vielleicht, in einem Frauenhaushalt hat er einen Freibrief. Ich habe ihm seine Entlassung gern mitgeteilt.»

Anna hörte Berthas helle energische Stimme, die durch den Akzent für ihr Empfinden einen großen Reiz bekam. Vom ersten Tag an hatte Anna versucht, diesen Akzent nachzuahmen, indem sie die Zunge hochrollte zum Gaumen oder auf andere Weise ähnlich interessante Effekte zu erzielen suchte.

Die Reichsrätin schaute wieder auf Annas Hände, sie sagte, sie habe Anna nicht verdächtigt, sie habe von ihr nur bestätigt haben wollen, was sie sich vorgestellt habe, um auch über Leo letzte Klarheit zu bekommen. Aber nun habe sie völlig andere Gedanken, eine Idee sozusagen. Sie habe selten so schöne Hände wie die Annas gesehen, mit so zarten, feinen Handgelenken. Ob Anna im Nähen unterwiesen worden sei?

Verblüfft sprang Anna auf. Sie straffte sich, wies auf die feinen Biesen an ihrer Schürze, die sie von Hand gestichelt hatte. «Ich kann alles nähen, Frau Reichsrätin. Biesen, Knopflöcher, Hohlsaum, die feinsten Stiche, und meine Mutter kann es noch besser, sie kann Blumen sticken, Tiere, Früchte, genauso schön wie auf Ihrer Tischdecke! Sie hat das bei den Nonnen gelernt.»

«Bei den Nonnen?» Die Reichsrätin sah Anna nachdenklich an. Mehr wie zu sich selbst sagte sie: «Wie kommt deine Mutter dann in die Obere Schmiedgasse?»

Obwohl die Reichsrätin Anna aufrichtig und teilnehmend ansah, tat ihre Frage Anna weh. Sie wußte selbst am besten, daß ihre wunderbare Mutter dort nicht hingehörte, und der Gedanke an ihre Hilflosigkeit bescherte ihr sofort einen dicken Kloß im Hals. Anna hätte ohne weiteres losheulen können. Doch dazu war sie zu stolz, und so beließ sie es dabei, schweigend vor sich hin zu starren.

Die Damen Faber schauten sich einen Moment ratlos an, doch Bertha von Faber durchbrach die Verlegenheit: «Ottilie braucht eine komplett neue Toilette. Sie hat ja nur die Aussteuer aus dem Stift. Die werde ich zurückschicken für unbemittelte Mädchen. Bei Ellen und Keussen in Krefeld habe ich Seidenstoffe bestellt, und bei Koppen am Hauptmarkt in Nürnberg Futterstoffe und Garne. Singer liefert nächste Woche eine moderne Nähmaschine. Weißt du, Mutter, für die Abendroben und die Besuchskostüme fahre ich mit Ottilie nach Paris, zu Rouff, aber alles andere würde ich sehr gern hier im Hause nähen lassen. Und da könnte Anna uns helfen.»

Paris. Rouff. Singer-Nähmaschine. Es klang für Anna exotisch wie eine fremde Sprache. Nur daß ihr diesmal davon beklommen wurde. Hatte sie den Mund vielleicht zu voll genommen? Mußte sie von jetzt an große Toiletten nähen? Ohne die Mutter, die immer alles zugeschnitten und vorbereitet hatte, würde sie doch nichts zuwege bringen.

Bertha von Faber hatte offensichtlich Annas Beklommenheit gespürt. «Keine Sorge, Anna, wir haben eine Hausschneiderin, Frau Langenseher, sie wird dich anleiten. Ich werde dir nicht zu viel zumuten, du bist doch ein junges Mädchen, fast noch ein Kind, ebenso alt wie meine Tochter.»

Die wohlwollende Gelassenheit Bertha von Fabers tat Anna gut, und sie begann, sich auf die Näherei zu freuen. Sie mußte es gleich Franzi berichten, und am Sonntag würde sie nach Nürnberg gehen, zur Mutter. Anna wußte, daß sie ihrer Mutter mit dieser Nachricht eine Freude machen würde. Darauf brannte sie.

KAPITEL 6

BEIM ERWACHEN wußte Ottilie sofort, was für ein Tag heute war, und sehnsüchtig umarmte sie ihr Kopfkissen, als könne sie auf ihm davonschwimmen, irgendwohin, an einen freundlichen, abgeschiedenen Strand, wo es keinen mächtigen Großvater gab und keine Firmenkonferenz, an der sie heute zum erstenmal teilnehmen sollte. Clarissa. Sehnsüchtig dachte Ottilie an die Freundin. Ihr würden bestimmt Frechheiten einfallen, um die Konferenz erträglich zu machen. Warum hatte Ottilie nicht soviel Mut wie Clarissa?

Was zog man eigentlich an bei so einer Konferenz? Lauter lästige Fragen. Sie würde jetzt erst einmal aufstehen. Ottilie sprang mit beiden Beinen gleichzeitig aus dem Bett, ihr Kopf schien angefüllt mit Herzklopfen, und beim Aufstehen war ihr sekundenlang schwarz vor Augen. Sofort ließ sie sich wieder zurücksinken. Sie war krank, zweifellos, das mußte doch jeder einsehen. Mit derart starkem Herzklopfen, einer Ohnmacht nahe, in einem solchen Zustand ging niemand in eine Firmenkonferenz. Da saßen Männer, alles Angestellte des Großvaters, sie waren Kaufleute, Techniker, die Dinge konnten, von denen Ottilie wenig oder gar nichts wußte.

Sofort begann Ottilie, sich nach dem Institut zu sehnen, wo Männer nur in seltenen Fällen, und dann auch nur in Anwesenheit einer Erziehungsdame vorgekommen waren. Säßen in der Konferenz Professor Zimmermann oder Monsieur Mouth, um ihr die Prüfung in Kunst und Französisch abzunehmen – ein Kinderspiel. Doch die Firma A. W. Faber mit ihren über 1000 Arbeitern, die Heimarbeiter gar nicht eingerechnet, erschien Ottilie seit dem Tod des Vaters wie ein drohender Moloch, ein Koloß, repräsentiert durch den Großvater und seine Direktoren, die Uhrketten über den Westen ihrer schwarzen Anzüge trugen und nach Odonta-Mundwasser rochen. Die meisten von ihnen hatten runde, rötliche Gesichter unter dichten Bärten, die ständig einen Ausdruck von Eifer und Energie trugen. Ihre neuerdings äußerst respektvolle Aufmerksamkeit Ottilie gegenüber fand sie scheinheilig, denn natürlich graute ihnen vor der Aussicht, in naher Zukunft dieses junge Mädchen als Autorität anerkennen zu sollen. Ottilie ahnte instinktiv, daß diese Männer sich nicht einmal vorstellen wollten, daß Ottilie demnächst so etwas Ähnliches wie Lothar von Faber im raschelnden Taftrock sein würde.

«Guten Morgen, Tilly, ich habe dir schon ein Bad eingelassen. Dein Großvater wartet nicht gern.»

Bertha von Faber gab ihrer Ältesten einen Kuß auf die elfenbeinfarbene Haut der Wangen, die so fein und kühl war, daß sie oftmals Lust verspürte, ihre schöne Älteste zu liebkosen, doch das verbot sie sich, denn zuviel Liebe sollte eine Mutter nicht zeigen, das schickte sich nicht und verzärtelte die Kinder. Außerdem wäre es ungerecht gewesen gegen ihre beiden jüngeren Töchter, die im Münchner Institut auch ohne jede Zärtlichkeit auskommen mußten.

Ottilie war klar, daß sie keine Chance hatte, diesem Tag zu entkommen. Ergeben ließ sie sich von ihrer Mutter beim Aufstecken der Haare helfen, beim Zuknöpfen der hellgrauen Spitzenbluse, die Bertha von Faber zu dem langen schwarzen Seidenrock ausgesucht hatte.

Die Mutter wußte, wie eine deutsche Jungfrau von adeligem

Herkommen gekleidet sein sollte. Hochgeschlossen die Bluse, eng die Taille, der Rock reichte bis zum Boden und ließ nur kurze, graziöse Schritte in den hohen Knopfstiefeln zu. Der nach Veilchen duftende Puder von Schwarzlose, frisch in die hohlen Korsettstäbchen eingefüllt, brachte Ottilie zum Niesen. Sie fluchte unhörbar, denn sie wußte, daß der Geruch von Veilchen sie nicht entschädigen würde für die Tortur, längere Zeit auf einem Stuhl sitzen zu müssen, wenn das Korsett schmerzhaft in die weichen Bauchfalten kniff und nur bei korrekter Haltung zu ertragen war. Ottilie hatte neulich in der Zeitung das Bild eines etwa elfjährigen Mädchens gesehen, das auf einer Schulbank saß und seine Aufgaben machte. Die Schultern und der Hals des Mädchens waren mit Bändern, die sich um den Stuhl schlangen, eng gegen die Stuhllehne gedrückt. *Gondells Geradehalter auch für Ihr Kind!* stand in der Anzeige, und Ottilie schauderte es vor dem Folterinstrument. Trotzdem schrieb das Mädchen auf dem Bild mit fröhlichem Gesicht an seinen Aufgaben.

Einen Schauder fühlte Ottilie auch jedesmal, wenn sie ein Korsett anziehen mußte. Sie dachte an ihre Tante Käthe Faber, die ständig seufzen und sich den Schweiß vom hochroten Gesicht wischen mußte, weil sie sich trotz ihrer Fülle in ein Korsett einschnüren ließ, das einer halb so dicken Frau gepaßt hätte. Weil Tante Käthe aber bei Besuchen ihre tückischen Augen auf Ottilie richtete, an der sie ständig etwas auszusetzen hatte, wünschte Ottilie oft, die Tante möge in ihrem dicken Doppelkinn versinken und an Luftmangel ersticken. Doch dann gab es immer noch Elsa. Sie war das entschiedene Ebenbild ihrer Mutter, und der Mops, den Käthe der mit dreiunddreißig Jahren immer noch ledigen Tochter geschenkt hatte, sah ihr so ähnlich, als habe sie ihn selber zur Welt gebracht. Nie sah man Elsa ohne ihre Octavia, und bald hatte sie das Fellbündel derart mit Schokolade und Schinken herausgefüttert, daß Octavia ebenso schnaufte und sich kaum öfter auf den Beinen fortbewegte als Elsa und Käthe.

Ottilie seufzte. Auch wenn sie dem fetten Mops nichts abgewinnen konnte, würde sie ihn, der vor jeder Treppe die Pfoten von sich streckte und wartete, bis Elsa ihn hinauftrug, heute freiwillig im Park spazierenführen, wenn sie dadurch dem Großvater und der Vorführung im Kontor entkommen könnte. Es war nicht Ottilies Welt, dieses Kontor mit seinen Salden und Bilanzen, den exakten Zahlenkolonnen, die klare Aussagen über Soll und Haben machten. Männer regierten hier, für die Frauen bestenfalls die Zierde des Hauses zu sein hatten, dem Mann in allem untertan. Da Ottilie wußte, daß sie sich demnächst in diesem Kontor behaupten mußte, empfand sie plötzlich eine nie gekannte Anhänglichkeit an ihre bisherige Welt, die ihr nach dem Drill im Institut angenehm unpräzise und von den Farben des Himmels bestimmt schien.

Lothar von Faber kam mit raschen Schritten, Ottilie abzuholen. Er selber war schon seit dem frühen Morgen in seinem Kontor, für neun Uhr war die Konferenz mit seinen leitenden Mitarbeitern angesetzt. Ottilie hatte das Gefühl, als trüge der Großvater das ganze Unternehmen in seinen Händen wie eine unbekannte Frucht, die er Ottilie schenken wollte, obwohl er nicht wußte, ob sie Geschmack daran fand.

Die beiden nahmen den Weg quer durch den Park zum Fabrikgelände, das einige hundert Meter unterhalb des Schlosses lag. Die Sommerluft hatte einen warmen Glanz, der durch die Blätter drang und sie mit tanzenden Mustern bemalte. Solange Ottilie denken konnte, hatte sie in diesem Park mit den Schwestern und den Kindern der Direktoren gespielt, im Sommer ebenso wie im Winter, wenn sie mit dem Rodelschlitten losgezogen waren. Bei Spaziergängen waren immer die Kinderfrauen dabeigewesen, selten die Eltern.

Mit dem Großvater war Ottilie noch nie durch den Park gegangen, und es genierte sie in einer Weise, die sie selber nicht verstand. Warum war Ottilie nicht als Sohn auf die Welt gekommen? Dann müßte sie sich jetzt nicht durch intelligente Aufschwünge dem Großvater zu nähern versuchen. Wäre sie ein Otto von Faber, könnte sie reden oder schweigen, wie es ihr gerade in den Sinn käme. Der Großvater würde es nicht weiter bedenken. Hauptsache, der Erbe trug Hosen. Doch da sie nun einmal ein Mädchen war, mußte sie durch kluge Bemerkungen dem Großvater bestätigen, daß er die richtige Wahl für seine Nachfolge getroffen habe. Wie sollte sie das nur anstellen? Sie sah den Großvater verstohlen an, wie er, auf seinen silbernen Stock gestützt, eher mühsam neben ihr herging. Seine angestrengt aufrechte Haltung kostete ihn sichtlich viel Kraft, und sie fragte ihn, schon um das Schweigen zu brechen, warum er sein Schloß nicht näher an die Fabrik gebaut habe. «Dann müßtest du nicht täglich diesen langen Weg machen.»

Lothar von Faber sah seine Enkelin überrascht an. «Das wäre nicht klug gewesen, Ottilie. Du weißt, wir gehören zum Adel, wir müssen Vorbild sein in jeder Weise, unser Verhalten muß den Niedrigen ein Leitbild sein. Das bedeutet auch, daß wir uns nicht gemein machen dürfen mit den einfachen Leuten. Wir dürfen auch nicht unter ihnen wohnen, sie müssen aufsehen können zu uns, nicht nur in sittlicher und moralischer Hinsicht, sondern auch räumlich. Sie dürfen uns nicht in die Töpfe gucken. Die Arbeiter nicht, aber auch nicht die Angestellten aus dem Kontor.»

Ottilie sah heute die Fabrikanlagen mit den großen Hallen und den wuchtigen Bleimühlen, die mit der Wasserkraft der Rednitz betrieben wurden, mit anderen Augen. Auch die Schreinersäle, die Lagerhallen und die Maschinenhäuser für die Dampfmaschinen wollte sie endlich von innen sehen, und vor allem interessierte sie der große Wasserturm, der die gesamte Fabrikanlage überragte. Hart am Ufer der Rednitz war ein kleines Badehaus errichtet worden, damit die Arbeiter, die mit der stark schmutzenden Minenherstellung beschäftigt waren, sich vor dem Heimgehen säubern konnten. «So ein Badehaus für Arbeiter wirst du nirgends sonst finden», sagte Lothar von Faber zu Ottilie.

Immer mehr Arbeiter, Männer und Frauen, begegneten Ottilie und Lothar von Faber. Alle grüßten respektvoll, einige knieten sich auf den Boden, die Gesichter mit einem verzückten Ausdruck zu Lothar von Faber gewandt, was Ottilie bestürzte.

Lothar schien fast amüsiert, als er seine Enkelin ansah: «Diese Leute wissen wenigstens, was sie an mir haben. Ich gebe ihnen die Chance, aus ihrem Hundedasein herauszukommen. Du kannst dir nicht vorstellen, wie es früher in Stein ausgesehen hat. Die Leute hier waren versoffen und verwahrlost, und dabei so widersetzlich, daß sogar ein Richter des Landgerichts Nürnberg darüber einen Bericht verfaßt hat. Er schrieb, der Ort Stein bestehe aus rohen, verwilderten Fabrikarbeitern, die eine schlechte Kinderzucht führen. Es gab keine Schule, und die Eltern hatten keine Lust, die Kinder zum Lernen nach Großreuth oder nach Oberweihersbuch zu schicken. Sie ließen alle Kinder arbeiten.»

Lothar von Faber blieb vor dem repäsentativen, vierstöckigen Bürogebäude stehen, für das sein Elternhaus und das erste Magazin abgerissen worden waren. Nachdem er einen Moment verschnauft hatte, erklärte er Ottilie: «Weißt du, mein Kind, viele Fabrikbesitzer lassen ihre Arbeiter im Elend verkommen. Ihnen ist egal, was aus den Leuten wird, wenn sie den Fabriksaal verlassen. Für sie sind Arbeiter nicht mehr als Kreaturen. Ich sehe das völlig anders. Meine Grundsätze, die mich gegenüber meinen Arbeitern leiten, sind Liebe, Güte, sittlicher Ernst. Und vor allem – ich bin gerecht gegen Jung und Alt, überhaupt gegenüber jedem, der mit mir geschäftlich zu tun hat.»

Während sie gemeinsam in den ersten Stock des Bürohauses hinaufstiegen, fragte Lothar von Faber seine Enkelin, ob sie schon einmal von Carey, Michel Chevalier oder Seneul Courcelle gehört habe. «Aber das wird in einem Stift für junge Mädchen natürlich nicht unterrichtet», gab er sich selbst die Antwort und erklärte Ottilie, die Genannten seien französische Nationalökonomen, mit deren Schriften er sich nach seinem Aufenthalt in Paris eingehend befaßt habe. «Glaube mir, Ottilie, hier in Deutschland weiß außer mir kaum jemand etwas über gesamtwirtschaftliche Zusammenhänge, jeder plant für sich allein, und von sittlicher Verantwortung gegenüber seinen Arbeitern hat anscheinend auch niemand etwas gehört.»

Lothar von Faber hielt seiner Enkelin die Tür auf zu einem großen, auf den ersten Blick düsteren Raum, in dessen Mitte ein langer, von Stühlen umstellter Tisch stand. Obwohl zwei große Fenster die Stirnseite des Raumes ausmachten, konnte nur wenig Tageslicht durch die dichten weißen Stores und die schweren, bedruckten Samtvorhänge eindringen.

Die Beamten, die der Großvater zur Konferenz gebeten hatte, waren schon versammelt. Winkler saß da und Memmert, beide gehörten zu den engsten Mitarbeitern des Großvaters. Aus Berlin war Carl Willmann gekommen, aus Paris Richard Homberg und aus London Carl Seimert. Wilhelm Gradmann aus Geroldsgrün paffte schon seine erste Zigarre, und Lothar von Faber, der selber nicht rauchte, hielt ihm gleich eine Standpauke, die damit endete, daß er sagte, Gradmann solle nur so weitermachen, das beste Lungensanatorium sei das von Doktor Herwig in Arosa.

Alle lachten, doch Ottilie fühlte sich trotzdem unwohl in dieser Runde, sie war hier nicht willkommen, und das machte sie nervös. Selbst das dunkle Zimmer, das Ottilie kannte, schien sie heute abzulehnen. Die Tapeten kamen ihr steifer und düsterer vor als sonst, die polierte Tischplatte blinkte tückisch, die Vorhänge sperrten jeden ermunternden Sonnenstrahl aus, und die Standuhr tickte widerwillig. Ein Zimmer voller Feinde, durchfuhr es Ottilie, und sie schalt sich überdreht und allzu feinnervig. Das hatten ihr die Erzieherinnen im Stift auch oft vorgehalten.

Direktor Memmert hielt es nicht mehr auf seinem Stuhl. Er entschuldigte sich bei Ottilie, daß er vor ihren Ohren eine so schlimme Nachricht überbringen müsse, aber Friedrich Wilhelm Haas, Inhaber der Firma Guttknecht, habe Selbstmord begangen. Heute morgen habe man ihn gefunden. Erhängt.

Ottilie sah, wie ihr Großvater blaß wurde. Sie selber hatte den Fabrikanten nur hin und wieder bei Gesellschaften der Eltern im Hause gesehen. Ein freundlicher Herr mit Schnurrbart war ihr undeutlich im Gedächtnis, und nun lebte er nicht mehr. Die Herren diskutierten, Memmert und Winkler wußten, daß die Firma Guttknecht völlig verschuldet gewesen war. Ottilie fiel auf, daß sich der Großvater nicht an der Diskussion beteiligte, was überhaupt nicht seine Art war. Er hatte sich in seinen Stuhl zurückgelehnt und schien abwesend. Die Direktoren waren verstummt, sie schauten auf Lothar von Faber, und schließlich sagte der in die Stille hinein, es tue ihm weh, daß die Firma eines Weggefährten so elend enden müsse. «Johann Loth Guttknecht hat bereits 1811 Wasserkraft als Antrieb für seine Bleiweißmühle eingesetzt. Das war absolut neu und mutig. Ein Rad der Mühle seines Schwagers Eckert trieb von fünf Uhr morgens bis neun Uhr abends die Bleiweißmühle an, und Guttknecht zahlte Eckert dafür 80 Gulden jährlich. Loth Guttknecht starb schon in den zwanziger Jahren, sein Sohn Johann Wilhelm übernahm die Firma, die damals mit Fabrikgebäude, Wohnhaus, Stadel und einigen Äckern einen Wert von 5000 Gulden hatte. Als Guttknecht 1865 starb, kaufte Haas den Betrieb für 50000 Gulden.»

Winkler nickte. «Ich habe schon seit längerem gehört, daß es schlecht um die Firma stand. Daß Haas nicht mehr zahlungsfähig war. Mit Sicherheit wird die Firma demnächst versteigert. Da müssen wir vorher handeln, Herr Reichsrat, wir müssen sofort kaufen.»

«Wir müssen etwas anderes, Winkler. Wir müssen achtgeben, daß es uns nicht irgendwann auch trifft, Konkurs anzumelden, das ist unsere Aufgabe, der wir uns jeden Tag neu stellen müssen. Ich werde Guttknecht nicht kaufen, der Gedanke gefällt mir nicht, mich an dem Lebenswerk dieser tüchtigen Leute zu bereichern, nur weil sie Pech hatten. Unsere Voreltern, die Männer natürlich, haben in Stein manchen dummen Streich ausgeheckt. Sie haben sich bekriegt und dann wieder befreundet, sie gehörten von Anfang an dazu.»

Lothar von Faber sah seine Enkelin aufmunternd an: «Vielleicht wirst du das Unternehmen einmal kaufen, wenn ich nicht mehr bin. Aber laß dir Zeit, laß erst einmal andere Leute am Schicksal der Guttknechts verdienen, mir macht das keinen Spaß. Beobachte ruhig die Entwicklung, Guttknecht ist ein gediegener Name, er würde unserem Haus auch nicht schlecht anstehen.»

Es entwickelte sich eine lebhafte Unterhaltung über die Konkurrenz, deren vitale Kraft Lothar von Faber seiner Enkelin erläuterte: «Ich habe Konkurrenz nie als etwas Negatives angesehen, im Gegenteil. Als ich anfing, hatte ich gewaltige Konkurrenz, vor allem in Paris, aber auch sonst in der Welt. Von Bleistiften aus Stein wollte niemand etwas wissen, es gab ja schon viel zu viele Sorten anderer Firmen. Da wurde es Zeit für mich, darüber nachzudenken, wie ich mich über die Konkurrenz emporschwingen konnte, und zwar spürbar. Ich kam daher auf die Idee, meine Bleistifte neu zu binden, ihnen als erster eine Markenbezeichnung zu geben und sie mit neuen Etiketten versehen auf den Markt zu bringen. Damals entwickelte ich die Polygrades-Etiketten und die Polygrades-Bindart der runden Stifte. Ich entwarf auch Holzetuis, in die wir sieben hochwertige englische Stifte hineinlegten. Damit machte ich in Amerika große Umsätze. Ich kam als erster darauf, meine Bleistifte nach Härten sortiert in Etuis anzubieten. Das schlug in Paris sehr gut ein, und von dort aus ließ ich die Stifte dann in die ganze Welt versenden. Jeder glaubte, ich verkaufe ein französisches Fabrikat, denn ich ließ für die Etiketten und Bezeichnungen die französische Sprache einsetzen.»

Die Namen der Konkurrenten, die in Stein und in Nürnberg heute noch Bleistifte fertigten, kannte Ottilie natürlich aus der Familie, die mit den anderen Firmen nach wie vor freundschaftlich verkehrte. Da waren die Froescheis', die unter dem Namen Lyra ihre Bleistifte vertrieben. Die Froescheis' nahmen den kapitalkräftigen Kaufmann Grasser mit in die Firma, und die Söhne Friedrich Froescheis und Johannes Grasser brachten neuen Schwung in das Unternehmen. Lothar von Faber hatte bewundernd festgestellt, daß vor allem Grasser, der viel ins Ausland reiste, die Produktionspalette kräftig erweiterte. Stifte, Federhalter und Füllfederhalter wurden produziert, und die Stifte erhielten besondere Namen wie Orlow-Stifte, Albrecht-Dürer-Stifte oder Lyrato-Stifte. Lothar von Faber sah zwar, daß man ihn in vielem nachahmte, das störte ihn aber keineswegs. Es spornte ihn an, seinerseits immer wieder neue Ideen zu entwickeln. Nichts tat er lieber.

Auch die Schwanhäußers verkehrten im Hause Faber. Gustav Adam Schwanhäußer hatte 1865 die moderne Bleistiftfabrik Großberger & Kurz gekauft, und Schwanhäußer nannte seine Firma nun Schwan-Bleistift-Fabrik. Er war ein äußerst erfolgreicher Kaufmann, hatte als Commis gelernt und versuchte ebenso wie Lothar von Faber, neue Produkte auf den Markt zu bringen. Sein farbig schreibender Kopierstift brachte ihm viel Geld, er löste den Federhalter ab und wurde weltweit exportiert. Swan Pencil Co. hieß die Firma im englischsprachigen Ausland.

Ottilie wußte, daß der Großvater oft traurig war, wenn Gustav Schwanhäußer mit seinen Söhnen bei den Fabers Besuche machte. Zwei stattliche Söhne hatten die Schwanhäußers, August und Eduard, beide studiert und promoviert, der eine als Kaufmann, der andere als Techniker. Eduard hatte sich in seiner Dissertation mit der Entwicklung der Nürnberger Bleistiftindustrie auseinandergesetzt, und Lothar von Faber hatte dem jungen Mann seine Zahlen und Daten großzügig zur Verfügung gestellt. Er verstand sich außerordentlich gut mit dem jungen Schwanhäußer. Der war wie Lothar besorgt über den niedrigen Bildungsstand der Arbeiter in der Bleistiftbranche. Zudem mangelte es entschieden an Solidarität in der Belegschaft. Die Fabrikanten, so Schwanhäußer, müßten auf die Arbeiter einwirken, sie mündiger und selbständiger machen. Auch würden sie ihr Geld auf der Kirchweih und im Wirtshaus verprassen. Eduard propagierte sogar die Gleichberechtigung von Arbeitnehmer und Arbeitgeber.

In diesem jungen Mann sah Lothar von Faber sich bestätigt. Warum durfte er selber nicht einen so starken Sohn haben?

Über die Firma Johann Faber, die seit fünfzehn Jahren in Nürnberg existierte und Lothars Bruder gehörte, wurde nicht gesprochen. Doch Ottilie wußte sehr gut, daß die Firma sich zu einer bedeutenden Konkurrenz für den Großvater entwickelt hatte und daß er dieser Konkurrenz nicht sonderlich gewogen war, da Johann die Produkte seines Bruders einfach kopierte und dank des Namens Faber mitzufahren suchte im Kielwasser seines erfolgreichen Bruders.

Die Spannung in Ottilie begann langsam einer soliden Langeweile Platz zu machen. Sie schaute die ins Gespräch vertieften Männer an, die so aktiv wie herzlos wirkten, nur bemüht, die Firma A. W. Faber noch reicher und stärker zu machen, damit sie selber auch reicher und stärker wurden. Es kam Ottilie vor, als hätten alle um sie herum kalte, helle Augen, beinahe wie das Wasser in den bauchigen Karaffen, aus denen sie sich dauernd nachschenkten.

Inzwischen hatte sich doch der eine oder andere Sonnenstrahl durch die dichten Vorhänge hindurchgearbeitet. Ottilie konnte jetzt die Muster der Vorhänge studieren und die Sonnenkringel zählen, die auf dem Tisch zitterten und so wenig zu fassen waren wie Gedanken der Männer, die gewichtig und lebhaft das Gespräch bestritten. Ottilie hätte ihre Köpfe gern aufgeschnitten wie einen Kürbis oder eine Tomate, die man aushöhlen und mit Neuem füllen will, um eine Geschmacksvariante zu erzielen. Was hätte Ottilie in die Köpfe der Direktoren einfüllen sollen?

Liebesgedichte vielleicht – so eines, wie Ottilie letztens gelesen hatte. Theodor Fontane hatte es geschrieben, und wenn sie sich vorstellte, einer der Direktoren würde es in dieser Runde vortragen, wurde ihr ganz heiter zumute. Das Gedicht hieß «Im Garten», und es gefiel Ottilie außerordentlich gut.

Die hohen Himbeerwände
trennten dich und mich,
doch im Laubwerk unsere Hände
fanden von selber sich.
Die Hecke konnt es nicht wehren,
so hoch sie immer stund:

Ich reichte dir die Beeren,
und du reichtest mir deinen Mund.
Ach, schrittest du durch den Garten,
noch einmal im raschen Gang,
wie gerne wollte ich warten,
warten stundenlang.

Worauf wartete eigentlich Ottilie? Manchmal fragte sie sich das, wenn sie in den Spiegel schaute und sich selber sah, wirklich mit ernsthafter Frage ansah. Wer war sie? War sie das, was die anderen von ihr sagten – ein junges Mädchen, ein liebes Kind, ein ungeduldiges, aufsässiges Kind, wie sie im Stift ständig gesagt hatten? Was ist das für ein Wesen, ein liebes Kind, das ungeduldig, widerspenstig, der Sanftmutsmedaille nicht würdig ist? Was war Ottilie für ihren Vater gewesen, was war sie für die Mutter? Am ehesten wußte sie nun, was sie für den Großvater bedeutete: seine Nachfolgerin, diejenige Faber, die mehr als die anderen Wesenszüge des Großvaters in sich trug.

Alles, was andere über sie aussagten, erreichte Ottilie nicht wirklich. Im Spiegel fand sie schon gar nichts von alledem wieder. Sie sah ein bleiches Gesicht mit kohlenfarbenen Augen, wie ein Schneemann sah sie aus, fand Ottilie, und sie mußte sich an diesem Schneemannsgesicht festhalten, um nicht hineinzufallen in die Panik, die sie immer wieder überkam, seit sie zum erstenmal bewußt in den Spiegel geschaut hatte. Sie wollte sich doch nur kennenlernen, nur wissen, wer sie war, aber der Spiegel war dazu so ungeeignet wie die Menschen, die über Ottilie etwas aussagten, gleichgültig, ob sie kritisch waren wie die Damen im Stift, tückisch wie Tante Käthe und Elsa, oder liebevoll wie die Eltern und Großeltern. Glatt und kühl blieb er, stieß Ottilie immer weiter zurück von ihrem Ebenbild, bis sie schließlich wegrannte und tagelang alle Spiegel nur soweit benutzte, wie sie zur täglichen Toilette nötig waren. Vielleicht waren Spiegel wirklich gefährlich, führten zur Hoffart, wie die Großmutter oft bemerkte.

Der Großvater sagte in die Gedanken Ottilies hinein, daß er die Konferenz nun beende. Er müsse mit seiner Enkelin in die Mühlstraße, dort würde das neue Waisenhaus zu Stein eingeweiht. Die Herren hätten vielleicht noch in Erinnerung, wie er selber vor zwei Jahren den Grundstein dazu gelegt habe, da er dem Waisenhausverein das Grundstück in der Mühlstraße geschenkt habe. Den 13. März 1891, den Geburtstag des Prinzregenten, habe man absichtlich für die Grundsteinlegung gewählt, und heute komme zur Einweihung eigens Regierungspräsident von Zenetti nach Stein, weshalb er, Lothar von Faber, äußerst pünktlich sein wollte. Er werde dem Regierungspräsidenten bei der Gelegenheit auch seine Enkelin und Nachfolgerin vorstellen.

Die wohlwollende Heiterkeit, das gönnerhafte Lächeln, das die Herren für Ottilie hatten, machte sie wütend. Wie gern hätte sie etwas wirklich Direktes, Unverschämtes gesagt, etwas, was die schreckliche Selbstzufriedenheit und Überlegenheit in den Gesichtern der Männer wenigstens für kurze Zeit zerstört hätte. Sehnsüchtig dachte Ottilie an Clarissa von Straaten, der zu allen Gelegenheiten mühelos Frechheiten eingefallen waren. Sie selber, Ottilie, sah sich machtlos dabei zu, wie sie artig ihre Hand in den Spitzenhandschuhen von einem zum anderen wandern ließ.

«Komm», sagte ihr Großvater mit sanfter Ironie, «Komm, Tilly, heute ist ein schöner Tag für eine Waisenhauseinweihung.»

Er gab Ottilie den Rat, immer dafür zu sorgen, daß sie etwas einzuweihen hätte. «Ich habe für die Kinder meiner Arbeiter eine Kinderbewahranstalt eingerichtet, damit die Kleinen aus der Fabrik und von der Straße verschwinden. Dein Vater krabbelte stets ohne zu murren zwischen den kleinen Faberern herum, davon waren besonders die Frauen ganz ergriffen. Ich habe meinen Leuten eine Bibliothek gekauft, damit sie in der Freizeit lesen und nicht ins Wirtshaus gehen. Sie haben eine eigene Sparkasse gekriegt, und ich habe ihnen vorgerechnet, wieviel sie in zehn Jahren sparen, wenn sie in der Woche ein paar Bier weniger trinken. Die Angestellten waren gehalten, auch den kleinsten Betrag anzunehmen und die Einzahler respektvoll zu behandeln. Auch eine Kranken- und Unterstützungskasse haben meine Arbeiter bekommen – und alle Einrichtungen habe ich immer schön eingeweiht, mit Blasmusik, mit Reden, mit Brezn und Knackwurst. Glaub mir, Ottilie, jede Million, die du wohltätig ausgibst, ist gut angelegt. Ich habe schon in den vierziger und fünfziger Jahren mehr als fünf Millionen Mark gestiftet, dafür bin ich von der Revolution 1848 geschäftlich völlig verschont geblieben. Wie oft sollten meine Arbeiter schon zum Streik aktiviert werden – die denken gar nicht daran.»

Unbedacht fragte Ottilie, ob es wahr sei, daß Lothars Bruder Johann früher faule oder aufsässige Arbeiter zurechtgewiesen habe, indem er ihnen eine Tracht Prügel verabreicht habe.

Verblüfft fuhr der Großvater herum und sah Ottilie an. «Wer hat dir das erzählt?» wollte er wissen.

«Ich glaube, ich habe es aus der Küche», sagte Ottilie unbefangen, und der Großvater nickte: «Ich weiß schon, die Schuster-Theres. Aber sie hat recht. Ich habe es immer so gehalten, daß ein Arbeiter, der sich etwas zuschulden kommen ließ, grobe Unpünktlichkeit etwa oder Alkohol in der Fabrik, so einer sollte von einem älteren Arbeiter gerügt werden. Besserte er sich nicht, wurde er meinem Bruder oder mir gemeldet. Wir haben ihm dann nochmals ernsthaft ins Gewissen geredet. Nur bei ganz widerspenstigen und mutwilligen Jungen hat Johann dann mal hingelangt. Und ich habe dem nicht widersprochen. Das waren Jugendsünden. Ich persönlich halte davon schon lange nichts mehr. Ich setze auf die Hierarchie. Ältere Arbeiter sollen jüngeren ein Vorbild sein. Dazu bekommen sie mehr Rechte, was ihnen das nötige Selbstbewußtsein gibt.»

Lothar von Faber erzählte Ottilie mit gewissem Stolz, er habe als Reichsrat vehement dafür gekämpft, daß in den Schulen die Prügelstrafe abgeschafft wurde. «Doch man hat mich überstimmt, nur vier Kollegen waren auf meiner Seite.»

Ottilie und der Großvater fuhren den kurzen Weg zur Mühlstraße in dem leichten Zweispänner, denn der Großvater sagte: «Du mußt vorfahren, niemals zu Fuß zu einer Einweihung kommen. Denk dran, daß du immer hinabsteigst zu den Leuten, und nach der Feier mußt du die erste sein, die sich wieder abholen läßt. Vergiß nie, deinen Stand zu repräsentieren.»

Die Blaskapelle war schon angetreten. Ottilies Mutter und ihre Großmutter stiegen gerade aus der Kutsche, und der Großvater holte sie in die vordere Reihe der Gäste, für die Stühle aufgestellt waren. Neben Ritter von Zenetti war Ritter von Haag als Vertreter des Prinzregenten erschienen, eine große Ehre für Lothar von Faber, soviel wußte Ottilie. Sie begriff auch, daß der Großvater sie hier einführen wollte, scheinbar ganz nebenbei, ohne viel Aufhebens. Es war Ottilie trotzdem zu anstrengend. Viel zuviel Steiner und Nürnberger Prominenz war mit Damen versammelt. Pfarrer Eisen war da mit seiner Frau, Bürgermeister Rindfleisch mit Gattin, auch der Nürnberger Oberbürgermeister Dr. von Schuh war angereist. Ottilie kannte längst nicht alle Versammelten, der Großvater flüsterte ihr leise den Namen zu, wenn er sie vorstellte. Staatsrat Lotz, Oberlandesgerichtsrat Reitzmann, beide Grundherrs, viel Militär im Gefolge von Zenetti. Ottilie sah eine distinguierte ältere Dame, deren elegante weiße Spitzentoilette in der Sonne leuchtete. Der Großvater flüsterte ihr zu, das sei Elise von Cramer-Klett. Er führte Ottilie zu ihr, und sein angedeuteter Handkuß zeigte, daß er der Frau seines verstorbenen Freundes große Verehrung entgegenbrachte.

Ottilie sah ein filigranes Gesicht, in dem heitere und doch melancholische Augen sie interessiert musterten. «Eine Rose im Steiner Garten. Sie darf aber hier nicht verblühen, lieber Lothar, ihr bringt sie mit zu meiner Abendgesellschaft. Lang genug habt ihr sie im Stift eingesperrt.»

«Man kann einem jungen Menschen keine größere Wohltat erweisen, als wenn man ihn zeitig in die Bestimmung seines Lebens einweiht», sagte Lothar von Faber lächelnd und genoß das Erstaunen Elises.

«Seit wann zitierst du denn Goethe, du läßt doch sonst nur Schiller gelten?»

«Ich bin auch im hohen Alter noch für eine Überraschung gut», sagte Lothar von Faber aufgeräumt, und Ottilie dachte, daß der Großvater sich gut darauf verstand, Frauen, die er schätzte, auf diskrete Weise den Hof zu machen. Sie beobachtete oft, daß er auch ihrer Mutter zugetan war, in deren Gegenwart er seine sonstige Grämlichkeit völlig verlor.

Schließlich ging Lothar von Faber zu den Waisenkindern, fragte sie vor allem nach ihren Noten in der Schule. Die beiden Diakonissen von Neuendettelsau hielten ihre Schützlinge dicht beieinander, mit kahlgeschorenen Köpfen standen die Kinder mucksmäuschenstill und schauten auf den Regierungspräsidenten von Zenetti, von dem man ihnen gesagt hatte, er sei vom Königshaus geschickt worden. Ebenso stumm machte sie die Anwesenheit Lothar von Fabers, von dem sie die Brezen hatten und die Knackwürste, und außerdem noch eine glänzende, weißblau gestreifte Schleife. Was sie damit sollten, wußten sie nicht, aber sie hielten trotzdem alles krampfhaft fest, Breze, Wurst und Schleife.

Eine Diakonisse hob den Arm, und die Kinder sangen «Breit aus die Flügel beide, o Jesu meine Freude, und nimm dein Küchlein ein. Will Satan mich verschlingen, dann laß die Englein singen, dies Kind soll unverletzet sein.»

Ottilie dachte, daß die Kinder bedrückt aussahen, noch ärmer als die Rosas im Stift, wenn die Eltern sie im Parloir abgegeben hatten. Verloren traten sie von einem Fuß auf den anderen. Sie langweilten sich. Wer weiß, wie lange sie hier schon standen. Es durften ohnehin nur die Jungen mit hinauskommen, die Mädchen blieben in den Räumen. Das dreistöckige Backsteingebäude sah stattlich aus mit seiner Freitreppe und den blendend weißen Einfassungen. Es erinnerte Ottilie auch an das Münchner Stift, und sie fragte sich, wie es den Kindern da drinnen ergehen mochte. Sie hatten keine Familie im Rükken, sie waren ausgeliefert. Spontan fragte Ottilie den Großvater, ob sie sich um das Waisenhaus kümmern dürfe.

«Sprich mit deiner Großmutter, sie hat mich veranlaßt, dem Waisenhaus das Grundstück zu schenken, sie kümmert sich um die Kinder. Wenn du ihr hilfst, wird sie sich sehr freuen. Sie ist ja leidend, ihr wird alles zuviel.»

Regierungspräsident von Zenetti, ein würdiger Herr in schwarzem Frack und steifem Zylinder, hob die Verdienste des Großvaters für den Ort Stein hervor. «Ohne Lothar von Faber wäre Stein ein kleiner Ort, in dem ein paar Bleistiftarbeiter, einige Glasschleifer und ein paar Tagelöhner arbeiteten. Stein hätte keine Kirche, keinen Kindergarten, keine Schulen. Die Arbeiter wären ohne jeden Rückhalt, müßten sich recht und schlecht durchbringen. Lothar von Faber hat ihrem Leben einen Inhalt und einen Rahmen gegeben. Durch seine sozialen

Einrichtungen, von denen ich nur den großzügigen Hausbau für seine Arbeiter erwähnen will, und die anderen Einrichtungen, die seinen Arbeitern die Möglichkeit geben, sich Eigenes zu schaffen und für sich und ihre Kinder eine Zukunft zu bauen. Und heute weihen wir ein schönes Haus ein für die Ärmsten der Armen, für Kinder, denen das Schicksal die Eltern genommen hat. Durch seine großzügigen Schenkungen hat Lothar von Faber es ermöglicht, daß in nur zwei Jahren dieses Haus erbaut werden konnte, so daß jetzt die Waisenkinder des Distrikts Nürnberg hier eine Heimat finden. Und so möchte ich heute neben allen anderen verdienten Personen dem Herrn Reichsrat Lothar von Faber ganz besonders danken. Was er für seinen Heimatort getan hat, wird man noch im nächsten Jahrhundert spüren, denn er hat aus Armut und Hoffnungslosigkeit einen blühenden Ort gemacht, wo Menschen anständig leben können und voll Zuversicht in die Zukunft schauen. Meine Damen und Herren, ich wünsche mir, daß Lothar von Faber noch lange segensreich für dieses Land arbeiten kann, und daß er in seiner liebenswürdigen Enkelin eine würdige Nachfolgerin finden wird.»

Alle Blicke waren auf Ottilie gerichtet, die ihrerseits nicht wußte, wo sie hinschauen sollte. Sie hätte nicht sagen können, was sie in diesem Moment dachte, als sich alle Gesichter ihr zuwandten, helle, von der Sonne beleuchtete Gesichter, sie schienen Ottilie wie hundert Monde an einem Tag. Es war ungewohnt für sie, so viele Blicke Erwachsener, doch das unbewußte Eitle in ihr fand es so unangenehm auch wieder nicht. Schließlich wollte sie die Nachfolge antreten, sie war ja entschlossen, die Welt zu verbessern, wozu hatten sie im Institut die Philosophen gelesen? Sie fand sich durchaus intelligent, rein theoretisch gesehen, sie hatte in fast allen Fächern sehr gut abgeschlossen, vor allem in Religionsphilosophie, sie nahm sich ernst. Und so hielt sie die Blicke aus, ruhig, bemüht, vornehm zu schauen, wie Clarissa das ihr immer eingetrichtert hatte. «Uns versteht ja keiner», hörte sie Clarissa manieriert jammern, «uns versteht ja sowieso keiner, aber das ist das Schönste und Edelste überhaupt, daß sie uns nicht verstehen, es ist richtig poetisch.»

Clarissa hatte recht. Nichts auf der Welt konnte Ottilie wirklich berühren. Weit weg wie die Sonne waren alle. Aber es war für die Jahreszeit noch sehr warm, und sie war sicher, daß ihr blödes Korsett durchgeschwitzt war. Sie wollte heim, alle Kleider von sich reißen und in ihre losen Unterröcke schlüpfen. Verstohlen sah sie zu ihrer Mutter hinüber, von der sie wußte, daß sie sich nirgends so langweilte wie bei Einweihungen. Der offizielle Teil war beendet, alles schwatzte und lachte durcheinander, Champagner wurde serviert, man begrüßte sich, machte sich Komplimente und war zufrieden, in dieser Gesellschaft eine Rolle zu spielen. Ottilie schloß für einen Moment die Augen, sie fühlte sich allein, von sich selbst getrennt, aber es war ihr angenehm. Sie fand diesen Tag seltsam. So viele Menschen hatte sie heute gesehen, doch keinem von ihnen konnte sie sich anschließen, niemandem. Dieser Gedanke beunruhigte sie, aber er tat ihr auch wohl. Er machte alles einfach.

«Darf ich Ihnen meinen Cousin, Graf Alexander zu Castell-Rüdenhausen vorstellen?»

Ottilie, aus ihren Gedanken gerissen, sah einen jungen Offizier, ein helles, rundes Gesicht über dem hohen steifen Kragen der Uniform. Blondes Haar war wie eine enge Kappe um seinen Kopf geschnitten. Das alles fiel ihr jedoch erst später ein, zunächst sah sie nur seine Augen, sehr blau, sein Gesicht leuchtete auf unter den anderen, die um sie herum verschwammen und sich verwischten. Was ist mit seinen Augen, überlegte Ottilie, da ist etwas mit seinen Augen.

Dann kam der Großvater, führte Ottilie, ihre Mutter und die Großmutter zur Kutsche, und die Fabers verließen als erste den Empfang. «So mußt du das immer halten, mein Kind. Du kommst pünktlich zu Beginn, gehst möglichst als erste wieder weg. Du mußt dich rar machen.»

KAPITEL 7

WENIGE TAGE später kam die angekündigte Einladung aus München. Elise von Cramer-Klett gab eine Abendgesellschaft in ihrem Palais, das ihr Mann einige Jahre vor seinem Tod gekauft hatte.

Bertha von Faber hatte für ihre Tochter eine Abendtoilette in einem Münchner Atelier bestellt, und es zeigte sich, daß das weiße Voilekleid mit dem großen gerafften Ausschnitt zwar wunderschön gearbeitet war, doch es war in der Taille zu weit, und der geraffte Voile fiel Ottilie von den Schultern. Frau Langenseher, die Schneiderin, hatte wegen eines Augenleidens die Maximilians-Heilanstalt aufsuchen müssen. So war Anna die einzige, die das Kleid retten konnte, denn die Einladung war schon am Freitagabend, da war Eile geboten.

Anna hatte bislang Tischwäsche genäht und Servietten, alles mit Hohlsaum verziert, Bertha von Faber fand die schlichte, schöne Ausführung großartig. Ausbesserungsarbeiten waren ebenso zur Zufriedenheit erledigt, gekürzt, verlängert, neue Rüschen und Borten aufgesetzt, und auch diese Verschönerungsideen waren überrascht angenommen worden, was Anna mit grimmiger Befriedigung registrierte. Der Trampel aus der Küche konnte zierlich nähen. Sieh mal einer an. Doch das Modellkleid war eine andere Sache. Ob Anna das nicht ruinieren würde?

Sie sprachen es nicht aus, aber Anna hörte es trotzdem, und

da sie selber beim Anblick des wolkigen Voiles Furcht bekam, wäre sie am liebsten in die Küche geflüchtet, zu Franzi und zur Schuster-Theres, denn die Herrschaften in den oberen Etagen schienen ihr trotz aller Freundlichkeit bedrohlich. Natürlich war sie froh, Kartoffel- und Kohlenkeller entkommen zu sein, nicht mehr die schweren Töpfe schrubben zu müssen. Ihre Hände hatten sich in den drei Wochen, die sie mit Näharbeiten verbracht hatte, gut erholt. Bertha von Faber hatte ihr Lilienmilchseife geschenkt, weil Anna eine abgerissene Spitzenborte wieder aufgenäht hatte, mit winzig kleinen Mäusestichen, so daß Berthas Lieblingsbluse gerettet war.

Fräulein Ottilie kam ins Nähzimmer und sagte einfach: «Na, Anna, dann wollen wir mal», legte ungeniert ihren seidenen Morgenmantel über den Stuhl und begann, sich die Wogen von Voile überzustreifen wie irgendein Hemd. «Hilfe, Anna!» rief sie aus den Rüschen, und Anna versuchte, das üppige Kleid behutsam an dem Fräulein herunterzustreifen. Sie spürte, daß Ottilies Haar noch feucht war, es roch frisch und ganz eigen, sicher war ein teures Haarwasser zum Spülen verwendet worden. Bei einem Blick ins Badezimmer der Fräulein hatte Anna viele Flaschen, Tiegel und Flacons gesehen in Farben, die sie sehnsüchtig machten.

Jetzt schaute sie das Fräulein an, das in dem langen, wolkigen Kleid wie eine der Prinzessinnen aussah, von denen es in den Journalen Bilder gab. Nur schöner war das Fräulein von Faber, denn die Prinzessinnen in den Journalen hatten manchmal ziemlich lange dicke Nasen und oftmals keinen Hals, dann nützten auch die herrlichsten Roben nichts, fand Anna.

Bertha von Faber kam herein, sie gab der Tochter einen leichten Klaps: «Ich suche dich überall, dabei bist du schon mitten in der Anprobe. Guten Morgen, Anna, glaubst du, daß du das Kleid enger machen kannst?»

Anna wußte, sie brauchte nur die vielen feinen Nähte, die das Kleid in der Taille verengten, aufzutrennen und um wenige Millimeter zu verändern, und oben konnte sie unter dem gerafften Überwurf die Schultern durch ein leichtes Polster anheben, dann müßte das Kleid sitzen. Sie erklärte es den beiden Damen, die fragten, ob Anna das alles bis morgen schaffen werde. «Wenn ich diese Nacht durcharbeite, dann schon», sagte Anna einfach, und das Fräulein entgegnete sofort: «Ich helfe dir, Anna, ich hab im Stift auch sticheln müssen. Du sagst mir, was ich machen muß, und ich tue es.»

Bertha von Faber wandte ein, daß Ottilie doch nicht den Tag im Nähzimmer verbringen könne. Sicher wolle der Großvater sie bei seinen Geschäften dabei haben.

Ottilie seufzte. «Aber ich soll doch morgen unbedingt mitkommen nach München. Das kann ich nicht, wenn Anna das Kleid nicht fertigbringt. Sag das dem Großvater.»

Anna war verblüfft, wie energisch das Fräulein mit der Mutter sprach, und noch mehr, daß Frau von Faber so mit sich reden ließ. Die überlegte kurz, dann sagte sie im Hinausgehen: «Zu den Mahlzeiten lasse ich dich rufen.»

Das Fräulein nickte nur. «Danke, Mama», murmelte sie und betrachtete sich von allen Seiten im Spiegel. «Ist es nicht herrlich, Anna? Ewig bin ich in dem schwarzen Stiftskleid gesteckt, mit einem Seidenband um den Bauch wie eine prämierte Kuh auf der Landwirtschaftsausstellung. Und meinen Hut hättest du sehen sollen! Wie für eine Vogelscheuche. Aber jetzt ist damit Schluß. Jetzt ziehe ich nur noch an, was mir gefällt.»

In Anna war es ruhig wie nach einer riskanten Kletterpartie, die man gut überstanden hat. Das Fräulein sprach wie alle Menschen, obwohl sie wie eine Fee aussah. Sie schien sich nichts aus dem Glanz zu machen, den sie auf Anna ausstrahlte. Ihre Freundlichkeit war auch keineswegs vertraulich, Anna fühlte sich einsam neben ihr, aber nicht unglücklich, denn sie akzeptierte, daß die unterschiedliche Herkunft sie umgab wie ein Vakuum. Ottilie betonte als einzige unter den Herrschaften, die Anna bisher kennengelernt hatte, nicht künstlich den Abstand, sie hatte keine Allüren, sie war wirklich vornehm. Mit angestrengt gekrauster Stirn folgte sie jetzt Annas Vorschlägen, nähte gar nicht ungeschickt, hatte es aber nach dem Mittagessen bereits satt. «Anna», fragte sie zögernd, «Anna, bringst du es auch alleine fertig?»

«Ganz bestimmt, gnädiges Fräulein», sagte Anna, und Ottilie lächelte ihr erleichtert zu. «Hast du zum Nachtisch auch Baiser mit Sahne und Himbeeren bekommen?» fragte sie sachlich.

Anna überlegte kurz, denn in der Küche waren natürlich diese Köstlichkeiten gegessen worden. Aber als sie heruntergekommen war, leckten sich schon alle den Mund wie die Katzen, und das durfte Anna nicht verraten. Also erklärte sie wahrheitsgemäß, sie habe nichts davon bekommen, und das Fräulein kam nach kurzer Zeit mit einer Kristallschale, in der sie das Dessert großzügig aufgehäuft hatte. Nach jeder fertigen Naht belohnte sich Anna mit einigen Löffeln von der sündhaft köstlichen Herrlichkeit. Sie wußte, daß ihr bald sehr schlecht sein würde.

Das Palais der Familie Cramer-Klett, das der verstorbene Hausherr von den Schönborns gekauft hatte, lag in der Ottostraße. Eine Einladung bei Elise von Cramer-Klett gehörte zu den Glanzpunkten in der Münchner Gesellschaft, und sogar Lothar von Faber, der die meisten Empfänge für unnütze Zeitverschwendung hielt, begleitete seine Frau nebst Schwiegertochter und Enkelin nach München. Der Butler und ein Stubenmädchen waren mit den Abendroben am Vortag angereist, so daß die Fabers alles vorbereitet fanden, als sie am Nachmittag mit der

Eisenbahn ankamen. Lothar von Faber war schon in seiner aktiven Zeit als Reichsrat im Hotel Vier Jahreszeiten an der Maximilianstraße abgestiegen, seither wohnte die Familie bei ihren häufigen Besuchen in München ständig dort.

Die Großeltern ruhten sich aus. Ottilie wollte mit ihrer Mutter ein wenig durch die Stadt spazieren, zum Odeonsplatz, den sie sehr liebte, weil er ihr in der Eingeschlossenheit ihrer Stiftsjahre wie eine Verheißung des wirklichen Lebens erschienen war. Auf den Spaziergängen mit den Erzieherinnen hatte sie immer sehnsüchtig auf den belebten Platz mit seinen Pferdekutschen und den Fuhrwerken geschaut. Die Leute, die dort flanierten oder in Geschäften unterwegs waren, hatte sie beneidet, weil sie frei schienen, nicht wie sie selbst, die in einer Schar schwarzer Raben am Rande der Straße bleiben mußte, bewacht von zwei Eulen, die ihre Augen überall hatten.

«Ich bin froh, daß ich nicht mehr ins Institut muß», sagte Ottilie und hängte sich bei der Mutter ein.

«Glaube mir, Tilly, ich hab dich auch vermißt, auch Hedwig und Sophie – aber bei Madame Pleitner hast du eine so sorgfältige Ausbildung bekommen, die ich euch in Stein nicht ermöglichen könnte.» Die Mutter sah Ottilie lächelnd von der Seite an, gab ihr einen kleinen Klaps: «Die Sanftmutsmedaille hast du ja nicht errungen, vielleicht bringen ja Hedwig oder Sophie eine in die Familie – aber du hast ausgezeichnete Noten, kannst Französisch, Englisch und Italienisch im Original lesen. Das wird dir helfen, deine Aufgabe in der Fabrik zu bewältigen.»

Die letzten Oktobertage waren schon kühl, und Ottilie war froh, nachher im behaglichen Hotel ein Bad nehmen zu können. Sie freute sich auf die Wellenbadschaukel, die man ihr ins Bad gestellt hatte. Eine absolute Novität, die das Haus für seine Gäste bereithielt. Das Zimmermädchen hatte Ottilie erklärt, es habe schon Scherereien mit der Wellenbadschaukel gegeben, da einige ältere Herrschaften nicht mehr herausgefunden hätten. Daher sei man dazu übergegangen, sie nur jungen Gästen anzubieten. Ottilie war entzückt. Die Wanne glich einer Wiege, war mit duftendem Lavendelwasser gefüllt, und man konnte sich bequem darin schaukeln, wobei das Wasser einen warm umfloß.

Ottilie schwor sich, ihren beiden Schwestern eine dieser Badeschaukeln zum Weihnachtsfest zu schenken. Sie las auf einem Messingschild, daß die Firma Moosdorf & Hochhäusler in Berlin die Schaukeln vertrieb, zum Preis von 42 Mark. Sogar einen Dampferzeuger für 10 Mark konnte man dazu bestellen. Wenn sie sich das vorstellte: Im Steiner Badezimmer alles voller Dampf, und sie würde darin schaukeln! Denn daß ihr Geschenk für die Schwestern nicht ganz uneigennützig war, verstand sich von selbst. Die Reinigungsrituale im Stift, denen sich Sophie und Hedwig noch unterziehen mußten, erschienen ihr nach diesen wenigen Monaten schon absurd.

Die Mutter war dabei, Ottilie zu erklären, daß ihr gutes Englisch ihr schon in der New Yorker Filiale große Vorteile bringen werde, da die dortigen leitenden Herren nur wenige Worte Deutsch könnten. Und Ottilie solle nicht undankbar sein, die Damen im Stift hätten sie doch geschätzt, sonst wäre das Zeugnis nicht so gut ausgefallen.

Über die Zuneigung der Damen ihr gegenüber schwieg sich Ottilie lieber aus, schließlich war die Mutter mit Madame Pleitner seit vielen Jahren befreundet, und was Ottilies gutes Zeugnis betraf, verdankte sie es nur dem Gerechtigkeitssinn von Madame Pleitner. Die anderen Erzieherinnen hatten Ottilie prophezeit, wahrscheinlich mit vollem Recht, sie könne niemals glücklich werden, da sie sich nirgends einordne, noch viel weniger unterordne, was aber für eine Frau unbedingt notwendig sei. Nicht das allerkleinste Belobigungsband hatte Ottilie errungen, nur düstere Weissagungen ihres späteren Untergangs.

Damit hat es noch Zeit, dachte Ottilie. Ihre Mutter machte sie auf den graurosafarbenen Himmel aufmerksam, an dem weiße zerraufte Wölkchen sich zu jagen schienen, und Ottilie atmete tief durch. Sie fühlte sich wie eine Wolke, die herumzieht, ohne sich und anderen Rechenschaft abzulegen. Aller Anfang ist schwer, hatte der Großvater gesagt, aber in Wilhelm Meisters Lehrjahren hatte Ottilie gelesen, daß aller Anfang heiter sei, und sie glaubte Goethe. Er hatte auf jeden Fall amüsanter gelebt als der Großvater, das konnte jeder begreifen, der seine Werke kannte. Im Stift hatten sie Goethe oft gelesen und viele der Gedichte auswendig gelernt. Wenn Ottilie sich vorstellte, daß nur wenige hundert Meter weiter schwarzgekleidete Mädchen mit bunten Bauchbinden fest in einen immer gleichen Tagesablauf eingebunden waren, daß sie immer nur in der Herde auftraten, niemals alleine einen Schritt tun konnten – sie wollte es lieber schnell vergessen.

Beim Dallmayr roch es nach frisch geröstetem Kaffee, und Bertha von Faber bestellte für die Häuser in Stein einige der besten Sorten. Dazu eine gedrängte Auswahl handgemachter Pralinen, Gewürze, besonders Zimt und Muskat, große Rosinen und runde, schwarzblaue Korinthen, Mandeln und Nüsse für die Weihnachtsbäckerei. Ottilie lernte, daß Muskatnüsse schwer und dicht sein müssen, von außen grau und glatt, inwendig schön gelb. Die Muskatblüte sollte dagegen eine rötlichbraune Farbe haben und vor allem nicht gemahlen sein. Ebenso der Zimt, der in feinblättrigen langen Röhrchen und nicht gestoßen gekauft werden muß, weil man sonst nicht sicher sein kann, daß er unverfälscht ist.

Auf dem Weg zurück ins Hotel steckte die Mutter Ottilie Pralinen zu, von denen sie einen kleinen Vorrat mitgenommen hatte. Sie selber hielt sich zurück, da sie am Abend eine enge Schnürtaille tragen mußte.

Ottilie würde diesmal kein Korsett brauchen. Anna hatte das Voilekleid so perfekt auf ihre Taille genäht, daß keinerlei Verschnürung mehr nötig war. «Ich glaube, daß Anna besser näht als Frau Langenseher», sagte Ottilie zu ihrer Mutter.

Die nickte zustimmend. «Aber es ist nicht gut, daß du so oft bei ihr im Nähzimmer sitzt. Die anderen Dienstboten werden neidisch, du machst Anna dadurch nur das Leben schwer.»

«Nicht wahr, du magst sie auch mehr als die anderen?» fragte Ottilie, und die Mutter gab es zu.

«Anna ist anders. Ich weiß es gar nicht so recht auszudrükken. Sie ist ganz sie selber. Sie will nicht in die Küche gehören, und schon gar nicht zu den Herrschaften. Das muß schwer für sie sein.»

Erfrischt und mit von der Kälte geröteten Wangen kamen Ottilie und ihre Mutter im Hotel an. Die Großeltern saßen beim Tee in ihrem Salon, umgeben von einer wenig heiteren Stimmung. Der Großvater sagte, Bertha und Ottilie müßten allein zum Empfang gehen, seine Frau fühle sich schwach, und er selber habe auch keine rechte Lust mehr, da er wichtige Briefe entwerfen müsse. «Die Berichte aus unseren Filialen machen mir Sorgen. Wenn ich nicht regelmäßig meine Anordnungen durchgebe, wenn ich den Vertretern nicht genaue Anweisungen erteile, wenn ich die Filialleiter nicht in allem exakt unterweise, geht das Geschäft sofort zurück. Wär ich doch nur nicht schon so alt!»

Der Mund des Großvaters verzog sich vor Zorn und Verbitterung, und Ottilie begriff, daß er daran verzweifelte, nicht alles selber tun zu können. Am liebsten wäre er in Paris, London, Newark und New York gleichzeitig gewesen, dazu noch in Wien und St. Petersburg. Er lebte in der Überzeugung, daß niemand seine Fabrikation, seine Geschäfte besser kenne und besser verstehe als er selber. Nur er war in der Lage zu beurteilen, wie seine Produkte, technisch und chemisch, ständig verbessert werden konnten. Nur er allein war wirklich kompetent.

Ottilie hatte inzwischen von ihrer Mutter erfahren, daß Eberhard Faber, ihr Vater, seinen Bruder Lothar als ständigen Bevormunder empfunden habe, der ihn in seiner Handlungsfreiheit empfindlich einschränkte. Aus Trotz habe sich ihr Vater seinerseits aufs Bleistiftmachen verlegt, was von Lothar als grobe Undankbarkeit, ja als Betrug angesehen wurde. Bertha von Faber hielt sich aus diesem Konflikt strikt heraus, und ihr Schwiegervater ließ sie auch niemals spüren, welche Schwierigkeiten ihm durch ihren Vater entstanden waren und immer noch entstanden. Lothar liebte seine Schwiegertochter, weil er niemanden sonst kannte, der so heiter war, so bewußt den Augenblick lebte wie sie. Weil er dazu völlig unfähig war, fesselte ihn Bertha um so mehr.

Ottilie von Faber sagte gerade müde, sie hoffe darauf, ihren Mann nicht zu überleben, damit sie nicht mit ansehen müsse, wie die junge Ottilie vor einem Berg von Problemen stünde, den sie nie und nimmer bewältigen könne. Vor allem der Ärger mit den Verwandten. Wenn sie daran denke, was auf das Kind warte, fühle sie sich noch kränker und älter.

«Großvater hat so viel Kraft und Arbeitswut, und er dressiert seine Angestellten so vorzüglich, da kann ich später nichts falsch machen», sagte Ottilie und sprach sich damit selbst Mut zu. Der Großvater würde nicht sterben, basta. Alles blieb, wie es war.

Ottilie beugte sich zu ihrer Großmutter, streichelte die immer kühlen, trockenen Hände, und Ottilie von Faber lehnte sich für einen Moment zärtlich an ihre Enkelin.

Bertha wollte keineswegs ohne die Eltern zu Elise von Cramer-Klett gehen. «Bitte, Mutter, glaub mir, das Abnehmen deiner Kraft ist doch keine Niederlage. Ich bin sechsunddreißig, und seit Wilhelms Tod fühle ich mich auch manchmal sehr matt, obwohl ich ein vergleichsweise komfortables Leben habe. Du dagegen hast im Leben viel geleistet, hast für die Angestellten der Firma eine Art Hotel oder Sanatorium bereitgestellt, je nachdem. Jetzt mußt du darauf zurückschauen, dich darüber freuen. Ohne dich hätte Vater nie diese große Fabrikation aufbauen können ...»

«Mutter hat trotzdem recht», sagte Lothar von Faber verdrießlich. «Man sollte nicht alt werden.»

«Sei doch froh, daß du so lange leben darfst, denk an Wilhelm, denk an meine Söhnchen.» Bertha von Faber sagte das fast sachlich, sie stand am Fenster und schaute auf die Straße, doch Ottilie hörte die Bewegung aus der Stimme ihrer Mutter, die verhaltene, nie ausgesprochene Verzweiflung über den allzu frühen Tod ihres Mannes und der kleinen Söhne, die ihr ein ungerechtes Schicksal genommen hatte.

Ottilie bewunderte die Mutter, die dem Großvater stets sagte, was sie dachte, auch wenn es unbequem war. Niemand außer ihr wagte das. Ottilie fand, daß ihre Mutter auf eine gewisse Weise auch Züge vom Großvater hatte, mit dem sie ja vielfach verwandt war. Sie nahm es mit allen auf, sie hatte eine selbstbewußte Haltung und Ruhe, die Ottilie wünschen ließ, ihr ähnlich zu werden. Sie spürte in sich selber immer Hemmungen, anderen zu sagen, was sie wirklich dachte, wenn es nicht etwas Angenehmes war. Doch dann wurde sie wieder aus ihren Gedanken gerissen. Der Großvater sprach vom Tod.

«Der Tod ist an sich eine zweckmäßige Einrichtung der Natur, aber er kommt immer im falschen Moment.» Er ging zu seiner Schwiegertochter, streichelte behutsam ihren Rücken, doch Bertha wandte sich ihm zu, sagte heftig: «Du glühst doch vor Kraft und Zorn, deshalb rede nicht vom Tod. Bei uns ist genug gestorben worden.»

«Da hast du allerdings recht.» Seufzend ging Großvater in seinen Schlafraum hinüber und rief von dort, man solle ihn entschuldigen, er werde sich für den Abend in seinen Frack werfen, so was brauche seine Zeit.

Zu beiden Seiten der Ottostraße hielten viele Kutschen, Droschken und Landauer, denen Frauen in langen Roben und Herren im Frack entstiegen. Die Fabers wurden von einem Diener in blaugoldener Livree empfangen und durch das in Marmor kostbar ausgestattete Treppenhaus, das durch eine zweiläufige Treppenanlage sehr großzügig wirkte, ins Obergeschoß geführt. Ottilie sah im Vorübergehen Gold auf weißem Stuck, wunderbare Fresken. In den Wandnischen standen Skulpturen, an den Wänden und Decken Allegorien der Künste. Sie hätte sich dies alles gerne näher angesehen, doch sie mußte immer wieder Leute begrüßen, einige kannte sie seit ihrer Kindheit, wie die Gräfin Alberti, die in der Schönfeldstraße wohnte und jetzt mit ausgebreiteten Armen auf Ottilie zukam: «Tilly, meine kleine Tilly! Zuletzt hab ich dich im Parloir des Stifts gesehen, wann war das nur? Du warst noch klein, trugst einen dicken Zopf. Laß dich mal ansehen – fabelhaft! Bertha, sie hat viel von dir, glaube ich.» Die Gräfin umarmte jetzt alle Fabers, und Ottilie dachte, daß die Erwachsenen immer in den Gesichtern der Jungen nach Ähnlichkeiten mit den Eltern suchten. Was hatten sie bloß davon?

«Tilly, ich glaube, du wirst schon erwartet.» Lächelnd kam Elise von Cramer-Klett auf Ottilie zu, und neben ihr sah sie den Leutnant zu Castell-Rüdenhausen, der ihr bei der Einweihung des Waisenhauses begegnet war. Er begrüßte zuerst wohlerzogen die anderen Fabers, doch dann wandte er sich Ottilie zu und sagte, Frau von Cramer-Klett könne wohl Gedanken lesen.

«Liebe Ottilie, lieber Lothar, ich freue mich so, euch zu sehen. Und daß auch Bertha mitgekommen ist – einfach wundervoll. Ich habe schon alle Gäste begrüßt, der Hof kommt später, wir können ruhig ein wenig von alten Zeiten plaudern …»

Ottilie wußte, daß sie jetzt von dem verstorbenen Theodor von Cramer-Klett reden würden, einem Freund ihres Großvaters, der mit ihm gemeinsam das Bayerische Gewerbemuseum in Nürnberg begründet hatte, die Vereinsbank Nürnberg und die Nürnberger Lebensversicherung. Beide waren aus bescheidenen Anfängen, Cramer-Klett sogar aus einem Bankrott seines Vaters heraus, zu bedeutenden und reichen Unternehmern geworden, geadelt und angesehen beim Hof. Die beiden eigenwilligen, despotischen Männer hatten sich gegenseitig freundschaftlich respektiert. Ottilie kannte diese Geschichten und war froh, sie nicht schon wieder anhören zu müssen. Da redete sie doch lieber mit diesem Leutnant, der sie aus seinen blauen Augen bewundernd ansah, oder war es begehrlich? Ottilie kannte sich nicht aus, und der Leutnant äußerte sich nicht näher. Sie konnte das verstehen, ihr selber fiel auch nichts ein. Um sich herum hörte sie ständig wohlgesetzte Entzückensschreie, die Damen umarmten sich wie rohe Eier und machten einander Komplimente, zur Verblüffung Ottilies teilweise offensichtliche Lügen. Die anderen wußten das auch, doch es schien niemanden zu stören. Als Prinz Rupprecht erschien, der Enkel des Prinzregenten, sanken die Damen alle enthusiastisch ins *plié*, und nicht nur die Herren in Uniform nahmen Haltung an. Vier junge Prinzessinnen waren in Begleitung des Kronprinzen, Ottilie hatte alle schon des öfteren im Stift gesehen. Sie gaben sich distanziert freundlich und überhaupt nicht affektiert. Ottilie dachte, einige der anwesenden Damen könnten sich die Prinzessinnen zum Vorbild nehmen. Nicht im Aufputz, das taten sie ja eifrig, sondern im Benehmen.

Ottilie schaute den Kronprinzen an, der in seiner ordensgeschmückten Uniform leutselig die Huldigungen der Gesellschaft über sich ergehen ließ. Wie blaß er war. Sie wußte, daß er früher in Berlin gelebt hatte und seit zwei Jahren in München studierte. Vielleicht studierte er zuviel. Oder ließ der scharfe Kontrast seines sehr dunklen Haares, das er wie eine Kappe ums Gesicht geschnitten trug, die Haut so hell erscheinen? Ein blasser Kronprinz. Ottilie suchte in seinen Zügen nach Ähnlichkeit mit seinem Onkel, König Ludwig. Aber sie fand nichts von dem Zauber des Allerschönsten. So einen schönen König hatten auf der ganzen Welt nur die Bayern gehabt. Ottilie hatte ihn als Kind bloß einmal gesehen, aber es gab Bilder von ihm, Fotos. An ihm war alles wundervoll gestaltet, er hätte gar nichts anderes sein können als ein König. Das feine Gesicht, die dunklen Locken, seine Augen mit dem kühlen Götterblick. Yo El Rey! Was denn sonst? Paul Verlaine hatte nach seinem Tod geschrieben, er sei der letzte wahre König des Jahrhunderts gewesen. Er war zum König geboren. Aber sie hatten ihn nicht darauf vorbereitet. Der Vater nicht, Maximilian, der ihn knapp hielt, ihm und seinem Bruder Otto nicht einmal genug zu essen gab, so daß die Zimmermagd Liesl ihm von ihrem Essen etwas zustecken mußte. Auch Taschengeld bekam er nur wenig. Einmal wollte er seiner geliebten Mutter ein Medaillon kaufen, machte sich jedoch mit den wenigen, ihm vom Vater geschenkten Münzen lächerlich. Als er dann bald nach seiner Volljährigkeit König wurde, verfügte er, es werde jetzt ein Ende haben mit der Sparerei und Knauserei. Ottilie konnte gut verstehen, daß er endlich einmal mit Geld um sich werfen wollte.

Sie mußte manchmal an sich halten, nicht in stummes, zärtliches Zittern zu verfallen, wenn sie an König Ludwig erinnert wurde. Sie konnte nicht ausdrücken, was sie für diesen wunderbaren traurigen König fühlte, der voller Erwartung sein königliches Amt angetreten hatte und bald darauf in der Eiseskälte seiner Einsamkeit leben mußte, maßlos enttäuscht, machtlos gegen die Politik seiner Minister, die ihn regieren wollten, anstatt ihn regieren zu lassen. Warum hatte Ottilie nicht verwandt sein können mit Seiner Majestät? Sie hätte ihn verstanden, ihn beschützt vor seinen Ministern, die dem jungen Gott sein Feuer stahlen, ihn später verrieten.

Sie seufzte und schaute wieder auf den Kronprinzen Rupprecht. Ihr fiel auf, daß der schweigsame Leutnant an ihrer Seite sein blondes Haar im selben Schnitt trug. Sollte sie ihm das sagen? Lieber nicht, um sie herum wurde ohnehin genug parliert. Ottilie schaute auf die Spitze ihres weißen Atlaspumps und hörte plötzlich, daß irgendwo musiziert wurde, daß es nach feinem Essen roch, nach Champagner und schweren Parfums. Die Damen trugen teilweise frische Blumen in ihren aufwendigen Roben, die sich mit den anderen Gerüchen vermengten.

Gut, daß der Hof erschienen war und sich alles um ihn scharte. Daher achtete wenigstens niemand auf Ottilie und diesen Leutnant, wie sie stumm voreinander standen. Niemand verlangte etwas von ihnen, es genügte Ottilie, daß das Gesicht des Leutnants in freundlichem Interesse strahlte.

«Nun, Castell, willst du mich nicht vorstellen? Du kannst doch die Schönste dieses Abends nicht für dich allein in Beschlag nehmen?»

Die Augen waren dunkel, ob grau oder braun, konnte Ottilie für den Moment nicht ausmachen, aber ein blitzender Blick flog zwischen ihr und dem Leutnant Castell hin und her, ziemlich amüsiert, und der mit den dunklen Augen stellte sich als Philipp Brand vor und sagte, wenn einem partout nichts einfalle, könne man ja immer noch ein Gedicht deklamieren.

«Ich zittre nur, ich stottre nur
Und kann es doch nicht lassen:

Ich fühl, ich kenne dich, Natur,
Und so muß ich dich fassen …»

Philipp von Brand machte eine Pause, schaute Ottilie fragend an, und sie fuhr fort, wie das im Institut selbstverständlich gewesen war:

«Bedenk ich dann, wie manches Jahr
Sich schon mein Sinn erschließet,
Wie er, wo dürre Heide war,
Nun Freudenquell genießet …»

Als sie zögerte, fiel Philipp von Brand sofort ein:

«Wie sehn ich mich, Natur, nach dir,
Dich treu und lieb zu fühlen!
Ein lustger Springbrunn wirst du mir
Aus tausend Röhren spielen …»

Lachend sprachen Ottilie und Philipp von Brand den letzten Vers gemeinsam:

«Wirst alle meine Kräfte mir
In meinem Sinn erheitern
Und dieses enge Dasein hier
Zur Ewigkeit erweitern.»

«Das ist mit Sicherheit von Goethe. Du bist ja berüchtigt dafür, daß du ihn ständig im Munde führst», sagte Castell grimmig, und Ottilie sah, daß Philipp von Brand lachte, lautlos, in seinen Augen tanzten Pünktchen, und sie hörte in einem Moment der Stille von draußen das Geräusch des Regens, er mußte förmlich herunterprasseln, so stark kam das Rauschen von draußen herein, der Kutscher würde Schirme im Wagen haben, zuverlässig, ihr konnte nichts geschehen, immer war für alles gesorgt, aber auf diese Pünktchen in den Augen Philipp von Brands war Ottilie nicht vorbereitet. Sie weckten eine Erwartung in ihr, doch sie wußte nicht, worauf.

«Sie erlauben, daß ich mich verabschiede, sonst fordert er

mich morgen früh zum Duell», sagte Philipp von Brand, und Ottilie spürte, wie in ihr eine Spannung nachgab, die sie vorher nicht gespürt hatte, eine körperliche Spannung, die etwas mit diesen Pünktchen in den Augen zu tun haben mußte.

Es war, als hätte Philipp von Brand seine Zunge gelöst. Jedenfalls fand Ottilie sich mit einemmal in einem intensiven Gespräch mit Alexander zu Castell-Rüdenhausen, der ihr von seiner Kindheit erzählte, von der Kadettenanstalt, in die er mit elf Jahren eingetreten war und in der er sich lange sehr verloren gefühlt hatte. «Hätte ich nicht meine Tante gehabt, die Gräfin Castell-Castell, wer weiß, ob ich nicht durchgebrannt wäre. Sie aber hat mich eingeladen, sie wohnten nicht weit von meiner Kriegsschule weg, in Schwabing, und ich durfte jeden Sonntag zu ihnen zum Essen kommen. Mein Onkel Gustav war Hofmeister bei König Ludwig …»

Sofort war Ottilies Interesse auf dem Höhepunkt angelangt. Sie vergaß alles um sich herum, rief: «Hat er Ihnen vom König berichtet? Sie müssen mir alles erzählen, alles!»

Der Leutnant, erfrischt über so viel Aufmerksamkeit, berichtete, einmal am Sonntag, es habe auch noch geregnet wie gerade jetzt eben, da habe er vor der verschlossenen Tür seiner Verwandten gestanden. Der König hatte nämlich am Vormittag spontan verfügt, daß sein Hofmeister Castell samt Familie ihn zu einem seiner Schlösser begleiten solle. Da war keine Zeit mehr gewesen, den kleinen Fähnrich Alexander im Kadettenkorps zu benachrichtigen. Der hatte nur wenige Groschen Geld, davon kaufte er sich eine Apfelsaftschorle und aß dazu den ganzen Brotkorb leer, der in dem Wirtshaus auf dem Tisch stand. Der Kellner beschwerte sich, rief den Wirt, doch der hatte gesagt, daß der Bua noch wachsen müsse, und da brauche er was Kräftiges. Er hatte dem Kadetten Würste mit Kraut hinstellen lassen.

«Und der König? Was war mit dem König? Wie war er denn zu Ihrem Onkel?»

«Ziemlich kompliziert halt», sagte Alexander nachsichtig. «Mein Onkel mußte sich immer hinter dem König aufstellen und ihm berichten. Seinem Rücken sozusagen. Manchmal gab ihm der König keine Antwort, dann begann er seinen Bericht wieder von vorn. Wieder keine Reaktion vom König. Da war es dem Onkel zu blöd, er ist hinausgegangen. Bei der Tür hat der König ihm zugerufen, er könne ihn doch nicht so einfach alleine dasitzen lassen.»

Ottilie glaubte es nicht. Das war nur wieder ein Versuch, den König als Verrückten zu schildern. Oder war vielleicht der Hofmeister Castell-Castell von dramatischer Häßlichkeit, so daß der nach Schönheit süchtige König ihn nicht ansehen mochte? Ottilie wagte es den Neffen nicht zu fragen, außerdem kam gerade ihr Großvater, um sie abzuholen. Er und die Großmutter waren müde, und auch Bertha ließ die Tochter bitten, ihr angeregtes Gespräch mit dem Leutnant jetzt abzubrechen.

«Am ersten Abend schon zwei Herren aus ersten Familien, die sich um dich bemühen», stellte Lothar von Faber sachlich und mit gewisser Zufriedenheit fest. «Ich würde leichter sterben, wenn ich einen aufrechten Mann an deiner Seite wüßte. Einen Mann von Bedeutung und Familie. Achte darauf, aber tue keinen Schritt ohne deine Mutter oder mich. Du darfst noch keine Erfahrung haben, weil sich das nicht schickt. Du brauchst aber Erfahrung, daher verlasse dich auf uns. Wir wählen den Richtigen für dich aus.»

Ottilie ließ die Helligkeit der Festräume hinter sich, die Musik, den leichten Schwaden nach Essen und Konfekt, sie sah die dunklen, übermütigen Augen Philipp von Brands, die von Alexander zu Castell-Rüdenhausen waren blau und hatten eine unterschiedlich gefärbte Iris. Das war Ottilie schon bei der ersten Begegnung aufgefallen, nur hatte sie da noch nicht genau hingesehen. Schließlich hatte sie gelernt, daß man junge Herren nicht allzu intensiv anzuschauen hat. Sie wußte, es wartete so vieles auf sie, was sie bislang nicht kannte, nicht durfte. Es gehörte wohl zu dem, was die anderen das Leben nannten. «Wir haben die Aufgabe, euch auf das Leben vorzubereiten», hatte Madame Pleitner mindestens einmal im Jahr gesagt. Wann fing es denn an, dieses Leben? Lebte sie nicht schon seit sechzehn Jahren? Oder zählte das Leben erst richtig nach der Heirat? Was war dann mit dem Leben von Madame Pleitner, Madame Geheb, Madame Schoenhueb, Miss Harrington und den anderen Erzieherinnen, die unverheiratet waren?

Als Ottilie mit der Mutter und den Großeltern zu der wartenden Kutsche ging, vorsichtig im Straßenkot balancierend, dampfte die Luft vom Regen und von den frischen Roßäpfeln. Die feuchte Kälte klebte wie ein nasses Handtuch an Ottilie, und sie wollte nur rasch ins Hotel, in ein warmes Bad. Der Großvater zeigte ihr eine komische vierrädrige Kutsche ohne Deichsel und Pferde. «Das ist ein Kraftwagen, schau, hier ist der Motor, der ist stärker als ein Pferd, und hier, mit diesem Rad, lenkt man.»

Wäre es nicht so kalt und naß gewesen, Ottilie hätte sich die erstaunliche Kutsche gerne näher angesehen. Seltsam unvollständig stand sie da, so als hätte jemand vergessen, eine Deichsel anzubringen und Pferde einzuspannen. Der Kutscher war nicht zu sehen. Einsam ragte ein Lenkrad auf dem Kutschbock in die Höhe. Ottilie hatte schon viel davon gehört, daß es in London und Wien Dampfwagen gebe und welche mit Motor.

«Das ist der Fortschritt», sagte der Großvater zufrieden, «unaufhaltsam geht es aufwärts. Und unser Nürnberg war die erste Stadt, die dabei war, die Städte durch Dampf und eiserne Bänder zu verbinden. Wir verdanken das Ritter von Baader und

Bürgermeister Scharrer. Wenn ich an die Schinderei denke, als ich noch Reichsrat war. Ständig mit der Kutsche nach München und wieder zurück. Jahre meines Lebens hab ich auf der Straße gelassen. Was hätte ich in der Zeit alles tun können!»

«Immer noch mehr, immer noch schneller», hörte Ottilie die müde Stimme der Großmutter. «Heute werden die Pferde durch Maschinen ersetzt, morgen die Menschen. Weiß denn jemand, wo das enden soll?»

Ottilie wußte nur, daß sie jedenfalls gerne mit der Eisenbahn fuhr. Das war, als hätte man ein Riesenroß vorgespannt, das schnaubt und prustet und Dampf aus seinen Nüstern speit, und dabei ist es stark wie der Sturm und trägt einen weit ins Land, von Stadt zu Stadt. Das war modern und nicht die Kutschen, die auf den holprigen Straßen schaukelten, im Schlamm steckenblieben oder ein Rad brachen. Leider lag der Bahnhof von Stein so weit weg vom Schloß, daß die Familie immer noch auf Kutschen angewiesen war. Ottilie konnte vierspännig kutschieren, das hatte sie in Dürrenhembach in den Ferien von den Kutschern gelernt. Sie hatte schon einige Male die Mutter oder die Großeltern kutschiert, und zur allgemeinen Verwunderung war alles gutgegangen.

Vor dem Einschlafen sah Ottilie sich im Spiegel. Eher als sonst glitt sie von sich weg, fand sich nicht mehr, kamen die Angstvögel. Ottilie rannte zu ihrem Bett, zog die Decke über sich, die nach Lavendel und Plätten roch. Sie zwang ihre Gedanken zurück in die Ottostraße, ins Palais Schönborn, zu den Lichtern, den Gerüchen, den Leutnants. Alexander und Philipp. Augen – blau und braun. Kommt her, haltet mich fest, ich habe Angst vor meiner Angst, Philipp, was hast du gesagt? «Die größten Vorteile im Leben überhaupt wie in der Gesellschaft hat ein gebildeter Soldat.» Ist das auch von Goethe? Und was hab ich für Vorteile im Leben? Ich bin kein Soldat, ich bin nur gebildet, Philipp, und trotzdem habe ich Angst, die mich festhält wie ein Schraubstock, ich kann mich nicht bewegen vor Angst, Alexander, wovor habe ich denn Angst? Sie hockt in jedem Spiegel, da springt sie mich an und ist da und krallt sich fest.

Ottilie spürte, wie ihr Herz klopfte, rasch, bis in die Ohren hinein schlug es. War sie herzkrank wie ihr Vater? Woran war Papa wirklich gestorben? An seiner Angst? Niemand sprach darüber. Plötzlich, in Dürrenhembach, sagten sie.

Ottilie sprang aus ihrem Bett. Sie lief zum Fenster, das auf die stille Maximilianstraße hinunterging. Dunkel lag sie da, nur am Hotel brannten rechts und links vom Eingang zwei Lampen. Das goldene Licht drang in den dichten Nebel, stand wie ein Strahlenkranz um die Lampen, und in dem Licht tanzten winzige Insekten einen unablässigen Tanz. «Das ist das Leben», dachte Ottilie, «ein Zufall bringt dich ans Licht, und da tanzt du dann, bis du verbrennst.»

KAPITEL 8

AUS EINEM kühlen Wäldchen waren sie am Flußufer der Rednitz herausgekommen. Johann schlug vor, durch das umbuschte Ufer zum Wasser hinunterzuklettern. Anna, die plötzlich spürte, daß ihre Füße brannten, war gleich dafür. Sie fühlte sich verstaubt und verschwitzt und hoffte, sich am Wasser erfrischen zu können. Es war Sonntag, und Anna hatte sich mit Johann getroffen, anstatt die Mutter zu besuchen. Anna wußte nicht genau, warum sie Johann immer öfter traf, sie wußte nur, daß er sie aufregte, anstachelte.

Sie saßen auf dicken Steinen, die Johann rasch gestapelt hatte. Johann hielt Anna fest im Arm, damit sie gefahrlos ihre Beine im Wasser kühlen konnte. «Du bist schön», sagte Johann, «du hast sogar schöne Füße.»

Wo der Fluß wohl hinfließt, dachte Anna unbestimmt. Sie war plötzlich müde, hätte nie mehr aufstehen mögen, wollte auf diesen Steinen anwachsen, auf die Brücke schauen, die von der Sonne golden schien. Sie lehnte sich an Johann, der sah zurück und hoch auf die Straße, von der Pferdegetrappel zu hören war. Zwei Männer in jagdlicher Kleidung ritten oben vorbei, gefolgt von ihren Hunden, die kläffend die Pferde umsprangen.

«Jäger», sagte Johann bitter, «nur die Adligen dürfen auf die Jagd gehen. Die Bauern müssen zusehen, wie ihnen das Wild die Wälder und die Felder verbeißt.»

«So einer war Wilhelm von Faber», sagte Anna, «ich weiß

von Dr. Martin, daß der verstorbene Herr oft zur Jagd gegangen ist.»

«Genau wie unser Kaiser. Dem treiben sie die Vierzehn- bis Zwanzigender in Rudeln vorbei, und dann schreiben sie im Reichsanzeiger, daß der Kaiser wieder eine neue Rekordzahl erreicht hat. Allmächd. Auf so einen Kaiser können wir verzichten. Der tut ja nichts anderes als reisen, Schifferl fahren, unnütz in der Erde rumbuddeln und auf die Jagd gehen. Der spielt doch nur ein bißchen Regieren.»

«Woher weißt du das? Lernt man das in der Oberschule?» Johanns kritische Worte über den Kaiser waren für Anna neu, machten sie unsicher. Überall sah sie Bilder des Monarchen, sie hingen in der Schule, in den Läden, in den Zeitungen. Es gab Postkarten und Briefbögen mit dem Kaiserbild. Sogar Brosig's Deutsche Mundpillen, die Mund und Atem erfrischten, waren auf dem Deckel mit dem Kaiserbild geschmückt. Es war Anna immer erschienen, als gliche er ihrem Vater oder ihr Vater sähe aus wie er. Die hellen Augen, in weite Fernen gerichtet, die lange schmale Nase über dem gezwirbelten Schnurrbart – schöne Männer alle beide. Natürlich hatte der Kaiser immer neue prächtige Uniformen, geschmückt mit Orden und Epauletten.

Über dem Kaiser, so dachte Anna, stand nur noch Gott. Daher durfte Johann nicht so abfällig reden.

Er stritt auch mit Anna, wenn sie die Großzügigkeit der Familie Faber lobte. Ihre Freundlichkeit. Die gute Behandlung aller Dienstboten. «Es gibt landauf, landab keine Herrschaft, die so gut ist zu ihren Leuten», sagte Anna. «Doch», widersprach Johann, «der Schuckert in Nürnberg tut auch viel für die Leut. Und seine Frau auch. Aber die wissen schon, warum sie das machen, und die Fabers auch. Ich hab neulich erst gehört, daß die Fabers 15 Millionen Stück Bleistifte verkaufen, das bringt ungefähr drei Millionen Mark Umsatz. Und wieviel kriegt ein Arbeiter von den Millionen, die er seinem Fabrikanten verdient hat? Zwanzig Mark die Woche, mehr kommt für all die Schinderei nicht raus.»

«Aber die Kirche, die Schulen, den Kindergarten, den Konsum, alles hat doch der alte Herr für seine Arbeiter gebaut. Das mußt du doch auch sehen», verteidigte Anna die Familie.

«Und wenn», erklärte Johann hitzig, «dadurch hat der überall zu bestimmen, und dann zahlt er weniger Steuern, die Reichen können leicht sparen, auch wenn sie Geld ausgeben.»

Die reichen Leute, auch wenn sie nach außen hin freigebig waren, verachteten die Armen, das hatte Johann früh gelernt. Er haßte die Lehrer, die ihn ebenso geringschätzten wie seine Mitschüler, weil er Schuhe mit löchrigen Sohlen und immer noch seinen alten Drillichanzug trug, in dem er daherkam wie eine Vogelscheuche. Johann wußte das, dazu brauchte er nicht einmal einen Spiegel, denn der Anzug zeigte sieben Flicken und ließ sich auch durch Bürsten mit Kaffeesatz nicht mehr herrichten. Warum hatten die anderen blaue Matrosenanzüge oder welche aus Kammgarn, in denen sie herrschaftlich aussahen? Warum wohnten sie in prächtigen Bürgerhäusern und er im Zwinger?

Johann war froh, daß Anna in Stein bei den Fabers war. Dort schaute der Fabrikherr auf seine Arbeiter, sie lebten wie Menschen, hatten gute Wohnungen und ihr Auskommen. Alle sagten das, schauten neidisch nach Stein, denn die Steiner wurden bei der Einstellung bevorzugt, durften Faberer werden. Soviel hatte Johann gehört, und Anna bestätigte das. Sie lebte jetzt in einer Villa, wenn auch nur im Nähzimmer, aber ihr eigener Schlafraum war auch sehr schön. Solche Zimmer kannte Johann nur von weitem.

Da er einigen reichen Söhnen den Lehrstoff einpaukte, ihnen mühsam die Daten großer Schlachten eintrichterte, Logarithmen und Gleichungen mit ihnen durchnahm, war er in manchen Bürgerhäusern willkommen. Alle profitierten sie von dem fabelhaften Gedächtnis des Tagelöhnersohnes aus dem Zwinger, dem der Lehrstoff Spielerei war und der so großzügig sein Gedankengut verschenkte. Doch am nächsten Tag, in der Schule, war er wieder die Vogelscheuche, der Habenichts. Johann sah das lautlose Kichern, die spöttischen Augen, die auf den armen Freischüler gerichtet waren, und seine Wut verkniff ihm den Mund und die Augen. In der Deutschstunde, als sie die Geschichte vom Reiter auf dem Bodensee nacherzählen sollten, ließ er den Reiter nicht sterben, sondern erfand einen glücklichen Ausgang der Geschichte. Seine Trotzreaktion wurde mit einer schlechten Note bestraft, was Johann noch wütender machte, denn gerade im Deutschen duldete er keinen Mitschüler, der erfolgreicher war als er. Natürlich grölte die ganze Klasse, als Johann seinen ungebührlichen Schluß vorlesen mußte, und nachher, im Schulhof, schlug Johann einigen der Brüllaffen die Nase blutig. Der Pedell machte ihm Vorhaltungen, da warf ihm Johann sein Lineal, den nassen Schulschwamm und seine Hefte an den Kopf.

Eine Heldentat. Die Schüler sahen mit Hochachtung auf Johann, der weißhaarige Rektor jedoch sprach ein Machtwort, gegen das sich Johann verzweifelt verteidigte. Er lehnte es ab, sich zu entschuldigen, daraufhin bekam er vier Stunden Karzer und die schärfste Androhung des Hinauswurfs. Im Schulhof verbiß sich Johann wieder in den Pedell, der ihn am Ärmel fassen und hinausweisen wollte. Johann war alles egal. Die Verachtung seiner Lehrer und Mitschüler hatte ihn schon längst der Schule entfremdet, Johanns Gefühle rückten Anna in das Zentrum seines Lebens. Von nun an zählte nur noch dieses Mädchen, das ihm nicht aus dem Kopf ging, das ihn unruhig und ruhig zugleich machte.

Lange hatte er Mädchen verachtet, sie entsetzlich dumm gefunden und höchstens mal eine an ihrem lächerlichen Zopf gezogen. Doch dann sah er auf dem Gelände des Gaswerks beim Verlesen der Kartoffeln, wo er sich hin und wieder ein Taschengeld verdiente, ein weiches, helles Mädchengesicht, dunkle Augen schauten für Sekunden in seine, der Mund war verzogen von der Anstrengung, den schweren Kartoffelkorb zu heben. Sofort war Johann zur Stelle, hob den Korb mit seinen kräftigen Armen und stellte ihn an seinen Platz. Bei der Arbeit sah Johann immer wieder auf Anna, die ihn, so schien es ihm wenigstens, zärtlich anlächelte. Johann erbebte. Alles, was bis dahin sein Leben ausgemacht hatte, Büffeljagden mit dem Springenden Hirschen seiner Indianerbücher und sportliche Wettkämpfe mit Gleichaltrigen, jede Phantasie seines Knabenlebens wankte nun und ließ die bisherige Welt in ihren Grundfesten erzittern. Das war zu der Zeit gewesen, als Anna noch bei ihrer Familie in Nürnberg gelebt und manchmal beim Kartoffelverlesen geholfen hatte.

Johann schwang sich immer wieder aus den bröckligen Mauern seiner Zwingerwelt hinaus zu Anna in die Steiner Villa, aber nur in den blauen Himmel, der sich darüber spannte. Die Villa selber war ihm nicht zugänglich. Das störte ihn nicht, er sah die Sonne und Anna. Stundenlang stand Johann mit dem Rücken an der Gaslaterne und schaute hinauf zu den Fenstern im Dachgeschoß der Villa, hinter denen er Anna wußte. Hin und wieder meinte er einen Schatten zu sehen. Konnte das Anna sein? Bald mußte sie doch Licht machen, bitte, Anna, mach Licht.

Was mochte Anna jetzt gerade tun? War sie es, die jetzt die Vorhänge zuzog? Anna hatte schmale Kinderhände, Johann hatte es deutlich gesehen. Er sehnte sich danach, von diesen Händen berührt zu werden. So stark wie Johann hassen konnte, so stark war auch seine Sehnsucht, Anna nahe zu sein. Warum war er nicht ein Stuhl in ihrem Zimmer? Oder ein Schrank? Schlief sie rasch ein oder lag sie, wie er, lange wach? Zog sie sich jetzt gerade aus, um ins Bett zu gehen? Sie mußte sehr schlank sein, Johann konnte trotz der bauschigen Röcke sehen, wie zart sie war, sanft mit ihrer hellen Haut. So wie die Porzellanfigur, die Johann auf der Anrichte im Haus eines Mitschülers gesehen hatte. Eine nackte Frau, die ihre Arme eng um sich zieht, so, als solle niemand hören, wie es hinter der Haut ächzt und stöhnt, wie der Schmerz nach außen drängt, aber nicht heraus kann aus der Haut. So erschien Johann auch Anna. Wer aus der Oberen Schmiedgasse kam oder aus dem Zwinger, der gab so schnell nichts von sich preis.

Wenn er doch mit ihr allein in einer Kammer sein könnte. Vielleicht käme sie dann heraus aus ihrer Haut, zu ihm. Diese Vorstellung ließ Johann das Blut in den Ohren sausen, vor seinen Augen schien es zu flimmern. Er sah Anna nackt vor sich, nein, das durfte er doch gar nicht denken, er war ja verrückt, alle Mädchen waren dumm und kicherten, Anna würde ihn auslachen, oder nicht? Nein, sagte sich Johann, Anna war nicht so dumm wie andere. Sie war schön und schlank und gescheit, und er wollte ihr die Sonne, den Mond und alle Sterne zu Füßen legen.

Einmal war Johann noch spätabends hinausgelaufen nach Stein. Der Mond ging gerade hinter der Villa Faber auf. Johann starrte in die matte Kugel, die ihn magnetisch anzuziehen schien, denn er sah Annas Gesicht in dem sanften Rund, und sie war Johann bisher ebenso weit entfernt und kühl vorgekommen wie der Wanderer da oben, der auf seiner Bahn dahinglitt wie die Sterne auch, während in den Häusern auf der Erde nach und nach alle Lichter erloschen.

Johann taumelte heimwärts, sein Kopf wollte immer weiter

hinuntersinken unter der Last, die sein Leben ihm schon beschert hatte. Die Mutter daheim glaubte, er helfe Schulkameraden bei den Aufgaben, daher schalt sie ihn nicht. Sie vertraute ihm, denn sie verstand gar nichts von Aufgaben und Zensuren, hielt den Sohn für weitaus klüger als sich selber und dachte gar nicht daran, daß Johann eigene Wege gehen könne. Schließlich ging ihr Sohn in die Kirche. An jedem Sonntag besuchte er den Hauptgottesdienst, blieb danach zur Kinderstunde, und am Abend nahm er noch an der Abendandacht teil.

War Johann fromm und gottesfürchtig? Er stellte darüber keine Überlegungen an. Ihm genügte es, daß Gott weitaus besser wohnte als die meisten Menschen, und Johann liebte es besonders, die Sonne durch gemalte Kirchenfenster untergehen zu sehen. Selbst die ärmste Dorfkirche, die Johann betrat, schien ihm eine Augenweide, gemessen an seinem Zuhause. Und wenn die Kirche am Sonntag gefüllt war mit sauber und ordentlich gekleideten Menschen, dann glaubte Johann für diese Stunde wieder daran, daß es eine Ordnung gab auf der Welt. Daheim hatte er diese Zuversicht längst verloren. Zu fünft hausten sie in zwei Kammern, keine größer als ein Schweinestall. Die Fenster bescherten einem den Ausblick auf Gerümpel und eine umfangreiche Dunggrube, die vor sich hin stank. Johann roch sie, selbst wenn er nicht daheim war. Auch viel später, als er längst dem Zwinger entkommen war, konnte der Geruch von Dung ihn dorthin zurückversetzen.

In der Kirche dagegen war einem völlig anders zumute, und Johann mußte sich nicht sonderlich zwingen, ein feierliches Gesicht aufzusetzen, wenn er sich einen der in die Seitenwand eingelassenen Klappsitze möglichst nahe beim Altar aussuchte. Von dort aus konnte er das Kirchenschiff und die Empore überblicken, und manchmal schaute er verstohlen auf die Reihen der Mädchen, unter denen er sich Anna gewünscht hätte.

Aus Leibeskräften sang er die alten Kirchenlieder, als könne er dadurch verhindern, daß der alte Pfarrer, der schwer verständlich durch die Nase sprach, ziemlich viel Schwachsinn von sich gab.

Am schönsten waren die Abendandachten. Es schien ihm, als würde das Kirchenschiff im Halbdunkel schwimmen, die Orgel rauschte gedämpfter als am Vormittag, es war, als würden sich die Töne in den dunklen Winkeln brechen wie Wellen im Ozean. Johann hockte auf seinem Sitz und gab sich ganz dem Tanz der Wellen und Lichter hin, Gott und die steinernen Heiligen tanzten mit in diesen Märchenstunden, doch niemand durfte seine Ergriffenheit spüren. Am wenigsten die Mutter, die zwar darauf hielt, daß alle in die Kirche gingen, aber keinerlei Nutzanwendung aus den Predigten und Gesängen zog. Daheim war die fromme Frau wieder zänkisch und unleidlich, giftete ihren Ehemann und die Kinder an und schien gar nicht zu spüren, daß die Familie aus dem Leim ging.

Daher trennte Johann auch säuberlich die Kirchenstunden vom sonstigen Leben. Er sorgte dafür, daß er so wenig wie möglich daheim war, wo das Mitleid mit dem Vater ihn hilflos und zornig machte. Tagaus, tagein ging der Vater auf die Baustelle, schleppte geduldig Steine und Mörtel, um die Familie zu ernähren. Er begnügte sich mit den paar Pfennigen, die ihm die Mutter von seinem Lohn zugestand, und trug sie ins Wirtshaus, von dem er dann tief in der Nacht heimkam, um am frühen Morgen wieder zu seiner Baustelle zu taumeln. Die Mutter war dem Vater eine Last, das sah Johann wohl, und umgekehrt war es genauso. Die Eltern waren so fest aneinandergekettet durch die Not, daß sie schon lange nicht mehr spürten, wie gut sie sich früher gewesen waren. Der Vater ließ es geschehen mit Sanftmut und Geduld, die Mutter wurde immer spitzer und härter. Auch gegen Johann, obwohl sie seiner höheren Schulbildung wegen etwas mehr Respekt vor ihm hatte als vor den anderen Bürgers.

Dann ging Johann auch dieses Respekts verlustig. Man warf ihn aus der Schule. Gründe dafür gab es genug, Johann wußte das, und trotzdem traf ihn die Endgültigkeit, mit der sein Rektor ihm die Mitteilung machte, viel härter, als er es sich vorher ausgemalt hatte. Keine Frage, der Rektor hatte schon lange einen Anlaß gesucht, den aufsässigen Freischüler, der den Lehrern wissenschaftliche Fehler nachwies und ihnen in vielen Fragen überlegen war, loszuwerden. Da kam der Lehrerschaft zupaß, daß Johann das Sittenbuch, in dem die Lehrer seine Strafen vermerkten, immer selber in den ungelenken Buchstaben des Vatersnamens unterschrieben hatte, anstatt es den Eltern vorzulegen. Das hatte er ein Jahr lang so gehalten, sich Prügel und Vorwürfe erspart, der Schule aber Gelegenheit gegeben, ihm Urkundenfälschung vorzuwerfen. Hart schlug man die Tür hinter Johann zu.

Wie gut, daß wenigstens Anna weit weg war, draußen in Stein. Es gab niemanden in Johanns Leben, der von ihr wußte, der ihr Johanns Niedergang hätte berichten können. Und ausgerechnet an dem Tag, der Johann als Ketzer aus der Schule ausschloß, der ihn ziellos durch seine Stadt trieb, denn vor dem Heimkommen mit dieser Nachricht war ihm bei all seiner Aufsässigkeit doch bange, ausgerechnet am Tag seiner Niederlage traf er Franzi, Annas Freundin aus der Steiner Küche, und sie lud ihn ein, am Sonntag hinauszukommen nach Stein. Am Nachmittag, da würden Anna und Franzi frei haben, dann fände Johann sie beide unweit von Stein auf den Kartoffelfeldern, wo man gemeinsam mit anderen ein Feuer anzünden wolle.

Er würde Anna sehen. Johann ging nun aufrecht ein letztes Mal in die Schule, sein Zeugnis abzuholen. Im Nacken hatte er den verbitterten, abschätzigen Blick des Vaters, dem der Pedell nur zu gern die Nachricht vom Hinauswurf des Sohnes überbracht hatte. Dieser Blick traf Johann tiefer als das Gekreisch der Mutter, die ihren einzigen Traum, den Ältesten als Lehrer zu sehen, begraben mußte. Auf jeden Bissen, den Johann widerwillig von ihr bekam, strich sie ihm seine Schuld und ihre Enttäuschung dick auf, und Johann hatte es satt.

Wenigstens waren die Lehrer gerecht geblieben. Johanns Zeugnis wies nur Einser auf, allerdings auch das Bemerken, daß der Schüler Johann Bürger bei tadelnswertem Betragen und mangelndem Fleiß sehr gute Leistungen erreicht habe. Seine Mitschüler umringten Johann, einige beneideten ihn wohl auch um seine Freiheit von der Schule, dennoch fühlte er beklommen, daß ihm Mitschüler und Lehrer mehr bedeutet hatten, als ihm klar gewesen war. Doch dann stand wieder das Bild Annas vor Johann, noch zwei Tage, und er würde sie sehen. Ob er ihr vom Ende seiner Schulzeit erzählen sollte?

Der Sonntag kam, und wieder ging Johann über die Brücke nach Stein, wo er dank der exakten Beschreibung Franzis bald die großen Kartoffelfelder vor sich sah, die am Waldrand ihre Begrenzung hatten. Johanns erwartungsvoller, scharfer Blick fand auch rasch die dürftige, aus Haselnußzweigen gebogene Laube, aus der gedämpft Lieder, Lachen und der Klang einer Mundharmonika drang. Johann scheute sich, in die Laube hineinzugehen. Außer Anna und Franzi kannt er ja niemanden. Daher ging er eine Weile unentschlossen zwischen den Furchen des Kartoffelackers herum, seine Vorfreude, die ihm die Füße beflügelt und einen Kloß im Hals beschert hatte, verwandelte sich in Beklommenheit. Johann fand, daß er wie ein Storch im Salat umherstieg, und plötzlich traf ihn ein Büschel Kartoffelkraut im Nacken, so daß er sich wütend herumdrehte und in die lachenden Gesichter von Anna und Franzi schaute. Sekundenlang blieb er breitspurig vor den Mädchen stehen, wußte nicht, ob er lachen oder heulen sollte. Dann ließ er sich von den beiden mitziehen in die Laube, wo die Burschen ihm gutmütig Platz machten. Johann war von den Mädchen als Cousin Franzis eingeführt worden, denn Anna war darauf bedacht, nicht mehr ins Gerede zu kommen, der Angriff Leos hatte genug Wirbel gemacht.

Die Burschen, von denen einige als Feuerwehrleute und andere in den Bleimühlen der Fabers arbeiteten, beäugten Johann, empfanden aber offensichtlich sein strenges, knochiges Gesicht mit dem wirren Lockenkopf auf dem mageren Körper nicht als Bedrohung. Und die Schülermütze, die Johann immer noch trug, nötigte ihnen Respekt ab, denn keiner von ihnen hatte jemals eine Oberschule besucht. Johann, erwärmt von diesem unerwartet herzlichen Empfang, zeichnete denn auch seine Schule als Fron und wahre Folter, die man niemandem wünschen könne. Dies Bekenntnis wurde ihm von den jungen Faberern als Bescheidenheit ausgelegt, und da sie durchaus ein eigenes Selbstbewußtsein als Zugehörige einer großen bekannten Bleistiftfabrik hatten, nahmen sie den Nürnberger Johann großzügig in ihren Reihen auf.

Als die Dämmerung kam, häuften alle gemeinsam Kartoffelkraut am Boden auf und zündeten es an. Ein eklig beizender Geruch erfüllte bald die Luft und kroch schwelend durch die Beete. Johann fand es höchste Zeit, die Aufmerksamkeit Annas zu erregen, die sich ausschließlich mit den Faberern beschäftigte, kaum ein Auge für ihn hatte. Zwar kannte Johann den Grund, aber das half ihm nicht sonderlich – er wollte endlich dartun, wozu er eigentlich auf die Kartoffelfelder gekommen war – Annas wegen, der er zeigen wollte, daß er trotz Rauswurfs aus der Schule jemand war.

Das Feuer erinnerte ihn an die Geschichte eines gewissen

Mucius Scavola, der seine Hand ins Feuer hielt, bis sie verkohlt war. Mutig forderte Johann alle anderen Jungen auf, es ihm gleichzutun. Die Faberers schauten bedenklich, und zum erstenmal an diesem Tag sah Anna Johann direkt in die Augen, sie lächelte ungläubig, und um ihren weichen Kindermund war ein harter, fast grausamer Zug. Johann wußte, daß er sich mit seiner Prahlerei in eine ausweglose Situation begeben hatte. Beim leisesten Anzeichen einer Schwäche würde Anna laut loslachen, und auch bei den anderen hätte er verspielt.

Nun, er würde es ihnen zeigen. Wozu hatte er sich schon oft mit Stecknadeln tätowiert und Kienruß in die Zeichnung gerieben? Stunden hatte er am Marterpfahl gehangen und es klaglos ertragen, wenn die Schläge des Feindes auf die Fußsohlen klatschten.

Johann stülpte die Ärmel hoch und reckte seine Hand über die Glut des niedergebrannten Strunkhaufens. Regungslos hielt er die Handfläche in dieser Position, und bald brannte die Hand höllisch. In Johanns Gesicht gruben sich die Linien um seinen Mund noch tiefer ein. Johann atmete tief durch, dann senkte er seine Hand noch tiefer in die Glut.

«Johann!» Bevor seine Haut die Glut wirklich berührte, riß Anna Johann zurück, stand mit blitzenden Augen vor ihm, sie war zornig über den Angeber, das sah Johann, und er wurde sofort traurig, denn er hatte sein Heldentum doch nur Annas wegen zeigen wollen. Ihm war zum Heulen, doch einer der Faberers nahm resolut seinen Arm, zog ihn mit sich fort. «Bist närrisch! Kumm, Freindler, mer ganget heim!»

Er zog Johann mit sich, schenkte ihm später sogar zwei Bleistifte, steckte sie einfach in die Brusttasche Johanns. Ein feiner Kerl, der Faberer. Die Mädchen hakten sich ein, und so zogen sie unter dem verlöschenden Rot der Sonne heimwärts nach Stein, wo der hohe schlanke Turm der neuen Kirche im sanften

Abendlicht aufragte. Ab und zu sah Johann sich verstohlen nach Anna um, und ihre Augen begegneten jedesmal den seinen, wobei Anna ihn sanft und zärtlich anlächelte. Der weiche Schein des Abendhimmels spiegelte sich in ihren Augen. Ein unbändiges Hochgefühl erfüllte Johann, er schwang sich aus seiner engen Welt empor über den zähen Geruch des Kartoffelkrauts in die Höhen der Dichtkunst, wo er mit Worten spielte, mühelos verwandte Worte fand, ohne lange danach zu suchen. Johann begann, Gedichte für Anna zu reimen:

Eure Welt ist grau,
eure Erde tot,
Unser Himmel glänzt blau,
unser Blut brennt rot.

Fasching kam heran. Es gab Musik auf den großen Plätzen und in den Gassen der Stadt. Überall in den Lokalen waren Tanzereien, es schien, als seien die Menschen losgelassen von der kurzen Leine ihres Alltags, als stürmten sie dem Frühling entgegen, der ihnen schon das Blut in den Adern aufwühlte. Die Commis aus den Bureaus hatten bunte Papierbänder um ihre korrekten Hüte und Röcke dekoriert, die Mädchen öffneten trotz der kühlen Luft den einen oder anderen Knopf der Bluse.

Das Leben wogte durch die Stadt. Die Menschen schoben und drängten sich in den Hauptstraßen, warfen kreischend und johlend Konfetti und Papierschlangen durcheinander. Manche hatten Pfauenfedern, mit denen fuhren sie Unachtsamen in Mund und Nase. Zustimmendes Kreischen und Niesen, aber auch zorniges Geschimpfe von Lustlosen machte die Menge zu einem tollen Haufen, der im Schutz aller möglichen Masken und Larven jede Sitte und Ordnung zu vergessen schien. Es war, als schwämmen an diesem Tag die Menschen, die sonst in Hast und Mühen durch die Straßen eilten, in einem Meer von

Lebenslust, die Spritzer der Wellen trafen bis in die kleinsten Dachstuben und schienen auch über Anna und Johann zusammenzuschlagen, die zum erstenmal eng aneinander geschmiegt, die Gesichter hinter Larven aus Goldpapier verborgen, im heftigsten Strudel durch die Straßen trieben.

Anna, in einem Umhang aus Taft, den Fräulein Ottilie ihr geschenkt hatte, das Haar zu einem Turm von Locken zusammengesteckt, erregte die Aufmerksamkeit vieler Burschen, und Johann schoß wütende Blicke aus seinen Augenschlitzen hervor. Er nahm Annas Arm fester, steuerte aus dem Haufen heraus und fand bald eine Konditorei. Er hatte nämlich noch genau drei Mark und vierzig Pfennig in der Tasche, das würde für ein Pfund Pralinen reichen. Sie steckten einander die Köstlichkeiten in den Mund, und Anna sagte bald mit seligem Entzükken: «Johann, mir ist schlecht!»

«Und mir erst», gestand Johann stolz, «ich hab noch nie im Leben Pralinés gegessen.»

Vor der Konditorei hockte die Rosenhut-Kathi, die Näherin war, aber nicht nähte und seit einigen Jahren zur Untermiete bei Frau Schaaf in der Oberen Schmiedgasse lebte. Obwohl die Mutter es nie gern gesehen hatte, fühlte sich Anna fast ein wenig befreundet mit der ausgemergelten Frau, die knapp über dreißig war und kaum noch Zähne hatte, aber trotzdem Tag für Tag einen jugendlichen Rosenhut aus ihren goldenen Zeiten trug. Da mußte einer häufig auf den Grund seines Maßkrugs geschaut haben, um der Kathi ins Garn zu gehen, doch nachts sind alle Katzen grau. Immerhin konnte Kathi ihre Miete zahlen, und sie brachte für Annas Bruder vom Pfragner Kandis mit. Anna hörte ihr zu, folgte ihren Geschichten von früherem Glanz mit aufrichtigem Interesse. Sie wußte, daß Kathi schon mit sechzehn in einem Salon gearbeitet hatte. Dort trug sie seidene Kleider, Hüte, Schmuck und feine Wäsche. «Wie a echte

Baronin, Anna, glabstes, fast noch schenner.» Das müde, welke, mit billiger Schminke und grellem Rouge aufgetakelte Gesicht Kathis belebte sich unter Annas arglosen Augen, deren ernsthafte Aufmersamkeit Kathi guttat. Mit ihrer kratzigen dunklen Stimme sprach sie von den Zeiten in der Wärme und dem Licht der Salons, von der Musik, die zusammen mit dem Wein das Dasein wohlig und leicht erscheinen ließ. «Du glabst es net, Anna, wer da alles kummen ist, Namen derf ich ja net nennen, aber wenn ich heit de Zeitung anguck, Anna, die Herren, wo da drinstehen, mit dene war iiich scho – na, du weßt es ja.»

Anna nickte beeindruckt, obwohl sie nichts Genaues wußte, aber daß Frauen wie Rosenhut-Kathi seidene Strümpfe und Strapse unter den Röcken anhatten und daß sie den Männern das, was unter den Röcken war, verkauften, soviel war klar. Anna wußte aber auch, daß man Kathi längst aus dem eleganten Salon hinausgejagt hatte, daß sie immer seltener Männer fand, die ihren Körper kaufen wollten. Kathi setzte jeden Pfennig, den sie erübrigen konnte, in Wein um, so daß sie oft wie eine betrunkene Fledermaus durch die Nächte taumelte. Die anderen Näherinnen verachteten Rosenhut-Kathi, schimpften, spuckten, warfen ihr vor, den Ruf des Burgviertels zu ruinieren.

Kathi hatte Anna anvertraut, daß einer der feinen Herren im Salon sie angesteckt habe. Der Anfang vom Ende für Kathi. Nun habe sie ständig Schmerzen in den Gelenken, Hautausschläge überall, und die Haare gingen aus. Es stimmte, mit Kathi ging es steil bergab. Sie war nicht die einzige der Näherinnen, die nur noch mit Mühe ihre fleckige Haut überschminkten, deren ehemals elegante Kleider schäbig an ihnen herumhingen.

Kathi sah Anna aus ihren ständig entzündeten Augen an. Sie solle sich vorsehen, damit es ihr eines Tages nicht auch so ergehe. Als Anna Kathi erzählte hatte, daß sie nach Stein in

Dienst gehen werde, lachte Kathi heiser. «Des is noch schlimmer als anschaffen. Da wollen die Herren fei dei Bett und zahlen net amal dafür.»

Heute sah die Rosenhut-Kathi Anna so glücklich überrascht an, daß es Anna warm und weh zugleich ums Herz wurde. «Ja – glabstes – die Anna – das Mädla wird jeden Tag schenner!» Dann bemerkte die Rosenhut-Kathi Johann, der Anna fest im Arm hielt, sie schaute von ihm wieder zu Anna, und plötzlich liefen dicke Tränen aus ihren Augen. Die Rosenhut-Kathi weinte so hemmungslos, daß Anna und Johann völlig hilflos dastanden und Johann ihr schließlich einfach seine restlichen Pralinen in den Schoß warf. Dann rannten Anna und Johann davon, ohne Ziel, nur weg vom ausweglosen Kummer der Rosenhut-Kathi.

Außer Atem rasteten sie im offenen Kreuzgang einer kleinen Kapelle, bei der sie nach ihrem Lauf durch menschenleere, dämmrige Gassen angekommen waren. Johann glühte vor Erwartung, als er Annas blasses Gesicht sah, das sie jetzt müde und vertrauensvoll an seine Schulter lehnte. Zum erstenmal war er mit ihr allein in einem verlassenen dunklen Raum. Instinktiv wollte er ein Streichholz anzünden, unterließ es aber und zog Anna fest an sich. Johann konnte kaum atmen, in seinen Ohren sauste es wie im Sturm. Er warf sich mit ganzer Kraft auf Anna, sie wehrte sich nicht, fing seine wilden Liebkosungen mit dem Gesicht, mit dem Körper auf. Noch niemals hatte sie einen Jungen geküßt, überhaupt niemanden, nicht einmal die Mutter, und so küßte Anna mit offenem, feuchtem Mund, saugte und atmete und dachte, daß es aber gewaltig naß zugehe bei der Küsserei. Ihr wurde so seltsam heiß unten, wo der Bauch Unterleib hieß, und sie begriff durchaus, daß Johann genau dorthin wollte mit seinen Händen, die sich durch ihren Taftmantel gewühlt hatten, um erst einmal Annas Brüste zu gewinnen, und als das nicht zufriedenstellend gelang, sich durch die Röcke hindurch arbeitete zu eben diesem Brandherd, der auch in Johann einen Sturm der Begierde entfacht hatte.

Anna fand sich schnell hinein in das verliebte Seufzen und Stöhnen, das aus Johann kam und sie erwärmte, sie wollte, daß Johann noch mehr schreien, seufzen und wühlen sollte, sie drängte sich an ihn, genoß ihr eigenes Rasen und hatte nicht die leiseste Ahnung, wohin das alles führen sollte. Bald spürte sie ihren Rücken, der unter Johanns hilflosen Stößen hart gegen die Kapellenwand gedrückt wurde, und um Anna lichtete sich die sündige Dämmerung, die ihre Sinne benebelt hatte, sie sah den geweihten Ort, an dem sie mit Johann verbotene, gefährliche Dinge tat. Die geächtete Obere Schmiedgasse, die Rosenhut-Kathi, ihr Geruch nach Unzucht und Elend legte sich warnend und drohend auf Anna, ihre atemlose Neugier, ihr Entzücken und die Hitze im Bauch wichen dem banalen Schmerz in ihrem Kreuz, und sie schob Johann energisch und mit Kraft von sich weg.

Johann, obwohl gereizt und unbefriedigt, blickte schuldbewußt auf Anna, Anna sah Johann an, beiden war die goldene Larve vom Gesicht hochgerutscht in die Haare, und sie mußten lachen, weil sie komisch aussahen und weil das Lachen ihnen Ausweg war und Versteck und hinweghalf über Scham und Unbeholfenheit.

KAPITEL 9

IN DER NACHT kam ein Diener aus dem Schloß. Der alte Herr, allmächd! Das junge Fräulein solle herüberkommen.

Ottilie fürchtete sich. Im Leben war sie von ihrem Großvater eingeschüchtert gewesen, zumindest in den ersten Minuten des Zusammenseins, danach hatte sie sich wohler gefühlt, da seine Zuneigung durch die Mauer der Despotie hindurchschien. Doch heute nacht würde er sterben, und Ottilie fürchtete sich vor der Erleichterung, die sich in ihr ausbreitete. Sie fand sich stumpf und häßlich, weil sie nicht auf der Stelle in helle Tränen ausbrechen konnte.

Ihre Mutter stand schon in der Tür, fertig angekleidet. Sie sagte nichts, doch Ottilie hörte es trotzdem: Was träumst du hier herum, beeile dich, er liegt im Sterben, unser Bollwerk gegen die Welt liegt im Sterben.

Als Papa starb, vor drei Jahren, war auch so eine Sommernacht gewesen, und seitdem war nichts mehr, wie es einmal gewesen war. Ottilie sah den vollen Mond, der sein Licht in die Bäume goß, und das Schloß des Großvaters lag so starr in diesem Silberlicht, als sei es aufgebahrt. Nur das Gras unter Ottiliens Füßen bewegte sich, durchnäßte ihre seidenen Hausschuhe. Warum blitzt und donnert es nicht, dachte Ottilie im Laufen, warum strömt kein Regen peitschend herunter, warum steht der Wind nicht auf, wenn Lothar von Faber stirbt?

Er lag ruhig auf seinem Bett, wandte den Kopf zu Ottilie, als sie scheu eintrat. Ihre Großmutter, die am Bett gesessen hatte, strich ihr leicht übers Haar und huschte hinaus, nahm ihre Schwiegertochter, die wartend an der Tür stand, mit.

Es mußte gegen drei Uhr sein. Kerzen standen auf dem Tisch, mindestens zehn in zwei Leuchtern, doch ihr Licht war blaß in dem heraufschimmernden Morgen, und Ottilie hörte draußen in den Bäumen die Vögel schreien. Wie gern hätte sie jetzt in den Himmel geschaut, in die Bäume – da legte der Großvater seine Hand leicht auf ihren Arm, eine trockene, warme Hand. Immer noch. Lothar von Faber atmete schwer, die freie Hand lag auf seiner Brust, als müsse sie das Herz stützen, halten.

«Ich weiß schon lange, daß ich keine Zeit mehr habe. Aber daß es heute sein wird, habe ich erst beim Aufwachen gespürt, nach Mitternacht. Komm näher, Tilly. Mein Herz hat Eile. Ich muß dir noch ein paar Dinge sagen. Nur dir. Du trägst unseren Namen weiter, hörst du? Wenn du mit dem Castell-Rüdenhausen abschließt, und dazu würde ich dir raten, Tilly, dringend, dann nennt euch Faber-Castell. Der König erlaubt es, ich habe schon vorgefühlt bei Hofe. Versprich mir das in die Hand. Jetzt. Hier. Bitte, Tilly.»

Ottilie hatte das Gefühl, als säße sie in einem Meer von Herzklopfen und könne nirgends an ein Ufer. Wer begriff, wer akzeptierte, daß sie ihr alle in irgendeiner Weise gefielen, die jungen Männer, die sich um sie bemühten? Bei Bällen, auf der Jagd, bei den Diners. Ottilie, ohne die Liebe zu kennen, hatte inzwischen einen Blick parat, der den ersten Kuß mit allen Küssen und die Hochzeitsnacht mit allen Nächten in sich hatte. Nach so einem Blick, wenn der zündete, floh Ottilie, für einen schwindeligen Moment selber orientierungslos, zum nächsten Augenpaar. Sie wollte nirgends bleiben. Zumindest noch nicht. Aber alle schienen es von ihr zu erwarten. Unausgesprochen. Die Frauen der Familie Faber hatten ihre ersten Bewerber geheiratet, die Großmutter, Mutter, alle Tanten, da war keine, die mehrfach verlobt gewesen wäre.

Ottilie begriff es nicht. Warum durfte sie nicht eine Zeitlang mit Alexander Castell ausreiten, mit Philipp von Brand in die Oper gehen, den Schwanhäußers in ihrem Comptoir über die Schulter sehen? Warum konnte sie nicht für zwei Wochen nach Hamburg fahren, zu Clarissa? Seit Lars auf dem Sylvesterball deutlich sein Interesse gezeigt hatte, wurde er wieder weggeräumt. Woher sollte Ottilie wissen, wer am besten zu ihr paßte? Kleider muß man doch auch erst anprobieren, und man zieht manchmal eine Menge Roben an, bis man die passende findet für den großen Ball. Ottilie verstand sich selber nicht. Warum konnte sie nicht mit der Mutter darüber reden? Oder mit Pfarrer Eisen? Mit Justizrat Hilpert, ihrem Vormund? Sie boten ihr ständig an, daß sie mit Problemen zu ihnen kommen könne, auch die Mutter tat das, doch Ottilie brachte es nicht über sich, zu fragen. Zumal sie die Antwort zu kennen glaubte.

Aber der Großvater – er würde ohnehin noch diese Nacht sterben, er würde sich nicht mehr erinnern. Ihn kann ich jetzt alles fragen, dachte Ottilie mit der Grausamkeit der Jugend, und sie fragte rasch, ehe der Mut sie wieder verließ: «Warum soll ich den Castell nehmen, Großvater? Genausogut könnte es Philipp von Brand sein. Oder Eduard Schwanhäußer, oder Lars von der Straaten. Ich kenne den einen sowenig wie den anderen! Aber ich hätte Lust, sie alle auszuprobieren.»

Lothar von Faber, der bislang auf dem Rücken gelegen und Ottilie nur hin und wieder angeschaut hatte, drehte sich jetzt mühsam herum zu ihr. Sein Atem ging schwer, aber aus seinen Augen sprach ein erstaunliches Maß an Verständnis und Wehmut.

«Tilly! Tu es dir nicht an! Mein Gott, wie soll ich dir so schnell die Welt erklären? Warum hab ich das nicht gemacht, als ich noch bei Kräften war? Ich habe doch gesehen, wie sie um dich herumgetanzt sind. Tilly, wenn du alle einlädst, werden sie dich alle verlassen. Fall nicht auf deine Träume herein. Glaube nicht den Gedichten und Sonetten, den Opern, die das Glück der Liebe preisen. Wenn ich in diesem Leben glücklich war, dann immer aus gar keinem faßbaren Grund. Bestimmt nicht durch meine Ehe, meine Familie. Nichts war so, wie ich es mir vorgestellt hatte. Heirate nicht aus Liebe, Tilly, oder aus dem Gefühl heraus, das du dafür hältst. Du bist sonst verloren, wo du die Stärkere sein könntest. Du bleibst unabhängig, wenn du die Männer nur soweit liebst, wie sie es verdienen, Tilly, nämlich in Maßen! Daher ist es besser, du nimmst den Castell oder den von der Straaten, aber nicht den Schöngeist Philipp von Brand. Er gefällt allen Frauen, er wird dir nur Kummer machen. Bitte, mein Kind, glaube deinem alten Großvater – Liebe, Lust – das ist nicht mehr als Jahrmarktsgaukelei.»

Er machte eine Pause, um Atem zu schöpfen. Das Sprechen fiel ihm zusehends schwerer.

«Tilly. Ich weiß, viele nenne mich einen Moralisten, sie glauben, daß ich nur ein Arbeitstier gewesen bin. Sie reden über mich allerlei, weil niemand weiß, was ich wirklich bin. Da ist mir der Moralist noch das liebste Prädikat. Tilly, hör gut zu, was ein alter, einsamer Mann dir sagt: Ich habe gelernt, daß das größte Glück, die intensivste und sicherste Lust die ist, die man verspürt, wenn man hart gearbeitet hat. Immer wenn es mir einen Tag lang oder länger nicht gelang, effektvoll zu arbeiten, habe ich mich unanständig gefühlt, Tilly. Unanständig. Und ich war meistens gar nicht schuld, denn ich habe auch an Tagen der Krankheit gearbeitet, in Karlsbad oder im Sanatorium ...»

Erschöpft verstummte Lothar von Faber. Ottilie dachte, daß

er aussah wie Charles Baudelaire, von dem sie im Institut ein Bild gesehen hatte, da Madame Schoenhueb ihn verehrte. Sofort schalt sie sich, daß sie am Sterbebett ihres Großvaters keine andere Idee hatte, als über Ähnlichkeiten nachzusinnen, die völlig albern waren und sicher nur von ihr selber wahrgenommen wurden, aber sie sah bei dem Sterbenden dieselbe starke Nase, den straffen Mund, die Augen, die alles zu fordern schienen.

Ottilie, in dem heftigen Wunsch, dem Großvater nahe zu sein, ihn wenigstens in seinem Sterben nicht allein zu lassen, nahm jetzt seine Hand, legte ihren Kopf darauf und küßte sie sanft. Leise fragte sie: «Hast du Angst, Großvater, hast du Angst vor dem Sterben?»

Lothar von Fabers Augen waren dunkel, wie poliert. Er sah seine Enkelin erstaunt an, derart direkte Fragen hatte er nie gestellt, waren auch ihm selber nicht gestellt worden. Doch er freute sich, daß Tilly Mut hatte, ehrlich war. Er wollte ihr die Wahrheit sagen.

«Das Sterben ist nicht schlimm, Tilly. Schrecklich ist nur, daß ich immer noch rebelliere gegen das Unrecht, das sie mir angetan haben und noch antun, daß sie die Ergebnisse meiner Arbeit, meine Ideen als ihre eigenen verkaufen, Johann hier in Deutschland und Eberhards Nachfolger in New York. Daß sie versuchen, dein Erbe zu schmälern, Tilly, hörst du, das ist das Schreckliche, was meine Brüder mir angetan haben. Daß ich jetzt sterbe, ohne ihnen zu vergeben. Ich kann ihnen nicht verzeihen, Tilly, ich kann es nicht! Wenn du es einst fertigbringst, tue es, sei so großzügig, wie ich es nicht sein konnte, Tilly!»

Der Kranke richtete sich auf, er rang nach Atem, Ottilie wollte aufspringen, die Großmutter rufen, die Mutter, doch Lothar von Faber machte eine beruhigende Handbewegung, er lächelte, ließ sich zurücksinken und sah Ottilie mit großer Wärme und Zärtlichkeit an, so daß sie wie gebannt sitzen blieb, ihre Hand immer noch in der seinen. Sie schaute auf den Pulsschlag an seinem Handgelenk, sie konnte deutlich sehen, wie es neben der großen, aufliegenden Ader pochte. Gleichmäßig und ruhig zeigte das Leben die Sekunden an.

Ottilie legte ihren Finger auf die ruhig pulsierende Stelle. Nun konnte sie den sanften, zuverlässigen Schlag unter ihrer Fingerkuppe spüren. Einmal, noch einmal, noch einmal, dann hörte es auf.

In der Nacht träumte Ottilie von ihrem toten Großvater. Zwischen Tag und Traum fühlte sie in sich eine große Helligkeit, Wärme und Sehnsucht nach ihm, obwohl ihr sein Tod bewußt war. Gleichzeitig spürte sie, daß nichts mehr so war wie noch gestern. Am wenigsten sie selber. Ehe Ottilie völlig erwachte, hörte sie die Ansammlung der Faberer wie ein Rauschen von Wasser, das immer näher kam und sie schließlich aus dem Bett trieb, obwohl sie todmüde war von der vergangenen Nacht und quälende Kopfschmerzen spürte, die sie immer dann bekam, wenn sie nur wenige Stunden schlafen konnte und nicht von selber aufwachte.

Ottilie warf ihren Morgenmantel über und ging zum Fenster. Vorsichtig schaute sie durch die Vorhänge und sah, daß sich die gesamte Belegschaft im Park versammelte. Immer neue Arbeiter kamen mit ihren Frauen und Kindern. Die Männer schauten düster, wohl um ihre Angst zu verbergen, viele Frauen schluchzten, andere hatten stumm die Hand auf den Mund gepreßt. Auch die Kinder schauten angstvoll, alle sahen sie zum Fenster des Schlosses, wo sie das Schlafzimmer ihres alten Herrn wußten, der heute nacht gestorben war.

Was sollte werden? Niemand hatte ihnen gesagt, daß es so schlimm stand um den alten Herrn. Heute war Sonntag, und noch diese Woche hatten sie ihn gesehen; auf seinen silbernen Stock gestützt, war er in die Fabrik gegangen. Wie immer. Und nun war er tot. Von einem Tag auf den anderen. Niemand hatte ihnen je erklärt, wie es weitergehen würde nach seinem Tod, und sie hatten auch nicht gefragt. Der Herr war da, das genügte.

Ottilie sah, wie Direktor Winkler auf die Männer einredete. Meister Dennerlein, ein sehr beliebter, noch junger Arbeiter, trat zu Winkler, und die Arbeiter hielten sich dicht hinter ihm, bestätigten durch Nicken Dennerleins Worte. Schließlich ging Winkler ins Schloß, Ottilie sah, wie er bald darauf zur Villa kam. Instinktiv zog sie sich rasch und vollständig zum Ausgehen an, genauso wie sich die Förster und Bauern auf den Gütern ankleideten, wenn ein Unwetter mit Blitz und Donner im Heraufziehen war.

Die Leute wollten Ottilie von Faber sehen, denn Winkler hatte ihnen schließlich, weil Dennerlein nicht nachgab, erklärt, daß zunächst die alte Frau von Faber für die Enkeltochter des alten Herrn die Geschäfte führen werde, daß aber die junge Ottilie die Nachfolgerin Lothar von Fabers sei. Daraufhin hätte Dennerlein gebeten, daß Ottilie sich zeige, die meisten der Arbeiter hätten sie noch nie gesehen. Die Großmutter sei leidend, lasse aber Ottilie durch Winkler bitten, für einen Moment auf den Balkon zu treten, damit die Leute beruhigt seien und wieder an ihre Arbeit gingen. Sie sei sicher, das sei im Sinne ihres Mannes.

Ottilie spürte, daß sie bisher nur vage davon geträumt hatte, Nachfolgerin ihres Großvaters zu werden. Sie hatte mehrfach an Konferenzen teilgenommen, war mit dem Großvater zu Grundsteinlegungen und Einweihungen gegangen. Er hatte sie auch in der Fabrik herumgeführt, ihr die Produktionswege erklärt. Der Großvater hatte wie ein Schild vor ihr gestanden, niemand hatte sie in die Pflicht genommen. Das war ihr nur recht gewesen, denn die Aufmerksamkeit und der Respekt, den man ihr zeigte, hatte sich der Großvater alleine verdient. Doch nun wurde ihr Traum Realität, sie mußte hinaus, sich den Leuten zeigen, die in ihr Lothar von Faber suchen würden.

Zum erstenmal seit dem Tod des Großvaters wurde Ottilie tieftraurig. Sie wollte so viel und konnte so wenig. Gemeinsam mit der Mutter und Winkler trat sie auf die breite Terrasse im Obergeschoß, von der man auf den Park und die gepflasterte Auffahrt hinuntersah. Die Faberer, die unten standen und sich leise murmelnd besprachen, hielten inne, als habe ein Paukenschlag sie dazu angehalten. Sie schauten zur Terrasse hoch, und Ottilie hob leicht die Hand. Sie schämte sich, weil sie glaubte, sie habe nicht das Recht, hier zu stehen und den Leuten wichtig zu sein. Wenn sie doch nur etwas könnte! Wenn sie doch nur ein Zehntel dessen wäre, was der Großvater gewesen war. In diesem Moment, wo so viele Augen und Münder zu ihr aufgehoben waren, schwor Ottilie sich, alles zu leisten, und noch mehr.

Die Familie richtete sich nach dem Willen Ottilies: Im Fränkischen Kurier vom 27. Juli 1896 wurden nur ihre Großmutter, ihre Mutter und Ottilie mit ihren beiden Schwestern als Hinterbliebene genannt. Ottilie wollte nicht, daß die Johanns und die Eberhards als Trauernde aufschienen. Sie glaubte fest, daß die Brüder ihrem Großvater unendlich weh getan hatten, als sie sich von ihm lösten und, jeder auf seine Weise, auf Kosten des Großvaters ihre eigene Firma aufbaute. In einem Nachruf des Fränkischen Kuriers las sie, daß mit ihrem Großvater einer der hervorragendsten Industriellen Bayerns dahingegangen sei. Und, was noch mehr sei, ein Mann, der alles, was er war und bedeutete, nur seiner eigenen Arbeit verdankte. «Lothar von Faber war ein *selfmademan* in des Wortes weitestgehender und bester Bedeutung.»

Ottilie bat Anna, ihr das Stiftskleid und den Hut vom Boden zu holen und beides als Trauerkostüm herzurichten. Anna dachte mitleidig, daß das Fräulein jetzt keinen Sinn für Äußerlichkeiten habe und sich daher mit dem ungeliebten Stiftskleid begnügen wolle. Auch wußte Ottilie, daß Anna das plissierte Seidenkleid ihrer Mutter, das aus einem Münchner Atelier gebracht worden war, umändern und das Kleid aus Spitze, das die Großmutter bestellt hatte, kürzen mußte. Frau Langenseher, die nach ihrer Augenoperation nur noch wenige Stunden am Tag nähen konnte, durfte schwierige Änderungen ohnehin nicht mehr machen. Sie sah zu ungenau, nähte eigentlich nur noch Tisch- und Bettwäsche. Daher war Anna ausschließlich für die Garderobe zuständig, mit deren selbständiger Anfertigung, ob nach Muster oder Beschreibung, sie keine Probleme hatte. Eifrig versicherte sie Ottilie jetzt, sie habe genug Zeit, für die Beisetzung auch dem gnädigen Fräulein etwas Neues anzufertigen. «Ich nähe Ihnen eine Robe, vielleicht aus schwarzem Taft, Sie werden sehen, wie das Modell aus Paris, von Rouff, wissen Sie noch, das vorne ganz durchgeknöpfte Ripskleid –»

«Anna, du würdest die ganze Nacht durch nähen, ich weiß. Aber für Großvater war es so wichtig, daß ich im Stift war, und meine Schwestern haben auch nichts anderes anzuziehen – tu, was ich sage.»

Anna sollte nicht mitgehen zur Beerdigung, da Lisbeth sie wegen der vielen Trauergäste für die Küche angefordert hatte. Doch die Schuster-Theres, die seit dem Hinauswurf Leos wieder viel galt in der Küche, sprach ein Machtwort, sagte, daß alles vorbereitet sei und Anna nicht mehr gebraucht werde. Da mußte Lisbeth sie gehen lassen. Anna wusch sich die Hände, suchte dem Fischgeruch mit einer Zitrone beizukommen, und dann lief sie los. Durch den unteren Spitzgarten, quer übers Fabrikgelände zur Steiner Kirche, deren Backsteinbau kahl und kalt im Sonnenlicht stand.

Natürlich kam sie viel zu spät, stellte sich in die dichten Reihen der Steiner, die in der Kirche keinen Platz gefunden hatten. Anna mochte sich selbst nicht riechen, und sie schaute aufmerksam um sich, ob vielleicht jemand aus der Menge den Küchengeruch wahrnahm, den sie sicherlich ausströmte. In der Küche hatten sie in einem Tempo gekocht und gebacken, daß Anna, der Schinderei entwöhnt, sich kaum eingliedern konnte, zuerst täppisch den Ablauf störte, um dann atemlos mitzuhetzen. Gemüsebouillon Eugénie würde es nach der Beisetzung geben, Kerbelsalat mit Taubenflügeln, einen großen Pot-au-feu des Meeres, Milchlammkeule und Kresse-Sauerampfer-Püree, Gratin von Äpfeln und Mandelgelee mit Obst.

Frau Traub segelte mit gerafften Röcken über die Küchenfliesen, roch an dem unschuldigen Fisch, beäugte mißtrauisch die Tauben, ob sie auch jung seien, Gartenkresse und Sauerampfer frisch genug für die «Purée Moussée de Cresson». Frau Traub liebte es, die Namen der Speisen in französischer Sprache anzugeben, da sie dann in die Lage kam, herablassend zu erklären, wovon sie sprach. Auch Frau Traub war strikt dagegen gewesen, daß Anna zur Beisetzung gehen durfte. «Wenn wir hierbleiben müssen, die wir eine gehobene Stellung innehaben, ist es eine Schande, daß ein Küchenmädchen dabei ist.»

Wenigstens hatte sie dafür gesorgt, daß Anna bis zur letzten Sekunde mit dem Schneiden der Gemüse beschäftigt wurde, daß sie es war, die den Fisch zu häuten und zu schuppen hatte. Doch die Schuster-Theres, seit einem Gichtanfall im großen Zeh an ihren Küchenfensterplatz gefesselt, hatte Anna geholfen und ihr dabei vom hundertjährigen Jubiläum der Firma A.W. Faber berichtet. «Des war einundsechzig. Allmächd. Da war ich noch gut beinander. Noch keine Fünfzig war ich da. Ach God, haben wir gefeiert. Den ganzen Tag nur Tanzen um den Maibaum und Wettspiele. Der gnädige Herr hat getanzt wie Lump am Stecken. Des glebst heit nimmer. Stell dir vor, Anna, ein

Brief is kummen, vom König Max, handgeschrieben. Der König wünschte dem Herrn Lothar von Faber Glück, dann stand drin, daß wir mit unseren Bleistiften dem Ruf der bayerischen Industrie im Inland und im Ausland zur Ehre gereichen. Das hab ich damals auswendig gelernt, und auch, daß Herr Lothar für seine Arbeiter sorgt. Sittlich und ökonomisch, was mit Geld zu tun hat. Und unter dem Brief stand: ‹Ihr wohlgewogener König Max.› Der gnädige Herr Lothar hat uns das vorgelesen, und dann haben wir alle dreimal Hoch geschrien.»

Die Schuster-Theres seufzte. «Ach, Anna, des waren schenne Zeiten. Die kummen nimmer. Iiich will auch sterben, wie der Herr. Auf dera Welt, wo alles drunter und drüber geht, hob iiich nix mehr verloren.» Sie erzählte weiter, daß aus Nürnberg eine Stiftung gemacht worden sei, um in alle Ewigkeit einen Knabenchor zu bezahlen, der an jedem Geburtstag des Herrn Lothar bei Tagesanbruch Kirchenlieder unter seinem Fenster singen sollte, und nach seinem Tod an seinem Grab. «Da hat der Herr gesagt, unter meinem Fenster singt keiner, und an meinem Grab auch nicht. Anna, paß auf, ob sie ihm das trotzdem antun!»

Sie hörte nur noch den Schlußchoral des Sterbegottesdienstes. Einen Knabenchor gab es nicht, die Theres konnte beruhigt sein. Anna sah, wie Arbeiter den Sarg Lothar von Fabers durch die Kirchentür zum Familiengrab trugen. Die Männer hatten ihre langen Arbeitsschürzen an, als wollten sie ihrem Herrn versichern, daß sie auch nach seinem Tode nichts anderes im Sinn hatten, als für ihn zu arbeiten. Es war Anna, als defiliere der Jubiläumszug, von dem die Schuster-Theres ihr soeben noch erzählt hatte, wieder an ihr vorbei. Obwohl es heller Tag und ziemlich heiß war, hatte eine gewaltige Abordnung der Arbeiter ihre Werkzeuge mitgebracht, die den Produktionsablauf anschaulich machten. Außerdem trugen sie große, solide Pechfackeln, die sie jetzt eine an der anderen anzündeten und die im Sonnenlicht des Julitages flirrende Hitze verbreiteten.

Hinter den Fackelträgern sah Anna das Fräulein Ottilie, sie führte ihre Großmutter am Arm, die sich auf die Enkelin stützte. Dabei sah das Fräulein selber sehr blaß und hinfällig aus, wenn auch sehr schön. Hinter ihr ging die Mutter mit den Schwestern, alle drei Mädchen in den Institutskleidern mit den runden Strohhüten. Wie Kinder sahen sie aus, fand Anna, und die gnädige Frau, Bertha von Faber, sah trauriger aus als die Witwe. In Annas Augen war sie auch die wahre Witwe Lothar von Fabers. Oft und oft hatte Anna gesehen, wie Lothar von Faber seine Schwiegertochter besuchte, vielleicht wollte er von ihr Rat haben und Beistand, weil seine Frau zu müde war. Einmal hatte Bertha ihn sogar mitgebracht ins Nähzimmer, wo auf einer Büste eine neue Robe für sie hing, die aus Paris geliefert worden war. *Bazau* hatte Anna auf dem Paket gelesen. Bertha hatte von Lothar wissen wollen, ob das Kleid nicht zu auffällig sei, wo man sich noch im Trauerjahr um Wilhelm befinde, doch Lothar hatte gesagt, er freue sich, Bertha bald darin zu sehen.

Auch hatte Anna gehört, wie sich die Reichsrätin bei dem gnädigen Fräulein darüber beklagte, daß der alte Herr mit seiner Schwiegertochter eigenmächtig eine Steinskulptur von Wilhelm und seinen Söhnchen in Auftrag gegeben habe. «Als kennte ich meinen Wilhelm nicht am allerbesten. Ich bin seine Mutter. Lothar und Bertha haben meinen Sohn in der Art abbilden lassen, wie sie ihn gerne gehabt hätten, doch der da jetzt sitzt, ist nicht mein Wilhelm.»

Anna hatte die Skulptur gesehen. Sie war im Wintergarten aufgestellt worden, ein Mann und zwei kleine Buben aus weißem Marmor gehauen. Der Mann lächelte auf die Kinder herab, liebenswürdig, aber müde, und Anna wußte nicht zu sagen, warum sein Ausdruck die Mutter kränkte. Schließlich hatte

Anna den Herrn Wilhelm nie gesehen. Und das Gemälde, das mittlerweile im großen Salon des Obergeschosses hing, traute sie sich nur einmal im Vorübergehen anzuschauen, rasch, denn sie hatte Angst, den Toten anzusehen. Es schien ihr vermessen. In der Küche hieß es, der gnädige Herr sei nicht an Herzversagen gestorben. Er habe sich in Dürrenhembach erschossen. Aber niemand sagte das laut, Anna hatte es durch einen Zufall erlauscht, als Lisbeth und Ida darüber sprachen und sich gegenseitig Stillschweigen gelobten. Denn wenn die Schuster-Theres von dem Gerücht erfuhr, würde sie es sofort den Herrschaften berichten, und dann würde das Küchenpersonal mit Sicherheit entlassen werden. Oder zumindest Lisbeth und Ida.

Alle hatten den Herrn Reichsrat gefürchtet. Anna war ihm hin und wieder begegnet, und er hatte ihren Gruß jedesmal mit freundlicher Zerstreutheit erwidert. Einmal hatte sie an ihrem freien Sonntagnachmittag im Park gehockt, auf einer kleinen Lichtung zwischen buntgeflecktem Gebüsch. Im Abfall hatte sie ein ziemlich abgegriffenes Buch gefunden, das die englische Sprache lehrte. Auf der ersten Seite stand *First Lesson* und Anna mutmaßte, daß es sich dabei um die erste Stunde handeln mußte. Anna las *First Lesson*, sprach das *i* wie ein i und ahnte, daß es wahrscheinlich falsch war. Weiter stand da: *A pencil, a box, a pen, a card*. Das gefiel Anna, und es schien ihr ungefährlich. Also las sie sich selber die Begriffe vor, die sie nicht übersetzen konnte, die ihr aber wunderbar englisch in den Ohren klangen. So ähnlich hörte es sich an, wenn Bertha von Faber mit ihren Töchtern sprach.

Anna hatte nicht gemerkt, daß ihr lautes Lesen Lothar von Faber aufgefallen war, der durch den sonntäglich stillen Park in sein Bureau gehen wollte. Er hörte die helle Mädchenstimme, ging verwundert dem Klang nach und fand Anna. Wer sie denn sei? Anna sagte es ihm. «Ach ja, ich hab von dir gehört.

Schlimme Sache mit dem Leo, aber dafür bist du jetzt im Nähzimmer. Sie sagen, daß du gut arbeitest. Das ist recht, sei froh, daß du ein Talent hast.»

Der gnädige Herr war gegangen, dann hatte er sich noch einmal umgedreht: «Geh in die Fabrik, in die Bibliothek. Sie ist immer am Samstagabend offen. Sag, daß ich dich geschickt habe. Man soll dir neue Englischbücher geben. Die stehen da nur herum und keiner schaut hinein.»

Seitdem übte Johann manchmal Englisch mit Anna. Sie saß oft nach Feierabend in ihrem Zimmer, las sich laut vor, und bald wußte sie, daß ein Bleistift *pencil* hieß, und sie las: *«The yellow pencil is long. The black pencil is not long, it is short. Is the yellow pencil long? Yes, it is ...»*

Um die Bleistifte hatte sich das ganze Leben des gnädigen Herrn von Faber gedreht, dachte Anna. Sie sah, wie sich am Mausoleum, vor dem der große goldene Sarg abgestellt wurde, Arbeiter mit dem Riesenbleistift postierten, von dem ihr eben die Schuster-Theres erzählt hatte. Neben dem Sarg standen die Herrschaften, und um sie herum drängten sich so viele Menschen auf dem Friedhof, daß Anna bald nicht mehr sehen konnte, wer jetzt sprach. Sie hörte nur Männerstimmen, Stimmen von Gebildeten, sie sprachen von dem Pionierunternehmer, der als erster sechseckige Bleistifte hergestellt hatte, immer erstklassige Qualität, Markenname, Massenproduktion. Eigene ausländische Filialen. Das alles verstand Anna, davon hatte sie in den zwei Jahren in der Villa einiges aufgeschnappt.

Der nächste Redner sprach vom aktiven Element, neuen Entwicklungen, immer neue Bleistifte, die es vorher nicht gegeben hatte, neue Rohstoffquellen, die Spitze der Nürnberger Bleistiftherstellung. Weltgeltung durch Lothar von Faber.

Die Stimme des Pfarrers Eisen kannte Anna. Sie mochte den ruhigen Mann, der auch für sie immer eine Freundlichkeit übrig hatte. Sie hörte genau, daß seine Stimme zitterte, manchmal brach, in der Küche hatte es geheißen, der Herr Reichsrat habe den Pfarrer zu dem gemacht, was er sei, und jetzt täte er in allem, was der Herr wolle. Anna hätte das auch getan, der gnädige Herr wollte ja das Richtige. Und das sagte jetzt auch Pfarrer Eisen. Selbstbewußt, fortschrittlich, zielstrebig, aufgeschlossen gegenüber den sozialen Problemen, im Glauben verwurzelt. Wirtschaftlicher Aufstieg des Vaterlandes, Ansehen im Ausland …

Noch viele redeten, und Anna wurde in der Hitze fast ohnmächtig. Natürlich hatte sie keinen Hut, nicht einmal ein Tuch hatte sie in der Eile umgelegt. Jetzt stach ihr die Julisonne auf den Scheitel, sie war durstig, ihr war übel, und sie konnte nicht einmal weggehen, so eng war sie eingekeilt zwischen Arbeitern, Herren im Frack und Damen, die ausnahmslos seidene Sonnenschirme über sich aufgespannt hatten. Immer wieder flogen schwarze Vögel von den Gräbern auf, manchmal war ihr Geschrei so laut, daß die Redner davon übertönt wurden. Zum erstenmal nahm Anna Vogelgeschrei wahr, es machte ihr angst.

Sie wollte sich schon fortdrängen, da hörte sie eine feine, helle, aber kräftige Stimme, es war die Stimme des gnädigen Fräuleins, und Anna konnte sehen, wie die Menschen, die hier und da in der Hitze eingenickt waren, plötzlich die Hälse reckten, sich gegenseitig anstießen. Anna konnte auch das gnädige Fräulein nicht sehen, aber sie hörte, daß sie über ihren Großvater sprach: Wahrheit, Sittlichkeit und Fleiß – unter dieses Motto habe der Großvater sein Leben gestellt. Er habe immer betont, daß kein menschliches Werk Zukunft oder Erfolg habe, wenn es nicht auf absoluter Wahrheit und Ehrlichkeit beruhe. Wenn es nicht das einhalte, was Menschen unter Anstand und Sittlichkeit verstünden. Unermüdlicher Fleiß sei auch zum Gelingen notwendig: «Mein Großvater führte das Unternehmen und war gleichzeitig sein wichtigster Kapitalgeber. Er gab die strategische Grundrichtung vor und setzte stets selber sein Vorhaben um. Er schaffte es, das Unternehmen schuldenfrei zu halten, das gesamte Wachstum erfolgte durch Innenfinanzierung. Uns bleibt nur, seine genialen Vorgaben weiterzuführen. Wir brauchen lediglich die von ihm aufgestellten Grundsätze beizubehalten, dann kann das Unternehmen sich weiter gut entwickeln und damit auch seinen Beamten und Arbeitern einen sicheren Platz bieten. Helfen Sie meiner Großmutter und mir, im Sinne Lothar von Fabers weiterzuarbeiten.»

Neben Anna fiel eine junge Arbeiterin, die ihr kleines Kind an der Brust trug, mit einem leichten Seufzer um. Sie kippte gegen Anna, weiter kam sie auch nicht in der Enge, was ein Glück war, denn kräftige Männerhände griffen zu, und Anna, die das kleine Kind aufgefangen hatte, konnte hinter den Männern herlaufen, die die ohnmächtige Frau durch die Gasse der auseinanderrückenden Menschen trugen.

Anna fiel es in heißer Liebe ein, daß sie trotz allem Tod und Sterben lange nicht mehr an ihre Schwester Lina gedacht hatte. Immer noch stiegen die schwarzen Vögel auf, und es schien Anna, als wollten sie etwas mitteilen.

KAPITEL 10

IM KASINO des 6. Chevaulegers-Regiments saß Alexander zu Castell-Rüdenhausen und aß Kalbsnieren mit Spinat. Er hatte nach wenigen Bissen genug, stellte seinen Teller weg und las das Zeugnis, das ihm sein Regimentskommandeur, Generalmajor Ritter von Orff, ausgestellt hatte.

Leutnant von Rohmer setzte sich zu ihm. Auch er bekam seine Kalbsnieren, spuckte schon die erste aus: «Mann, schmeckt ja wie Pferdepisse.» Knurrend schob auch er seinen Teller auf die Seite, suchte im Brotkorb nach etwas Eßbarem.

«Na, Castell, hast du schon gehört? Leutnant Sartorius muß vors Ehrengericht!» Rohmer genoß sichtlich die Verblüffung Alexanders. «Der Idiot war auf Urlaub in Heidelberg. Geht dort in ein Bordell, will statt fünf Mark Dirnenlohn nur drei bezahlen, mehr hat er auch nicht dabei. Stell dir vor, Castell, die Dirnen haben ihn verprügelt und angezeigt, wie findest du das?»

Erwartungsvoll sah Rohmer Alexander an. Der begriff nicht, daß ein harmloser Bordellbesuch derartige Konsequenzen nach sich ziehen sollte. Wo kam die Armee denn da hin? «Aber gleich Ehrengericht, Rohmer, warum gleich Ehrengericht? Sartorius tut mir leid.»

«Feilschen in Freudenhäusern ist nicht standesgemäß, Castell, das müßtest du doch am besten wissen. Erlaucht, feudaladliger.»

«Findest du nicht, daß das bald in einen Terror der Anständigkeit ausartet?» fragte Alexander.

«Dich trifft es ja nicht, Castell, du hast jede Menge gut verwendbare Vettern und Basen.»

«Jetzt fang du auch noch an, Rohmer. Reicht doch, wenn sich die ‹Münchner Post› dauernd aufregt. Sie schreiben frech, daß sich das Offizierskorps aus Bürgerlichen zusammensetzen würde, wenn die Auswahl nach den Zeugnissen der Kriegsschule getroffen würde.»

«Wie kann man nur so etwas behaupten», spottete Rohmer. «Avancement ist doch nicht an eine höhere Geburt gebunden! Allerdings hat es in München, soweit ich weiß, noch nie einen kommandierenden General aus dem Bürgertum gegeben. Ludwig II. hat es am tollsten getrieben mit dem Avancement. Weiß ich alles von meinem Vater. Der Kini hat dem Clemens von Schönborn-Wiesentheid das Offizierspatent gegeben, obwohl er bei der Prüfung zum Portepeefähnrich durchgefallen war. Und dein Onkel Gustav zu Castell-Castell, Mann, war das ein Protegé – genau wie der Ludwig von Holnstein –»

«Das war Kalkül, lieber Rohmer, kein Avancement. König Ludwig wollte verhindern, daß seine besten Leute in fremde Kriegsdienste eintraten.»

«Ach, der verstand doch gar nichts vom Militär. Unsere Ludwige und der Prinzregent sind gekrönte Bürgerliche. Sie haben keine Ahnung von der Armee. Und seine Offiziere waren für den schönen Ludwig nur geschorene Igelköpfe.»

Es war alles wie immer, dachte Alexander grimmig. Das Leben im Kasino, der angeblich zweiten Heimat des Offiziers, bestand nach wie vor aus Beförderungstratsch, aus öden Geschichten von Weibern, Bordellen und Pferden. Lange genug hätte er Zeit gehabt, sich daran zu gewöhnen, aber er hatte es eigentlich vom ersten Tag an widerlich gefunden. Doch mittlerweile hatte er gelernt, sich anzupassen. Eine Alternative gab es nicht für ihn. Als Sohn einer uralten fränkischen Adelsfamilie, im Schloß Castell-Rüdenhausen aufgewachsen, war die Offizierslaufbahn ihm vorgezeichnet.

Mit elf Jahren kam er als Fähnrich ins Kadettencorps. Das hieß erst einmal heulendes Elend und Heimweh. Das Bett war klamm, die Menage ein Fraß, die Streiche der älteren Kadetten oft grausam. Alexanders einzige Lichtblicke waren die sonntäglichen Einladungen bei seinen Verwandten. Die Tante ließ ihm seine Leibspeisen kochen, Hähnchentopf mit Krebsen oder Kaninchenrücken – da hatte er sich vollgestopft, als könne er sich für die ganze triste Woche Vorrat anfuttern. Der Onkel Gustav zu Castell-Castell, Hofmeister bei Seiner Majestät, dem König Ludwig II., nützte dem jungen Alexander viel. Seine enge Verbindung zum Hof sprach sich rasch herum, so daß er von den härtesten Schikanen des militärischen Drills verschont blieb. Die eher mangelhaften Leistungen des Elfjährigen hielt man seinem Augenleiden zugute, das ihn hinderte, Geschriebenes von der Tafel abzulesen.

Alexander wußte noch genau, wie er sich bemüht hatte, nicht unangenehm aufzufallen, der Familie keine Schande zu bereiten. So wurden sein Betragen und sein Fleiß immer sehr gut beurteilt, seine Leistungen in Latein, Französisch und Englisch mittelmäßig, überhaupt war er in allem mittelmäßig außer dem Zeichnen, darin war er gut. Am Schluß seines ersten Jahres im Kadettencorps sagte man ihm, daß er von den 37 Kadetten den 35. Platz erworben hatte. Da hätte er lieber den letzten Platz gehabt, um wenigstens den faulen unter seinen Geschwistern zu gefallen.

Gegen Ende der achtziger Jahre kam Alexander auf die Kriegsschule als Portepeefähnrich zum 6. Chevaulegers-Regiment. Er war zwanzig damals, hatte sich längst eingelebt, seine Dienstkenntnisse wurden für gut befunden, auch seine Leistungen beim Exerzieren. Im Schießen war er seiner schlechten Augen wegen nur mittelmäßig, dafür bezeichneten sie ihn als sehr guten Reiter. Im Turnen und Fechten war er ebenfalls gut, er verstand viel von Pferden, konnte allerdings nicht schwimmen. Wie sehr er nicht schwimmen konnte, hatte er bislang taktisch gut verborgen, so daß in seinem Zeugnis stand: nicht ganz hinreichend. Dafür stand aber auch da, daß er seine Schüchternheit inzwischen überwunden habe.

Da er sehr jung in das Corps eingetreten war und in seiner Uniform überall auf Wohlwollen stieß, hatte er sich eigentlich als Offizier wohl gefühlt, wenn er einmal davon absah, daß das Geld niemals gereicht hatte und nie reichen würde. Er bekam 1500 Mark Gehalt im Jahr, hatte monatlich also 130 Mark zur Verfügung. Lächerlich, grotesk. Mindestens das Fünffache hätte er gebraucht, um seine Wohnung, die Heizung, das Licht, seine beiden Dienstboten, die Kleidung, das Pferd, Sattelzeug und so weiter zu bezahlen.

Seine Familie gab ihm Geld. Jeder junge Offizier mußte private Unterstützung nachweisen, sonst hatte er keine Chance, in die Armee aufgenommen zu werden. Alexander blieben oftmals nur zehn bis vierzig Mark übrig für Abendessen, Theater, die Zeitung oder hin und wieder ein Bier in der Kneipe.

Würde er nicht eisern sparen, hätte er auch, wie die meisten seiner Freunde, Schulden beim Armeejuden.

Als Alexander gerade von seinem Mittagstisch aufstehen wollte, setzte sich Putzi Rinecker zu ihm. Rohmer sagte, Rinecker sehe aus wie Chausseedreck mit Spucke. «Hat dich einer zum Duell gefordert oder warum schaust du so langsam?»

Rinecker sagte resigniert, daß er jetzt eine reiche Partie machen müsse, sonst werde er seine Schulden nie los. «Ich habe schon alle in meiner Familie angepumpt, jetzt ist Schluß. Nichts geht mehr.»

Alexander setzte mit Rinecker und Rohmer, der sofort begeistert dabei war, eine Anzeige auf, die Rinecker in den «Münchner Neuesten Nachrichten» einrücken ließ: *Für hübschen, jungen bayerischen Offizier ohne Vermögen, ohne Schulden, wird zur baldigen Verehelichung Annäherung an streng ehrenhafte bayerische Familie erwünscht, deren Tochter ein Mindestvermögen von 100 000 Mark besitzt.*

Unter Ludwig II. konnten Offiziere mit 24 Jahren heiraten, heutzutage waren Eheschließungen unter dreißig nicht mehr gewünscht. Offiziere konnten nur standesgemäß heiraten. Die Eltern der Braut durften nicht mit den Händen arbeiten.

Auf Rineckers Anzeige meldete sich ein Nürnberger Bauunternehmer namens Zöllner, der seine Tochter mit einem Offizier verheiratet sehen wollte. Rinecker wandte sich mit der Bitte um Erlaubnis zur Verlobung an seinen Regimentskommandeur, der ließ wiederum vertrauliche Erkundigung beim Nürnberger Magistrat einziehen. Man wollte wissen, wie die soziale Stellung der Zöllners aussah, die politische Richtung. Hatte die Familie auch einen guten Ruf? Wie sah es mit den Finanzen aus? Bekam die Braut ein großes Vermögen mit? Wie war es um ihr Vorleben bestellt?

Gespannt wartete Rinecker, bis endlich ein Schreiben eintraf, in dem ein Nürnberger Notar ihm bestätigte, daß Vater und Tochter Zöllner bei ihm vorstellig gewesen waren, daß die Tochter Vermögen habe, das eine Rente von jährlich 2500 Mark abwerfe.

Nun ja. Man konnte sie sich einmal ansehen. Rinecker bat Alexander, ihn zu begleiten. Sein bekannter Adelsname werde der Familie Zöllner sicher Eindruck machen, und überhaupt, vier Augen sähen besser als zwei. Alexander versprach Rinekker sogar, bei Gelingen des Manövers Trauzeuge zu sein.

KAPITEL 11

ANNA, SCHAU her, das ist die neueste Mode in Paris. Ist er nicht süß?» Ottilie von Faber kam ins Nähzimmer, sie schien Anna sehr blaß in dem braunen Ripskostüm, das aus Paris von Rouff geliefert worden war. Anna hatte es ein wenig kürzen müssen, obwohl man in Paris die genauen Maße des Fräuleins kannte. Nervös war das gnädige Fräulein auch. Anna konnte das gut verstehen. Ottilie von Faber nahm mit ihrer Großmutter an der ersten Konferenz teil, die nach dem Tod Lothar von Fabers abgehalten wurde. Und jetzt wollte das gnädige Fräulein noch einen Hut. Sie zeigte Anna das neue französische Journal *Les Modes*, Anna hatte einige Hefte davon im Stoffschrank liegen, und das gnädige Fräulein hatte gesagt, daß Anna Leh Mod sagen solle, dann sei es französisch ausgesprochen.

«Anna, wo krieg ich bloß so einen Hut her?» Chapeau à l'Alphonsine hieß der braune Hut, Schapoo sagte das gnädige Fräulein, und das Neue an dem Hut war, daß die Krempe eines normalen Hutes auf der einen Seite hochgestellt war, gestützt durch einen mächtigen Blumentuff. Anna hatte eine Idee: «Ihr Rosenhut. Wir nehmen den Rosenhut, ich löse die einzelnen Rosen ab, nähe sie zu einem Tuff zusammen, und hinter dem Tuff nähe ich die Krempe des Hutes fest. Fertig.»

«Um elf Uhr ist die Konferenz, also in zwei Stunden. Wirst du in der Zeit fertig?»

«Allmächd», sagte Anna, «wenn ich den nicht in einer halben Stunde fertig hätte, tät ich mich genieren.»

Ottilie sprang auf, rief dem Stubenmädchen, sie solle den gelben Hut, den mit den Rosen, bringen. Dann setzte sich das gnädige Fräulein auf den Nähtisch, die elegante Ripsrobe, wegen ihrer Enge noch nicht zugeknöpft, öffnete sich über dem weißen Mousseline-Unterkleid, dem Spitzenkorsett, den weißseidenen Strümpfen. Das gnädige Fräulein schien es nicht zu merken, sie baumelte mit den weißseidenen Beinen in den hohen Knopfstiefeln, sah zum Schloß hinüber, trommelte mit den Händen auf den Nähtisch. Wahrscheinlich hat sie Angst vor der Konferenz, dachte Anna mitleidig. Sie hätte da nicht hingehen mögen. Die Herren aus dem Ausland waren eingetroffen, sogar aus New York war der Direktor Geisse mit dem Schiff angereist. Alle wollten das gnädige Fräulein sehen, die Erbin.

Ottilie von Faber hörte auf, mit den Beinen zu baumeln. Ihr Gesicht, eben noch nervös und verhuscht, wurde ernst. Sie schaute Anna teilnehmend, aber auch vorwurfsvoll an: «Doktor Martin hat gesagt, mit deiner Schwester Lina stünde es schlecht. Warum hast du nie etwas davon gesagt? Du hättest viel öfter frei bekommen, sie zu besuchen.»

Anna blieb fast der Mund offen stehen. Was hatte dies schöne, vollkommene, reiche Fräulein in dem duftigen Mousseline mit Annas Schwester zu schaffen, die im Spital einen Teil ihres Kiefers nach dem anderen verlor? Niemals wäre Anna auf die Idee gekommen, daß sich jemand von den Herrschaften dafür interessieren könnte. Das schlimmste für Anna war, daß sie immer noch die Schuhe trug, die Lina ihr für den Weg nach Stein geliehen hatte. Längst konnte die Mutter neue Schuhe von Annas Lohn kaufen, so wie sie es Lina versprochen hatten. Doch brauchte Lina keine Schuhe mehr. «Im Himmel braucht's keine Schuh, da kann's barfuß auf den Sternen gehen», hatte die Schuster-Theres gesagt, die einzige, mit der Anna über das grausame Leiden Linas gesprochen hatte. In der Streichholzfabrik Eckert hatte Lina gearbeitet. Wie viele der jungen Arbeiterinnen hatte auch Lina die sogenannte Phosphornekrose bekommen, eine tödliche Zahnkrankheit. Daran starb Lina nun jeden Tag. Und da war niemand, der den Fabrikanten zur Rechenschaft zog ...

Das Stubenmädchen brachte den Hut, und Anna begann sofort, die gelben und weißen Seidenrosen abzulösen, die den Hutrand schmückten. Das gnädige Fräulein schaute eine Weile zu, stutzte plötzlich: «Bist du verlobt, Anna?» Ottilie von Faber sprang vom Tisch, schaute sich Annas Ring an, und Anna spürte, wie ihr heiß wurde vor Verlegenheit.

Den Ring hatte Johann kürzlich am Spittlertor gefunden und ihr geschenkt. Es war ein Reif aus Metall, vielleicht war es sogar Silber, der Ring trug keinen Stempel, doch Anna fand ihn schön, und er paßte ihr am Mittelfinger. Niemand hatte bislang nach dem Ring gefragt, nicht einmal die Mutter, obwohl Anna sie am letzten Sonntag besucht und zu Lina ins Heilig-Geist-Spital begleitet hatte. Und nun fragte das gnädige Fräulein, ob Anna verlobt sei. Johann meinte es ernst, doch Anna war sich nicht sicher. Ein bißchen verlobt war sie schon mit Johann, oder nur vielleicht, aber was ging es das gnädige Fräulein an. Es hieß ja, daß sie sich selber verloben werde, mit einem adeligen Leutnant, aber erst, wenn das Trauerjahr vorüber war. Das wäre eine Verlobung, über die man reden konnte, dachte Anna, mit großem Diner, bei dem Anna garantiert wieder Fisch und Gemüse zu putzen hatte. Dann würden die Kutschen kommen, eine nach der anderen die Auffahrt herauf, und das Brautpaar stünde in der Eingangshalle und nähme die Gäste und die Gratulationen in Empfang.

So etwas war eine Verlobung. Anna hatte nur Johann und den gefundenen Ring, und für Johann gab es nirgends eine Arbeit, obwohl er höhere Schulbildung hatte. «Der Ring ist von Johann», sagte Anna. «Johann ist klug, er hat anderen im Gymnasium Nachhilfe gegeben. Doch er darf dort nicht weiterstudieren, und jetzt findet er keine Arbeit. Seine Mutter weigert sich, ihm etwas zu essen zu geben, wenn er nicht bezahlt.»

Ottilie von Faber hörte erstaunt zu. Solche Mütter gab es? Und dann – ein Gymnasiast, Unterprima, der so gut war, daß er Nachhilfe geben konnte, sollte keine Arbeit finden? Sie versprach Anna, heute nach der Konferenz mit ihrem Vormund, Justizrat Hilpert, über Johann zu sprechen.

Das gnädige Fräulein hielt Wort. Auf ihre Fürsprache hin bekam Annas Freund Johann, den Ottilie und Anna für diesen Zweck in den Verlobtenstand erhoben hatten, eine Stelle in der Postabfertigung, wo er die kleine Kasse zu führen hatte. Daraus waren tägliche Ausgaben von geringer Höhe zu bestreiten, unter anderem das Briefporto. Johann, der zum erstenmal in seinem Leben Geld griffbereit in einer Kasse liegen sah und auch noch für seine Maßstäbe sehr viel Geld, benutzte sofort die Intelligenz, die er bislang an eine humanistische Ausbildung verschwendet hatte, um von dieser Kasse zu profitieren.

Ein System war schnell erdacht. Johann berechnete immer mehr Briefe, als überhaupt abgesandt wurden, und steckte den Überschuß in seine Tasche. Seine beiden Kollegen Sigismund und Bruno waren mit der umfangreichen Registratur, die den Namen nicht verdiente, derart überlastet, daß sie froh waren, die Postabfertigung diesem aufgeweckten Johann überlassen zu können, der immer noch seine Schülermütze trug und dadurch einen gewissen Bonus hatte. Da weder Sigismund noch Bruno als langjährige Faberer jemals einen Pfennig entwendet hätten, kamen sie gar nicht auf die Idee, daß der Närnbärcher Johann, wie er bald hieß, nicht sauber sein könnte.

Johann gefiel es außerordentlich gut in seiner Poststelle. Er war freundlich und fröhlich, ein Sonnenschein in der dunklen Registratur, deren Fenster unter einem weit überspringenden Dach lag, weshalb es in den Räumen niemals hell wurde. Während Sigismund und Bruno nach ihren acht Jahren Registratur im Dunkeln schon leicht depressiv und träge waren, schien Johann durch die vom trüben Gaslicht nur ungenügend erhellte Poststelle nicht beeinträchtigt. Nach wenigen Wochen hatte er der Registratur ein völlig einfaches, aber verblüffend sicheres Ablagesystem verpaßt, Sigismund und Bruno fanden nun mühelos alles, was sie früher stöhnend und fluchend suchen mußten. Geflucht hatten vor allem die Commis erster und zweiter Reihe, wenn die Registratur mal wieder dringend gebrauchte Vorgänge nicht auffinden konnte.

Diese Zeiten waren vorbei, Sigi und Bruno waren die strahlenden Helden der Registratur, bekamen Lob über Lob, bis sich alle daran gewöhnt hatten, daß es funktionierte. Johann hielt dicht, ließ Sigi und Bruno seine Früchte ernten, die ihn wenig gekostet hatten. Er hoffte, daß sie ihn dafür weiter ungestört in seiner Poststelle walten lassen würden, was auch in Ordnung ging.

Johanns Lebenslust konnte sich in der düsteren Poststelle so recht entfalten. Sigismund und Bruno gaben seiner Eitelkeit genügend Zucker. Ihre Dankbarkeit machte Johann leider größenwahnsinnig. Er wurde so frech, daß er sogar unfrankierte Briefe abschickte und das Porto selber kassierte. Der Gewinn war nicht hoch, aber es kamen doch immer einige Mark heraus, die Johann in Pralinés für Anna umsetzte oder auch sonst leicht unter die Leute brachte. Weil das Geschäft so glatt ging, erhöhte Johann bald die Anzahl der unfrankierten Briefe. Wenn er von fünfzig bis hundert Briefen, die täglich in alle Welt gingen, fünf oder sechs nicht freimachte, war das zwar im Augenblick nicht viel, aber im Monat rechnete es sich doch.

Die Kunden der Firma machten zunächst nur verdutzte Gesichter, als sie Strafporto zahlen mußten, es kam lange Zeit nicht zu Beschwerden, schließlich war die Firma A. W. Faber über jeden Verdacht erhaben. Das nahm Johann als Aufforderung, ruhig weiterzumachen. Immerhin sicherte er sich ein Stück weit ab, indem er für den Fall einer Untersuchung den Fehlbetrag bereithielt.

«Kommen Sie doch mal mit dem Kassabuch und dem Markenbestand her, Bürger!» Schlechtgelaunt rief es der Prinzipal aus seinem Bureau, und Johann wurde für einen Moment übel, aber auch nur für einen Moment. Er faßte sich, zeigte ein unbewegtes Gesicht, winkte den erschrocken schauenden Registratoren beruhigend zu und ging mit seinem Kassabuch und dem Markenvorrat zum Prinzipal. Er wußte, auf dem Papier war alles in schönster Ordnung.

«Bürger, Sie Dösdabbel, Donnerwetter nochmal! Sind doch sonst nicht auf den Kopf gefallen! Sie haben drei Briefe unfrankiert fortgeschickt! Gleich drei Beschwerden!»

Der Prinzipal wedelte mit den Briefkuverts vor Johanns Augen, und der bemühte sich, dem Prinzipal unschuldig, aber mit einer Spur von Trauer in die Augen zu sehen. Es gelang mühelos, denn der Prinzipal sah das sauber geführte Buch, die Marken, bei denen es sogar zwei Mark Überschuß gab.

«Wenn mir das noch einmal vorkommt, Bürger, schicke ich dem Kunden sein Porto und ziehe Ihnen das Geld vom Gehalt ab, verstanden?»

Den hatte er schön reingelegt. Johann war sich darüber im klaren, daß er sein Portogeschäft trotzdem drangeben mußte und zusehn, wie er mit seinem Gehalt zurechtkam. Er wohnte unweit der Kirche bei der Familie Sigelein zur Untermiete, bei dem freundlichen, geduldigen Juden Weichselbaum waren die Stoffe, aus denen er sich zwei neue Anzüge hatte schneidern lassen, noch nicht bezahlt. Johann war zwar vom Prinzipal aufgrund seiner brillanten Zeugnisse gleich als Commis eingestellt worden, verdiente aber nur sechs Mark die Woche, da er noch jung war und ohne kaufmännische Ausbildung.

Letzteres gedachte Johann allerdings zu ändern. Der Prinzipal hatte ihn auf den Kaufmännischen Verein Merkur aufmerksam gemacht. Er war vor etwa 30 Jahren gegründet worden, um seine Mitglieder in den kaufmännischen Wissenschaften auszubilden. Dort trafen sich geschniegelte Commis regelmäßig jede Woche. Man sprach Englisch und Französisch, da konnte Johann munter mithalten, doch einige konnten auch Italienisch, Spanisch oder sogar Russisch. Sie waren in diesen Ländern auch leibhaftig gewesen.

Wieder einmal tat sich vor Johann eine Welt auf, in die er nicht hineingehörte, wo er nur einige Male Gast sein konnte, um dann wieder zu verschwinden. Das Haus am Weinmarkt mit seiner großzügigen Bibliothek und dem eleganten Lesezimmer schien ihm gemäß, war aber nicht für ihn gemacht. Wohin er auch kam, er konnte nur durch die Tür hineinsehen. Da lag das herrlichste Spielzeug bereit, aber nicht für ihn.

Nicht anders erging es ihm beim Literarischen Verein Nürnbergs, zu dessen Lesungen er sich manchmal eingeschmuggelt hatte. Er setzte sich dann in die hinteren Reihen, zu den wenigen blassen Literaten, von denen der eine oder andere manchmal großmütig herablassend aufgefordert wurde, ein Gedicht oder eine kleine Novelle zu lesen. Die meisten Mitglieder des Vereins waren Professoren der Universität, reiche Fabrikanten und der Bürgermeister mit dem Magistrat Nürnbergs, der einige Male gekommen war, um sich zu vergewissern, daß sich unter dem Schein von Belehrung und Bildung nicht ein Club von Aufwieglern zusammentat. «Diese Drachensaat muß man an der Wurzel bekämpfen», sagte der Bürgermeister in einer Rede. Seit ihm die Noblen erklärt hatten, man werde sich demnächst mit dem Pegnesischen Blumenorden, dem ältesten literarischen Verein Deutschlands, vereinigen, war der Bürgermeister sehr beruhigt und kam nie wieder.

Johann wäre immer wiedergekommen. Jede Woche. Brennend gern hätte er dort eines seiner Gedichte vorgelesen, aber das kam nur für Mitglieder in Frage. Johann konnte aber den Mitgliedsbeitrag sowenig bezahlen wie den für den Verein Merkur, und einen Mäzen, der ihm dafür Geld gab, kannte er nicht. Einer der dürren, langhaarigen Jünglinge hatte ihm von seinem Mäzen erzählt, aber den Namen nicht gesagt. Er fürchtete Konkurrenz.

Dabei wäre Johann um sein Leben gern vor die Mitglieder des Clubs getreten. Alle Augen wären auf ihn gerichtet – das mußte ein berauschendes Gefühl sein. So aber war er nur ein schäbiger, stummer Gast, der peinlich zusehen mußte, daß er nicht auffiel, weil er nicht dazugehörte. Das war allerdings bei der hohen Mitgliederzahl des Clubs kein Problem, Johann hörte von 300 Mitgliedern, da kannte nicht jeder jeden.

Zur Entschädigung bediente sich Johann aus der Faberschen Bibliothek. Hatte er ein paar Pfennige übrig, besorgte er sich Reclamhefte. Damit verschlug er sich an den Samstagnachmittagen, wenn Anna arbeiten mußte, vor den Ort, wanderte die Waldsteige ab und genoß die milde Wärme des Herbsttages. Auf einer Lichtung machte er Halt, lehnte sich an einen Stamm, schnitt sein Reclambändchen auf und las, bis er alles um sich herum vergessen hatte:

Der Mensch trägt Adler in dem Haupte
und steckt mit seinen Füßen doch im Kot!
Wer war so toll, daß er ihn schuf?
Wer würfelte aus Eselsohren und
aus Löwenzähnen ihn zusammen? Was
ist toller als das Leben? Was
ist toller als die Welt?
Allmächt'ger Wahnsinn ist's
der sie erschaffen hat.

Laut las Johann die Stelle aus Grabbes «Herzog von Gothland», sprang auf und rannte erregt zwischen den Bäumen auf und ab. Wie diese Worte hallten! Sie schlugen an seine Seele wie der Klöppel an die Glocke und brachten sein ganzes Wesen zum Tönen. Schreien müßte man jetzt, dachte Johann, schreien mit einer Stimme wie eine Riesentrompete, bis hoch zum Himmel rauf immer schreien «Allmächt'ger Wahnsinn, allmächt'ger Wahnsinn!» Johann rannte auf die Lichtung hinaus, reckte das Buch hoch zu den Baumwipfeln und schrie mit rauher Stimme wie ein Raubvogel, der Beute sieht …

Eines Tages begann Johann wieder, die Portokasse anzuzapfen. Seine Sehnsucht, in den Kreisen des Merkur und des Literarischen Vereins eine Rolle zu spielen, die ihm nach seiner Meinung zustand, machte ihn mehr als unvorsichtig.

Die Polizei, heimlich vom Prinzipal gerufen, hatte leichtes Spiel, denn Johann tat gar nichts mehr, seine kleinen oder größeren Betrügereien zu verbergen. Als er in dem grünen Wagen saß, lehnte er müde den Kopf an die Bretterwand und schloß die Augen. Die übrige Gesellschaft im Wagen interessierte ihn nicht. Er dachte nur an Anna.

Weihnachten war schon nahe, als Johanns Fall gerichtlich aufgerufen wurde. Er wußte, daß er als notorischer Täter einen hübschen Knast zu erwarten hatte. Also gab er nur das zu, was ihm hoffnungslos präzis nachgewiesen werden konnte. Auf die Frage des Vorsitzenden, ob er sich schuldig bekenne, gab er keine Antwort. Die kalten, scharfen Augen des Gerichtsrates stachen Johann ins Gesicht. Der Mann war unangenehm, fand Johann, und er beschloß, nun erst recht bockig und maulfaul zu sein. Zu leugnen gab es zwar nichts, doch Johann wollte nicht, daß dieser satte, ekelhafte Gerichtsrat sein Gehalt allzu leicht verdiente.

Zeugen wurden verhört, die Johann offensichtlich gern verprügelt hätten. Johann begriff das nicht, schließlich hatte er die Gerichte nicht bemüht. Daher beschränkte er sich auch hier auf Achselzucken und höchstens mal ein Kopfschütteln. Zehn Monate Gefängnis – so hieß es schließlich. Johann hatte ein Jahr erwartet, der Staatsanwalt hatte offensichtlich seine gutmütigsten Hosen angehabt.

Am ersten Weihnachtstag wurde Johann ins Gefängnis verbracht.

KAPITEL 12

OTTILIE VON FABER öffnete die Tür zu Annas Nähzimmer. «Anna, geh bitte in den kleinen Salon. Du hast Besuch.» Das Fräulein sah Anna mit einem Blick an, der anders war als sonst – erstaunt, überrascht.

Anna stand auf vom Stickrahmen, strich mechanisch ihre Haare glatt, ordnete die Rockfalten. «Anna», sagte Fräulein Ottilie, eng neben ihr hergehend, sie die Treppe hinunter zum Salon begleitend, «Anna, wirst du am Ende wieder Braut? Ist es Doktor Martin, nachdem Johann – verzeih, Anna, ich bin taktlos – aber du mußt mir nachher alles erzählen, ja?»

Sie waren vor der Tür des Salons angekommen. Fräulein Ottilie sah Anna mit ihren schwarzen Augen so teilnahmsvoll und aufrichtig an, daß Anna wortlos nickte. Sie hätte diesen Augen alles versprochen, trotzdem wäre es ihr lieber gewesen, Doktor Martin hätte seinen Besuch in der Oberen Schmiedgasse gemacht.

Als Anna eintrat, drehte ihre Mutter sich um zu ihr, tat nach kurzem Zögern einen Schritt auf sie zu und umarmte sie. Anna hatte sekundenlang das Gefühl, als hielte sich die Mutter an ihr fest, und sie wußte, daß die Mutter auch Lina umarmte, die gestorben war, aber nicht ganz, denn sie lebte weiter in Anna, so wie sie in Juliane niemals sterben würde.

Doktor Martin stand am Fenster und schaute hinaus in den Park, der Maimorgen warf ein sanftes Licht durch die Scheiben,

Anna hatte sich in der Früh leicht und frei gefühlt, tief geatmet und sich mit Johann versöhnt, der morgen aus dem Gefängnis kommen würde und auch wieder die Flüsse, Wiesen und Gärten sehen konnte, und sie spürte, wie sich die Wunde schloß, die Enttäuschungswunde, die Johann geheißen hatte. Anna hätte ihm Blumen ins Zimmer stellen mögen, doch Johann hatte kein eigenes Zimmer, oder doch keines, das Anna kannte.

«Ich wollte dir eine Freude machen, Anna», sagte Doktor Martin, als er annehmen konnte, daß die Begrüßung der Frauen vorbei war. Er drehte sich um, sah Anna mit seinem tiefen warmen Blick an. «Deine Mutter muß öfter heraus aus der Oberen Schmiedgasse, ich habe sie zu diesem Ausflug überredet, und die Baronin von Faber hat uns herzlich eingeladen.»

Das wunderte Anna kaum, denn sie bekam oftmals Beweise für die Großzügigkeit Bertha von Fabers, ein Wesenszug, der von den Bediensteten «amerikanisch» genannt wurde. Als ein Hausmädchen kam und auf einem Silbertablett Tee, Kaffee, Sahne und Gebäck servierte, war sie aber doch erstaunt, und mit einemmal wußte sie, daß der Besuch, zu dem Doktor Martin ihre Mutter mitgebracht hatte, auch in den Augen Bertha von Fabers eine besondere Bedeutung hatte.

«Anna, willst du meine Frau werden?» sagte da Doktor Martin schlicht, und Anna, die nichts anderes erwartet hatte, fühlte plötzlich die Wucht dieser Worte, sie hatte das Gefühl, als wäre der Mai ein Winter mit Schnee über dem welken Laub, den verdorrten Gräsern, und Anna wünschte verzweifelt, der Doktor hätte nichts von alledem gesagt, es könnte wieder Mai sein und morgen käme Johann.

Juliane sah ihre Tochter an, ihre Träume von der Zukunft ihrer Kinder hatten sich schon lange von ihr gelöst, waren verdorrt wie die alte Haut der Schlange. Sie sah Anna, die nach Worten suchte, nach einer neuen Sprache, nach Worten aus

Samt, die sie nicht beherrschte. Juliane wollte für Anna sprechen, sich entschuldigen, daß ihre Tochter den hochherzigen Antrag nicht annehmen konnte, weil eine Ehe mit Doktor Martin sie wegführen würde von sich selber, in einen Stand, dem sie nicht angehörte, der sie verachten und zurückstoßen würde.

Durch das geöffnete Fenster hörte sie einen Specht, der unverdrossen gegen das Holz hämmerte, es schien Juliane, als wolle er daran mahnen, daß soviel Zeit nutzlos verstrich. Sie richtete sich auf, sah Doktor Martin an: «Wir können Ihnen nie genug danken für alles, aber vielleicht kann unser Dank darin bestehen, daß Anna Ihren hochherzigen Antrag nicht annimmt. Sie würden von Ihrer Familie verstoßen werden, wenn Sie Anna heiraten, viele Ihrer Freunde würden Sie verachten. Sie und Anna würden keinen Platz finden, an den Sie beide gehören. So kann man nicht leben, Sie nicht, Herr Doktor Martin, und Anna auch nicht.»

Martin sah Annas helles Gesicht, ihre Augen, die erstaunt und dankbar die Mutter ansahen. Er wußte mit einemmal unumstößlich, daß Anna nicht mit ihm gehen konnte, auf keinem Weg, daß sie ihm nie entgegenkommen würde, wenn er heimkäme. Er schaute wie hilfesuchend aus dem Fenster, er fühlte einen stechenden, bedrohlichen Schmerz, der ihn warnte, denn er hatte zu wenig geschlafen und zuviel getrunken in den Nächten vor diesem Tag, dessen Niederlage er vorausgesehen hatte, aber nicht wahrhaben wollte. Er wußte seit langem, daß er schlechte Karten hatte, seine Nerven waren angespannt gewesen, so lang lebte er schon in diesen Mauern, die er um sich selber errichtet hatte. Dieser Junge, dieser dichtende Johann, kam morgen heraus aus seinem Gefängnis, Martin wußte nicht, wie Anna in Wahrheit zu ihm stand, doch er, Martin, würde nie aufhören, auf Anna zu warten, er hatte sich selber zu lebenslänglich schwerem Kerker verurteilt.

Anna durfte ihrer Mutter das Nähzimmer und ihren eigenen Bereich im Dachgeschoß der Villa zeigen, während Doktor Martin mit Bertha von Faber einen Spaziergang durch den Park machte. Tief atmete er die verheißungsvolle Mailuft ein, in der er das Blühen spürte, den Aufbruch, das Versprechen; er begann, sich auf sein Klavier zu freuen, auf den Klang donnernder Akkorde, und er hörte verschwommen, wie Bertha von Faber ihn besorgt fragte, warum er so blaß aussehe, ob ihm nicht wohl sei. «Anna will nicht meine Frau werden», sagte er grob und direkt, er war müde und hatte keine Lust zur Konversation, obwohl er Bertha von Faber nach dem Tod Wilhelms nähergekommen war und sie sehr schätzte.

Bertha schwieg, und Martin sah, wie sie tief durchatmete und ihm dann offen ihr Gesicht zuwandte: «Anna ist klüger als wir beide», sagte sie, «ich habe mich spontan gefreut, als Sie mir von Ihrer Absicht berichteten. Ich dachte, das steht Anna gut an, sie ist ohnehin feiner, als man es ihrem Herkommen nach denken würde. Die Mutter übrigens ebenfalls. Beide Frauen würden in unseren Kreisen durchaus eine Zierde sein. Aber das ist das eine – die Obere Schmiedgasse das andere. So wie ich New York nicht ablegen kann und dafür oftmals als Amerikanerin gescholten werde, so könnte Anna die Obere Schmiedgasse niemals loswerden. Mich müssen sie anerkennen, weil ich eine Faber bin und Wilhelms Frau. Anna jedoch würde Kränkung über Kränkung erleben, und die Verbindungen zwischen dem letzten und dem ersten Stand sind nur in den Romanen der Marlitt glücklich, wobei die Marlitt und auch die Courths-Mahler es tunlichst vermeiden, über diese Ehen zu berichten. Sie führen ihre armen Mädchen durch Demütigungen und Wirrungen zum Triumph der Hochzeit mit dem vornehmen Liebsten, aber dann ist der Roman zu Ende, und die Helden sind sich selber überlassen.»

Bertha von Faber blieb stehen, zwang dadurch auch Martin, stehenzubleiben. Bertha sah ihn an, sagte: «O my god, ich rede und rede und Ihnen geht es schlecht. Kommen Sie, Doktor, trinken wir auf unsere luxuriöse Einsamkeit ...»

Martin sah die Freundin an, die sich mit soviel Empathie seiner und Annas annahm, und er sah ihr feines, klares Gesicht mit den grüngoldenen Augen. Bertha sah so jung und verletzlich und sehnsüchtig aus, Himmel, sie war ja gerade mal vierzig Jahre alt geworden – was wußte er eigentlich von ihr, von ihren Wünschen? Sicher hatte sie auch Begierden – jung und schön und früh verwitwet, wie sie war. Und er kam daher aus seiner Männerwelt und führte ihr seine Leiden um Anna vor. Ihm kamen zum erstenmal Zweifel. Liebte er Anna eigentlich wirklich? Oder benutzte er diese Zuneigung nur als Ausrede, weil er nicht imstande war, sich für eine der von ihrer Untätigkeit ermüdeten Damen aus seinem Stand zu erwärmen? Würde er wirklich mit Anna leben wollen, oder wollte er mit ihr nur der ihm verhaßten Gesellschaft entfliehen, der er durch Geburt angehörte? War er nicht lediglich eine müde Seele, die pessimistisch das Leben von einem ärztlichen Sprechzimmer aus betrachtete?

Juliane saß auf Annas Bett, sie strich ruhig über das saubere Leinen, nickte wie bestätigend. «Anna, du hast einen guten Platz. Doch was willst du morgen tun, was wird mit dir und Johann?»

«Ich werde ihn nicht wiedersehen», sagte Anna. «Was vorbei ist, ist vorbei.»

«Wer es glaubt. Ich glaube es jedenfalls nicht.» Juliane sah ihre Tochter an. Auch wenn Anna scheinbar gelassen dastand, die Mutter mit ihrem verständigen Kindergesicht anschaute, sah Juliane doch, daß Annas Ruhe eher eine andere Stufe ihrer

Aufregung war, eine Art Spannung, Starre – oder wie man so etwas nennen mochte.

Juliane bekam Angst. Sie hätte niemals gedacht, daß die Bindung Annas an diesen Johann so fest und tief wäre. «Er ist ein Tunichtgut, Anna, einer, der alles besser weiß als die anderen Leute, aber immer tiefer ins Elend rutscht. Das hat er dir doch bewiesen. Blamiert hat er dich vor dem Fräulein. Trotz seiner Klugheit, auf die er sich soviel zugute hält, hat er dich bis auf die Knochen blamiert.»

Juliane stand auf, küßte Anna leicht auf die Stirn: «Du bist bald volljährig, Anna, du mußt mich nicht mehr fragen. Doch lieber als dem Johann gäbe ich dich dem Doktor Martin – da wärest du wenigstens reich und hättest keine Geldsorgen bis ans Ende. Mit Johann wohnst du immer nahe am Schuldturm – und nahe am Gefängnis. Überlege dir gut, was du tust.»

KAPITEL 13

ALS TRAUZEUGE ist außerdem erschienen Graf Alexander Friedrich Lothar zu Castell-Rüdenhausen», sagte der Pfarrer, und Alexander richtete seinen Blick von dem berühmtesten Werk der deutschen Gießerkunst, Peter Vischers prachtvollem Sebaldusgrab, auf die Braut, die wie eine fleischgewordene Wolke vor ihm am Altar kniete und mit verstohlen stolzem Blick ihren Bräutigam anstarrte, der in seiner neuen Uniform stramm neben ihr stand. Nicht nur Alexander wußte, daß dem Bräutigam nicht wohl war in seiner Haut. Der Schwiegervater, der sich im Gegensatz zu seiner Tochter keine Illusionen machte, hatte Rinecker außer der Uniform noch ein Pferd geschenkt, ein englisches Halbblut, erstklassiger Gaul. Der Bauunternehmer wußte, daß man den mit Geld geworbenen Schwiegersohn bei Laune halten mußte.

Alexander zuckte zusammen, als er den Pastor sagen hörte: «Einer trage des anderen Last.» Gut, daß es Rinecker war, der diese kompakte Last zu tragen hatte, und nicht er selber. Unter keinen Umständen würde Alexander so weit unter seinem Stand heiraten. Die schöne, von vielen begehrte Ottilie von Faber, der seine Wünsche und Hoffnungen galten, stammte zwar aus jungem Industrieadel, aber es war Adel und keine Bauunternehmung. Außerdem trug er selbst den Namen des ältesten fränkischen Geschlechtes, seine Vorfahren wurden schon im

11. Jahrhundert genannt, er hatte viele Verwandte im deutschen Hochadel. Doch der besondere Glanz, den Ottilie zumindest in seinen Augen ausstrahlte, fehlte den jungen Frauen aus seinen Adelskreisen vollkommen. Außerdem hatte man ihm berichtet, daß Ottilie durch das Fideikommiß ihres Großvaters zur Alleinerbin wurde. Dazu gehörte die Bleistiftfabrik A. W. Faber, ein großes Vermögen in Goldmark, mehrere Schlösser, Häuser, Wohnungen und Aktien, so daß die Neigung Alexanders anschwoll zu einem Akkord der Überschwenglichkeit, worin er mühelos alle großen Gefühle wiederfand, von denen er gar nicht wußte, daß er sie hatte.

Das war etwas völlig anderes als die in weiße Schleierwolken verpackte Notlösung, die Rinecker akzeptieren mußte, weil ihm das Wasser bis zum Hals stand. Alexander sah seinen Freund an, das wohlfeile Mitleid des vom Glück Begünstigten machte ihn weich und rührselig. Wie sah Rinecker nur aus. Sein sonst so keckes hübsches Gesicht war angespannt und undurchdringlich. Gestern abend, im Kasino, als Rinecker seinen Abschied von der Junggesellenzeit gefeiert hatte, finanziell gut abgepolstert vom Schwiegervater, wollten die Kameraden wissen, wie sie denn aussehe, die Braut. Er habe leider noch kein Foto, wich Rinecker aus, und später, als Alexander und er Arm in Arm betrunken heimwankten, lallte der Bräutigam, daß er ja kein Einzelschicksal sei. «Was meinst du, Alexander, was werden sie über meine Heirat sagen? Ich weiß es. Sie werden sagen, er ist fesch und sie ist reich. So ist es. Das Ammenmärchen vom glänzenden ersten Stand ist doch lächerlich. Nichts anderes als glänzendes Elend. Du weißt es doch, Alexander. Neunzig Prozent aller unverheirateten Premierleutnants stehen vor dem finanziellen Ruin. Du bist ja auch nicht viel besser dran, Alexander.»

«Ja, ja», stimmte Alexander zu. «Wir haben einen schlechten

Ruf, Rinecker. Nur die Frauen mögen uns. Darauf sind wir noch stolz.»

Rinecker blieb stehen, hielt sich an Alexander fest, fuchtelte ihm mit seinem Zeigefinger vor dem Gesicht herum: «Neulich stand es wieder in den ‹Münchner Neuesten Nachrichten›. Unsere Offiziere machen Schulden, benehmen sich schlecht in der Öffentlichkeit, prahlen mit ihrer Uniform, mit ihren Pferden –»

«Jawohl», fiel Alexander ein, «Offiziere sind des Teufels, darüber braucht man doch gar nicht reden –»

«Und ich sag es auch nicht der schönen Ottilie von Faber, niemals, Castell, Ehrenwort!»

«Behalt dein Ehrenwort, Rinecker, das bedeutet doch in der Armee schon gar nichts mehr. Man sagt doch über uns, daß wir nicht mehr durch höfliches Benehmen auffallen, sondern durch unsittliche Lebensweise –»

Alexander lachte leise in sich hinein. Er war so schön betrunken wie lange nicht mehr. Der Champagner war erstklassig gewesen, tadellos. In diesem Moment wünschte er sich einen Krieg, eine richtig schöne offene Schlacht wie die von Cannae. War zwar schon lange her, aber in der Kriegsschule hatten sie gelernt, Hannibal und seinen vernichtenden Sieg über eine römische Streitmacht zu lieben und als Vorbild zu nehmen. Im Jahr 216 vor Christus war das gewesen, als Hannibal auf breiter Front gegen die römischen Legionen vorrückte, die auf engem Raum massiert waren und tatsächlich Hannibals Truppenformation im Zentrum zurückdrängten. Derweil umschloß Hannibal die Römer an beiden Flanken, und seine schwere afrikanische Kavallerie unter Hasdrubal fiel ihnen in den Rücken. Die schließlich vollkommen eingekesselten Römer konnten weder vorwärts marschieren noch zurück. Sie wurden aufgerieben.

Alexander war sich bewußt, daß es zynisch war, sich einen Krieg zu wünschen, doch er kam nicht dagegen an. Er wäre gerne ein Held gewesen, besonders jetzt, wo es um Ottilie von Faber ging. Als Kind war er nach München ins Kadettenkorps gekommen, danach in die Kriegsschule – Alexander hatte nichts anderes gelernt, als Krieg zu führen, er hatte ein hervorragendes Zeugnis seines Regimentskommandeurs, in dem sogar zu lesen war, er habe seine Schüchternheit gänzlich abgelegt.

Schüchternheit. Nur Alexander selber wußte, daß er nicht wirklich schüchtern gewesen war. Sie hatten ihn ins Korps gesteckt, weit weg von zu Hause. Niemand hatte ihm erklärt, wie er sich dort zu verhalten habe, auch der Vater, selber Militär, hatte ihm keinerlei Ratschläge gegeben. Alexander hatte nicht gewußt, ob er gehorchen sollte oder immer das tun, was er selber für richtig hielt. Nach einigen Strafen, die in den vielfältigsten Demütigungen oder Freiheitsentzug bestanden, hatte er beschlossen, sich tot zu stellen. Er zog sich in sich zurück, beobachtete die Lehrer und die Mitschüler aber um so schärfer. Bald fand er heraus, daß er unbehelligt vorankam, wenn er die Ansichten des Lehrers wenigstens scheinbar übernahm. Schließlich zeigte sich ihm daraus noch ein weiterer Vorteil: Wenn er einen der Lehrer durchschaut hatte, kannte er die anderen auch. Sie waren alle gleich in ihrer Phantasielosigkeit, ihrer gnadenlosen Härte Schwachen gegenüber. Ihre einzige Methode war, die Kadetten in Willenlose zu verwandeln. Sie errichteten einen Angstapparat aus Kalkül, in der ganzen Anstalt herrschte eine angstvolle Atmosphäre. Die Lehrer gingen im Unterricht, besonders im Abfragen des Lateinischen, Französischen, Englischen wie Tiger auf und ab, besessen lächelnd in der Erwartung der falschen Antwort. Manchmal dachte Alexander, die Lehrer sähen in den Kadetten keine Menschen, sondern Tiere, die sie zu dressieren hätten. Nur ein einziger Lehrer war darunter, Röhricht, der den stillen Alexander mochte und ihm einen Bonus gab, weil er wegen seines Augenleidens, einer periodischen Augenmuskellähmung, benachteiligt war. Alle Lehrer bescheinigten ihm, er sei ein sehr stiller, schüchterner Zögling.

Während Rinecker dumpf brütend neben ihm hertrabte, lachte Alexander wieder leise in sich hinein. Er hatte seine Strategie auch in der Königlichen Kriegsschule weitgehend beibehalten. Zumindest am Anfang. Als sich zeigte, daß er im Reiten, im Exerzieren, im Fechten und in der Dienstkenntnis überdurchschnittlich gut zurechtkam, sah er keinen Grund mehr, den Stillen zu spielen. Er würde sehr bald beweisen, daß sein Regimentskommandeur recht hatte, wenn er schrieb, Alexander zu Castell-Rüdenhausen habe seine Schüchternheit abgelegt. Sehr bald würde er das beweisen, wenn er Philipp von Brand einen Besuch abstattete. Alexander hatte sehr wohl bemerkt, daß Philipp, Premierleutnant und Eskadronschef seines Regiments, einen starken Eindruck bei Ottilie von Faber gemacht hatte. Alexander war ehrlich und selbstkritisch genug, um zu sehen, daß Philipp von Brand ihn überstrahlte. Brand war nach Aussagen aller eine glänzende militärische Erscheinung, geistig sehr begabt. Er hatte vorzügliche Umgangsformen und war ein exzellenter Reiter, ein passionierter, ehrgeiziger Offizier.

Es hieß, er führe seine Eskadron überaus flott und gewandt. Sein Vorgesetzter, Freiherr von Redwitz, hatte ihm ein gutes Zeugnis ausgestellt, allerdings mutmaßte er, daß Brand zwar exquisite Umgangsformen, aber ein allzu sanftes Naturell habe. Zu weich, zu wenig soldatisch-rücksichtslos. Darüber sprach man im Regiment, denn Brand hatte sich offen über diese Beurteilung beschwert: Er war für den Hofdienst vorgesehen, und da mußte er exzellente Zeugnisse vorweisen können.

Generalmajor Gebsattel korrigierte dann auch sofort die Beurteilung durch Oberstleutnant Redwitz. Er bescheinigte Philipp von Brand, daß er hochgebildet sei, was man im Regiment selten fände, daß er einen klaren Blick habe und militärisches Verständnis. «Philipp von Brand zu Neidstein», so schrieb Gebsattel, «eignet sich unbedingt und vorzüglich zum Eskadronschef, er ist moralisch tadellos, hat ein gewinnendes Benehmen.»

Alexander war gut informiert über diesen strahlenden Helden, der ihm seine Zukunft stehlen wollte. Dem mußte Alexander zuvorkommen, einen Riegel vorschieben, und zwar bald.

Rinecker brabbelte betrunken in Alexanders Gedanken hinein, er insistierte, die Armee sei vielleicht nicht vorbildlich, aber unsittlich, wie die Zeitungen schrieben, unsittlich sei sie doch nicht. «Wie siehst du das, Alexander?»

Etwas mühsam riß sich Alexander aus seinen Gedanken. «Unsittlich – was heißt das überhaupt? Wir sind nicht unsittlicher als jeder schäbige Zivilist auch.»

«Na ja», lachte Rinecker selbstgefällig, «aber unsereinem passiert nicht soviel dabei. Zumindest dann nicht, wenn man es mal bis zum General gebracht hat ...»

«Jetzt red nicht um den heißen Brei herum, Rinecker. Welcher General hat sich unsittlich benommen?»

«Hast du das denn nicht mitgekriegt, die Affaire um den General Graf? Er hatte sich ein Fotoatelier eingerichtet, privat. Dann hat ihn jemand angezeigt, weil er dort Nacktaufnahmen von sehr jungen Mädchen gemacht hat. Gegen Geld. Die Kupplerin, die ihm die Mädchen zugeführt hat, wurde zu Gefängnis verurteilt. Graf bekam ein Attest und wurde für unzurechnungsfähig erklärt. Der fotografiert jetzt wahrscheinlich in aller Ruhe weiter.»

Rinecker lachte betrunken, und Alexander dachte, daß man

ihm heute wirklich einiges nachsehen müsse. Als sie in der Kaserne ankamen, flennte Rinecker nur noch haltlos wie einer, der in die Verbannung geschickt wird.

Bereits am Tag nach Rineckers Hochzeit reiste Alexander nach Neidstein in der Oberpfalz. Mit dem Zug konnte er bis Sulzbach fahren, dann nahm er eine Droschke, fuhr durch Felder, Wälder, Wiesen und Dörfer, die denen seiner fränkischen Heimat ähnlich waren. Trotzdem fand er, daß Brand doch praktisch am Ende der Welt wohnte, und er fühlte eine gewisse Befriedigung bei dem Gedanken.

Ansonsten hatte er wenig finden können, was Philipp von Brand auch nur ein wenig kleiner gemacht hätte. Alexander hatte das Adelsregister herangezogen und wußte nun, daß die Brand zu Neidstein sich keineswegs vor den Castell-Rüdenhausen verstecken mußten. Schon im elften Jahrhundert wurde ein Neipert von Nitstein genannt, dem eine Burg gehörte, deren Ruinen bis heute über dem Schloß derer zu Neidstein thronten. In einer langen Zeugenreihe des Stiftungsbriefes aus dem Kloster Michelfeld waren ein Rupertus de Stein und ein Roho Frater Ruperti aufgeführt, die sich im Gefolge des Bischofs von Bamberg als ihrem Lehnsherrn und des Grafen von Sulzbach als ihrem Vogt bewegt hatten. Seit dem Jahre 1450 nannte man die Herren von Brand zu Neidstein, unter denen es glänzende Persönlichkeiten gegeben hatte, lückenlos bis auf den heutigen Tag. Philipp von Brand hatte nur noch eine jüngere Schwester, Klara, also war er der alleinige Erbe von Schloß Neidstein.

Als Alexander durch den Ort Etzelwang kam, von dem erwähnt wurde, daß die Herren Brand hier das Patronat und ihre Begräbnisstätte hatten, wußte er, daß es nicht mehr weit sein konnte bis zum Schloß. Seine Droschke verlangsamte das

Tempo, denn es ging jetzt stetig bergauf, sie fuhren auf einer schmalen Straße, die durch dichten Buchenwald führte, und kamen zu einem Ort oder vielmehr einem kleinen Flecken mit den merkwürdigen Namen Tabernakel. Alexander sah ein mächtiges Haus mit Stufengiebel, von dem er im ersten Moment glaubte, es sei das Schloß, eine Art Schloßgut. Später stellte sich heraus, daß es sich um die Schloßbrauerei handelte, die in ihren uralten kühlen Kellern vorzügliches Bier braute und lagerte.

Bedienstete, die beim Herannahen der Droschke mit zwei großen Hunden herbeieilten, wiesen Alexander den Weg. Es ging noch einmal steil bergauf zu einem großen, offenbar aus den Dolomitfelsen herausgesprengten Platz, wo Alexander die Droschke zurückließ.

Angesichts des prächtigen, weißverputzten Schlosses, dessen Türme und Dächer mit schwarzem Schiefer gedeckt waren, fühlte sich Alexander nicht mehr wohl in seiner Haut. Ihm war bewußt, daß er mit seinem Dazwischentreten Ottilie die Chance nahm, Herrin auf diesem wunderbaren Schloß Neidstein zu werden. Er wußte, daß er in den nächsten Minuten um Ottilie kämpfen würde. Er wußte nicht mehr, ob es ihm um die Sache ging, um seine Existenz als Großfabrikant und mehrfacher Schloßbesitzer, die ihm an der Seite Ottilies sicher schien. Oder war es das fast fremdländisch schöne Mädchen mit den faszinierenden schwarzen Augen, die meist melancholisch schauten und selbst beim Lächeln seltsam unbeteiligt blieben? Schon oft hatte Alexander sich diese Fragen gestellt, aber er konnte sich keine Antwort darauf geben, und darum hielt er es für legitim, sich mit solcherlei müßigen Gedanken nicht länger aufzuhalten. Er wollte Ottilie haben. Punktum. Nur er würde sie in der richtigen Weise unterstützen, ein Königreich wollte er aus ihrem Besitz machen. Alexander fühlte in diesem Moment eine unglaubliche Kraft in sich, ein Glühen, einen Idealismus – so daß er glaubte, noch niemals einen so phantastischen Augenblick erlebt zu haben.

Er ging durch das Schloßtor, und Philipp von Brand kam ihm über den Hof entgegengelaufen. Er hatte gerade ausreiten wollen, war überrascht und ein wenig befremdet.

«Castell, du hier?»

«Ich muß dich sprechen, Brand.»

«Davon gehe ich aus. Komm erst einmal herein. Du wirst zumindest durstig sein nach der Reise.»

Sie gingen durch eine steinerne Vorhalle, die außer einer Sitzgruppe um den mächtigen Kamin nur einen umfangreichen Steintrog mit Büschen von intensiv duftendem weißem und lila Flieder aufwies. Alexander wußte nun, was vorhin die Mailuft so berauschend süß hatte werden lassen. Oberhalb des Schloßhofes, an dem hochaufragenden Felsen der Oberburg, wuchsen üppige Fliederbüsche, die sich an den Felsen anklammerten und ihn in einen lilaweißen Farbenrausch tauchten.

Philipp von Brand ging die steinerne Treppe hoch in eine große, aber dennoch behagliche Empfangshalle, in der schwarze reichgeschnitzte Schränke, Truhen und Sessel auffielen, die zusammen mit dem riesigen roten Orientteppich dem Raum etwas von einer Höhle gaben, reich ausgestattet mit Ahnenbildern, kostbar gebundenen Büchern, prächtigen Spiegeln und Kerzenleuchtern. Alexander fand, daß Schloß Neidstein von außen wie von innen etwas Aristokratisches hatte, das in Jahrhunderten gewachsen und selbstverständlich war.

Philipp von Brand, in Reitstiefeln und englischem Sakko, wirkte ungezwungen und souverän. Er gab dem Butler den Auftrag, Kaffee und Likör zu bringen. «Möchtest du einen Imbiß? Wir haben leider erst vor einer Viertelstunde gegessen.

Schade, daß du nicht früher gekommen bist, wir hatten einen Hecht, wie man ihn selten bekommt.»

Die Likörflasche, die der Butler brachte, erregte Alexanders Aufmerksamkeit, da sie nicht nur aus herrlichem Kristall, sondern auch noch mit einem reichverzierten Schloß versehen war. «Ist der Likör so gut, daß die Dienstboten nicht in Versuchung kommen sollen?»

«Eher wohl die Kinder, die ich noch nicht habe», lachte Philipp. «Die Flasche ist ein Erbstück, schon lange in der Familie. Aber nun sag, wieso kommst du hierher in meine Einöde?»

«Es ist wegen Ottilie von Faber. Sie ist – ich meine –» Alexander stockte, der Schrecken über sein Vorhaben fuhr ihm erst jetzt richtig in die Glieder. Die Woge der Zuversicht, die ihn mühelos hierher getragen hatte, sank in sich zusammen, er wünschte sich weit fort, schaute instinktiv zum Fenster und sah, daß draußen ein Wind aufgekommen war, die Bäume rauschten, man hörte ein sanftes Heulen und Brausen, und er bekam plötzlich Angst, daß Philipp Ottilie von Faber leidenschaftlich lieben könne. Das durfte er nicht zulassen. So ruhig, wie es ihm in diesem Augenblick möglich war, sagte er, daß er Ottilie von Faber liebe, schon seit längerem.

Täuschte er sich, oder war Philipp von Brands ebenmäßiges Gesicht blaß geworden? Er hatte so eine reizvolle Art, die Augenbrauen zusammenzuziehen, was ihm etwas Leidendes, Dramatisches gab. Auch in diesem Moment, wo er Alexander kurz und prüfend ansah, um dann wegzusehen und sich einen Kaffee einzuschenken. Doch, Philipp war erblaßt, jetzt sah Alexander es deutlich, denn seine Augen wirkten so dunkel wie sonst nie. Es konnte auch das seltsame Licht sein, das durchs Fenster hereingeworfen wurde und den Raum ständig anders zu färben schien. Wie gut, daß es Fenster gab, durch die man in die Natur schauen konnte, dachte Alexander. Bäume waren so angenehm unbeteiligt, sie rauschten leise, stellten keine Fragen, es war angenehm, mit ihnen allein zu sein.

Plötzlich wandte sich Philipp von Brand Alexander zu. «Du bist kindisch», sagte er, und Alexander spürte, wie ihm das Blut in den Kopf drang.

Doch dann war er grenzenlos erleichtert. Er hätte am liebsten Philipp von Brand umarmt oder doch wenigstens eine Verbeugung gemacht. Er bewunderte Philipp um seine Haltung, doch niemals hätte er das zugegeben. Finster verschränkte er die Arme vor der Brust, er hatte Lust zu kämpfen, er war Philipp durchaus gewachsen, ja, er fühlte sich sogar als der Stärkere.

Philipp schwieg, und Alexander sagte schließlich: «Wir könnten uns duellieren.»

Philipp schaute ihn überrascht und verächtlich an: «Ein schönes Kunststück. Zu einem solchen Unsinn habe ich keine Lust. Am Ende treffe ich dich, und Fräulein von Faber weint sich die Augen aus.» Er stand auf. «Adieu, Castell, war schön, daß du vorbeigeschaut hast.»

Eilig und erleichtert erhob sich auch Alexander. «Du hast Recht, Brand, ich muß los, die Droschke wartet schon allzu lange.»

KAPITEL 14

ALS OTTILIE erwachte, fiel ihr wie mit einem Hieb in den Magen das Gespräch mit ihrem Verlobten ein. Es war vor zwei Tagen gewesen, als Alexander zum Abendessen erschienen war. «Ich möchte mich für zwei bis drei Tage verabschieden. Ich fahre ins Badische, nach Ortenburg, da heiratet mein Freund Philipp von Brand, du weißt schon, Ottilie, der Brand zu Neidstein, er machte dir so gern den Hof. Und jetzt stehe ich im Spalier nach seiner Trauung.» Obwohl Alexander es leichthin und lächelnd sagte, spürte Ottilie trotz der brennenden Hitze, die sich rasch in ihrem Körper ausbreitete und ihr Herz zum Pochen brachte, daß Alexander sie schräg aus den Augenwinkeln ansah. Ottilie bemühte sich, das eigentümlich wehe Gefühl, das sie gepackt hatte, niemandem zu zeigen, am wenigsten Alexander. Er war dann auch rasch gegangen, weil er am nächsten Tag früh aufstehen mußte.

Schloß Ortenburg – dort brach der Hochzeitstag an für Philipp von Brand. Ottilie wußte bis zu diesem Gespräch mit Alexander nicht, daß Philipp eine Braut hatte, Diana Freiin von Hirsch. Sie war in der Schweiz geboren, sagte Alexander, als Tochter des Gutsbesitzers und Fabrikanten Theodor Freiherr von Hirsch. Diana war vierundzwanzig Jahre alt, also vier Jahre älter als Ottilie, und Alexander hatte sie als blühende, brünette Schönheit beschrieben, warmherzig und offensichtlich meist gutgelaunt. Auch bei dieser Beschreibung hatte Alexander wieder seinen versteckten Blick auf Ottilie gerichtet, und sie kannte den Grund: Alexander mahnte bei ihr oft ein Lächeln an, vielleicht beneidete er Philipp von Brand um eine Braut, die immer guter Dinge war.

Diana. Schon der Name tat weh. Warum hatte Ottilies Vater ihr nicht auch den Namen der Jagdgöttin gegeben? Schließlich war er leidenschaftlicher Jäger gewesen. Gemessen an Diana schien Ottilie ihr eigener Name plötzlich hart und unelegant. Diana. Wie sprach Philipp von Brand es aus? Zärtlich? Leidenschaftlich? Nein! Bitte, bitte nicht!

Im Spiegel über der Kommode sah Ottilie ihr morgenblasses Gesicht, den zerzausten Wust der Haare – wer war diese elende, nervöse Person, die nicht einmal in den Spiegel schauen konnte, ohne zu verzweifeln, sich zu fürchten, ihr kleines Ich zu verlieren!

Diese Angst, dieses Tier, das in jedem Spiegel lauerte. Es griff Ottilie in den Nacken, drohte sie in eine namenlose Dunkelheit zu reißen, der sie dann vielleicht nie mehr entkommen konnte. Nur weg von diesem Spiegel, nur Bewegung, Ablenkung! Schließlich heiratete heute einer ihrer Verehrer. Nein, nicht einer – Philipp von Brand war es, der sich auf die Trauung mit einer Frau vorbereitete, die mit Sicherheit würdiger und schöner war, als Ottilie es je sein könnte.

Ottilie rannte so rasch ins Bad, daß das Stubenmädchen erschrak und um ein Haar die Waschschüssel auf den Boden fallen ließ. Schon ihre Anwesenheit lenkte Ottilie ab von ihrer Angst, das kalte Wasser versetzte ihr einen wohltuenden Hieb, und sie steckte ihr Gesicht so tief und so ausgiebig hinein, daß es nach dem Abtrocknen brannte. Und als das verstörte Stubenmädchen das Haar des Fräuleins mühsam zu ordnen suchte, wobei Ottilie heftig aufschrie, kam der Morgen so langsam ins Lot.

Philipp von Brand heiratete – niemals konnte Ottilie heute einen ihrer behaglichen Alltage herumbringen mit Morgenkaffee in Gesellschaft von Familienfreunden wie den von der Straatens, mit Spaziergängen im Park, einer kleinen Lesestunde in der Bibliothek, ein wenig Klavierspiel für die Großmutter, dann Abendtoilette für ein Diner bei den Grundherrs oder woanders. Wo Ottilie auch war, sie war allein, fühlte sich ziemlich nutzlos, selbst heute, wo Jenny da war und Clarissa. Ottilie genoß es nicht einmal, jung zu sein. Sie war sich dessen überhaupt nicht bewußt, maß ihrer Jugend nicht den geringsten Wert bei. Außerdem hatte ihr niemand je gesagt, daß Jugend eine Qualität habe. Ottilie empfand ihr angenehmes Leben in Stein eher als eine Art Leiden, so wie sie die Zeit im Stift auch als, allerdings vorübergehenden, Krankheitszustand angesehen hatte.

Heute, am Hochzeitstag Philipp von Brands, wurde es Ottilie bewußt, daß sie keinerlei Ziel hatte, obwohl ihre eigene Hochzeit auf den kommenden Februar festgesetzt war. Sie war unangenehm überrascht, als ihr klar wurde, daß sie in den letzten Monaten in ihrer Phantasie inniger mit Philipp von Brand gelebt hatte als mit Alexander, ihrem Verlobten.

Heiße Angst schoß in Ottilie hoch, der es zu entkommen galt. Ottilie wollte mit Jenny und Clarissa nach Nürnberg fahren. «Das geht heute nicht», sagte ihre Mutter, «wir brauchen die Kutscher beim Holzhacken – Lämmermann und Kratzer liegen mit der Schwindsucht darnieder.»

«Wozu brauche ich einen Kutscher?» fragte Ottilie. «Ich kann schließlich selber fahren, sogar vierspännig, wenn's sein muß, das weißt du doch.»

Nach kurzem Zögern gab Bertha von Faber nach. «Es paßt mir zwar nicht», sagte sie in ihrer klaren, offenen Art, «drei junge Damen allein. Es schadet dem Ruf, vor allem deinem,

Tilly. Du bist immerhin Braut. Was wird Alexander sagen? Und was machst du, wenn ein Rad bricht oder ein Pferd scheut? So rechte Ruhe habe ich nicht.»

«Mama, man könnte meinen, die Welt geht unter, bloß weil wir nach Nürnberg wollen. Sie geht aber erst am Sylvester neunundneunzig unter. Da können wir ruhig noch vorher einkaufen gehen, oder?»

«Ich weiß nicht», sagte Bertha befremdet, «seit du Braut bist, gibst du ständig Widerworte. Das hast du nicht bei mir gelernt und erst recht nicht bei Madame Pleitner –»

«Sie hat es von Alexander», mischte Clarissa sich ein. «Der verachtet alles, glaube ich, was nicht beim Regiment ist oder wenigstens Fabrikdirektor. Gestern kam er zum Kaffee, sah mich an meinem Stickrahmen arbeiten. Da sang er: ‹Stumpfsinn, Stumpfsinn, du mein Vergnügen!›»

«Tilly, hältst du das für möglich?» Bertha sah ihre Tochter fragend und strafend zugleich an, doch Tilly zuckte die Schultern: «Möglich ist es schon. Da er selber nicht stickt, hält er Sticken für Stumpfsinn. So ist er allerdings, Mama.»

Kein Zweifel, Bertha von Faber mußte darüber noch länger nachdenken, und so lenkte sie lieber ab, fragte Clarissa, ob sie denn die Erlaubnis zum Ausfahren habe. «Hast du mit der Mama und mit der Generalin gesprochen?»

Das war keineswegs geplant, und so lenkte Tilly rasch das Gespräch auf eine andere Ebene: «Großmutter hat gesagt, ich solle Anna mitnehmen.»

«Anna? Nun gut, sie kann als Gesellschaftsdame durchgehen. Doch – wie soll Anna helfen, wenn etwas passiert?»

«Anna ist geschickt, Mutter, nicht nur im Nähen. Als wir neulich im Schlamm festsaßen, und dem Veit fiel nichts Gescheites ein, hat Anna angefangen, Äste von Büschen zu reißen und sie vor die Räder zu legen. Wir haben es alle nachgemacht, und dann war die Kutsche wieder flott. Das ist Anna. Wenn sie mitkommt, kannst du beruhigt sein, Mama.»

Die Geschichte mit Anna stimmte keineswegs. Oder doch nur halb. Aber Ottilie hatte gelernt, daß man viele Verbote umgehen konnte, wenn man nur eine passende Ausrede fand. Die Idee mit dem Buschwerk war nämlich Ottilie selber gekommen, als sie Clarissa mit ihrer Mutter und der Hausdame vom Steiner Bahnhof abgeholt hatte und die Kutsche hinter der Brücke im Schlamm festsaß. Clarissas Mutter und vor allem die Hausdame hatten mißbilligend geschaut, als Ottilie abgesprungen war und begonnen hatte, Zweige vor die Räder zu legen. Der Kutscher hatte zwar das Werk vollendet, aber Ottilie spürte, daß sie besonders in den Augen der Gesellschafterin einen Fehler gemacht hatte. Clarissa erzählte es ihr denn später auch prompt: «Die Teubner hat gesagt, man merkt es dir immer noch an, daß deine Urgroßmutter am Bindstock saß und Bleistifte auf dem Nürnberger Hauptmarkt verkauft hat.»

Was die Teubner sagte, interessierte Ottilie nicht eine Sekunde lang, denn die Gesellschafterin der von der Straatens roch nach alter Milch und sah auch so aus mit ihrer hellen, bläulich schimmernden Haut, die sich über einem stets beleidigt wirkenden Gesicht kräuselte. Die Teubner war die Witwe eines Generals, der im Deutsch-Französischen Krieg gefallen war, und das machte sie nun ihrer Umgebung zum Vorwurf. Die von der Straatens nahmen sie als Gesellschafterin ins Haus und hatten es zu bereuen, denn die Teubner hatte neben ihrer scharfen Zunge noch jeden Tag eine andere Unpäßlichkeit. Das bekamen auch die Fabers zu spüren. Doktor Martin fuhr praktisch ständig zwischen Nürnberg und Stein hin und her, nur weil der Generalin die Winde quer standen. Wenn Ottilie die Milchsaure morgens als erste am Tisch sitzen sah, durch ihre Lorgnette nörglerisch auf das Frühstück blinzelnd, hätte sie ihr schon eine Semmel an den Kopf werfen mögen.

Natürlich mußte Clarissa unbemerkt von ihrer Mutter und der Generalin mit Ottilie nach Nürnberg fahren. Ottilie und Clarissa hatten sich angeblich erst kurz nach dem Essen zu der Fahrt entschlossen, so daß man die Konsulin und die Generalin leider nicht mehr fragen konnte.

Allein Jenny Richter, Ottilies Cousine, mußte niemanden fragen. Ihre Mutter war die Witwe Eugen Richters, eines Onkels von Ottilie. Er hatte mit seiner Familie erst die Faber-Filiale in Paris geleitet, dann war er auf Wunsch Lothar von Fabers in die New Yorker Filiale eingetreten, wo er bald darauf bei einem Brand schwer verunglückte. Eberhard Faber, der Eugen Richter offenbar als eine Art Spion Lothars angesehen und immer schlecht behandelt hatte, war nicht einmal bereit gewesen, dem Kranken eine Entschädigung zu zahlen, er verwendete sogar die Mitgift von Richters Frau für die Arztkosten. Als Eugen Richter starb, fand sich seine Frau völlig mittellos und allein in New York. Lothar von Faber schickte ihr Geld, so daß sie mit ihrer Tochter Jenny nach Stein reisen konnte, wo sie seitdem bei Ottilie von Faber, der Tante des verstorbenen Eugen Richter, lebten. Jennys Mutter war immer noch derart erschüttert von ihrem Unglück, daß sie ihre Tochter Jenny aufwachsen ließ wie eine Blume auf dem Felde. Instinktiv orientierte sich Jenny an den beiden Ottilien. Der Großtante gestand sie bei Bedarf die Mutterrolle zu, der Cousine eiferte sie nach, wo es nur möglich war.

Jenny war Ottilie äußerlich fast ähnlicher als ihre Schwestern Hedwig und Sophie. Es wurmte sie nur, daß sie erst sechzehn und Ottilie schon zwanzig war. Heute, wo sie mit Clarissa und Ottilie nach Nürnberg fahren sollte, was ein Abenteuer sondergleichen war, mußte sie den Altersunterschied verwischen.

Schließlich durften doch die Faberschen Töchter und alle, die im Umfeld der Familie lebten, nirgends alleine hingehen. Nicht einmal Tilly, die die Älteste und verlobt war, durfte das. Und Jenny hoffte, daß Ottilie und Clarissa den Ausflug weidlich ausnutzen würden. In welcher Weise, war Jenny ziemlich egal, wenn es nur irgendwas Verbotenes war. Nach den Jahren in Paris und New York, wo man Jenny allerdings auch nichts Gescheites zu tun erlaubt hatte, war dieses fränkische Örtchen Stein doch gar zu langweilig. Nirgends hatte Jenny so viele Leute gähnen sehen. Jenny ertappte sich selber oft dabei, wie sie in ihrem Zimmer saß, gähnend, die Beine baumelnd, und dabei vor sich hin starrte.

Du lieber Gott, war dieses Leben langweilig. Jennys Mutter lag den lieben langen Tag auf der Recamière, weinte ohne Trost ihrem verstorbenen Mann hinterher. Aber Jenny sah doch, wie sie sich durch ganze Stapel der Monatshefte von Velhagen und Klasing hindurchlas. Sie sah auch, daß die Pralinéschachteln von Suchard ebenso rasch leer wurden wie die Flaschen grünen Chartreuses. «Was ist es nur für ein Machwerk, dieses Leben», seufzte die Mutter oft, und sie sagte ständig zu Jenny, wie sehr sie an diesem Leben leide. «O Jenny», sagte sie dann, «Jenny, dieses elende Leben – wofür lebt man eigentlich?»

Das wußte Jenny auch nicht, oder wenigstens nicht genau, doch eines hatte sie begriffen: Bei ihrer Mutter im ständig abgedunkelten Salon fand das Leben nicht statt. Tante Ottilie wollte Jennys Mutter nach München schicken, nach Neufriedenheim, wo der Hofrat Dr. Ernst Rehm, ein alter Freund der Familie, eine Privatklinik hatte für Leute, deren Gemüt erkrankt war. Doch dahin wollte Jennys Mutter unter keinen Umständen. Sie wurde sogar ganz lebhaft in ihrer Ablehnung, und Jenny mutmaßte, daß ihre Mutter sich gar nicht so schlecht fühlte in ihrem nach Parfum duftenden Halbdunkel. Daher hatte Jenny auch nicht das Bedürfnis, ihre Mutter zu trösten, wie Tante Ottilie, Tante Bertha oder die anderen Verwandten es taten. Jenny beschloß, einfach abzuwarten, bis Gott oder irgend jemand anderes ihr ein Schicksal bescheren würde, und in der Zwischenzeit wollte sie sich die Menschen ansehen, die in ihren Augen so etwas wie ein Schicksal hatten. Ihre wunderschöne, göttliche Cousine Tilly zum Beispiel. Sie war so bedeutend in Jennys Augen, daß Jenny sie am liebsten bekränzt hätte. Nur seltsam, Tilly lachte so wenig, lachte sie überhaupt je?

Jenny dachte mit plötzlicher Verwunderung, daß Tilly eigentlich nie wirklich fröhlich war, und Jennys Bewunderung war womöglich bei diesem Gedanken noch größer geworden. Natürlich, das war es, Tilly war ebenso einsam, wie Jenny es war. Nur weil Tilly so schön und so erwachsen und bei den Männern so begehrt war, spürte niemand ihre Einsamkeit. Und wäre es möglich gewesen, Jenny hätte ihre Cousine nach dieser wunderbaren, Jenny so entlastenden Erkenntnis noch mehr angebetet und geliebt.

Sie hatte sogar ein Gedicht geschrieben auf Tilly, niemals würde sie es jemandem zeigen, aber Jenny war trotzdem stolz auf ihr Werk, und vielleicht würde sie es Tilly ja doch geben, eines Tages, vielleicht bei der Hochzeit, die für den Anfang des nächsten Jahres vorgesehen war. Immer wieder las Jenny ihre Zeilen:

Für Tilly

Wenn der Mond versinkt
in seinem Silberschein,
geht sie einsam,
singt nur dem Mond ein Lied –
ein trauriges Lied.

So groß ist der Mond
in Silbergrau –
In seinem bleichen Leichentuch
wohnt der Vater dort –
und du gehst allein die leeren Wege

Ach, Tilly – auch Jenny war kein Kind mehr, auch sie könnte schon Braut sein. Sie hatte die Küsse ihres Klavierlehrers nicht vergessen, seine Tränen, seine Verzweiflung über die unglückselige Neigung zu Jenny, es war so herrlich gewesen, niemals war ein Verbot so süß übertreten worden. Der Klavierlehrer war vornehm gewesen, dessen war Jenny sicher, seine Hände waren lang, weiß und weich, und was er an Jenny alles gestreichelt hatte, doch das war nun vorbei. Und er war gegangen, ohne um sie zu kämpfen – das war eine Absage an Jenny, die sie sehr wohl verstand, so jung sie auch war. Schließlich bekam sie keinen Pfennig Mitgift, das ohnehin geringe Erbe der Mutter, dreitausend Goldmark, hatte Onkel Eberhard in New York beansprucht, um Vaters Ärzte zu bezahlen. Ohne Mitgift, soviel wußte Jenny, gab es keinen Bräutigam. Oder höchstens einen weit unter ihrem Stand. Wie sehr beneidete sie ihre Cousine.

Der Verlobte Tillys, dieser Adlige aus Rüdenhausen, der einen uralten Namen führte, dieser Verlobte interessierte Jenny ungemein. Was tat Tilly mit ihm? Was tat er mit Tilly? In den flammenden Bildern ihrer Erinnerung sah Jenny, wie Alexander zu Castell-Rüdenhausen in seiner wunderbaren Leutnantsuniform vor Tilly auf den Knien lag, wie Tilly sich zunächst tugendhaft zurückbog, aber dann doch diesem Alexander von Castell-Rüdenhausen die kurzen blonden Haare streichelte, wie sie einander in die Arme stürzten, wie sie ihre Münder aufeinanderpreßten, niedersanken auf weiche Seidenpolster oder im grünen Moos und dann – dann geschah etwas Großes, Geheimnisvolles, Explosives, etwas, was der Klavierlehrer nicht mehr hatte vollenden können, etwas jungen Mädchen bei Todesstrafe Verbotenes, das Tilly und der Graf auch als Verlobte noch nicht machen durften. Soviel wußte Jenny, auch wenn niemand ihr etwas sagte, aber dann liefen die Bilder nicht mehr weiter, und wenn sie auch noch so scharf die geliebte Tilly und den blonden Bräutigam beobachtete, ob sie sich bei Tisch oder beim Tanz oder beim Spaziergang glühende Blicke zuwarfen, sich heiß die Hände drückten, oder gar mehr. Tilly zu fragen, hatte Jenny sich bislang noch nicht getraut, aber eines Tages würde sie es tun.

Da Jenny inständig auf Abenteuer hoffte, hatte sie sich bei Ottilie der Älteren heimlich einen Hut ausgeliehen, den sie jetzt unter ihrem Taftumhang verborgen hielt. Jenny wollte wie zwanzig aussehen, mindestens. Und da sie gesehen hatte, daß auch Clarissa und Tilly, selbst Anna einen Hut trugen, wollte sie nicht zurückstehen. Ein geliehener Hut war immer noch besser als keiner.

Als die Kutsche mit Clarissa, Jenny, Ottilie und Anna zur Nürnberger Straße hinunterrollte, holte Jenny den mit Blumen, Federn und Spitzen beladenen Hut heraus und befestigte ihn geschickt mit zwei Hutnadeln in ihrem dichten Kraushaar. Erwartungsvoll sah sie die anderen Mädchen an. Clarissa bemerkte den Aufputz als erste und begriff sofort. «Na, Lütte, was hast du denn heute vor?»

Ottilie schaute nach hinten, gerade in die funkelnden Augen ihrer Cousine, die Clarissa anschnaubte: «Ich bin sechzehn, daß du es weißt! Meine Tante Ottilie war mit sechzehn schon verheiratet, stimmt's, Tilly?»

«Dann paß aber auf, daß du recht bald einen abkriegst und nicht so eine alte dicke einsame Schachtel wirst wie ich», sagte

Clarissa in genußvollem Selbsthaß, und Jenny war über soviel Selbstironie sofort gerührt und versöhnt. Denn daß diese dicke Hamburgerin Clarissa von der Straaten niemals im Leben einen Bräutigam bekommen würde, schien Jenny nur zu wahrscheinlich.

Ottilie fand, daß Jenny wirklich zauberhaft aussah unter dem Riesenteller von Hut, der ihr zartes Gesichtchen umschattete und recht dramatisch aussehen ließ. Wärme stieg in Ottilie auf, Herzlichkeit für Jenny, die ihr so hemmungslos ihre Zuneigung zeigte, daß es sie manchmal verlegen machte.

«Vielleicht darfst du ja Brautjungfer werden bei Tilly, wenn du dich gut benimmst», stichelte Clarissa weiter, denn sie war eifersüchtig auf Jenny, die ihr viel zuviel von Tilly wegnahm. Vor einem halben Jahr erst war sie aus New York gekommen, und nun tat sie so, als gehöre Tilly ihr. Demnächst würde sie noch vor Tillys Bett schlafen.

«Brautjungfer! Tilly! Ist es denn wahr?» Jenny war so entzückt von der Aussicht, daß sie Clarissas Häme gar nicht bemerkte.

Anna, die neben Jenny auf der gepolsterten Rückbank saß, während Clarissa ihr enormes Hinterteil zu Ottilie auf den Kutschbock geschwungen hatte, hörte dem kindlichen Geplauder zu und war erst einmal froh, ihrem Nähzimmer und dem feinen Kreuzstich entkommen zu sein, mit dem sie derzeit für Ottilie und ihre Schwestern Handtaschen ausstickte. Der Kreuzstich war so winzig, daß er aussah wie die feinsten Perlen, und Anna mußte ihre Augen anstrengen, um das exakt ausgerechnete florale Muster nachzusticken. Besonders viel Mühe machte die Tasche, die Anna zu Ottilies Hochzeit stickte. Der weiße Seidenstoff und die weißen Perlen aus Wachs und Glas verlangten, daß Anna sich alle naselang die Hände waschen mußte, um die weiße Pracht nicht zu verschmuddeln. Aber die

Tasche war ja für eine Hochzeit, für einen großen Tag, und sie war für Ottilie von Faber. Für sie hätte Anna notfalls ein ganzes Brautkleid bestickt, über und über mit Perlen, genau wie die Handtasche, doch sie mußte sich nicht schinden, die Brautmutter hatte das Festkleid für die Tochter schon bei Rouff in Paris bestellt. Anna hatte es im Journal *Les Modes* gesehen, ein Modell ganz aus weißer Seide, mit weißen Perlen bestickt, ein ähnliches Modell hatte die Herzogin von Hessen und bei Rhein dort bestellt, und dann war es gerade recht für Ottilie von Faber.

Anna seufzte leicht, ließ ihre Augen über das satte Junigrün der fränkischen Landschaft gleiten. Unter was für einem schönen Himmel das alles lag. Das frische Grün der Wiesen und der Bäume tat ihren strapazierten Augen gut. Ich nehme euch mit in mein Nähzimmer, dachte Anna, für einen Augenblick von einem flüchtigen Glücksgefühl erwärmt und optimistisch gestimmt, dich, grüne Weide, nehme ich mit, und die Baumgruppen, die aus dir fast eine richtige Landschaft machen, nehme ich auch mit. Und den Himmel sowieso. Er ist heute so heiter und von so frischgewaschenem Blau, daß man sich nicht satt sehen kann. Und die Wolken! Stundenlang könnte ich euch zuschauen, wie ihr euch ständig verändert und verschiebt. Die Bäume haben so vielerlei Grün, daß es nicht zu glauben ist, die Wiesen sind so weich, ich möchte auf der Stelle die engen Knopfstiefel ausziehen und mit nackten Füßen loslaufen, zum Bach, um draus zu trinken. Mit den Füßen reinzusteigen, die Steine zu spüren, schön glitschig und kalt. Alles das ist nämlich zu haben, auch für mich. Natürlich nur, wenn ich nicht nähen muß, also eigentlich nur am Sonntag. Trotzdem gehört der Himmel mir. Er und die Landschaft unter ihm sind für alle geschaffen worden. Nicht nur für die vornehmen Fräuleins, deren Notnagel ich heute bin. Gesellschafterin! Frau von Faber ist so vornehm, daß sie auch mir abgibt von ihrem Glanz. Und wenn es nur für diesen Nachmittag ist und nur zu ihrer eigenen Rechtfertigung. Gesellschafterin! Anna aus der Oberen Schmiedgasse!

Anna lachte auf, und Jenny wandte sich ihr zu: «Freust du dich, daß du mitkommen darfst?»

Sofort war Anna wieder auf der Hut. Sie durfte sich nicht ihren Gedanken überlassen, schließlich fuhr sie nicht zu ihrem Vergnügen nach Nürnberg. Sie war allein unter den jungen herrschaftlichen Damen. Alleinsein wurde verlangt, wenn man als Armer unter Reichen arbeitete.

Vier Jahre lebte Anna in Stein, und nichts war ihr vertraut. Sie wußte, sie war unter Menschen, die ihre wahren Gedanken verbargen, sogar vor sich selber. Anna dachte manchmal, daß niemand von den Fabers im Schloß und in der Villa die Wahrheit sagte. Im Alltag nicht, wenn man spazierenfuhr, ausritt oder Journale las, und nicht bei den Festen, wo Anna manchmal beim Servieren oder Bedienen aushelfen mußte: «Anna ist ja so geschickt, Anna soll den Blumenschmuck arrangieren, Anna, können Sie noch die Servietten falten, niemand hat dafür so ein Geschick. Anna. Anna.»

Ja – Anna war oft unterwegs im Schloß, in der Villa. Inzwischen kannte sie die meisten Familienangehörigen, die Fabers ohnehin, aber auch die Richters, die Johann Fabers, die Hilperts, die Haags, die Eisens, und dann die Herrschaften, die aus Nürnberg anreisten, aus München, aus Darmstadt, und neuerdings die Castells aus Rüdenhausen. Sie, so schien es Anna, sagten am allerwenigsten, was sie dachten. Hoheitsvoll ließen sie sich umhegen von der Familie Faber, auch von Anna, die man angewiesen hatte, besonders aufmerksam gegenüber der Familie zu Castell-Rüdenhausen zu sein. Doch die gesamte große Schar derer, die sich zur Familie Faber zählten, war für Anna wie eine Schar Vögel, die herbeiflogen, sich für eine Weile niederließen und dann wieder davonflogen.

Der einzige Mensch, der Anna vom ersten Tag an fasziniert hatte, auf den sie immer noch neugierig war, ohne den Anna sich wirklich einsam fühlte, war das Fräulein Ottilie. Wenn sie verreiste, in Dürrenhembach war oder im Schloß Schwarzenbruck oder auf einem der Güter, dann war es Anna, als fehle ihr die freie Luft zum Atmen, als lohne es sich nicht, sich anzustrengen, ja – es war, als habe Anna ohne das Fräulein in Stein nichts zu erwarten. Doch so neugierig Anna auch war, wie aufmerksam sie das Fräulein Ottilie auch beobachtete, sie blieb ihr so fremd wie eine der bleichen Tuberrosen im Park. Nur manchmal, wenn die Traurigkeit das ohnehin blasse Gesicht des Fräuleins fast durchsichtig machte, fühlte Anna, daß auch Ottilie sich nach etwas sehnte und nicht wußte, wonach. Daß sie Heimweh hatte, ohne zu wissen, warum, und daß sie nicht wußte, was aus der Verbindung mit dem Grafen werden sollte.

Vor drei Wochen, am Verlobungstag des gnädigen Fräuleins, hatte Anna nach dem großen Diner im Schloß parfümiertes Konfekt und Ambra-Crème herumgereicht. Von anderen Bediensteten hatte sie gehört, daß auf Wunsch des Grafen Alexander das Fest im Schloß und nicht in der Villa gefeiert werden sollte, und die Familie hatte dem feudaladligen künftigen Schwiegersohn die Bitte nicht abschlagen mögen, obwohl es hieß, daß die Reichsrätin die Stirn gerunzelt habe.

Als Anna ihre schweren Kristallschalen vorsichtig um die Gäste herumbalancierte, sah sie Fräulein Ottilie, die junge Braut, den Mittelpunkt des Festes, fast verborgen vor den Gästen hinter einem der schweren drapierten Damastvorhänge stehen, die den großen Salon vom französischen Zimmer abteilte. Obwohl das Fräulein in der hellgelben Ballrobe von Drecoll mit der engen Taille und dem tiefen Ausschnitt wunderschön aussah, wirkte sie eigentümlich schutzlos, so daß es Anna wehtat. So verlassen schien das blasse Kindergesicht unter den hochgetürmten Haaren. «Ich bin doch da, ich sterbe für dich!» hätte Anna ihr in diesem Moment zurufen mögen. Anna war uralt, doch das Fräulein Ottilie war noch ein Mädchen, ein Kind, und wenn sie in ihren glänzenden Roben steckte, beladen mit Perlenschmuck, den ihre Mutter liebte, dann kam es Anna vor, als sei das Fräulein verraten von diesen Roben, als würden die Kleider Lügen verbreiten über Tilly, die lieber im einfachen Leinenkleid in Dürrenhembach über die Felder ritt.

Seit heute trug das Fräulein zu ihren Ringen einen neuen, den Verlobungsring des Grafen. Warum schaute sie so traurig wie je, wenn sie sich unbeobachtet fühlte? War sie nicht glücklich? O Gott! Anna schalt sich wegen ihrer Rührseligkeit. War sie selber denn glücklich über die Verlobung mit Johann? Über den gefundenen Blechring, den er ihr an den Finger gesteckt hatte? Aber Johann war ein Niemand, schlimmer noch, ein großmäuliger Tunichtgut, der Gedichte schrieb. Wie kam Anna dazu, sich mit dem Fräulein Ottilie zu vergleichen, die einen Bräutigam aus einem alten, hochherrschaftlichen Wasserschloß in Rüdenhausen hatte, von feinstem fränkischen Adel, es hieß, das Geschlecht der Castell sei das älteste Adelsgeschlecht Frankens überhaupt.

Gerade hatte Anna dem Grafen und seinem Vater die Zigarren gereicht, die beiden Herren hatten sich so angeregt unterhalten, daß Anna eine Weile danebenstehen mußte, um bemerkt zu werden. Sie hatte von der Unterhaltung nur ein Wort aufgefangen, ein Wort, das sie vorher niemals gehört und daher behalten hatte. Das Wort hieß «Fideikommiß», und es gab niemanden, den Anna danach hätte fragen können.

Hinter der Steiner Brücke ließ Fräulein Ottilie die beiden

Vierjährigen, Morgenrot und Abendlicht, im raschen Trab laufen. So wie das Fräulein ritt, so kutschierte sie auch, temperamentvoll bis waghalsig. Letzteres behauptete allerdings nur die umfangreiche Baroneß Clarissa. Sie klammerte sich seitlich am Geländer des Kutschbocks fest und rief ständig: «Tilly! Bist du denn verrückt? Tilly!» Sie fuhren an der Rednitz entlang, durch die herrliche Allee; es machte Tilly unbeschreibliches Vergnügen, die Pferde richtig laufen zu lassen. Auch Jenny hatte sich begeistert halb von ihrem Sitz erhoben, sie rief ihrer Cousine zu: «Schneller, Tilly, schneller!» Tilly wandte sich einmal rasch um, schaute Jenny an, ein Moment innigen Einverständnisses, da schrie auch schon Clarissa, die berechtigte Angst hatte, vom Kutschbock zu fallen: «Tilly! Du weißt wohl nicht mehr, was sich für dich schickt!»

Tilly war derart verblüfft über diesen Aufschrei Clarissas, daß sie sofort die Zügel straffer in die Faust nahm und die Pferde zu einer gemächlicheren Gangart brachte. Tilly sah Clarissa erstaunt an: «Das sagst du mir? Du redest ja wie meine Tanten, oder wie früher Madame Pleitner.»

Clarissa, kaum der Gefahr entronnen, faßte sich sofort wieder und sagte mit der ihr eigenen blasierten Überlegenheit: «Nur beim Kutschieren, Tilly, nur beim Kutschieren sollst du dich wie eine Dame benehmen. Ich habe keine Lust, hier im Fränkischen mein junges Leben zu beenden, nur weil du, endlich einmal losgelassen, deine Pferde nicht mehr zügeln kannst.»

«Morgenrot ist schon einige Tage nicht mehr bewegt worden, Abendlicht war gestern nur einmal in Nürnberg, den Doktor Martin für deine Generalin zu holen. Die Tiere brauchen Auslauf, und ich brauche den Wind im Gesicht. Richtig kutschieren ist herrlich, fast so schön wie Reiten!»

Clarissa schwieg schmollend, denn sie kamen jetzt durch den

Flecken Röthenbach, und Tilly hatte achtzugeben, daß sie mit ihrer Kutsche an einem Kuhgespann vorbeikam, dessen hoch mit Heu beladener Wagen fast die ganze Dorfstraße einnahm. Die Bäuerin im weißen Kopftuch führte ihre Kühe sofort auf die Seite der Straße, sie starrte die vier jungen Damen in der Kutsche neugierig an, Dorfkinder kamen gerannt; die Mädchen in den langen, gefältelten Kleidern mit straff zurückgebürsteten Haaren waren kleine Ausgaben ihrer Mütter, die jetzt auch aus den Häusern liefen, sich die nassen Hände an der Schürze trockneten und der Kutsche nachstarrten, in der vier vornehme junge Damen spazierenfuhren. Am hellichten Tag. So ein Leben müßte man auch einmal haben.

In Schweinau kamen sie an der Viehwaage vorbei, wo gerade ein großer starker Ochse gewogen wurde. Ohnehin nervös von der ungewohnten Prozedur, riß sich der Ochse angesichts der Kutsche los und stürmte auf Morgenrot und Abendlicht zu, die entsprechend scheuten und sich aufbäumten. Tilly mühte sich, die Pferde zu halten, doch da gab es kein Halten mehr, Morgenrot und Abendlicht zeigten, daß sie in Momenten höchster Panik imstande waren, die Flucht nach vorne anzutreten. Clarissa schrie hysterisch, was die Pferde auch nicht eben beruhigte, Tilly stand breitbeinig auf dem Kutschbock, versuchte, die Zügel straffzuziehen, den Pferden ihren Willen aufzuzwingen, doch die beiden Vierjährigen rannten mit aufgeworfenen Köpfen, man hörte Schreien, ein Dröhnen, Splittern von Holz – sie durchbrachen ein Gatter, dann hatte Tilly das Gespann zum Stehen gebracht.

Bauern, Knechte und Mägde, die auf den Feldern gerade Brotzeit machten, liefen herbei, rieben die schwitzenden Pferde ab, gaben ihnen zu saufen. Anna, Jenny, Clarissa und Tilly saßen bald mit den Leuten am Rand des Feldes und tranken Essigwasser, aßen Brot und Speck. Besonders Clarissa griff ordentlich zu, und Tilly überlegte, wie sie den Appetit ihrer Freundin vergelten könnte, ohne die fränkischen Bauern in ihrer Gastfreundschaft zu verletzen.

Lange trauten sich die Bauern nicht, mit den Insassen der Kutsche zu sprechen, denn daß sie «Bessere» waren, daran bestand kein Zweifel, und das Wappen an der Kutsche war ihnen bekannt. Doch als die Mädchen so unbefangen zu Wasser, Brot und Speck griffen, faßten die Leute Mut.

«So – nachhert wollen die Frälä nach Närnbärch», mutmaßte ein Bauer.

«Vier Frälä – ganz alläns», ergänzte denn auch die Bäuerin etwas befremdet, aber nicht ohne Bewunderung.

Ein großer starkknochiger Junge, der aber offenbar geistig zurückgeblieben war, sagte ständig, mit eigentümlich sehnsüchtigem Ton: «Närnbärch. Do is aa der Mond ä Lebkoung.»

«Jetzt sei amol leis, dummer Bub», sagte einer der Leute grob. Anna, verärgert und mitleidig mit dem Zurückgebliebenen, fragte die Bauern, wer denn hier bestimme, wer dumm sei.

Ein Bauer, selbstgefällig: «Nachherd miä, die Gscheidn.»

«Was reden die da?» wollte Clarissa wissen. «Das klingt ja wie bei den Hottentotten – was hat der Blöde gesagt?»

«In Nürnberg ist auch der Mond ein Lebkuchen», übersetzte Anna. «Wahrscheinlich hat der arme Kerl gehört, daß in Nürnberg so viele Lebkuchen gemacht werden, und er hat noch nie einen gesehen. Und in Nürnberg war er wohl auch nicht.»

Clarissa griff in ihren seidenen Beutel, holte ein Geldstück heraus und reichte es dem Jungen. «Hier, kauf dir einen Lebkoung», sagte sie und schaute zufrieden auf die Bauern, die sie mit offenem Mund anstarrten.

Der Schmied war inzwischen gekommen, untersuchte fachmännisch die Kutsche, vor allem die Räder. «Des is fei a

Kuddschn, a noble, da fehlt sich nix, alles aggurat, da könnens weiderkudschiern, die hält wos aus, die Kuddschn!»

Gegen Mittag kamen sie am Ufer der Pegnitz an. Die Alleen waren bestanden mit den dürren, staksigen Kiefern, die für die fränkische Landschaft typisch sind, und Tilly bat Anna, Jenny und Clarissa den einheimischen Namen für die Kiefern zu sagen. Anna lachte: «Schdäggalaswald, das kommt von Stecken, oder Stock, jedenfalls von was Dürrem.» Jenny und Clarissa versuchten, es ihr nachzusprechen.

Vor Nürnberg waren sie nicht mehr allein auf der Landstraße. Planwagen, Kutschen, vom Einspänner bis zum hochnoblen Landauer, Fuhrwerke mit Pferden oder Kühen, Lasten tragende Fußgänger, alle drängten sich durch die Stadttore. Tilly beschloß, in die Königsstraße zu fahren und die Kutsche dort abzustellen. «Aber nur bei einem Hotel, wo wir wirklich anständig essen können», verlangte Clarissa, die den Imbiß bei den Bauern längst vergessen hatte.

Im Hotel Roter Hahn, das mit Rücksicht auf internationale Gäste auch die Namen *Coq Rouge* und *Red Cock Hotel* auf der Fassade zeigte, rief der Portier, der die Kutsche der Fabers und auch Ottilie kannte, sofort den Burschen, der die Kutsche wegführte, um die Pferde zu versorgen. Der Hotelier kam eilends herbei und brachte die vier Damen mit vielen Verbeugungen zu einem Tisch am Fenster, der einen großzügigen Blick auf das Treiben der Königsstraße erlaubte.

Tilly, die den Schrecken der Kutschfahrt rasch überwunden hatte, wollte alle vier einladen: «Großmutter hat mir Geld zugesteckt. Also – es sollte nicht gespart werden. Jeder ißt das, wonach ihm der Sinn steht.» Der Ober notierte beflissen: Frische Tomatensuppe mit Basilikum für Jenny, ja, die wollte Anna auch, also zweimal, schaumige Sauerampfercreme für Tilly, Samtsuppe aus Waldpilzen für Clarissa. Dann aßen sie

Hühnerei mit Kaviar (Jenny), Kräuterkuchen nach alter Art (Anna), Austern mit Ei (Clarissa) und hellen Geflügelleberkuchen (Tilly). Danach wählte Clarissa, die für Austern starb, wie sie mehrfach versicherte, Austern in Champagner, Jenny entschied sich für Jakobsmuscheln und Belon-Austern mit Trüffeln, Tilly war für Hummer im Ofen geröstet, und Anna sagte, sie sei satt. Doch davon wollte Tilly nichts wissen: «Anna, wenn du nicht genauso gut und genauso viel ißt wie wir, dann schmeckt es mir nicht. Heut sind wir die Frauen mit den großen Hüten und der großen Geldbörse, geh, sei kein Spielverderber!» Also aß Anna Hummerkuchen mit Karottenpüree, und sie hatte das Gefühl, auf einem goldenen Karussell zu sitzen, auf dem sie so lange herumwirbeln würde, bis ihr schlecht war.

Auf Anraten des Obers bestellten sie gemeinsam eine Lammkeule, in Heu gegart, «exzellent, meine Damen, wirklich exzellent, es ist eine Creation unseres Meisterkochs, nirgends werden Sie etwas ähnlich Gutes finden», und damit hatte er wirklich recht. Zum Schluß, als keine von ihnen mehr gerade zu sitzen vermochte, naschten sie noch an einer köstlichen gefrorenen Bitterschokolade.

Selbst Clarissa war hochzufrieden mit dem Menü, und jetzt machten sie sich auf zu einem dringend erforderlichen Verdauungsspaziergang durch die Stadt. Auf dem Hauptmarkt wimmelte es an den Ständen von Bauern und Handwerkern, die Gemüse, Obst, Butter, Eier und Geflügel anboten, die Töpfer zeigten Geschirr, die Tandler ihr wunderbares Spielzeug. Clarissa kaufte sofort Christbaumschmuck und Blechspielzeug im Dutzend für ihre zahlreichen Neffen und Nichten. «Dann habe ich auf einen Schlag für jeden etwas und muß mir nicht lange Gedanken machen, was ich mitbringen könnte.»

Vor einem sehr schönen Stand mit Nürnberger Zinnsoldaten

gab es Anna einen Stich. Sie erkannte Blechspielzeug, wie es ihr Vater gemacht hatte, Pferde, Kutschen, Soldaten, Reitställe, Ritterburgen – alles, wie er es geprägt und gestanzt hatte. Ganz sicher waren diese hübschen Sachen Exemplare aus seiner ehemaligen Fabrikation, gebaut nach seinen Entwürfen – von seinem Nachfolger.

Anna mußte wegsehen. Der Gedanke, wie sehr viel anders ihr Leben hätte verlaufen können, wäre der Vater nicht so früh gestorben, tat immer noch weh.

Gut, daß Clarissa von der Straaten selbstbewußt ihre Wünsche äußerte und keine Sekunde Stillstand aufkommen ließ. Sie wollte von Anna wissen, was denn da oben auf der Frauenkirche los sei. «Anna, was treiben die da?»

«Da oben, im Michaels-Chörlein über dem Vorbau, findet das Männleinlaufen statt. Wenn wir noch ein wenig warten, geht es los. Sehen Sie den Kaiser sitzen, mit dem Zepter in der Hand? Links und rechts von ihm sind Türen, aus ihnen kommen, von rechts nach links marschierend, die sieben Kurfürsten und erweisen dem Kaiser die Reverenz, wofür er dann mit einer gnädigen Bewegung des Zepters dankt. Bei jedem Gruß heben die Trompeter, die Sie rechts und links außen stehen sehen, ihre Fanfaren zu einem Stoß ...»

«Und warum laufen die da oben herum?» wollte Clarissa wissen, und Anna schaute Ottilie hilfesuchend an.

«Soweit ich weiß, stammt das kunstvolle Uhrwerk aus dem Jahr 1509, und es wurde zur Erinnerung an die Beratung der Goldenen Bulle in Nürnberg gebaut. Und es stimmt, was Anna gesagt hat. Es stellt die Reverenz der sieben Kurfürsten vor Kaiser Karl IV. dar.»

«Diese Nürnberger», sagte Clarissa nicht ohne Wohlgefallen, «Namen führen die im Mund, Chörlein, Männlein, Flecklisbube, Hefaknidla, Bärschtnbinder – wetten, daß ich heut schon soviel Dialekt gelernt habe, daß ich alle verstehe?» Wie um ihre Behauptung zu beweisen, marschierte Clarissa auf eine Marktfrau zu und fragte sie in ihrem besten Hamburgisch, wo es denn zum Dürerhaus gehe. Die Marktfrau, die kein Wort verstanden hatte, wollte trotzdem höflich sein und eröffnete die Konversation mit der Feststellung, daß es heute heiß sei: «Aber heint is haaß!»

Clarissa, verwirrt, fragte: «Hase? Sie meinen den Hasen im Feld, den Dürer gemalt hat?»

Die Marktfrau, gutmütig: «Naa, des is a Hoos!»

Clarissa schaute sich nach den anderen um, ratlos: «Meint sie jetzt eine Hose?»

Die Marktfrau, jetzt schon ein wenig ungeduldig: «Naa, Sie, des is a Huusn. Iich glaab, iich kann mit su aner Dame net amol deitsch redn.»

Clarissa gab es seufzend auf, fränkisch zu parlieren, wollte aber trotzdem zum Dürerhaus. «Dürer, das ist der einzige, der einem Hamburger einfällt, wenn man sagt, daß man nach Nürnberg reist.»

Jenny blieb in einer Ecke des Hauptmarktes stehen, vor einem wunderbaren Brunnen, von dem Anna wußte, daß er schlicht ‹Der Schöne Brunnen› hieß. «Einen so herrlichen Brunnen habe ich noch nie gesehen», sagte Jenny begeistert. «Nicht in Paris und auch nicht in New York.»

«Ich glaube, es gibt tatsächlich nicht viele Brunnen, die so kunstvoll sind», bestätigte Ottilie, und jetzt rollte auch Clarissa heran, begutachtete respektvoll die reiche Bemalung und Vergoldung der durchbrochenen achteckigen Steinpyramide, die aus dem ebenfalls achteckigen Brunnentrog aufstieg. Die untersten, im Wasser stehenden Pfeiler trugen, durch Spitzbogen verbunden, das erste Geschoß. Darin stand das kupferne Bekken, das durch acht Röhren Wasser in den Trog ergoß. Darüber bauten sich, immer kleiner werdend, zwei weitere Geschosse auf, auch sie waren von acht schlanken Pfeilern gebildet, die sich oben zu Spitzbogen mit gotischem Maßwerk vereinigten und mit Wimpergen und Fialen geziert waren. Um jedes Stockwerk zog sich eine durchbrochene Maßwerkbrüstung. Oben lief der Bau in eine krabbengeschmückte Turmspitze mit zwei übereinanderstehenden Kreuzblumen aus. In das Brunnengitter war ein glänzender Messingring eingeschmiedet, der sich drehen ließ, die Spielerei eines begabten Schmiedes.

Die Sonne brannte, allmählich verloren die Wolken ihr weißes Leuchten, sie zerrissen, verwehten im leichten Wind, der aufkam, zwischen die Buden fuhr und doch nicht genug kühlte. Alle Hitze des Himmels schien in der Sonne zusammenzurinnen, das frischgewaschene Blau des Morgens ging über in ein hartes Stahlblau, ein Augenblau, und Ottilie dachte an ihren Verlobten, der seit einigen Wochen nicht mehr bei seinem Regiment stand, sondern in Stein lebte, in der Nürnberger Straße. In einer der Faberschen Dienstvillen hatte er Wohnung genommen, und jeden Tag war er der erste im Comptoir der Fabrik. Er – nicht Ottilie. Sie hatte ja gesagt bei seinem Antrag und hätte im gleichen Moment am liebsten ihr Wort wieder zurückgenommen, weil sie nicht wußte, warum sie ja sagte. Andere Worte sagten die anderen, die Mutter, die Großmutter, der Vormund, Pfarrer Eisen, der Verlobte – liebe, bunte, schöne, zärtliche Worte mit Rosen, Tulpen und Nelken. Wo war das Wort des Großvaters? Wer holte es zurück? Ihr Verlobter, Alexander, der sie in den Arm nahm? Was ließ er ihr?

Clarissa, die Konsulin, die Generalin, alle waren sie gekommen, um Ottilie zu sagen, was sich schickte. Sie hatte einen Verlobten – sie hatte alles. Doch wenn Ottilie an ihren Großvater dachte, fand sie, daß sie mit leeren Händen dastand.

«Also hier hat er gehaust, euer großer Dürer», ließ sich Clarissa vernehmen. Sie mußte dringend verschnaufen, die leichte Steigung des Weges vom Hauptmarkt zum Dürerhaus hatte sie ins Schwitzen gebracht. «Nun, in einem Palast hat er ja nicht gerade gewohnt», stellte sie leicht enttäuscht fest, und Anna spürte verwundert, daß ihr diese abfällige Bemerkung einen Stich gab. Für ihre Begriffe war das Dürerhaus mit seinen vielen Dachgauben, dem reichen Fachwerk und den Butzenscheiben heimelig, behäbig, verehrungswürdig. Einer der wenigen Ausflüge, die Anna in ihrer Schulzeit ermöglicht wurden, hatte sie zum Dürerhaus geführt, und sie erinnerte sich gut, wie sie gespannt der Lehrerin gelauscht hatte, die vom Glanz dieses großen Mannes berichtet hatte. Sicher hatte Dürer sein Haus geliebt, und daß Clarissa es geringschätzte, tat Anna eigentümlich weh.

«Stimmt es eigentlich, daß Hegel hier gelebt hat?» hörte sie Clarissa fragen. Seit Clarissa der Knute des Max-Joseph-Stifts entkommen war, schmückte sie sich gern mit dem dort angehäuften Wissen. Ottilie erinnerte sich, daß der große Philosoph zu Beginn des neunzehnten Jahrhunderts nach Nürnberg gekommen war, kurz bevor die Nürnberger ihre Universität aufgelöst hatten. Georg Wilhelm Friedrich Hegel war zum Direktor des Egidiengymnasiums berufen worden, und er hatte sich zunächst beklagt über das altfränkische, norische Wesen seiner Mitarbeiter und Schüler, die ihm das Leben sauer machten. Dennoch hatte Hegel es verstanden, das Vertrauen aller zu gewinnen, und seine Lehrmethoden waren derart originell und frisch, daß er seine Schüler und auch die Kollegen mitriß. Als er 1816 die Stadt wieder verlassen hatte, bezeugten ehemalige Schüler, daß er den Humanismus in Nürnberg zu neuem Leben erweckt habe. Das alles erzählte Tilly ihren Begleiterinnen.

«Aber Mozart», sagte Clarissa nörglerisch, «Mozart hat hier mal gefrühstückt und gesagt, daß Nürnberg eine häßliche Stadt sei. Ich finde, da ist was dran. Heute ist ein so herrlicher Tag – und trotzdem ist diese Stadt ein unordentlicher Steinklumpen, alles ist so ineinander und durcheinander gebaut. Unser Spaziergang ist ja eine richtige Strapaze!»

Arme Clarissa. Ihre Leibesfülle ließ sie unter der Sonne schmoren, dampfend trabte sie durch die Gassen, war aber nicht dazu zu bewegen, auch nur eine Sehenswürdigkeit auszulassen. Auch wollte sie unbedingt wissen, woher der Name Nürnberg kam, und Ottilie wie auch Anna konnten nur raten. Anna entschuldigte sich mit ihrer mangelnden Bildung, aber auch Ottilie wußte nur, daß Nürnberg von «Nor» herkam, was soviel heißt wie nackter Fels, steiniger Acker am Hang. Dann fiel Anna ein, daß Doktor Martin ihr einmal erklärt hatte, daß Nürnberg eine Stadt sei «im Schutz der Burg, die auf dem Felsberg errichtet wurde».

Clarissa verlangte kategorisch, in eine der vielen Bratwurstküchen geführt zu werden, von denen man ihr berichtet hatte. Ottilie beriet sich kurz mit Anna, und dann gingen sie ins «Goldene Posthorn», wo Bratwerschtla von echten Nürnberger Zinntellern im Dutzend serviert wurden. Die fränkischen Bratwürste sind nicht größer als der kleine Finger eines gestandenen Mannes, und Clarissa machte sich mit Behagen darüber her, kostete auch noch von den etwas größeren Nürnberger Rostbratwürsten, die sie mitsamt Sauerkraut und Kren in Windeseile verschlang.

Ottilie, Jenny und Anna waren von ihrer Mittagsmahlzeit noch satt; sie tranken Apfelschorle und unterhielten sich derweil mit dem freundlichen Wirt, der ihnen stolz berichtete, daß sich in seinem Haus schon Albrecht Dürer, Hans Sachs, Peter Vischer und Peter Henlein gestärkt hätten. Dürer habe am liebsten «Zwa in an Weckla» gegessen, was bedeutete, daß er sich zwei Würstchen in einer Semmel geben ließ.

Anna war müde. Sie hatte in den letzten Tagen lange gearbeitet und wenig geschlafen, das spürte sie jetzt. Sie hörte wie von weitem, daß Clarissa, Ottilie und Jenny über Richard Wagner sprachen, der eine Oper geschrieben hatte, die «Die Meistersinger von Nürnberg» hieß. Von Hans Sachs war die Rede, dem Schuhmacher, der Verse schmiedete, wie Johann das tat. Vom Bildhauer Veit Stoß und vom Bayerischen Gewerbemuseum, dessen Mitbegründer Lothar von Faber gewesen war, «dein heiliger Großvater», wie Clarissa zu dem gnädigen Fräulein sagte.

Anna wußte nicht mehr recht, was ihr diese Stadt Nürnberg, ihre Vaterstadt, inzwischen noch bedeutete. Von Johann hatte sie gelernt, welche der Kirchen gotische waren, welche Brücken Dürer gezeichnet hatte, sie wußte, daß der Tugendbrunnen jede Tugend vermissen ließ, wie der Goldene Brunnen das Gold. Und daß ihr toter Vater, der auf dem Johannisfriedhof schlief, viel lebendiger in ihr war als die meisten Menschen, mit denen Anna, freiwillig oder nicht, ihr Leben teilte.

Jetzt ein wenig schlafen, dachte Anna, ein wenig vom Vater träumen, von Lina – sicher wäre sie eingeschlafen. Doch da sagte Clarissa, satt und unternehmungslustig, und mit einem schrägen Seitenblick auf Anna: «Du stammst doch aus dieser Stadt, Anna, zeig uns doch einmal, wo du herkommst.»

Anna wurde jäh hellwach, das Blut schoß ihr in den Kopf, die Ohren brannten. Alle sind sie gegen mich, dachte sie, alle, aber besonders Clarissa, sie läßt mir nichts, sie weiß von meinem niederen Herkommen, sie will es mir aber nicht lassen, nicht einmal die Obere Schmiedgasse läßt sie mir. Mechanisch, als liefe sie vor sich selber her, ging sie hinauf ins Burgviertel, wo sie jeden Stein kannte.

Rosenhut-Kathi allerdings erkannte sie nicht. Erst als die schwache, traurige Gestalt, die im Torbogen des Schaafschen Anwesens hockte, Anna mit zitternder Stimme anrief, drehte sich Anna erschrocken um. «Anna, daß iich di noch amol sieh, bevor iich stirb! Schnell, Anna, kumm, gib mir däi Hand. Auf miich waddn scho die Krouhä!»

Ottilie, Clarissa und Jenny, die hinter Anna geblieben waren, standen bei der Rosenhut-Kathi, sahen Anna entsetzt an. Diesmal fragte Clarissa leise, wer um des Himmels willen das denn sei? Anna schwieg für einen Moment, doch die Rosenhut-Kathi sah zwar aus wie drei Gespenster auf einmal, aber sie hatte ihren philosophischen Verstand noch nicht ganz im Nürnberger Bier ertränkt: «Iich bin ein Mensch – d' Rosenhut-Kathi – mir senn doch alle Menschn – oder?»

«Wir sind die Frauen mit den großen Hüten», dachte Tilly beklommen, «und sie ist die Rosenhut-Kathi. Auf sie warten die Krähen, und sie weiß es. Was wartet auf uns?»

Anna war die Treppe hoch in den ersten Stock gelaufen. Neben der Tür zu ihrer Wohnung stand schon die Schaaf, ihr debiles Grinsen schadenfroh Anna zugewandt: «Ach – das gnädige Fräulein – wo ist denn der Herr Doktor? Ist der Traum schon ausgeträumt? Mußt du mit dem Johann vorliebnehmen? Der Nichtsnutz paßt zu dir.»

Anna drehte der Schaaf den Rücken zu, schloß die Tür auf. Doch die Alte keifte: «Gib dir keine Mühe, deine Mutter ist nicht da. Ist mit dem Wilhelm fortgegangen. Wahrscheinlich hat der wieder was angestellt ...»

Ottilie, Clarissa und Jenny gaben gerade der Rosenhut-Kathi Geld, Clarissa schenkte ihr den grünen Leinenmantel, den ihr die Generalin zum letzten Geburtstag überreicht hatte und den Clarissa noch nie hatte leiden mögen. Rosenhut-Kathi bedankte sich verständnisvoll, sagte, der sei aber auch zu häßlich, trotzdem könne sie ihn leicht verkaufen, und wenn die Damen noch mehr zum Wegwerfen hätten, Rosenhut-Kathi habe keine Mühe, es zu versilbern.

Als auch Anna sich von Rosenhut-Kathi verabschiedete, wurde sie weinerlich. Ihr vom Alkohol zerstörtes Gesicht verzog sich zu einer trostlosen Grimasse: «Scho widda su lang her – seid iich diich gesehn hob, Anna – iä Mädla habds gut, iä habd doch nu die ganz Zukunfd vuä eich! Un iich – iich hab niä äine ghobd.»

Während die Rosenhut-Kathi die Aufmerksamkeit Annas und ihrer vornehmen Begleiterinnen genoß, kamen immer mehr der Näherinnen herbei, auch Maria war darunter, sah womöglich noch heruntergekommener aus als Rosenhut-Kathi, zwar mochte sie nun etwas über Mitte Zwanzig sein, doch sie war schon zu müde, sich zu wehren. Der Mann war verschwunden, von einer Stunde auf die andere, sie stand da mit den Kindern, wovon sollte sie die Wohnung im Loch bezahlen? Sie hatte einen Schlafgänger, er zahlte für das Ehebett, Maria schlief mit den Kindern in der Küche am Boden. Fast trotzig zog sie den schmuddeligen Schal fester um sich. «Alles is schwazz, Anna, schwazz, schwazz, schwazz! Iich wor jung un dumm, Anna, und jetz schauts in meim Kupf aus wiä Krout un Roum – jedä Hund is besser dro wiä iich! Un mei Kinner – net amol im Erziehungsheim in der Veilhofstrass wollen sie sie haben – da nehmen sie nur Waisnkinner, sogn de, un iich könnt doch ärbädn.»

Clarissa fragte Anna, was denn die Veilhofstrass wäre, und Anna erklärte ihr, daß man dort Kinder aufnahm, die verwahrlost gefunden wurden. Sie hätten dort ein Haus, ein Bett, saubere Kleider, regelmäßig zu essen und einen Hausvater, der streng darauf sah, daß die Kinder sich mustergültig verhielten. «Ich verstehe», sagte Clarissa, «das ist ein Max-Joseph-Stift für die niederen Stände – ähnlich wie bei uns das Rauhe Haus, das Wichern eingerichtet hat.»

Anna gab Trudchen und Maria die Hälfte des Geldes, das sie

ihrer Mutter hatte geben wollen, den Lohn von drei Wochen. Maria begann sofort hysterisch zu weinen, ein Husten schüttelte sie so, daß Anna sie festhalten mußte. Ein großer Schwarm schwarzer Krähen flog von der Burgmauer auf und erfüllte die Luft mit Geschrei.

Ottilie sah die schwarzen Vögel, ihr Todesgeschrei jagte ihr einen Schauder den Rücken hinunter, sie spürte, wie die Angst in ihr hochkroch, die alte Angst, und sie rannte davon, die Obere Schmiedgasse hinunter zur Königsstraße, sie mußte jetzt unterwegs sein, auf Straßen und Plätzen, unter Menschen, Hunden und Pferden mit ihrem Lärm und Leben. Hinter sich hörte sie Clarissa: «Bist du verrückt, Tilly! So warte doch, Tilly!»

Vom Hotel holten sie das Coupé ab, der Bursche hatte sogar die Räder gesäubert. Tilly gab ihm ein stattliches Trinkgeld, und dann beschlossen sie, vor dem Heimweg noch zum Spittlertor zu fahren, zum Fotografen Weber. Dieser Tag mußte festgehalten werden, so oder so, dachte Tilly, und die anderen waren ihrer Meinung. Außer Anna. Sie sagte, sie wolle in der Kutsche sitzenbleiben und auf die Damen warten, was Tilly nach kurzem Zögern akzeptierte.

Als sie zurückkehrten nach Stein, an der Wegbiegung von der Nürnberger Straße zum Schloß, dort, wo Ottilie das Coupé langsam und sorgfältig die sanfte Steigung hinauflenken mußte, trat ein Mann in Dienerlivree an die Kutsche. Er gab Ottilie wortlos ein Briefcouvert, auf dem sie das Wappen derer von Brand zu Neidstein erkannte, dann war der Livrierte schon wieder verschwunden. Ottilie schob das Couvert in ihren Leinenmantel und bemühte sich im übrigen um ein unbefangenes Gesicht. Sie wußte nun, daß sie und Philipp von Brand ein Geheimnis hatten. Daß es in ihrem Leben, das ihr bislang ziemlich beliebig vorgekommen war, eine weitere schmerzreiche Spur gab. Die eine, der Tod des Vaters, hatte sie von ihren vielen kleinen Gefühlen und Unbehaglichkeiten freigemacht für ein großes tiefes Gefühl des Schmerzes. Die Heirat Philipps schien ihr eine zweite Schmerzensspur zu sein, die sie vielleicht lehren würde, so voll großartiger Gefühle zu leben, wie sie das immer ersehnt hatte.

Ottilie konnte es nicht erwarten, bis sie allein in ihrem Zimmer war. Keine ihrer Begleiterinnen hatte gefragt – stumm waren die letzten paar Meter zur Villa zurückgelegt worden. Instinktiv hatte Ottilie Clarissa gebeten, noch vor dem Diner zu ihr zu kommen.

Betont langsam, sorgfältig, legte Ottilie ihren Mantel ab, den Hut. Sie ordnete sogar noch vor dem Spiegel ihr Haar – ihr Feind war zahm in diesem Moment, die Angst lauerte nicht in ihm. Ottilie fühlte sich stark mit diesem Kuvert in der Hand, das sich kompakter anfühlte als ein normales Schreiben. Sie setzte sich auf den Sessel, der neben der Kommode stand, schaute aus dem Fenster, das die Parkbäume sehen ließ, und alles, was eben noch wichtig gewesen war, welkte schon wie altes Laub. Endlich öffnete Ottilie den Umschlag mit dem Brandschen Siegel. Aus einem weißen Seidenschal fiel ein schmaler goldener Armreif, glatt, schimmernd.

Ein kleiner Zettel lag bei dem Ring:

Heute bekommt meine Braut von mir den Ehering. Du, Ottilie, sollst auch einen haben, von heute an jedes Jahr, als Dank für die Leichtigkeit, mit der Du mich aus meinen Verzweiflungen reißt. Seit ich Dich kenne, ist alles heller, neuer, frischer.
Philipp

Ottilie starrte den Armreifen an, las wieder und wieder, was Philipp von Brand ihr schrieb. Sie fühlte sich, als triebe sie allein in stürmischer Nacht auf dem Meer, kein Ufer in Sicht, alles erschien ihr als ein Irrtum, ein Wahnsinn, als eine furchtbare Ungerechtigkeit. Warum wußte sie nichts von alledem, was Philipp ihr schrieb? Hatte sie ihm nicht in der richtigen Weise in die Augen geschaut, jedenfalls nicht so, wie er es erwartet hatte? Hätte sie ihn am Arm fassen, heimlich seine Hände berühren sollen? Aber das war doch unmöglich, das durfte doch ein wohlerzogenes Mädchen nicht tun! Vielleicht hatte diese Diana sich mehr getraut, war kecker gewesen –

Clarissa klopfte, schob sich herein und schaute Ottilie an wie eine Quelle ewiger Sorge: «Tilly, ist es etwas Unangenehmes?»

Ottilie sah das pummelige Tiergesichtchen der Freundin, sie wußte, daß Clarissa der einzige Mensch war, der ihr jetzt helfen konnte. Sie zeigte ihr den Armreif, und Clarissa drehte ihn zwischen ihren Fingern, als wäre er glühend heiß.

Ottilie fragte die Freundin direkt: «Könntest du mir von nun an – theoretisch – jedes Jahr zu diesem Tag einen solchen Ring schicken?»

Clarissa sah Ottilie an, leichte Eifersucht, ein wenig Mißgunst, aber noch mehr Zuneigung im Blick: «Kann ich, Tilly, kann ich, aber nur, wenn du mir jetzt endlich alles erzählst, alles!»

Sie redeten die halbe Nacht, und als Clarissa sich anschickte, Ottilies Zimmer zu verlassen, fiel ihr Blick auf ein Heft, das auf der Kommode lag. «Tilly – hast du nicht genug vom Stift? Sag nur, du liest heute noch, was wir damals Lichtvolles gedacht haben?»

Clarissa blätterte in dem Schulheft, und Ottilie ließ es in einiger Verlegenheit geschehen. «Meine Schwester hat es mit im Stift gehabt», verteidigte sie sich. «Für eine Arbeit in Religion hat sie daraus abgeschrieben. Neulich hat sie es mir wieder mitgebracht.»

Clarissa las: «‹Wie die Sonne, wenn sie aufgegangen ist, an dem hohen Himmel des Herrn eine Zierde ist, also ist ein tugendsames Weib eine Zierde in ihrem Hause.› Nu ja – wenn man nun noch wüßte, was das ist, ein tugendsames Weib.» Clarissa gähnte, sie wollte für heute diese Frage nicht mehr klären, soviel war sicher.

KAPITEL 15

AM ABEND vor ihrer Hochzeit machte Ottilie mit ihrem Bräutigam einen Spaziergang durch den Ort. Sie gingen durch die Hauptstraße zur Kirche, besuchten das Grab der Fabers, legten Blumen auf die Gräber Lothars, Wilhelms und der kleinen Brüder, dann wollten sie die schmalen Straßen an der Rednitz entlanggehen, im Spital Blumen, Wein und ein Geldgeschenk abgeben, in den Arbeiterwohnungen am Mecklenburger Platz Geschenkkörbe für Familien der Faberer, in denen es Kranke gab. Kutscher Ranzinger folgte ihnen in einigem Abstand mit der kleinen Kalesche, in der Blumen, Körbe mit Nahrungsmitteln und Wein bereitstanden.

Sie sahen nicht die Droschke, die bei der Kirche hielt, sondern gingen der Kälte wegen rasch über die Straße zum Fluß, als ihnen eine Frauensperson nachlief, hinter ihnen herrief: «Warten Sie – auf ein Wort nur!»

Abrupt blieb Alexander stehen, sein Gesicht, obwohl von der Kälte gerötet, wurde fahl. Er wollte Ottilies Arm nehmen, mit ihr in die hinter ihnen fahrende Kalesche flüchten, doch da war die Frau schon bei ihnen und Ottilie blieb stehen, so daß auch Alexander gezwungen war, zu bleiben.

Die Frau schlug ihre große gefütterte Kapuze zurück. Ottilie sah ein bleiches, verzweifeltes Gesicht, in dem tiefblaue Augen auffielen. Die junge Frau atmete schwer vom raschen Lauf in der beißenden kalten Luft. Sie schaute Ottilie an, nicht Alexander. «Ich mußte kommen, Fräulein von Faber, ich mußte sehen, wie meine Nachfolgerin aussieht –»

Alexander zog Ottilie fest an sich, als wolle er sie schützen; vielleicht wollte er sich auch an Ottilie festhalten, denn sie spürte, wie er zitterte – vor Kälte oder Zorn, oder war es beides zusammen –, jedenfalls zischte er der Frau zu, so leise es seine Erregung ihm erlaubte, daß sie sich augenblicklich entfernen solle: «Meine Braut ist nicht deine Nachfolgerin, damit das noch einmal klar ist! Du wärest niemals in Frage gekommen, in gar keinem Fall. Und jetzt will ich, daß du gehst!»

Der große weiche Mund der Frau war äußerst blaß, sie mühte sich um ein Lächeln, aber es gelang ihr so wenig, daß Ottilie Mitleid bekam mit ihr. Es lag auf der Hand, daß sie und Alexander ein Paar gewesen waren, intim, daß dieser blasse Mund unter Alexanders Küssen rot geleuchtet haben mußte. Am liebsten hätte Ottilie die beiden alleine gelassen, aber Alexander nahm sie jetzt um die Taille, trug sie fast in die Kalesche, die an der anderen Straßenseite wartete.

«Ranzinger, zum Schloß, aber rasch!» rief Alexander, dann wandte er sich Ottilie zu, streichelte ihr Gesicht mit einem bittenden und gleichzeitig gehetzten Gesichtsausdruck, der ihn der von ihm verlassenen Frau fast ähnlich machte. «Ottilie, glaub mir bitte», begann er, doch sie legte ihm mit einem sanften «Schsch» den Finger auf den Mund. Sie spürte eine gewisse, entlastende Rechtfertigung, dachte flüchtig, daß sie zumindest ein wenig für Philipp übrig haben durfte, da Alexander diese Frau ganz und gar gehabt hatte. Ein Anfall von Eifersucht auf diese in den Augen Ottilies so dramatische und viel schönere Frau ließ sie plötzlich eine unbändige Lust auf Alexander spüren, eine nie gefühlte körperliche Leidenschaft von der Art einer jähen Flamme, auf die Ottilie nicht vorbereitet war, doch sie ahnte, daß das Gefühl etwas mit der Frau am Straßenrand zu tun hatte, mit ihren tiefblauen Augen, ihrem großen Mund, mit ihrer und Alexanders Lust, und Ottilie warf sich gegen Alexander, suchte seinen harten Mund und wühlte und biß sich in ihn hinein; sie spürte Alexanders Erstaunen, sein ungläubiges Nachgeben, auch er suchte Ottilies Mund, ihren Körper unter den warmen Schichten der Kleidung, und ihre Seufzer und Alexanders «Tilly, Tilly, Tilly» wurden nur übertönt vom Getrappel der Pferde und dem Geräusch der Räder in den Straßen von Stein.

Ottilie versuchte, mit Gott über ihre Hochzeit zu reden, aber er gab wie immer keine Antwort. Dabei war heute der 27. Februar, ein Tag, der sich seit Monaten einen Platz ergattert hatte in Ottilies Gedächtnis, denn sie konnte sich eigentlich keine Daten merken. Insgeheim hatte Ottilie gehofft, daß etwas Unvorhergesehenes passieren würde, ein Feuer im Schloß oder in der Villa ausbrach, oder eine Regenflut, so dicht, daß Regenwände niemanden hindurchlassen würden, der zu ihrer Hochzeitsfeier anwesend sein mußte. Ottilie spürte, daß sie immer nervöser wurde. Ihre Angst zu versagen erinnerte sie an einen Geburtstag ihres Großvaters, wo die Enkelinnen als Geschenk lebende Bilder aufführten. Ottilie hatte so viele Rollen gehabt, daß ihr ganz schwindlig wurde, und sie fürchtete ständig, Texte zu verwechseln. Sie war der Prinz, der Aschenbrödel erlöste, sie stellte Fortuna mit dem Füllhorn dar, den gefräßigen Wolf in Rotkäppchen, den Prinzen, der Dornröschen in ihrem Rosenschloß wachküßte, und der ertrinkende Fischer in Loreley war sie auch gewesen.

Nach dem Feuer in der Kutsche, nach dem gestrigen Abend, da Alexander und Ottilie wie Trunkene aus der Kutsche gestiegen waren, wie Verschwörer sich getrennt hatten, war sie womöglich noch unsicherer als vorher, denn das Feuer in ihr war erloschen, hatte einer Verlegenheit Platz gemacht, vor der sie am liebsten geflüchtet wäre. Wie sollte sie Alexander in die Augen sehen? Wie sollte sie erfüllen, was alle von ihr erwarteten – für alle Zeit nur noch Alexander zu lieben, obwohl Philipps Armreif bei ihrem Jawort dabeisein würde?

«Ich weiß nicht, was soll es bedeuten, daß ich so traurig bin. Ein Märchen aus uralten Zeiten, das geht mir nicht aus dem Sinn.» Ottilie liebte dieses Gedicht Heinrich Heines, und es war kein Zufall, daß ihr Hochzeitsmorgen sie daran denken ließ, denn sie sang nicht selten alle Strophen, und sie beneidete den Fischer in seinem Schiffe, den es in wildem Weh ergriff. «Er schaut nicht die Felsenriffe, er schaut nur hinauf in die Höh. Ich glaube, die Wellen verschlingen am Ende noch Fischer und Kahn, dann hat das mit ihrem Singen die Loreley getan.»

Das war es, was Ottilie sich wünschte: eine Passion, eine tödliche Leidenschaft, ähnlich der, die dem Dichter zu seiner Cousine Amalie nachgesagt wurde, die einen anderen heiratete, obwohl Heine sie über alle Maßen liebte.

Es ist eine alte Geschichte,
Doch bleibt sie ewig neu;
Und wem sie just passieret,
Dem bricht das Herz entzwei.

Was Ottilie über das Leben des Dichters, seiner deutschen Base und seiner französischen Frau erfahren hatte, beeindruckte sie zutiefst. War ihr eigenes Leben nicht doch schon zu Beginn tragisch? Sie heiratete heute, obwohl sie wußte, daß Alexander Frauen mit tiefblauen Augen und weichem Mund neben Ottilie haben durfte. Sie selber durfte so etwas nicht, hätte sofort alle gegen sich, ihre Verwandten, die Castells, Pfarrer Eisen, Justizrat Hilpert – die ganze Gesellschaft würde sich von ihr abwenden, wenn sie nur eine Ahnung von Philipp hätten.

Vor einigen Wochen schon hatten Alexander und Ottilie die Einladungen zu ihrer Hochzeit verschickt. An Verwandte, Geschäftsfreunde, Jugendfreunde, eine stattliche Anzahl kam da von beiden Seiten zusammen. Und dann zählte Alexander seine Regimentskameraden auf: Rittmeister Eduard Freiherr von Crailsheim, Ferdinand Freiherr von Schrottenberg, Rudolph Graf von Hundt zu Lauterbach, Karl von Grundherr, Hermann von Faber du Faur, Karl Freiherr Kress von Kressenstein, Ottmar Ritter von Poschinger, Eduard Ritter von Poschinger, Leutnant Wilhelm Schilling, Prinz Hermann zu Sayn-Wittgenstein, Alexander Graf zu Waldeck und Pyrmont, Graf Hugo Lerchenfeld …

Ottilie schrieb mit leichter Hand, und dabei wartete sie nur auf den einen Namen, doch er kam nicht, und Ottilie wagte nicht, danach zu fragen, aber immerhin war doch Alexander zu der Hochzeit Philipp von Brands geladen gewesen. Als könne Alexander Gedanken lesen, sagte er leichthin: «Die Brands zu Neidstein können nicht kommen, Diana von Brand ist schwanger im vierten Monat, und man will die Reise vorsichtshalber nicht auf sich nehmen.»

Harte Zeiten, dachte Ottilie. Wie immer, wenn sie nachdenken wollte, sah sie aus dem Fenster. Ein früher Dezemberschnee lag auf den Wiesen des Parks, große Saatkrähen hockten schwarz auf weißem Grund, unter dem grauen Himmel standen die Bäume schwarz und boten wenig Trost. Sie entsprachen vollkommen Ottilies Stimmung. *Aber daß in meinem Herzen Flammen wühlen sonder Ruh, daß ich sterbe hin vor Schmerzen – Minne, sieh! Das tatest du!* Ottilie war manchmal in Stimmungen, da ließ sie nur Heine gelten, und seit sie erfahren hatte, daß Elisabeth, die schöne traurige Kaiserin von Österreich, Heine-Verse über alles liebte, fühlte sie sich bestätigt in ihrem literarischen Geschmack.

Heinrich Heine, Kaiserin Elisabeth und sie, Ottilie, würden auf ewig alleine sein. Das schien Ottilie nun, da Philipp Vater wurde, beschlossen. Trotzdem hielt eine geheimnisvolle Kraft in Ottilie noch die Hoffnung wach. Aber es war Ottilie jetzt klar, daß der Weg zum Geliebten nur durch die Hölle führen konnte.

Sie hatte inzwischen Philipp mit seiner Frau auf einem Regimentsball gesehen, eine äußerste Qual, aber auch eigentümlich süß. Das hübsche, sympathische Gesicht Diana von Brands, ihre selbstverständliche noble Eleganz beruhigten Ottilie, entkrampften sie derart angenehm, daß Ottilie der Frau Philipps am liebsten um den Hals gefallen wäre. Diana war die einzige Frau, der Ottilie Philipp gönnte.

Alexander hatte es zu verhindern gewußt, daß Ottilie und Philipp einander wirklich nahe kommen konnten, jeden Tanz hatte Alexander mit ihr getanzt, doch dann, als Ottilie einen der Salons aufsuchte, um sich zu erfrischen, war Alexander zu seinem Kommandeur gerufen worden, und sie konnte für einige Minuten herumschlendern in dem herrlichen Münchner Stadtpalais. Von den hohen Wänden strahlten Kandelaber ein warmes Licht aus. Die prächtig gekleideten Menschen im Saal schienen alle Kinder dieses Lichts, waren freudig gestimmt, plauderten angeregt miteinander, so daß ein beträchtlicher Geräuscheschwall über dem Saale lag, rauschender Übermut, und als Ottilie, von den kühleren Gängen kommend, in den Saal eintrat, legten sich ihr der Lärm und die Düfte wie ein dichter Hauch um die Schläfen, wie duftende weiche Watte. Ottilie sah viele wunderschöne Frauen, sie trugen Kleider wie Wolken von Schmetterlingen, zart und doch üppig, auch ihr eigenes Kleid bauschte sich um sie wie duftender Schnee. Einen riesigen Hut mit Rosen hatte die Mutter ihr geschenkt, sie hatte ihn zu Ottilies letztem Geburtstag eigens in Paris bestellt. Rosenhut-Kathi, hatte Ottilie, für einen Moment erschrocken, gedacht. Aber die Freude über das prächtige Hutexemplar, das ihrem Teint sehr schmeichelte, ließ sie die Rosenhut-Kathi wieder vergessen.

Wo war Alexander? Ottilie sah sich suchend um, da glitt Philipp von Brand rasch aus dem Gewoge der Kleider und Uniformen, er küßte Ottilie die Hand und flüsterte: «Und wenn der Mensch in seiner Qual verstummt, gab mir ein Gott, zu sagen wie ich leide ... Ottilie, ich muß sofort wieder gehen. Man könnte uns beobachten. Diana ist ahnungslos, neigt aber durchaus zu Eifersucht. Wir dürfen ihnen keinen Grund geben, uns zu trennen, im Gegenteil. Wir müssen klug sein, damit wir uns in Zukunft wenigstens offiziell sehen können. Tilly! Bitte!»

Ottilie rannte aus dem Saal, zurück in einen der Salons, und sie wußte für einen Moment nicht mehr, wer sie war. «Bin ich wirklich ich?» fragte sie lautlos in einen der Spiegel hinein, doch da lauerte schon wieder diese diabolische Angst, und Ottilie wandte dem Spiegel den Rücken, machte sich auf die Suche nach Alexander. Er war ihr Bräutigam, nur an ihn konnte sie sich halten.

Das Mädchen klopfte, und Ottilie lag immer noch im Bett und war eigentlich todmüde. Doch es war schon acht Uhr vorbei, die Morgenserenade für das Brautpaar war für elf Uhr angesetzt, und bis dahin mußte Ottilies Haar gewaschen und frisiert, ein kleines Frühstück eingenommen, die Braut festlich geschmückt sein. Um zwölf Uhr war Kirchgang, danach das fränkische Hochzeitsessen.

O Gott. Heute heirate ich. Ottilie sagte es sich auf wie ein

Gebet oder ein Gedicht. Sie sammelte ihre Kräfte. So ist das also, sagte sie zu dem Spiegel über ihrer Kommode, der zu ihren Feinden zählte, aber heute zahm wirkte, denn gegen diesen Tag kam ein Spiegel nicht auf. Nicht gegen einen Hochzeitstag, wo man genug damit zu tun hat, Fragen nicht zu stellen, die man sich dringend stellen müßte, Tränen nicht zu weinen, die hinauswollen, die Panik niederzuhalten, die einen bestürmt, allem davonzulaufen. Nein, man hat es jetzt angefangen, nun macht man immer weiter. Später konnte sie dann noch lange genug nach den Gründen suchen, die einen in Situationen bringen, die man nur durch Verdrängen bewältigt.

Noch sind die Tage der Rosen – so würden sie gleich singen. Die Tage der Jugend. Die schönste Zeit im Leben. Das war alles Geschwätz. Das Gegenteil ist richtig. Alles geht kaputt, selbst der allerkleinste Traum zerschlägt sich. Du verlierst die Liebe, das Vermächtnis des Großvaters, Mutter und Justizrat Hilpert sind nicht mehr für dich zuständig. Dein Ehemann, die Welt der Erwachsenen ist es, zu der du jetzt gehörst. Wo wird dein Platz sein?

Es war Ottilie nicht verborgen geblieben, daß ihre Zeit seit einigen Jahren mit *Fin de siècle* überschrieben und als eine Endzeit bezeichnet wurde, und das bezog sich nicht allein auf den Kalender, der die Jahrhundertwende ankündigte. Der Begriff des *Fin de siècle* kam aus Frankreich, aus Paris, wo vor etwa zehn Jahren ein Boulevardstück dieses Namens Premiere hatte. Es war von einem Autorenpaar namens Jouvenot und Micard geschrieben worden und traf den Nerv der Zeit, denn es hatte großen Erfolg bei Publikum und Kritik. Und so war auch in den deutschen Blättern und in den privaten Zirkeln überall von Epochenmüdigkeit die Rede, so daß es Ottilie schon anödete. Sogar ihr geliebter Hofmannsthal schrieb vom *Fin de siècle* als vom Merkwort der Epoche.

Ottilie gefiel das nicht. Es gab eigentlich nichts in ihrem momentanen Dasein, womit sie einverstanden gewesen wäre. Der Kaiser schien ihr unecht, ein unglücklicher alter Junge in ständig wechselnder Uniform, der Adel war laut Heinrich Heine ohnehin nur eine Einbildung und benahm sich auch so, und um sich herum sah Ottilie ausschließlich fleischgewordene Einbildungen, sie selber eingeschlossen, umgeben von Kulissen mit Erkern und Türmchen, an denen sie sich stieß, die ihr die Sicht verstellten. Durch ihre heutige Heirat wurde Ottilie in diesen Kulissen ein für allemal begraben.

Das Brautkleid, obgleich sehr eng, paßte, als hätte Anna es Ottilie auf Taille geschneidert, und Ottilie wußte, warum. Sie hatte schon seit längerem eine sanfte Furcht vor diesem Tag, dazu kam ein Stirnhöhlenkatarrh, der sich aus einem leichten Schnupfen entwickelt hatte und ihr nun einen ständigen Schmerz in der Stirn und ein Druckgefühl im gesamten Kopfbereich bescherte. Daher hatte sie in den letzten Tagen kaum etwas gegessen. Sie hatte Pyramidon genommen und Eiskompressen gemacht. Gegen die ständig verstopfte Nase gab Doktor Martin ihr ein Kokainpräparat, das Ottilie sorgsam einnahm, denn es machte ihr den Kopf wenigstens vorübergehend hell.

Großmutter Ottilie, die selber das Leiden chronisch hatte, war mit Eiskompressen gekommen. Sollten die nicht anschlagen, müsse man zu feuchtwarmen Umschlägen übergehen. Darüber hinaus erfrischte sie das Gemüt der Enkelin mit Schilderungen der Eingriffe, die nötig würden, wenn es dauerhaft nicht gelänge, für den Abfluß der eitrigen Sekrete zu sorgen. Ottilie die Ältere zeigte Tilly genau die Stelle über dem Augenbrauenbogen, wo man die Stirnhöhle aufmeißeln würde. So war Tilly schon froh, daß sie zur Trauung nicht mit einem Kopfverband erscheinen mußte.

Der 27. Februar 1898 war deshalb zum Hochzeitstag gewählt worden, weil an diesem Tag auch die Herren Filialleiter aus London, Paris und New York, Shinert, Homburg und Geisse, zur Konferenz anreisten. Bevor das junge Paar seine Hochzeitsreise antrat, sollte in einer großen Konferenz der Bräutigam, der schon seit mehr als einem Jahr hospitierte, als Gemahl der Erbin eingeführt werden. Niemand hatte Ottilie gefragt, ob ihr der Termin auch passe. Und wenn – hätte sie gesagt, daß um diesen Termin herum ihre Menstruation fällig sei?

Ottilie hatte Mühe, ihre hin- und herfliegenden Gedanken zu bändigen. Beim Frühstück hatte sie wegen des Katarrhs keinen Appetit gehabt, was die gesamten Anwesenden veranlaßt hatte, sich mit Beschwörungen auf sie zu stürzen. «Du mußt essen, Kind! Wie willst du den Tag durchstehen?»

«Bertha, du mußt dem Kind einen Tee aus Fenchel, Bitterteeblättern, Enzianwurzel, Kamillenblüten und Wermutkraut kochen lassen!» sagte die Großmutter, «den soll Tilly immer heiß vor den Mahlzeiten trinken!»

Doch Käthe Faber ließ das nicht gelten: «Kümmel!» rief sie, «unbedingt Kümmel und Melissenblätter, dazu noch Tausendgüldenkraut und Wacholderbeeren, dann wirst du sehen, wie sie ißt!»

«Und so fett wird wie du», dachte Ottilie, aber sie blieb friedlich, denn ihr Kopf brummte und sie brauchte sicherlich auch die Operation, von der Großmutter sprach, aber zunächst einmal Taschentücher.

«Der Bräutigam kommt!» rief Elsa laut, und ihr Mops ließ ein paar erschrockene Japser hören. Geschwind brachte Bertha von Faber Tilly in ihrem Zimmer in Sicherheit, wo Anna dabei war, dem Pariser Brautkleid auch noch die letzte kleine Bügelfalte zu nehmen. Ein Brautkränzchen, ebenfalls aus weißen Perlen und Steinen, war mitgeliefert worden. Anna hatte den meterlangen Schleier in stundenlanger Arbeit so geschickt daran befestigt, daß der wunderhübsche Perlenkranz wie eine Krone in Ottilies Haar befestigt werden konnte, aus der die Schleierwolke wie ein riesiger Wattebausch hervorquoll.

Anna half Ottilie in das Kleid, im Ausschnitt versteckte sie kleine Wattekugeln, die sie mit *Divinia* getränkt hatte, derzeit das Lieblingsparfum des Fräuleins. Anna besaß selber nur Moschus und Patschuli zu fünfzig Pfennig das Fläschchen, aber sie wußte, daß diese Parfums als zweitklassig galten, als Dienstmädchenparfum. Deshalb beschränkte sie sich darauf, die mit Veilchen- oder Irispulver gefüllten Sachets, die sie zwischen die Wäsche der jungen Fräuleins zu verteilen hatte und regelmäßig durch neue ersetzte, zwischen ihre eigene Wäsche zu legen. Der Duft reichte immer noch aus, um auch Annas Kleider und Wäsche angenehm riechen zu lassen.

Für das Fräulein jedoch hieß es: vom Guten nur das Beste, und vom Besten nur das Wenigste. Darum hatte sie die langen, weißen Brauthandschuhe seit zwei Tagen gefüllt mit Irispulver, das Anna am meisten liebte, in einer Schublade liegen lassen. Ehe sie anfing zu bügeln, schüttelte sie die Handschuhe aus, und nun rochen sie zart wie frisch aufgeblühte Iris. In einem der Journale, die von den Faberschen Damen durchgeblättert und von Anna gesammelt wurden, hatte sie gelesen, wie eine Künstlerin namens Sarah Bernhardt mit Parfum umzugehen pflegte: «Man gieße eine volle, nicht zu kleine Parfumflasche mitten ins Zimmer und gehe ein paarmal durch den Raum.» Diese Vorstellung gefiel Anna zwar durchaus, leuchtete ihr auch ein, dennoch fand sie sie der Verschwendung wegen so aberwitzig, daß sie es nicht wagte, dem gnädigen Fräulein den Vorschlag zu machen, eine Flasche *Divinia* auf dem Teppich auszuleeren.

Trotzdem war der Ankleideraum Bertha von Fabers in Duftwolken gehüllt, als Anna daran ging, aus Ottilies Hochfrisur noch einige kleine Strähnen so zu brennen, daß sie lockig in die Stirn fielen. Geschickt schwang Anna das glühende Eisen, hielt es vorsichtig an ihre Wange, bis es die richtige Wärme hatte; Ottilie saß still, denn von solchen Unternehmungen war in Damenkreisen bekannt, daß Kopfhaut und Stirn hin und wieder Brandblasen davontrugen. Doch alles ging glatt, nur ein warnender Geruch nach angesengtem Haar hing in der Luft. Anna hätte ohnehin auf die Stirnlöckchen verzichtet, sie fand, daß das Fräulein am schönsten aussah, wenn ihr Haar üppig und schlicht aus der Stirn genommen war, aber die Löckchen trug man in Paris und bei Hofe, daher gab es keine Diskussion.

Anna hatte in vielen Stunden Arbeit auch ein Hochzeitsgeschenk für das Fräulein angefertigt. Eine Bluse aus schwarzer und weißer Seide, die Anna im Meter gekauft, in schmale Bahnen geschnitten und dann plissiert hatte. Diese Streifen wurden aneinandergenäht, und daraus schnitt Anna die engen langen Ärmel, wie das Fräulein sie mochte, der Kragen und die Manschetten bekamen kurze, plissierte Rüschen. Rücken und Vorderteil schnitt Anna weit zu, denn das Fräulein liebte es nicht, wenn der Busen deutlich zu sehen war. Für die schmale Taille hatte Anna aus der schwarzen Seide einen festen Gürtel gesteppt, der einen Verschluß mit Häkchen hatte, auf den eine Rose aus schwarz und weiß plissiertem Stoff genäht war.

In den stillen Stunden im Nähzimmer hockte Anna, lauschte auf Schritte im Treppenhaus, immer gewärtig, ihr Werk zu verstecken, aber es kam nie jemand zu ihr herein, und als ihr das bewußt wurde, war sie traurig, obwohl sie hoffte, daß niemand sie beim Anfertigen ihres Hochzeitsgeschenks überraschte. Während sie die Plissees einbügelte, vorsichtig und immer wieder, gingen ihr die Gedanken wirr durch den Kopf, und ihr Herz blutete, wenn sie daran dachte, was in den Kreisen der Bediensteten heftig getuschelt wurde: daß die neue Verwandtschaft, die zu Castell-Rüdenhausen, herabsahen auf die Braut des Grafen Alexander, weil sie nicht von hohem Adel war wie er.

Für Anna war Adel etwas völlig Abstraktes, sie wußte nur, daß adlige Leute meist reicher, aber auf jeden Fall vornehmer waren als Leute mit einfachen Namen. Sie fragte Doktor Martin, und er erklärte ihr, daß Hochadel, der auch Ahnenadel oder alter Adel genannt würde, nur dann vorhanden sei, wenn durch mehrere Geschlechterfolgen hindurch alle Vorfahren adelig waren. Dabei berechnete man Ahnenzahl nach der Zahl der Vorfahren in der Geschlechterfolge, bis zu der hinauf Adel gefordert wird. Man spricht also von 2, 4, 8, 16 Ahnen und so weiter. Martin erklärte ihr, daß der preußische Hof bei der Kaiserin Augusta, einer Prinzessin von Schleswig-Holstein-Sonderburg-Augustenburg, viel Mühe gehabt habe, die zur Ebenbürtigkeit notwendigen sechzehn Ahnen zusammenzubringen. Der frühere Kanzler Otto von Bismarck sollte dazu gesagt haben, daß Schleswig-Holstein zwei bemerkenswerte Dinge hervorgebracht habe: Kühe und die Kaiserin.

Das tröstete Anna schon wieder. Wenn selbst am Herkommen der Kaiserin gemäkelt wurde, tat es nicht so weh, wenn jemand die Familie von Faber herabsetzen wollte. Wieso, fragte Anna Doktor Martin, wieso sind denn die Fabers von niederem Adel? Hochadel, so hörte sie, werde von väterlicher Seite seit unvordenklicher Zeit vererbt. Niedriger Adel wird vom Landesherrn verliehen. Im Fall der Familie von Faber war 1862 an Lothar von König Maximilian II. der persönliche Adel verliehen worden. 1881 erhob ihn Ludwig II. in den erblichen Freiherrnstand. Die höchste Würde erhielt er dann 1891, als der Prinzregent Luitpold ihn zum Erblichen Reichsrat der Krone Bayerns ernannte. «Damit», so Doktor Martin, «hatte Lothar von Faber den Adel für seine Nachkommen gesichert, und er hatte Teil an der politischen Macht.»

Was es denn mit dem Fideikommiß auf sich habe, wollte Anna noch wissen. Sie habe das Wort bei den Grafen zu Castell-Rüdenhausen zum ersten und zum letzten Mal gehört, und niemand könne es ihr erklären.

«Ich weiß es auch nicht so genau», sagte Doktor Martin, «ich weiß nur, daß Fidei so etwas wie Vertrauen bedeutet, und der Fideikommiß, der nur in Adelsfamilien möglich ist, sagt, daß immer dem ältesten Sohn das gesamte Erbe ungeteilt zufällt, damit das Vermögen der Familie nicht aufgesplittert wird. Die Geschwister werden abgefunden mit einem Legat. Ottilie von Faber ist, soweit ich informiert bin, durch Fideikommiß ihres Großvaters zur Erbin geworden. Das bedeutet, daß ihr die Bleistiftfabrik gehört, alle Schlösser, Häuser und Gründe, und dazu Obligationen und ein, glaube ich, sehr großes Vermögen in Goldmark.»

Wer so reich war wie das Fräulein, dachte Anna, und vor allem so schön, der durfte den Kopf ruhig ganz hoch tragen. Doch Anna hatte schon des öfteren beobachtet, daß Ottilie von Faber dazu nicht das geringste Talent hatte. Ihre jüngeren Schwestern, so selten sie daheim waren, spielten viel sichtbarer die Baronessen, scheuchten Anna herum, auch wenn sie dabei freundlich waren. Für sie würde Anna jedenfalls niemals ein Hochzeitsgeschenk anfertigen, dessen war sie sicher. Aber für das Fräulein Ottilie setzte sie ihr ganzes Können ein.

Diese Bluse gab es nirgends zu kaufen, sie war Anna eingefallen beim Anschauen der Pariser Journale, ein Element hatte sich zum anderen gefügt, und plötzlich wußte sie genau, wie ihr Geschenk für das Fräulein aussehen würde. Wenn sie damit bei der Castell-Rüdenhausenschen Verwandtschaft erscheinen würde, könnte keine der anderen jungen Frauen eine ähnlich schöne Bluse vorweisen. Außerdem – Ottilie war so hübsch und vornehm wie keine andere in der Verwandtschaft, Anna mochte ja niemanden herabsetzen, aber die Schwestern Alexanders sahen mehr oder weniger aus wie ihre Mutter, und vielleicht hatten sie von ihr auch einen gewissen Hochmut. Anna wünschte sich, das Fräulein Ottilie würde sich nicht mit ihnen vergleichen. Sie hatte das nicht nötig. Sie hatte das Recht, die Verlobte des Grafen Alexander zu sein. Und heute wurde sie seine Frau. Trotz allen Getuschels. Anna würde warten, bis das Fräulein in der Hochzeitskutsche saß, sie selber nicht mehr gebraucht wurde, dann wollte sie einen schnurgeraden Pfad entlang durch den Park rennen, um in irgendeiner Weise dabei zu sein. Für die Kirche waren längst Karten ausgegeben worden, Ottilie hatte Anna auch eine zugesteckt, aber Anna traute sich nicht, unter den hochmögenden Herrschaften zu sitzen.

Der Vater des Bräutigams, Wolfgang Graf zu Castell-Rüdenhausen, war mit Hermann Ritter von Haag als Trauzeuge gebeten worden. Es war für den Bräutigam wichtig gewesen, soviel wußte Ottilie, daß der Vater sich gerne bereit erklärt hatte, die Braut anstelle ihres verstorbenen Vaters in die Kirche zu führen. Er saß auch jetzt neben ihr in der Hochzeitskutsche, einem prächtigen, wappenverzierten, dunkelgrünen Landauer, den die Mutter eigens zur Trauung ihrer Ältesten bei Franz Seitz, dem Wagenbauer des Hofes, hatte entwerfen lassen. Morgenrot und Abendlicht waren gemeinsam mit zwei jungen Halbblutpferden vorgespannt, und Veit, der Kutscher, trug eine neue Livree.

Ritter von Haag war Divisionskommandeur in Nürnberg, ein Verwandter der Fabers, Ottilie seit ihrer Kindheit vertraut. Es erleichterte sie, ihn an ihrer Seite zu wissen, denn ihr Schwiegervater schüchterte sie ein, obwohl er höflich und freundlich mit ihr umging. Schon seine hochgewachsene Gestalt hatte etwas Elegantes, Souveränes, aber auch selbstverständlich Distanziertes. Sein Kopfhaar bestand aus einem silbernen Haarkranz, dafür war der Schnurrbart um so kräftiger und ebenso gepflegt wie der gestutzte Kinnbart. Die blauen Augen, Alexanders Augen, lagen unter tief herabgezogenen Schlupflidern, das hatte er mit seiner Frau Emma gemeinsam, einer geborenen Prinzessin zu Ysenburg und Büdingen in Büdingen, die ihre Augenbrauen noch dazu stets zusammenzog, was ihr einen kritischen Ausdruck gab, den Ottilie bald als gegen sich gerichtet deutete.

Sie glaubte, in den tiefliegenden Augen lesen zu können, was die Mutter Alexanders ihr vorwarf: Ihr Sohn führte nun anstelle seines alten guten Namens den Namen Faber-Castell. Das hieß, er begab sich seiner Zugehörigkeit zum Hochadel. Es war der dringliche Wunsch des verstorbenen Lothar von Faber gewesen, daß dem Ehenamen der Enkelin der Name Faber voranzustellen sei, wozu der Hof rechtzeitig vor der Hochzeit seine Einwilligung gegeben hatte. Ihr eigener Mann hatte diese Bitte unterstützt. Nun ja, das würde Konsequenzen haben – wenigstens handelte es sich bei dem Hochzeiter nicht um ihren Ältesten, den Erbgrafen Siegfried. Ihm hätte sie nie und nimmer erlaubt, sich unter seinem Stand zu verheiraten, denn Alexander würde nun nicht mehr Erlaucht genannt werden, sondern schlicht Hochgeboren.

«Nur gut», seufzte die geborene Prinzessin zu Ysenburg und Büdingen in Büdingen, «nur gut, daß ich noch acht weitere Söhne und Töchter habe. Ich wußte es schon immer – man kann nicht genug Kinder bekommen.»

Trotzdem ging die prächtige Urkunde der Namenszusammenlegung nach der Morgenserenade von Hand zu Hand; immerhin kam sie vom Prinzregenten persönlich, und wenigstens die Familie Faber schien zufrieden mit der Wahl ihrer Tochter. Kein Wunder, nun fiel der Glanz des feudalen Castell-Rüdenhausen auch auf den jungen Adelsnamen Faber, aus der kleinen

Freiin wurde die Frau Gräfin. Trotzdem las auch Alexanders Mutter, was der Hof dem Brautpaar zu sagen hatte:

Im Namen Seiner Majestät des Königs, Wir, Luitpold von Gottes Gnaden, königlicher Prinz von Bayern, Regent, urkunden und bekennen wie folgt:
Nachdem der Erbliche Reichsrath der Krone Bayerns, der königliche Major à la Suite Wolfgang Graf zu Castell-Rüdenhausen an Uns die allerunterthänigste Bitte gerichtet hat, zu genehmigen, dass sein Sohn Alexander Graf zu Castell-Rüdenhausen, Premierlieutenant à la Suite der Armee, welcher im Begriffe steht, mit der zeitigen Erbin des freiherrlich von Faberschen Familienfideicommisses, Sophie Ottilie Freiin von Faber sich ehelich zu verbinden, in erblicher Weise seinem Namen den Namen Faber vorsetze und das freiherrlich von Fabersche Wappen mit dem gräflich zu Castellschen vereinige. Um den Bestimmungen in § 3 Ziffer 1 der Bestätigungsurkunde vom 6. Juni 1889, das Familienfideicommiss des Guts- und Fabrikbesitzers Lothar Freiherrn von Faber in Stein betreffend, Genüge leisten zu können, nach denen die Gatten der Fideicommisserwerberinnen behufs Forterhaltung des Namens «Faber» um die königliche Genehmigung nachzusuchen haben, dass sie und ihre Nachkommen den Namen «Faber» ihrem Familiennamen vorsetzen dürfen, so haben Wir Uns bewogen gefunden, diesem Ansuchen, unter der Voraussetzung, dass die beabsichtigte

eheliche Verbindung zum Vollzuge gelangt, zu willfahren, indem Wir kraft gegenwärtiger Urkunde gestatten und verfügen, dass der Premierlieutenant à la Suite der Armee Alexander Graf zu Castell-Rüdenhausen und die aus seiner Ehe mit Sophie Ottilie Freiin von Faber hervorgehenden Nachkommen sich Grafen und Gräfinnen von Faber-Castell nennen und schreiben und das freiherrlich von Fabersche Wappen mit dem gräflich Castellschen in der Weise vereinigen, wie solches am Ende dieser Urkunde in Farben dargestellt ist, nämlich:
«Ein gevierter Schild. Im 1. und 4. goldenen Felde ein halber, oben von 2 blauen Sternen beseiteter Mann (Schmied) in schwarzem Rock mit silbernen Knöpfen und silbernem Kragen und schwarzgestülpter roter Mütze, in der rechten einen eisernen Hammer an hölzernem Stiele haltend (wegen Faber), das 2. und 3. Feld ist von Roth und Silber geviert (wegen Castell). Auf dem Schilde ruhen zwei Turnierhelme. Aus dem ersten, gekrönten Helm wächst der Mann des 1. und 4. Feldes, der zweite Helm trägt einen hohen gekrönten, an der Spitze mit drei Pfauenfedern besteckten Hut in den Farben des 2. und 3. Feldes und mit einem Stulp verwechselter Tinktur.»
Zu dessen Bestätigung haben Wir gegenwärtige Urkunde eigenhändig unterzeichnet und das Reichsinsiegel daran hangen lassen.
So geschehen zu München, den zweiten Tag des Monats Februar, nach Christi Unseres Herrn

Geburt im eintausend achthundert und achtundneunzigsten Jahre.
Unterschrift: Luitpold, Prinzregent von Bayern
Urkunde für den königlichen Premierlieutenant à la Suite der Armee Alexander Graf zu Castell-Rüdenhausen zur Annahme des Namens Graf von Faber-Castell

Die Kutsche fuhr zur Kirche hinunter, wo die Steiner Bevölkerung dicht an dicht Spalier stand. Die Arbeiterinnen und Arbeiter hatten einen freien Tag bekommen, und offenbar waren zumindest alle Faberer in ihrem Sonntagsstaat erschienen, denn die Jubelrufe und die Mützen, die durch die Luft flogen, wirkten übermütig und die Stimmen waren laut, so daß Graf Wolfgang immer wieder freundlich winkte.

«Schade, daß man den Landauer wegen der Kälte nicht öffnen kann, die Leute lieben es, wenn man ihnen zum Greifen nahe ist», sagte Graf Wolfgang zu Ritter von Haag, der sich daran erinnerte, wie er beim Begräbnis Lothar von Fabers vor zwei Jahren den Kranz des Prinzregenten Luitpold niedergelegt und dabei erlebt hatte, wie ehrlich und schmerzlich die Faberer um ihren Patriarchen trauerten. Heute waren sie offensichtlich wieder voller Hoffnung und Freude, man wußte, daß Graf Alexander die Führung der Bleistiftfabrik in die Hand nehmen würde. Schon jetzt vertrauten ihm die Faberer, die ihn bei seinem allmorgendlichen Rundgang durch die Fabrik sahen, wo er sich jede Maschine erklären ließ, jeden Handgriff, das Material, alles. Dieser junge Graf, eigentlich ein vornehmer Offizier, machte das richtig, er lernte von der Pike auf. Seiner Kutsche, einem kleinen eleganten Coupé, in dem er mit seiner Mutter saß, jubelten die Faberer ebenso enthusiastisch zu wie der Ottilies. Alexander, der den leidenden Gesichtsausdruck seiner Mutter etwas aufhellen wollte, wies aus dem Kutschenfenster: «Nun, Mutter, was sagst du zu den Faberern? Sie huldigen uns doch wie ihrem Prinzregenten.»

«Ich mag keine Menschen in Massen. Sie jubeln heute diesem zu, morgen jenem. Wenn einer käme, die Fabers aus ihrer Fabrik hinauswürfe und sich selber hineinsetzte, würden sie dem auch zujubeln.»

«Du läßt auch an gar nichts, was mit den Fabers zu tun hat, ein gutes Haar», sagte Alexander ungehalten.

«Weil sie nicht zu uns passen, basta! Du wirst noch an mich denken. Wir haben seit Jahrhunderten gelernt, was wir unserem Stand schuldig sind, die Fabers sind doch nur wappenverzierte Bürgerliche. Da sie uns nicht ganz abschaffen konnten, stecken sie sich wenigstens unsere Federn an den Hut.»

«Und das sagst du mir an meinem Hochzeitstag!» rief Alexander wütend, «da sollte ich meine Frau wohl besser nicht mehr mit zu euch bringen!»

«Das steht ganz in deinem Belieben, Alex.»

Ottilie trug über dem Brautkleid einen Mantel aus Wollcrêpe und eine Hermelinstola, ein Geschenk des Bräutigams, trotzdem fror sie in der Kutsche, die mit heißen Ziegeln erwärmt und eigentlich behaglich war. Bei allen Gästen war sie wegen ihres Katarrhs entschuldigt, jeder wollte sie schonen, von der herannahenden Menstruation wußte natürlich niemand etwas. Nur Ottilie, in deren Unterleib sich durch leises Ziehen die Krämpfe und das Blut ankündigten. Daher lächelte sie etwas abwesend, als Elsa, den Mops zärtlich tätschelnd, zu ihr sagte, daß sie ziemlich angegriffen aussehe. «So eine Heirat wie deine wäre mir zu anstrengend. Besonders, wenn man es für nötig findet, seinem Namen Patina zu geben, und dafür den Bräutigam in die Lage versetzt, seinen Feudaladel, von dem er nicht abbeißen kann, durch Goldmark genießbar zu machen.»

Ottilies Schwester Hedwig, frisch dem Stift entronnen, hörte die Gehässigkeit Elsas. Sie schnitt dem Mops Gesichter, so daß der nervös zu kläffen begann, dann sagte sie zu Elsa, daß ihr die Trauben wohl entschieden zu hoch hingen. Und Ottilie versuchte sich vorzustellen, was Elsa zu Philipp einfallen würde, wenn er heute mit ihr getraut worden wäre. Eigentlich eine schöne Vorstellung, dachte Ottilie, und ich verdanke sie ausgerechnet Elsa.

In der Kirche, die von Faberschen Gärtnern über und über mit weißen Lilien geschmückt worden war, stand Ottilie neben ihrem Schwiegervater und sah Alexander entgegen, der, begleitet von seinen Brüdern Wolfgang und Casimir, auf Ottilie zukam. Als Ottilie ihn sah, angetan mit einer erstklassig geschneiderten Uniform, den Offiziersmantel elegant um die Schultern gelegt, kam ihr plötzlich die rätselhafte Situation, in der sie sich befand, zu Bewußtsein. Der Choral «Lobet den Herrn» hatte mit Wucht eingesetzt, und aus den geheimnisvollen magischen Quellen der Musik wurde Ottilie tief angerührt, am liebsten hätte sie aus innerstem Herzen schluchzen und weinen mögen.

Doch sie dachte daran, daß sie davon rote Augen wie ein Kaninchen und womöglich noch stärkere Kopfschmerzen bekommen könnte, und dann sah sie die Augen Alexanders, er schaute sie seltsam bittend und erwartungsvoll an, so als wollte er fragen: «Freust du dich? Wenigstens ein wenig?» Ottilie lächelte zurück, mit den Augen sagte sie: «Ja.» Und als Pfarrer Eisen, der Liebe, Vertraute, sie später fragte, ob sie den hier anwesenden Alexander Friedrich Lothar Graf zu Castell-Rüdenhausen, Königlicher Premierlieutenant à la Suite der Armee, geboren am 6. Juli 1866 in Castell-Rüdenhausen, derzeit wohnhaft in Stein, Haus Nummer 127, zum Ehegemahl nehmen wolle, sagte sie klar und deutlich noch einmal «Ja». Und sie begann, sich auf Alexander zu freuen.

TEIL 2

KAPITEL 16

SCHAUTEN SIE nicht alle Ottilie eigentümlich an? Sie trug ihr braunes Besuchskostüm von Rouff aus schwerem Rips, das ihre schmale Taille betonte, dazu einen Chapeau à l'Álphonsine mit hochgestellter Krempe, der von einem Blumentuff gestützt wurde. Wenigstens äußerlich, so hoffte Ottilie, sah sie aus wie eine Gräfin, und niemand sollte behaupten, sie habe modisch keinen Mut. Kleider machen Leute, hieß es, und Ottilie hatte heute neben der Großmutter das Erbe des verstorbenen Großvaters zu repräsentieren.

Als sie mit ihrem Mann und der Großmutter in das ehemalige Comptoir ihres Großvaters trat, waren die anderen Teilnehmer schon versammelt. Justizrat Hilpert hatte bei der Hochzeit vor zwei Tagen die Schwiegermutter Ottilies zur Kirche geführt. Er sah Ottilie hin und wieder besorgt an, und sie wußte, daß er sie nach der Konferenz sprechen wollte. Neben ihm hatten die Steiner Direktoren Ludwig Winkler und Christian Memmert Platz genommen, Carl Seimert aus London saß elegant und intensiv parfumiert auf seinem Platz neben W. F. G. Geisse und Ernst Beck aus New York. Richard Homburg, der die französische Filiale leitete, hatte Ottilie zugeflüstert, sie sehe sehr französisch aus, très chic. Aus Noisy le Sec war René Masehy gekommen, aus Berlin Ernst Meusel und aus Geroldsgrün Wilhelm Gradmann. Alle erhoben sich und warteten, bis Ottilie und ihre Großmutter Platz genommen hatten.

Ottilie von Faber, in schwarzem Rock und Taftbluse, das weiße Haar schlicht und streng an den Kopf frisiert, eröffnete ohne Umstände die Konferenz. Mit ihrer müden, stets leidend wirkenden Stimme entbot sie den Herren ein herzliches Willkommen unter diesen so veränderten Verhältnissen. Solange sie noch geradeaus gehen und denken könne, wolle sie gemeinsam mit ihrer Enkelin und deren Mann, dem Grafen Alexander, immer wieder Beratungen dieser Art zum Wohle des Geschäftes pflegen. «Nächst Gott haben die letzten Verfügungen meines Mannes mich bestimmt, gemeinsam mit meiner Enkelin, die gemäß § 9 des Fideikommiß-Edikts zur Erbfolge gelangt, das Erbe erhalten zu helfen. Ich tue das nicht für meine Person, nicht für meine Enkelin oder die übrigen Angehörigen, sondern für alle diejenigen, deren Existenz davon abhängt, wie wir das Lebenswerk meines Mannes weiterführen. Ich weiß, wie sehr die Arbeiter draußen ihren fürsorglichen Brotherrn betrauern, der trotz seines hohen Alters zu früh starb. Vor allem, weil der natürliche und zuverlässige Nachfolger, der Sohn und Erbe, fehlt. Mein Sohn sollte heute als der weitaus Bessere an meiner und meiner Enkelin Stelle sitzen. Doch das Schicksal hat mich mit einem Enkelsohn beschenkt, der seit einem Jahr im Hause mitarbeitet, und dem ich heute Prokura geben möchte. Wie Sie bereits wissen, heißt durch die Heirat meiner Enkelin das Haus A. W. Faber nunmehr Faber-Castell.»

Hilflos sah Ottilie die Großmutter an. Rasch neigte sich Alexander ihr zu, nahm ihre Hand, hob sie an seine Lippen: «Mach doch kein so untröstliches Gesicht, mein Engel, ich bin doch jetzt da.»

Ottilie fühlte, daß ihre Hände eiskalt waren, der Mund trokken. Klebrig und unter ziehenden Krämpfen lief das Blut zwischen ihren Schenkeln in die Mullbinden. Wieder einmal wurde ihr klar, daß die Menschen um sie herum im tiefsten Herzen nicht mit ihr als Erbin ihres Großvaters einverstanden waren, niemals sein würden – am wenigsten die geliebte Großmutter. Sie hatte Ottilie zur Hochzeit drei Millionen Goldmark gegeben, ihrer Schwiegertochter eine Million für sich und die Schwestern Ottilies in Obligationen. Trotzdem verzieh sie ihnen allen den Tod ihres einzigen Sohnes nicht.

Was für eine Zeit, dachte Ottilie müde, was für eine Familie. Und sie hatte nicht die Kraft, zu widersprechen. Mit halbem Ohr hörte sie zu, wie Justizrat Hilpert davon sprach, daß Lothar von Faber immer alles daran gesetzt habe, höchste Qualität zu liefern, daß es aber auch sein Vermächtnis sei, mit Wahrheit, Sittlichkeit und Fleiß die Arbeiterschaft zu führen.

Dann sprach er von der Filiale in New York, daß an Eberhard Faber eine Forderung über mindestens 33 000 Dollar offenstehe, und er bitte Herrn Geisse dringend, sich darum zu bemühen.

Mit ihrer schleppenden Stimme nahm die Großmutter noch einmal das Wort. Sie müsse davon ausgehen, daß jede Konferenz für sie die letzte sein könne, und daher wolle sie heute auf einige Gedanken hinweisen, die sie in Gesprächen mit ihrem Sohn Wilhelm und später mit Pfarrer Eisen entwickelt habe, und die ihr besonders als das Vermächtnis ihres Sohnes kostbar erschienen. Daher habe sie einige davon notiert und wolle sie später, um an ihren Sohn zu erinnern, drucken lassen:

«Wir leben in einem Jahrhundert der Revolution, das uns den Sturz des Absolutismus gebracht hat, den Sieg des Bürgertums. Wir erleben das Heranwachsen der Sozialdemokratie, der Wissenschaft, einer Fülle neuer Erfindungen. Mein verstorbener Mann hat kräftig daran mitgearbeitet, das Tempo unseres Lebens zu verzehnfachen. Aber hat sich unsere Körperkraft deshalb verdoppelt? Wohl kaum. Wir können gar nicht die Wohltat einer Erfindung genießen, schon wirft man uns die nächste an den Kopf. Ich muß ehrlich sagen, liebe Enkelin, meine Herren, mich macht das müde. Meinem geliebten Sohn hat das gnadenlose Tempo unseres Lebens das seine gekostet. Wo sind unsere Ideale geblieben? Wer hilft uns, neue, wertvolle Idole zu finden? Es ist, als sei der Geist moderner Menschen im ständigen Fieber, das Gehirn kommt damit nicht mehr zurecht, es kann auf diese Weise nicht wirklich funktionieren. Die Kräfte unserer Seele kennen keinen Mittelpunkt, sie kehren sich gegeneinander, sie lähmen und zerstören sich in gefräßiger Skepsis. Wir sind nicht mehr geduldig, haben keine Gefühle mehr, keine Freude, und nicht einmal mehr den Mut zum Tod.

Meine Herren, helfen Sie meiner Enkelin, meinem Enkelsohn und mir, das Haus Faber-Castell vor dem Gefühl des Zu-Ende-Gehens zu bewahren. Ein Jahrhundert geht zu Ende, aber unser Haus soll für die neuen Generationen überleben.»

Die Reichsrätin schaute die Anwesenden prüfend an. Hatten sie überhaupt verstanden, worum es ging? Oder sahen sie so unglücklich aus, weil sie noch nicht gefrühstückt hatten? Wenigstens diesem Umstand konnte sie abhelfen. Die Reichsrätin erhob sich und sagte mit ihrem müden, feinen Lächeln: «Und jetzt darf ich Sie zu einem Gabelfrühstück bitten.»

Vor seiner Heirat mit Ottilie hatte der Premierleutnant Alexander zu Castell-Rüdenhausen seine Königliche Hoheit Prinz Luitpold, Königreich Bayerns Verweser, alleruntertänigst gebeten, ihn als Offizier à la Suite zu versetzen, da er durch seine Heirat mit Ottilie Freiin von Faber vor die Aufgabe gestellt sei, ihr ererbtes Unternehmen, die Bleistiftfabrik A. W. Faber in Stein, zu führen.

Anläßlich der Hochzeitsreise bat er den Landesherrn, ihm zu erlauben, daß er eine Reise durch Italien, Frankreich, Spanien und nach New York antrete, die einerseits als Hochzeitsreise, zum anderen aber auch zu seiner Einführung in die dortigen Filialen des Hauses Faber-Castell diene.

Alexander bekam die gnädige Erlaubnis und gratulierte sich zu seinem Geschick, das ihn in das Palais der Cramer-Klett und damit zu Ottilie geführt hatte. Nur zu gern hatte er ihretwegen Hortense aufgegeben, eine Münchner Schauspielerin, die ihn immer wieder mit anderen Männern betrog, weil sie wußte, daß sie aus Standesrücksichten für eine Heirat nicht in Frage kam. Alexanders wirtschaftliche Situation war auch nicht gerade rosig gewesen, doch mit dem Gehalt, das die Großmutter seiner Braut ihm zahlte, mußte er sich keine Sorgen mehr machen. Für die Reiseausstattung, so hatte sie ihm gesagt, solle er seine Rechnungen getrost an sie schicken. Das sei dann ihr persönliches Hochzeitsgeschenk für ihn.

Alexander bestellte mit Lust bei dem Tropen- und Übersee-Ausstatter Lüttke & Braun in Hamburg zwei Maßanzüge in Rohseide, einen Abendanzug aus weißem Satin, einen Tagesanzug aus graugestreiftem Flanell. Macco-Unterzeug, Sporthemden, Segeltuchstiefel, einen Ledergürtel. Weiße Socken, eine weiße Mütze, Schlafanzüge, Wäschezeichen A. F. C., und einen wasserdichten Mantel. Bei Louis Vuitton in der Rue Scribe in Paris einen Kabinenkoffer, eine Reisetasche, einen Seesack. Für diese Ausstattung vergaß er seine Uniform gern einmal für kurze Zeit, obwohl er Seine Königliche Hoheit, den Prinzregenten, gebeten hatte, ihm zu erlauben, daß er auch als Offizier der Reserve seinen Rock tragen dürfe. In Deutschland war er Offizier und blieb Offizier – aber in den Vereinigten Staaten von Amerika war er der Repräsentant der Firma Faber-Castell.

Zum erstenmal in seinem Leben würde er eine derart lange und große Reise machen. Oft hatte Alexander seinen Kaiser beneidet, der in der ganzen Welt herumreiste, eigentlich nur die

Wintermonate in Berlin verbrachte. Daher nannte man ihn ja auch den Reisekaiser, und das Wilhelm I. R., Imperator Rex, wurde zu Wilhelm Immer Reisefertig. Seine zahlreichen Cousinen und Vettern, über ganz Europa verstreut, nannten ihn Wilhelm der Plötzliche, weil er zu allen möglichen Anlässen seinen Besuch machte und ebenso rasch wieder abreiste.

Nicht nur seiner Reisetätigkeit wegen hatte Alexander viele Sympathien für Kaiser Wilhelm II., der, mit einem verkrüppelten Arm geboren, von seiner englischen Mutter, Tochter der Queen Victoria, mit Liebesentzug und Verachtung gestraft wurde. Sie wollte lieber seinen unversehrten Bruder Heinrich als Kronprinz sehen, was dem Kaiser sicher eine bittere Kindheit und Jugend beschert hatte. Doch, Alexander konnte sich das gut vorstellen. Er hatte sich von seiner Mutter auch häufig zurückgesetzt gefühlt, sie liebte seinen ältesten Bruder, den strahlenden Erbgrafen Siegfried, und übte an Alexander, der bei weitem nicht die guten Noten und glänzenden Aussichten des Bruders hatte, ständig Kritik. Alexander gab zu, daß sein Bruder im Begriff war, eine fabelhafte Karriere zu machen. Er hatte in Straßburg, Brüssel und München Rechtswissenschaften studiert, seine Examina glänzend bestanden. Derzeit bereitete er sich in Berlin auf den diplomatischen Dienst vor. Alexander mochte Siegfried gern, zumal er seine Vorzugsstellung nicht ausspielte und die Brüder gegen die hohen Ansprüche der Mutter verteidigte.

Sah Alexander Fotos des Kaisers oder Filmaufnahmen, bei denen der ständige Versuch auffiel, den verkrüppelten Arm zu verstecken, fühlte er eine gewisse Wesensverwandtschaft. Offenbar war auch der Kaiser gern Soldat. Er führte seine Garde hoch zu Pferde zum Manöver, er besuchte Bankette, ging in die Oper, zeigte sich huldvoll strahlend dem Volk. Was Alexander wirklich störte, war die ständig wechselnde Verkleidung des

Kaisers. Aufgeputzt wie ein Pfau – so konnte man ihn auf immer neuen Fotos sehen. Doch dann las Alexander wieder, daß viele ausländische Staatsmänner und Diplomaten ihn schätzten, sogar Winston Churchill sollte von Kaiser Wilhelm bezaubert sein. Im Regiment munkelte man allerdings, er sei ein notorischer Judenfreund, von Homosexuellen umringt, der Name des Fürsten Eulenburg fiel in diesem Zusammenhang.

Alexander hatte den Kaiser noch niemals persönlich gesehen, aber er wünschte es sich durchaus. Vielleicht traf er ihn ja demnächst in Genua in der Via Garibaldi, an den Niagara-Fällen, den Whirlpool Rapids, oder in Washington am Obelisk. Alexander hatte sich von allen Reisestationen Fotos beschafft, in New York würde er neben der Faber-Filiale am Broadway natürlich auch die formidablen Wolkenkratzer besuchen; World Building, Sun-Building, Tribune-Building – das alles wollte er bei seiner Hochzeitsreise sehen.

Seine Schwiegermutter und die beiden jungen Schwägerinnen würden ihn und seine Frau begleiten. Das war ihm gar nicht unlieb – im Gegenteil, er war froh, nicht ständig mit seiner jungen, immer melancholischen Frau alleine sein zu müssen. Die leidenschaftliche Tilly vom Vorabend der Hochzeit hatte er immer noch nicht wiedergefunden. Er gab sich wirklich Mühe, Ottilie seiner innigen Herzensneigung zu versichern, wozu er sich nicht zwingen mußte; aber seine Geduld war begrenzt. Poetisches Schmachten hatte er nicht gelernt, eher war es ihm vertraut, eine Frau um ihrer Treulosigkeit willen zu begehren. Da Hortense ihm immer wieder die kalte Schulter zeigte, sich aufführte, als sei sie seine Feindin, fühlte er sich vor ihr sicher, konnte sich ohne Rücksicht ausleben, an ihrer unaufhörlichen Jagd nach Liebe teilhaben. Zu Anfang ihrer Beziehung hatte Alexander sich in München mit ihr sehen lassen, bei Bällen, in Konzerten, und Hortense hatte daraus geschlossen, daß er sie früher oder später um ihre Hand bitten würde. Doch jeder im Regiment wußte, daß zwischen den beiden ein intimes Verhältnis bestand, was Hortense irreparabel kompromittierte. Niemals hätte der Divisionskommandeur einer Heirat zugestimmt, was Alexander Hortense nach und nach klarmachte. Er war dann auf eine merkwürdige Art zufrieden gewesen, wenn er hörte, daß Hortense ihn betrog, es entlastete ihn, und bei ihren Treffen entwickelte Hortense eine so schwermütige, heftige Begierde, daß Alexander davon mitgerissen wurde. Ihre Körper stießen heftig und wütend aufeinander, sie umkreisten sich wie Ringer oder Fechter, mal schien der eine die Oberhand zu haben, mal der andere. Auf diese Weise besaßen sie einander, gierig, heiß, ohne Zärtlichkeit und bis zur völligen Erschöpfung. Alexander wünschte danach jedesmal, daß es ihre letzte Begegnung gewesen wäre, er war längst kein schwacher, sehnsüchtiger Knabe mehr, der sich beweisen mußte. Lächerlich. Doch nach einer gewissen Zeit wollte er Hortense wiederhaben, trotz allem.

Mit seiner Hochzeit allerdings, das schwor er sich, sollte damit Schluß sein. Er wußte, daß seine Frau unberührt war, und ihre melancholische Unnahbarkeit reizte ihn auf eine völlig andere Weise, als Hortense das tat. Einmal, auf dem Empfang, hatte er gesehen, wie ihre schwarzen Augen noch tiefer und strahlender wurden, obwohl sie ihm bislang ziemlich kühl und eher melancholisch erschienen war. Er wußte auch, wem dieser Blick gegolten hatte, und es weckte einen gewissen Kampfgeist in ihm, daß dieser Jemand, Philipp von Brand, ausgesprochen gut aussah, in einer glänzenden Uniform steckte und auch ihm gut gefiel. Alexander wettete mit sich, daß es ihm gelingen werde, das Strahlen dieser schwarzen Augen verlangend auf sich selber gerichtet zu sehen. Er war Ottilie von Faber ebenfalls von der ersten Minute an sympathisch gewesen, das spürte er, offen hatte sie ihn angeschaut, verständnisvoll den kindischen Geschichten seiner Zeit im Kadettenkorps gelauscht; und als sie ihn über den blauäugigen König ausfragte, war sie geradezu elektrisiert gewesen. Zu diesem Zeitpunkt hatte Alexander bereits gewußt, daß Ottilie von Faber seine Frau werden sollte.

KAPITEL 17

DIE HOCHSOMMERSONNE ließ den Himmel in einem übermütigen Blau erstrahlen, jeder Tag dieses Aufenthaltes auf dem Jagdgut schien Ottilie wie ein Festtag. Wenn es tatsächlich einmal regnete, genossen alle die warme Berieselung, die Bauernjungen und manchmal auch ein freches wildes Mädchen stellten sich unter die lustigen Regengüsse, die den Geruch der nahen Wälder schwerer und sehnsüchtiger machten als jeden Rosenduft, den es hier draußen ohnehin nicht gab, da die Gutsleute genug mit der Jagd, den Jagdgästen und der Pflege des Gutes zu tun hatten, das so oft von der Herrschaft bewohnt wurde, weshalb keine Zeit für einen extravaganten Blumengarten blieb.

Das junge Paar hatte gastliche Aufnahme bei der Großmutter Ottilies gefunden, doch Alexander, der sich im Schloß oft beengt fühlte, drängte Ottilie nach Wochenendausflügen, in Dürrenhembach zu bleiben, oder in Schloß Schwarzenbruck. Ottilie tat nichts lieber als das, sie genoß diese neue Form der Freiheit, die das Verheiratetsein und der Gräfinnentitel ihr verlieh. Natürlich wurde sie von Traudel, ihrer Kammerjungfer, begleitet, doch Ottilie wußte sie oft mit der Pflege von Kleidern und Wäsche zu beschäftigen, so daß sie alleine losfahren konnte. Von Dürrenhembach aus kutschierte sie zu den Landgütern in Oberasbach und Unterweihersbuch, Besitzungen, die der Großvater vor dreißig Jahren gekauft hatte, als er geadelt worden war. 1881 hatte Großvater dann noch das Schloß und Landgut Regendorf erworben mit dem Ort Grub. Außerdem noch die Güter Wolfgangshof, Appelhof und Zwiefelhof. Der Grundbesitz Ottilies belief sich damit auf rund 5000 Hektar.

Geheime Augen oder bestimmte Zeichen mußten ihr Kommen verraten; jedesmal, wenn Ottilie, obwohl unangemeldet, auf einem der Güter erschien, liefen ihr die Kinder der Bauern entgegen, gab es beim Verwalter ein zweites Frühstück oder Vesper, je nachdem. Oberasbach bestand aus einigen Gehöften, die, von unbefestigten Wegen verbunden, einen behäbigen, ländlichen Anblick boten. Bäume und Büsche umstanden die einzelnen Anwesen, während Unterweihersbuch ein großer Viereckhof war, ein Gut mit Pferden und Viehwirtschaft, das seine Pächter gut ernährte und Gewinn abwarf. Die großen tiefen Brunnen hatten klares, wohlschmeckendes Wasser, und manchmal hielt Ottilie an einem Waldrand, setzte sich für einige Minuten auf üppiges dunkelgrünes Moos und dachte daran, daß sie in einigen Monaten ein Kind haben würde.

Einen Sohn. Schon im nächsten Sommer, an einem Tag wie diesem, könnte sie ihn auf den Schoß nehmen, ihn liebkosen, mit ihm reden, sein seidiges Haar streicheln. Sie wußte, wie ihr Kind aussehen würde, eine Mischung aus Alexanders Zügen und ihren eigenen. Die Augen vielleicht eher von ihr, die Ohren auch. Aber der Mund und das Kinn, die würden von Alexander sein, wie auch das Wangengrübchen und die blonden Haare. Ihr Sohn sollte blond sein wie sein Vater, nicht dunkelhaarig wie Philipp, der schon seit etwa drei Wochen seinen eigenen Sohn in den Armen hielt.

Der Gedanke an Philipp tat nicht weh. Sie sah seine heiteren Augen, sein Flüstern, wie tief hatte es sie damals getroffen. Oft hatte sie darüber nachgesonnen, ob ihr Leben überhaupt einen Sinn habe, jemals hatte, jemals haben würde. Doch seit sie in der Ordination ihres Arztes in der Klinik Hallerwiese vom gynäkologischen Stuhl gestiegen war, seit sie wußte, daß sie ein Kind bekommen würde, mußte sie nicht mehr über einen Lebenssinn oder den Sinn der Ehe nachgrübeln.

Die Ehe. Schon während der Verlobungszeit hatte Ottilie sich ein Buch mit diesem Titel gekauft, es war von einer Münchner Ärztin verfaßt worden, Ottilie las zum erstenmal über Geschlechtsreife und Geschlechtsleben nach; und einiges Gestrüpp in ihrem Kopf lichtete sich. *Der Wille, zu Zweien das Eine zu schaffen, das ist mehr als die es schufen*, hatte die Ärztin Nietzsche zitiert, und sie fand, das sei die Ehe im idealen Sinne, so sollte sie sein. Mit Rücksicht auf die Nachkommenschaft sei es unbedingt notwendig, mit Umsicht den Gatten oder die Gattin zu wählen. Dann erklärte sie seitenweise alles über Spermatozoen, die Samenfäden; sprach von Hoden, Vorsteherdrüse und Samenbläschen: *Obwohl so ein Samenfaden nicht größer ist als 0,05 mm, besitzt er doch Kopf, Mittelstück und Schwanz- oder Geißelfaden. Wenn sich diese Fäden ruckartig aus dem männlichen Glied in die weibliche Scheide ergießen, heißt das Ejakulation. Die Spermatozoen jagen jetzt in einem rasenden Wettlauf dem Ei zu, das in der Gebärmutterhöhle auf sie wartet. Denn nur der Sieger, der Champion, dringt tatsächlich in das Ei ein. Das Fußvolk geht zugrunde, zweite und dritte Sieger gibt es nicht.*

Ottilie lernte alles über die Zellteilung, die 24 Chromosomen, mütterliche und väterliche, die die Träger der Vererbung waren. Jetzt wußte Ottilie endlich, warum sie nicht ihrer Mutter oder ihrem Vater, sondern der Urgroßmutter ähnlich war, denn sie las, daß so eine Frucht auch den entferntesten Ahnen nachgeraten kann. Daher solle man bei der Gattenwahl zusehen, daß in der Familie keine Geistes- und Nervenkrankheiten vorkommen, auch Zuckerharnruhr, die Gicht oder Neigung zur Fettsucht waren dem künftigen Kind nicht zuträglich. Ebenso solle man bei Hasenscharte und Wolfsrachen, bei verkrüppelten oder überzähligen Fingern, bei Taubheit, Kurzsichtigkeit oder auffälligen Muttermalen seine Wahl nochmals überprüfen.

Schädlich für die Nachkommen sei auch die Syphilis, im Gegensatz zur Tuberkulose, von der sich nur eine gewisse Neigung vererbe.

Nietzsche, der häufig über den Ehestand nachgedacht hatte, obwohl er niemals in den Stand der Ehe getreten war, betonte aber auch, daß man die Zuchtwahl in einem höheren Sinne üben solle. *Nicht nur fort sollst du dich pflanzen, sondern hinauf. Dazu helfe dir der Garten der Ehe*, sagte er in seinem Zarathustra. Wie schnell, merkte die Ärztin an, würde sich ein Volk vor allen anderen an Tüchtigkeit auszeichnen, wenn nur ein Teil der Ehen nach diesem Grundsatze geschlossen würde.

Die sogenannte freie Liebe dagegen fand die Ärztin völlig unmöglich, und Ottilie schloß sich dieser Meinung an, wenn sie auch dachte, daß diese Form vielleicht etwas Anziehendes haben könnte. Aber es schickte sich ja nicht. Schon um der Kinder willen. Die Frau sollte auch nicht berufstätig sein, damit der Mann seine ganzen Kräfte im Beruf entfalten konnte und die Frau ihre wesentlich geringeren in ihrem Heim. *Das Weib muß sich reizvoll für den Mann erhalten. Wenn sie schlecht frisiert und übelriechend im Hause herumläuft, soll sie sich nicht wundern, wenn ihr Mann an anderen Frauen Gefallen findet.*

Eine wichtige Rolle im Eheleben spiele auch das Geschlechtsleben, führte die Ärztin wieder auf einigen Seiten aus. In der jungen Frau schlummere oftmals noch der Geschlechtstrieb, er werde sich aber früher oder später einstellen. Bis dahin solle sich die Frau den Umarmungen des Mannes willig zeigen, ihre geschlechtliche Kälte nicht zeigen. Bei der Heirat übernehme die Frau die Pflicht, ihren Mann in geschlechtlicher Hinsicht zu befriedigen – sofern er nicht zu Ausschweifungen neige. Wenn der Geschlechtstrieb beim Weibe jedoch stärker sei als beim Mann, solle die Frau ihr Verlangen etwas einzuschränken trachten, der Mann solle versuchen, den Liebesakt so auszudehnen, daß auch die Frau Zeit habe, zur vollen Befriedigung zu gelangen.

Bei diesem Punkt hatte Ottilie gestutzt. Wie sah denn der eigentliche Liebesakt aus? Ottilie las Seite um Seite, gespannt vor Neugier, sie las vom Höhepunkt, von Mattigkeit, davon, daß zweimal in der Woche genug seien, alles andere sei unmäßig, führe zu Neurasthenie, Kopfschmerzen und Schweißausbrüchen. Aber davon, was man tut beim Liebesakt, las sie nichts.

Ottilie hoffte, daß Alexander schon wisse, wovon hier die Rede war, Ottilie las alle zehn Seiten noch einmal, doch sie fand nichts Erhellendes. Nur noch, daß eine Frau in der Schwangerschaft nicht erregt werden solle. Besonders bei erstmalig Schwangeren sei die Gefahr einer Frühgeburt nicht ausgeschlossen ...

Nach einigen zögernden Annäherungen in Schiffskojen, wo Ottilie, seekrank, nur noch sterben wollte, nach Rückzügen Ottilies, die Alexander in einer Art zufriedenen Stolzes respektierte, verbrachten sie in New York, im Hotel Waldorf Astoria, ihre erste Nacht als Mann und Frau, und zu Ottilies Erleichterung wußte Alexander detailliert, was beim Liebesakt passieren mußte, sie selber hatte es sich schemenhaft so vorgestellt, nachdem sie bei ihrer umfangreichen Lektüre doch eine Stelle gefunden hatte, in der sie erfuhr, daß es für die Frau am natürlichsten und gesündesten sei, wenn sie die Rückenlage einnehme. Jeder Künstelei sei zu widerraten. Demgegenüber zeigte sich Ottilie aufgeschlossen, forderte es ihr doch keine speziellen Kenntnisse ab. Im Stift waren Clarissa und sie noch fest davon überzeugt gewesen, daß man sich in der Hochzeitsnacht küßt und daß daher die Kinder kommen. Doch nun wußte sie es besser, sie ging vorsichtig auf Alexanders Spiele ein, er schmeichelte ihr, pries ihr wundervolles Haar, ihren schmalen festen Körper, der ihm wie gemeißelt schien, besonders der Busen.

Während der Schwangerschaft sollte die Frau, einer natürlichen Scheu gehorchend, sich dem Manne versagen. Hier kannte Alexander sich nicht besser aus als Ottilie, und so lasen sie gemeinsam, daß die Geschlechtsorgane in der Schwangerschaft stark mit Blut angefüllt seien und daher leicht einer Infektion ausgesetzt. Auch für den Mann sei das Ausüben des Geschlechtsaktes mit einer menstruierenden Frau deshalb von Schaden, weil das zersetzte Blut die Haut an der Eichel und Vorhaut stark reize und daher Entzündungen an diesen Stellen hervorrufen könne.

Alexander hatte die Stirn gerunzelt, bald jedoch waren der Stolz und die Freude auf das gemeinsame Kind in ihm derart übermächtig geworden, daß er Ottilie schonte wie eine schöne kostbare Puppe, mit der man nur sehr vorsichtig und in Maßen spielen darf.

Ottilie erhob sich seufzend von ihrem Mooslager. Die Sonne stand schon tief, es wurde Zeit, heimzufahren nach Dürrenhembach. Als sie das Coupé vor dem Jagdhaus zum Stehen brachte, eilten die Bediensteten herbei, voran Traudel. «Bismarck, Frau Gräfin, Fürst Bismarck ist tot.»

Ottilie mußte sofort an den Kaiser denken. Ob er jetzt Schmerz empfand? Schließlich hatte er den Kanzler einmal tief verehrt, dann jedoch war seine Zuneigung der Sozialistengesetze wegen geradezu umgeschlagen in Haß, und er hatte Bismarck abgesetzt. Ein Konglomerat von Gefühlen mußte den Kaiser jetzt bewegen; Ottilie selber fühlte Bestürzung und eine merkwürdige Trauer, die sie immer befiel, wenn große Persönlichkeiten starben, die für das Leben der Menschen Bedeutung gehabt hatten. Ihr Großvater war ja auch lange Zeit ein großer Verehrer Bismarcks gewesen, aber im Laufe der Zeit hatten ihn die politische Rücksichtslosigkeit des Kanzlers und seine Verachtung der unteren Stände Bismarck äußerst kritisch sehen lassen.

Sonst war Ottilie jedesmal traurig, wenn sie die Güter verlassen und wieder nach Stein zurückfahren mußte. Aber diesmal war es anders, sie war aufgeregt und angespannt wie selten. Gemeinsam mit Philipp und Diana von Brand würden Alexander und sie nach München fahren. Auf dem Münchner Hauptbahnhof wollten sie sich treffen. Gegen elf Uhr, so war es zwischen Alexander und Philipp vereinbart worden. Alexander wünschte sich, daß seine junge Frau von Lenbach gemalt werden sollte, dem berühmten Bismarckmaler. Philipp von Brand, der in der Habsburgerstraße eine Wohnung besaß, war Stammgast in der Künstlerklause Allotria, wo er des öfteren Franz von Lenbach traf, der dort mit seinen Malerfreunden beim Bier saß. Als Philipp mit Regimentskameraden seinen Abschied vom Junggesellendasein feierte, hatte Lenbach ihn spontan zu einem Besuch mit der jungen Frau Gemahlin in seinem Atelier eingeladen. Und die Frage Philipps, ob seine Freunde, die Faber-Castells, ihn begleiten dürften, hatte der Maler sofort zustimmend beantwortet: «Jederzeit! Sie sollen mir Bleistifte mitbringen, die herrlichen Polygrades in 3B, 2B und B, so weich und schwarz ist kein anderer Bleistift, und dann noch Gummitabletten in Zedernholz …»

Sie fuhren mit einer Droschke zum Königsplatz, und eine leichte Befangenheit fuhr mit. Wenigstens empfand Ottilie das so. Man sprach vom Tod Bismarcks, und Alexander äußerte den Wunsch, bald einmal nach Schönhausen zu fahren, wo im

Herrenhaus ein Museum eingerichtet werden sollte. «Er war immerhin das gewaltigste staatsmännische Genie, das unsere Zeit hervorgebracht hat», sagte Alexander und schaute Philipp an. Der mochte offenbar dazu nicht Stellung nehmen, verwies aber immerhin darauf, daß Lenbach ja den Fürsten von Bismarck mehrfach gemalt habe, für die Berliner Nationalgalerie zum Beispiel, und daß daher dem Tode Bismarcks für seinen Geschmack genug Reverenz erwiesen wäre.

Alexander schwieg, Ottilie wußte, daß er mehr Zustimmung erwartete, und sie suchte die Spannung des Augenblicks zu lösen. Sie berichtete, daß man aus dem Lager natürlich die feinsten Stifte eingepackt hatte für den Berühmten, außer dem Gewünschten noch Zeichenstifte, die gerade in noch intensiveren Farben als bisher auf den Markt gekommen waren. Dazu elegante Federhalter, auch für die Frau des Künstlers, Lolo von Hornstein, für die zudem ein eleganter Stift für die Abendtasche, massives Silber mit Halbedelstein, gedacht war. Alexander erzählte nicht ohne Stolz, daß er von der Kaiserlichen Akademie der Schönen Künste in St. Petersburg, vom Grafen Theodor Tolstoi, von Wilhelm von Kaulbach und vielen anderen berühmten Künstlern Schreiben vorliegen hätte, in denen die Faberschen Stifte gerühmt würden. Daß sie auf den Weltausstellungen in aller Herren Länder erste Preise gewonnen hätten, seit 1851 in London fast jährlich in Lyon, Philadelphia, Le Havre, Wien, New York, Moskau, Paris, Dublin, Chicago. «Und auf der nächsten Weltausstellung in Paris sind wir mit einem attraktiven Stand vertreten», sagte Alexander, und Diana von Brand, die interessiert zugehört hatte, fragte, ob man da nicht gemeinsam hinreisen könne. «Das muß doch ungeheuer interessant sein und ästhetisch ein Genuß!» sagte sie zu Ottilie, die das bestätigte. «Man wird fast ein bißchen wahnsinnig, soviel Neues und Schönes gibt es zu sehen. Wie ich gehört habe, sind die Vorbereitungsarbeiten an der Place de la Concorde schon im vollen Gange.»

«Alexander», sagte Diana schmeichelnd, «sag, daß wir miteinander nach Paris reisen! Ich möchte so etwas Bedeutendes, Weltverbindendes unbedingt einmal miterleben! Ich glaube, es wäre ein guter Ausgleich für unser verwunschenes Neidstein.»

Wie anmutig sie war. Ottilie schaute in das weiche, helle Gesicht Dianas, das wie eine Frucht wirkte, frisch gepflückt, ohne Makel. Die Augen beider Männer ruhten überrascht auf ihr, wie sie so engagiert von ihren Wünschen sprach, und Ottilie beneidete Diana, die sie wesentlich hübscher fand als sich selbst, dazu unkomplizierter, souveräner, energischer. Sicher kam sie mit dem Leben weitaus besser zurecht als Ottilie, die vor Spiegeln flüchten mußte und sich Frauen mit weichem Mund vorstellen, um überhaupt Gefühle zu haben.

Diana von Brand trug ein schwarzes, schlichtes Kostüm mit einem üppigen Fuchspelz, der ihr ähnlich rötlichbraunes Haar wundervoll betonte. Ottilie selber trug ein Tailleur aus weißem Samt, dazu einen weißen Hut mit dunkelroten Rosen. Darunter prangte das Hochzeitsgeschenk von Anna, die plissierte Bluse, in der Ottilie unbedingt fotografiert werden wollte. Nach dem Besuch bei Lenbach wollten sie in die Ainmillerstraße, zum Fotografen Müller.

Auf dem Münchner Königsplatz stiegen sie aus der Kutsche, Philipp half Ottilie beim Aussteigen, drückte fest ihre Hand, die Sehnsucht nach mehr machte Ottilie für einen Moment schwindelig, sie wollte nicht, daß diese Sekunde vorüberging, sie wollte den tiefen Blick Philipps behalten, doch sie hörte höflich zu, wie man die Glyptothek und das Kunstausstellungsgebäude lobte, die einander so imponierend gegenüberstanden, ging folgsam durch das Propyläentor und war dann völlig gefangen von der im italienischen Renaissancestil gehaltenen Villa, dem Heim Lenbachs. Die Wohnräume lagen hinter einem herrlichen Vorgarten, in dem Skulpturen und Brunnen am Weitergehen hinderten. Linker Hand lag das Atelier, das sich bis zur Straße erstreckte. «Hier, auf dieser Terrasse, haben die Münchner noch vor ein paar Jahren Bismarck zugejubelt, es war ein Junitag wie heute, ich kam gerade vom Bahnhof, hörte die Hochrufe», erinnerte sich Philipp.

Auf Ottilies Frage, wer dieses herrliche Anwesen erbaut habe, sagte Philipp, der berühmte Architekt Gabriel Seidl habe alles nach Entwürfen des Malers ausgeführt, und Ottilie war richtiggehend gefangen von dem Halbdunkel der Räume, in die scheinbar zwanglos die kostbarsten Bronzen und Büsten gruppiert waren, dazu die Bilder Lenbachs, die seltenen Möbel, die er sammelte, die kostbaren Stoffe, mit denen er dekorierte.

Alexander erzählte Philipp, er plane, für sich und seine Familie ein Schloß zu bauen, und nachdem er diese Pracht gesehen habe, wolle er, daß auch in Stein ein Kunstwerk entstehen solle.

Zwei Vorzimmer führten zum Atelier des Künstlers. «Hier geht es immer zu wie in einem Taubenschlag», sagte Philipp, und in der Tat sah man vornehm aussehende Besucher, aber auch einfache Leute, vor allem viele junge Künstler mit verwegenen Hüten und großen Mappen, und Philipp erklärte, daß Franz von Lenbach zum einen Präsident der Münchner Künstlergenossenschaft sei und Mitglied vieler Komitees, so daß viele Leute ein Anliegen an ihn hätten. Auch sei Lenbach für seine Freizügigkeit bekannt, besonders jungen Künstlern gegenüber, so daß hier einer dem anderen die Klinke in die Hand gebe.

«Man kann Lenbach vielleicht einiges nachsagen, aber nicht, daß er eitel wäre», hörte Ottilie Philipp berichten, «im Allotria sitzt er meist hemdsärmelig beim Tarock, die weiße Weste offen, die Zigarre im Mund. Ein frisch gezapftes Bier fehlt nie.

Und wenn er von einem Staatsdiner kommt, legt er einfach seinen mit Orden besetzten Frack in eine Ecke, er hat nicht einmal etwas dagegen, wenn ein Spaßvogel den Frack anzieht und Lenbach parodiert.»

Ottilie dachte, daß fast sämtliche Monarchen Europas dem Künstler ihre Gunst bezeugten, ihn einluden, sich von ihm malen ließen, obwohl er als Maurergeselle aus Schrobenhausen seine Laufbahn begonnen hatte. Diesen Umstand wollte sie doch einmal bei einem Besuch im Hause Castell-Rüdenhausen zur Sprache bringen.

In diesem Moment wurden sie zu Lenbach gebeten. Der Künstler, ein großer, stattlicher Herr im dunklen Anzug und weißer Weste, kam mit einem herzlichen «Grüß Gott» auf sie zu, bat sie, sich zu setzen. Als Ottilie ihre Geschenke auspackte, schickte er sofort nach seiner Frau und der Tochter, für die Ottilie eigens eine Menge Zeichenstifte dabei hatte.

«Den Polygrades, den hat Ihr Großvater auf den Markt gebracht, nicht wahr? Hat er nicht als erster sechseckige Bleistifte fertigen lassen?»

Ottilie, direkt angesprochen, bejahte, und Alexander beeilte sich hinzuzufügen, daß er selber auch an einem neuen Stift arbeite, einem grünen Castell 9000, den er erstmals auf der Weltausstellung in Paris zeigen wolle, und der der beste Bleistift sein werde, den es derzeit auf der Welt gebe.

Lolo von Lenbach war inzwischen gekommen, mit ihr ein blondlockiges kleines Mädchen, Marion Lenbach, aus der ersten Ehe des Vaters mit Magdalene Moltke. Das ernsthaft wirkende hübsche Kind flog dem Vater an den Hals. Frau von Lenbach freute sich ebenso wie die Kleine über die eleganten Stifte, ließ Kaffee bringen, und bald war eine Unterhaltung im Gange, in der Lenbach erzählte, daß er Bismarck auf dem Sterbelager gesehen habe. «Er sah ergreifend traurig und schön aus», sagte Lenbach, und Diana fragte sofort: «Wollten Sie ihn denn nicht malen?»

Der Künstler schüttelte entschieden den Kopf. «Die Frage liegt vielleicht verzweifelt nahe, aber ich hatte nicht das Bedürfnis, den Toten künstlerisch festzuhalten. Er lag in einem weißen Nachthemd auf dem Rücken, den Mund leicht geöffnet, so als wolle er im nächsten Moment aufstehen und reden. Seine schöne rechte Hand lag auf dem Schoß leicht vorgestreckt. Bismarck sah durchaus nicht entstellt aus, und in dem warmen Licht, das durch die Fenster hereinquoll, in den Farben der Bilder und der Möbel wirkte das Ganze so lebendig, daß die Schauer des Gefühls, hier sei der Tod eingezogen, doppelt erschütternd wirkten. Dieses Gefühl, das mich beherrschte, mag wohl der Grund sein, warum auch früher keiner der großen Toten auf dem Totenbett gemalt wurde. Das Sterbelager von Rubens war von seinen Schülern umgeben, doch gemalt hat ihn keiner. Todesschauer ist künstlerisch nicht zu fassen.»

Lolo von Lenbach kam mit Ottilie ins Gespräch, nachdem Frau von Lenbach erfahren hatte, daß Ottilie ihr erstes Kind erwarte. Auch Lolo von Lenbach hatte ihrem Mann vor Monaten einen kleinen Sohn geschenkt, und sie tauschten Erfahrungen aus, zu denen auch Diana beisteuerte. Ottilie war fasziniert von dem feinen, geistvollen Gesicht Lolo von Lenbachs, und sie war überrascht und freute sich, als Frau von Lenbach sie zu weiteren Besuchen einlud. An Sitzungen bei Lenbach war vorerst nicht zu denken, obwohl er sagte, daß Ottilie ihn als Modell durchaus reizen würde. Er war mit Aufträgen bis ins nächste Jahr zugedeckt, aber er werde Ottilie vormerken. Hoffentlich bin ich dann gerade einmal nicht schwanger, dachte Ottilie, denn Alexander hatte ihr erklärt, daß er sich eine ganze Anzahl Kinder wünsche, am liebsten so viele, wie seine Eltern gehabt hatten.

KAPITEL 18

NACH SEINER Rückkehr aus dem Gefängnis fand Johann Bürger seine Vaterstadt verändert. Sie hatte sich anscheinend mit jeden Tag immer weiter ausgedehnt in die Felder des kargen Frankenlandes, schon wieder waren neue Betriebe entstanden, neue Läden, nur mit der alten Burg schmückte sie sich nach wie vor stolz wie ein Prinz mit seinem Stirnreif. Es war Johann, als schaute seine Stadt über ihn hinweg oder durch ihn hindurch und ihr verwittertes Angesicht leuchtete im glaszarten Licht der Herbstsonne.

Früher, als Gymnasiast, hatte Johann oft geträumt von Ruhm und Reichtum. Er sah sich im weiten Land Amerika, wo er ein großes Geschäft eröffnet hatte und unendlich viel Geld verdiente. Davon kaufte er eine Farm, Pferde vor allem, und mit den Taschen voller Geld kam er auf dem eleganten Ozeandampfer übers Meer gefahren, der Mutter und Anna seinen Reichtum auf den Tisch zu legen. Die Enttäuschung, die er beiden Frauen bereitet hatte, rührte sich immer wieder schmerzhaft in Johann, und seine Amerikaträume hatten ihm dann wohlgetan. Nun mußten sie aber einstweilen schlafen, tief und fest. Sonst würde Johann wieder zurückfallen in seine früheren Gewohnheiten, als er sich über dem Leben schwebend wähnte und trotzig die Gesetze mißachtete.

Bei dem Gedanken an geregelte Fron sah Johann Annas Gesicht, ihr nachsichtiges Lächeln, das aber auch Fremdheit zeigte und Distanz. Auf seine Briefe und Gedichte aus dem Gefängnis hatte er nie eine Antwort bekommen.

Wahrscheinlich hatte Anna sich längst innerlich von ihm verabschiedet. Natürlich war sie enttäuscht, wollte nicht so einen Luftikus und Dichter wie ihn. Sie hatte vollkommen recht. Schließlich war er im Gefängnis gewesen, ein Makel, der nicht auszulöschen war. Der auch Anna anhaften würde. Außerdem – wie sollte es denn gehen mit dem wenigen, was er verdiente? Sollte er denn Anna zur Frau nehmen und mit ihr Kinder haben wie alle um ihn herum? Sollte er mit Anna in den Zwinger ziehen und wiederholen, was seine Eltern vor ihm getan hatten und die Voreltern und deren Ahnen? Das Bild des Vaters stand vor Johann. Der war diesen Weg auch gegangen, wortlos, schwermütig lächelnd. So würde es auch bei ihm und Anna sein: ein kurzes, kleines Glück, dann tägliche Kämpfe, immer erbitterter, immer härter, Kinder, die man bestaunte und die einem dann lästig waren, und schließlich die Flucht ins Wirtshaus. Jeden Tag, bis zum Ende.

Bei Faber-Castell in Stein konnte er sich nicht mehr sehen lassen. Das wäre ihm auch Annas wegen zu schmerzlich gewesen. Bei der Firma Johann Faber, der konkurrierenden Verwandtschaft in Nürnberg, stellte man ihn für die Arbeit an der Bleipresse ein. Dauernd hatte Johann diesen nicht enden wollenden Bleiwurm vor Augen, der sich um ihn schlang und ringelte, er kroch an seinen Gliedern hoch und schnürte seiner Seele die Luft ab, daß er zu ersticken meinte.

Luft. Luft. Luft. Keine Fabrikmauern mehr, nicht mehr diesen ekelhaften Bleiwurm. Johann brauchte den Himmel über sich, die Weite des flachen Landes, die seinen Blick frei hinausfliegen ließ, ihn nicht gleich zurückstieß wie die steinerne Fabrikwand. Einzig das Produkt seiner Arbeit, die Bleistifte, entzückten Johann. Er konnte sich davon so viele kaufen, wie er es sich als Junge vergebens erträumt hatte. Die Mutter konnte ihm kein Geld geben, um die für die Schule nötigen Stifte zu kaufen, also hatte er von den Lehrern oder vom Kaplan kärgliche Stummel bekommen, mit denen er nur mühsam arbeiten konnte.

Als er seine Arbeit an der Bleipresse bei Johann Faber beendete, war er im Besitz von zwei Dutzend Bleistiften in verschiedenen Härtegraden. Stifte aus feinstem Graphit, in bestem Zedernholz, ja, er hatte einen guten Teil seines Lohnes investiert, um für die nächsten Jahre mit dem Besten an Bleistiften ausgerüstet zu sein, was derzeit auf dem Markt war. Verliebt betrachtete er die schlanken, kantigen Stifte; er hatte welche gewählt, die sechseckig waren, gelb poliert, und einen Goldstempel trugen: Johann Faber Nürnberg. Die Stifte waren an beiden Enden präzise abgeschnitten, in dem Sechseck von weichem edlem Zedernholz steckte die Mine, es war Johann, als schaute ihn jeweils ein Augenpaar freundlich auffordernd an: «Nur zu, Johann, nimm uns in die Hand, wir fühlen uns wundervoll an, samtig, weich; wenn du uns vorsichtig anspitzt, werden wir nicht brechen, und du wirst mit uns schreiben können, so schön und deutlich wie noch nie.» Genau so war es dann auch, und Johann war stolz auf sein edles Bündel im Dutzend. Er kaufte sich auch noch ein Etui mit farbigen Zeichenstiften und dachte wehmütig daran, wie gern er als Kind gezeichnet hätte, doch ihm fehlte es völlig an bunten Stiften, und nun war er im Besitz derart eleganter Farben, daß er sich manchmal an den Versuch machte, seine Umwelt mittels der Stifte nachzuerschaffen.

Was seinen Broterwerb betraf, tat Johann es inzwischen seinem Vater nach. Er suchte sich Arbeit auf Baustellen, schleppte Mörtel und Ziegelsteine. Vielleicht war das sein Schicksal – die Last des Vaters aufzunehmen und weiterzutragen, bis zur letzten Stunde auf Gerüsten zu turnen, Leitern zu erklimmen und anderen Menschen solide Wohnungen zu bauen, während er selber nur die Wahl hatte zwischen dem Keifen seiner Mutter im Zwinger oder Heimatlosigkeit.

Die rauhen, sonnen- und luftverbrannten Arbeiter auf den Baustellen waren Johann näher als die Leibeigenen an den Maschinen der Bleistiftfabrik. Barsche, oft rohe Sitten stießen seine ernste Natur ab, und doch! Wenn er mit der steingefüllten Trage auf den Schultern hohe Gerüste erstieg, seine Ziegel schmetternd abwarf und sich, der Last ledig, aufrichtete, faßte er neue Vorsätze. So, wie er diese Ziegel von sich warf, würde er auch eines Tages die Last dieser Existenz abwerfen und eigene Wege gehen.

Bauhandwerker trinken gern und reden viel. Johann ging mit den anderen in die Wirtshäuser, hörte den Reden zu und gewöhnte sich eine ehrbare Trinkfestigkeit an. Die Gemeinschaft der Bauleute war viel fester, als Johann das in der Bleistiftfabrik gefunden hatte. Fester, und auch herrschsüchtiger, das bekam er bald zu spüren. Er wußte nichts von Organisation, von gemeinsamem Auftreten, er war immer ein Einzelgänger gewesen. Nun wurde er täglich in die Rippen gebohrt und peinlich nach seinem Verbandsbuch gefragt. Verbandsbuch? Was war das?

Johann kannte Hebbels Gedichte, er traute sich zu, aus einem beliebigen klassischen Drama zu deklamieren, von Verbandsbüchern wußte er nichts. Der Vertrauensmann wiederum ahnte nichts von Hebbel, Kleist und Grabbe. Er stellte Johann die klare Forderung, sich entweder zu organisieren oder die Arbeit niederzulegen. Johann verzichtete sofort auf die Arbeit. Das lag ihm ohnehin nahe, und sich von jemand zwingen zu lassen, der seinen Hebbel nicht kannte, ging gegen Johanns geistige Ehre. Doch bald schon stand er wieder vor der Wahl: Organisieren oder Arbeit niederlegen. Er versuchte Ausflüchte. Wollte den Vertrauensmann bis zum Zahltag vertrösten. Da kam er aber schlecht an: «Wo haben sie dich denn eingefangen? Zahltag? Der ist bei uns jeden Tag. Du kannst Vorschuß nehmen, wenn du sechs Tage gearbeitet hast. Also quatsche nicht, Junge, sondern geh zum Kappo, der gibt dir, was du brauchst. Bei uns gibt es kein Fackeln. Wer nicht bei Verstand ist, fliegt. Wir können solche Brüder nicht brauchen ...»

Johann war wütend. Was wollte man von ihm? Er schleppte seine Steine, bekam dafür sein Geld, alles andere hatte niemanden zu kümmern.

Eines Nachmittags gab es Krach auf der Baustelle. Der Meister, ein grober Klotz, hatte seinen Bauhelfer fortgejagt, weil der seiner Meinung nach zu langsam arbeitete. Abends war Bauversammlung. Neugierig ging Johann mit und sah erstaunt, wie die sonst so stumpfsinnige Laune seiner Kollegen einer sachlichen und entschlossenen Haltung gewichen war. Ein vierschrötiger Mann, besser gekleidet als die anderen, erhob sich, und während er redete, hörten ihm alle gespannt zu. «Kollegen. Was müssen wir tun, damit Leute wie Meister Hußlein aufhören, Bauarbeiter für nichts und wieder nichts zu maßregeln? Ihr wißt, Hußlein hat heute einen Arbeiter entlassen, weil der nicht so schnell gerannt ist, wie er das nach Meinung von Hußlein tun sollte. Daß er selber auch einmal Steine getragen hat, weiß Herr Hußlein nicht mehr. Einige von uns haben aber mit ihm auf dem Bau gearbeitet und wissen es darum gut. Kommt der Bettelmann aufs Roß, Kollegen, ist mit ihm nicht gut hausen. Hußlein meint, es wäre sein gutes Recht, Arbeiter zu entlassen, deren Gesicht ihm nicht gefällt. Die Herren Bauprotzen bilden sich ein, sie wären der Herrgott selber. Unser Kollege arbeitet schon einige Jahre bei Hußlein. Er hat auf dem Bau geschwitzt, während Hußlein auf dem Kanapee lag. Kurzum: Hußlein hat Rechte, wir aber haben auch Rechte. Und wir alle werden keinen Finger rühren, ehe Hußlein unseren Kollegen wieder in

Lohn und Brot gestellt hat. Morgen, vor Beginn der Arbeit, fordern wir die Wiedereinstellung unseres Kollegen. Gibt der Herr Baumeister nach – in Ordnung. Wenn nicht – Schluß der Arbeit! Ihr alle geht vom Bau und laßt Hußlein alleine arbeiten. Wollen mal sehen, ob es bei ihm schneller geht.»

Der in dem tosenden Beifall am lautesten schrie und klatschte, war Johann. Er kriegte sich kaum ein vor Eifer und Überzeugung, nickte immer wieder bestätigend und suchte die eigene Begeisterung in den Gesichtern der anderen. Die Kollegen schworen jeder Arbeit ab, wenn nicht geschehen würde, was ihnen als ihr Recht galt, und sie wählten einen kleinen Ausschuß, der morgen die Verhandlungen führen sollte.

Dieser Tag war wie eine Fackel, die in Johanns Vorstellungen geworfen wurde und dort weiterbrannte. Johann begriff plötzlich den Wert und die Macht der Gemeinschaft und wollte nun unbedingt diese gewonnene Erkenntnis stützen. Er knüpfte mit den Vertrauensleuten Gespräche über Gewerkschaftsfragen an, las, was es an wissenswertem Gedrucktem gab. Von nun an stand Johann leidenschaftlich auf der Seite der sozialistischen Heilslehre. Daß es Arme und Reiche gab auf der Welt, das wußte er, und daß die Armen weit in der Überzahl waren, auch. Aber er hatte sich bisher mit diesem Wissen begnügt, hatte aus seinem armseligen Zustand nur die Herausforderung entnommen, irgendwann einmal reich zu werden. Ansonsten hatte er sich nicht um die Ziele der Welt gekümmert. Sah er mit seinem heutigen Wissen auf den Kampf seiner Jugend zurück, so sah er sich als einen Versprengten, der vom Heer abgekommen war und allein einen aussichtslosen Kampf führte. Die neue Ordnung des Daseins, das wurde Johann klar, kam für alle Armen. Nicht für einen allein. Sie kam durch alle, oder sie kam gar nicht. Er selber hatte sich die vergangenen Jahre völlig umsonst gequält, weil er nur für sich selber Millionen erträumt hatte, die ihm, nur ihm, ein schönes und seinen Neigungen gemäßes Leben schaffen sollten. Es gibt kein Recht auf persönliches Glück, dachte Johann in seinem neuen Eifer, es gibt nur die Chance, gemeinsam aus dem Elend herauszukommen, die bestehenden Verhältnisse zu ändern.

Johann hatte sich nach Anna erkundigt. Auch wenn sie ihn nach seiner Entlassung aus dem Gefängnis nicht sehen wollte, hatte er sie nie aus den Augen verloren. Und unter den Faberern gab es immer noch den einen oder anderen, der Johann, wenn auch als Schlitzohr, noch gut im Gedächtnis hatte und ihm nicht mehr gram war. Er fragte nach Anna, erfuhr einiges, was ihn erstaunte und hoch erfreute. Noch immer arbeitete sie bei der Familie Faber, sie war, wie ihre Mutter, Mitglied im Nürnberger Deutschen Frauenverein. Verblüfft hörte Johann, daß Anna am 1. Mai mit anderen Frauen und vielen Arbeitern durch Nürnberg gezogen war und für den Achtstundentag demonstriert hatte: «Von Druck und Elend, Not und Plag, erlöst uns der 8-Stunden-Tag!» Anna selber, das wußten seine Informanten, arbeitete schließlich viel länger, sie hatte auch kaum je ein Wochenende frei und keinen geregelten Urlaub, wie alle Faberer, Arbeiter ebenso wie Bedienstete der Privathäuser.

Johann wußte, daß Versammlungen den Arbeitern verboten waren, auch Fahnen durften sie nicht mit sich führen. Sie machten aus der Not eine Tugend und veranstalteten Ausflüge in Gartenlokale vor der Stadt, jeder trug eine rote Nelke im Knopfloch. Anna hatte im Deutschen Frauenverein Kurse belegt in Englisch und Französisch, Bertha von Faber gab ihr die dazu nötige Zeit frei und bezahlte auch die Kursgebühr.

Johann bekam bald heraus, wann Anna wegen ihrer Fortbildung nach Nürnberg fuhr. Er mußte mit ihr sprechen. Sie konnte doch nicht alles vergessen haben oder verleugnen. Ohne

Anna schien Johann seine Zukunft versperrt. Sie konnte ihm die Türe vor der Nase zuschlagen. Und wenn sich dann herausstellte, daß kein Anklopfen etwas nützte, dann war es das beste, er drehte sich um und vergaß sie.

Da kam sie an der Seite eines jungen Mädchens über die Straße. Das Mädchen hatte den Mund und die Augen stark bemalt, sie sah aus wie eine Hexe in ihrem komischen Reformkleid. Anna dagegen – Johann spürte, wie ihm das Blut in den Kopf schoß, im Hals klopfte sein Herz. Anna. Sie war so einfach und gutaussehend wie immer. Er trat auf sie zu, sie stutzte, erkannte ihn, in ihre Augen kam ein merkwürdiger Ausdruck von Erinnerung, aber das Schicksal war ihm nicht hold – Anna sagte, sie möge keine solchen Überraschungen, und dann ging sie drei rasche Schritte hinter der angemalten Hexe im Reformkleid her, die Johann nicht eines Blickes gewürdigt hatte.

Johann wollte den Tod, der doch einmal kommen mußte, nun nicht länger aufschieben. Dort das Fensterkreuz. Es reichte hoch genug über den Boden. Die starke Schnur hielt sicher. Johann knüpfte einen Knoten. Seine Finger flogen. Die Schlinge paßte für seinen Hals. In zwei Minuten konnte alles geschehen sein. Dann hing er am Haken und wußte von all dem tödlichen Gefühl, das sie Leben nennen, nichts mehr. War es dann aber auch wirklich aus? Wer Gewißheit hat, springt leicht. Hatte er Gewißheit? Nein, du siehst nur den Rand, nicht den Abgrund, in den du springst. Johanns Vorsatz, schon gefaßt, fiel wieder in sich zusammen. Hastig rannte er im Zimmer auf und ab, als könne er seine Erregung niederrennen. Sein Selbstgefühl erwachte wieder, und er gelobte sich, weiterzuleben.

Laß mich inmitten Stürmen stehen!
Laß Not und Leid und Gram und Harm

im Leben über mich ergehn.
Es ruhe schwer auf mir dein Arm!

Ich laufe nicht den dumpfen Trott
der nüchternen Alltäglichkeit.
Ich lebe dir, gewaltger Gott,
und deinem Dienst bin ich geweiht.

Das ist es und der eigene Wert,
was trotz der Menschen Niedertracht
mein Leben, sturm- und drangerschwert,
mir froh und schön und friedlich macht.

In Anlehnung an Kleist schrieb Johann ein Lustspiel, Jamben, die in das Gelächter des Sosias und des Dorfrichters Adam einstimmten. Ein Drama Johanns, «Spartakus», bewegte sich im Schatten Shakespeares, spiegelte im Aufbegehren römischer Fechterknaben Zeit und Zustand der Gegenwart und entschlief auf halbem Wege in einer sehr wortreichen Liebesszene. Ein drittes Stück, «Muttersünde», entstand nach dem meisterlichen Text von Hebbels «Maria Magdalena».

Johann war sein einziger Zuhörer, er klatschte sich auch selbst Beifall, und empfand diese Einheit von Schöpfer und Publikum als natürlich. Doch dann kam Anna, sie stand in seiner Stube, bat Johann, ihr die überraschte Reaktion neulich in Nürnberg am Unschlittplatz nicht übelzunehmen. Sie habe, gestand Anna ihm, Ottilie von Faber-Castell seine Gedichte lesen lassen. Die wiederum habe sie einem der Deutschlehrer aus dem Max-Joseph-Stift in München gegeben. Der bat Johann zu sich, legte ihm das Reisegeld ins Briefkuvert.

«Ihre Verse haben einen sehr starken Eindruck auf mich gemacht, Herr Bürger. Es muß etwas für Sie geschehen.»

Johann sah in das bartlose Gesicht des Lehrers, das in viele höfliche Falten gelegt war, als Johann bei ihm vorsprach. Johann hatte sich bewußt nicht in seinen Sonntagsstaat geworfen, er kam nachlässig daher, ein wenig großspurig, und wußte nicht, wohin mit seinen Händen. Eher hätte er sich die Zunge abgebissen, als diesem freundlichen Lehrer zu sagen, wie sehr er ihm für seine Aufmerksamkeit dankbar war. Johann überlegte, daß schon längst etwas für ihn hätte geschehen müssen. Dabei vergaß er, daß doch keine Seele ahnen konnte, welch vorzüglicher Dichter in seiner Person durch die Welt lief. Außerdem hatte Johann noch nie gern geredet. So stand er da und starrte den Lehrer an, der redete, und Johann hörte zu, eine Kunst, die er tadellos verstand.

Bald kam ein Brief des Lehrers, in dem er schrieb, ein bekannter deutscher Dichter habe sich lobend über Johanns Verse ausgesprochen. Heftig warf Johann den Brief beiseite, um ihn dann ungefähr dreißigmal zu lesen. Man beachtete ihn. Erkannte ihn an. Er hatte recht daran getan, zäh zu seinem Gefühl zu stehen, ein Dichter zu sein. Morgen, übermorgen mußte die Welt seine Verse auswendig lernen! Und Anna mußte endlich begreifen, wer Johann war.

Anzusehen war Johann seine Bedeutung nicht unbedingt. Er drückte sein knochiges, karges Gesicht fest auf die Brust, damit er niemanden anschauen mußte. Seine braunen, glänzenden Augen, eigentlich bemerkenswert, glitten meistens am Boden hin. Hoben sie sich, flitzten sie ruhelos herum wie Schwalben und ließen sich nur selten auf den Dingen nieder. Nur auf Annas Gesicht ruhte sein Blick sich aus, Anna war der einzige Mensch, der ähnlich empfand wie er, mit Anna konnte er über seine Alpträume reden.

Anna wollte ihm helfen, damit er ein Dichter werden konnte. Sie wollte seine Kameradin sein, aber nicht seine Frau. Was Zärtlichkeiten anlangte, Begehren, Wünsche, war Anna eine wunderschön aufgebahrte Erinnerungsleiche, Johanns männlichen Gedanken weit entrückt. Sie war nicht mehr das junge Dienstmädchen, dem Johann seine ersten Gedichte gewidmet und auf das er seine Hoffnungen gesetzt hatte. Einer blassen, schlanken Frau stand Johann jetzt gegenüber, die selbstsicherer war als früher, Ziele hatte, die nicht in einem gemeinsamen Haushalt mit Johann hinter dem Ofen endeten.

Doch immerhin hatte Anna seinen Gedichten vertraut. Wieder verdankte er ihr eine Stellung, früher im Comptoir der Fabers, heute dort, wo er hingehörte, in den Reihen der Dichter. Diesmal wollte er Anna Ehre machen. Er schrieb für sie:

Alles laute Leben ist gestillt.
Nimm es Mutter Nacht, in deine Hut!
Denn aus deinem tiefen Dunkel quillt
eines anderen Lebens starke Flut.

Drängt so lange gegen meine Brust,
bis ich wieder überwunden bin,
bis ich, keines Ufers mehr bewußt,
treibe auf dem großen Strom dahin.

Ob er mich noch heute ganz von hier
schwemmt in deiner nie erforschten Spur?
Strom des Seins, versinke ich in dir
oder überflutest du mich nur?

Eine Münchner Literaturzeitschrift brachte einen Aufsatz über Johann Bürger, mit Proben seiner Gedichte. Nun war der Anfang gemacht, Johann konnte nicht mehr zurückweichen. Den Aufsatz las er wieder und wieder; er bekam auch wohlwollende Briefe, die er aufriß und mit klopfendem Herzen las. Nun war er da, der Durchbruch, der Sieg. Das jahrelange fiebrige Leiden in der Dunkelheit war vorbei. Was er jetzt dichtete, daran nahm die Welt teil, sah es mit prüfenden Augen an, und Johann war nicht mehr allein. Andere würden ihm sagen, was er selber geahnt und trotzig geglaubt hatte: Du wirst es noch weit bringen.

Die Nürnberger Arbeiterzeitung war auf ihn aufmerksam geworden. Sie baten schriftlich um seinen Besuch in der Redaktion. In derselben Minute, in der Johann den Brief überflogen hatte, machte er sich auf den Weg. Fragte sich durch zum Redaktionsleiter. Der saß hinter seinem Schreibtisch, die Ärmel aufgekrempelt, und der größte Teil von Johanns Angst fiel von ihm ab. Ob er sich getraue, die Schauspielbesprechungen zu übernehmen? Alles, alles hätte Johann übernommen, so berauscht war er von dem Leben in den Redaktionsräumen. Schreibmaschinen standen da, Berge von Manuskriptpapier, Scheren, Stifte, Klebstoff, alles griffbereit und in Mengen.

Er schrieb über die Aufführung von Halbes «Haus Rosenhagen» einen ziemlichen Bandwurm. Sein Redakteur strich mit spitzem Blei rasch drei Viertel des Textes, und Johann wurde wehmütig ums Herz, schließlich hatte er die Nacht durch geschrieben, und er freute sich auf die Reaktion der Leser, die solch eine Kritik bestimmt noch nie vorgesetzt bekommen hatten. Der Redakteur sah sein verschattetes Gesicht, lächelte verständnisvoll und sagte, daß sein Text verdammt gut sei, daß es sich bei der Arbeiterzeitung aber leider nicht um eine Literaturzeitung handle. Als Johann dann schließlich gedruckt sah, was der Redakteur übriggelassen hatte, fand er die Kürzung doch sinnvoll, denn am wichtigsten war schließlich, was über dem Artikel stand: *Von Johann Bürger.* Ein so berauschendes Gefühl stieg ihm in den Kopf, daß er ihm glatt den Namen Glück hätte geben können. Am liebsten hätte er alles sofort Anna berichtet. Doch sie würde ihn abweisen, das wußte er. Und jetzt gab es endlich Wichtigeres.

Das Theater war bald das herausragende Element in Johanns Leben. Es verdrängte seine Enttäuschung über Anna, es heilte die Wunde der lebenslangen Zurücksetzung. Wie einer, der sich nach langen Entbehrungen übernimmt, stürzte sich Johann auf seine Kritik. Anschauen, das Gesehene überdenken, und diese Gedanken dann festzulegen – war es nicht das, was er immer schon alleine betrieben, wofür er sich insgeheim Anerkennung erhofft hatte? Nun wurde er für diese Beschäftigung entlohnt, und wenn es auch kein fürstliches Auskommen war, besser bezahlt als die Arbeit auf dem Bau war es doch.

Eine königliche Prinzessin kam zur Einweihung einer Kinderkrippe in die Stadt, und sie äußerte den Wunsch, den Theaterkritiker Johann Bürger zu sehen. Als Johann von dieser allerhöchsten Ehre hörte, sträubte er die Borsten. Die Redakteure, der Lehrer, selbst der Literaturprofessor beschworen Johann, diese Einladung nicht auszuschlagen. Der Lehrer benachrichtigte sogar die Gräfin Faber-Castell und die wiederum Anna – und sie ließ ihm durch Boten sagen, daß sie ihn beneide und ihm von Herzen zurede, diese einmalige Chance in seinem Leben zu nutzen.

In den feinen, Johann viel zu weiten Mantel des Lehrers gehüllt, am Leib einen Anzug des Redaktionsleiters, der in etwa Johanns Statur hatte, fuhr Johann in den kalten Wintertag hinein. Wohlweislich begleitete ihn der Lehrer, sonst wäre Johann auf halbem Wege wieder umgekehrt. Er half Johann auch über alle höfischen Hindernisse hinweg. Johann fühlte sich wie ein Tanzbär, der zahlendem Publikum vorgeführt wird, und genauso benahm er sich auch. Brummig, unwirsch und plump. Die Augenbrauen der Lakaien zogen sich hoch und höher. Einen so unwilligen Gast hatten sie im Schloß noch nie gesehen.

Johann kam in einen hohen, prächtig eingerichteten Saal, in

den er über dicke Läufer und Teppiche lautlos geschlichen war. Dann sah er in einem hohen Sessel mit geschnitzten Lehnen eine zarte, blasse Frau, die ihre verschleierten Augen auf ihn richtete.

Danach stand Johann auf dem Trittbrett des Zweispänners und fragte sich, was denn nun eigentlich los gewesen war. Lächerlich gleichgültige Worte hatten durch den Saal gehallt, und dann hatte Johann seine eigene Stimme gehört, die in seiner lebhaften Erregung wohl lauter sprach, als vielleicht nötig gewesen wäre. Ein Herr im schwarzen Frack, vielleicht der Kammerherr oder Hofmeister, jedenfalls sah er aus, als habe ihn jemand mit dem Lineal gezeichnet, dieser Papierene legte Johann die Hand mahnend auf die Schulter, und Johann brach seine Erklärung ab und schwieg hartnäckig vor sich hin.

Die hochgeborene Frau Prinzessin schaute er nicht einmal mehr an, und als Johann sich endlich trollte, schien er eine Zentnerlast in dem herrlichen Saal zurückzulassen. Die müde, feine Frauenstimme ging mit Johann hinaus, und zu seinem Erstaunen klang, wenn auch schwach, ein Ton menschlicher Teilnahme nach.

Der Mann in Johann forderte nach langer Abstinenz seine Rechte. Jede Frau in seinem Umkreis konnte ihm das Gesicht rückwärts drehen, er starrte jedem Rock nach und seine Phantasien umtobten jede attraktive Frau wie eine Hundemeute das Wild. Schalt Johann sich einen Deppen, zwang er sich, Annas Gesicht als Schutzschild vor seine Begierden zu stellen, so konnte er sie zwar in den Hintergrund verscheuchen, doch von dort aus kamen sie böse und tückisch immer wieder hervorgekrochen. Annas Bild sollte Johanns Begierden auslöschen, doch es gelang immer seltener. Um Johann herum war reichlich junges Leben, hübsche Mädchen begegneten ihm, und wenn er sie auch nicht zu Kniefällen hinriß, so hatte Johann doch einen Ausdruck in den Augen, der junge Frauen anzog. Manch schneller Blick traf Johann, und hätte er sich entsprechend verhalten, wäre ihm der Erfolg sicher gewesen.

Die Mädchen tuschelten über ihn, er registrierte das genau, und atmete den Duft ihres einfachen Daseins wie den Hauch einer Erinnerung an Anna, als sie noch Dienstmädchen bei den Fabers gewesen war. Inzwischen war sie beträchtlich feiner geworden. Nähte die anspruchsvollsten Roben für ihre Herrschaft. Gab im Frauenverein Nähkurse, bildete sich im Englischen und im Französischen weiter.

Auch Anna hatte Johann mit ihrer guten Laune anzustecken gewußt. Sie hatte es doch, genau wie diese Mädchen, nicht gut gehabt, war den Launen der Herrschaft ausgesetzt gewesen, und nur spärliche Sonntagnachmittage hatten Anna und Johann gehört.

Je mehr Johann Kopf sein wollte, desto mehr war er Körper, Begierde. Er fühlte sich ohne Anna dürr, trocken, zerrissen. Er wollte, daß sie über ihm wie eine schwere randvolle Wolke barst, jetzt, sofort, wurde fast verrückt über seinem Verlangen.

Er rannte am Ufer der Rednitz entlang, die Bäume und Büsche ließen ihre grünen Zweige ins Wasser hängen. Es war still, Johann hörte nur das Glucksen der dahineilenden Wellen. Wenn Anna ihn wieder abwies, wußte er, was er zu tun hatte. Er war äußerst erregt und ruhig zugleich, die Natur um ihn herum war so blühend und frisch, daß er vor Einsamkeit hätte schreien können. Anna mußte ihn lieben, er wollte ihren Körper spüren nach dieser Ewigkeit. Das Begehren schien Johann aus allen Poren zu dringen, er hatte so tiefe starke Sehnsucht wie noch niemals in seinem Leben. Er war zu lange einsam gewesen, um nicht unter Annas Küssen ersticken zu wollen.

Johann rannte schneller. Jeder Schritt brachte ihn Anna näher, aber auch allen anderen. Er sah die Reitställe beim Schloß, sah drei elegante junge Frauen, vielleicht war es Ottilie von Faber mit ihren Schwestern, in den Park reiten, er hörte das Getrappel der Pferde, Wiehern aus den Ställen, von der nahen Fabrik sah er Dampf aus den Schloten aufsteigen. Eine Kutsche näherte sich, nahm die Richtung auf das Schloß, Bedienstete eilten zwischen dem Schloß, den Ställen und Gesindehäusern hin und her. Hier lebte eine große, reiche Familie, lebten Arbeiter, Männer, Frauen, Kinder, von denen Johann einige auf dem Weg sah. Hier ging anscheinend alles seinen gewohnten Gang, auch Anna gehörte zu dieser Welt, in der alle ihren Platz hatten, nur er nicht, Johann, der nichts hatte als seine irrwitzige Sehnsucht nach Anna. Wie sollte er sie finden, wollte er sie in seine Arme zwingen? Er war ja krank, verrückt.

Johann beschloß, zurückzurennen in die Stadt, als Anna aus dem Fachwerkhaus trat, das zur Gärtnerei gehörte. Sie sah Johann, stieß einen kleinen Schrei aus, schien zu erstarren. Niemals war sie Johann so schön und vollkommen erschienen, wie sie da stand im Sonnenlicht. Ohne zu denken ergriff er ihre Hand, und sie liefen durch den Park, über den grünen Teppich des Rasens, um sie rauschten die Baumwipfel, und auf einem winzigen Rasenstück inmitten eines Buschwerks ließen sie sich fallen, sahen einander schweigend und schwer atmend an.

Annas Schönheit bedrängte Johann, seine rastlose Sehnsucht, die ihn hierher getrieben hatte, ohne jede Hoffnung, nahm ihm nun jede Vorsicht, jeden Gedanken an Annas möglichen Widerstand. Er warf seine Arme um Anna, er preßte sich an sie mit aller Kraft, um dann in ihre Augen zu sehen. Was wollte sie? Dasselbe wie Johann, hurra, es war wieder wie damals in der Stadt, diesmal war die Kapelle aus grünem Blätterwerk, und Annas Augen setzten Johann in Flammen. Ihre

Blicke und ihre Körper verstrickten sich ineinander, jeder hörte das Herzklopfen des anderen, sie erbebten vor Verlangen, und Anna streckte sich mit einem tiefen Seufzer unter Johann aus.

KAPITEL 19

DER KAISER war in Nürnberg, und warmer Juniregen strömte ungeniert vom Himmel. Mochten die kaiserlichen Begleiter noch so oft beschwörend sagen: Majestät brauchen Sonne – es regnete weiter. Kaiser Wilhelm II., dem der Ruf vorauseilte, daß er auf seinen Reisen für Kaiserwetter, nämlich strahlenden Sonnenschein, sorge, hatte im niederschlagsarmen Franken keine Fortune, und die Schulkinder, die seinen Weg vom Bahnhof zur Burg hinauf säumen sollten, mußten im strömenden Regen ausharren.

«So ein Unverstand! Die armen Kinder», sagte Ottilie heftig, als sie sah, daß viele der Kinder in den von Nässe klebenden Festkleidern zitterten.

«Nur gut, daß unser Sohn so warm und behütet da drinnen sitzt.» Alexander legte die Hand auf Ottilies vorgewölbten Leib. «Halt mal still, Kindchen, ich will warten, bis er mich wieder tritt.»

Wieso bin ich eigentlich sein Kindchen, er hat doch jetzt zwei eigene und wird bald ein drittes haben, dachte Ottilie mißgestimmt, obwohl sie sich in den fünf Jahren ihrer Ehe an diese Anrede hätte gewöhnen können, denn Alexander gebrauchte sie häufig. Und er sprach von dem kommenden Kind, als wisse er genau, daß es ein Sohn sei. Bei der ersten Schwangerschaft war es Ottilie genauso ergangen; sie war sicher gewesen, einen Sohn zu erwarten, doch als Elisabeth kam, hatte sie sich selber gescholten. Sie ahmte die Haltung ihrer Eltern und Großeltern nach, denen auch die Söhne mehr gegolten hatten. Alexander jedoch, als man ihm Elisabeth brachte, hatte für einen Moment seine Enttäuschung offen gezeigt, aber dann hatte Elisabeth ihn mit ihrem dunkelblauen Blick angeschaut, und Alexander nahm sie hoch, küßte sie und wußte, er würde sein Leben lang von diesem Kind geliebt werden. Wie ihn das bewegte, fast zu Tränen rührte.

Nun hatte er sein Kindchen und nannte seine Frau immer noch so. Bin ich denn keine Frau, fragte sich Ottilie, bin ich für ihn keine richtige Frau? Viel Zeit, darüber nachzudenken, blieb ihr nicht. Nach Elisabeth meldete sich sofort Maria Gabriela an, die sie Mariella nannten, weil sie ein so schwungvolles, gutgelauntes Baby war, das keine Pause zwischen zwei Namen vertrug. Mariella war wieder nicht der Stammhalter, und Ottilie wußte, daß die nächste Schwangerschaft bald wieder sichtbar sein würde.

Trotzdem mochte sie zum Empfang des Kaisers nicht daheimbleiben. Schon weil man wußte, daß nur wenige Persönlichkeiten Nürnbergs am Galadiner für den Kaiser teilnehmen würden. Ihr und Alexander war diese hohe Ehre zuteil geworden, und Anna hatte sich selber übertroffen im Schneidern eines Umstandskleides mit passendem Hut, der durch sein überdimensionales Volumen von Ottilies Bauch ablenkte. Das Kleid und der Mantel waren aus nilgrüner plissierter Seide, am Ausschnitt hatte Anna ein Rosenbouquet aus dieser Seide so geschickt und üppig drapiert, daß der Blick von Ottilies Umfang völlig abgelenkt war. Das übrige tat der Mantel, der ärmellos und eher ein Überwurf war, einer römischen Toga ähnlich. Der Hut war auch kein wirklicher Hut, sondern eher eine einzige, riesige Rose aus Plissee, die Ottilie aussehen ließ wie eine Märchenfee, eine sehr blasse allerdings, denn das Nilgrün der Seide machte Ottilies Haut fast durchsichtig.

«Du siehst phantastisch aus, Tilly, entzückend. Mit dir werde ich wieder Aufsehen erregen, aber du weißt, ich genieße das unbeschreiblich. Ich kann kaum glauben, daß Anna diese aufwendige Robe völlig alleine entworfen und geschneidert haben soll. Sie könnte für die ersten Häuser in Paris arbeiten, dessen bin ich sicher.»

Konnte Alexander Gedanken lesen? Manchmal, wenn sich Ottilie eigentlich eher fremd neben ihm fühlte, überraschte er sie dadurch, daß seine Gedanken in dieselbe Richtung gingen wie ihre. Machte das die Ehe, die im Alter ja auch äußere Ähnlichkeiten schuf?

Sie waren jetzt am Hauptbahnhof in Nürnberg angekommen. Der große Platz war menschenleer, dafür hatte der Magistrat mit rigorosen Absperrungen gesorgt. Der Faber-Castellsche Kutscher wies stolz seine Sondergenehmigung vor, und Ottilie und Alexander konnten auf den Perron gehen, wo die Spitzen der Stadtgesellschaft auf die königlichen Hoheiten warteten. Zuerst kam der Sonderzug des Prinzregenten Luitpold von Bayern als Gastgeber und Protektor des Museums, kurz darauf der Großherzog Friedrich von Baden und König Wilhelm II. von Württemberg. Schließlich das Kaiserpaar, Wilhelm II. in der Uniform eines bayerischen Generalfeldmarschalls mit dem Marschallstab in den Händen. Die Kaiserin trug ein reich mit Orden geschmücktes lilafarbenes Kleid mit Bolerojacke.

Fasziniert war Ottilie vom Hofzug der Preußen. Ein Livrierter ließ sie respektvoll eintreten und führte sie durch zwölf Waggons, Salonwagen in drei Abteilungen, großer Mittelraum, zwei kleinere; Ottilie sah überall glänzende blaue Seide, Diwane, Kronleuchter, aufmerksame Dienerschaft. «Eine Villa auf Rädern», flüsterte Ottilie ihrem Mann zu, «aber so prächtig wie der Salonwagen unseres Königs Ludwig sind die der Preußen nicht.»

Rasch mischten sie sich wieder unter die Zuhörer, denn der Kaiser hielt eine Ansprache. Ottilie wunderte sich über seine schnarrende, knarrende Stimme, die unangenehm klang und im Widerstreit stand mit dem prächtigen Aufputz des Kaisers. Wilhelm II. sagte knapp, daß er die Bürger Nürnbergs grüße, wobei er auf die Vergangenheit des Hohenzollernhauses schaue in seiner Eigenschaft als Burggraf von Nürnberg.

Und dafür, dachte Ottilie, haben die Nürnberger ihren Bahnhof mit sechstausend Metern Girlanden geschmückt.

Die Faber-Castells fuhren mit ihrem eleganten Landauer hinter den vierspännigen Galawagen der königlichen und kaiserlichen Hoheiten und ihren Eskorten über den Plärrer zum Färbertor; dort war unter prunkvoller Entfaltung militärischen Glanzes eine Parade angesetzt.

Ottilie hatte gehört, daß für den Aufenthalt der Hoheiten schon vor Wochen ganze Wagenladungen mit Gobelins aus der königlichen Residenz angekommen waren; mit Teppichen, Möbeln und Geschirr aus königlichem Besitz waren die Räume der Nürnberger Burg adäquat ausgestaltet worden.

Ottilie dachte daran, daß Alexander auch eine Burg haben wollte, ein Schloß vielmehr, wie es seinem Grafenstand und seinem Herkommen zweifellos entsprach. Ottilie seufzte leise. Erst letzte Woche war sie mit ihren Schwestern, der Mutter und Jenny in Würzburg gewesen, in der Residenz. Ottilie hatte über die Castell-Rüdenhausener Verwandtschaft eine Einladung der Schönborns erhalten, sich in Pommersfelden und in der Würzburger Residenz umzusehen. Die Schönborns waren seit Jahrhunderten bekannt für ihre Bauwut und den exzellenten Geschmack, den sie dabei entwickelten; das war sozusagen ihre Erbkrankheit, und Ottilie war nach den Besuchen dieser Prunkschlösser wie erschlagen, wünschte sich ein Schloß, das eine Mischung darstellte aus der Würzburger Residenz und

Schloß Pommersfelden. Besonders den Treppenaufgang der Residenz konnte sie nicht vergessen, ebensowenig den Gartensaal in Pommersfelden. Sollte sie nach der Geburt ihres dritten Kindes zufällig einmal nicht schwanger sein, wollte sie gemeinsam mit Alexander wieder nach Unterfranken fahren, und Oberbaurat Theodor von Kramer sollte sie begleiten.

Inzwischen waren sie beim Gegenstand des Jubiläums angekommen, dem Germanischen Nationalmuseum in der Kartäusergasse. Feierstätte war hier der neogotische Saal im Südwestbau. Ottilie fand sich, von einem Livrierten respektvoll und sorgsam geleitet, in einer der vordersten Reihen wieder, sie konnte den Nacken des Kaisers unter dem Marschallshut sehen, im übrigen viel Militär, die Professorenschaft in ihren bunten Ornaten. Manchmal hörte sie vom Kaiser, der sich angeregt mit dem Oberbürgermeister Dr. Schuh unterhielt, ein Lachen, das Ottilie abstieß, so meckernd und künstlich klang es.

Der Kaiser schenkte dem Museum unter anderem eine Partitur der Meistersinger, darüber war Ottilie hell begeistert. Bei erster sich bietender Gelegenheit wollte sie diese Kostbarkeit anschauen, vielleicht durfte sie die Partitur sogar in die Hand nehmen? Im Jahre 96, als Ottilie gemeinsam mit den Schwestern, der Großmutter und ihrer Mutter Bayreuth besucht hatte, zum «Ring», war sie spontan dem Allgemeinen Richard-Wagner-Verein beigetreten, so durchdrungen war sie von ihrer Begeisterung gewesen. Sie wollte unbedingt mithelfen, daß nicht nur reiche oder prominente Leute nach Bayreuth kommen konnten, sondern auch andere, die nicht soviel Geld und Einfluß hatten. Die Festspiele selber mußten nicht mehr gefördert werden. Dafür war der Wagner-Verein zunächst angetreten, doch die Veranstaltung hatte sich so erstaunlich entwickelt, daß Förderung überflüssig wurde.

Von ihrer Großmutter Ottilie wußte sie, daß Wagner nur

zweimal in Bayreuth hatte aufführen können, 76 den «Ring» und 82 den «Parsifal», damals war er von den wenigen Zuhörern wütend angegriffen worden, weil sie das Neue, die wahre strenge Kunst, nicht verstanden hatten. Bis kurz vor seinem Tode hatte Wagner sich nicht wieder in Bayreuth sehen lassen.

Neugierig war Ottilie auf Wagner geworden, weil sie im Stift erfahren hatte, daß ihr wunderbarer König Ludwig II. ihn sehr geliebt und gegen Gott und die Welt verteidigt und unterstützt hatte. Daher wollte Ottilie Wagners Opern sehen, und sie war mit den Zöglingen des Stifts in «Tristan» gewesen, in den «Meistersingern», im «Tannhäuser». Madame Pleitner, ebenfalls Anhängerin des Meisters, hatte es gefördert, daß die Mädchen auch theoretische Kenntnisse über das Werk Wagners erhielten. Ottilie kannte so wundersame Wesen wie Alberich Gurnemanz, Parsifal, Isolde, Curvenal, Elisabeth, Wotan, Brünhilde. Was für Namen, was für Schicksale. Und die Sänger! Namen wie Hill, Scaria, van Dyk, Rosa Sucher, Plank, Friedrichs, Elise Wiborg, van Rooy, Ellen Gulbranson sprach Ottilie mit hohem Respekt aus.

Sie fand es gerecht, daß seit einigen Jahren die Aufführungen in Bayreuth bereits Monate vorher ausverkauft waren. Diesen Triumph hätte sie Richard Wagner herzlich gegönnt. Hätte er die Triumphe des genialen van Rooy als Wotan hören können, Ellen Gulbranson als Brünhilde! Und Friedrichs, dieser Beckmesser ohnegleichen! Dazu besaß Bayreuth das schönste Orchester der Welt, die besten Dirigenten wie Richter oder Franz Fischer, dazu Siegfried, den Sohn des Meisters, als Regisseur des «Rings».

Alexander wollte nicht mitkommen nach Bayreuth. Er könne nicht Stunden untätig auf einem Stuhl verbringen und Leute aus vollem Halse singen hören, hatte er erst neulich wieder betont. Doch er registrierte zufrieden, daß jetzt sogar aus

Frankreich und Italien Kunstliebende nach Bayreuth kamen. «Na bitte», sagte Alexander, «das ist wenigstens ein Zeichen dafür, daß der deutsche Geist sogar auf internationales Publikum Anziehungskraft besitzt, daß die Deutschen nicht mehr ins Ausland pilgern, um Kunst zu studieren.»

Ottilie spürte einen leichten Krampf im Bein, sie mußte sich auf ihrem Sessel verlagern, die fünf Reifen an ihrem Arm klimperten und sie dachte, daß Philipp und seine Frau keine Einladung erhalten hatten zum Kaiserempfang, und ob er daran wohl überhaupt einen Gedanken verschwendete. Vielleicht war es doch ein Fehler gewesen, so kurz vor der Entbindung noch an diesem Auftrieb teilzunehmen. Aber es war Alexander äußerst wichtig gewesen, das wußte Ottilie, und daher war sie auch mitgekommen. Doch nun enttäuschte es sie, daß die kaiserlichen und königlichen Hoheiten sich eigentlich nur selber feierten.

«Ich habe in der Einladung gelesen, daß der Kaiser dem deutschen Volk danken will, weil es so viel für das Museum gespendet hat. Davon habe ich noch kein Wort gehört, schließlich hat man das Museum doch gebaut, damit die Menschen etwas über unsere Geschichte erfahren», sagte Ottilie, doch Alexander winkte ab. Er hatte nicht so viel übrig für Bürgertum oder gar Arbeiterschaft. Ihm war nur das Militär vertraut, nur Offiziere schienen ihm kompetent. Andere Schichten hätte er am liebsten gar nicht zur Kenntnis genommen. Dabei war er inzwischen Direktor einer Bleistiftfabrik, gebot über eineinhalbtausend Arbeiter und Angestellte, gemeinsam mit seiner Frau war er seit einigen Wochen sogar Inhaber der Werke. Natürlich hatte er kräftig gespendet für das Germanische Nationalmuseum, das schon vom Großvater seiner Frau mit Rat und Geld unterstützt worden war. Daher gehörten sie auch zu den Eingeladenen. Er hatte seinen Arbeitern bei Fortzahlung des Lohnes heute sogar freigegeben, wer mochte, konnte sich beteiligen am Spalierstehen, um einen Blick auf den Kaiser zu werfen.

Er selber saß ihm beim Festmahl schräg gegenüber, aß und trank dasselbe wie sein Kaiser: Ochsenschwanzsuppe und Sherry, Jakobslachs und Château d'Iqurne, Schinken mit grünen Bohnen, Bourgogne Chambertin 1890, Krebsspeise, gefüllten Kapaun kalt, Mainwein, Rehbraten mit Kopfsalat, Forster Kirchenstück Auslese 1893, Nürnberger Spargel und danach Himbeersorbet und kleine Orangencremetöpfchen.

Nach dem Essen erhob sich der Kaiser und hielt an einem eigens dafür geschaffenen, reich geschmückten Podest eine Rede, die Alexander sehr bewegte, und die er, in verschiedenen Blättern gedruckt, auch noch nach dem denkwürdigen Tag wieder und wieder las: «Es war ein kerndeutsches Fest, das wir gefeiert haben, denn in dem Museum verkörpert sich alles, was wir Germanen mit Stolz als germanische Kultur bezeichnen, und dieses Symbol germanischer Natur, den deutschen Einheitsgedanken verkörpernd, hat das Haus Wittelsbach unter seinen Schutz und Schirm genommen, seiner althergebrachten Überlieferung folgend in der Treue zu Kaiser und Reich. Nicht Nürnbergs Bürger allein, nicht Bayerns Söhne nur, alle germanischen Stämme blicken heute hierher und feiern heute mit, das bezeugen auch die hier versammelten deutschen Fürsten. Auf blutiger Walstatt, nach siegreichem Kampf, schlugen die deutschen Fürsten die Hände ineinander, und, umjubelt von ihren Regimentern, ihren Völkern in Waffen, stellten sie das Deutsche Reich wieder her. Vorüber, so Gott will für immer, die kaiserlose, die schreckliche Zeit. Wieder aufgerichtet ist des Reiches ragendes Panier, der schwarze Adler auf goldenem Felde, umringt von den Fähnlein der fürstlichen Häuser und schützend umlagert von den in Waffen blitzenden, schimmernden Horsten der kriegsgewohnten germanischen Völker. Was die Feinde gefürchtet, die Zweifler verneint, die Neider zu hindern gesucht, es ist doch endlich vollbracht worden. Mit tiefem Dank gegen Gott, dessen Führung mein Haus von der Burggrafenzeit bis hierher so wunderbar geleitet, stehe ich tiefbewegt auf Nürnbergs Boden, stolz auf meine Würde als Burggraf, vor dem erlauchten Regenten und Vater dieses Landes. Mit derselben Treue, mit der einst die Burggrafen den früheren deutschen Kaisern die Pfalz bewahrt und behütet, werde auch ich das Kleinod des Reiches bewahren, fest bauend auf die bewährte Reichstreue des Wittelsbachschen Hauses …»

Während Alexander sich wohlfühlte und hingerissen zuhörte, war Ottilie schläfrig, die Rede des Kaisers war ihr zu theatralisch, und das flüsterte sie auch Alexander zu: «Wann hört er denn auf? Das ist ja wie Meistersinger und Tannhäuser auf einmal. Das höre ich lieber in der Oper. Außerdem redet er mit keinem Wort vom Museum. Er redet nur von sich und dem Prinzregenten.»

Alexander schaute ärgerlich auf Ottilie: «Das hier ist eine glänzende Rede, Kindchen. Rhetorisch ganz großartig. Du hörst dem mächtigsten Manne Deutschlands zu, dem reichsten, dem Enkel der englischen Königin. Du begreifst ihn nicht, Kindchen, weil du keine Ahnung hast von Tradition, von in Jahrhunderten gewachsenen Familien.»

«Ja, ja», gähnte Ottilie, «ich weiß, dazu bin ich nicht adelig genug. Das serviert mir deine Familie schon morgens zum Frühstück.»

Ottilie sah das zornige Gesicht Alexanders, war schadenfroh, daß er seinen Ärger auf sie nicht loswerden konnte, denn jetzt bewegte sich das Kind in Ottilie, sie legte ihre Hand auf den Leib, unter der Seide trat offenbar ein Bein gegen die Bauchdecke. Alexander war abgelenkt von seiner Unzufriedenheit, nur noch in Sorge um den Stammhalter, und im allgemeinen Jubel und Hochrufen auf die Majestät brach man auf zur Rückfahrt nach Stein.

Die Verstimmung Alexanders war erst verflogen, als die Geburt des Sohnes Anlaß gab zu ernster Sorge um die Mutter. Anders als bei den ersten Geburten, die zwar lange gedauert hatten, in ihrem Verlauf aber unkompliziert gewesen waren, fühlte sich Ottilie diesesmal bedroht – sie konnte es nicht recht beschreiben, es war ein Gefühl der Unordnung in ihrem Leib, und als jetzt die Hebamme horchte, schaute sie Ottilie besorgt an.

«Das Kind hockt in Fußlage, ich bin mir fast sicher. Wo bleibt denn nur der Arzt!»

Ottilie spürte die Nervosität der Nürnberger Hebamme, die einen sehr guten Ruf hatte und auch bei den ersten beiden Entbindungen dabei gewesen war, heiter und gelassen, auch als Ottilie schon sehr erschöpft und die Wehen nicht mehr so kräftig gewesen waren. Schwester Dora war schon seit zwei Tagen im Schloß, bereitete das Säuglingszimmer vor, ihre Utensilien für die Entbindung. Sie hatte Optimismus und Vorfreude verbreitet. Doch heute war sie nervös, schaute ständig zur Tür oder zum Fenster, und Ottilie wußte, daß sie die Entwicklung der Entbindung als eine pathologische ansah.

Angst stieg in Ottilie auf. Schon als sie sich heute morgen im Spiegel gesehen hatte, ihr teigiges Gesicht mit den tiefen Rändern unter den Augen – bei Elisabeth und Mariella hatte sie rosig und gesund ausgesehen –, da war aus den Tiefen des Spiegels eine unbestimmte Furcht heraufgekrochen, und Ottilie flehte: Bitte, bitte, keine Angst. Sie hatte das Gefühl, gefangen zu sein von dem Kind in ihrem Bauch, sie spürte, daß die Zeit nicht spurlos vorüberging an ihr, daß sie nicht mehr hineintaumelte in jeden Tag – sie spürte den Tod, wo sie Zuversicht gebraucht hätte.

Ein Schwall Wassers platzte aus der Blase, rann ihr die Schenkel hinab, und die Hebamme führte sie sofort ins Bad, das sie vorsorglich mit Aufgüssen von Frauenmantel und Schafgarbe bereitet hatte.

Ottilie lag in dem fast heißen Wasser, sie hatte alle Freude auf das Kind verloren, sie dachte an Elisabeth und Mariella, die in der Villa bei Bertha, Hedwig und Sophie schliefen. Es war inzwischen Mitternacht vorbei, Ottilie hatte die Hebamme gebeten, niemanden zu unterrichten, nur Alexander saß wartend in der Bibliothek, wahrscheinlich studierte er Baupläne und entwarf das Kinderzimmer seines Stammhalters.

Ottilie fühlte sich, als stände sie vor lauter verschlossenen Türen, als ließe man sie und das Kind nicht ein ins Leben. Als der Arzt kam, eilends die Hände wusch und bei der Untersuchung fragte, ob er eine Narkose machen solle, da er das Kind drehen müsse, sagte Ottilie ja in dem Gefühl, jetzt auch noch den letzten Zugang zum Leben verschüttet zu haben.

Sie nannten den Sohn Wolfgang, nach Alexanders Vater, der im letzten Jahr vom Prinzregenten Luitpold in den Fürstenstand erhoben worden war. Nun gehörte ihm das Prädikat «Durchlaucht». Bislang hatten die Grafen zu Castell-Rüdenhausen neben den Fugger von Kirchberg-Weißenhorn, den von Ortenburg, von Rechtern-Limpurg, von Schönborn, von Waldbott-Bassenheim, von Erbach-Wartenberg-Roth, von Quadt-Wikradt-Isny, von Pappenheim und den von Törrings das Prädikat «Erlaucht» geführt.

Immer häufiger erinnerte sich Ottilie an ein Wort von Heinrich Heine, das besagte, Adel bestehe nur in der Einbildung. Das leuchtete Ottilie ein, und es entlastete sie. War ihr Großvater durch sein Adelsprädikat ein anderer geworden, innerlich, seelisch? Er hatte zwar den Feudaladel nachzuahmen gesucht, indem er für seine Familie sechs Schlösser kaufte, Landgüter und Grundbesitz, aber seine Ideen, seine Ideale waren davon unberührt geblieben. Niemand konnte behaupten, daß der Großvater als Adliger auch nur ein Gran edler geworden sei. Im Gegenteil. Hart und verbittert war er gewesen, als er Ehrungen, Orden und Besitz angehäuft hatte.

Und wäre der kleine Wolfgang, der mit den Füßen zuerst auf die Welt gekommen wäre, wenn ihn Doktor Rosner nicht gedreht hätte, wären der kleine Sohn und seine Schwestern nach ihrer Geburt vertauscht worden und wüchsen nun bei einfachen Bauern auf, würden sie sich nobler und feiner entwickeln als die anderen Bauernkinder? Ottilie stellte es erheblich in Zweifel und zitierte zum Ärger Alexanders möglichst oft Heinrich Heine.

Alexander sollte schon in der Woche vor ihrer Ehe eine Verzichtsurkunde unterschreiben, daß er für sich und seine zu erwartenden Söhne zugunsten seiner unbemittelten Brüder auf die Successionsrechte am Castellschen Hausvermögen verzichte. Er hatte damals Ottilie nichts von dieser Zumutung seiner Familie gesagt.

1901, als Alexanders Vater gefürstet wurde, schrieb die Castellsche Domänenkanzlei, daß die Kinder des Grafen Alexander nicht standesgemäß seien, er selber gehöre nicht mehr dem Hochadel an, führe nur noch das Prädikat «Hochgeboren».

Alexander ließ sofort anspannen, fuhr nach Würzburg zu den Anwälten Stern, Stern und Haas, die sich im Adelsrecht einen guten Ruf erworben hatten. Ottilie ließ Daniel Hilpert rufen und zeigte ihm das Schreiben der Domänenkanzlei. Der Justizrat lief rot an, seine Wangen unter dem dicken lockigen Haar glühten: «Niemals hätte ich dieser Ehe zugestimmt, wenn es Zweifel wegen der Standesmäßigkeit gegeben hätte.»

Am meisten verletzt war die Reichsrätin. «Alle waren sie da bei der Hochzeit, haben sich hofieren und bedienen lassen, und dann erheben sie sich über uns, sehen die Ehe Tillys mit Alexander als eine Mesalliance an. Dabei ist Ottilie im Adelsstand geboren. Im Heiratskontrakt wollten die Casteller die Zusage, daß ihrem Hause der Zugewinn der Ehe zufließt, sollte Alexander etwas zustoßen. Gleichzeitig aber wollen sie unserem Hause die Anerkennung versagen. Das ist unwürdig und im hohen Maße unehrenhaft.»

Die Großmutter und Bertha fanden die Liste der Hochzeitsgäste, und es zeigte sich schwarz auf weiß, daß auch der Chef des Hauses Castell-Castell, Friedrich Carl, mit seiner Frau erschienen war, obwohl er seinem Vetter Wolfgang gegenüber die meisten Vorbehalte gegen die Heirat geäußert hatte. Alle Brüder Alexanders, Casimir, Otto, Hugo, Hermann und Wolfgang standen zu dem jungen Ehepaar. Zwei Schwestern Castell-Castell waren Brautjungfern gewesen, ebenso Luitgard zu Castell-Rüdenhausen, Amalie Castell und Fanny Castell. Justizrat Hilpert hatte die Fürstin zu Castell-Rüdenhausen zum Standesamt geführt, Fürst Stolberg war mit Gattin erschienen, Graf Otto zu Castell-Castell, Graf Gustav Castell-Castell – und so setzte sich die Reihe weiter fort.

Justizrat Hilpert legte die Einladungsliste beiseite. «Als erstes protestiere ich sofort dagegen, daß die Kinder nicht successionsberechtigt sein sollen. Wir werden einen Rechtsstreit auf Anerkennung der Standesmäßigkeit beginnen. Außerdem stellen wir die Redaktion des Gothaschen Kalenders zur Rede. Ehe sie die Mitteilungen der Castellschen Kanzlei über das Haus Faber-Castell veröffentlichen, haben sie gefälligst bei uns nachzufragen, ob wir damit einverstanden sind.»

Die Reichsrätin fand ein Schreiben der Castellschen Domänenkanzlei, datiert auf den 4. 10. 1901, in dem stand, man freue sich im Falle des Grafen Alexander, daß der in einem Haus des ältesten hohen Adels immer komplizierten Frage der Standesmäßigkeit ohne erhebliche Bedenken aus dem Wege gegangen werden konnte. Graf Alexander habe seinem Vater bereits zwei Jahre vor der Eheschließung gestanden, daß er einer Herzensneigung folge, und daß das große Freiherrlich von Fabersche Fideikommißvermögen an ihn gehen werde.

Trotz der Freude aller, des jubelnden Überschwangs von Alexander, fand Ottilie nicht mehr zu der jungen Tilly zurück, die mit zwar ungenauen, aber doch großen Erwartungen in diese Ehe gegangen war. Sie konnte stundenlang darüber nachgrübeln, warum sie die Entscheidungen ihres bisherigen Lebens getroffen hatte, warum sie sich nicht für Abwarten entschieden hatte, anstatt sich mitziehen zu lassen, für Wissen anstatt Unsicherheit, für Klarheit anstatt Verschwommenheit, für Nein anstatt Ja. Wenn sie zu Alexander geflüchtet war – wovor? Warum hatte sie sich den Zugang zu einem Leben abgeschnitten, das sie nach ihren eigenen Ideen, nach ihrem eigenen Können, nach ihrer angesammelten Bildung hätte führen können? Es hatte doch vor ihr gelegen, mit allen Möglichkeiten. Inzwischen hätte sie sogar an der Universität studieren können. Zwar nur die sogenannten Orchideenfächer Romanistik, Archäologie oder Deutsche Philologie – aber es wäre eine Chance gewesen. Nun drohten die engen Grenzen, die sich Ottilie selber gesetzt hatte, ihr die Luft abzuschnüren.

KAPITEL 20

OTTILIE FÜHLTE sich oftmals unnütz und trotzdem rastlos und nervös. Sie saß im Schloß ihrer Großmutter, in den von Stoffbahnen über Stoffbahnen verhangenen Räumen, in denen sie noch nichts Eigenes hatte als die beiden süßen Mädchen, ihre Töchter, und nun auch noch Wolfgang, den Sohn.

Nur Elisabeth, Mariella und Wolfgang ließen sie Wärme empfinden, hingebende Zuneigung, mütterlichen Enthusiasmus über ihre Schönheit an Körper und Seele. «Ein Äonenknabe», hatte Doktor Rosner gesagt, als Ottilie aus ihrem Chloroformnebel wachgeworden war. Die Hebamme hatte ihn bereits gebadet und versorgt – daß er nicht geschrien hatte bei der Geburt und erst einmal zu sich gebracht werden mußte, hatte man ihr erst nach Wochen erzählt, als Wolfgang sich gut entwickelt hatte, durchschlief und zu keinerlei Sorgen mehr Anlaß gab.

Die Welt des Kinderzimmers war liebevoll ausgestattet von Ottilies Schwestern, von Jenny, von Bertha, der jugendlichen Großmutter, die in den Enkeltöchtern ihre Töchter wiederzufinden suchte und in Wolfgang ihre beiden verstorbenen Söhnchen. Immer wieder beobachtete Ottilie, wie ihre Mutter die kleinen Gesichter studierte, Ähnlichkeiten ausmachte, voller Hoffnung und mit merkwürdiger Genugtuung.

Jenny, Sophie und Hedwig brachten im Übermut ihrer

neuen Funktion Tantengeschenke. Dialon Kinder-Wundpuder, Doktor Hommels Haematogen, Odonta Zahnwasser für den kleinen Kronprinzen, wie sie Wolfgang stolz und liebevoll nannten. Ebenfalls im Vorgriff auf die Zukunft hatten sie dem Säugling schon einen Anker-Steinbaukasten von Richter in Nürnberg geschenkt. Sie wurden Dauerkunde bei Scherings Grüner Apotheke in Berlin; im Kinderzimmer war alles in getrockneter Form oder auf Flaschen gezogen zu finden, was die Natur an Heilmitteln hergab. Ganz neu auf dem Markt war Doktor Lahmanns Nährsalz in Cacao, Schoko und Milch, Petit Beurre Biscuits aus Frankreich – alles wurde im Kinderzimmer angeschleppt. Die Glasvitrine war voll von Suchards Alpenmilchschokolade, die Großmutter Bertha für die vierjährige blonde Enkeltochter Elisabeth deponierte. Mariella, fast drei, energisch und kämpferisch, war für Leibnizwaffeln und Malzextrakt mit Eisen, das man ihr in Milch verrühren mußte. Seit sie es einmal nach einer Grippe zur Stärkung bekommen hatte, bestand sie darauf. Malzextrakt mit Kalk dagegen, das für die Zähne förderlich war, nahm sie nur gegen eine Belohnung.

Elisabeth war der Stolz Alexanders, dem sie auch äußerlich glich, Mariella mit ihrem frechen Bubengesicht und dem dunklen Haar wußte man noch nicht einzuordnen. Da sie zu den für ihr Alter erstaunlichsten Streichen neigte, mußten eine französische Gouvernante, Raymonde, und eine Diakonisse aus Neuendettelsau über sie wachen. Gestern hatte sie es geschafft, unbeobachtet ins Zimmer Raymondes zu gelangen, dort fand sie Kinoir, ein Haarfärbemittel, von dem Raymonde schwor, sie habe es tief im Schrank versteckt gehabt, und damit färbte Mariella den schneeweißen Dackel teilweise schwarz, ein Anblick des Jammers, am meisten für Raymonde, denn das Kinoir kostete vier Mark pro Flasche.

Ottilie begegnete alledem liebevoll teilnehmend, die Schwestern wuchsen ihr wieder ans Herz, Jenny ebenso – trotzdem war sie sogar bei Wolfgangs Taufe weit weg von allem. Die Verwandten kamen in großer Zahl, das Haus war voll mit Blumen und Glückwünschen. Anna hatte in geheimer Absprache mit Bertha von Faber ein Taufkleid genäht, das an Spitzengeriesel und schneeiger Seide nichts zu wünschen übrig ließ. Die Taufe Wolfgangs in der Steiner Kirche hatte wieder einmal den gesamten Ort auf die Beine gebracht und das alte Schloß zum Bersten mit Gästen angefüllt.

Ottilie nahm sich vor, freundlich und fröhlich auf alle Gäste zuzugehen, obwohl sie wußte, daß sie von den Castellern nicht wirklich akzeptiert wurde, sich ausgeschlossen fühlte, wenn mehr als zwei von ihnen in einem Raum waren. Jeder für sich behandelte Ottilie mit vorsichtiger, höflicher Distanz, was Ottilie gar nicht unangenehm war. Sie wollte geliebt werden, natürlich, aber nicht von allen Menschen, die ihr begegneten, und wenn sie auf Distanz stieß, machte sie sich diese Haltung sofort zu eigen. Wenn die Casteller jedoch zahlreicher vertreten waren, und das war bei Familienfesten in der Regel so, dann fühlte sich Ottilie fehl am Platze.

Waren die Zusammenkünfte in Stein, waren die Fabers die Einladenden, hatte Ottilie eine etwas andere Sicht auf die Dinge. So, wie man heftigen Regen manchmal als bedrückend und lähmend empfinden kann, und dann wieder als notwendig für das Wachstum, so wechselten auch Ottilies Empfindungen der Verwandtschaft gegenüber ab zwischen sanfter Verzweiflung und Pragmatismus. Heute, bei der Taufe des Erben, stand ohnehin der kleine Sohn im Mittelpunkt, der immerhin ein halber Castell war und darum nicht so unter ihrem Stand wie die Fabers.

Alexanders Bruder Wolfgang zu Castell-Rüdenhausen war der Taufpate, Ottilies Schwester Hedwig die Patin. Alexander und Ottilie hatten die beiden gebeten, weil sie wußten, daß

Wolfgang sich um die Adelshierarchie überhaupt nicht bekümmerte und fröhlich Hedwig den Hof machte, obwohl sie auch nur eine Faber war und ihm dieselben Scherereien bereiten würde, wie Ottilie und Alexander sie am Halse hatten.

Während der Taufzeremonie wollte Elisabeth, die mit Raymonde in der ersten Reihe saß, unbedingt auf Alexanders Schoß. Da es Ende Juli war und ein trockenheißer Tag, trug Elisabeth ein weißes Spitzenkleid, hauchdünne weiße Seidenstrümpfe und das lange blonde Haar oben auf dem Kopf mittels einer großen weißen Schleife zusammengebunden. Das Kind sah aus wie eine kleine Fee, und Alexanders Gesicht strahlte auf, als sie verlangend die Arme nach ihm streckte. Er nahm sie zu sich auf den Schoß, und prompt marschierte auch Mariella los, Richtung zweites Knie. Mariella trug die gleichen Kleider wie Elisabeth, doch sie sah darin aus wie ein Junge, wie ein frecher Page. Eine Schleife auf ihrem Kopf hätte sie nicht geduldet, und sie hätte ihrem knautschigen Pagenkopf auch schlecht angestanden.

Alle schauten gerührt auf Alexander, der seine Töchter an sich drückte und zusah, wie sein Sohn mannhaft die Zeremonie über sich ergehen ließ. Wolfgang schrie nicht, er war wach, und man hätte sagen können, daß er sehr verständig schaute, was bei einem drei Tage alten Kind wohl eher Zufall war.

Ottilie wußte, daß die Kinder mehr an Alexander hingen als an ihr, denn er kümmerte sich in jeder freien Minute um sie. Aus den Ställen ließ er die Ponys herausführen, er setzte die Mädchen darauf und lief geduldig nebenher. Im Winter war er mit ihnen im Park Schlitten gefahren. Dafür hatte er eigens einen Hügel aufschütten lassen, den sie nun jubelnd hinunterrodelten. Ottilie, mit Wolfgang schwanger, mußte sich schonen, viel ruhen, wofür die lebhaften Töchter natürlich nichts übrig hatten.

«Wenn Lothar doch die Taufe erlebt hätte», flüsterte die

Großmutter, die neben ihr saß, Ottilie zu. Die Reichsrätin war in den letzten vier Jahren noch dürrer und zerbrechlicher geworden, die weißen Haare ließen das magere Gesicht noch gebräunter erscheinen. Sie, die Leidende, die ihr Leben lang die Sonne gemieden hatte, genoß es nämlich seit einer überstandenen Influenza im Frühjahr, in einem bequemen Stuhl auf der Terrasse der Villa zu liegen, der Sonne zugewandt. Daher waren Gesicht, Hals und Hände jetzt verbrannt wie die der Gärtner, doch es störte sie nicht, im Gegenteil, sie schien es zu genießen, wenn man sie anstarrte und sich über sie wunderte. Das Sonnenlicht bekam ihr zweifellos gut, sie war munter, beschenkte ihre Hausgenossen, aber auch die Arbeiterfamilien großzügig.

Erst gestern war Ottilie mit ihr im Hause der Kratzers und bei Weichselbaums gewesen. Johann Kratzer war vor zwei Tagen plötzlich mit rasenden Kopfschmerzen in der Fabrik zusammengeborchen, er hatte gebrüllt, den Kopf zwischen die Hände vergraben und sich unter der Säge zusammengekauert. Einen Tag lag der Vierzigjährige noch und atmete, doch der Nürnberger Arzt machte der Familie keine Hoffnung, und wirklich starb Johann Kratzer, ohne noch einmal wach geworden zu sein.

Die Reichsrätin versprach, für die Bestattung aufzukommen, und gab der Witwe eine stattliche Summe, damit sie für sich und die fünf Kinder Trauerkleidung kaufen und die Verwandten zum Leichenschmaus einladen konnte.

Beim Stoffhändler Weichselbaum war der kleine Michel an einem schweren Magenkatarrh erkrankt. Er aß kaum, war abgemagert und klagte über Schmerzen im Bauch. Sein Unterleib war stark aufgetrieben. Die Großmutter schickte nach einem Arzt, dann ließ sie einen Korb herrichten mit Kräutern aus der Hausapotheke. Wermuttinktur riet sie der Mutter, dem Kleinen zu geben, oder Wermuttee einmal täglich, dazu Tee von

Tausendgüldenkraut und getrockneten Enzianwurzeln. Aus den Faberschen Vorratskammern ließ sie einen Korb kommen mit Grieß, Hafer und Gerste, damit der kleine Weichselbaum morgens einen Brei davon haben konnte. Rindfleisch, Kartoffeln und Gemüse ließ sie den Weichselbaums bringen, und Grahambrot, mit dem sie bei ihren eigenen Magengeschichten sehr gute Erfahrungen gemacht hatte. Sobald Michel wieder Essen bei sich behielt, sollte Hannah ins Schloß kommen. Michel müßte dann Sahne kriegen, reichlich Butter und Eier, dazu Somatose und verdünnte Salzsäure. Aber das letztere werde der Arzt sicher verschreiben. Die Reichsrätin gab dem Kranken schon einmal zwei Acidon-Pepsin-Tabletten, denn wer wußte, ob der Arzt heute noch herauskam nach Stein.

Rachel Weichselbaum, deren Tochter Hannah schon erwachsen war, machte sich große Sorgen um das umhegte Nesthäkchen Michel und wußte gar nicht, wie sie den Fabers danken sollte. Sie waren zwar dafür bekannt, daß sie bei ihren Arbeitern sofort zu Hilfe kamen, wenn jemand ernsthaft erkrankte oder einen Unfall hatte. Aber Weichselbaums waren Stoffhändler und dazu Juden, und trotzdem kümmerten die Reichsrätin und die Frau Gräfin sich um das kranke Kind. Hannchen sah die Unsicherheit der Mutter, holte einen weißen Schal aus Marabufedern, packte ihn ein und reichte ihn ruhig und selbstbewußt Ottilie: «Bitte, nehmen Sie. Sie wissen ja, in Paris ist das jetzt Mode. In Stein können wir das ohnehin nicht verkaufen.»

Etwas in Ottilie riet ihr, das teure Geschenk, das die Kosten für Lebensmittel und Arzneien bei weitem überstieg, anzunehmen. Sie spürte, daß es für die Weichselbaums nicht leicht war, Hilfe anzunehmen von den Fabers, die einer Gesellschaftsschicht angehörten, in der man Juden geringschätzte.

Ottilie hatte von ihrem Großvater gelernt, sich über niemanden zu erheben, sie mußte sich keineswegs dazu zwingen, sich für die Familie Weichselbaum einzusetzen. Sie tat es so selbstverständlich, wie sie es für jeden anderen Menschen getan hätte. Daß Michel ernsthaft krank war, erfuhr Ottilie von Anna, die mit Hannchen Weichselbaum befreundet war, seit sie in Stein bei den Fabers lebte, und bei Weichselbaum natürlich alles an Stoffen, Nähgarn und sonstigem Zubehör kaufte, was nicht aus Nürnberg, München, Dresden oder Paris kam.

Anna. Sie saß sicher in der Kirche, aber ganz hinten. Für alles andere war sie zu bescheiden. Dabei hatte sich Anna in den fast zehn Jahren, die sie bei den Fabers beschäftigt war, vom Küchenmädchen hochgearbeitet zur Kammerjungfer Berthas, deren Haar sie pflegte und frisierte, und deren Garderobe sie komplett nähte, denn Bertha von Faber neigte inzwischen etwas zur Fülle, und Anna schaffte es, durch vorteilhafte Nähte Berthas Figur elegant und harmonisch zu ihrem schönen, immer noch mädchenhaften Gesicht aussehen zu lassen. Auch heute trug Bertha ein wundervolles Nachmittagskleid aus zartlila Spitze, dazu einen Bolero, wie ihn die Kaiserin in Nürnberg getragen hatte. Ottilie hatte natürlich von dem Festbankett erzählen müssen, und dabei hatte sie auch die Robe der Kaiserin beschrieben. Anna hatte eine Skizze davon angefertigt und Bertha vorgeschlagen, sich bei der Tauffeier ähnlich zu kleiden wie die Kaiserin. Bertha war sofort einverstanden, und Ottilie fand, daß die Robe ihrer Mutter durchaus noch eleganter war als die kaiserliche. Oder lag es daran, daß Bertha von Faber schlicht hübscher war als die Kaiserin? Als Pfarrer Eisen die Taufformel sprach und das Taufwasser über Wolfgangs Köpfchen goß, wurde Ottilie aus ihren Gedanken gerissen, denn Mariella sagte laut und sachverständig: «Wolfgang Haare waschen».

Sie hatten schon konkrete Pläne im Haus für den Bau des neuen Schlosses, in dem sie alle wohnen sollten, großzügig, ihrem gräflichen Stand angemessen. Für Wolfgang hatten sie eine Bonne eingestellt, da Raymonde und die Schwester mit den beiden Mädchen ausgelastet waren. Die Bonne, die im Kinderwagen Wolfgangs heimlich Liebesromane deponierte und jeden Tag zweimal mit ihm in den Park ging, um in Ruhe darin zu lesen, mißfiel Ottilie nicht nur aus diesem Grund. Sie verbot der Bonne, während der Dienstzeit zu lesen, und die junge Frau gehorchte, aber ziemlich uneinsichtig, wie Ottilie fand. Das Gefühl, daß sie in Wolfgang lediglich ihren Broterwerb sah und keine rechte Zuneigung zu dem Kleinen hegte, verließ Ottilie nicht. Alexander fand die Bonne zwar vertrauenswürdig, beide beschlossen aber, sobald sie von ihrer Paris-Reise zurück sein würden, sich mit dieser Frage ausführlich zu beschäftigen. Die Pariser Agentur feierte ihr vierzigjähriges Bestehen, Alexander und Ottilie als Inhaber des Hauses durften nicht fehlen, obwohl Ottilie ihren Mann am liebsten alleine hätte reisen lassen. Doch freute sie sich auch, nach der langen Schwangerschaft und Stillzeit wegzukommen aus Stein, Paris wiederzusehen, in den Louvre zu gehen, in ein paar Ateliers, in die Oper. Doch als sie schließlich dort war, vermochte die elegante Stadt an der Seine Ottilie nicht abzulenken. Ihre nervöse Unruhe Wolfgangs wegen steigerte sich von Tag zu Tag. Die Termine bei La Maison Rouff und Drecoll sagte sie ab. Nach dem offiziellen Empfang der Faber-Castell-Filiale am Boulevard de Strasbourg nahmen sie den Zug nach Hause. Mit unerklärlicher Bangigkeit, die sie schließlich auch auf Alexander übertrug, hätte sie am liebsten den Zug zur Eile angetrieben, um rascher heimzukommen.

Anna trat aus der Villa. Sie war auf dem Weg ins Schloß, um der Reichsrätin einen Morgenmantel aus weißem Flausch zur Anprobe zu bringen, den Bertha von Faber ihr schenken wollte. Tief atmete sie die frische Märzluft ein, die noch sehr kalt war, winterlich. Sie dachte an die gnädige Frau, fragte sich, ob es in Paris auch so kalt sei. Auf den Pfützen vom letzten Regen hatte sich dünnes Eis gebildet, und Anna überlegte, daß sie am liebsten dicke Schuhe anziehen, sich das wollene Umschlagtuch holen und eine halbe Stunde durch den Park marschieren würde. Er war ihr immer noch lieb, der Park, den sie nun schon so viele Male durchlaufen hatte, er konnte sich in ihren Augen plötzlich vom Alltäglichen wieder in etwas Staunenswertes und ganz Fremdes verwandeln, so wie sie ihn am Tag ihrer Ankunft gesehen hatte.

Anna wollte gerade ins Schloß hineingehen, als sie aus einem der oberen Räume ein Husten hörte, das Husten eines kleinen Kindes, aber bellend, keuchend. Erschrocken schaute sie hoch und sah, daß eines der Fenster im ersten Stock offenstand. Sollte Wolfgang, sollte der kleine Graf dort am offenen Fenster ...

Anna überlegte nicht lange, sie rannte die Treppe hoch, öffnete eine der Türen und sah die Bonne, die seelenruhig auf einer Recamiere lag und las. «Was ist mit dem kleinen Grafen?» schrie Anna, und die Bonne ließ ihr Buch sinken, schaute sie arrogant an: «Was fällt Ihnen denn ein, was haben Sie hier zu suchen?»

Anna begriff nichts. «Das Kind!» rief sie, «hören Sie denn nicht, wie das Kind hustet?»

«Na und – er hat einen Schnupfen, und jetzt ist ein Husten dazugekommen – ihm tut die frische Luft gut.»

«Das glaube ich nicht!» Anna rannte hinaus. Sie mußte sofort die Reichsrätin finden. Die beiden Töchter waren mit ihren Betreuerinnen in Schloß Schwarzenbruck, die gesamte Familie würde bald dahin übersiedeln, weil die Bauarbeiten für das neue Schloß so umfangreich wurden, daß man im alten Schloß nicht mehr ungestört wohnen konnte.

Die Reichsrätin hatte den Disput schon gehört, besorgt kam sie die Treppe herauf. «Was ist denn, Anna, warum bist du so laut? So kenne ich dich gar nicht.»

«Der kleine Graf, Graf Wolfgang, ich glaube, er hat Krupphusten, ich kenne das von meinem kleinen Bruder, er ist –» Anna hätte sich auf die Zunge beißen mögen, denn daß ihr kleiner Bruder am Krupp gestorben war, wollte sie nicht sagen.

Aber die Reichsrätin hatte auch so verstanden. Sie schrie die Bonne an: «Und Sie, wozu sind Sie da? Wie lange hustet der Kleine schon? Warum haben Sie mich nicht benachrichtigt? Was sind Sie nur für eine gewissenlose Person!»

Die Bonne wollte sich rechtfertigen, doch die Reichsrätin warf ihr den Roman, der auf der Recamiere lag, mit einem kräftigen Schwung an den Kopf und trat in den Nebenraum, wo der Kleine wieder bellend zu husten begann. Angstvoll wandte sich die Reichsrätin zu Anna: «Er muß ins Krankenhaus, sofort!»

«Ich bringe ihn hin», sagte Anna entschlossen. «Bitte, Frau Reichsrätin, lassen Sie anspannen, ich hole mir nur rasch ein Tuch und Stiefel.»

«Tu das, Anna, das wird das Beste sein, bring ihn auf die Privatstation der Klinik an der Flurstraße. Und dann fahre zu Doktor Martin, er soll den Kleinen auch ansehen – mach rasch, Anna.»

Im Hinauslaufen hörte Anna, wie die Reichsrätin die Bonne anschrie: «Gehen Sie mir aus den Augen. In einer halben Stunde will ich Sie hier nicht mehr sehen!»

Sie wollten alle mit, Bertha von Faber, Jenny, Hedwig und Sophie, doch man entschloß sich, daß Anna, die sich am besten in Nürnberg auskannte, fahren sollte, und Bertha von Faber. Jenny, Sophie und Hedwig würden sich um die Reichsrätin kümmern.

Schneller, als Veit die Tiere rennen ließ, konnte es nicht gehen. Die Fahrt war eine Reise durch die Hölle. Wolfgang, der für seine knapp acht Monate ein großer, kräftiger Säugling war mit dichtem blondem Flaum auf dem Kopf, hatte furchtbare Atemnot. Er schaute die Frauen, die ihn, eingehüllt in dicke Tücher mit Wärmflaschen, abwechselnd in den Armen hielten, wie hilfeflehend an, seine Äuglein schwammen in Tränen, keuchend und ziehend ging sein Atem. «O my God», betete Bertha von Faber, «please do not let it happen, o my God!»

Anna wußte, woran die beiden Söhnchen Berthas gestorben waren. Ob Bertha von Faber den Tod ihrer Kinder verwunden hatte, konnte Anna nicht ahnen. Sicher war nur, daß sie mit siebenunddreißig Jahren Witwe geworden war, angebetet von ihrem Schwiegervater und von Pfarrer Eisen, aber darüber hinaus hatte es keinen Mann in ihrem Leben gegeben, sie konzentrierte ihre Kraft und Phantasie allein auf die drei Töchter und die Reichsrätin – und auf unbekannte Menschen, denen sie aus Notlagen half.

Bertha von Fabers klares, feingeschnittenes Gesicht war auch heute, mit Ende Vierzig, noch sehr schön. In diesem Moment allerdings, als sie den kleinen Enkel an sich drückte, als wollte sie ihn dem Tod entreißen, als Tränen aus ihren Augen stürzten, weil sie die Gefahr der Situation nur allzu gut kannte, war ihr Gesicht schmerzverzogen, nackt, ohne Trost.

Anna fand sich sofort zurecht in der Flurstraße. Martin hatte ihr einmal die einzelnen Gebäude und Pavillons gezeigt. Daher wußte sie, wo der Pavillon für Privatpatienten war, und sie hasteten miteinander in die Ordination des Professors, der Bertha von Faber sofort den Säugling abnahm und mit ihm auf die Station eilte. Bertha blieb, eine Schwester nahm sich ihrer an, und Anna fuhr mit Veit, um Doktor Martin zu holen. «Laß ihn zu Hause sein, lieber Gott, es wäre gut für Frau von Faber.»

Doktor Martin riß Anna in der Kutsche so fest in die Arme, daß sie sich vor Überraschung und Sorge um ihn gar nicht dagegen wehren konnte. Die rüttelnden Bewegungen des rasch dahinrollenden Landauers waren zwar relativ sanft, warfen Anna aber immer wieder gegen den Arzt. Sie sah, daß er äußerst bleich war, tiefe Ringe lagen unter seinen Augen, und die Haare fielen wirr in seine Stirn – er mußte krank sein. «Anna», sagte er rauh und verzweifelt, «Anna, du denkst an den kleinen Wolfgang, ich weiß, ich denke auch an ihn, aber genauso an die Kinder, die bei uns in der Klinik täglich sterben. Kaum, daß jemand um sie weint. Und es gibt keine Hoffnung. Die Eltern sind ohne Arbeit, die Wohnungen naß und schmutzig, ohne Luft, ohne Sonne. Die Skrofulose wird richtiggehend gezüchtet. Täglich kommen mehr, Anna, und wir müßten sie alle in die Bäder schicken, wo sie gute Luft haben, gutes Essen, ein sauberes Bett.»

Doktor Martin hatte Anna losgelassen, er war in seine Verzweiflung verstrickt, er versuchte, ihr in diesen wenigen Minuten seine ausweglose Situation nahezubringen: «Anna – das ist der Fortschritt! Die großen Fabriken, die täglich neuen Erfindungen sind es, die uns diese elenden Würmer bringen, der Siegeszug des Fortschritts ist nicht aufzuhalten, und langsam frage ich mich, wohin schreitet der Fortschritt? Er zieht über die Gräber und kommt gar nicht erst in Bodennähe, um sie als solche zu erkennen. Ich kann nicht mehr damit leben. Ich kann überhaupt nichts ändern, Anna. Mein Geld ist aufgezehrt, ich kann keines der Kinder mehr nach Zoppot schicken. Wir haben uns so lange nicht gesehen, Anna, sei nicht enttäuscht, daß ich von mir rede, wir sind später wieder nicht allein, nirgendwo können wir allein sein, weil du es nicht willst – es ist alles so kompliziert, so schwierig, ich war nie so schwach, Anna.»

Aber ich kann dir nicht helfen, dachte Anna. Sie wußte, daß

Doktor Martin in einer kritischen Situation war. Seine reiche Ansbacher Familie verachtete ihn, weil er inzwischen nur noch als Armenarzt arbeitete. Man hatte ihn als naiven Phantasten beschimpft, einen Querulanten und Unruhestifter, der den Umsturz wolle. Schließlich wurde er enterbt, war auf die kargen Einkünfte beschränkt, die seine Arbeit in der Klinik ihm brachte.

Annas Zukunft sah auch nicht glänzend aus. Sie war mit ihren sechsundzwanzig eine alte Jungfer, das sagten sie alle, sogar die Mutter. Wenn Anna nicht bald einen Mann heirate, würden ihre Wangen einfallen, der Mund sähe aus wie ein Tabaksbeutel und der Hals verrunzelte wie bei einer Pute. Die Schlüsselbeine würden zu Salznäpfchen, und Haarausfall schiene auch ziemlich sicher. Am schlimmsten wäre jedoch, daß Jungfern immer beleidigt seien, neidisch und trostlos, sie würden ständig hysterische Zustände kriegen und Flecken am Hals. Die Patin oder die Schuster-Theres wurden Anna stets als Beispiel aufgeführt. Anna wandte ein, daß die Patin ein armer Krüppel gewesen sei, dazu krankhaft geizig. Die Schuster-Theres dagegen sei immer noch kreuzfidel und klug im Kopf, obschon sie im 89. Jahr war. Diese Erfahrungen Annas zählten nicht. Und daß die Mutter schließlich weder Doktor Martin noch Johann als Schwiegersohn wolle, ließ Juliane Vasbender ebenfalls nicht gelten. So schön, klug und in der Arbeit geschickt, wie Anna sei, werde sie doch noch einen dritten Bewerber auf die Beine bringen. «Und wie soll ich das anstellen?» fragte Anna die Mutter.

«Du mußt ja nicht jedem zeigen, daß du klug bist», sagte Juliane. «Das mögen Männer nicht. Damit schreckst du sie ab. Vielleicht nicht den Filou Johann, oder Doktor Martin, der dich schon von Kindesbeinen auf liebt, aber sonst jeden.»

Anna sah Doktor Martin an. Dann dachte sie an Johann, und ein warmes, zärtliches Gefühl für den komplizierten Dichter breitete sich in ihr aus. Anna war sich ziemlich sicher, daß sie

Johann trotz seiner Schwächen liebhatte, daß sie ihn begehrte. Und Johann drängte Anna, sich für ihn zu entscheiden. Er wollte Anna haben, für sich alleine haben, und nicht nur heimlich im Park. Sie seufzte. Johanns Leben schien ihr wie ein Karussell, sie traute sich nicht, aufzuspringen. Wie einfach wäre es, wenn man die Männer anprobieren könnte, wie man Mäntel, Hüte oder Kleider anprobiert, ehe man sie kauft. Warum konnte sie nicht eine Zeitlang mit Doktor Martin leben, und dann mit Johann? Vielleicht wüßte sie dann, neben welchem von ihnen sie am Morgen wach werden wollte. Die Mutter war ja auch sicher, daß Anna mit beiden unglücklich werden müsse. Warum mußte Anna unbedingt heiraten? Vielleicht war das Leben einer Jungfer gar nicht so mies, wie es die Verheirateten immer behaupteten. Ihr eigenes Leben war, zumindest an den Anfängen gemessen, keineswegs ohne Freuden. Hatte sie nicht Grund, zufrieden zu sein? Sie liebte ihre Arbeit, bekam dafür Geld und wurde von der Herrschaft oft gelobt. Bertha von Faber erlaubte ihr, im Verein für Frauenwohl mitzuarbeiten, bei dem Anna schon seit einem Jahr Sprachkurse besuchte. Sie hatte einen Arbeitskreis für Entwurf, Zuschnitt und Fertigstellung von Kleidungsstücken vielfältiger Art übernommen. Anfangs zeigte sich, daß sie ungeduldig war, heftig, wenn eine Frau ungeschickt oder schlampig nähte. Darüber sprach die Vorsitzende des Vereins, Frau von Forster, eingehend mit ihr. Daß nicht alle Menschen gleicherweise begabt und ehrgeizig seien. Anna mache da eine Ausnahme, an der sie die anderen keineswegs messen dürfe. Anna, die in Frau von Forster ein Vorbild sah, bemühte sich, auf die Frauen einzugehen, ruhig und sachlich zu bleiben, auch wenn die Ungeduld sie oft beim Wickel hatte.

Frau von Forster leitete die Französisch- und Englischkurse, die Bertha von Faber Anna bezahlt hatte. Sie war überrascht gewesen, wie viele Kenntnisse sich Anna aus Büchern erworben hatte. Im Gespräch waren sie dann auf Annas Arbeit gestoßen, und daraus hatte sich die Lehrtätigkeit ergeben, die sich so gut entwickelte, daß Anna inzwischen ihre ständig ausgebuchten Kurse völlig selbständig führte. Dafür bekam sie die Sprachkurse bei Frau von Forster kostenlos.

Anna sah also keine direkte Notwendigkeit, sich für Johann oder für Doktor Martin zu entscheiden. Bei dem einen würde sie mit einem Bein immer in seinen Problemen stecken, beim anderen in einer gesellschaftlichen Schieflage. Jetzt war sie Anna, Näherin und Lehrerin, die sich ziemlich gewandt in Englisch und Französisch ausdrücken konnte, Heinrich Mann las und Knut Hamsun und Peter Altenberg und Max Brod.

In der Bibliothek traf Anna nicht selten auf Jenny, die Schwestern Sophie und Hedwig. Dann zog sie sich, wenn es unbemerkt ging, sofort zurück, denn diesen Damen war es nicht recht, daß Anna die Bibliothek benutzte, obwohl Bertha von Faber es ihr erlaubt hatte. Sie mußte nicht mehr eigens hinunter in die Fabrik gehen, wo die Bibliothek im wesentlichen aus religiösen und pädagogischen Schriften bestand. Aber die meisten Hausbewohner, auch die Gäste, hatten einen komischen Zug im Gesicht, wenn sie Anna in der Bibliothek bemerkten. Anders die Gräfin. Sie fragte Anna unbefangen, ob sie schon einmal Maurice Maeterlinck gelesen habe, über das Ziel der Menschheit beispielsweise, oder Stéphane Mallarmé, was er über das Grab von Baudelaire schreibe – mein Gott, die Gräfin! Wolfgang! Wohin hatte Anna sich wieder verloren in Gedanken!

Veit fuhr schon in die Flurstraße ein, und jetzt war Anna wieder wach für die Wirklichkeit, die grausam war und einen hilflos machte. Sie hätte jetzt mit Johann oder Doktor Martin, oder gleichgültig mit wem sonst, wegfahren mögen, weit weg, vielleicht war ja irgendwo ein Erdbeben, stürzten Häuser ein, begruben alles unter sich.

Tief atmete Anna die eisige Nachtluft ein. Sie lief mit Martin hoch in den ersten Stock, Bertha von Faber stand am Fenster, drehte sich herum, ging wortlos zu Martin, der sie in die Arme schloß, aber Anna sah, daß er es war, der sich an Frau von Faber festhielt.

Anna wurde es eng im Hals, sie glaubte zu ersticken, aber sie ging auf die Schwester zu, die mit dem Bündel in der Tür stand. Hinter ihr kam der Professor. Er schaute zu Bertha von Faber, senkte leicht den Kopf, sagte dann zu Martin: «Ich konnte leider nichts mehr tun, Herr Kollege. Spätestens gestern hätte man uns den Kleinen bringen müssen. Sie werden sicher veranlassen, daß alles im Schloß desinfiziert wird. Die Familie sollte eine Schutzimpfung bekommen mit Diphtherieheilserum, besonders die Schwestern des toten Säuglings. Gurgeln mit Wasserstoffsuperoxyd wäre für alle Hausbewohner ratsam.»

Anna sah das hübsche Bübchengesicht in den weißen Tüchern. Wolfgang schien zu schlafen, seine langen Wimpern warfen Schatten auf die Wangen, die Fäustchen waren geballt. Draußen war ein wenig Schnee gefallen, der Mond hüllte alles in ein zartes, lilafarbenes Licht. Es nützte Anna gar nichts, daß sie sich sagte, der Frühling sei näher als der Winter – sie fror, und die Tränen liefen über ihr Gesicht.

KAPITEL 21

ALS OTTILIE und Alexander von Paris zurückkamen, in der Nacht, als Ottilie ihren toten Sohn sah, das Kind, das gerade noch in ihr gelebt hatte, ein Teil von ihr war, verwoben mit ihrem Innersten – da glaubte Ottilie nicht an Wolfgangs Tod. Anders als Alexander, der weinend das Zimmer verließ, fand Ottilie den Kleinen so heiter; sie sagte sich, daß er noch nichts wisse vom Sterben, da er das Leben noch gar nicht richtig wahrgenommen hatte, und daher nicht tot sein könne; ganz hell sah Wolfgang aus, lebendig und freundlich in seinem Taufkleid. Um seine schön geschwungenen Lippen lag ein Lächeln. Ottilie saß allein bei ihrem toten Kind, stundenlang, sie hatte sich eingeschlossen, wollte bei ihrem Sohn sein, den sie so schwer geboren hatte. Alexander sah das ein, nachdem er anfangs gedroht hatte, die Türe öffnen zu lassen, doch als Ottilie ihm versprach, am Morgen herauszukommen, da ließ man sie allein mit Wolfgang. «Er ist in einer anderen Welt», hatte Pfarrer Eisen gesagt, aber er wußte nicht, daß Ottilie auch in dieser Welt lebte, oder zwischen den Welten; daß sie Wolfgang so nahe war wie niemals vorher. Manchmal, wenn Ottilie ein wenig eindämmerte, schlang der Kleine die Arme um sie, drückte seine porzellanenen Lippen an Ottilies Wangen, doch sobald Ottilie aufstehen, ihn mit sich nehmen wollte, flüchtete er lautlos, lag wieder still auf seinem Bett, und Ottilie meinte, ihn leise lachen zu hören.

Auf der Hochzeit ihrer Schwester Hedwig trug Ottilie als einzige der weiblichen Gäste Schwarz. Es war September, im März war Wolfgang gestorben, und Ottilie war nahe am Wahnsinn gewesen, Alexander hatte das zumindest gesagt, denn Ottilie hatte auch ihm nicht erklären können, daß Wolfgang nicht eingegraben werden durfte, weil er seine Mutter dann nicht mehr umarmen konnte. Man hatte Ottilie schwere Schlafmittel verabreicht, hatte sie über die Beisetzung ihres Kindes hinwegschlafen lassen. Irgendwann, an einem warmen, windigen Tag war Ottilie aus ihrer tiefen Trauer aufgestanden, immer noch sterbensmüde, aber es blieb ihr schließlich nichts anderes übrig, als aufzustehen. Manchmal fiel ihre Sehnsucht nach Wolfgang Ottilie an wie ein wütendes Tier, und sie mußte sich irgendwo in Sicherheit bringen. Am besten gelang das, wenn sie ihre Töchter auf den Schoß nahm, ihre Wärme spürte, ihren Duft, ihr sorgloses Lachen hörte. Zur Hochzeit Hedwigs wurden die beiden mitgenommen, in ihren langen weißen Kleidern, den Blütenkränzen sahen sie selber aus wie Bräute.

Ottilie fühlte sich neben der glückstrahlenden Schwester, dem verliebten, freundlichen Schwager, der seine Frau immer wieder verstohlen bei der Hand nehmen mußte, wie eine geschlechtslose Puppe, die mit Armen und Beinen schlenkert und keine Ahnung hat, was es heißt zu lieben. Einmal, vor urdenklichen Tagen, hatte Ottilie begonnen zu träumen, von Philipp, von Alexander, allerdings von einem anderen als dem, den sie nun kannte, alles schien ihr heute bedeutungslos – selbst das Hochzeitsfest ihrer Schwester in der Villa, ihrem Elternhaus, in dem es von reichen weißen Roben und Uniformen wimmelte.

Seit Ottilie mit Alexander verheiratet war, der aus einer Familie von Militärs kam, schien es Ottilie, als wäre Deutschland ein Soldatenstaat. In den Zeitungen las man nur noch vom Prunk und von Paraden für Wilhelm II. War Deutschland eine

Wagneroper? Der Kaiser in Kürassieruniform, Husarenuniform, in Jägeruniform, immer überladen, immer prächtig, und er schien diesen Pomp zu brauchen, sich daran zu berauschen. Wie sonst hätte er diese ständige Umkleiderei überhaupt ertragen können?

Ottilie war es schon lästig, wenn sie sich zum Reiten ankleiden mußte, umziehen zum Tee und, wenn sie Gäste hatten, zum Diner. Alexander hatte bei seinem Abschied vom aktiven Militärdienst darum gebeten, seine Uniform weiterhin tragen zu dürfen, und er tat das bei offiziellen Anlässen fast immer. Selbst Bismarck, der verstorbene Kanzler, war grundsätzlich in Uniform im Reichstag erschienen, worüber sich Lothar von Faber unzufrieden geäußert hatte. «Bald ist er nichts mehr als ein arroganter Junker! Sie haben nichts anderes im Sinne, als sich vom Volk abzusetzen. Exklusiv wollen sie sein, vor allem exklusiv. Niemand, der nicht Offizier oder wenigstens Leutnant der Reserve ist, kann in diesem Land noch etwas werden», hatte der Großvater immer gemäkelt. Auch das Volk wurde gedrillt, hatte der Obrigkeit zu parieren. Offiziere waren Halbgötter. Manchmal hatte Ottilie Alexander im Verdacht, daß er sich auch so sah. In der Zeitung hatte sie gelesen, daß der Thronfolger jungen Soldaten, die ihre Dienstzeit absolviert hatten, mit auf den Weg gab: «Als Zivilisten seid ihr gekommen, als Menschen geht ihr fort.»

Bürger galten wenig, sie waren da, auf dem Rücken der Arbeiter Geld zu raffen und vor den Adeligen und hohen Militärs zu buckeln. Waren sie klug und gebildet, entwickelten sie eigene politische Ideen, dann wurden sie offenbar als Gefahr für den Militarismus angesehen. Sie wollten die Abschaffung der Monarchie, hieß es, die Unterordnung der Armee unter die Zivilisten. Alexander sagte gern, daß die Volksvertretung in ihrer jetzigen Form in die Rumpelkammer gehöre: «Bei uns in Bayern ist das Parlament eine hirnlose Schwatzbude.» Oder: «Unser Todfeind ist der Sozialismus.»

Ottilie war offenbar nicht adelig genug, um dem Kaiser und dem Hof in Verehrung anzuhängen, wie sie das bei den meisten Leuten ihrer Kreise sah. Und ihr Großvater war erst in seinen letzten Lebensjahren kritisch geworden gegenüber dem Götzendienst, wie er das preußische Hofleben nannte. Hugo von Hofmannsthal schrieb: *Manche freilich müssen drunten sterben, wo die schweren Ruder der Schiffe streifen, Andere wohnen bei dem Steuer droben, kennen Vogelflug und die Länder der Sterne.*

Ottilie fühlte sich oftmals drunten, ganz drunten, vor allem in der Zeit nach ihrer Schwangerschaft, nach der Schwerarbeit bei der Geburt, nach Wolfgangs Tod, drunten bei den schweren Rudern. Ottilie fühlte sich wie eine Maske, hinter der der Tod lauerte, Spiegel zeigten ihren verzogenen Mund, die matten, ausdruckslosen Augen. Immer wieder grübelte sie über ihre Existenz nach. Vielleicht hatte sie wirklich die Epochenmüdigkeit ergriffen, von der überall die Rede war, gegen die sich Ottilie aber immer gewehrt hatte, weil sie es haßte, in Stimmungen und Moden hineingezogen zu werden, die andere Leute diktierten, die wahrscheinlich nur in deren Phantasie und Empfindung vorkamen.

Sechs Wochen nach ihrem Enkel starb auch die Reichsrätin an Diphtherie. Man hatte sie rechtzeitig auf die Isolierstation der Klinik gebracht, die Behandlung schlug anfangs gut an, doch nach einer Woche der Hoffnung fand man die Reichsrätin eines Morgens tot in ihrem Bett. «Herzschwäche als Folge von Diphtherie» diagnostizierte der Arzt, und Ottilie, die ihre Großmutter gerade hatte besuchen wollen, blieb hinter der Glasscheibe und nahm von hier aus Abschied, denn sie wußte, daß sie wieder schwanger war. Beim letzten Besuch, vor zwei Tagen, konnte sie es ihrer Großmutter noch berichten, und die Reichsrätin lächelte liebevoll: «Hoffen wir noch einmal auf einen Sohn?»

Ottilie lächelte zurück: «Ein Kind, das aussieht wie du, das wäre schön.»

Wieder lächelte die Großmutter, und Ottilie dachte, daß mit ihr, zumindest für Ottilie, das letzte Jahrhundert sterben würde, das noch randvoll gewesen war mit Fabers, die in ihm und an ihm gewirkt oder gelitten hatten, je nachdem. Der Vater, der Großvater, Onkel Eberhard, Onkel Johann, die Schwestern des Großvaters, Line und Babette, die Zusammenkünfte im alten Schloß, der unterschwellige Streit und Neid, aber auch die Wärme, das familiäre Interesse füreinander – es fehlte Ottilie sehr. Die neue Verwandtschaft in Rüdenhausen konnte kein Ersatz sein, denn Ottilie gehörte nach wie vor nicht dazu.

Auch außerhalb der Welt Ottilies schien mit dem alten Jahrhundert viel abgebrochen. Nach dem Fürsten Bismarck, der fester Bestandteil aller politischen Diskurse im Hause Faber gewesen war, war die geheimnisvolle Kaiserin Elisabeth von Österreich gestorben – der italienische Anarchist Luigi Lucheni hatte sie erstochen. Weil er Aristokraten haßte. Wer nicht arbeitet, soll auch nicht essen, habe er immer gesagt. Dabei war er selber öfter als arbeitsscheues Individuum festgenommen worden. In Genf, auf dem Steg eines Dampfers, stach er mit einer spitzen Feile zu. Die Kaiserin stürzte zu Boden, stand aber wieder auf und bedankte sich auf englisch, französisch und deutsch bei allen, die sich um sie bemüht hatten. Auf dem Dampfer starb sie dann.

Ottilie hatte zu ihrer eigenen Verwunderung getrauert, oder zumindest war ihr tagelang das Bild der schönen, kapriziösen Kaiserin von Österreich, einer in München geborenen Herzogin in Bayern, nicht aus dem Kopf gegangen, und mit Wehmut und Zorn dachte Ottilie an den unsinnigen Mord. Schon als junges Mädchen im Max-Joseph-Stift war Sisi neben dem schönen König Ludwig II. das beliebteste Gesprächsthema gewesen. Ottilie hatte es gegraust. Die Vorstellung, derart jung einem Mann in die Arme getrieben zu werden, und sei er zehnmal ein Kaiser, war ihr grauenvoll gewesen. Es wurde erzählt, man habe die junge Elisabeth am Wiener Hof schlecht behandelt und gedemütigt, weil sie nicht aus der Hocharistokratie stammte, mit dem bayerischen Königshaus nur in einer Nebenlinie verwandt sei. Als die Kaiserin im September starb, ein halbes Jahr nach Ottilies Heirat, hatte Ottilie auch schon keine Illusionen mehr über ihre Stellung innerhalb Alexanders Familie.

Ottilie war zu intelligent, sich mit der weltberühmten Kaiserin Elisabeth vergleichen zu wollen, aber sie erinnerte sich bei der Todesnachricht wieder an viele Gespräche im Stift, daran, daß Elisabeth als warmherzig und gerechtigkeitsliebend bezeichnet wurde. Sie war ebenso wie ihre Geschwister von klein auf dazu angehalten worden, sich um Arme und Kranke zu kümmern. Sie hatte keinen aristokratischen Stolz gehabt, kannte die Häuser der Armen in der Umgebung von Possenhofen. Sisi war als nachdenklich geschildert worden, als klug und wissensdurstig. Alle diese guten Eigenschaften waren am Wiener Hof nichts wert, im Gegenteil, sie galten als Makel. Wer keinen aristokratischen Stolz hatte, war nicht hoffähig. Daher wurde mit Gewalt aus der warmherzigen, mitleidensfähigen, tatkräftig helfenden Sisi eine Repräsentationsfigur des Wiener Hofes gemacht. Nicht einmal ihre Kinder durfte sie erziehen. Hierin waren alle Konflikte vorgezeichnet, die aus der schönen, strahlenden Kaiserin eine vorzeitig gealterte Frau hatten werden lassen, die ihr Volk niemals kennenlernen durfte und sich später nicht mehr dafür interessierte.

Als junge Frau hatte die Kaiserin sich einmal darüber geäußert, daß die Ehe eine widersinnige Einrichtung sei. «Als fünfzehnjähriges Kind wird man verkauft und tut einen Schwur, den man nicht versteht und dann dreißig Jahre oder länger bereut und nicht mehr lösen kann.» Ottilie bekam immer mehr Respekt vor dieser Persönlichkeit, und die Trauer über das unbarmherzige Schicksal der bayerischen Herzogin senkte sich oft in ihr Bewußtsein. Es hieß, die Kaiserin habe Gedichte in der Nachfolge Heinrich Heines geschrieben, in manchem Zirkel sollten sogar welche kursieren – Ottilie hätte sie gerne gelesen. Doch die Kaiserin hatte sie nicht dem österreichischen Staat, sondern dem Bundesarchiv in Bern vermacht; sie sollten erst sechzig Jahre nach ihrem Tod veröffentlicht werden.

Wenn Ottilie daran dachte, daß ein machtgieriger politischer Apparat wie der Wiener Hof ein blühendes Mädchen zerstören konnte, war sie dankbar, daß sie nur eine Bleistiftfabrikantentochter aus Franken war und keine der bayerischen Prinzessinnen. Reihenweise hatten diese jungen Frauen Liebestragödien erlebt, auch die junge Sisi war ja durchaus schon unstandesgemäß verliebt gewesen, und keine von ihnen konnte sich ihren Ehemann aussuchen, sie wurden nach politischem Kalkül über ganz Deutschland und Europa verteilt.

Dagegen war Ottilies Geschick mehr als banal. Ihretwegen mochte ihr Adel ungenügend sein – jedenfalls herrschte über Ottilie keine Hofkamarilla, und der wenigen bornierten Castells, es gab ja auch vernünftige, würde sie sich schon erwehren.

Auch im Schloß zu Castell-Rüdenhausen war ein Toter zu beklagen. Der Stolz seiner Eltern, vor allem die ganze Liebe und Hoffnung der Mutter, Erbgraf Siegfried, war in Santiago de Chile nach zweitägiger Krankheit einer Herzschwäche erlegen. Seine glänzende Karriere hatte ein jähes Ende gefunden.

Siegfried war Vizekonsul in New York gewesen, danach arbeitete er am Deutschen Konsulat in Kairo. 1894 war er Legationssekretär in Teheran geworden, danach Geschäftsträger in Marokko und Tanger. Vier Jahre später war er an die Deutsche Botschaft in London gerufen worden, dann nach Rom. Dort war er 1901 zum außerordentlichen Gesandten und bevollmächtigten Minister des Deutschen Reiches in Chile ernannt worden. Im Januar erst hatte er den Roten-Adler-Orden bekommen, und nun gab es nur noch seine einbalsamierte Leiche, die in Valparaiso unter militärischen Ehren eingeschifft wurde und von seinen Eltern in Hamburg abgeholt werden konnte.

Im April wurde Siegfried auf dem Familienfriedhof in Rüdenhausen beigesetzt. Ottilie und ihre Schwiegermutter standen einander wieder am Grab des Sohnes gegenüber; beiden war der Schmerz weit übers Ziel hinausgeglitten, sie wußten ihre Kinder unter der Erde, sie hätten sich weinend umarmen können, aber sie hatten gelernt, daß nur die einfachen Leute so etwas tun. Dabei hätte die Schwiegermutter bei den wenigsten Trauernden soviel echten Kummer entdecken können wie bei Ottilie. Siegfried war ihr stets mit liebevollem Respekt begegnet; sie hatten miteinander über Goethe gesprochen, den man in jedem Land, das Siegfried bereist hatte, kannte. Heine war auch dem Schwager teuer, sie rezitierten Verse von ihm, halblaut, für die anderen nicht hörbar:

Schattenküsse, Schattenliebe,
Schattenleben, wunderbar;
Glaubst du, Närrin, alles bliebe
Unverändert, ewig wahr?

Was wir lieblich fest besessen,
schwindet hin, wie Träumerein;
und die Herzen, die vergessen,
Und die Augen schlafen ein.

Siegfried hatte so viele Sprachen beherrscht. Welche hatte er gesprochen, als er starb?

KAPITEL 22

DER BAU des Neuen Schlosses war in vollem Gange, das kleine Grab Wolfgangs immer voller bunter Blumen, alle Gärtner schienen friedhofsversessen; sie schmückten die Gräber ihres Vaters, der Großeltern und nun noch des Kleinen wie Verschwender. Nirgends war ein welkes Blatt abzuzupfen, nie entstand eine Lücke, in die man ein Sträußchen oder eine einzelne Blume hätte hintun können; alles war üppig, mit fettem Grün und buntesten Farben, so als sollte es selbst in der Nacht auf den Gräbern glühen. Kein Wunder, daß in Ottilies Interims-Cassabuch auf den Privatkonti die Gärtner immer mit großen Beträgen aufschienen.

So trug sie auch heute wieder anhand ihrer Quittungen unter ihren Ausgaben ein:

Wochenlohn Gartenarbeiter	182,60	Mark
Glaser, Drechsler	326,50	
Elektr. Beleuchtg. Küche	71,20	
Almosen an Michel Klemm	2,00	
Fracht + Zoll Bordeaux	43,15	
Schulschwestern	219,50	
Almosen Fanny Darch	3,00	
Almosen Christine H.	2,00	
Michel Klemm	2,00	
Wochenlohn Gartenarbeiter	173,70	

Lohn Kutscher Ramzinger	92,00	Mark
Almosen Alma Soergel	5,00	
Almosen Fried. Reindl	10,00	
Pfarrer Eisen Neuj.Gesch.	500,00	
Lehrer	175,00	
Freiwillige Sanitätskolon.	120,00	
Kirchenbauverein	50,00	
Deutscher Verein gegen Mißbrauch geistiger Getränke	10,00	

Das Führen ihres Cassabuches gab Ottilie immer das Gefühl, als seien ihr alle Aussichten auf ihren Platz in der Fabrik blokkiert. Das Unternehmen war eine Männerwelt, und die Tatsache, daß Ottilie die Inhaberin war, änderte daran nichts. Auf der letzten allgemeinen Konferenz im Mai hatte Alexander die Begrüßung übernommen, was sonst Ottilies Aufgabe gewesen war. «Ich führe heute die Konferenz, und eröffne sie auch, Kindchen. Für dich ist es zu schmerzlich, ich möchte unter keinen Umständen, daß du in Tränen ausbrichst. Unsere Direktoren sind wie Raubtiere, man muß sie zähmen, darf keine Schwäche zeigen, sonst parieren sie nicht.»

Also eröffnete Alexander die Konferenz. «Sie wissen, meine Herren, welch übergroßer Schmerz meine Familie betroffen hat. Wir haben den Verlust des Erbgrafen Wolfgang und der Reichsrätin Ottilie von Faber zu tragen, die uns immer wieder gemahnt hat, das Erbe ihres Mannes in seinem Sinne fortzuführen. Daher darf ich heute an ihrer Stelle bitten, daß Sie uns auch weiterhin in diesem Sinne unterstützen.»

Dann bat Alexander Justizrat Hilpert, von den juristisch relevanten Veränderungen zu sprechen. Daniel Hilpert schaute kurz zu Ottilie, dann berichtete er, Graf Alexander von Faber-

Castell habe einen neuen Bleistift kreiert, den grünen Castell 9000, der mit großer Sorgfalt hergestellt und das Beste sei, was das Haus Faber-Castell derzeit auf dem Markt habe. Darüber hinaus sei noch zu vermerken, daß Ottilie und ihr Ehemann gleichberechtigte Teilhaber der Firma seien.

Die Herren applaudierten, manch verstohlener Blick ging zu Ottilie, der erst in diesem Moment völlig klar wurde, daß sie hiermit endgültig ans Cassabuch verwiesen wurde, zur Hüterin des Hauses bestimmt, zur Kindergebärerin, zuständig für die Gefühle, vor allem für die Tränen. Alexander hatte über sie gesiegt. Nicht, weil er besser als Ottilie geeignet gewesen wäre, die Fabrik zu führen oder neue Bleistifte auf den Markt zu bringen – das hätte Ottilie mit Hilfe ihrer vorzüglichen Techniker ebensogut gekonnt. Nein, weil sie eine Gebärmutter hatte, zum Austragen eines Embryos, und Brüste, das Kind zu ernähren, hatte Alexander es geschafft, sie aus der Führung des Unternehmens in die Kinderstube zu verbannen, wo sie, ständig schwanger und unbeweglich, nicht entkommen konnte, weil sie nicht die Kraft hatte, ihren Platz im Unternehmen zu behaupten, wo die Gesetze der Männer galten.

Dabei spielte auch Wolfgangs Tod eine Rolle. Nicht, daß Alexander weniger aufrichtig getrauert hätte. Aber er ging leichter als Ottilie zur Tagesordnung über – er war und blieb Soldat. Tod und Sterben waren von Kindesbeinen seine Unterrichtsfächer gewesen. Nun wandte er sich wieder dem Leben zu und freute sich, daß Ottilie erneut schwanger war.

Alexander war auch strikt dagegen, daß Ottilie mitreise in die Vereinigten Staaten. Er malte ihr aus, wie sehr sie dem Kind schaden könne. Doch diesmal blieb sie hart, schließlich ging es um ihre Verwandten, um die Brüder ihrer Mutter. Es lag auf der Hand, daß sie ihr Stammhaus in Deutschland übervorteilten, sich bereicherten, doch sie waren Fabers, und Ottilie fühlte sich trotz allem mit ihnen solidarisch. Die Worte ihres Großvaters auf seinem Totenbett hatte sie nicht vergessen: «Sei großzügig, Tilly ...» Unter keinen Umständen wollte Ottilie es Alexander überlassen, über ihre eigenen Verwandten zu richten.

Sie sprach mit Doktor Rosner und mußte zu ihrem Erstaunen gar nicht lange bitten, daß er ihr den Rücken stärken solle. Er sagte Alexander, Ottilie sei eine gesunde junge Frau und Schwangerschaft keine Krankheit. Sie sei im vierten Monat, die Schwangerschaft nicht gefährdet – im Gegenteil, er befürworte diese Reise aufs wärmste, da sie Ottilie ablenken würde vom Verlust ihres Söhnchens.

Gegen diese Argumente war Alexander machtlos. Außerdem war ihm klar, daß er schon seiner mangelhaften Englischkenntnisse wegen auf Ottilie dringend angewiesen war. Ohne seine Frau hätte er einen Dolmetscher engagieren müssen. Also traten sie Anfang August ihre zweite Reise nach Amerika an. Der Prozeß war schon im Gange, Ottilie und Alexander von Faber-Castell als Kläger gegen John Eberhard Faber (früher John Robert Faber), auch bekannt als Eberhard Faber.

Hauptpunkt der Beschwerde Ottilies und Alexanders war die leidige, die Familien schon jahrzehntelang belastende Tatsache, daß die New Yorker Fabers zu Unrecht und in gesetzwidriger Weise den Namen Faber in der Herstellung und dem Verkauf von Bleistiften verwendet hatten, wie es in der Klage hieß: «zur Verwirrung des Publikums und zum großen Schaden und Nachteil des Klägers und seines Geschäfts. Die Klageschrift verlangt auch eine Berechnung und ein Urteil auf Schadenersatz.»

Bei ihrer ersten Amerikareise, ihrer Hochzeitsreise, war Ottilie durcheinander gewesen, nervös, abgelenkt von einer nebulösen Erwartung. Hatte sie überhaupt etwas gesehen? Auf jeden Fall war das Wetter damals schöner gewesen; diesmal ragte die Freiheitsstatue plötzlich wie aus einem Umhang von Nebel heraus, sie hielt die Fackel hoch, und es war Ottilie, als wäre die Riesin schlecht gelaunt, jedenfalls schauten ihre blinden Augen ins Nichts.

Die berühmte Skyline kannte Ottilie schon, die Wolkenkratzer auch, die einschüchternd vom menschlichen Fortschritt sprachen, sich im Dunst des Morgens potent aufreckten. Beim Näherkommen zeigten sie Stahl, Glas und Zement, aber auch viele Lagerschuppen, häßliche, einfache Baracken, die das Bild von Wohlstand und Fortschritt zu relativieren schienen, auf Ottilie aber sympathisch wirkten.

Sie sah Fährboote über den Hudson treiben, die Docks von Manhattan ließen sie an Tante Line denken, die auf ihrer ersten Amerikareise immer auf «die Hünd von New York» wartete, weil sie Docks und Dogs verwechselt hatte.

Die Ausschiffung ging wieder sehr rasch. Als Passagiere der ersten Klasse gingen sie gleich an Land, die Beamten waren lässig und von respektvoller Aufmerksamkeit für die weißgekleidete Countess, die verträumt und melancholisch unter ihrem großen Rosenhut lächelte, der Count, drahtig und wach, ebenfalls weißgekleidet, trat hinter dem fließenden Englisch der Countess zurück – beide – das sahen die Beamten mit Wohlwollen – beide sahen in den Vereinigten Staaten Gottes eigenes Land, sie würden Geld bringen, die Stadt durch ihren Anblick bereichern und kein Attentat planen. Die Herren wechselten Artigkeiten mit Ottilie, und sie hatte das Gefühl, in dem riesigen Amerika unter vertrauensvollen Freunden zu sein. Daß New York eine Weltstadt sein sollte, hatte Ottilie schon bei ihrem ersten Besuch nicht gespürt. Eher eine gewisse unnennbare Gemütlichkeit, die sich unter den Wolkenkratzern ausbreitete, sie menschlicher zu machen schien und den Leuten zugänglich, die in kleinen Läden Gemüse und Obst verkauften, in gemütlichen Restaurationen plauderten, auf der Straße in legerer Kleidung herumliefen, wie die Menschen in Paris oder London auch. Sie saßen auf den Veranden ihrer zum Teil kleinen Häuser, saßen und schwatzten, Männer, Frauen und Kinder auf Stufen, die in ein Heim führten, in dem sie sich offenbar nicht gern aufhielten.

Im Gericht, dem United States Circuit Court, fanden Ottilie und Alexander sich ebenfalls rasch zurecht. Ihre Anwälte, Fred, Alfred und Frederico Hinrichs, warteten schon und stürzten sich sofort auf Ottilie, als sie merkten, daß sie mit ihr nicht Deutsch sprechen mußten. Ihr Cousin John näherte sich zögernd, doch Ottilie ging mit raschem Schritt auf ihn zu und begrüßte ihn herzlich, was ihn sichtlich überraschte. Er sprach ebenfalls kein Deutsch, auch nicht mit Ottilie. Alexander gab er nur höflich die Hand. Seine Anwälte, Forbes und Haviland, schienen nervös und hatten dazu auch allen Grund. Die Karten waren gegen sie gemischt und sie wußten das.

Richter Ray, ein athletisch gebauter Herr mit klugem Gesicht, das dichte, graumelierte Haar zu borstigen Stoppeln geschnitten, las aus der Anklageschrift vor, daß das Haus Faber-Castell in Stein bei Nürnberg 1761 gegründet worden sei und sich zur ältesten und bekanntesten Bleistiftfabrik entwickelt habe. Der Beklagte habe die Geschichte dieses Hauses seit Jahren als die seine angegeben und dadurch die Käufer irregeführt, denn sein Vater sei lediglich Agent für das Haus Faber-Castell gewesen, als es noch A. W. Faber hieß und im Besitz des Barons Lothar von Faber war.

Der Beklagte fertigte gegen den Protest des Klägers die hauptsächlichsten Sorten von A. W. Faber-Bleistiften in der gleichen Form und Art wie die Stifte des Klägers, gleiche Pakkungen, gleiche Etiketten, so daß die Käufer annehmen mußten, sie erhielten Qualitätsstifte aus Deutschland; in Wahrheit bekamen sie die in Amerika hergestellten Stifte des Beklagten. Der Kläger sei überzeugt, daß diese Praktiken, in welchen der Beklagte beharre, zu dem Zweck angewendet würden, um das legitime Geschäft des Klägers zu schädigen …

Ottilie übersetzte für Alexander den Wortlaut der umfangreichen Klageschrift. Sie versuchte sich vorzustellen, was ihr Großvater tun würde, säße er an ihrer Stelle. Sicher würde es ihm imponieren, wie das Gericht versuchte, dem deutschen Kläger Gerechtigkeit widerfahren zu lassen, trotz aller Einsprüche der Gegenseite, die sich darauf herausredete, daß man in Deutschland von allen Geschäftspraktiken der in Amerika ansässigen Familie gewußt habe und völlig gleichgültig dagegen gewesen sei. Erst die jetzigen Inhaber kämen mit einer Klage heraus. Der Gerichtshof stimmte dieser Ansicht nicht bei, er bewies dem Beklagten eindrucksvoll, wie oft der Kläger Einspruch erhoben habe. Verhandlungen hatten stattgefunden, doch der Beklagte hatte berechtigte Ansprüche, sogar den Wortlaut seines von ihm selbst geschriebenen Vertrages, nicht erfüllt. Daher sei der Kläger genötigt gewesen, die Gerichte anzurufen. Es wurde allerdings keine unberechtigte Hast gezeigt, einen Familienprozeß voreilig herbeizuführen, und das Gericht halte dafür, daß unter den gegebenen Verhältnissen kein Versäumnis stattgefunden habe.

Die Agentur sei im Jahre 1894 von Baron Lothar von Faber aufgehoben worden, und zwar wegen der eben genannten widerrechtlichen und illegalen Praktiken des Beklagten. Auch jetzt, wo keinerlei Geschäftsverbindung mehr bestand, benutzten die Herren Faber in New York den Firmennamen, um ihres eigenen Gewinnes willen.

Nachdem die Anwälte plädiert hatten, verkündete der Gerichtshof seinen Bescheid dahingehend, daß die New Yorker Verwandten den Namen «Faber» nicht mehr ohne den erklärenden Zusatz «John Eberhard» oder «Eberhard» verwenden dürften. Und zwar weder auf Bleistiften, noch auf Radiergummi, Etiketten, Umschlägen, Schachteln oder anderen Umhüllungen. Ferner habe der Beklagte kein Recht, in Ankündigungen sich selbst als den Nachfolger des Hauses A. W. Faber oder Faber-Castell oder in irgendeiner Weise als dessen Vertreter zu bezeichnen.

Der Kläger sei berechtigt zu einer Berechnung und zu einem Urteil über den Schaden, welcher dargelegt werden könne. Der Gerichtshof werde sich außerdem Vorkehrungen vorbehalten betreffs der Waren, die jetzt in Umlauf seien und den Namen «Faber» trügen.

Ottilie besprach sich auf englisch kurz mit ihrem Anwalt, und er bat für sie um das Wort, das der Richter ihr auch gewährte. Ottilie stand auf, sagte mit klarer, fester Stimme, daß sie von einer Berechnung des ihr entstandenen Schadens absehe, wenn ihr Cousin ihr hier vor Zeugen in die Hand verspräche, daß von jetzt an eine neue Basis geschaffen werde, auf der beide Firmen sich gegenseitig achteten und respektierten, und keine Seite versuche, die andere zu schädigen.

Soweit reichte Alexanders Englisch doch, daß er mitbekam, worauf Ottilie da soeben verzichtet hatte. «Bist du wahnsinnig geworden? Wie konnte ich dich nur mitnehmen!»

Ottilie hörte gar nicht auf ihn. Sie sah die erstaunten, ungläubigen Gesichter ihres Cousins und seiner Anwälte, sah den Richter, der eigens seine Brille abnahm, um sie respektvoll mustern zu können. Ottilie wußte, daß ihr Großvater, der im Grunde seine Brüder abgöttisch geliebt und an ihren Schwächen gelitten hatte, genauso gehandelt hätte wie sie. Und da stand auch ihr Cousin auf, Ottilie konnte deutlich sehen, daß er tief bewegt war. Er kam zu ihr und reichte ihr die Hand, um seinen Mund zuckte es. «Thanks, Tilly, thank you very much!»

Bei der Dinnerparty, die ihr Cousin für Ottilie und Alexander improvisiert hatte, machte Alexander ihr immer noch Vorwürfe. Auf dem Weg ins Hotel hatte er schon begonnen, seiner Frau auszurechnen, wieviel Dollar sie mit ein paar Sätzen verschwendet habe. Ottilie gefror innerlich. «Schließlich habe ich *mein* Geld verschwendet, vergiß das nicht. Was ich getan habe, war für meinen Großvater, du hast ihn gar nicht gekannt. Misch dich nicht in meine Angelegenheiten. Vielleicht ist der Zeitpunkt noch fern, aber ich sehe schon, daß unsere Werke einmal zusammengehen.»

Alexander starrte Ottilie wortlos an. Er war zutiefst verstimmt über den neuen Ton, die Haltung seiner Frau. Das mußte an diesem Land liegen, wo alles unordentlich war, keine Tradition, kein Kaiser, kein König, keine Aristokratie, keine Kultur. Die Amerikaner hatten, wenn sie vom Glück begünstigt waren, Geld und sonst nichts. Alle Rassen der Welt vermischten sich hier, diese Blutsvermischungen waren zu keiner Hierarchie zu gebrauchen. In dieser Hinsicht hatte seine Frau etwas verdammt Amerikanisches. Kein Wunder, ihre Mutter war in diesem Land großgeworden und kannte auch keine Standesunterschiede.

Ottilie spielte mit den goldenen Reifen an ihrem Arm das Kinderspiel: Er liebt mich, er liebt mich nicht. Es waren sieben Reifen, der letzte sagte «er liebt mich», und Ottilie dachte, daß nur Philipp dafür in Frage käme. Denn daß Alexander sie liebte, konnte Ottilie sich schon lange nicht mehr vorstellen. Hatte sie selber Alexander je geliebt? Oder Philipp? Sie hatte zumindest geglaubt, zärtliche Zuneigung zu Alexander zu spüren, da aber sein Zorn sie derart kalt ließ, glaubte sie auch daran nicht mehr.

Vielleicht konnte sie überhaupt nicht lieben? Nicht einmal sich selbst? War ihre Liebe zu den beiden Töchtern, die sie häufig wie ein warmer Strom durchrieselte, war diese Liebe auch nur ein trügerischer Schein, den die Gesellschaft ihr abverlangte, weil eine Mutter ihre Kinder abgöttisch zu lieben hat? Manchmal hätte Ottilie Lust gehabt, sich all diese Fragen vor ihrem bösesten Feind, dem Spiegel zu stellen. Doch noch hütete sie sich davor.

Als der Abend kam, schien Manhattan, wo das Haus des Cousins lag, in goldenem Licht zu baden. Überall konnte man aufs Wasser sehen. Ottilie saß erschöpft vom Tag in einem bequemen Sessel, sah die Gäste in den abgedunkelten Nischen und auf der Terrasse des großzügigen Hauses miteinander reden. Wärme, Menschlichkeit und Interesse schienen Ottilie von diesen Leuten entgegengebracht zu werden. Sie nippte an einem goldenen Whiskey, Alexander wollte es ihr verwehren, ließ es aber, als er sah, daß Ottilie wirklich nur äußerst wenig davon trank. Sie hatte das Gefühl, daß New York ihr nicht fremd sei, auch nicht die New Yorker, sie schienen ihr vertraut, fragten nach Europa, nach Richard Wagner, nach Paris, nach Berlin. Und gleichgültig in welchem Zusammenhang wurde immer wieder das Wort Dollar ausgesprochen, Ottilie klang es wie das plattdeutsche Daler, langgezogen, andächtig. In den wenigen Stunden im Haus ihres Cousins erhielt Ottilie nicht weniger als achtzehn Einladungen, und sie begann sich zu fragen, ob sie in New York leben könne, wie früher ihre Mutter, und ob es irgend etwas ändern würde …

KAPITEL 23

OTTILIES VIERTES Kind sollte um den 20. Januar 1904 zur Welt kommen. Daher fuhr Ottilie am zweiten Tag des neuen Jahres von Schloß Schwarzenbruck nach Stein, um mit Bruno Paul die Einrichtung des Zitronenzimmers zu besprechen, eines der drei Empfangssalons, die Ottilie zur Verfügung stehen sollten.

Auf das Gespräch mit Bruno Paul freute sich Ottilie. Seit sie ihn kannte, hatte sie ihre Pläne, die Würzburger Residenz oder Schloß Pommersfelden en miniature in Stein aufzubauen, völlig aufgegeben. Der junge Architekt, der die Münchner Kunstakademie absolviert hatte, war nur drei Jahre älter als sie, doch er verschmähte jede historische Romantik, lieber zeichnete er für die Zeitschrift *Jugend* oder für den *Simplicissimus*, der das frechste und kämpferischste Blatt Deutschlands war. Es opponierte nicht nur gegen die Regierung, es kratzte auch an der Person Seiner Majestät des Kaisers. Der *Simplicissimus* traute sich, die eiserne Disziplin und die Ehrfurcht vor dem Kaiser in Frage zu stellen, ja, man machte Majestät zur Zielscheibe des Witzes, kritisierte seine Taten, sein Auftreten, sein Benehmen. Doch nicht nur gegen den Kaiser richtete sich die Kritik – man trat auch schroff gegen England auf, gegen Frankreich und Rußland. Thomas Theodor Heine war der Kopf, er schrieb die ätzendsten Texte, Reznicek, ein Österreicher, zeichnete die eleganten Damen, die Kokotten. Thöny karikierte Offiziere, Bauern und Arbeiter, doch Ottilie fand, er konnte am besten Pferde zeichnen. Ludwig Thoma war Peter Schlemihl, dessen Grobheiten Ottilie genoß, und dann Bruno Paul, über dessen satirische Zeichnungen sie sich amüsierte – doch noch mehr bewunderte sie ihn als Innenarchitekten.

Als die Kutsche vorfuhr, stand Bruno Paul schon bereit, Ottilie herauszuhelfen. Clarissa von der Straaten war derzeit zu Ottilies großer Freude in Schwarzenbruck, sie hatte zwar ihre Mutter und die unausstehliche Teubner im Schlepptau, doch die Damen waren damit beschäftigt, sämtliche Schlösser und Güter der Familie Faber-Castell zu besichtigen, was bei den Gutsleuten einige Aufregung und Verwirrung verursachte, aber Clarissa und Ottilie waren die beiden Plagegeister los, und Clarissa brannte darauf, die Fortschritte beim Bau des Schlosses zu beobachten.

Bruno Paul wußte, daß Ottilie von Faber-Castell hochschwanger war, doch als er auch Clarissa aus der Kutsche half, glaubte er, gleich zwei Schwangere vor sich zu haben. Clarissa von der Straaten überfiel ihn sofort mit ihrem Wissen: «Sie sind also derzeit der gefragteste Raumkünstler in diesem Lande. Das freut mich aber, daß ich Sie kennenlerne. Damit werde ich in Hamburg angeben!»

Bruno Paul, ein großer, dunkelhaariger Mann mit einem offenen Gesicht, wurde gar nicht besonders verlegen. Er hatte ein bestens ausgeprägtes Selbstbewußtsein und fand das Lob Clarissas durchaus angebracht. «Ich wollte einfach nicht mehr die alten, aufgeplusterten Wohnformen haben, ich wollte Neues machen, klare Wandgliederungen, geometrische Paneele, Kassetten, Sprossenraster, und dazu Möbel im Jugendstil, aber auch hier will ich zurückgenommen sein, modern. Kommen Sie, ich zeige es Ihnen gleich vor Ort.»

Bruno Paul führte Ottilie und Clarissa in das Obergeschoß

des Schlosses, wo die Empfangsräume lagen. Hier sollte Ottilie, wenn sie von ihren Kindern, von Haushaltsgeschäften oder gesellschaftlichen Verpflichtungen nicht in Anspruch genommen wurde, sich geistiger Beschäftigung hingeben, lesen, musizieren oder feine Handarbeiten vornehmen. So erklärte es Bruno Paul, und Clarissa sagte, daß Ottilie gar nicht handarbeiten könne. «Nur zeichnen, wie das einer Bleistiftfabrikantin ja wohl auch gut ansteht.»

Bruno Paul sah Ottilie interessiert an. «Dürfte ich Zeichnungen von Ihnen sehen, Frau Gräfin? Das würde mich sehr interessieren.»

«Lieber nicht», lachte Ottilie, «diese paar Blumen und Gräser, die ich male, die muß ich nicht auch noch vorzeigen. Früher, als ich im Stift war, habe ich meine Familie gezeichnet, weißt du noch, Clarissa? Doch dazu habe ich heute nicht mehr die Sammlung.»

«Das ist aber schade», sagte Paul, «ich werde ab nächste Woche in Berlin unterrichten, ich übernehme den Posten eines Direktors der Unterrichtsanstalt am Kunstgewerbemuseum in Berlin – da könnte ich Sie unterrichten. Wir haben viele Einschreibungen von Frauen.»

«Ein schöner Traum», seufzte Ottilie, doch Clarissa meinte, wer ein solches Traumschloß bekomme wie sie, der brauche ja den Rest seines Lebens, all das Schöne zu betrachten, daher könne Ottilie schon gar nicht mehr an Malstunden denken.

Sie waren im Zitronenzimmer angekommen, das so hieß, weil es aus hellem, warmem Zitronenholz gefertigt war. Es lag zwischen einem der Salons an der Südseite und den Kinderzimmern. Das Zitronenzimmer war sehr groß, es wirkte besonders hell, warm und graziös. Dem eingebauten Sofa gegenüber stand ein kunstvoller Ofen. Bruno Paul verwandelte das quadratische Zimmer in ein Achteck, indem er die Ecken mit Spiegeln abschrägte. Ein Raumteiler mit herrlichen Intarsienarbeiten und zwei reich geschmückten Pfeilern machte den Salon intim. Es gab zwei Ruhebetten, eine gemütliche Tischgruppe und einen Schreibtisch für Ottilie.

«Das ist ja wunderschön!» rief Clarissa ständig, «diese herrlichen Intarsienarbeiten, die feinziselierten Eckspiegel, die kostbaren Deckenfenster – ich weiß gar nicht, was ich mehr bewundern soll! Wie schaffen Sie das, mein lieber Paul, das ist doch eine Heidenarbeit!»

«Ich habe mit meinen Freunden Richard Riemerschmid, Bernhard Pankok und Peter Behrens die ‹Vereinigten Werkstätten für Kunst im Handwerk› gegründet», erklärte Bruno Paul. «Wir hätten auch nicht gedacht, daß wir so schnell berühmt werden. Schließlich haben wir nur kritisiert, Altes auf den Kehricht geworfen. Man hat es sich gefallen lassen, und mehr noch – viele Menschen, die ihre Häuser nicht im Historismusstil wie ihre Vorväter einrichten wollten, fanden in unseren Werkstätten ein Vehikel, sich aus erstarrten Lebensformen zu lösen, ohne dabei auf Qualität verzichten zu müssen.»

Bruno Paul führte die beiden Damen noch zum Herrenzimmer, das für Alexander gedacht war. «Hier soll der Herr Graf seinem Beruf leben oder der Ruhe pflegen, der Raum kann aber auch, ebenso wie das Zitronenzimmer, bei großen Gesellschaften mit in die Empfangsräume einbezogen werden.»

Alexander hatte es satt, gemeinsam mit seinen Direktoren in der Firma zu arbeiten. Er hatte einige Professoren gebeten, ihm Gutachten zu erstellen über die Zusammenarbeit der einzelnen Herren mit ihm. Das Ergebnis war, daß er nach der Fertigstellung des Schlosses in seinem Herrenzimmer arbeiten würde, dann hatten die Direktoren zu ihm zu kommen, was Alexander für taktisch klüger hielt, als mitten unter ihnen zu sein.

Bruno Paul stattete das Herrenzimmer ganz in dunkelbrauner Eiche aus, die Decke in Ahorn vertäfelt. «Wieder so herrliche Kassettenfelder, so kostbar eingelegt», bemerkte Clarissa.

«Sehen Sie diese quadratischen Felderungen, die aus diagonal gesetzten Dreiecken bestehen?» fragte Bruno Paul. «Sie sind sozusagen mein Markenzeichen. Erinnern Sie sich, Sie haben sie auch im Zitronenzimmer gesehen.»

Ottilie, die in den letzten beiden Jahren viel in Kunst- und Architekturzeitschriften gelesen hatte, sah den herrlichen, dezent geschwungenen Schreibtisch an, der gestern erst ausgeliefert worden war. «Er sieht aus, als sei er von Henry van de Velde entworfen», sagte sie, und Bruno Paul grinste: «Ich habe bei ihm ein bißchen gewildert, aber ich finde, meine Kreation ist schöner, oder?»

Ottilie lachte, und Clarissa sagte: «Jedenfalls ist der Schreibtisch schwer, vornehm und männlich – also genau richtig.»

Sie sahen noch den Empfangsraum an, den Bruno Paul ebenfalls ausgestattet hatte. Er lag zwischen Speisezimmer und Herrensalon, hatte lederne bequeme Rundsofas, einen marmornen Kamin und eine ganze Spiegelwand. Der Raum wirkte streng klassizistisch, auf allen Möbelflächen waren die für Paul charakteristischen Schachbrettstreifen mit Perlmutt zu sehen, die auch an Wand- und Türverkleidungen sowie an den Eckschränken immer wieder auftauchten. «Alles sieht kostbar aus, und trotzdem edel, überhaupt nicht protzig», sagte Clarissa. «Ich möchte noch viel mehr von Ihnen sehen.»

«Nun, wir waren auf der Pariser Weltausstellung 1900, wo wir den Grand Prix für Innenarchitektur bekommen haben, 1901 waren wir in Darmstadt –»

«Aber das nützt mir doch gar nichts, das ist ja alles schon vorbei!» klagte Clarissa, doch Bruno Paul sagte bescheiden, sie könne ja im übernächsten Jahr nach Dresden reisen oder hier nach Nürnberg, und wenn sie da nicht Zeit hätte, bliebe ihr immer noch die große Kölner Werkschau 1914, wo die Vereinigten Werkstätten mit einigen Zimmern vertreten sein würden. Das Arbeitszimmer des Grafen und das Zitronenzimmer würden demnächst als deutscher Beitrag auf der Weltausstellung in St. Louis gezeigt, danach auf der eben erwähnten Internationalen Kunstgewerbeausstellung in Dresden. Allerdings werde er dort einen Nachbau zeigen müssen, den er für den Regierungspräsidenten in Bayreuth zu liefern habe, denn der Graf von Faber-Castell wolle in zwei Jahren längst in seinem Schloß und damit auch im Arbeitszimmer leben.

Bruno Paul verabschiedete sich, und Ottilie und Clarissa schauten noch das gräfliche Schlafzimmmer und die Bäder an, deren Ausstattung schon weit fortgeschritten war.

«Mein Gott, ist das schön!» entfuhr es Clarissa, als sie in den völlig mit Carrara-Marmor ausgestatteten Bädern standen. «Wer hat sich denn so etwas Herrliches ausgedacht?» Ottilie erklärte ihr, daß Theodor von Kramer, der die Bauleitung über das ganze Schloß habe, die Bäder selber entworfen habe. «Das Modernste vom Modernen», sagte Clarissa und fuhr mit ihren Fingerspitzen über vergoldete und versilberte Stuck- und Mosaikdekors, über Lüftungsgitter, Abflußscheiben, Schwammkörbe, Seifenschalen, von denen jedes wie ein Kunstwerk geformt war.

Ottilie hatte sich für ihr Bad eine große, in den Boden eingelassene Badewanne gewünscht, und Kramer hatte sie auf das Modernste mit Spül- und Strahl-Rückenbrausen ausgestattet. An der Marmorwand über der Badewanne waren Mosaikmedaillons eingelassen, Schwäne, Fische, Schildkröten, die das Motiv des Wassers wieder aufnahmen. Die Farben Gold und Türkis überwogen. Die marmornen Supraporten waren mit weiblichen Szenen aus der Mythologie – Toilette der Venus – geschmückt.

«Hier ist ja nochmals ein Waschtisch, Ottilie, hier kannst du dir im Sitzen die Haare waschen!» Clarissa stand an dem Waschbeckentisch aus grauem Marmor, der neben den Kalt- und Warmwasserhähnen auch eine Kopfbrause besaß.

«Ottilie, du mußt im Herrenbad duschen! Das ist ja einmalig! Sieh hier, hier kannst du dich in die Mitte stellen und wirst von allen Seiten beduscht, sogar von oben! Und bei Alexander reitet natürlich Poseidon auf dem Delphin, umgeben von Tritonen, und dort, ein schlangengeschwänztes Pferd mit Reiter samt Gefolge, ist ja kolossal! Ottilie – du hast die schönsten Bäder, die ich je gesehen habe. Und ich war immerhin schon in Istanbul, im Palast des Sultans. Da waren die Bäder auch aus Marmor, aber so wunderbar eingerichtet wie eure waren sie nicht. Es ist wahrhaft fürstlich!»

«Alexander will noch Perserteppiche, schwere Samtvorhänge, Sofas, Stühle, Tische mit Tischdecken und Schränke hineinstellen. Ich bin gar nicht dafür. Dann sieht man ja nichts mehr von all der Schönheit. Was meinst du?» Ottilie sah Clarissa fragend an, die sofort einen entschiedenen Gesichtsausdruck bekam: «Nichts da. Was willst du mit dem ollen Plunder aus Großmutters Zeiten! Du hast ein hochmodernes Bad von unglaublicher Schönheit. Laß es dir nur ja nicht von deinem Alexander zuhängen, der in seinem Drang nach Repräsentation sicher für das Agglomerat von Stilen verantwortlich ist. Ihr habt ja vom Mittelalter übers Rokoko alles, da sind die Jugendstilzimmer wirklich eine Offenbarung.»

Clarissa merkte, daß Ottilie nicht mehr so recht zuhörte und sich gegen einen massiven Handtuchhalter lehnte, an dessen Gestänge sie sich festhielt. «Ottilie, was ist los? Du bist ja ganz blaß!»

Ottilie richtete sich auf, sie stöhnte leicht: «Es geht schon wieder – ich habe das Gefühl, das sind die Wehen. Dabei sind es noch drei Wochen bis zur Entbindung. Komm, Clarissa, wir gehen hinüber zu meiner Mutter. Sicher ist sicher.»

Noch in der Nacht war die kleine Irmgard da. Mit ihr kam der Schnee, Flocke für Flocke, zunächst nur zögernd, sparsam, doch dann tanzten sie, sprangen, stäubten, ballten sich zu dichten Schneewolken, undurchsichtig fast vor lauter Sucht, hinunterzufallen, alles mit einer schönen, weißen, seidenen Decke zuzudecken, selbst das neue Schloß, schon unter Dach und Fach, wurde mit schneeweißen Hauben und ebensolchen Laken großzügig verpackt.

Der Arzt und die Hebamme kamen trotz des einsetzenden Schneesturms rechtzeitig, sie mußten sich die erstarrten Hände in heißem Wasser wieder gefühlvoll machen, aber es gab nicht soviel zu tun, die Geburt verlief rasch, Irmgard schrie vorschriftsmäßig, und der Arzt mußte nur noch ein wenig Geduld für die Nachgeburt aufbringen.

Ottilie genoß es richtiggehend, wieder daheim zu sein. Für die Entbindung hatten sie von ihrem Bett Kopf- und Fußende entfernt, es mitten ins Zimmer gestellt, ein kleiner intimer Kreißsaal.

Alexander war noch in Geroldsgrün, wurde aber stündlich erwartet, doch Ottilie hatte ihrer Mutter versprochen, mindestens zwei Wochen lang mit dem Töchterchen bei ihr zu bleiben, denn die Januartage waren kalt; Eis und Schnee in Mengen machten die Wege und Straßen nach Schloß Schwarzenbruck für eine Wöchnerin unzumutbar. Ottilie fühlte sich wie auf einer Wolke von Rechenschaftslosigkeit. Sie wollte nur einfach auf dem Rücken liegen und zuhören, wie draußen der Schnee fiel, ohne Ende, wie das Kind an ihrer Brust saugte und atmete, wie es in seinem Köpfchen unter der großen Fontanelle klopfte und pulste.

Diana und Philipp hatten inzwischen auch drei Kinder. Der Älteste, Philipp Theodor, war im Sommer 98 geboren, der zweite Sohn, Theodor Kurt, im September 99, und seit drei Jahren hatten sie eine Tochter, Eleonore Anna.

Ottilie hatte durchaus den Eindruck, daß Alexander manchmal Philipp beneidete, weil er zwei Söhne hatte, die er gar nicht so notwendig brauchte wie Alexander, da er keine Fabrik besaß, keine Filialen in aller Welt und auch nur ein einziges Schloß. Das glaubte Ottilie natürlich nicht im Ernst, aber Alexander wartete auf einen Sohn, soviel war sicher, während Philipp bereits beim ersten Kind eine Tochter gewollt hatte. Nun war sie da, Diana würde nicht noch einmal ins Wochenbett kommen, Ottilie hatte das aus einem Gespräch herausgehört, und sie beneidete ihrerseits Diana, daß sie von dem beschwerlichen Geschäft des Kinderkriegens erlöst war.

Allerdings – wie sollte es angehen, wie verhinderte man das Schwangerwerden? Doch nur, wenn der Mann denselben Wunsch hatte. Gesetzt den Fall, auch Philipp wollte kein viertes Kind, mußte man sich einschränken, wo Fülle ersehnt war, beobachten, wo sich das Bewußtsein ausschalten, berechnen, wo bedingungslos gegeben werden sollte. Dieser Gedanke begann allmählich, in Ottilie eine gefährliche Genugtuung zu bewirken. Sie sah Diana und Philipp nicht mehr als heiles Ganzes, sie sah etwas bröckeln, weil sie es so wollte, und sie wünschte nichts sehnlicher, als daß nichts mehr von alledem aufleben sollte, was Diana und Philipp früher aneinander hatten.

Ottilie drehte die Goldreifen an ihrem rechten Arm. Sie begannen schon, auffällig zu klimpern, wenn sie sich bewegte.

KAPITEL 24

IM APRIL 1905 wurde Roland geboren, und Ottilie fragte sich, ob sie jetzt so weitermachen sollte bis hin ins Klimakterium. Sie war 28 Jahre alt, jenseits der Jugend, aber schwanger werden konnte sie immerhin noch zehn Jahre lang. Mindestens. Rachel Weichselbaum glaubte sich in den Wechseljahren, und dann war nach ihrem einundvierzigsten Geburtstag Michel auf die Welt gekommen. Ottilie konnte es auf zehn Kinder wie die Schwiegereltern bringen – Alexanders heimlicher Traum – aber wollte sie das? Wollte sie sich Alexanders Leben zu eigen machen, seine Lebensträume mitträumen? Das ließ er ohnehin nur zu, solange sie sich auf Haus und Kinder beschränkten – das Haus Faber-Castell war sein Refugium, wo Ottilie inzwischen keinen Zutritt mehr hatte, wenn sie ihn sich nicht erzwang. Zwar war sie die Erbin und Mitinhaberin, zwar prangte ihr Kopf neben dem Alexanders auf der Silbermünze, die das Haus Faber-Castell bei offiziellen Gelegenheiten oder an langgediente Mitarbeiter verteilte, zwar kümmerte sie sich nach wie vor um kranke oder bedürftige Firmenangehörige – doch darüber hinaus hatte sie keine Funktionen, versuchte Alexander sogar zu verhindern, daß Ottilie an den Konferenzen teilnahm. Meist vergaß er einfach, ihr den Zeitpunkt zu sagen.

Dabei kam ihm entgegen, daß Ottilie naturgemäß sehr beschäftigt war, zwischen den Schwangerschaften wieder zu einer attraktiven, beweglichen Frau zu werden. Nach den Monaten der Schwangerschaft, in denen sie sich zumindest gegen Ende wie eine monströse, schwerfällige Elefantenkuh fühlte, ritt sie stundenlang aus, machte gymnastische Übungen, ließ ihren aus den Fugen gegangenen Körper bürsten, massieren und ölen. Sommers rannte sie barfuß mit den Kindern durch den kleinen Fluß, es gab sogar eine gestaute Stelle, in der sie alle miteinander baden und schwimmen konnten.

Gottlob waren die Töchter gesund und wurden jeden Tag hübscher und selbständiger. Der neugeborene Sohn war geradezu vollkommen schön, so daß Anna bei seinem Anblick ins Fränkische verfiel, was sie sonst strikt zu vermeiden suchte: «Su a schenner Bou, su a schenner –» und sie badete und pflegte ihn wie den kostbarsten Schatz.

Daß ihr fünftes Kind ein Sohn war, hatte Ottilie überrascht, obwohl sie sich voller Hoffnung darauf eingestellt hatte. War es eine Leistung, fünf Kinder geboren zu haben? War es zu vergleichen mit dem Erfolg, den Alexander mit seinem neuen Stift Castell 9000 auf dem in- und ausländischen Markt hatte?

Ottilie war mit dem gesamten Faber-Castellschen Haushalt in Schwarzenbruck. Das sich täglich neu feiernde Grün des Frühlings brach aus den jungen Eichen und Buchen, die vor dem Hintergrund der mächtigen blaudunklen Tannen am Horizont wild und fröhlich aussahen. Zierliche Birken umstanden den kleinen Fluß, der den sanften Hügel, auf dem das Schloß thronte, umströmte.

Sie alle liebten Schwarzenbruck, der Adelssitz war erst vor zwanzig Jahren vom Großvater erbaut worden als ein weiterer sichtbarer Beweis seiner neuen Würde; sah jedoch mit seinen Türmen, Türmchen, Chörlein und Erkern so verspielt und verträumt aus, als gehöre er in ein versunkenes Jahrhundert. Vor allem gab es viele luftige Veranden, was besonders im Sommer angenehm war. Die Kinder konnten hier lernen und spielen, hatten Luft, Licht und Sonne, und der Affe Max, den Alexander den Kindern geschenkt hatte, durfte endlich unermüdlich und ohne großen Schaden anzurichten seine Kletterkünste zeigen. Im alten Schloß mußte er meistens an einer wenn auch langen Kette ausharren, da er sonst an den Vorhängen, Gardinen und Tischdecken Verheerungen anrichtete.

Seit Anna für die Pflege der Kinder zuständig war, konnten Ottilie und Alexander wirklich beruhigt verreisen oder ausfahren. Hauslehrer John Higgins, der Elisabeth und Mariella unterrichtete, verehrte Anna ganz offensichtlich, sie nahm es lediglich zur Kenntnis; Ottilie, die Annas fast aristokratische Zurückhaltung kannte, wußte, es würde keine Affaire im Hause geben. So wie es mit Doktor Martin auch keine gegeben hatte.

Die Mallehrerin der Kinder, Helene Roth, respektierte ebenfalls Anna, die unaufdringlich und kompetent für die großen Mädchen, vor allem aber für die einjährige Irmgard und den neugeborenen Erbgrafen sorgte. Ein so entspanntes, ruhiges Klima genossen alle, selbst Alexander fiel es auf, daß es harmonisch zuging in Schwarzenbruck. «Ich komme richtig gern nach Hause», sagte er zu Ottilie, «hier ist soviel fröhliches Leben, und dabei noch Harmonie. In Stein gibt es nur Ärger und Baudreck. Ich kann mir überhaupt nicht vorstellen, daß wir dort im nächsten Jahr einziehen sollen.»

Ottilie wußte, daß Alexander es nicht liebte, wenn sie Schwarzenbruck verließ und nach Stein kam. Er wollte, daß sie sich dort so wenig wie möglich umsah, sich nach Möglichkeit aus allem heraushielt, und er sie am Ende überraschen konnte. Das war jedoch keineswegs in Ottilies Sinn, Alexanders Geschmack und der ihrige harmonierten nicht immer. Ottilie versuchte dann, ihren Kopf durchzusetzen, und Alexander war gewohnt, daß sich alles ihm unterordnete.

So hatte er, trotz der Einwände seiner Frau, Samtvorhänge,

Teppiche und schwere Tischdecken sowie eigens Mobiliar für die beiden Badezimmer bestellt, obwohl Clarissa und Ottilie ihn beschworen hatten, die wundervollen Marmorarbeiten nicht zu verstecken, sondern die Räume so wirken zu lassen, wie Theodor von Kramer sie entworfen hatte. Aber nein – «Kindchen, das ist zu kühl, zu wenig repräsentativ, das verstehst du nicht.»

«Und er macht aus diesen königlichen Bädern ein Bordell», hatte Clarissa Ottilie zugeflüstert, doch dann hatten sich beide eingestehen müssen, daß sie gar nicht wußten, wie eines aussähe.

Außer Clarissa, die öfter bei Ottilie in Franken war als in Hamburg, kamen auch Bertha von Faber und Jenny oft heraus nach Schwarzenbruck. Sophie ebenfalls – beim letzten Besuch stellte sie ihren Verlobten vor, Freiherrn von Hirschberg. Jeder fand, daß der Bräutigam schon etwas hoch in den Jahren stand, aber er war ein guter Freund Alexanders und vor allem ein angenehmer, freundlicher Zeitgenosse, sehr verliebt in seine hübsche Braut, der mit den Kindern und den Hunden herumtobte und nicht nur bei den anderen Männern im Herrenzimmer saß und Zigarren rauchte.

Sophie, die immer mehr ihrer großen Schwester Ottilie ähnelte, während Hedwig der Mutter glich, war lange wählerisch gewesen, doch die längst verheirateten Schwestern, die Angst, als alte Jungfer zu enden, ließen sie zugreifen, als Hirschberg sich um sie bemühte, und nun war sie selber erstaunt, daß sie ihren künftigen Mann von Tag zu Tag lieber gewann.

Zur Taufe Rolands kamen die Eltern und die Brüder Alexanders mit ihren Frauen ebenfalls nach Schwarzenbruck. Wie immer, wenn die Casteller kamen, ließ Ottilie das Schloß von den Dienern und den Zimmermädchen auf Hochglanz bringen, Blumen und blühende Büsche wurden in allen Räumen verteilt, der Koch und die Beiköchin mußten Vorschläge für die Menus machen, dann beriet sich Ottilie mit Anna, die aus der Faberschen Küche praktische Erfahrung hatte, und sie entschieden sich für ein Taufmenu bestehend aus Samtsuppe von Waldpilzen, Gartenkresse mit pochiertem Ei, Fischterrine mit frischen Kräutern, Grillfleisch vom Rind mit grobem Salz, Salaten, und als Nachtisch Himbeersorbet.

Fürst und Fürstin zu Castell-Rüdenhausen kamen gemeinsam mit Graf und Gräfin Casimir. Die Fürstin war seit dem Tod ihres Ältesten häufig abwesend, wohl in Gedanken bei ihm, dem Kaiser ihres Herzens – doch sie war zugänglicher als früher, weicher auch Ottilie gegenüber. Sie schien sich immer mehr an dem großzügigen, liebenswürdigen Charakter ihres Mannes zu orientieren, der in seinem äußeren und inneren Habitus wirklich fürstlich war. Er versuchte auch, in dem immer noch schwelenden Streit um die Anerkennung der Faber-Castellschen Kinder gegenüber den Friedrich Carl Castell-Castells zu vermitteln.

Marie Castell kam mit ihrem Mann, Christian Ernst Fürst zu Stolberg-Wernigerode, Otto mit seiner Gemahlin Marie Prinzessin zu Stolberg-Roßla. Und natürlich Hedwig, die von Ottilie zärtlich vermißte Schwester, die mit ihrem Mann Graf Wolfgang eigens aus Seeläsgen gekommen war, wo sie seit ihrer Hochzeit wohnten. Die Hilperts waren erschienen, die Eisens, die Haags, sogar Jennys Mutter hatte sich aus ihrem dunklen Salon herausgewagt, aber nur, um sich in Schwarzenbruck gleich wieder nach einem heimeligen Plätzchen umzusehen, wo sie einige Exemplare der Zeitschrift «Die Woche» vorgefunden hatte und einen feinen trockenen Sherry.

Die Taufgäste, die Ottilie am dringendsten erwartet hatte, kamen als letzte – Baron Philipp und Baronin Diana von Brand. Clarissa war es, die Ottilie zuflüsterte: «ER ist gerade eingelaufen. Paß auf dein Gesicht auf.»

Sah sie es Ottilie an, daß sie in ihren Gedanken häufig mit Philipp sprach, oder eigentlich immer; sah sie, daß ihre Träume ihn suchten, daß sie manchmal morgens erwachte, wie in hellstem Licht gebadet, weil es ihr gelungen war, von ihm zu träumen? Meist passierte das nach einem gesellschaftlichen Ereignis, vornehmlich nach einem Ball, wo sie einander nicht nur sahen, sondern auch berühren konnten, sich nahe sein konnten, wo sie in jeder Drehung des Tanzes einander mit den Augen suchten – zählte eigentlich noch ein Fest, wo die Brands, wo Philipp nicht war?

Ottilie erinnerte sich an eine Gesellschaft auf der Vorderen Insel Schütt. Es war Juli, nach einem heißen, feuchten Tag. Im Garten hing die Nachtluft warm und stark nach Sommer duftend zwischen den wohlfrisierten Bäumen und kunstvoll angelegten Rosenbögen und Büschen. Diana und Alexander tanzten im Gartensaal ein Menuett, Ottilie und Philipp hatten sich einer kleinen Gruppe angeschlossen, die im Garten ein wenig Kühlung suchen wollte. Ottilie setzte sich auf einen der zierlichen weißen Stühle, die in Gruppen oder einzeln im Garten aufgestellt waren, und Philipp stand halb hinter ihr, nur so weit von der Gruppe entfernt, daß man nicht auffiel. Ottilie spürte das Blut bis in die Ohren pochen, als Philipp ruhig, ganz im Ton des Plauderns, sagte, daß er in Wahrheit neben ihr liege, wie nahezu jeden Tag. Daß er sie umschlinge, seine Brust an ihrer, daß sie für immer verbrennen wollten, einer im anderen.

Ottilie meinte an den Stuhl angeschmiedet zu sein mit heißen Bandagen, seine Stimme dröhnte in ihren Brustspitzen, Ottilie fühlte Hunger, Gier, ihr Mund drängte zu Philipp, sie wollte nicht mehr vorsichtig sein, nichts mehr zurückhalten – da ging Philipp Diana entgegen, die am Arm Alexanders auf sie zugeschritten kam, auch Ottilie erhob sich, und man sprach darüber, daß die Dreyfus-Affaire nun wohl doch ein gutes Ende für den jüdischen Hauptmann nehmen werde. «Ich hörte, daß seine Rehabilitierung in Aussicht steht», sagte Philipp, während Ottilie langsam wieder zu sich kam.

KAPITEL 25

SORGE IMMER, daß du was einzuweihen hast», hatte der Großvater zu Ottilie gesagt. Heute, an diesem Junitag des Jahres 1906, hätte er sicher seine Freude gehabt. Sie waren eingezogen ins Neue Schloß, nach langjähriger Planung und dreijähriger Bauzeit, und heute waren alle Verwandten und Freunde des Hauses zur Einweihung gebeten.

Ottilie hätte lieber in kleineren Zirkeln eingeladen, doch Alexander wollte das Fest der Feste, eine Demonstration seiner ganz individuellen Schöpfung, als die er das Schloß ansah. Gemeinsam mit Ottilie und den Kindern, sogar der erst ein Jahr alte Erbgraf Roland war auf Annas Arm dabei, empfing er den kaum enden wollenden Strom aller Verwandten, Geschäftsfreunde und Freunde in der Halle. Lediglich die Arbeiter und die einfachen Angestellten waren nicht gebeten, denn Alexander war der Ansicht, daß sie nicht zuviel über den Lebensstil der Herrschaft wissen sollten.

Alle Casteller waren gekommen, neben denen von Castell-Rüdenhausen auch die Castell-Castell, so daß Ottilie sehr gut achtgeben mußte, daß sie Luitgard, Jacqueline, Gertrud, Antonie, Agnes, Amalie oder Jenny Castell, die sie sonst eher selten sah, alle beim richtigen Namen nannte. Ebenso Hedwig Stolberg-Roßla, Elisabeth Thüngen, Emma zu Solms-Laubach, Irmgard Stolberg-Roßla, dazu die vielen Leutnants, Exzellenz Graf Otto zu Castell-Castell, Exzellenz von Haag mit Gemahlin, Pierre Haag mit Gemahlin, alle Grundherrs, dazu natürlich Fabers einschließlich Mops Octavia; Richters, sogar der Cousin aus New York war angereist, obwohl sein Besuch vor allem Ottilie galt. Neben der gräflichen Familie hatten sich der Architekt und Königliche Oberbaurat Theodor von Kramer, Direktor des Königlich Bayerischen Gewerbemuseums Nürnberg, der das Schloß entworfen und seinen Bau überwacht hatte, der gräfliche Baumeister Alois Peissl von Stein, Bruno Paul, München, ebenfalls Architekt und Schöpfer dreier Empfangsräume, die Architekten der Firmen Eysser, Nürnberg, und Fleischauers Söhne eingefunden, die bereit waren, auf Wunsch Auskunft zu den einzelnen Räumen zu geben.

Ottilie hörte, wie eine Casteller Tante Alexander fragte, warum er sein Schloß an das alte drangebaut und nicht im Park ein alleinstehendes Schloß errichtet habe. «Das ging daher nicht», erwiderte er, «weil ich in der Nähe der Fabrik sein muß, und es muß auch für die Arbeiter unübersehbar sein, daß der Fabrikherr hier residiert.»

Diana von Brand, die sich neben Ottilie hielt, sagte leise, hier habe doch wohl in erster Linie Alexander demonstriert, daß er ein Graf sei und Anspruch habe auf einen luxuriösen Lebensstil, und Philipp ergänzte, daß Alexander ein starkes Geltungsbedürfnis und den Hang zum Repräsentieren habe. Ottilie wollte das gerade bejahen, als Pfarrer Eisen einige Treppenstufen erklomm und sagte, daß im Jahr 1903 mit dem Bau begonnen worden sei. «Am 5. Dezember haben wir hier die Grundsteinlegung gefeiert. Es war ein Tag der Hoffnung, da in den ersten Monaten des vergangenen Jahres in beiden Familien, Faber und Castell, geliebte Tote zu beklagen waren. Als ich damals die Festrede hielt, flog ein Storch über die Festversammlung hinweg, und wie wir sehen dürfen, sitzt hier ein kleiner Erbgraf auf dem Arm seiner Kinderfrau.»

Alles lachte und applaudierte, Alexander nahm Anna den Kleinen ab, stieg ebenfalls einige Stufen hoch, damit man seinen wirklich bildschönen Sohn würdigen konnte. Dann ging Anna mit den Kindern nach oben, und Pfarrer Eisen verwies darauf, daß nach der Schloßbesichtigung die kirchliche Weihe der Kapelle stattfinden solle. Er enthüllte eine Steintafel, die später in die Schloßmauer eingelassen werden sollte, und las die Inschrift vor: «Das Neue Schloß in Stein a. d. Rednitz mit Turm, Treppenhaus, Kapelle, Kreuzgang, Wintergarten und Palmenhaus wurde erbaut von Sr. Erlaucht Alexander Friedrich Lothar Grafen und Herren von Faber-Castell.»

«Mit dem Geld seiner Frau», ergänzte Philipp zu Diana und Ottilie, doch seine Bemerkung ging unter im Applaus und den Bravorufen der Gäste. «Mein Gott, Ottilie», sagte Diana verblüfft, «Bescheidenheit ist eine Zier, aber von dir ist ja gar nicht die Rede. Schließlich hast du doch kräftig mitgeplant, bist häufig hier auf der Baustelle gewesen, hast dich um hundert Details gekümmert. Alexander kann sich doch nicht alles alleine an den Hut stecken.»

Ottilie schwieg lächelnd. Sie ließ Alexander den Vortritt, es war ihr nicht einmal unlieb, denn manchmal fühlte sie sich nur als stummer Gast im Schloß, als jemand, der nicht ganz dazugehört. Natürlich hatte sie die Empfangsräume mit Bruno Paul gemeinsam geplant und überwacht, natürlich waren von ihr die Stoffe ausgesucht worden, die Lampen. Alle Fliesen hatte sie in Dresden bei Villeroy und Boch ausgewählt, die Glasmalereien bestimmt, mit dem berühmten Carl Marr gemeinsam die Themen für seine Gemälde besprochen. Der Wintergarten, das Palmenhaus war ihr Entwurf, den sie in vielen Stunden gemeinsam mit Franz Mosenthin aus Leipzig aufgezeichnet hatte. Hätte Ottilie freie Hand gehabt, wäre im Schloß der Jugendstil konsequent durchgehalten worden, aber damit konnte sie sich bei

Alexander nicht durchsetzen, denn er wollte die Tradition seiner Vorfahren, in mittelalterlichen Schlössern zu residieren, weiterpflegen, fühlte sich also dem Historismus verpflichtet. Kramer war dafür bekannt und berühmt, daß er schon in den ersten beiden Jahren des neuen Jahrhunderts mehrere große öffentliche Gebäude im reinen Jugendstil errichtet hatte, doch auch er beugte sich schließlich den Wünschen des Bauherrn.

«Ah» und «Oh» kam schon aus aller Munde in der Halle, im Haupttreppenhaus, einer wirklich großartigen Komposition aus Carrara-Marmor und dem Gold eines prächtigen Plafonds. Die Pfeiler, Rundbogenöffnungen und Kapitelle waren mit reichen Mosaikfeldern und Stuckdekor in Jugendstilmanier so harmonisch eingefügt, daß das Treppenhaus im Gegensatz zur ernsten Außenfassade des Schlosses hell, kostbar und farbenfroh wirkte. Möbel gab es nicht, lediglich ein roter Läufer bedeckte den Marmorboden. Die großformatigen Gemälde, Rubenskopien von Lazar Binenbaum, waren schlicht, Ottilie fand sie langweilig, doch Alexander war sehr zufrieden mit der Wirkung. «Hier, im Empfangssalon, nehmen wir und unsere künftigen Gäste erst einmal einen Apéritif, bevor wir dann gegen ein Uhr mittags unsere Mahlzeit im angrenzenden Eßzimmer bekommen.»

Das Eßzimmer hatte Lazar Binenbaum mit Blumen- und Fruchtstilleben ausgemalt; es war mit Jugendstilmöbeln ausgestattet.

«Das Kirschbaumzimmer wird unser Rauch- und Spielzimmer sein», erklärte Ottilie, deren Gruppe aus den Brands, Hedwig und Wolfgang Castell, Fürst und Fürstin zu Stolberg-Wernigerode, den vier Haags, Daniel Hilpert und den Anwälten Alexanders, Justizrat Orth und Dr. Krakenberger bestand, die aufmerksam und respektvoll ihren Ausführungen lauschten. «Sehen Sie, das Zimmer ist dunkel gehalten, damit die Spieler einander nicht in die Karten sehen können.» Das amüsierte besonders die Juristen, und Orth meinte, er könne sich als Skat- und Whistspieler empfehlen.

«Und hier werde ich hoffentlich sehr viel Zeit verbringen» – Ottilie öffnete die Tür zur Schloßbibliothek, das heißt, es waren zwei Bibliotheken: eine für den Herrn, eine für die Dame des Hauses, die durch das helle, sehr kostbar ausgestattete Musikzimmer miteinander verbunden waren. Diana und die Fürstin Stolberg bewunderten die mit Perlmutt, Metall, Mahagoni und Wurzelhölzern eingelegten Wandpaneele. Auch die Notenschränke, der Flügel, das Pianola waren mit diesem Intarsienmuster verziert. An den Wänden waren behagliche Lederbänke eingebaut.

Ottilie führte ihre Gäste ins Obergeschoß, zeigte ihnen die drei Empfangssalons, die ihr zur Verfügung standen. Einmal das Monatszimmer im Empirestil, das Louis-Seize-Zimmer im französischen Klassizismusstil, ganz in Weiß und Gold gehalten «und äußerst pompös», wie Clarissa feststellte, dann kamen sie zu den Kinderzimmern.

«Die Kinder wollte ich ganz in meiner Nähe haben», erklärte Ottilie, «daher grenzen ihre Zimmer an meine Empfangsräume. Vorsicht – fallen Sie nicht über die Spielsachen!» Sie kamen in eine große Vorhalle, wo Schaukelpferde standen, Wippen, Fahrräder, ein großes Puppenhaus, das ein Kind begehen konnte. «Hier ist das Babyzimmer, da gehen wir nicht hinein, ich nehme an, daß Roland schläft.»

Ottilie machte die anderen aufmerksam auf die Wandmalereien, die spielende Kinder darstellten, Bauern und Tiere vor weitläufigen Landschaften, dann die Jahreszeiten in Zuordnung zu den einzelnen Himmelsrichtungen.

«Eine Hausapotheke haben wir auch», sagte Ottilie, und in der Tat entsprach die reichhaltige Ausrüstung der einer modernen Klinik. Aufschiebbare Seitenwände, in die Tischflächen eingelassene Glastafeln, verschließbare Glasfächer, Verbandskästen und Medikamentenschränke in Glas mit vernickelten Messingfassungen. Die gesamte Anlage war mit einem elektrisch angetriebenen Ventilator ausgestattet.

«Ottilie, das ist ja richtig professionell. Kannst du mir ausnahmsweise sagen, was diese Hausapotheke gekostet hat? So etwas möchte ich für meine Kinder auch einrichten lassen», sagte die Fürstin Stolberg, und Ottilie erinnerte sich daran, daß die Apotheke 2100 Mark gekostet habe.

Dr. Krakenberger meinte, die Gesundheit der Kinder könne einem das wert sein, und bei vier Kindern lohne es sich allemal. Ottilie wußte nicht, warum, aber die Herren waren ihr unangenehm, allzu devot und vorauseilend in ihrem Lob.

«Wir haben uns vorgenommen, in den nächsten Jahren viele Feste zu feiern. Bisher waren wir im Alten Schloß doch beengt und hatten Rücksicht zu nehmen auf meine Großmutter, die leidend war. Aber nun soll es vor allem im Winter Bälle geben, und dazu bitte ich jetzt ins zweite Obergeschoß.»

Ottilie führte die Gesellschaft die Treppe hinauf und wandte sich dann um: «Natürlich heißt dieser Saal Gobelinsaal wegen der drei Gobelins, aber schaut auch bitte die Gemälde an. Sie stellen die himmlische und die irdische Liebe nach Tizian dar. Und das ist der Ballsall, in dem wir uns hoffentlich oft treffen werden. Hier sind Gotik, Renaissance und Barock mit Jugendstil hemmungslos kombiniert. Aber ich finde es in diesem großen Saal eher lustig. Und – bitte – was sagt ihr zu unseren Poussiernischen?»

Ottilie wies auf kleine gotische Seitentürmchen, die sich zum Raum hin öffneten und durch Vorhänge zu verschließen waren. Innen luden bequeme Lederbänke zum Sitzen. Auf vier Konsolen ruhte die reich geschnitzte Musikempore. Clarissa machte mit einem Überraschungslaut auf die Krönung des Saales, den Stuckplafond, aufmerksam. Mit seinen dynamisch verschlungenen Ornamentbahnen nahm er den Rhythmus und die Bewegung des Tanzes, der Musik auf. Fünf prachtvolle elektrische Lüster aus geschliffenem Kristall mit Kelchblüten und Perlenbehang verliehen dem Saal seinen festlichen Glanz.

«Da kriegt man ja richtig Lust zu tanzen», sagte Philipp, er faßte Ottilie bei der Hand und drehte ein paar Runden mit ihr, während Clarissa rhythmisch klatschte und die anderen einfielen.

«Aber jetzt müssen wir noch den Speisesaal anschauen», sagte Ottilie lachend und etwas außer Atem, und sie gingen in den angrenzenden Raum, der mindestens 60 bis 80 Gästen Platz bot. Auf dem langen Tisch war schon für das Essen gedeckt, Diener in Livree stellten gerade die Gläser zurecht. Auch dieser Saal hatte eine Musikempore im Osten und umlaufende Wandmalereien des Münchner Künstlers Carl Marr. «Er ist noch längst nicht fertig», sagte Ottilie, «er wird noch lange zu tun haben, bis er neben der Stirnwand auch die anderen vier Wände ausgestattet hat.»

In der Kapelle waren bereits die meisten anderen Gruppen und bestaunten die mit einer Halbkugel überwölbte Apsis, die mit reichen Mosaikarbeiten ausgelegt war. «Da kann man lange suchen, bis man eine so schöne Mosaikarbeit sieht», sagte Hedwig beeindruckt.

«Diese Vorhangmalerei erinnert mich an romanische Kirchen», fand die Fürstin, und Justizrat Orth fuhr beflissen prüfend mit seinen Händen über die Stoffbahnen. «Täuschend echt, wirklich exorbitant», meinte er und lobte auch die Rundbogenfenster mit den harmonischen Glasmalereien, die er ebenfalls italienischen Künstlern zuordnete, doch Ottilie erklärte, sie seien von der Firma Zettler in München ausgeführt worden.

Ottilie bat jetzt die Gäste wieder nach oben in den Speisesaal, wo sicher schon das Menu bereitstehe. Sie entschuldigte sich für einen Moment, sie wollte nach den Kindern sehen.

Als Ottilie die Kinder geküßt hatte, die Großen dem Malen überließ und die Kleinen dem Mittagsschlaf, und zum Speisesaal zurückging, kam Diana von Brand aus einer der Gästetoiletten. Sie faßte Ottilie unter: «Tilly, vergiß nicht, es ist dein Haus, vor allem deins. Drei Millionen Goldmark – jemand hat gesagt, das habe in den Nürnberger Nachrichten gestanden, und in den drei Millionen sei noch nicht einmal das Geld für die Vorhänge, die Bett- und Tischwäsche, die Spiegel und die Ausstattung der Personalzimmer enthalten. Einer wispert es dem anderen zu: drei Millionen, drei Millionen. Du bist eine reiche Frau, Ottilie, laß dich nicht von Alexander derart in den Hintergrund schieben.»

«Mir ist nicht wichtig, woher das Geld kommt, Diana. Ich möchte etwas aus meinem Leben machen, ich will ihm einen Sinn geben, außer den Kindern, der Haushaltsführung, dem Bewirten unserer Gäste. Ich glaube, ich könnte vieles tun, aber ich weiß nicht, was.»

Diana starrte Ottilie an: «Aber was willst du denn noch? Wir tun doch weiß Gott genug, du und ich. Ich könnte gar nicht mehr schaffen, ich wüßte nicht, wie.»

Rasch fragte Ottilie, die schon oftmals vergeblich versucht hatte, sich das vorzustellen: «Und wie verbringst du den Tag?»

«Wenn wir in Nürnberg sind, wo Philipp jeden Morgen früh in die Equitationsanstalt fährt, stehe ich mit ihm um sechs Uhr auf, wir trinken gemeinsam einen Kaffee, und ich schreibe und lese noch bis gegen halb acht, wenn die Kinder zum Frühstück kommen. Dann gehe ich in die Küche, bespreche mit der Köchin das Essen für den Tag, sage ganz genau, was ich vor allem an Obst und Gemüse frisch haben will, dann kümmere ich mich darum, daß der Haushalt besorgt wird und die Wäsche. Um halb eins esse ich mit den Kindern, gelegentlich mit Verwandten, die uns besuchen, dann bleiben wir beieinander, um über alles mögliche zu reden, was die Kinder auf dem Herzen haben. Dann gehen die Kinder in ihre Zimmer, schlafen oder lernen, ich lege mich gleichfalls eine Stunde hin oder lese. Gegen fünf Uhr sehe ich nach dem Abendessen, dann kommt meist auch Philipp nach Hause, die Kinder sind wieder dabei, wir reden ein bißchen Französisch miteinander, und manchmal gehen wir am Abend noch aus, Philipp und ich. Und manchmal kommen wir ja heraus zu euch, wie du weißt ...»

Ottilie sah in das offene, sensible Gesicht der Freundin, die da ihr harmonisches Familienleben detailliert beschrieb. Was wußte Diana – war es ein gewisses Kalkül, daß sie Ottilie die perfekte Idylle schilderte, oder war sie wirklich ahnungslos, sah nicht die Blicke Philipps, die Ottilie umfingen, sah nicht seine geflüsterten Liebkosungen, seine Versuche, mit ihr allein zu sein, und sei es nur für Sekunden voller Begehren, die dann Stunden nachklangen in ihnen beiden. Neun goldene Reifen trug Ottilie mittlerweile, sie waren nicht zu übersehen noch zu überhören, und Diana hatte Ottilie gefragt, ob soviel Gold am Arm nicht eine Last sei, und ob sie die Reifen auch in der Nacht trage. Damals war Ottilie schon der Gedanke gekommen, ob Diana etwas ahne. So wie sie sich manchmal fragte, ob Alexander wirklich so unabhängig von ihr war, wie es den Anschein hatte, jedenfalls las er abends lange in der Bibliothek bei einem Bier, kam zu Bett, wenn Ottilie schon schlief. Seine langen Auslandsreisen – erst neulich hatte er auf einer monatelangen Reise wieder sämtliche Filialen, auch St. Petersburg, besucht – machten ihn, wie Ottilie es manchmal überspitzt formulierte, zu einem selten gesehenen Gast. Obwohl sie nichts Konkretes wußte und auch nicht nachforschte, war sie fast sicher, daß die schöne Frau mit dem großen weichen Mund Alexanders Fluchtburg war vor dem untadeligen Leben als Fabrik- und Gutsbesitzer, das ihm Erziehung und Sitte aufgezwungen hatten. Vielleicht war aber auch alles völlig anders, und Alexander so unschuldig wie Diana. Diese Gedanken ließen Ottilie manchmal keine ruhige Minute, und es bedrückte sie, dies Pendeln zwischen ihren liebevollen Gefühlen für Diana und der Gefahr, daß sie Ottilies Liebe zu Philipp erkannte. Diana, die in der Schweiz geboren und als Tochter eines Gutsbesitzers aufgewachsen war, hatte viele Gemeinsamkeiten mit Ottilie. Auch sie ritt gerne, auch sie liebte das Land, hatte schon oft mit Ottilie deren Güter besucht, in einer großen Kutsche voller Kinder, das waren lustige Tage gewesen, die das Herz warm machten und aufrichtige Zuneigung durch gemeinsames Erleben wachsen ließen.

Dieses Bangen hörte nie auf; diese nervöse Furcht vor der Aufdeckung, und die ebenso große Entschlossenheit, nicht aufzuhören mit dem Jonglieren, weil es einfach notwendig war; das einzige Ventil, um nicht rücksichtslos alles zu zerstören, dem wahnsinnigen Begehren endlich nachzugeben.

KAPITEL 26

DIE WINTERSONNE konnte den Himmel so blau strahlen lassen, daß man glaubte, es sei Juli und man könne im Weiher glückstrunken die Füße ins Wasser stecken. Dabei war der Weiher seit zwei Tagen fest zugefroren, die Pferdeburschen hatten das Eis geprüft und für haltbar befunden. Nun wurden die Schlittschuhe angezogen, im Park wimmelte es schon von Kindern, denn Elisabeth, Mariella und Irmgard hatten alle einladen dürfen. Selbst Roland fuhr an Annas Hand schon beachtlich gut, er war stolz, wenn sie ihn losließ und er tatsächlich alleine eine Kurve fahren konnte.

Ottilie selber hatte erst nach der Zeit im Stift das Schlittschuhlaufen gelernt. Es genügte nicht ihrem Anspruch, trotzdem ging sie in ihrem langen Mantel und dem großen Hut mit den wollenen Puscheln auf den Weiher, zog zunächst vorsichtig und dann immer rascher ihre Kreise. Lisbeth Winkler versuchte es auch mit wachsender Sicherheit, die Mädchen nahmen die Mütter bei der Hand, stolz, ihnen an Geschicklichkeit voraus zu sein, sie flogen über den Weiher, und Ottilie spürte ihre Wangen brennen in der kalten Luft, sie dachte, daß sie ihr Leben lebte, Winter und Sommer, Frühling und Herbst, und sie dachte flüchtig, daß sie sterben würde, ohne die Liebe mit Philipp erlebt zu haben, immer nur die Hoffnung auf Glück; aber vielleicht war die Hoffnung, die manchmal so unsinnig aufschien, war die Hoffnung das Glück, und Ottilie war dankbar für das, was sie hatte, die wunderbare Wärme, die ihre Kinder in ihr Leben brachten.

Ein Dienstmädchen und zwei Pferdeburschen kamen aus der Küche, sie waren beladen mit Körben, in denen Butterbrote lagen, Kuchen, Gebäck und Milch. Geschickt bauten sie am Weiher einen Picknickplatz auf, und als sie alle gesättigt und ein wenig müde waren, zogen sie um zum nahen Hügel, der nicht soviel Kraft und Konzentration erforderte wie das Eis des Weihers, und den sie schneestiebend und jubelnd herunterrodelten.

Hatte Ottilie ihre Clubnachmittage, bei denen meist vorgelesen oder musiziert wurde, mußten die Kinder, wenigstens die Mädchen, hübsch angezogen und frisiert, jede Besucherin mit Knicks begrüßen, und sie hatten auch still dabeizusitzen, obwohl sie sich schon nach wenigen Minuten entsetzlich langweilten. Die Fürstin Castell, die ihre Enkel abgöttisch liebte, kam regelmäßig zu Ottilies Veranstaltungen, und sie verlangte, daß die Mädchen dabeiblieben. «Sie müssen Disziplin lernen, anders geht es nicht. Und sie müssen jetzt lernen, im frühen Kindesalter, später fruchtet es nicht mehr.»

Anfangs war die Fürstin äußerst mißtrauisch gewesen, denn Ottilie hatte offen berichtet, daß sie im Neuen Schloß Clubnachmittage einrichten wolle nach dem Vorbild des Berliner Frauenclubs. «Ich möchte, gemeinsam mit anderen sozial interessierten Frauen, in der Kinderarbeit tätig werden. Es gibt in Nürnberg und Umgebung einen schlimmen Mangel an Unterbringungsmöglichkeiten von Kindern und Jugendlichen in Not. Das sind Kinder, deren Eltern verunglücken oder schwer krank werden. Jugendliche, die von daheim ausreißen oder keine Arbeit finden. Für solche Fälle gibt es keine Häuser, keine geschulten Betreuer. Dafür will ich mich einsetzen.»

Vor diesem Gespräch hatte Ottilie sich regelrecht gefürchtet, aber hinter dem Rücken der Schwiegermutter konnte sie eine derartige Veranstaltung nicht machen, die Fürstin erfuhr alles, und Ottilie war gewappnet gegen ihren erbitterten Widerstand.

«Ich habe von diesen Clubs gehört, vor allem in Amerika sollen die Frauen schon viel Gutes durchgesetzt haben. Weißt du mehr davon?»

Überrascht gab Ottilie Auskunft: «Der Chicagoer Frauenclub und der Century in Philadelphia haben viele Neuerungen auf dem Gebiet des Gefängnis- und Armenhauswesens, des Kinder- und Arbeiterinnenschutzes durchgesetzt. Meine Cousine in New York arbeitet bei den Sorosis mit, sie versorgt mich mit Neuigkeiten. Unsere Kinderfrau Anna hat schon Verbindungen zum Nürnberger Frauenverein. Da werde ich auch künftig mitarbeiten. Das dritte Projekt ist die Doktor-Martin-Stiftung, die meine Mutter und ich ins Leben gerufen haben. Wir sammeln Geld, um Hospize in Zoppot und Norderney zu unterstützen, die hilfsbedürftige tuberkulosekranke Kinder aufnehmen. Dr. Martin hat das Projekt begonnen, das seit seinem Freitod brachliegt. Meine Mutter und ich wollen es wieder beleben.»

«Ich erachte es für äußerst sinnvoll, was du machst», sagte die Fürstin. «Du kannst meiner Hilfe sicher sein, du weißt, ich habe meine kleine Thekla an Tuberkulose verloren. Aber hab ein Auge auf diese Anna, ich halte nichts davon, wenn Bedienstete politisch werden. Sie machen nur Ärger.» Doch sie kam dann nie mehr darauf zu sprechen, war ständiger Gast bei Ottilies Clubnachmittagen und nahm die beschwerliche Fahrt auch bei schlechtestem Wetter auf sich.

Ottilie war gar nicht mehr auf dem laufenden, was die ständigen Streitereien Alexanders mit seiner Familie anging. Immer noch wollte die Domänenkanzlei der Castells die Ehe Alexanders mit Ottilie nicht anerkennen, immer noch bestritt man die Successionsrechte seiner Kinder am Castellschen Hausvermögen. Doch Alexander dachte trotz seines Reichtums nicht daran, zugunsten seiner unbemittelten Brüder zu verzichten.

Er hatte auch versucht, die Reichsratswürde von Ottilies Großvater Lothar von Faber für dessen Urenkel Roland zu beantragen. Doch Fürst Fugger von Glött, der erste Präsident der Kammer der Reichsräte, schlug die Bitte ab. Begründung: Roland sei nicht der direkte männliche Nachkomme Lothar von Fabers.

Ottilie wunderte sich, daß Alexander an allen diesen Fronten für seine Kinder focht. Warum? Hatten die Faber-Castells nicht genug Ansehen? Waren sie als Fabrikanten und Gutsbesitzer nicht auch politisch wirksam? Die Fabrik florierte, die Saat ihres Großvaters war aufgegangen. In Stein vergrößerte sich die Zahl der Mitarbeiter zusehends, die Produktpalette war inzwischen so breit, daß der neue Warenkatalog über hundert Seiten umfaßte. Neben Bleistiften in allen erdenklichen Härtegraden gab es Briefpapier, vom schlichten weißen Bogen zum elegantesten Bütten in den modernen Farben mit Namensaufdruck oder geprägtem Wappen. Porzellanfederhalter oder solche in Silber, Gold oder Metall in den kunstvollsten Ausführungen, alle möglichen Utensilien für das Büro – und immer neue, schlichte bis kostbarste Kreationen kamen dazu.

Warum konnte Alexander mit alledem nicht zufrieden sein? Er war Vorstand in Bankgremien, hatte viele ehrenvolle Ämter in der Industrie, in ihr Schloß kamen hochgestellte Persönlichkeiten aus Wirtschaft, Militär und aus dem Hochschulbereich. Auch der bayerische Königshof schickte zu offiziellen Einladungen prominente Vertreter. Was wollte Alexander noch?

Mehr und mehr zwang er seiner Familie die Gesetzmäßigkeiten seines Herkommens auf: Die Eltern sowieso, aber auch die Kinder hatten ihre eigenen Räume. So wie Ottilie Freundinnen oder andere Besucher in einem ihrer drei Empfangsräume begrüßte, verfügte Alexander über das Herrenzimmer, sein Arbeitszimmer, seine eigenen Empfangsräume, seine eigene Bibliothek. Auch die Kinder hatten jedes sein eigenes Zimmer, dazu die Spielzimmer, Zimmer zum Lernen, so daß sie mit ihren Tutoren und Gouvernanten weitgehend unter sich blieben. Nur im Eßzimmer kamen sie zu den Mahlzeiten zusammen, wenn Alexander es nicht vorzog, mit Geschäftsbesuch, den er in seinem Arbeitszimmer bewirtete, alleine zu essen. Er schien nicht zu spüren, was Ottilie befürchtete – daß jeder in der Familie auf diese Weise vereinsamen würde. Sie nahm sich vor, das auf keinen Fall zuzulassen.

Alexander hatte sein Arbeitszimmer in der Fabrik aufgegeben. Seine Direktoren kamen jetzt täglich ins Schloß, wo Alexander empfing. Ein Kommen und Gehen, woran die Kinder keinen und Ottilie wenig Anteil hatten.

Die Kinder waren wie frische Quellen, ihnen gehörte das Leben, sie hatten eine Kraft, die Ottilie spürte, eine lebendige Kraft, die in ihnen lebte, jedes von ihnen zu etwas völlig Eigenem machte. Elisabeth, die Große, war inzwischen zehn Jahre alt, ein zauberhaft schönes Mädchen, das Alexander glich, worauf er sehr stolz war.

«Sie ist eine Castell, wie sie im Buch steht», sagten die Casteller gerne, deren erklärter Liebling Elisabeth war. Mariella, nur wenig jünger, hatte sich vom burschikosen Pagen gewandelt in eine sanfte Salonschönheit. Sie konnte alle Menschen mit ihren Liebenswürdigkeiten bestricken, verschliß aber jedes Jahr eine Gouvernante, weil sie wegen ihres Dickkopfs im Alltag nicht zu genießen war. Mariella war es auch, die ihre Geschwister dazu brachte, offen gegen die Eltern zu revoltieren.

Wie Ottilie früher auch, wurden die Kinder im Haus von John Higgins und Raymonde Glenzère unterrichtet. Siegfried Winkler, der Sohn des Direktors, nahm am Unterricht teil.

Doch alle Kinder wollten lieber in die Steiner Schule gehen, gemeinsam mit den anderen Direktoren- und Arbeiterkindern. Ottilie erinnerte sich noch genau, daß sie als kleines Mädchen auch nichts lieber getan hätte, zumal sie wußte, daß der Großvater seinen einzigen Sohn, Ottilies Vater, schon in die Kleinkinderbewahranstalt geschickt hatte und selbstverständlich in die Steiner Volksschule. Aber zu Zeiten Ottilies waren sie halt schon sehr adelig gewesen, und auch der Großvater plädierte für Neuendettelsauer Schwestern und Hauslehrer.

Als Ludwig Winkler ins Gymnasium kam, protestierten Elisabeth, Mariella und auch die kleine Irmgard so anhaltend und überzeugend, daß Ottilie schließlich die Argumente ausgingen vor dem rigorosen «Alle Kinder dürfen in die Schule, nur wir nicht!», «Mister Higgins ist langweilig!», Eben, eben schon», «Wir wollen aber!», «Trotzdem!»

Sogar der vierjährige Roland, ein Kind von unwiderstehlichem Liebreiz, der Ottilies Augen in seinem Castellschen Bubengesicht hatte, echote solidarisch: «Roland auch Schule», so daß schließlich Alexander, berührt von der Beharrlichkeit der Kinder, zustimmte: Sie durften die Steiner Schulen besuchen.

Die Gouvernanten, die den großen Mädchen beim nachmittäglichen Spaziergang immer noch einen Stock zwischen den Ellenbogen durchschoben, so daß die Schultern zurückgedrückt und die Rücken geradegehalten wurden, hatten es immer schwerer mit ihren Zöglingen, denn Ottilie, den Drill im Stift noch lebhaft in Erinnerung, verbot den Unfug. Statt dessen ließ sie einen Turnplatz im Garten installieren, wo die Kinder unter Aufsicht von Anna und Raymonde an Ringen üben konnten. Die Erwachsenen hatten Plätze zum Croquet oder zum Tennisspielen.

Tennis wurde bald Ottilies Lieblingssport. Aber vor allem

kam das Reiten. Fast täglich ritt sie mit Jenny aus, die für das Reiten nicht sonderlich begabt war, aber trotzdem gerne mitkam. Sie bewunderte die Cousine, die ruhig im Sattel saß, wie angewachsen. Ein leises Drücken der Schenkel, und Cevella, die dunkelbraune Stute, ging elegant, ohne jede Hast.

«Warum lerne ich es nie richtig», jammerte Jenny, «ich habe doch auch Stunden bei Simson gehabt, und du hast dich mit mir oft genug abgemüht.»

«Das Reiten fängt im Kopf an, Jenny. Alles muß ruhig ablaufen, die Wendungen ohne Hast, die Zügel sollen leise geführt werden. Immer mußt du auf beste Haltung achten. Du mußt dich langsam und weich in den Sattel hinunterlassen. Du plumpst immer noch viel zu temperamentvoll. Das macht jedes Pferd nervös. Sie ist eine Sanfte, unsere Frau Holle, mit der mußt du auch sanft umgehen. Du wirfst dich auch zuviel im Sattel hin und her, Jenny, du mußt ruhig bleiben, die Beine ausstrecken, so, schau mal, die Füße mit den Zehen nach vorne halten, Hacken und Stiefelabsätze tiefer. Wenn du jetzt die Schenkel andrückst, geht Frau Holle, wenn du sanft die Zügel anziehst, steht sie.»

«Wenn ich sitzen dürfte wie die Männer, könnte ich es auch besser, dessen bin ich mir sicher», murrte Jenny, und Ottilie stimmte ihr zu. Manchmal, in Dürrenhembach, wenn keine Gäste da waren, ritt sie selbst im Herrensattel, das war ein völlig anderes Reitgefühl, eine Verbundenheit mit dem Pferd, die im Damensitz nicht möglich war.

Als Ottilie zum erstenmal Philipp im Sattel sah, hatte sie sich, wenn es so etwas gab, noch einmal in ihn verliebt. Sie wußte von Alexander, daß Philipp, Reitlehrer in seinem Regiment, ein brillanter Reiter war. Bei einer Fuchsjagd in Dürrenhembach waren sie dann einmal miteinander ausgeritten. Es war Ottilie, als säße sie zum erstenmal zu Pferde, als wäre sie noch niemals unter dieser Sonne geritten, und sie hatte gewußt, daß alles frühere Erleben verwelkt war gegen die Wucht dieser neuen Gefühle.

Und dann verunglückte Philipp ausgerechnet beim Reiten. Ottilie war mit den Kindern seit drei Tagen auf Norderney, als die Nachricht von Diana kam. Er war gestürzt, hatte sich eine Kopfverletzung und Zerrungen zugezogen. Näheres wisse sie noch nicht, schrieb Diana, die sich mit den Kindern bei Verwandten in der Schweiz aufhielt.

Ottilie fühlte sich, als torkele sie betrunken herum, als müsse sie alle Gedanken weit von sich schieben, alles war zerstört, sie hatte geglaubt, Frieden mit sich und allem anderen gemacht zu haben, und nun gab es nichts mehr, kein Gestern, und schon gar kein Morgen.

Verloren. Sie hatte alles verloren, wenn Philipp etwas zustieß. Die Angst um ihn hatte sie bald so zugerichtet, daß Anna, die Ottilie und die Kinder begleitete, vorsichtig sagte, so ein Reitunfall sei selten tödlich – und wenn, dann hätte die Frau Gräfin längst Nachricht.

Mit weit aufgerissenen Augen sah Ottilie auf Anna. Was wußte sie? Anna sah ruhig zurück.

Sie machten mit den Kindern Radtouren über die Insel, liefen barfuß durch die Dünen und hockten in den Strandkörben, um sich vom Schwimmen auszuruhen. «Wie in Hembach», riefen die Kinder immer wieder, sie meinten das Jagdgut Dürrenhembach, wo die Familie jedes Jahr vom Mai bis zum August lebte, und dessen Zwanglosigkeit die Kinder genossen. Im Schloß Stein war alles geregelt, der Tag eingeteilt in Pflichten und Freizeit. Da war die Schule, die Schulaufgaben, danach der Musikunterricht. Elisabeth spielte Klavier, die kleineren Kinder Mandoline und Laute. Die großen Mädchen wurden jeden Tag mit der Pferdekutsche nach Nürnberg in die höhere Töchterschule gebracht und von dort auch wieder abgeholt. Beide, Elisabeth und Mariella, wurden gemeinsam mit den Steiner Kindern auf die Konfirmation vorbereitet.

Einmal die Woche kam eine Sängerin aus Nürnberg, die auch bei Abendgesellschaften gelegentlich auftrat. Sie erteilte allen vier Kindern Gesangsunterricht. Die Liebe zum Gesang wurde mitgebracht nach Norderney. Nicht selten konnte man aus den beiden Strandkörben mehrstimmig Lieder erschallen hören: «Geh aus mein Herz und suche Freud» oder «Ich weiß nicht, was soll es bedeuten …»

Vier Wochen genossen sie schon Norderney, die Kinder waren braungebrannt, Anna, die selten Hüte trug, ebenfalls. Die Tage hatten ihr gewohntes Gleichmaß, aber niemand fühlte sich gelangweilt, im Gegenteil, die Kinder verwuchsen immer mehr mit der Insel, wußten, wo es Krabben gab, die sie von den Fischern für wenige Pfennige kauften. Sie aßen überhaupt mit dem größten Appetit, und die Tuberkulose, vor der Ottilie ihre Kinder durch diesen Aufenthalt schützen wollte, hatte über sie keine Macht. Ottilie nahm Kontakt auf zu Ärzten und Betreuern in den großen Kurkliniken wie dem Seehospiz Kaiserin Friedrich, sie konnte beachtliche Beträge nennen, die sie in ihrem Club gesammelt und über die Doktor-Martin-Stiftung weitergeleitet hatte. Man lud sie ein zu abendlichen Zusammenkünften, zum Tee und zum Bridge – und als Ottilie eines Abends zurückkehrte in ihr Hotel, sah sie Philipp auf der Strandpromenade.

Zitternd, ohne ein Wort, gingen sie zum menschenleeren Strand. Und es warf sie zueinander hin mit weit offenen Sinnen, sie dachten nicht mehr, hielten sich nicht mehr zurück, Philipp beschränkte sich nicht mehr auf Worte, er nahm, was er so lange wollte, und gab sich Ottilie ohne jede Einschränkung, ohne das

Bewußtsein einer Gefahr, in einer Art Ohnmacht, die alle Sinne schärft, zum Äußersten treibt, und Ottilie war berauscht, zum erstenmal hingegeben, und sie wußte, sie würde sich nie mehr begnügen.

TEIL 3

KAPITEL 27

DER KLEINE Bahnhof in der Holledau schien sich erschrocken vor dem einfahrenden Zug zu ducken. Schläfrig lehnte das rote Stationshaus an der blühenden Weißdornhecke, die ein Stück mit der Straße wuchs, dann plötzlich in einen Straßengraben hineinstürzte. Der Tag war schon dabei, sich zu verabschieden. Silbrig grau floß der Himmel über die Hügel, der Mond strahlte weiß und mild. Zerstreutes Licht rauschte auf das Land wie ein warmer Sommerregen. Die Straße lief gekrümmt zwischen Feldern und Wiesen, sie leuchtete im nächtlichen Licht so strahlend weiß, als wäre die Milchstraße auf die Erde gefallen.

Anna stellte sich vor, wie die Mutter hier oft gelaufen war, barfüßig, obwohl ihr Vater Schuhmacher war. Zu Schuhen für die eigenen Kinder hatte es lange nicht gereicht. Erst in der Schulzeit hatte die Mutter ordentliche Schuhe bekommen. Ob sie ein fröhliches Kind gewesen war? Anna schaute sich um. Die Wolken wurden jetzt schwer, das Licht floß schwächer. Nach Osten grenzte der Wald wie eine schwarze Mauer den Blick ein, vor Johann und Anna breitete sich die Flut der Äcker aus, flach wie ein Teller, und erst hinten am Horizont begann das Land sanft anzusteigen. In der Ferne hörten sie wieder das Stampfen eines Zuges. Die Grillen zirpten, als seien sie im Rausch, die Wiesen dufteten stark, und geheimste Wünsche standen wieder auf.

Anna hatte einige Tage Urlaub, eher war es ein Wochenende. Sie wollten zu Annas Verwandten, dem Bruder ihrer Mutter, der Anna eingeladen hatte, doch einmal die alte Heimat ihrer Eltern zu besuchen. Der Onkel hatte das alte Haus übernommen, das Zimmer der Mutter war für Anna und Johann hergerichtet worden. Bei der Vesper wurde nicht viel geredet. Der Tod der Großeltern. Es war rasch gegangen, einer war dem anderen nachgestorben. Von den Nürnbergern war oft die Rede gewesen, vor allem von Juliane. Die Mutter hätte sie so gerne öfter um sich gehabt, später hatte sie immer davon gesprochen, sie möchte ihre Tochter noch einmal sehen. Und die Kinder. Amalie, Anna, Lina, Wilhelm. Aber da fehlte es wohl am Geld, und die Lina, die war ja dann früh gestorben. Anna nickte heftig. Das wohl. Und ein Erbe, wenn auch gering, sei für die Mutter nicht vorgesehen? Der Onkel winkte ab. Nur Schulden habe er übernommen, die Hypothek auf dem Haus. Alles sei notarisch. Dann sah er auf Annas runde Formen. Wann denn Hochzeit sei. Anna und Johann versprachen, vorher Nachricht zu geben. Man wünschte sich eine gute Nacht, Anna und Johann wollten noch ein wenig nach draußen gehen.

Der breitästige Birnbaum rauschte die ganze Nacht über Anna und Johann. Der lag auf dem Rücken und starrte hinauf zum Himmel, es schien, als habe sein Körper jeden Druck und jede Schwere abgestreift. Er schaute zu Anna, die halb über ihn gebeugt dasaß und in den Himmel hinaufstarrte. Anna. Er durfte ihr Gesicht auch mit seinen Händen anschauen, ihre Haare. Kein Laut störte die Stille der Nacht. Tiefdunkelblau lag der Himmel, von unzähligen Sternen geschmückt.

Annas und Johanns Kind wollte in die Welt. Und jetzt, wo alles sich so gewendet hatte, wie Johann es sich je erträumen konnte, jetzt kämpfte er mit sich, schien ihm die Freiheit als ein hohes Gut, so daß er von widerstreitenden Gefühlen zerrissen wurde. Anna half ihm nicht. Sie sprach auch nicht von den Zweifeln, die ihr eigenes Denken befallen hatten. Wovon sollten sie, beispielsweise, leben? Johann verdiente, wenn er viel schrieb, dreißig Mark im Monat. Anna hatte nur wenig Geld, denn von ihrem Verdienst unterstützte sie noch immer die Mutter, wenn auch in letzter Zeit geringfügiger, denn Wilhelm war bei seinem Schwager Heisterborg als Lehrling eingetreten, machte sich gut, war inzwischen Geselle. Auch er und Heisterborgs gaben der Mutter regelmäßig Geld, so daß Juliane Vasbender keine Not mehr hatte.

Annas Erspartes reichte immerhin für eine bescheidene Einrichtung. Johann gab seinen Verdienst aus, ohne viel danach zu fragen, er lebte immer noch nach den Grundsätzen des unbekümmerten Vaganten, der er lange Zeit gewesen war. Außer Rauchen hatte er allerdings keine teuren Leidenschaften mehr. Das Wirtshaus sah ihn nur gemeinsam mit Anna.

Sie waren auf Umwegen der Oberen Schmiedgasse und dem Zwinger entkommen. Die neue Wohnung lag mitten in der Stadt, man brauchte sich der Adresse nicht zu schämen. Wenn sie an ihrem Lieblingsplatz im Erker saßen, wo helle Sonnenkringel über Tischtuch und Möbel spielten, dann störte kein Laut die Stille, und Johann dachte, daß ihm das Leben doch geschenkt habe, worum er so lange harte Jahre geworben hatte. Er schrieb:

Wir sitzen beisammen im Zimmer
und reden nichts.
Dein Haar umzittert ein Schimmer
verborgenen Lichts.
Wir haben uns endlich gefunden.
Seit dies geschah,

ist alles um uns verschwunden
und nicht mehr da.

Ich schau dein Gesicht von der Seite
halb abgewandt
Ein Endchen von deinem Kleide
streift meine Hand
sonst stört unser trunkenes Sinnen
kein lautes Wort
Minuten vergehen, verrinnen
Wir schweigen fort.

Ein Sonntag im Juli zog blaustrahlend herauf. Anna und Johann waren mittags hinausgegangen zum Dutzendteich, der Wald mit seinen kühlen Schatten hatte sie gelockt. Vor einem Gewitter retteten sie sich noch glücklich heim, doch war der Lauf für Anna wohl zu rasch gewesen, denn sie schritt schwer atmend im Zimmer auf und ab, zuweilen griff sie nach einer Stuhllehne, preßte sie, daß die Knöchel ihrer Hände weiß hervortraten. Anna lächelte Johann an, bemühte sich, ihm und sich selbst Mut zu machen. Ihre Lippen waren zu einem strengen Strich gepreßt, von den Mundwinkeln lief ein scharfer Zug das Kinn abwärts. Das Kind kam. Johann hatte sich ebensosehr darauf gefreut, wie er sich jetzt fürchtete. Wie dürr und blaß war sein Jagen nach Weisheit und Erkenntnis gewesen, von den Wundern des wirklichen Lebens hatte er keine Ahnung gehabt. Nicht im Denken, das wußte Johann nun, lag das Leben, es lag im Leben selbst. Anna hatte ihn endlich ins Leben geführt, in eine Welt, deren Türen er früher mit den Rammböcken seines Verstandes hatte eintreten wollen.

Johann schritt in der Küche auf und ab. Er wollte ein Gedicht schreiben für sein Kind, das jetzt auf die Welt kam, aber er hörte nur Anna, ihr Wimmern, das seine Nerven peitschte. Wie hatte er ihr solch brutale Schmerzen schaffen können? Hatte das Kind denn sein müssen? Anna war es vor allem, die förmlich gelauert hatte auf die ersten Anzeichen der Schwangerschaft. Doch das schwor sich Johann in dieser Stunde: Nie mehr durfte Anna in diese Abgründe von Schmerz gestoßen werden. Nicht von ihm!

Wieder der schrille Schrei. Er füllte das Haus, die Straße würde erwachen, die ganze Stadt! Das gellte ja wie eine Sturmglocke.

Die Küche wurde Johann zu eng. Er mußte zu Anna. Da kam ihm die Hebamme entgegen, ganz ruhig sagte sie ihm, daß der Bub gerade gekommen sei. «Ein schöner Bub, ich wünsche viel Glück!»

Außer sich vor Freude, Stolz und Erleichterung tätschelte Johann das runzlige Altfrauengesicht, schwenkte die Hebamme herum, schwebte dann wie ein Ballettänzer auf Zehenspitzen zu Anna und hob ihre müde am Bett herunterhängende Hand an seine Lippen. Anna hatte nur Augen für das Kind, das aus den Tüchern lugte. Sie nannte ihn ihren schönen Prinzen, Johann fiel kein Wort ein, das diesem Wunder angemessen gewesen wäre. Hilflos stand er am Bett, schaute in die dunklen Augen seines Sohnes und kratzte sich am Nacken. Ganz wach war der Kleine, Anna fand, daß ihre eigene, unbewußte, aber lebenslange Sehnsucht nach Johann aus den Blicken des Kindes spräche, und sie beschlossen, ihn Martin zu nennen, damit auch der unglücklich verstorbene Doktor nicht ausgeschlossen bleibe aus ihrem Glück.

Konnte Johann am Tag der Geburt auch nichts sagen, so nahm er doch lebhaftesten Anteil am Heranwachsen seines Kindes. Er legte eine väterliche Chronik an über die Begebenheiten im Alltag des kleinen Martin. Sein Sohn gab Johann nichts zum Grübeln auf, der Verstand schaltete sich kaum ein. Im Zusammenleben mit dem Buben begriff er, daß Blut stärker ist als alle Gedanken. Anna und Martin erlösten ihn aus dem dumpfen Bann, den er sich sein Leben lang auferlegt hatte.

Der Beamte im Standesamt wollte den Lehrer, Johanns Förderer, mit Ottilie trauen, weil er feierlich im schwarzen Gehrock und sie im eleganten Ripskostüm und stilvollem Hut erschienen war. Anna trug keinen Kranz, und Johann hatte kein Sträußchen an seinen Straßenanzug gesteckt, auch Kochen und Braten für eine große Hochzeitsfeier wurde unterlassen. Immerhin betranken sich alle vier sehr gemütlich in Annas und Johanns Wohnung, wo ein erstklassiger Frankenwein nebst einem feinen Imbiß bereitstand, dafür hatte Ottilie gesorgt. Ottilies ehemaliger Lehrer, der Wunderdinge von Ottilies Zeit im Stift erzählte, erwies sich überraschend als bereitwilliger Tenor, der den alten Liedern von Glück und Leid der Liebe Glanz und Innigkeit verlieh, und gemeinsam mit dem geschulten Sopran Ottilies konnten sie sich schon hören lassen. Nach dem Choral von Mendelssohn «Wo du hingehst, da will auch ich hingehen» verabschiedete sich Ottilie, sie mußte zurück ins Schloß, und sie beschwor Anna zum soundsovielten Male, ihre Arbeit als Kinderfrau dort wieder aufzunehmen. Der kleine Martin solle mitkommen, die Kinder würden sich schon auf ihn freuen.

Der Lehrer erhob sich ebenfalls zum Gehen. Er mahnte Johann, in seiner Dichterarbeit nur ja nicht nachzulassen. Ottilies Goldreifen klirrten beim Aufbruch, es waren ihrer inzwischen vierzehn, und sie gab Anna unter der Tür spontan einen Kuß. Der Lehrer führte Ottilie behutsam die Stiegen hinab, und die Hochzeiter stellten beim Nachtarocken fest, daß er sich bereits im Max-Joseph-Stift in Ottilie verliebt haben mußte, diese innige Neigung habe sich wohl auf dem Standesamt noch vertieft.

Juliane Vasbender war unangenehm berührt, als sie hörte, daß Anna und Johann eine kirchliche Trauung ablehnten und auch den kleinen Martin nicht taufen lassen wollten. Juliane versuchte, zuerst Anna, dann ihren sozialdemokratischen Schwiegersohn wenigstens in diesem Punkte umzustimmen, doch Johann blieb bei seiner Weigerung, und Anna hatte keine Lust, mit ihrem dickköpfigen Mann darum zu streiten. Ihrer Mutter hätte Anna gern die Freude gemacht, und sie tröstete die alte Frau, so gut sie es konnte: Später könne Martin selber entscheiden, ob er katholisch oder evangelisch getauft werden wolle.

«Aber wenn ihm vorher etwas passiert!» sagte Juliane bekümmert, und Anna versicherte ihr, daß der Himmel, wenn er dann voller Gerechter wäre, ein kleines Kind nicht entgelten lasse, was die Eltern an ihm versäumt hatten. Darauf vertraute Juliane, der Not gehorchend. Aber sie verzieh es Johann nie, daß er Anna und Martin im Stand der Ungnade beließ.

Johann dachte nicht darüber nach, was es für Anna bedeutete, ihm in seiner Kirchenfeindlichkeit zu folgen. Er wußte, daß Anna intelligent war, daß sie den ganzen Zauber der Kirche, dem er früher selber ergeben gewesen war, kritisch sah, obwohl sie selbst religiös erzogen worden war. Viel intensiver als Johann, dessen Mutter nur zur Kirche ging, weil sie glaubte, daß die anderen es von ihr erwarteten.

Nicht nur in diesem Punkt war Johann rücksichtslos. Er begann auch wieder, sein altes Zigeunerleben aufzunehmen, ging ins Wirtshaus, schämte sich dessen vor Anna und fuhr sie barsch an, noch ehe sie ein Wort zu ihm gesagt hatte.

Er war sofort einverstanden gewesen, daß Anna zurück ins Schloß nach Stein ging. Daß sein Martin notwendigerweise auch dort sein mußte, mißfiel ihm, andererseits kam diese Lösung seinem Freiheitsdrang entgegen. Doch ärgerte es ihn, daß

Anna ihm nie Vorwürfe machte, daß sie gelassen ihre Arbeit tat und dabei ihren eigenen Weg ging. Es dämmerte Johann durchaus, daß er sich ziemlich flegelhaft betrug, doch er machte von dieser Erkenntnis keinen Gebrauch, schob die Schuld an allem Anna zu. Warum vermummte sie sich vor ihm? Stieß ihn wieder in den Schatten, in die Dunkelheit, die er schon kommen sah? Johann spürte, daß ihn ein dichter Nebel von Anna schied, und er fühlte sich machtlos. Seine Liebe zu ihr zeigte er ihr bald nicht mehr, er schrieb sie heimlich in seine Gedichte:

Wie lang wir uns auch schon lieben
und träumen einander zu:
Ich bin doch ich geblieben
und du bleibst immerfort du!

Und haben wir uns besessen,
schlief eins im anderen ein,
so wähnten wir selbstvergessen
wohl gar das Andere zu sein.

Manchmal da fällt ein Scheinen
von einem ins andere Land.
Dann möchten wir gerne meinen,
jetzt hätten wir uns erkannt.

Der Abend dämmert und trüber
wird rings, was hell war und licht.
Wir stehn uns vermummt gegenüber
und kennen uns wieder nicht.

An Martin hing Johann mit abgöttischer Liebe. Wollte er Anna immer wieder beweisen, wie sehr er lieben konnte, wenn er nur ja das geeignete Objekt dafür vor sich hatte?

Anna verschloß sich ihm. Sie blieb auch manchmal mit Martin an den Wochenenden in Stein, obwohl ausgemacht war, daß Anna ab Samstagmittag bis Sonntagabend heimgehen konnte zu ihrem Mann.

Seit Martins Geburt war Anna von einer neuen Ruhe und Gelassenheit, die Johann neidisch machte. Es ärgerte ihn auch, wenn er sah, wie beliebt sie im Haus war. Er fand sich als eifersüchtiger Statist wieder, was seine schlechte Laune nicht besserte. Er unterstellte Anna schließlich in einem besonders heftigen Wutanfall, daß sie offenbar den Tutor der Faberschen Töchter, John Higgins, gerne sähe.

Anna sah ihn an, und Johann wußte, jetzt mußte er den Mund halten. Er schämte sich, und als Anna ihm einige Tage später ankündigte, sie werde notfalls mit Martin eine Bedienstetenwohnung in Stein beziehen, da erschrak er und bat sie zum erstenmal, ihm zu verzeihen.

Die Ehe Annas mit Johann war ein Hängen und Würgen. Johann war noch seltener daheim in seiner Wohnung als Anna. Sein Beruf nahm ihn immer mehr in Beschlag. Er verlangte Aufgeschlossenheit, Flexibilität und ständiges Wachsein für Neues. Da kam die Unabhängigkeit, die ihm die Umstände beschert hatten, gerade recht. Johann war in den Verband der Zeitung eingetreten, er war nicht mehr nur ein Gelegenheitsschreiber, sondern fest angestellt. Schrieb, was der Tag brachte, große Geschichten politischen Inhalts, Kulturelles und kleine Lokalnachrichten. War er einmal in der Redaktion, riß ihn die Flut des Tages mit, die rasch wieder vorbei war, um am nächsten Tag von neuem aufzubrechen. Ein Journalistentag hat ein starkes Gefälle. Johann kam kaum dazu, sich zu besinnen, über ein Thema wirklich nachzudenken. Der Tag verlangte, daß er alles im Galopp nahm, was ihm auf den Schreibtisch gelegt wurde. Es war für ihn schwer, sich daran zu gewöhnen, denn er war viele Jahre seinen eigenen, zögernden Schritt gegangen. Jetzt hieß es, mitzurennen, eine andere Möglichkeit des Überlebens gab es nicht.

Anna und Martin spielten keine große Rolle mehr in seinem Leben. Johann spürte nicht, wie er Anna verletzte, er hatte nur Sinn für seine geschliffene Rede, bemerkte nicht, daß er anderen weh tat.

In seltenen Stunden, wenn Martin an einem Wochenende daheim beide Eltern in seine ewigen Fragen und Plaudereien einbezogen hatte, konnten sich Anna und Johann noch begegnen, sprang noch ein Funke der Glut über, die sie aneinander gebunden hatte. Martin konnte für Stunden die Mißtöne verdrängen.

Die Schüsse von Sarajevo hallten durch die Welt. Johann in seiner Redaktion hörte das drohende Anschwellen des Lärms, spürte die grollende Zeit, die sich mit klirrenden Waffen rüstete. Und doch glaubte er nicht an einen kommenden Krieg. Die Redaktion war ein Tollhaus. Die diplomatischen Bemühungen häuften sich in immer neuen Meldungen auf den Schreibtischen der Redakteure, die Fernsprecher rasselten ohne Unterbrechung, die schwüle Juliluft schien zu surren von Gerüchten. Am Dienstag war eine Versammlung der Partei gewesen, wo Tausende ihre Stimme gegen den Krieg erhoben hatten. Johann, als Schriftführer, sah unzählige Hände, die sich für den Frieden in die Luft streckten.

Schon am Freitag rannten die ersten Soldaten durch die Vorstadt. Sie holten Reservisten, die am ersten Tag einrückten. Die sonst stillen Straßen und Plätze glichen jetzt Versammlungsorten, wo Männer gestikulierten und diskutierten, die Frauen schauten stumm und besorgt, während die Kinder jedem Soldaten nachrannten, der im grauen Rock über die Straße kam. Es war wie ein Aufbruch, wie ein Wetterleuchten des schrecklichen Schicksals, das vor der Tür stand.

Eines Samstagnachmittags ging Johann nach einem Teller Suppe sofort wieder in die Redaktion. Er kam an einer Fabrik vorbei, aus der Kreischen und Schleifen zu hören war. Johann schaute durch ein Fenster, sah Haufen geschichteter Säbel und Seitengewehre, sah die Männer in den blauen Arbeitskitteln, sie trugen Schutzbrillen und hielten Säbel an Schmirgelscheiben, so daß kleine rotglühende Sonnen absprangen. Ein grausam scharfer, gellender Klang sprang ihm in die Ohren. «Aufhören, hört doch auf!» hätte er schreien mögen, doch er ging weiter, im Kopf gellte immer noch der scharfe Klang, und Johann hörte «Krieg! Krieg! Jetzt gibt es Krieg!»

Eine Hand legte sich fest auf seine Schulter. Wilhelm, Annas Bruder. Sie hatten sich nicht oft gesehen, und wenn, dann nur wenig miteinander geredet. Heute gaben sie einander die Hand, fühlten sich brüderlich. «Wann mußt du mit?» fragte Wilhelm. «Schon am fünften Tag? Ich muß erst am sechzehnten. Was sagt Anna? Gib das dem Buben von mir. Ich muß zur Mutter. Die kommt schier um vor Angst.» Wilhelm holte einen Schein aus der Brieftasche, drückte ihn Johann in die Hand, dann war er in der dichten Menge verschwunden.

Ein Fünfzigmarkschein für Martin! Johann fragte sich, woher Wilhelm so viel Geld hatte. Daß er in den kleinen Neffen vernarrt war, wußte Johann. Aber so viel Geld! Die Welt war verrückt, wahnsinnig. Warum nicht auch Wilhelm!

Ein Auto drängte durch die Massen auf den Platz. Ein Mann hielt ein Blatt hoch in die Luft: «Wir haben Rußland den Krieg erklärt!»

Anna. Martin. Inmitten der brodelnden Menge fühlte sich Johann wie auf einer verdorrten Insel, völlig verlassen, allein. Fünf Tage noch und er mußte in einen Krieg, mußte ins Feld. Wozu? Für wen? Konnte ihn einer zwingen? Der Mann in Johann kämpfte gegen den Soldaten, der ihm von der Pflicht gegen das Vaterland sprach, von Ehre und Ruhm. Beinahe hätte er laut aufgelacht. Ehre. Ruhm. Seine Ehre war es, Mensch zu sein, für Menschen zu schreiben, sein Ruhm war es nicht, Menschen umzubringen. Johann, der aus dem Zwinger kam, aus einem der Löcher, die den Armen gelassen wurden, Johann war nie stolz darauf gewesen, ein Deutscher zu sein. Sein Vaterhaus war eine dumpfe Bude gewesen, die sollte er nun mit Zähnen und Klauen verteidigen? Gegen wen? Er wollte etwas Eigenes aufbauen, nicht Fremdes zerstören. Er hätte noch so viel tun wollen. Für einen Moment wurde er fast irre, so schwer fiel ihm sein Verhalten Anna gegenüber auf die Seele …

In der Redaktion arbeiteten sie unter Hochdruck. «Wann müssen Sie fort?» fragte ihn gleich der Redaktionsleiter und raufte seine Mähne, bevor Johann ihm Antwort gegeben hatte.

«Der Mobilmachungsbefehl wird wohl noch diese Nacht einlaufen», rief ein anderer vom Fernsprecher aus. «Jetzt haben wir den Weltkrieg!»

«Vielleicht kann Jaurès noch das Schlimmste verhindern?» hoffte der Redaktionsleiter, doch immer neue Meldungen kamen, die das Gegenteil sagten. Ein Kollege überflog die Blätter mit der Professionalität des Tageszeitungsjournalisten. Plötzlich erstarrte er, wurde bleich: «Jaurès ist ermordet! Jetzt ist alles aus! Im Café wurde er umgebracht – so ein Lump von einem Nationalisten!»

Alle starrten wie gelähmt auf den Kollegen, der immer noch das Blatt in die Höhe hielt. Er murmelte wie von Sinnen: «Jaurès – er allein hätte Frankreich vom Krieg abgehalten. Das hat die Gesellschaft genau gewußt. Jetzt ist es aus damit. Jeden Augenblick können wir die Nachricht vom Kriegszustand mit Frankreich hereinbekommen.»

Schreibmaschinen klapperten, wie jeden Tag. Doch heute wurden Weltgeschichte, Weltkrieg, wahnsinniges Schicksal vieler Völker auf den Tasten zusammengehackt. Johann verließ nach einigen Stunden die Redaktion, ging durch die Straßen nach Hause. Menschen wogten immer noch durch die Gassen, sie sangen inzwischen patriotische Lieder, wälzten sich in Scharen durch den Abend. Und immer wieder war es zu hören: Krieg. Es gibt Krieg.

Anna hatte Martin auf dem Arm. Sie stand am Fenster, als Johann leise eintrat. Er legte zögernd den Arm um Anna, sie drückte sich gegen ihn, und Martin legte Johann die Arme um den Hals.

Die Gartenlaube der Wirtschaft war vollgestopft mit Menschen. Sie stürzten das braune Bier mit dem gelblichen Schaum hinunter, als müßten sie um ihr Leben trinken. Mit derselben Gier aßen und rauchten sie. «Wir sind überfallen worden», redeten sie einander ein. «Wenn so ein moderner Krieg auch scheußlich ist – sollen wir die Hände in den Schoß legen und den Russen den Weg nach Berlin zeigen? Vielleicht ist es gut, daß es so gekommen ist. Vielleicht brennt dem Zaren die Suppe an.»

Jawohl, diesen Kosaken und Tataren würden sie es zeigen. Nur die Franzosen hätten klüger sein können. Wären sie lieber mit uns marschiert. «Weißt, Bürger», sagte ein ehemaliger Kollege, ein Bauhelfer, zu Johann: «Was hat einer wie ich zu verlieren? Nichts. Aber gegen die Franzosen möchte ich nicht ziehen. Lieber schieße ich ein paar Kosaken über den Haufen.»

«Bis Weihnachten sind wir wieder zurück. Wenn wir Glück haben. Ohne Glück trifft es dich gleich am ersten Tag ...»

Alle glaubten an einen kurzen Krieg. Eben war der Krieg erklärt, und schon wurde von seinem Ende mehr geredet als von seinem Anfang. Heute beginnt der Krieg, dachte Johann, in dieser heißen, hellen Nacht geht es los. An der russischen Grenze, in den Vogesen, oder am Rhein bei Aachen.

Am Sonntag klebten die weißen Aufrufe an Säulen und Hausecken. Erster Mobilmachungstag! Johann las gründlich den Inhalt des Befehls. Donnerstag, früh um sieben Uhr, lief seine Stunde ab. Im Heimgehen rechnete er die Stunden aus, die ihm und Anna noch blieben. Er wollte nur für Anna und den Jungen da sein, das schwor er sich. Er wußte, daß er beide liebte. Viel stärker, als er es lange Zeit vor sich selber zugeben wollte.

Anna kam ihm entgegen. Die Frau Gräfin hatte sie beurlaubt. Im Schloß war auch alles in Aufregung. Der Herr Graf mußte nach Belgien. Der Alltag im Schloß war aufgehoben, Anna durfte zu Johann. «Geh zu deinem Mann», hatte die Frau Gräfin gesagt. Jetzt, wo sie nur noch wenig Zeit hatten, bemühten sich Anna und Johann, liebevoll zueinander zu sein, und sie schafften es.

Der Morgen des fünften Tages kam. Johann stand mit der Sonne auf, ging leise, Anna und das Kind nicht zu wecken. Anna hatte ihn trotzdem gehört, begleitete ihn bis unter die Haustür. Ihr dunkler Blick traf Johann, strahlend in der neu erwachten Zuneigung. Doch schon trübten sich ihre Augen wieder ein, sie gab Johann einen leichten Kuß, fast nur hingehaucht. Dann reichte sie ihm fest die Hand und schloß die Haustür hinter ihm.

Sechshundert Leute standen in Gliedern zu viert bereit. Jeder hatte einen Koffer oder ein Bündel vor sich stehen, jeder wollte zu einem Truppenteil, der bis zum Ausmarsch in der Stadt blieb. Auch Johann wollte das, er hatte Anna versprochen, sofort heimzukommen, wenn dies Glück einträfe. Er hatte es ihr fest versprochen.

Es war nichts mit dem Hierbleiben. Zweihundert Mann, darunter Johann, packten ihre Sachen, ordneten sich militärisch und marschierten hinaus aus der Stadt, durch die Straßen, über eine Brücke, und dann die Stadtmauer entlang zum Bahnhof. Sie waren jetzt Soldaten, lauter gediente Leute junger Jahrgänge, Reserve und Landwehr ersten Aufgebots. Alte Lieder klangen auf, von der Dienstzeit her vertraut, fest im Takt klapperte der Massentritt auf das Pflaster. «Soldat sein ist schön, ja, man muß es gestehn.»

Johanns Körper hielt Takt und Schritt der anderen, er war in der Bewegung der Menge aufgesogen, und zu denken gab es gar nichts. Er war Soldat. Seit er den bunten Rock ausgezogen hatte, war auch das Üben des Kriegs vergessen gewesen. Jetzt konnte er sich wieder erinnern. Die Märsche zu den Übungen, die groben Späße von Glied zu Glied, die straffe, gerade Haltung, wenn ein Befehl erteilt wurde – man würde sehen.

Johann marschierte mit den anderen durch die Straßen, die von Menschen gesäumt wurden. Sie winkten, schwenkten Hüte, Mädchen und Frauen schauten mit traurigen Augen, Kinder gingen neben dem Zug her und suchten den Marschschritt nachzumachen. Ein Zwölfjähriger ging dicht bei Johann, sein Gesicht war ernst, angespannt und altklug, als erlebe er eine weihevolle Stunde.

Vier Tage blieben sie am Standort. Einkleiden, Stiefel anpassen, Gewehr und Munition von der Kammer herschaffen. Vor der ärztlichen Untersuchung hoffte Johann noch kurze Zeit, doch nicht tauglich zu sein. Doch dann fiel die letzte Schranke: Tauglich.

Die engen Gäßchen des Städtchens hallten Tag und Nacht unter den schweren Stiefeln der Soldaten, Fahrzeuge holperten über das schlechte Pflaster. Johann dachte, daß die Häuser ebenso zitterten wie die Einwohner. Mit den anderen Soldaten saß er im Wirtshaus, trank viel Bier, sang sich die Kehle wund: «Deutschland über alles.» Sie schliefen im alten Schulhaus, Johann lag unter dem Katheder auf einem Strohhaufen. Mit Millionen anderen hatte er nun das gleiche Schicksal. Sie mußten an die bedrohten Grenzen, ihre Männlichkeit gebot ihnen, auszuhalten, wenn nötig, auch zu sterben.

Am Dienstag, den 11. August 1914, verließ die Truppe Sulzbach. In der offenen Schiebetür des Zuges saßen sie, als der Zug westwärts stampfte, der Vaterstadt zu. Die Felder dehnten sich weit, das frische, saftige Grün blitzte im Morgentau. Wieder sangen sie. Die Töne drängten sich durch den dichten Tabaksqualm. Selten, daß sie einen Bauern auf seinem Feld sahen. Die Natur schien einsam und ungestört.

Eine halbe Stunde Aufenthalt in der Stadt. Wurst und Käse, Tabak und Schokolade vom Roten Kreuz, dann stampfte der Zug weiter, bald verschwand die Stadt, der Zug ratterte zwischen dunklen Föhrenstämmen entlang.

Johann fuhr dem Rhein entgegen.

KAPITEL 28

ALEXANDER LIESS alle Bediensteten des Schlosses in der Halle zusammenkommen. Er hatte Ottilie gebeten, dabeizusein, während er den Leuten erklärte, er sei einberufen worden. Ottilie war, obwohl sie natürlich jeden einzelnen kannte, doch immer wieder überrascht, daß sie soviel Personal hatten. Zu den Hausbediensteten kamen noch zwanzig bis fünfzig Gärtner und Gartenarbeiter, je nach Jahreszeit, doch sie unterstanden dem Gärtnermeister Frenz, kamen kaum ins Schloß.

Zunächst wies Alexander den Kastellan an, in seiner Portiersloge noch aufmerksamer zu sein als zuvor. «Niemand kommt ins Schloß hinein, der hier nicht bekannt ist! Die Frau Gräfin muß in jedem Fall vorher gefragt werden.» Er gab seinem Kammerdiener Anweisung, ebenso Traudel, der Kammerjungfer seiner Frau, ebenfalls darauf zu achten, daß niemand Fremdes in die Nähe der Frau Gräfin, der Komtessen oder des Grafen Roland komme. Die Zimmermädchen standen in ihren blau- und rotgestreiften Kleidern und Häubchen da und schauten ängstlich, da sie um ihre Stellung fürchteten, es waren acht Mädchen, dazu die Hausdame, die alle Schlüssel hatte. Alexander ermahnte die unverheirateten Bediensteten, die im Schloß wohnten, noch mehr als bisher achtzugeben, und die Verheirateten, die in den Dienstbotenhäusern lebten, bat er, auch von dort aus immer ein Auge auf das Schloß zu haben. Die Diener trugen blaue Livreen mit goldenen Knöpfen, auf denen das Wappen der Familie aufgedruckt war, der Kammerdiener sowie der Butler einen schwarzen Frack mit Schwalbenschwanz. Alexander machte sie darauf aufmerksam, daß sie für das Schloß verantwortlich seien, während er im Felde stehe. Schließlich habe er sich nicht umsonst bemüht, die Männer für unabkömmlich zu erklären.

Was bezweckte Alexander mit seinem Appell an die Dienerschaft? Wollte er jeden einzelnen zum Aufpasser über seine Frau ermächtigen? Ottilie traute sich nicht, ihn das zu fragen, er hatte seinen Alleinherrschaftsanspruch schon derart kultiviert, daß sie ihm darin fast entgegenkam, um ihn in Sicherheit zu wiegen, denn sie bewegte sich schon zu lange auf dem hauchdünnen Eis ihrer neuen Existenz, von der Alexander keine Vorstellung hatte, nie haben würde.

Als die Leute wieder an ihre Arbeit gingen, fragte Ottilie, ob sie sich nach Alexanders Abreise um die Firma kümmern solle. «Aber nein, Kindchen, so ein Unsinn, du hast dich sechzehn Jahre lang nicht dafür interessiert, inzwischen habe ich alles so gut organisiert, daß ich auch aus Lüttich die Geschäfte weiterleiten kann. Generaldirektor Ferling kennt jeden Geschäftsvorgang, er wird notfalls nach Lüttich kommen oder nach Aachen, und alles geht seinen Gang.»

Wie oft hatte sich Ottilie darüber den Kopf zerbrochen, warum Alexander sie vom ersten Tag an unbedingt aus dem Unternehmen heraushalten wollte. Schon zu Lebzeiten der Großmutter hatte sie mitbekommen, daß Gelder an Alexander ausgezahlt wurden, Gewinne aus dem Unternehmen, ohne daß Ottilie darüber unterrichtet wurde. Sie hatte aus einem Gespräch der Großmutter mit Direktor Winkler Bruchstücke mitgehört, doch weder die Großmutter noch er wollten ihr Auskunft geben, verwiesen sie an Alexander. Der sagte jedoch,

Ottilie begreife davon sowieso nichts, und Ottilies damalige physische Mattigkeit, in der sie sich vor der Welt verschlossen, in sich zurückgezogen hatte, ihre über ihr zusammenbrechende Existenz als Ehefrau und Mutter hatten Alexander begünstigt, die Geschäfte völlig an sich zu reißen. Aber warum tat er das?

Am Anfang hatte er doch immer noch beteuert, er sei bei seiner Werbung um Ottilie einer Herzensneigung gefolgt. Warum verdrängte er Ottilie von ihrem ererbten Platz? Hatte er Angst davor, daß sie im Unternehmen seiner ebenbürtig werden, ihm unbequem werden könnte? Seit Ottilie Texte von Sigmund Freud gelesen hatte, die sich mit der Analyse der Seele beschäftigten, glaubte sie, klarer zu sehen. Sie konnte sich vorstellen, daß Alexander unbewußt Angst vor ihr hatte, so wie er seine Mutter fürchtete, vor der er, gemeinsam mit seinem Vater und den Brüdern, anbetend auf den Knien lag. Zwar war der Fürst Castell-Rüdenhausen ein liebenswürdiger, gutaussehender Mann mit dem Aussehen eines Patriarchen, das er durch lange Pfeife und lässiges Gebaren auch unterstrich, aber Ottilie glaubte an verschiedenen Zeichen gesehen zu haben, daß er der geborenen Prinzessin zu Ysenburg und Büdingen in Büdingen ergeben war. Wie sah, bei aller bezeigten Verehrung, Alexanders Verhältnis zur Mutter wirklich aus? Wahrscheinlich meinte Alexander, er habe gegen seine Mutter schon stark rebelliert, weil er Ottilie, die Unstandesgemäße, geheiratet hatte. Aber Ottilie war ebenfalls eine Frau, wahrscheinlich darauf aus, ihn zu unterjochen, das mußte er schon in den Anfängen verhindern.

So kühl, wie Alexander Ottilie aus seinem Wirkungskreis in der Fabrik ausschloß, so eng versuchte er sie ans Haus zu binden. Ihre Aktivitäten für die Doktor-Martin-Stiftung, für heimatlose Jugendliche, für den Nürnberger Frauenverein paßten ihm nicht. «Wir haben vier Kinder, für die mußt du da sein, ganz und gar. Vor allem jetzt, wo ich an der Front bin.» Ottilie hätte gern entgegnet, daß Alexander eher selten daheim war, daß er wochen- und monatelang reiste, daß er spät aus seinem Arbeitszimmer kam, um in der Bibliothek bis tief in die Nacht in seinen Jagdzeitungen zu lesen und in der Zeitung des Kaiserlichen Automobilclubs, dessen Mitglied Alexander war. Nachdem ein Auto zum Marstall dazugekommen war, ein Chauffeur zu den beiden Kutschern, war Alexander noch viel mehr unterwegs als früher, die sieben Kilometer nach Nürnberg waren jetzt im Nu bewältigt.

Der Chauffeur würde Alexander nach Lüttich begleiten, und Ottilie meinte eine gewisse Kreuzzugsstimmung bei ihrem Mann zu beobachten, der wahrscheinlich immer eine heimliche Liebe zum Krieg gehegt hatte, ihr aber nie hatte nachkommen können. Als im Reichstag die früher so feindlichen Parteien Schulter an Schulter für den Kriegsdienst gestimmt hatten, so daß der Kaiser stolz verkündete: «Ich kenne keine Parteien mehr, ich kenne nur noch Deutsche» – da löste die Kriegserklärung einen Erregungsrausch aus, der wohl auch Alexander erfaßt hatte. «Wir hatten doch keine Ideale mehr», hatte ihn Ottilie beim letzten großen Empfang im Kreis der Herren sagen hören, «wo waren denn die großen Tugenden der Menschheit – es gab doch nur noch Krämerseelen. Der Krieg wird die Atmosphäre reinigen, davon bin ich überzeugt.»

Die Brands lebten inzwischen ganzjährig auf ihrem Schloß Neidstein. Daher sah man sich nur noch selten. Philipp war der Rang eines Majors verliehen worden, er führte die Ersatz-Eskadron seines Regiments – und wenn es irgend möglich war, trafen er und Ottilie sich in der Wohnung eines Kameraden, der im Feld stand. Sogar offiziell sahen sie sich, denn Ottilie arbeitete für das Rote Kreuz, sammelte, organisierte Basare zugunsten der Angehörigen von Gefallenen, so daß sie bald bei Hofe auffiel und zwei Orden für ihre Tätigkeit bekam, das König-Ludwigs-Kreuz und das Ehrenzeichen des Roten Kreuzes.

Philipp, der schon vor vier Jahren Abschied genommen hatte vom aktiven Militärdienst, um sein Schloß und den Gutsbesitz zu verwalten, war nicht vom allgemeinen Kriegstaumel befallen. «Wenn du in der absoluten Einsamkeit lebst, wenn du anfängst, die Ruhe als das Aufregende zu genießen, dann glaubst du nicht mehr daran, daß der Krieg ein glorreiches Abenteuer ist. Du kommst zu dir, schaust und hörst genauer hin. Es ist doch nur ein abgekartetes Spiel der Wirtschaft und der Parteien. Wie immer werden die Arbeiter von den Rechten mit einem pompösen Eroberungsversprechen betört, und die Linken glauben, wenn sie mitspielen beim Krieg, kämen sie rascher zu einer sozialen Reform. Dafür halte ich meinen Kopf aber nicht hin.»

Sie hörten: Verluste bei Langemarck, Versagen der Hochseeflotte unter Tirpitz, Royal Navy versenkte die Kreuzer *Ariadne*, *Mainz* und *Köln*, die *Blücher* vor der Doggerbank, erfolglose Skagerrak-Schlacht, desaströser Schlieffenplan, der eigenmächtige Moltke und der überraschende Widerstand der Belgier, Festungsring um Lüttich – und es war ihnen, als blickten sie aus höchster Höhe auf ein höchst kompliziert angelegtes Manöver, in dem winzig kleine Figuren wie irrsinnig herumrannten, immer planloser, immer hektischer, nichts funktionierte, wie es sollte, und schließlich war alles ein einziges riesiges Trümmerfeld.

In der Wohnung des Freundes war es dunkel geworden. Sie hatten Kerzen angezündet, saßen auf dem Bett, ruhig, müde und gleichzeitig hellwach, sie wußten, was zu tun war, und die Schwere ihres Entschlusses erfüllte sie trotz allem mit tiefer

Freude. Ihr bisheriges Leben wollten sie nicht weiterführen, weil es ihnen seit langem falsch erschien, ergebnislos, sinnlos. Beide würden sie ihre Familien verlassen, beide fühlten sie sich verantwortlich und waren vollkommen von der Richtigkeit ihrer Entscheidung überzeugt.

Sie hatten Nachricht von Alexander. Er war Rittmeister und Eskadronsführer der 2. Landsturmeskadron im Bayerischen Armeekorps und hatte, wie er schrieb, im Gouvernement Lüttich seinen Landsturm in kurzer Zeit zu einem starken Trupp zusammengeschweißt. Er sicherte die Grenzen nach Holland erfolgreich gegen Spione, von denen er einige gefangensetzen konnte. Alexander bekam das Königlich Preußische Eiserne Kreuz 2. Klasse und das Ehren-Ritterkreuz, und Ottilie und Philipp wußten, daß er fallen konnte oder dekoriert zurückkehren – für sie beide würde sich nichts ändern.

Ottilie schrieb an Alexander, daß sie ihn verlassen müsse. Während sie schrieb, wurde die Verantwortung, die ihr in den Armen Philipps so selbstverständlich erschienen war, zu einer tonnenschweren Last. Wie konnte sie glauben, daß ihr intensives Glück mit Philipp auch nur annähernd beschreibbar wäre, für Alexander oder für Diana oder für irgend jemand anderen als Erklärung dienen könnte? Während des Schreibens spürte sie, daß Alexanders Haß ihre Gefühle für lächerlich und nichtig erklären würde. Sie wußte intuitiv, daß niemand außer Philipp auf ihrer Seite war.

Viele Leute in ihrem Lebenskreis, vor allem viele Frauen, hätten sicher gerne mit ihr getauscht. Sie war mit ihren 38 Jahren immer noch schön, sie hatte vier intelligente, hübsche Kinder, darunter einen begabten Sohn, dem es auf dem Gymnasium außerordentlich gut gefiel. Ihr Mann war ein eleganter Offizier und Fabrikdirektor, ihnen gehörten Schlösser, Güter und Villen in Europa und Übersee. In allen Häusern, die etwas galten, war sie gern gesehener Gast, und ihre eigenen Gesellschaften gehörten zu den gehobenen Anlässen.

Jedermann erwartete von Ottilie, daß sie in diesem Rahmen bis zum Ende ihres Lebens verbleiben werde.

Vor allem erwartete das Alexander. Daher schrieb Ottilie und schrieb, und ihre Worte wurden immer schiefer und schräger, wenn sie versuchte, über die Zukunft zu sprechen.

Daß sie Alexander alles lassen wolle, die Kinder ohnehin, das erlaube das Gesetz ja gar nicht anders, da sie ja wegen böswilligen Verlassens geschieden werde, das wisse sie. Aber wenigstens wolle sie ihm alles überlassen, was sie besitze – ihr gesamtes Vermögen, die Fabrik, die Schlösser, die Güter, den Grund- und Hausbesitz im In- und Ausland. Alexander solle es für die Kinder verwalten, sie selber erbitte nur eine Leibrente von 100 000 Mark im Jahr.

Drei Briefe schrieb sie ihm ins Feld, immer wieder versuchte sie richtigzustellen, zu erklären, sie sprach mit Direktor Ferling, vertraute sich ihm an, vertraute ihm, und er sagte ihr Hilfe zu, Verständnis, und konnte doch kaum verbergen, wie peinlich ihm Ottilies Wünsche und Hoffnungen waren.

Diana kam. «Warum, Ottilie, warum hast du nicht mit mir geredet? Es geht schon so lange. Ich habe alles geahnt, aber ich habe es nicht geglaubt. Ich dachte, wir wären Freundinnen.»

Alexander nahm sich Urlaub von der Front. Er wollte eine Aussprache zu viert. Philipp sollte ihm in die Augen sehen, sagte er. «Wie könnt ihr so selbstsüchtig sein, sieben Kindern die Familie zu zerstören?»

«Er hat recht», sagte Diana, «lassen wir doch alles, wie es ist. Wir geben euch die Freiheit, euch zu sehen, miteinander zu verreisen, aber denkt doch an die Kinder, an den Skandal, unter dem sie leiden müssen – wahrt doch wenigstens nach außen hin den Schein.»

«Damit könnte ich auch leben, um der Kinder willen. Wir leben nebeneinander her, lassen aber die Familie unangetastet. Und ihr führt euer Verhältnis im geheimen fort, bis es euch zum Hals heraushängt.» Alexanders Gesicht war verzerrt, aber er mäßigte sich. Er habe dem Tod mehrfach ins Auge gesehen, sagte er zu Diana, die Belgier würden unsichtbare Drähte über die Straßen spannen, wenn dann die Deutschen kämen in ihren offenen Militärwagen, flögen Köpfe. Er sei auch nur mit knapper Not diesem Schicksal entgangen. «Und nun muß ich das hier erleben», zischte er haßerfüllt. «Zwei egoistische Menschen von chaotischem Charakter, die nicht wissen, was es heißt, dem Vaterland zu dienen, die nicht wissen, daß Erwachsene ihre Pflichten kennen müssen, zumal dann, wenn sie die Verantwortung für Kinder haben.»

«Wir haben Kompromisse geschlossen, über Jahre», sagte Philipp ruhig, «damit ist jetzt Schluß. Die Kinder sind groß genug, und ich habe nicht mehr die Illusion, noch einen Tag auf Tilly verzichten zu können. Sie ist der Mensch, nach dem ich mich immer gesehnt habe, mit ihr fühle ich mich komplett. Ich will sie endlich haben, Tag für Tag, Nacht für Nacht, ganz allein für mich.»

«Die goldenen Reifen», Diana wies auf Ottilies Arm, «sind sie von Philipp?»

KAPITEL 29

OTTILIE ZOG den Vorhang zurück und ließ das Licht des frühen Oktobermorgens ins Zimmer.

Sie fror. Nach dem Gespräch war sie in eines der Gästezimmer im Alten Schloß gezogen, das leer war und nicht beheizt wurde, wenn keine Gäste erwartet wurden.

Ottilie zog einen langen Pullover mit tiefem V-Ausschnitt über ihren modernen schmalen Rock, der Füße und Knöchel freiließ. Diese wunderbare neue Mode. Sie stand für die Freiheit, auch wenn Ottilie für vogelfrei erklärt wurde. Sie wollte endlich kein Korsett, keine Wespentaille, keine aufgeplusterten Röcke mehr, die man mühsam vor dem Straßenkot retten mußte.

In den Lederpumps mit dem kräftigen Absatz konnte sie auch auf Katzenkopfpflaster sicher auftreten. Unter ihrem schmucklosen Hut, der das Ausmaß eines mittleren Wagenrades hatte, fühlte sie sich distanziert und geschützt.

Ottilie sah wieder aus dem Fenster, denn sie würde heute von Schloß Stein weggehen. Eine schöne Gegend, dachte sie halb ironisch, schöne Farben, wenn auch eher karg. Hier bin ich aufgewachsen, deshalb liebe ich dieses Land. Ich brauchte immer nur dankbar zu sein. Sie haben mir alle Wege geebnet. Mein Vater, mein Großvater, mein Urgroßvater, sie gewannen mir Ansehen, häuften für mich Besitztümer an, Güter, Schlösser, Aktien und Geld, viel Geld. Alles gehört nun Alexander.

Gestern abend, es war schon dunkel, hatte Ottilie einen Spaziergang gemacht. Als sie zurückkam, schaffte Alexander gerade die Kinder fort. Ottilie sah sie aus dem Dienstboteneingang in die Kutsche steigen, alle vier trugen schwarze Kleider, die Mädchen sahen ernst aus und blaß, auch Roland hatte seinen hübschen Kopf gesenkt.

Ottilie hatte sich abgewandt. Lange merkte sie nicht, daß sie weinte. Beim Tod ihres ersten Söhnchens, Wolfgang, hatte sie geglaubt, daß sie sterben würde. Aber sie starb nicht, oder nicht ganz.

Ottilie wußte, ihre Kinder würden wiederkommen. Nicht so, wie sie gestern in die Kutsche gestiegen waren. Aber zurückkommen würden sie.

Alexander hielt ihr vor, sie habe ihn verraten. Ihn und die Kinder. Sie sei schwach, primitiv, gemein. Sie habe kein Standesbewußtsein, keine Ehre im Leib. Niemand, der zählte, würde ihr verzeihen. Das sagte er in einem kalten, gleichgültigen, höhnischen Ton, den viele Offiziere an sich hatten, den auch Alexander wohl im Kasino gelernt hatte. Die bayerischen Offiziere hielten es für vornehm, ahmten die Preußen nach, die sich so nachlässig schnoddrig gaben.

Der giftige Hochmut Alexanders war nicht sein echtes Wesen, das wußte Ottilie. Es war ihre Schuld, daß er jetzt so mit ihr sprach.

Wie oft hatte sie an Sünde gedacht, an Reue. Aber sie bereute nichts, und sie wollte weiter sündigen. Die Sünde machte sie weich, liebevoll gegen jedermann. Nie war sie so geduldig mit den Kindern umgegangen, nie so freundlich mit den Dienstboten, und sie wäre auch zu Alexander gerne zärtlicher gewesen. Aber er war nicht da. War in dem Krieg seiner Generäle und Oberbefehlshaber, die gegeneinander ebenso brutal kämpften wie gegen die Feinde, die sie sich selbst gezüchtet hatten. Ein General sabotierte die Pläne des anderen, und alle miteinander ignorierten sie den Willen ihres Kaisers, der nie einen Krieg gewollt hatte, höchstens ein wenig Manöver spielen.

Alexander würde zurückgehen an die Front. Er hatte einen neuen Feind, einen ganz persönlichen, und den wollte und würde er besiegen – Ottilie.

Die vielen gemeinsamen Jahre. Achtzehn Jahre Ehe – es war nicht das gewesen, was Ottilie erwartet hatte.

Philipp. Sie liebte ihn so sehr, daß sie nicht darüber reden konnte. Am wenigsten mit Alexander, obwohl der immerzu fragte.

«Ist es mit Philipp schöner als mit mir? Im Bett?»

«Frag das nicht.»

«Sei wenigstens aufrichtig. Sei nicht feige.»

«Ich will nicht.»

«Dann weiß ich Bescheid.»

«Alexander – ich kann es nicht ändern –»

«Was fehlt dir bei mir?»

«Ich liebe Philipp.»

«Und mich hast du nie geliebt.»

«Nein. Doch. Natürlich. Ganz anders.»

«Wie, anders? Ich will, daß du es mir erklärst.»

«Es war nicht – dieser Jubel in mir.»

Sie hatte nie gewußt, was Liebe ist. Wie oft hatte sie diesen Satz in Romanen gelesen, und meist waren es belanglose Geschichten gewesen, die sie im Stift verschlungen hatte, weil sie verboten waren. Nun war ihre Misere, der Skandal, die herzzerreißende Trennung von allem, zusammengeschrumpft auf diesen simpelsten aller Sätze.

Mit Philipp war die Welt ein einziges Wunder, über alle ihre wirren, nie ausgesprochenen Träume und Phantasien hinaus.

Was sie sich unter Liebe vorgestellt haben mochte, es war lächerlich gewesen. Ehe man nicht wirklich liebte, konnte man sich die Liebe nicht vorstellen. Gefühle können groß sein, ja, groß, göttlich, warum nicht, sie können wirklich so sein. Ottilie hatte es erlebt. Und deshalb konnte sie nicht mehr bei Alexander bleiben.

Sie klingelte nach Veit, dem Kutscher, und nach dem Ersten Diener, Michel. Sie kamen, standen mit einem lächerlich strengen Gesichtsausdruck da und sagten, sie dürften nicht mehr für die Frau Gräfin zu Diensten sein. Der Herr Graf habe es verboten. Ottilie war sprachlos. Wie schauten die beiden sie an? Ihr wurde übel, sie mußte gehen, sofort, ehe ihr der Boden unter den Füßen weggezogen wurde.

Alexander stand in der Tür, schickte Veit und Michel mit rauher Stimme weg. Er sah Ottilie kurz und verächtlich an, hielt ihr ein Heft hin, in dem sie ihr Religionsbuch aus dem Stift erkannte. Wie kam er dazu?

«Hier, lies», sagte Alexander grimmig, schlug eine Seite auf, und Ottilie erkannte ihre Jungmädchenschrift. Natürlich, wessen Schrift sonst.

Auslegung Jesus Sirach 26, 21: «Wie die Sonne, wenn sie aufgegangen ist an dem hohen Himmel des Herrn, eine Zierde ist, also ist ein tugendsames Weib eine Zierde in ihrem Hause.» Ich verstehe das so, daß die Ehe von den Menschen heilig gehalten werden soll, denn Gott hat die Ehe im Paradies eingesetzt als Bündnis zwischen Mann und Weib auf Lebensdauer. Nur der Tod soll diesen Bund lösen. Alle Menschen sollen keusch und züchtig leben in Gedanken, Worten und Werken. Keusch ist der, dessen Gedanken rein sind von allen Schamlosigkeiten und Lüsten. Was Gott zusammengefügt hat, das soll der Mensch nicht scheiden. Und die Frauen sollen durch ihr makelloses Verhalten die Zierde ihres Hauses sein.

«Und du? Was hast du getan?» fragte Alexander bitter, dann ging er zum Fenster und schaute hinaus.

«Es stimmt», entgegnete Ottilie so ruhig wie möglich. «Ich habe mich verirrt – ich bin dabei, das zu korrigieren.»

«Du machst es dir verdammt leicht!»

«Und du bist nicht mein Richter! Herrgott – warum darf Michel nicht meine Koffer tragen? Warum darf Veit mich nicht zum Bahnhof bringen?»

«Weil du spüren sollst, daß du durch deine Liederlichkeit hier alles zerstört hast.»

«Aber dir gehört doch alles. Meine Kinder, mein gesamter Besitz.»

«Du meinst meine Kinder, meinen Besitz. Achtzehn Jahre führe ich jetzt das Unternehmen. Außer Fabrikant bin ich noch Offizier. Kämpfe tagtäglich an der Front. Du setzt mir hier Hörner auf, suhlst dich im warmen Bett. Lächerlich hast du mich gemacht. Vor den Augen der Dienerschaft hast du mit ihm herumgehurt. Mit meinem Freund. In meinem Bett. Ich werde es allen sagen, auch den Kindern. Denk ja nicht, daß ich dich schonen werde. Wie lange treibst du es schon mit ihm?»

Ottilie schaffte es, Alexander, der sich zu ihr herumgedreht hatte und sie haßerfüllt anstarrte, sanft zuzulächeln: «Wahrscheinlich liebte ich Philipp schon immer. Nur wußte ich es nicht. Oder wenigstens nicht mit allen Konsequenzen. Aber du – was ist mit dir? Du hast mich nicht aus Liebe geheiratet. Du wolltest meinen Besitz, mein Geld, die Bleistiftfabrik. Ich habe es dir verziehen. Daß du jedoch in all den Jahren nicht gelernt hast, mich zu respektieren, das verzeihe ich dir nie.» Ihre Stimme wurde leiser. «Hättest du nur einen Schimmer Achtung vor mir, Alexander, könntest du nicht so handeln, wie du es jetzt tust. Glaub mir, deine kleinliche Haltung ist mir eine ungeheure Erleichterung.»

Es klopfte, Anna kam. Sie blieb auf der Türschwelle stehen, sagte zu Ottilie, daß sie ihr helfen werde, die Koffer zu tragen. «Bis zur Straße schaffe ich das leicht, Frau Gräfin. Und von dort rufe ich Ihnen einen Wagen.»

Alexander sah Anna wütend an: «Anna, wenn du jetzt mitgehst, brauchst du nicht mehr wiederzukommen.»

Er wandte sich wieder um, sah aus dem Fenster und rührte sich nicht, als Anna und Ottilie je einen Koffer aufnahmen und das alte Schloß verließen. Im Hof stand die Dienerschaft versammelt, durch ihr Zusammenlaufen, durch das Flüstern und Tratschen auf dem Stockwerk hatte Anna erst mitbekommen, was passierte.

Ottilie sah die Gesichter, die offenen, gaffenden Münder wie Schatten. Die Eltern dieser Leute hatten vor ihrem Großvater und auch vor ihr selber auf den Knien gelegen. Die Zeiten ändern sich, und Ottilie war immer für die neue Zeit gewesen. Wie früher ihr Großvater, wollte sie an den tiefen gesellschaftlichen Veränderungen auch ihre Arbeiter teilhaben lassen. Sie konnten sich bilden, Vereine gründen, Sport treiben und sich auch als Kranke der Unterstützung der Familie Faber sicher sein.

Und nun standen sie hier, ließen Anna und Ottilie Spießruten laufen. Eine rief plötzlich «Hure», eine andere war ihr Echo, und Ottilie wäre es lieber gewesen, sie hätten mit dem Messer nach ihr geworfen. Dem wäre sie ausgewichen, das Schimpfwort traf.

Sie gingen durch den Park. Ottilie atmete tief den warmen, vertrauten Geruch nach Laub und Pilzen ein, schaute auf Anna, die den schweren Koffer auf der Schulter trug. Ottilie tat es ihr nach und spürte, daß sich die Last leichter schleppte.

«Anna, ich lerne von dir. Wie schon so oft. Gehst du ins Schloß zurück? Bitte, tue es, Anna.»

«Nur, wenn der Herr Graf mich holt. Dann gehe ich zurück, wegen der Kinder.»

«Er holt dich zurück, Anna, ich kenne ihn. Er ist im Grunde weich und egoistisch wie ein Kind. Ziemlich intelligent, aber eben immer noch ein Kind. Das Rittmeisterliche ist Fassade. Angelernt. Der Graf weiß, wie sehr die Kinder an dir hängen. Daß er unbesorgt sein kann, wenn du um sie bist. Ich weiß das auch, Anna, sonst würde ich dich bitten, mit mir zu kommen. Wenn du das überhaupt wolltest – in einem Hurenhaushalt leben.»

Anna stellte jäh den Koffer ab. Sie keuchte, sah Ottilie erschrocken an: «Sagen Sie so etwas nicht, Frau Gräfin, nehmen Sie so ein Wort erst gar nicht in den Mund.»

Auch Ottilie ließ ihren Koffer zu Boden gleiten. Sie konnte nicht anders, sie gab Anna einen sanften Kuß auf die Wange. «So ein Wort kann man nicht zurückholen. Es hängt sich an einen wie eine Zecke – eine Bedrohung, eine nahe Katastrophe.»

Ottilie nahm jetzt Anna bei den Schultern, sah sie an und küßte sie auch auf die andere Wange: «Anna, du bist meine Rettung. Wüßte ich dich nicht bei den Kindern, ich hätte niemals weggehen können. Manchmal war ich eifersüchtig auf dich, neidisch, weil die Kinder nach dir riefen, anstatt nach mir. Heute bin ich froh darum. Weil du da bist, muß ich nicht zu Kreuze kriechen. Anna, ich werde dir aus Dresden schreiben, postlagernd, und du wirst den Kindern von mir erzählen, heimlich – ja?»

Anna nickte lächelnd. «Ja, Frau Gräfin.»

Ottilie nahm ihren Koffer wieder auf, leichtfüßig hielt sie mit Anna Schritt, war ihr sogar ein wenig voraus. Sie wandte den Kopf, blieb stehen, bis Anna wieder neben ihr war. «Vergiß die Gräfin, Anna, die habe ich heute im Schloß gelassen. Ich habe sie ohnehin nur erheiratet. Irgendwann werde ich vielleicht Baronin heißen, Baronin Brand, aber für dich bin ich Ottilie. Bitte, Anna. Wer weiß, ob dieser Krieg noch etwas von uns übrig läßt. Du bist in mehr als zwanzig Jahren meine Freundin geworden, wie Clarissa, wie meine Schwestern. Wie meine Mutter. Sie alle duzen mich, also auch du. Sonst sage ich künftig Sie zu dir.»

KAPITEL 30

Berlin, 4. September 1916

LIEBSTE ANNA, Du bist der erste Mensch, dem ich einen Brief schreibe, seit ich aus Stein weggegangen bin. Ich komme vor lauter Krieg gar nicht mehr zum Nachdenken über meine eigene Lage. Vielleicht ist das sogar gut so. Selbst Dir kann ich nicht beschreiben, wie sehr ich mich nach meinen Töchtern sehne, nach Roland. Ich weiß, eine Frau, die ihre Familie im Stich gelassen hat, darf nicht jammern, und ich will das auch nicht tun, aber wenn ich gewußt hätte, wie sehr mir meine Kinder fehlen, hätte ich vielleicht doch – ach, Anna, Schmerzen, die man selber zu verantworten hat, sind die schrecklichsten. Aber habe ich wirklich alleine schuld? Habe ich nicht ein Recht darauf, mit dem Mann zu leben, der in mir einen Menschen sieht mit Leib und Seele, nicht nur eine Frau, die Kinder zu gebären und das Haus zu führen hat? Jeder Tag mit meinem Mann zeigt mir, wie allein ich in Stein gewesen bin, wie schroff der Herr Graf mir meinen Platz abgezirkelt hatte.

Doch genug davon. Anna – bist Du gesund? Wie geht es Johann? Was schreibt er aus dem Feld? Ist seine Verwundung inzwischen geheilt? Spricht Martin immer noch soviel von ihm? Sind unsere Kinder wohlauf? Denk bitte daran, daß Elisabeth viel trinken soll, Du weißt ja, wegen ihrer Nieren, Mariella soll das Eiweißpräparat von Heyden weiternehmen. Wenn Du es in Stein nicht mehr bekommst, schreib mir, ich schicke es Dir dann, denn ich habe es hier in Apotheken und Drogerien gesehen.

Hast Du es auch gehört, Anna, wie dieser Krieg sich ausweitet? An der Westfront kämpfen sie ja schon zwei Jahre, aber nun geht es auch an der Ostsee los. Und in den Karpaten, in den Alpen, auf dem Balkan, in der Türkei – hätte man das von den Türken gedacht, daß die sich derart einmischen? Täglich lese ich, daß Enver Pascha, obwohl er im letzten Jahr bei seiner Offensive im Nordosten 95 000 Mann verloren hat, gegen Rußland kämpft und, stell Dir vor, 20 000 Türken haben den Sinai durchquert, Richtung Suezkanal, aber sie sind zurückgeschlagen worden. Wußtest Du, daß im April Konstantinopel gebrannt hat? Ich habe es erst jetzt in der Zeitung gelesen, ein Bild zeigte die Rauchwolken über der herrlichen Stadt, die ich in Friedenszeiten einmal besucht habe. Du weißt es ja, Anna.

Was für unendlich großes Glück haben wir beide, daß unsere Söhne noch zu jung sind, um in diesen mörderischen Krieg zu ziehen. Es ist nur Zufall, daß unsere Söhne uns noch nicht genommen werden. Noch nicht! Wer weiß, wann dieser Krieg endet. Wann der nächste beginnt. Ich bin manchmal zornig auf die Männer. Es sind ja nur Männer, die diesen Krieg wollten, die ihn immer weiter ausdehnen, weiterschüren wie einen Flächenbrand. Hast du den Roman Bertha von Suttners gelesen – «Die Waffen nieder»? Er steht in der Bibliothek, in meiner, Du weißt schon, oben auf der Galerie, ich glaube, im dritten Schrank links. In diesem Roman geht es um die pazifistische Idee, Frau von Suttner hat 1905 den Nobelpreis erhalten. Sicher fällt es Dir jetzt ein. Dies Buch müßte jeder Mann lesen! Es ist zwar berühmt, aber wie Du siehst, nicht berühmt genug, um einen einzigen der vielen Kriege zu verhindern.

Anna, dieser Krieg drückt einen so sehr nieder. Er nimmt unsere Männer, unsere Söhne, all diese Jungen, die für ihre Familie Glaube, Hoffnung und Liebe waren. Selbst, wenn ich mich an meinem Mann freuen möchte, denke ich, daß ich es nicht darf, weil so viele Frauen jetzt unsagbar leiden.

Teile mir unbedingt mit, wer von den Söhnen in Stein gefallen ist. Ich kenne sie doch alle, und ich will den Eltern schreiben, auch wenn man in Stein nicht gut über mich denkt. Ich verstehe die Faberer, sie können ja nicht wissen, warum ich meine Familie verlassen habe, in ihren Augen habe ich ein großes Unrecht begangen. Recht oder Unrecht, Anna, wer setzt die Maßstäbe dafür? Haben die Soldaten recht, wenn sie feindliche Soldaten töten? Hat Deutschland recht, Frankreich aber unrecht, hat Italien recht, Österreich aber unrecht, haben die Türken recht, die Russen aber unrecht – und so weiter? Ich könnte die Reihe der kriegführenden Staaten noch weiter fortsetzen, die gesamte Welt scheint ja unter Waffen zu stehen. Das ist, als gäbe es überall Erdbeben, wie vor zehn Jahren, als der Vesuv ausbrach, weißt Du noch, und dann das Erdbeben, das große Teile von San Francisco zerstörte. Vor acht Jahren dann Messina, wo das Beben über 80 000 Tote forderte. Denkst Du noch an 1912, die Nacht, in der die Titanic im Nordatlantik mit einem Eisberg zusammenstieß? Wie waren wir schockiert, Anna, verzweifelt über die Naturgewalten, denen man nicht entkommen kann. Und jetzt? Jetzt fügen sich die Menschen mit diesem Krieg selber noch viel größeres Elend, viel größere Schäden zu. Wann werden sie endlich damit aufhören?

Anna, ich umarme Dich. Sag meinen Kindern, daß ich so sehr darauf hoffe, ihnen in der späteren Zukunft noch meine Liebe zeigen zu können. Sag ihnen, daß ich in meinen Gedanken immer bei ihnen bin.

Deine Ottilie

Stein bei Nürnberg, 5. November 1916

LIEBE FRAU GRÄFIN, bitte seien Sie mir nicht böse, aber ich kann schlechterdings nicht Du zu Ihnen sagen. Ich kriege es einfach nicht fertig. Viermal habe ich den Brief schon angefangen und den Bogen wieder weggeworfen. Es geht nicht, Frau Gräfin, ich bin schon viel zu lange die Anna, und Sie sind das gnädige Fräulein und dann die Frau Gräfin, als daß ich es noch ändern könnte. Überhaupt tu ich mich schwer mit dem Schreiben, ich habe es einfach nicht geübt, und deshalb muß ich es so schreiben, wie es mir in den Sinn kommt. Roland ist vom Pferd gestürzt, hat sich nur den Arm geprellt, weil er natürlich auch im Stürzen gut ist, und denken Sie, jetzt reitet er mit dem Arm in der Binde, und sein Vater findet das gut so. Wenn ich sage, daß er vorsichtiger reiten soll, lacht Roland nur, er ist ein richtiger Junge, und er hat sogar gute Noten. Ich hab den Mädchen das mit dem Trinken und mit dem Eiweiß von Heyden gesagt, und sie wollen dran denken. Beide haben sofort Ihren Brief gelesen, Frau Gräfin, das durften sie doch? Sie verraten nichts, und Mariella hat gesagt, daß sie demnächst heiraten werde und dann könne sie tun und lassen, was sie wolle, und dann führe sie als erstes nach Neidstein. Elisabeth hat gesagt, da wäre als erste sie wohl dran, aber eine gute Idee wär das mit dem Heiraten und Neidstein. Beide Mädchen haben große Sehnsucht nach Ihnen, Frau Gräfin, das weiß ich, sie sind im Konflikt, weil sie dem Vater versprechen mußten, nicht mit Ihnen zu verkehren, brieflich nicht und sonst auch nicht. Neulich, bei Tisch, sprach man von einer Schauspielerin, die sehr schön sein soll, den Namen habe ich leider vergessen, aber da sagte Roland auf einmal, die schönste Frau, die er kenne, sei seine Mutter. Alles schwieg, vor allem der Graf, und auch Roland war es arg, er hatte dunkelrote Ohren, aber er hat es gesagt, und mir tat es gut, Ihretwegen und überhaupt, denn es ist gegen jede Gerechtigkeit, daß hier, wo alles von Ihnen stammt und doch eigentlich alles Ihnen gehört, Ihr Name nicht genannt sein darf.

Manchmal denke ich, wenn der Graf wieder ins Feld fährt, und das tut er Ende der Woche, dann könnten die Kinder vielleicht doch an Sie schreiben oder anrufen. Aber sie haben ihr Ehrenwort gegeben, alle vier. Und Sie wissen ja, was das in diesem Hause heißt. Meinem Martin geht es gut, er hatte eine Erkältung, da hat meine Mutter ihn zu sich geholt. Sie wohnt jetzt nicht mehr bei Frau Schaaf, die sowieso tot ist, sondern lebt in meiner Wohnung, denn Johann ist ja im Feld, und ich bin im Schloß. Johann ist dafür, er kann inzwischen meine Mutter gut leiden, an seiner gemessen sei sie eine Heilige, sagt er. Erst gestern hat er mir Gedichte aus dem Feld geschickt, ich lege sie diesem Brief bei.

Ottilie las Annas Brief in ihrem Berliner Hotelzimmer, wo sie auf dem Bett saß und frühstückte. Das Schlafzimmer war groß, die wenigen Möbel aus heller Eiche störten nicht den Eindruck des Geräumigen. Ein breites, bequemes Messingbett mit einer dicken seidenen Steppdecke, ein mit Samt bezogenes Sofa und der Toilettentisch waren die ganze Einrichtung, die Ottilie auf den ersten Blick zugesagt hatte. Doch die Kälte und Entbehrungen dieses Kriegswinters spürten sie hier wie überall. Der Kaffee war dünn und verdiente den Namen nicht, ebensowenig wie das Brot und die Konfitüre, die nur der Hunger genießbar machte.

«Ich bin so froh, daß die Kinder in Stein nicht hungern müssen», sagte Ottilie. «Sie bekommen von den Gütern Kartoffeln, Brot und Gemüse, schreibt Mama, aber Fleisch und Fett haben sie auch nicht mehr.»

«Die Zwangsbewirtschaftung macht ihnen ebenso zu schaffen wie uns in Neidstein», sagte Philipp seufzend. «Die Bauern und ihre Söhne sind alle im Feld, es gibt durch die Blockade kein Futter für das Vieh – wir haben doch früher alles importiert, die Industrialisierung war der Fetisch, die Agrarwirtschaft hat doch niemanden interessiert –, und jetzt müssen die Leute hungern. Alle Vorräte gehen an die Front, ich möchte wissen, wie die Menschen diesen Winter überleben sollen. Hier, ich lese dir vor, was ein Berliner in der Woche zum Leben bekommt: 125 g Fleisch (im Frieden zwei Pfund), 7 g Fett, 160 g Brot. Was nützt es den Leuten, wenn sie Bedürfniskarten für Milch, Fleisch und Butter bekommen, aber die Läden sind leer?»

«Und was tun wir, wenn es in unserem Hotel nichts mehr zu essen gibt?» Dieser Gedanke kam Ottilie nicht zum erstenmal. Jeden Tag sah sie die Not der Berliner, die langen Schlangen vor den Geschäften, wo vor allem ältere Frauen mit Kindern warteten. Manche fielen vor Hunger ohnmächtig in sich zusammen. Ottilie, die immer schlank, aber sonst wohlproportioniert war, wog nur noch 48 Kilo, äußerst filigran und blaß sah sie aus, ihre Augen beherrschten das schmal gewordene Gesicht.

«Siehe, meine Freundin, du bist schön! Siehe, schön bist du!» zitierte Philipp aus dem Hohenlied Salomons. Er setzte sich zu Ottilie aufs Bett, bog sie sanft zurück und küßte sie leidenschaftlich. «Ich freue mich unbändig darauf, mit dir in Neidstein zu leben. Wenn dieser verdammte Krieg zu Ende ist, wenn wir geschieden sind, wenn wir heiraten können –»

«Wenn, wenn, wenn –», unterbrach ihn Ottilie leise. Sie hatte sich aufgerichtet auf dem Bett, sah Philipp in die Augen. «Ich denke so oft an Diana, an die Kinder. Wann gehen sie weg von Neidstein?»

«Philipp und Theodor machen ja bald Abitur, Philipp wird Jura studieren, Theodor Medizin, Diana und Eleonore werden in Krailling leben.»

«Manchmal habe ich Angst, daß wir so viel zerstört haben, du und ich. Dann sehe ich deine Familie von Neidstein weggehen – wie müssen sie uns hassen. Philipp – glaubst du, daß sie uns hassen?» Ottilie vergrub ihr Gesicht an Philipps Schulter, er streichelte sie.

«Diana ist eine liebenswerte Frau, du weißt das, und ich liebe meine Kinder ebenso innig, wie du deine liebst. Und natürlich habe ich auch Sehnsucht nach ihnen. Doch zu oft saß ich abseits, meine intensive Selbstbetrachtung quälte mich, ich wartete immer auf das Wunderbare. Jedesmal, wenn ich dich sah, war es für mich wie eine Erleuchtung, ich konnte kaum verbergen, wie aufgewühlt ich war. Als Alexander mir sagte, daß du seine Braut seist, dachte ich, daß etwas in meinem Kopf aussetzt, ich hatte für den Moment nicht mehr das Gefühl, zu leben.»

«Wenn du doch nur mit mir gesprochen hättest, Liebster – ich weiß, ich weiß, es ist müßig, heute noch davon zu reden. Aber was ist mit Diana, was, glaubst du, fühlt Diana?»

«Tilly – was weiß schon ein Ehemann von seiner Frau? Ich nehme an, auch Diana träumt von dem Wunderbaren. Das tun wir doch alle. Wir leben vor uns hin, oder wir glauben, zu leben. Der eine bestellt seine Felder, der andere arbeitet in der Fabrik, man zieht seine Kinder auf, feiert mit ihnen Weihnachten, fährt Karussell, alle Jahre wieder. Ich war Offizier, bildete junge Offiziere im Reiten aus, wurde Major, durch meine vielen Verletzungen habe ich das ungeheure Glück, zum Wehrdienst nicht tauglich zu sein. Ich führte meine Ersatz-Eskadron, kassierte immer mal wieder einen Orden, lebte in meiner Münchner Wohnung oder bei der Familie in Neidstein – Tausende leben so, in einer Art Winterschlaf, und ich nehme an, Diana ist es auch so ergangen. Aber sie hat es nicht gestört, wahrscheinlich hat sie auch nie eine Begegnung oder ein Erlebnis gehabt, das sie aus ihrer angenehmen Monotonie herausgerissen hätte. Bei meinem letzten Besuch auf Neidstein sagte mir Theodor allerdings, daß Diana einen Verehrer habe. Er sagte es gleichsam strafend, triumphierend, was ich gut verstehe. Theodor ist ein Ritter, ich habe seine Dame verletzt.»

«Wir sind beide Chaoten, krasse Egoisten – Alexander hat es uns ja gesagt.»

Die sarkastische Bemerkung Tillys holte Philipp heraus aus seiner Nachdenklichkeit. Er sah sie mit leuchtenden Augen an: «Wir müssen uns eben wegen unserer Fehler lieben und nicht wegen unserer Tugenden. Tilly – du bist so hübsch. Man könnte meinen, du wärest durch unseren Ungehorsam noch schöner geworden. Du gibst mir eine Lebenssucht, ein Begehren, wie ich es noch nie gespürt habe, mit dir gemeinsam bin ich betrunken, ohne den kleinsten Tropfen Champagner.» Sie begannen sich zu lieben, ungestüm und zärtlich wie immer, erstaunt über ihre stets wiederkehrende, sich immer wieder erneuernde, alles um sie herum vergessen machende Ekstase, in der Lachen, Feuer, Kraft, Phantasie und Verrücktheit nie zu versiegen schienen.

Umschlungen lagen sie beieinander, Philipp schlief und Ottilie schmiegte sich möglichst noch enger an ihn und genoß es unsagbar, ohne Angst zu sein, sich grenzenlos wohl zu fühlen. Ottilie wußte, daß sie die alte, erstarrte Welt, in der sie bedrückt gewesen und sich ausgeschlossen vorgekommen war, hinter sich gelassen hatte. Philipp war ihre Zukunft, ihm vertraute sie, mit ihm würde es keinen Stillstand geben, keine Vereinzelung, sondern immer neues, intensives Miteinander.

Später lasen sie, Philipp die «Berliner Zeitung» und Ottilie noch einmal Annas Brief und Johanns Gedichte. Dann gab sie die Gedichte Philipp, der seine Zeitung beiseite legte und die Blätter überflog:

PHOENIX

Durch die Leichengebirge der Zeit
keucht der letzte tote Soldat zum Gipfel der Ewigkeit.
Vom Schädelberg, höher als alle Berge der Welt,
späht er, die Hand vor Augen, und seine Stimme gellt.

«Hier auf höchstem Gipfel des Grauens will ich stehn,
einen Menschen nur, einen einzigen Menschen zu sehn.
Doch nur tote Soldaten erspäh ich fern und nah.
Ist denn kein Mensch, kein lebendiger Mensch mehr da?
Künde dich, Bruder, ob weiß oder schwarz von Haut,
daß mein Blick ein belebtes Antlitz schaut!»

Durch die Klüfte des Himmels brechen sich Flammen im Lauf,
aus den Schluchten von Leichen züngeln Feuer herauf,
und der Rufer, von Sehnsucht nach seinen Menschen erfüllt,
steht ganz in Brand und heilige Lohe gehüllt.

Seine Uniform mit allem bunten Ballast
wird von den Flammen ergriffen, wird von der Glut erfaßt.
Als sie knisternd verkohlt von seinem Leibe sinkt,
sieht er in Asche den toten Soldaten, der Abschied winkt.

Auf dem Schädelberge, in lauterer Feuer Schein,
steht ein nackter Mensch, schuldlos und sündenrein,
ohne Geschütz und Granaten, ohne Dolch und Gewehr …
Wie am Schöpfungstage blickt er um sich her.

ABKEHR VOM KRIEG

Der die Waage der Welt
in ruhigen Händen hält,
hat dich gewogen, hat dich zu leicht empfunden.

Durch viele tausend rote Stunden,
hinüber, herüber, nach oben, nach unten,
hat er das Pendel der Zeit getrieben
und blutige Kurven an den Himmel geschrieben.

Wir lesen ab:
Grab für Grab,
drückende Lasten von Blei und Blut,
Haß, Hunger, Seuche, Rachsucht und Übermut,
das ganze Füllhorn irdischer Qualen.

Ausgelotet sind nun die Schalen,
im Gleichgewicht steht wieder die Waage
wie an dem ersten Weltentage.

Wird unser Schicksal neu gewogen
und springt der Krieg auf die Waage der Welt,
schleudert das Herz in flammenden Bogen
hinter ihm her,
das der Krieg in die Luft geschnellt,
hart und schwer
aus der friedsamen Erde fällt.

Faßt mit sinnender Liebe im großen Kinderblick
die zerstörte Welt und ihr blutiges Geschick
und durch Tod und Grauen, durch Trümmer und schwelenden Brand, schreitet er federnden Fußes in neues Menschenland …

«Johann hat ein starkes, poetisches Gemüt», sagte Philipp, «ich glaube auch, was der Börsencurier geschrieben hat – daß er das bedeutendste Talent sei unter den Arbeiterdichtern. Er hat die stärksten Visionen von allen, die tiefste Leidenschaft.»

«Ich denke», sagte Ottilie nachdenklich, «daß Johann ausspricht, was Hunderttausende von Soldaten jetzt erleben und fühlen. Das ist es auch mit Sicherheit, was Anna an ihm so fasziniert – Johann übersetzt in seine künstlerische Sprache, was Anna fühlt, aber selber nicht sagen kann.»

Philipp nickte. «Ich bin gespannt darauf, Johann endlich kennenzulernen. Hoffentlich übersteht er heil diesen verdammten Krieg. Wenn wir bis dahin auf Neidstein leben, holen wir ihn zu uns – wenn er das überhaupt will. Er hat noch kostbare Strecken des Lebens vor sich. Und sicher viele Pläne literarischer Natur. Dazu braucht er Freiraum. Vielleicht können wir ihm dazu verhelfen.»

«Johann ist ein ganz Eigensinniger», entgegnete Ottilie. «Ich habe keine Vorstellung davon, was aus ihm wird, wie es mit Anna und dem Kind weitergehen wird. Aber wir werden es erleben, Anna und Martin gehören zu uns, und Johann gehört dazu – ob es ihm paßt oder nicht.»

KAPITEL 31

Dresden, 3. März 1918

LIEBSTE MAMA, wir sind aus dem Berliner Hotel nach Dresden übergesiedelt in ein kleines Haus, das wir dafür aber völlig allein bewohnen. Das Schönste an dem sonst einfachen Häuschen ist eine überdachte Loggia, auf der hoffen wir bald häufig zu sitzen, zu lesen, zu reden. Mama, die Ruhe hier ist königlich, trotz aller Not, die auch wir spüren. Brächte Philipp nicht von Neidstein Gemüse mit und Kartoffeln, so wüßte ich mir manchmal keinen Rat mehr. Ich hoffe, bei Euch geht es besser mit den Lebensmitteln, da Ihr ja die Güter habt. Wie lange war ich nicht mehr dort ... Das Blut ist ein starkes Band, glaube ich, denn oftmals träume ich von meinen Kindern, von Dir, von Hedwig und Sophie, doch ich kann so langsam wieder ohne Schmerzen an alles denken, was ich zurückgelassen habe, meine geliebten Kinder, das Schloß, die Bibliothek, die ganz meine war – trotzdem stehe ich zwischen meinem früheren Leben mit Euch und meinem heutigen Leben mit Philipp. Warum muß das so sein?

Aber dafür darf ich hier mit Philipp in einer wunderschönen Stadt leben, dieses Dresden heißt man nicht umsonst Elb-Florenz. Wenn nur dieser Krieg nicht noch länger dauert. Man hört ja von immer neuen Offensiven, das werden sich die Alliierten doch nicht bieten lassen.

Wie geht es in Stein? Gibt es wieder Gefallene? Und – Mama – Du darfst uns nicht verraten, die Kinder schreiben mir, Anna, die Kluge, arrangiert das wie ein alter Stratege. Die Kinder müssen wenigstens keine schwarzen Kleider mehr tragen, aber das siehst Du ja hoffentlich. Im Schloß wird mein Name immer noch nicht genannt. Die Verachtung der anderen, der elende

Klatsch, von dem Du berichtest, den spüre ich hier in Dresden nicht. Und ich hoffe, daß Du und Hedwig und Sophie unter meinem Entschluß nicht länger als nötig leiden müßt. Werdet Ihr wieder eingeladen? Ich wünsche es Euch, auch wenn ich es selber nicht vermisse.

Mama, Du kannst Dir nicht denken, wieviel Glück einem von der Literatur kommt, wenn man sich darüber mit einem geliebten Menschen austauschen kann, von der Musik, die wir täglich gemeinsam hören. Bald können wir heiraten, das Land Sachsen hat mich eingebürgert, wir haben eine Heiratserlaubnis bekommen – dann kannst Du Dich auch wieder mit mir sehen lassen. Aber keine Angst, ich komme nicht nach Stein, nicht einmal nach Nürnberg, wenn ich nicht muß. Ich habe hier einen Anwalt, Dr. James Breit, der mich bei Gericht vertritt. Ich lasse Gras wachsen über alles.

In Liebe, Deine Ottilie

Dresden, 4. Mai 1918

LIEBSTE CLARISSA, ich bin für ein paar Tage allein in unserem Versteck. Denn daß es ein Versteck ist, ein Schlupfwinkel, dessen sind wir uns durchaus bewußt. Wir sind geflüchtet vor dem Schmutz der üblen Nachrede. Vor der Heuchelei. Die meisten, die uns verleumden und verachten, haben ihre Affairen im Geheimen. Das wird akzeptiert. Doch wehe, wenn einer ausschert aus dem Trott, dem wird das bißchen Glück, das man argwöhnisch vermutet, von ganzer Seele mißgönnt. Aber das ist Dir ja nicht neu. Du lebst ja selber in dieser Neidgesellschaft. Philipp ist für ein paar Tage in Neidstein, es sind Reparaturen in Auftrag zu geben, nach Dianas Auszug müssen die Wohnräume für uns renoviert werden und darüber hinaus brauchen wir ein geräumigeres Bad als die vorhandenen, sehr kleinen, die irgendwann einmal nachträglich eingebaut wurden. Ich bewundere Philipp. Er ist derart souverän, und ich glaube, das Erlebnis dieses unseligen Krieges hilft ihm dabei. Denk Dir – man hat unser Verhältnis seinem Kommandeur gemeldet, wir können uns vorstellen, wer, und nun hat Philipp nach seiner glänzenden, 24jährigen Karriere ein ehrengerichtliches Verfahren am Hals. Er hat, so heißt das, die Standesehre verletzt, «weil er mit der Gattin eines im Felde stehenden Offiziers unter Mißbrauch langjähriger Gastfreundschaft und Außerachtlassung der schon mit Rücksicht auf den Stand gebotenen Zurückhaltung Ehebruch getrieben und die Ehe des Majors Graf Faber-Castell zerstört hat». Philipp geht damit bewundernswert um. Er sagt, daß er nach diesem Krieg froh ist, nicht mehr zum Militär zu gehören.

Ach, Clarissa – ich bin hier so ausgehungert nach allem, ich gerate wegen jedes freundlichen Lächelns, wegen jeder liebenswürdigen Einladung in Verzückung. Wir werden oft zu Gesellschaften gebeten. Man feiert zwar ohne Festessen, aber trotzdem stilvoll. Vielleicht sind Notzeiten auch dazu da, der Musik und den Künsten Vorrang zu geben. Manchmal kennen wir die Gastgeber lediglich von Konzerten oder aus dem Theater. Die Menschen mögen uns, Philipp und mich, das spüren wir, und es tut uns gut. Manchmal zögern wir wegen der langen Vorbereitungen, des Umziehens und so weiter. Wir haben immer noch nicht genug von unseren Tagen und Abenden allein, wo wir am Kamin sitzen, reden, lesen, trinken – wundervoll. Haben wir uns aber doch zum Ausgehen entschlossen, hören die Stimmen, sehen die Lichter und die schönen Menschen, dann freuen wir uns, daß wir dazugehören. Es ist, als seien in Dresden die Menschen anders als in Franken, wo man aus mir eine verachtenswerte Person gemacht hat, der man überall die Türe vor der Nase zuschlägt. Vielleicht sind Franken besonders gesetzestreu und obrigkeitshörig –

zumindest zum Schein. Du siehst, liebste Clarissa, ich bin verbittert und dann wird man ungerecht. Weißt Du, wer besonders rigide mit mir ins Gericht geht, buchstäblich? Es sind die Anwälte Alexanders, Orth und Krakenberger, Du kannst Dich vielleicht an sie erinnern, die beiden Doktores, die bei der Schloßeinweihung in meiner Gruppe mitliefen und mir den Hof gemacht haben. Jetzt müßtest Du einmal die Gerichtsakten lesen, die sie über mich anfertigen. Dieser Orth nennt mich eine Ehebrecherin, eine, die es in der unverschämtesten Weise mit ihrem Buhlen getrieben hat, während ihr Mann auf dem Feld der Ehre kämpfte. Clarissa, man könnte meinen, die beiden wären Zeuge gewesen, so reiten sie mit immer neuen Beschimpfungen auf meiner Untreue herum, breiten sie mit geradezu sadistischer Süffisanz aus. Kein Schriftstück, in dem nicht mit wahrer Inbrunst angeführt würde, daß der Herr Major Philipp von Brand zu Neidstein unehrenhaft aus der Armee entlassen wurde, keines, in dem nicht ausführlich auf meine Verfehlungen hingewiesen wird.

Diese beiden, Orth und Krakenberger, sind geradezu ein Synonym für die Kreise, in denen ich mich früher bewegt habe; sie genossen meine Gastfreundschaft, haben sich in unserer Gesellschaft gesonnt, unsere Verbindungen benutzt, und dann haben sie mich mit Dreck beworfen. Ich wußte, daß es so kommen würde, aber ich habe es mir natürlich nicht in aller Scheußlichkeit vorstellen können.

Aber das liegt hinter mir. Ich kann mit meinen Reifen, die Du so liebenswürdig und tapfer auf Dich genommen hattest, nun überall herumklimpern und auf Nachfrage sagen, wer sie mir schenkte. Ich werde keinen Armreif mehr bekommen, Clarissa, nur noch am 5. Mai einen kleinen goldenen Reif für den Ringfinger, und dann ist Schluß.

Ach, liebste Clarissa, ich bin so herrlich in Schwung, dabei verzehre ich mich schon nach Philipp, ich kann ihn keine Stunde, geschweige denn einen Tag missen. Ihm geht es ebenso, ich bekomme täglich seinen Brief, wenn er in Neidstein ist, ich bin dann so aufgeregt, und diese Seligkeit, wenn er wieder zurück ist – unbeschreiblich. Er reist ja ohne mich sowieso nur zum Schloß, aber diese Tage oder Wochen ohne ihn verunsichern mich zutiefst – einerseits, andererseits genieße ich diese Wellen von Zuneigung, von Liebe, die mich überrollen, wenn Philipp dann wieder bei mir ist. Auch seine Augen leuchten, wenn ich ihm wieder in den Armen liege. Wir genießen unsere Lust ganz unbeschreiblich.

Wie waren wir kalt und leer, Alexander und ich. Erst jetzt weiß ich das mit unbarmherziger Klarheit. Man darf eine Ehe nicht eingehen aus Kalkül, aus Angst, aus Unsicherheit, aus Eifersucht auf andere oder aus welchen Gründen man es sich sonst noch einreden mag. Du warst klug genug, Dich nicht zu binden, und trotzdem hoffe ich, daß Du eines Tages auch noch findest, was ich jetzt erleben darf – ein herrliches, ungezähmtes, bebendes Glück. Glaub mir, Clarissa, dazu werden wir nie zu alt. Falten mögen wir bekommen, aber nur im Gesicht, nicht in der Seele.

Deine Ottilie

Die Ausritte am Morgen waren das Schönste. Oder doch die Stunden abends am Kamin? Mit Philipp war alles Lust, was früher lediglich Dasein bedeutet hatte, Existenz. Ottilie wurde nicht müde, es für sich selber und für Philipp zu beschreiben, was sie täglich neu staunen ließ; die Helligkeit ihrer Träume, das Leuchten eines jeden Tages, die Atmosphäre von tiefer Zuneigung, die jeder spürte, der um sie war.

Sie hatten Neidstein erst erobern müssen. Der Auszug Dianas hatte die Bediensteten ins Reden gebracht, doch Philipp war der Herr auf Neidstein, so wie Alexander der Herr auf

Schloß Stein war und blieb, und zum Herrn hielt man sich – zu wem sonst. Es gab außerdem genug zu tun, die neue Herrin brachte einen riesigen Wagen voller Möbel und Gerätschaften mit, Geschirr und Silber, das kostbar war. Und dann die allerschönste, aber auch mit viel Arbeit verbundene Neuerung: Schloß Neidstein wurde mit elektrischem Strom versehen – endlich. Die Öl- und Petroleumlampen konnten auf den Dachboden geräumt werden.

Der gesamte Mittelbau bekam ein neues Dach, daher mußte man die Stürme nicht mehr fürchten, die über das hochgelegene Neidstein hinwegfegten, auch das Turmdach wurde erneuert, der Erker bekam einen neuen Giebel – das gesamte Schloß sah dadurch ungleich viel schöner und eleganter aus.

Am schönsten war es, wenn der Flieder blühte. Ottilie glaubte, noch nie etwas so Herrliches, köstlich Duftendes gesehen zu haben wie den Fliederwald oberhalb des Schloßhofes, der sich bis zur Ruine der alten Burg hinaufstreckte, weiß und lila blühte, als könne er gar nicht mehr damit aufhören. Wenn Ottilie daran dachte, daß frühere Freunde sie nicht mehr einluden, berührte sie das nicht länger. Sie konnte mit Philipp allein, in ihrer Einsamkeit hier oben, mit ihren Büchern, diesem Flieder, der glühenden Sonne und dem dicken goldenen Mond am Abend vollkommen glücklich sein.

Schloß Neidstein, 9. Juli 1921

LIEBSTE MAMA, Du schreibst, daß Alexander sich wieder verheiraten will. Das ist sein gutes Recht. Nur mache ich mir Sorgen wegen des Erbes meiner Kinder. Du weißt, daß ich Alexander mein gesamtes Vermögen überlassen habe, doch natürlich nur mit dem Willen, daß er es für unsere Kinder verwaltet. Wenn er in seiner neuen Ehe weitere Kinder bekommt, wie steht es dann mit dem Erbe meiner Kinder?

Wird das geschmälert? Ich habe keine Ahnung, kann auch Alexander nicht einschätzen. Möchtest Du einmal vorsichtig bei ihm anfragen, mit Dir spricht er doch am ehesten. Ich möchte in dieser heiklen Frage nicht auch noch die Anwälte bemühen. Es reicht mir, daß ich wegen meiner Leibrente ständig betteln muß. Nächstens werde ich noch vor Gericht um mein eigenes Geld streiten müssen. Dabei verlange ich ja wirklich nur einen bescheidenen Betrag, damit wir Schloß Neidstein halten können.

Noch ehe sie von ihrer Mutter hörte, ließ Alexander Ottilie durch seinen Anwalt antworten, er habe für seine Kinder zu jeder Zeit alleine gesorgt, und er werde auch in Zukunft alleine für sie sorgen. Nach dieser ziemlich absurden Behauptung wußte Ottilie, daß es auf gütlichem Wege keine Einigung mit Alexander geben würde. Er ließ durch seine Anwälte erklären, daß das Vermögen so groß gar nicht mehr sei, der Krieg habe riesige Schäden verursacht, besonders im Ausland seien Grundbesitz und Fabriken beschlagnahmt worden. Ottilies Anwälte dagegen konnten bei Gericht nachweisen, wieviel Grundbesitz im In- und Ausland, wieviel Mobiliar und Kunstschätze in den verschiedenen Schlössern, wieviel Hypothekenforderungen, Wertpapiere, Aktienpakete, Kapitalfonds, die Weltfirma Faber-Castell und die Firma Guttknecht mit wertvollen Patenten, Warenzeichen und Schutzrechten – welch immensen Besitz Ottilie ihrem früheren Mann bei der Scheidung überlassen habe.

Jetzt will er alles, was ich ihm gegeben habe, verkleinern bis zur Bagatelle, schrieb Ottilie empört an Clarissa.

«Er will dich dafür strafen», sagte Philipp, «daß du ihn verlassen hast. Daher versucht er, dich selber und deinen Besitz herunterzumachen. Das ist seine Rache. Er kann dich ja nur mehr über das Geld treffen.»

Schloß Neidstein, 17. 4. 1921

LIEBSTE CLARISSA, Scheidungen scheinen aus manchen Leuten Racheengel zu machen. Ich begreife Alexander trotz aller meiner Gewissensbisse nicht. Er selber ist doch mit ziemlicher Geschwindigkeit wieder verheiratet gewesen. (Diana übrigens noch rascher. Sie hat sich inzwischen schon wieder scheiden lassen. Ich wüßte gern, warum. Ich fürchte, Diana hat aus Trotz, Kummer und verletzter Würde heraus einem Mann das Jawort gegeben, um nicht als Verlassene dazustehen. Der Gedanke bedrückt mich unsäglich. Erst jetzt spüre ich, wie sehr ich Diana liebgewonnen habe. Liebe Clarissa, ich glaube, wenn man wirklich verliebt ist, hört man auf zu denken, übersieht nicht mehr, was man um sich herum anrichtet. Sonst wäre es doch unmöglich, eine Frau liebzuhaben und gleichzeitig zu wissen, daß man nur eines im Sinn hat – mit ihrem Mann zu leben. Trotzdem hoffe ich immer noch, daß Diana irgendwann wieder mit uns spricht. Philipps Kinder besuchen uns ja schon hier in Neidstein.) Aber Alexander ist unerbittlich hart, glaub mir, Clarissa. Und findest Du nicht auch, daß er diese Gräfin von Zedtwitz doch ziemlich rasch aus dem Hut gezaubert hat? Sogar seinen alten Familiennamen hat er wieder beantragt, und das ist so ziemlich das einzige, was ich wirklich verstehe, schließlich will seine Frau nicht meinen Namen tragen, und für den kleinen Radulf wollen sie das auch nicht. Das kann ich gut nachfühlen. Mir hätte Alexander nicht eigens verbieten lassen müssen, seinen Namen weiterhin zu tragen. Wenn er wüßte, wie froh ich bin, auf denselben Namen zu hören wie Philipp. Wann kommst Du zu uns, Clarissa? Du mußt es dir unbedingt anschauen, unser Schloß Neidstein.

Deine Ottilie

KAPITEL 32

Es war im April 1928, als sie von Alexanders Tod hörte, als sie erfuhr, daß er in Oberstdorf seiner Lungentuberkulose erlegen war. Ottilie wußte, daß die Krankheit bei Alexander im letzten Jahr ausgebrochen war, daß er in Meran im Sanatorium Heilung suchte, in San Remo. Danach hatte er noch eine Rundfahrt um Afrika gemacht, alles in Begleitung seines Dieners Johann Schmidt. Warum ihn seine Ehefrau nicht begleitete? Hatte sie Angst, weil sie ihn schon in den Krallen der Krankheit und des Verfalls wußte?

Im ersten Impuls wollte Ottilie wie immer, wenn sie etwas bedrängte, zu Philipp hinstürzen, sich an seiner Schulter ausweinen, bis sie diese merkwürdige Trauer, die ihr absurd vorkam, überwunden hätte. Sie dachte daran, daß ihre Kinder, die mit Rücksicht auf den Vater bisher nur heimlich und für Stunden sie besucht hatten, nun uneingeschränkt nach Neidstein kommen konnten, und gleichzeitig schämte sie sich dieses Gedankens. Würde sie denn niemals souverän mit ihren Erinnerungen an Alexander umgehen können?

Wie hatte er mit ihr gestritten. Um Geld. Immer wieder um Geld. Lächerlich. Dabei war er im Besitz ihres gesamten Vermögens, das durch den Krieg sogar noch angewachsen war, denn die Erzeugnisse des Hauses Faber-Castell waren im In- und Ausland weiterhin glänzend verkauft worden. Völlig absurd wurde der Rechtstreit um die kleine Summe von 100 000

Mark während der Inflation. Immer wieder vom Gericht auf Unangemessenheit seiner Zahlungen hingewiesen, hatte Alexander im Jahre 1923 schließlich eine Million Papiermark bezahlt, was einem Wert von etwa 100 Goldmark entsprach. Dann bequemte er sich zu dem Zugeständnis, für 1923 2 Millionen Papiermark zu zahlen, im März erhöhte er die Summe auf vier Millionen, im Juli auf 20 Millionen, im September war er zu einer Nachzahlung von 400 Millionen Papiermark bereit, für Oktober 1923 wollte er zwei Billionen Papiermark bewilligen, das wären 32 Goldmark gewesen.

So ging das weiter im folgenden Jahr, als er auf dringende Mahnungen und Vorstellungen der Gerichte hin dann 1200 Goldmark bezahlte. Immer wieder gab es Gerichtsverfahren, neue Vergleiche. Ottilie hätte am liebsten auf alles verzichtet, aber für Neidstein wurden immer wieder Baumaßnahmen notwendig, für die das Schloß und seine Landwirtschaft nicht genug Geld abwarfen, so daß Ottilie trotz innerer Widerstände mit Alexander um ihre Rente, die er ihr 1916 vertraglich zugesichert hatte, streiten mußte.

Neidstein, 28. Mai 1932

LIEBSTE CLARISSA, ich muß Dir wenigstens ein paar Zeilen schreiben über die Taufe meines ersten Enkelsohnes, Roland-Alexander, die vor drei Tagen in unserer Schloßkapelle in Stein gefeiert wurde. Ich bin jedesmal, wenn ich nach Stein komme, im Innersten aufgewühlt und den Tränen nahe, wenn ich alles wiedersehe, was ich vor sechzehn Jahren verlassen habe. Wie Du weißt, ist aus meiner Tochter Elisabeth die Gräfin von Bismarck-Schönhausen geworden, aus Mariella die Prinzessin zu Hohenlohe-Oehringen. Irmgard, nach kurzer Ehe wieder geschieden, heißt nach wie vor Faber-Castell. Sie sind sehr unterschiedlich, meine

Töchter, aber jede für sich attraktiv und sehr liebenswürdig. Es erwärmt mich jedesmal wieder, wenn ich erlebe, wie sie mir vertrauen, daß sie in Neidstein ihre zweite Heimat sehen. Philipp mag meine Kinder sehr, das wußte ich schon lange, glücklicherweise spüre ich auch viel Zuneigung zu seinen Kindern, die aber reservierter mit mir umgehen, als meine Kinder Philipp gegenüber sind.

Roland und Alix sind ein schönes Paar – erinnerst Du Dich noch an die Hochzeit vor vier Jahren in London? Die dreijährige Felicitas blieb während der ganzen Taufe fest an meiner Hand und auf meinem Schoß, Philipp hatte Erika auf dem Arm, die noch keine zwei Jahre alt ist, allem aber höchst sachverständig zuschaute. Als der Pfarrer das Wasser über Roland-Alexander goß, dachte ich daran, wie Mariella bei der Taufe meines Sohnes Wolfgang gerufen hatte: «Wolfgang Haare waschen», und wieder war ich den Tränen nahe.

Soviel Zeit ist vergangen, Clarissa, aber manchmal denke ich, die Menschen lernen nichts aus der Vergangenheit. Roland streitet mit der Domänenkanzlei Castell-Rüdenhausen, wie es früher Alexander tun mußte. Sie behaupten, Roland sei nicht Mitglied des Hauses. Er hat sich mit mir beraten, wir sind übereingekommen, daß er seine Ansprüche für sich und die Kinder in vollem Umfang aufrechterhält. Es geht auch um den Wolfgang-Fonds und um die Otto-Stiftung, die von der Witwe Otto, einer reichen Erbin, eingerichtet worden war.

Aber zurück zur Taufe, liebe Clarissa – wir sangen dann «Großer Gott, wir loben Dich», hörten das Violinsolo «Ave Maria» von Gounod, und ich war froh, daß Philipp neben mir war. Clarissa – sosehr ich meine Kinder liebe, stolz auf sie bin, mich an ihrer Gegenwart freue, in Wahrheit zählen für mich nur die Jahre, die ich mit Philipp verbracht habe. Nie vorher habe ich ein solches Vergnügen des geistigen Austauschs gekannt, das Glück, einander täglich zu verstehen und gutzutun.

Du mußt bald wieder nach Neidstein kommen, Clarissa – Du magst doch unser Bier, und wenn ich es auch nicht selber trinke, gehe ich doch gern in die tonnenschweren Gewölbe, die so sicher sind, einfach nicht einstürzen können, und so herrlich kühl im Sommer. Ich rieche den Duft des Hopfens gern, das Bierbrauen ist etwas Uriges, Deftiges, es gefällt mir und paßt zu Neidstein.

Ich frage mich, ob Roland und Alix glücklich sind. Philipp glaubt auch, Spannungen gespürt zu haben. Siehst Du, Clarissa – die Zeiten haben sich doch geändert. Und wie rasch. Erst sechzehn Jahre ist es her, daß Philipp und ich geächtet wurden wie Verbrecher, weil wir unsere Ehen nicht länger fortführen wollten. Alix war schon geschieden, als sie Roland heiratete, Irmgard ist geschieden, und ich bin sicher, es wird nicht die letzte Scheidung im Hause Faber-Castell sein. Aber niemand wird mehr Schwarz tragen. Und das ist gut so.

Deine Ottilie

Ottilie steckte aufatmend ihren Brief ins Kuvert. Sie saß in ihrem Zimmer, von dem aus sie über das Land schaute, weit, noch niemals vorher hatte sie aus ihrem Zimmer einen so weiten, freien Blick gehabt. Es war schön, in diesem Zimmer zu sitzen, an dem Schreibtisch, den Bruno Paul für sie entworfen hatte; sie hörte den Wind übers Dach gehen, es war ein neues, ein sicheres Dach, das sie über sich hatten. Sie trank einen Schluck Frankenwein, erdig war er und voller Sonne, aus dem Musikzimmer hörte sie Philipp, er spielte Chopin. Ottilie atmete tief, und sie bezweifelte, daß es ein größeres Glück für sie geben könnte.

EPILOG

Schloß Neidstein, 28. 9. 1944

LIEBE ANNA, unsere Mutter ist tot. Ich kann es nicht glauben, daß ich sie nicht mehr wiedersehen soll. Am gestrigen Samstag, als ich sie, verabredungsgemäß, hier gesund zurückerwartete, mußte ich sie tot in der Klinik Hallerwiese in Empfang nehmen. Frisch und gesund ist sie zu einem kleinen Eingriff in die Klinik gegangen. Sie hat sich noch in Stein bei Frau Frenz, der Gärtnersfrau, verabschiedet. Sie sei fröhlich gewesen, sagte Frau Frenz, ohne jede Angst. Der Gedanke, daß alles nicht nötig war und sie durch das Versehen der Ärzte sterben mußte, kann einen zum Wahnsinn bringen. Du weißt, liebe Anna, daß ich die letzten zwei Jahre ganz bei Mutter in Neidstein gelebt habe. Aber auch Elisabeth, Irmgard und Roland waren häufig hier. Es war, als wollten wir alle die Zeit nachholen, die wir ohne unsere Mutter sein mußten. Solange sie bei uns in Stein war, gemeinsam mit dem Vater, war unser Dasein überschaubar, unkompliziert, behaglich. Wir haben beide Eltern geliebt, unsere Mutter in ihrer Begabung und dem immer neuen Willen zum Glücklichsein, und den Vater in seinem Pflichtgefühl, und beide haben uns Kindern bei der Trennung leid getan. Wir konnten allerdings nicht begreifen, warum unsere Mutter, die von allen verehrt wurde, vom Vater, von den Dienstboten, von den Gästen, die ständig unser Haus bevölkerten – warum sie von einem Tag auf den anderen tabuisiert wurde, wie das Verbrechen oder der Tod. Das haben wir Kinder nicht begriffen. Du, Anna, warst der einzige Mensch, mit dem wir über sie reden konnten, der uns von ihr berichtet hat, daß sie immer noch dieselbe war, die wir geliebt hatten – gütig, großzügig, allerdings ausgestattet mit einem Willen zur Selbstbestimmung, der in dieser Zeit einer Frau nicht zugestanden wurde. Heute, wo wir doch ein paar Schritte weitergegangen sind, sehe ich das klar: Unsere Mutter war eine Bedrohung für meinen Vater, für die Gesellschaft, in der sie lebten. Auch damals, kaum sechzehn, habe ich gespürt, daß viel heuchlerische Moral, viel Unaufrichtigkeit meine Mutter verstoßen hat.

Ich bin so froh, Anna, daß sie später erleben konnte, wie beliebt sie in Stein nach wie vor war. Als sie verfemt wurde von der Herrschaft, trauten sich die Leute nicht, sie weiter zu verehren, doch nach der ersten Aufregung haben sich immer mehr Menschen daran erinnert, wie sehr sie sich um jede Familie der Faberer gekümmert hat. Um die Witwen vor allem, wenn ein Mann jung starb und Frau und Kinder unversorgt zurückblieben. Wie sie Behinderte pflegen ließ, deren sich die Familie schämte. Ins Waisenhaus, das ihren Namen trug, haben wir sie oft begleitet.

Nach dem Tod unseres Vaters waren wir befreit von dem belastenden Loyalitätskonflikt – unsere Mutter konnte wieder ungehindert bei uns sein. Ich höre immer das feine Klimpern ihrer Goldreifen, auch, als sie mich zum Abschied umarmte, es ist doch erst eine Woche her. Wir haben ihr die goldenen Armreifen auch im Sarg gelassen, Du wirst es sehen, wenn Du kommst. Mutter ist in Etzelwang aufgebahrt, sie sieht schön aus, fast fröhlich, als freue sie sich, daß sie neben Philipp begraben wird. Das wollte sie so – seit seinem Tod hat sie sich ja ständig mit dem Sterben beschäftigt. Weißt Du noch, Anna, als er starb vor neun Jahren, da ließ sie ihn bis zur Beisetzung nicht aus den Armen.

Heute bezahle ich Frau Puchtner, die Leichenfrau, die Rechnung der Klinik Hallerwiese und die Anzeige im Sulzbacher Blatt. Beim Metzger ist noch eine Rechnung offen, beim Bäcker, bei der Kohlenhandlung. Selbst die Magermilch-Rechnung von Deyerl beträgt 21 Mark, obwohl man den blauen Heinrich schlechterdings nicht trinken kann. Zwei Kriege hat unsere Mutter erlebt. Sie war genau wie Philipp entschieden gegen den Faschismus. Sie haben oftmals Aufrufe dagegen unterzeichnet, waren tief deprimiert bei der Machtübernahme Hitlers. Ich habe meine Mutter einmal weinen sehen – das war, als Roland ins Feld mußte. Nicht einmal Philipp konnte ihr die Ängste nehmen, die Verzweiflung, das Gefühl der Hilflosigkeit.

Liebe Anna, besonders jetzt, wo Mutter tot ist, habe ich richtiggehend Heimweh nach Dir. Wie ich aus der Zeitung entnehme, ist Dein Mann inzwischen ein bekannter Dichter geworden. Und Martin, das weiß ich von Mutter, ist ein guter Schüler und wird das Abitur ohne Mühe schaffen. Ich habe in Mutters Nachlaß ein Sparbuch für ihn gefunden.

Anna, unsere Mutter hat nichts und niemanden verleugnet, nicht einmal ihr Alter. Die weißen Fäden in ihrem Haar, mir taten sie weh, doch sie sagte, daß der Nachmittag und der Abend ihres Lebens die hellste und lebendigste Zeit gewesen sei, daher gebe es nichts zu beschönigen. Sie hat sehr viel von Dir gesprochen, Anna. Wenn Du herkommst nach Neidstein, möchte ich Dir danken, daß Du als einzige immer mutig und kompromißlos zu unserer Mutter gestanden hast. Mutiger sogar als die Großmutter und die Tanten, die immer vorsichtig taktiert haben, den Vater nicht brüskieren wollten. Du hast Deine Stellung riskiert, um die Fäden zwischen uns Kindern und unserer Mutter nicht reißen zu lassen. Dafür will ich Dir danken, und zwar nicht auf dem Papier.

Mut zur Selbstbestimmung, das ist es, was ein Mensch wirklich braucht. Und ich glaube, daß nur Menschen, die von ihren Eltern ein Urvertrauen mitbekommen haben, diesen Mut aufbringen. Dir, Anna, hat die Fürsorge Deiner tapferen Mutter diesen Mut gegeben, unsere Mutter bekam ihn durch die Liebe beider Eltern, ebenso wie ich. Die Tatsache, daß meine Geschwister und ich den Mut hatten, unsere zerrütteten Ehen nicht weiterzuführen, daß wir heute nicht mehr auf einen Menschen verzichten wollen, der wirklich versteht, das haben wir unserer Mutter zu verdanken. Sie hat mit Philipp die vollkommenste Ehe geführt, die ich kenne. Als er starb, sagte sie mir: «Die Ehe mit eurem Vater weckte in mir die gefährliche Sehnsucht nach Philipp. Ich fühlte mich wie gefoltert von den vielen Verpflichtungen und Verstrickungen meines Daseins. Es war, als wäre ich auf offenem Meer in einen Sturm geraten, der das Boot kurz und klein schlug. Erst, als alles zerbrochen und zerfetzt war, ich mich in einer Art Niemandsland befand, konnte für Philipp und mich Neues entstehen. Ich spürte, daß mein Leben mir gehörte, weil ich es mit Philipp teilte. Jeder Tag zählte, ich fühlte, daß in mir eine Kraft brannte, die schon immer dagewesen sein mußte. Nur konnte ich nichts damit anfangen, ich spürte sie nur, weil sie manchmal weh tat. Durch Philipp bekam ich ein neues Wissen über mich selbst. Alles, weshalb man mich früher gescholten und verachtet hatte, erwies sich nun als richtig, als Wahrheit. Es war, als ginge mit Philipp eine neue Sonne auf. Noch nie habe ich zu jemandem soviel Vertrauen gehabt wie zu ihm. Er war mein Mann, mein schönster, geistreichster Freund. Mit ihm habe ich eine Liebe erlebt, von der ich früher nicht einmal träumen konnte.»

Liebe Anna, als unsere Mutter mir das sagte, hättest Du sie sehen sollten. Sie war in diesem Moment ganz nah bei Philipp, das konnte ich spüren, und sie sah so schön aus! Wir haben diese Liebe ja noch miterlebt, Elisabeth, Irmgard, Roland und ich. Kannst Du verstehen, daß wir uns nicht mehr mit Halbem begnügen wollten?

Anna, ich freue mich auf Dich. Wenn Du kommst, werden wir gemeinsam zu Mutter gehen. Noch ist sie bei uns, und ich weiß, sie wird bei uns bleiben, denn sie hat uns in all der Zeit nie verlassen. Dieser Gedanke läßt mich innerlich ruhig und glücklich sein. Es ist heute besonders schön auf Neidstein. Überall Sonne, alles flammt in ihrem Licht, die Straße scheint weiß von flimmerndem Staub. In mir ist Trauer, aber auch viel Freude, denn mit Dir kann ich über meine Mutter sprechen. Komm bald, Anna.

Deine Mariella

ANHANG

Stammhaus A.W. Faber in Stein
bei Nürnberg 1870

CHRONIK

Am 21. Juni 1758 wurde in der Zirndorfer Kirche während der Betstunde Caspar Faber, neuangehender Einwohner und Schreinersgesell zu Stein, mit Maria Bußo, Tochter des Künstlers und Schreinermeisters Adam Bußo aus Stein, getraut. In der Familie seiner Frau lernte Caspar Faber, wie man aus Holzbrettchen, in deren Rillen Graphit eingefüllt wird, Bleyweißsteffte herstellt. Er lernte auch, seinem Schwiegervater und dem Schwager Johann Abraham Bußo wacker bei Schlägereien mit anderen Bleystefftmachern beizustehen, die sich gegen die Konkurrenz wehrten. 1744 mußten Adam Bußo und sein Sohn Abraham dem Bleystefftmacher Georg Sigmund Krauß 139 Gulden und 7 Kreuzer Strafe zahlen. Auch Caspar Faber lernte, daß es sich auszahlt, sich auf dem Markt Respekt zu verschaffen, denn er verdiente gemeinsam mit den Bußos mehr Geld als früher an seiner Hobelbank, wo er sich kreuzlahm geschuftet hatte. Bleysteffte in rotem Holz brachten 28 Kreuzer im Dutzend, in weißem Holz 18 Kreuzer. Maria Faber verkaufte die Stifte auf dem Markt zu Nürnberg, denn die Leute, die bislang nur Feder und Tinte, Rötelstifte, schwarze Kreide oder Kohle zum Schreiben besaßen, interessierten sich sehr für die Bleysteffte.

Um noch mehr über das Herstellen dieser Ware zu erfahren, verdingte sich Caspar Faber bei Johann Andreas Gutknecht in

Stein, wo er tagsüber für Lohn arbeitete. Am Abend fertigte er daheim selbständig Bleysteffte an.

Im Jahr 1761 machte sich Caspar Faber mit einer Bleystefftfabrikation selbständig.

1777 erhob Gutknecht vor dem Geuder-Rabensteiner Richter zu Heroldsberg Klage gegen seinen ehemaligen Arbeiter, weil «Faber sich dem Bleyweißmachen so stark ergebe, darinnen pfusche und ihm und seinem Bruder dadurch die Nahrung verderbe». Caspar Faber verteidigte sich zu Recht, indem er erklärte, «das Bleyweißmachen sei nicht zünftig, da er in Stein arbeite und nicht in Nürnberg, und könne daher dergleichen fertigen, wer nur wolle, wenn nur einer die nötige Wissenschaft davon habe». Caspar Faber gewann den Rechtsstreit.

Den noch heute gültigen Namen bekam das Haus Faber jedoch von Caspars Sohn Anton Wilhelm Faber. Er kaufte am 29. April 1783 von dem Metzgermeister Stephan Gundel den Unteren Spitzgarten um 1150 Gulden. Damit begründete er den heutigen Firmensitz.

Anton Wilhelm Faber heiratete im gleichen Jahr seine Braut Catharina Gundel. Das Paar bekam drei Kinder: Helene Maria, Margaretha Barbara und den Sohn und Erben Georg Leonhard.

Beim Tod Anton Wilhelm Fabers im Jahr 1819 hinterließ er seinem Sohn Georg Leonhard ein Vermögen von 51 000 Gulden. Er beschäftigte rund 30 Arbeiter, sein Unternehmen im Unteren Spitzgarten, auf der Ostseite der Rednitz, hatte sich unter den Bleistiftmachern in Stein durchgesetzt. Georg Leonhard Faber hörte von einer neuen Methode zur Minenherstellung, der sog. Conté-Methode, und war fasziniert. Nicolas Jacques Conté ein Porträtmaler und bedeutender Industrieller, den Frankreichs König zum Pair de France ernannte, mischte pulverisiertes Graphit mit geschlämmtem Ton und konnte auf diese Weise eine keramikähnliche Mine herstellen, die im Ofen gebrannt wurde und unterschiedliche Minenhärten ermöglichte.

Diese Methode führte Georg Leonhard Faber auch für seine Bleistiftfabrikation ein. Trotzdem hatte er Mühe, sich gegen die Nürnberger und Steiner Konkurrenten durchzusetzen. Er produzierte nur für den regionalen Markt, und seine Frau Friederike trug immer noch die Bleistifte im Weidenkorb zum Verkauf. Wäre sie nicht gewesen, so hätte Faber seine Bleistiftfabrikation ganz aufgegeben und sich der Landwirtschaft zugewandt. Doch Friederike Faber saß bis in die Nächte am Bindstock, hielt eisern das Wenige zusammen. Ihre Hoffnung galt dem ältesten Sohn Johann Lothar Faber, geboren am 12. 6. 1817 im Unteren Spitzgarten.

Er war das älteste von 15 Kindern, von denen aber nur fünf überlebten, das waren außer Lothar noch seine jüngeren Brüder Johann und Eberhard und seine Schwestern Line und Babette. Lothar und seine Geschwister besuchten die Volksschule in Großreuth, Lothar außerdem zwei Jahre die Lateinschule in Nürnberg und noch ein Jahr die Realschule, bevor er 1831 als Lehrling ins Bankhaus Johann Conrad Cnopf eintrat. Hier wurde er mit dem Zollwesen, den Bank- und Speditionsgeschäften vertraut. Nebenher lernte er autodidaktisch Französisch, Englisch und Italienisch. Sein Bruder Johann, auch Jean genannt, erlernte den Beruf eines Kellners, Eberhard studierte Jura. Die Schwestern halfen der Mutter im Hauswesen. Lothar war von seinen Eltern für die Nachfolge in der Firma A.W. Faber bestimmt.

Lothar Faber entschied sich mit 19 Jahren, nach Paris zu gehen, um dort die französische Bleistiftindustrie kennenzulernen, die wesentlich weiter entwickelt war als die deutsche. In der französischen Metropole begriff der junge Faber, daß er

Lothar von Faber (1817–1896)

Ottilie von Faber,
geborene Richter (1831 – 1903)

den elterlichen Betrieb herausholen mußte aus der regionalen Enge Frankens. Er wollte seinen Produkten den europäischen Markt und den Weltmarkt eröffnen.

Lothars Vater starb 1839 bereits mit 51 Jahren, daher mußte der Sohn seine Studien in Paris abbrechen und mit 22 Jahren die Firmenleitung in Stein übernehmen. Er fand nur noch wenig Kapital und 20 Arbeiter vor, die teilweise ohne Beschäftigung waren. Lothar Faber richtete seine verzweifelte, völlig abgearbeitete Mutter mit seinem Vorsatz auf, daß er bald erfolgreich sein und «eine Million Mark verdienen werde».

Lothar von Faber hatte seiner Mutter nicht zuviel versprochen. Er schaffte den unternehmerisch-wirtschaftlichen, politischen, sozialen und kulturellen Aufstieg.

1839 schuf er mit dem sogenannten «Polygrades» den ersten Qualitätsbleistift und kennzeichnete seine Stifte – ebenfalls als erster – mit dem Firmennamen «A. W. Faber». Damit war das erste Markenschreibgerät der Welt geboren. Er verbesserte zahlreiche Produktionsverfahren, legte Normen für Minen und Bleistifte fest, und auch der sechseckige Stift stammte von ihm. Schließlich reiste er als erster Bleistiftfabrikant mit Musterkoffern zunächst durch Deutschland, dann – wesentlich erfolgreicher – durch das europäische Ausland. Weil er für gute Stifte gutes Geld verlangte, fragte ihn ein Nürnberger Manufakturist, «ob er denn Silber in seine Stifte mache», weil sie gar so teuer wären. Bis zu Lothars Zeiten galten nur englische und französische Stifte als Qualitätsprodukte. Beharrlich und erfolgreich setzte er jedoch seine Qualitätsgedanken fort, ließ nur die besten Lithographen für seine wertvollen Kataloge arbeiten und erwarb auf Landes- und Weltausstellungen Medaillen, Ehrungen und höchste Auszeichnungen für seine Stifte. 1849 gründete er die erste Auslandsfiliale in New York. Danach folgten Paris, London, Wien und Petersburg. Um 1850 herum waren

«Faber-Stifte» bereits weltweit ein Synonym für höchste Qualität geworden. Berühmte Maler wie van Gogh und andere verwendeten seine Stifte mit bestem sibirischen Graphit, über den er monopolartig ab 1856 durch Erwerb einer Graphitmine in Sibirien verfügte.

Klug baute Lothar Faber ein soziales Netz für seine immer größer werdende Arbeiterschaft. Er sah schon damals das Aufbrechen der Klassengegensätze voraus und gründete bereits 1844 eine eigene Krankenkasse, eine Unterstützungs- und Pensionskasse. Seinen Arbeitern machte er das Sparen schmackhaft, indem er ihnen in der Faberschen Arbeiter-Sparkasse den doppelten Zinssatz anbot, den öffentliche Kassen gewährten. In einer Arbeiterbibliothek wollte der Firmenchef sie auch sittlich aufrüsten. Für die vernachlässigten Kinder des Ortes, deren Eltern in der Fabrik arbeiteten, richtete er eine der ersten Kinderbewahranstalten Deutschlands ein. Im Consumverein, den er mitbegründete, gab es Nahrungsmittel zu günstigen Preisen. Schließlich ließ Lothar Faber auch zahlreiche Wohnhäuser für seine Arbeiter errichten.

Aufgrund seiner wirtschaftlichen und sozialen Verdienste wurde Lothar Faber 1862 der persönliche Adel verliehen, so daß er sich von nun an «von Faber» nennen durfte. 1865 wurde er zunächst zum «Lebenslänglichen Reichsrat der Krone Bayerns», 1891 zum «Erblichen Reichsrat der Krone Bayerns» ernannt. Bereits 1881 hatte ihn König Ludwig II. von Bayern in den erblichen Freiherrnstand erhoben. Als Reichsrat kämpfte Lothar von Faber entschieden für ein neues Gewerbegesetz, das 1868 verabschiedet wurde und endlich auch Bayern gegen viele Widerstände die Gewerbefreiheit brachte. Das Markenschutzgesetz in Deutschland, das 1874 im Reichstag verabschiedet wurde, ging auch auf seine Initiative zurück. Da Lothar von Faber für seine politische Arbeit ständig zwischen

Wilhelm von Faber (1851 – 1893)

Bertha von Faber, geb. Faber (1856–1940)

Stein und München pendelte und dies mit der zusätzlichen Last seiner Firma nicht länger vereinbaren konnte, zog er sich nach vier Jahren aus der Politik wieder zurück. Doch plante er unermüdlich weiter. 1869 initiierte er gemeinsam mit Theodor von Cramer-Klett, dem Mitbegründer der MAN, das Bayerische Gewerbemuseum in Nürnberg (heute: Landesgewerbeanstalt Bayern). Er wurde Mitbegründer der Vereinsbank in Nürnberg (heute: Nürnberger Hypothekenbank) und der Nürnberger Lebensversicherung (heute: Nürnberger Versicherungsgruppe). Bemerkenswert war auch seine Denkschrift zur Schaffung eines europäischen Parlamentes bereits im Jahre 1879.

Zum Familienbesitz in Stein kamen weitere Besitztümer hinzu. Fabriken, Waldungen, Forstgüter und Schlösser bekundeten den Reichtum Lothar von Fabers.

Im Jahre 1847 heiratete Lothar Faber seine Nichte Friederike Ottilie Albertine Sophie Richter. Mit ihr bekam er seinen einzigen Sohn, Wilhelm von Faber. Der hatte es natürlich schwer, neben einer so überragenden Vaterfigur zu bestehen. Er trat 1873 in die Firma seines Vaters ein, erhielt Prokura und war für die Nachfolge vorgesehen.

Mit 25 Jahren heiratete Wilhelm von Faber seine amerikanische Cousine Bertha Faber, die Tochter seines Onkels Eberhard, der ab 1849 in USA tätig war. Das Paar bekam fünf Kinder: Sophie Ottilie, genannt Ottilie, geboren 1877, Johanna Albertine Sophie, genannt Sophie, geboren 1878, Wilhelm Eberhard Lothar, geboren 1880, nach drei Jahren gestorben an Scharlach, Johanna Hedwig, genannt Hedwig, geboren 1882, und Alfred Wilhelm, geboren 1886, mit vier Jahren gestorben an Diphtherie.

1893 starb Wilhelm von Faber überraschend mit gerade 42 Jahren.

Lothar von Faber, der sich nunmehr ohne männlichen Erben sah, leitete – vom Schicksal stark verbittert – das Unternehmen noch drei Jahre weiter. Doch schon 1887 hatte er durch ein sogenanntes «Familienfideikommiß» (ungeteiltes Erbe) u. a. die künftigen Besitzverhältnisse und andere Familienauflagen geregelt.

1896 starb Lothar von Faber. Seine Frau Ottilie übernahm als Erbin vorerst das Unternehmen. Doch stand zu dieser Zeit auch fest, daß Enkelin Ottilie nach ihr Universalerbin des Faberschen Vermögens werden würde. Dies ergab sich aus Lothar von Fabers «Familienfideikommiß», das unter anderem auch zur Bedingung machte, «daß sich der Gatte der Fideikommißerwerberin im Besitz des erblichen Adels befinden müsse».

Am 28. Februar 1898 heiratete Freiin Ottilie von Faber den Grafen Alexander zu Castell-Rüdenhausen aus einem der ältesten deutschen Grafengeschlechter, das nachweislich auf das frühe 11. Jahrhundert zurückgeht. Bereits vor der Hochzeit, am 2. 2. 1898, genehmigte Prinzregent Luitpold den neuen Familiennamen: Graf und Gräfin von Faber-Castell. Auch hier hatte Lothar von Faber auf seine Weise mitgewirkt: Wohl wissend, daß ihm ein männlicher Nachkomme fehlte, machte das Fideikommiß für Enkelin Ottilie zur Bedingung, daß der Name Faber einem künftigen gemeinsamen Familiennamen voranzustellen sei und damit erhalten bleibe. Das Gesuch zur Verbindung der Namen Faber und Castell richtete Alexanders Vater, Graf Wolfgang zu Castell-Rüdenhausen (ab 1901 Fürst zu Castell-Rüdenhausen), persönlich an den Prinzregenten von Bayern.

1903 wurde mit dem Bau eines standesgemäßen Wohnsitzes begonnen, dem großen «Neuen» Schloß direkt gegenüber dem Werksgelände. Auch die Erziehung der Kinder wurde in die

Bertha von Faber mit ihren Töchtern Ottilie und Sophie (1896)

Ottilie und Mitschülerinnen aus dem Max-Joseph-Stift (1894)

Ottilie und ihre Schwester Hedwig (ca. 1902)

Hände von Gouvernanten und Tutoren gelegt. Graf Alexander von Faber-Castell achtete streng darauf, die Lebensformen seiner Familie denen seiner feudaladligen Herkunft anzupassen. Für einige Mitglieder der Casteller Verwandtschaft war die Heirat des Sohnes mit der industrieadligen Freiin von Faber zwar eine Mesalliance, die man aber duldete, da Ottilie Erbin eines ungewöhnlich großen Vermögens werden sollte. Interessanterweise heiratete aber auch Alexanders Bruder Wolfgang Ottilies Schwester Hedwig, so daß sich zwei Grafen zu Castell-Rüdenhausen mit zwei Freiinnen von Faber vermählten.

Lothar von Fabers Witwe, Freifrau Ottilie von Faber, nahm im Jahr 1900 Graf Alexander von Faber-Castell als Teilhaber in das Unternehmen auf. Nach ihrem Ableben im Jahre 1903 ging das Imperium ganz an ihn und seine Frau Ottilie über. Obwohl Graf Alexander für die Karriere eines Berufsoffiziers vorgesehen war, bewies er eine überraschend glückliche Hand in der Führung des Unternehmens. Auf seine Initiative hin wurde 1905 der grüne «Castell 9000» entwickelt – ein in Qualität und Aufmachung neues Produkt, das sich rasch eines großen Erfolges erfreute.

Dem jungen Paar wurden drei Töchter geboren: 1899 Elisabeth, 1900 Maria Gabriella und Irmgard Luise, geboren 1904. Ein Söhnchen, Wolfgang Lothar, war bereits mit 7 1/2 Monaten gestorben. 1905 kam der zweite Sohn, Roland, auf die Welt. Seine Erziehung wurde ganz der seines Vaters angepaßt: Kadettenanstalt, Studium der Land- und Forstwirtschaft, Reichswehr.

Im Jahre 1918 wurde das gräfliche Paar geschieden. Graf Alexander von Faber-Castell, der sich ab 1927 wieder Castell-Rüdenhausen nannte, starb im Jahr darauf. Sein Sohn Roland, der den Namen Faber-Castell beibehielt, übernahm mit 23 Jahren die Führung des gleichnamigen Unternehmens. Obwohl traditionell-feudalistisch erzogen, führte er das Unternehmen erfolgreich weiter.

Während der Zeit des Nazi-Regimes wurde Graf Roland durch den Nationalsozialisten Krüger zeitweise in der Firmenleitung abgelöst. Graf Roland, der nicht in die Partei eingetreten war, hatte keinen direkten Einfluß mehr auf die Führung des Unternehmens. Mehrfach wurde er während des Krieges eingezogen, zuerst in Polen, dann in Frankreich. Vor Stalingrad bewahrte ihn eine Typhuserkrankung.

Unter der Leitung Graf Rolands wurde 1930/31 das Unternehmen Johann Faber in die Firma Faber-Castell integriert. Johann wie Eberhard Faber waren Brüder Lothar von Fabers, die lange Zeit für das Unternehmen A. W. Faber tätig waren, sich später jedoch als Konkurrenten selbständig machten. Durch die Übernahme der Fabrik Johann Faber in Nürnberg erlangte Graf Roland von Faber-Castell auch die Mehrheit an der damaligen Johann-Faber S./A. in Brasilien. Dieses Werk entwickelte sich im Laufe der folgenden 60 Jahre zur heute größten Buntstiftfabrik der Welt.

Graf Roland von Faber-Castell, der nach dem 2. Weltkrieg den Wiederaufbau und die erneute Internationalisierung der Firmengruppe bewirkte, leitete in den siebziger Jahren persönlich den Übergang des Unternehmens in die Hände der nachfolgenden Generation ein. Nach 50 Jahren an der Firmenspitze verfügte er in den Gesellschafterverträgen von 1975, daß sein Sohn Anton Wolfgang, geboren 1941, die Nachfolge in der Unternehmensführung antreten sollte. Nach dem Tod des Vaters, im Februar 1978, trat Graf Anton Wolfgang aktiv in die Geschäftsführung ein und wurde alleiniger geschäftsführender Gesellschafter der Faber-Castell-Unternehmensgruppe.

Faber-Castell konzentrierte sich in den folgenden Jahren auf eine Straffung und Neuordnung des Sortiments. Als Kompen-

Ottilie von Faber-Castell mit ihren Kindern Elisabeth, Irmgard, Roland und Mariella

Seite 485:
Ottilie und Alexander von Faber-Castell kurz nach ihrer Heirat im Jahre 1898

Ottilie von Faber

Oben: Philipp von Brand

Unten: Alexander zu Castell-Rüdenhausen

sation zu dem einst bedeutsamen Rechenstabgeschäft, das mit der Verbreitung des Taschenrechners innerhalb weniger Jahre zusammenbrach, baute Faber-Castell ab 1979 eine inzwischen erfolgreiche Fertigung für dekorative Kosmetik auf.

Heute zählt die Unternehmensgruppe 4400 Mitarbeiter. Mit Schreib- und Zeichengeräten werden über eine halbe Milliarde DM Umsatz erzielt.

Graf Anton Wolfgang von Faber-Castell ist seit 18. 10. 1987 mit der Amerikanerin Mary Elizabeth Hogan verheiratet, hat einen Sohn und drei Töchter: Charles, Katharina, Victoria und Sarah. Die Familie lebt auf dem ehemaligen Sommersitz der Großeltern im Süden Nürnbergs. Das Schloß seiner Großeltern wurde 1939 von den Nationalsozialisten beschlagnahmt. Sie bauten es zur Flakscheinwerferstation aus. Nach Kriegsende war das Schloß zunächst von alliierten Truppen, später von amerikanischem Militär besetzt. Es diente während der Nürnberger Kriegsverbrecherprozesse als Unterkunft für internationale Anwälte und Pressevertreter und war schließlich bis 1953 Pressecamp der Amerikaner.

Erst die Studien der Kunsthistorikerin Dr. Karen Kühl über den seit Jahrzehnten fast vergessenen und nicht gewürdigten Jugendstilschatz, der in Form von Fresken, Mosaiken und hochinteressanten Bäderinstallationen erhalten geblieben war, rückten das Schloß 1984 wieder ins Blickfeld. Mit den Dreharbeiten für Bernhard Sinkels Fernsehfilm «Väter und Söhne» 1985 wie auch zwei Jahre später durch die Hochzeit von Graf von Faber-Castell mit Mary Elizabeth Hogan wurde das Schloß nach jahrzehntelangem Dornröschenschlaf wieder zu neuem Leben erweckt. Viel kostbares Mobiliar, Gemälde zeitgenössischer Künstler, Geschirr, unwiederbringliche Gobelins und die Gläsersammlung seiner Großmutter Ottilie von Faber-Castell waren während der Beschlagnahmung des Schlosses verlorengegangen. Heute dient das Schloß im wesentlichen kulturellen und unternehmensbezogenen Veranstaltungen. Zu Wohnzwecken will es Graf von Faber-Castell nicht mehr verwenden.

Obwohl die einstige Vermählung der Freiin Ottilie von Faber mit Graf Alexander zu Castell-Rüdenhausen aus Casteller Sicht nicht standesgemäß war, ist das heutige Verhältnis der Gräflich von Faber-Castellschen Familie zu den 1901 in den Fürstenstand erhobenen Familien Castell-Castell und Castell-Rüdenhausen als sehr verbunden und herzlich anzusehen.

Stammbaum der Familie Graf von Faber-Castell

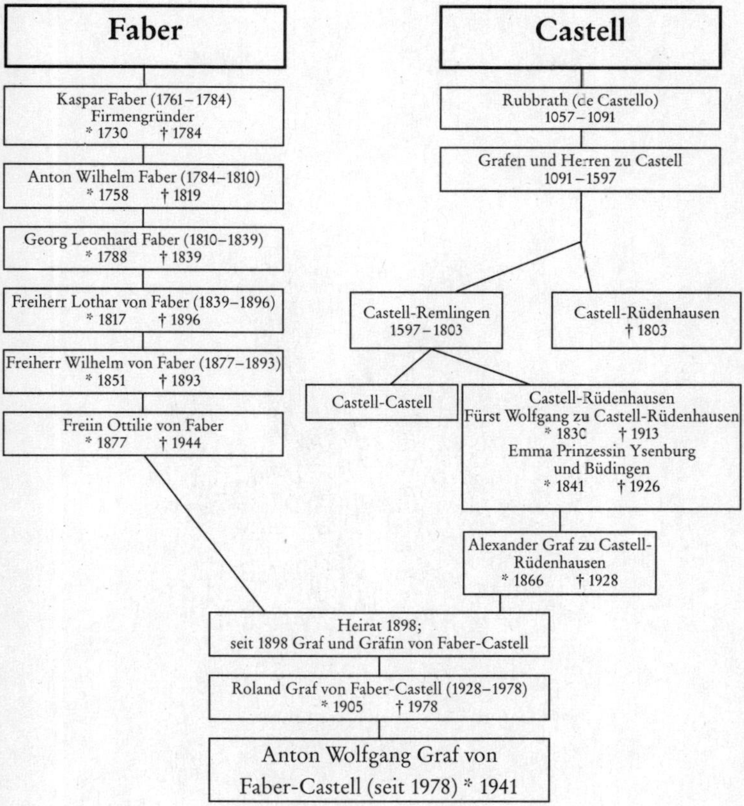

DANKSAGUNG

ICH DANKE Anton Wolfgang Graf von Faber-Castell für sein Vertrauen, das mir den Freiraum gab, mich ungehindert im Archiv zu bewegen.

Auch dem Dichter und Freund Fitzgerald Kusz habe ich zu danken, an dessen fränkisches Idiom ich mich anlehnen durfte.

In den Gedichten und dem Lebensweg Johann Bürgers habe ich versucht, dem Nürnberger Arbeiterdichter Karl Bröger ein Denkmal zu setzen.

München, März 1998

Asta Scheib

Schloß Stein (1915)